御製

佛光恩照　三千大千　隨緣徧滿
恒沙法界　普度衆生　悉證菩提
身心安泰　年時豐稔　風雨調順
日月升恒　乾坤清寧　百昌蕃熾
上下樂利　中外協和　庶物咸亨
萬善圓成　情與無情　同登正覺

大清雍正十三年四月初八日

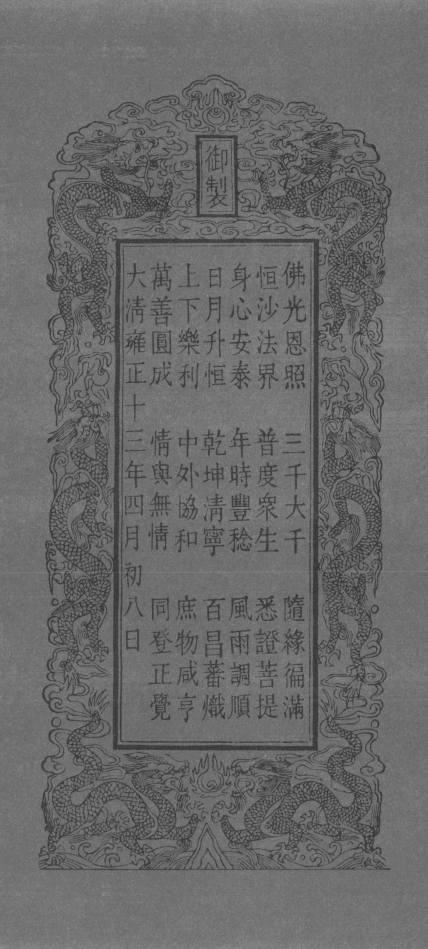

第一三三册　此土著述（二三）

大方廣佛華嚴經疏鈔會本

唐于闐國三藏沙門實叉難陀 譯
唐清涼山大華嚴寺沙門澄觀 撰述

清刻龍藏佛説法變相圖

大方廣佛華嚴經疏鈔會本第一之一

唐于闐國三藏沙門實叉難陀　譯
唐清涼山大華嚴寺沙門澄觀　撰述

世主妙嚴品第一

上來十例各顯一理然亦無盡若依常用應依三分謂初品爲序現相品下正宗法界品内爾時文殊師利從善住樓閣出下明流通序中就文分二初此土序二結通十方無盡世界序初中復二初證信序後爾時如來道場下發起序二結通者文在第五卷末彼文有三初結此界次結華藏内後結華藏外然此二序廣如常解令但略陳初證信者若原其所由則阿難請問如來令置如智度論及大悲經說阿難

請問者智論第二云佛涅槃時於拘尸那國娑羅雙樹間北首而臥一心欲入涅槃阿難親屬愛心未除未離欲心心没憂海不能自出爾時長老阿泥樓豆語阿難言

汝是守佛法藏人不應如凡人自沒憂海一切有爲法是無常相汝莫憂愁又佛首付汝法汝今愁悶失所付事汝當問佛佛涅槃後我等云何行道誰當作師惡性車匿云何共住佛經之首作何等語如是種種未來要事應當問佛阿難聞是事已心悶未醒得念道力助於佛末後所臥牀邊以是事問佛佛告阿難若今現在若我過去依止念處莫依止餘乃至廣說身受心法除世間貪愛又云從今日後解脫戒經是汝大師如解脫戒經說身口意業應如是行又車匿比丘如梵天法治若心輭後應教迦旃延經即可得道復次是我三阿僧祇劫所集法寶藏是藏初首應作如是說言如是我聞一時佛在某方某國土某處樹林中是我法門初首應作如是說何以故三世諸佛法經首皆稱是語今我經初亦應稱此如是我聞一時等語及大悲經說者案大悲經第五云佛告阿難我今以是正法實藏付囑於汝勿令毀滅阿難白佛言我今云何修行法眼乃至復云云何結集法眼佛告阿難我滅度後有諸大德比丘僧眾集法毗尼時彼諸大德摩訶迦葉最爲上首阿難彼諸大德諸比丘眾應如是問世尊何處說大阿波陀那何處說摩訶尼陀那乃至云何處說聲聞藏緣覺藏菩薩藏阿難時諸比丘如是問已汝應答言如是我聞一時佛在摩伽陀國菩提樹下初成正覺如是我聞一時佛在伽耶城如是乃至云如是我聞一時佛在拘尸那城力士生地阿利羅跋提河邊娑羅雙樹間乃至云佛說經已一切大眾皆大歡喜頂戴奉行阿難汝應如是結集法眼餘可例知若纂其所以意有六焉一爲異外道故外道經首皆立阿優以爲吉故此約如是二爲息諍論故智度論云若不推從佛聞言自制作則諍論起故今廢我從聞聞從佛來故經傳歷代妙執不輟此局我聞今廢我從聞下上智論文此下生公意成上論義三爲離增減過故佛地論云應知說此如是我聞意避增減異分過失謂如是法我親從佛聞文義決定非謂傳聞有增減失四爲斷眾疑故眞諦引律云結集法時阿難昇座變身如佛眾起三疑一疑大師涅槃重起二疑他方佛來三疑阿難轉身成佛說此如是我聞三疑頓斷既言我聞即非佛明矣上二義通約信聞五爲生

信故智論云說時方人令生信故此局後四六爲順同三世佛故此通六種若準佛地論科爲五事一總顯已聞二教起時分三別顯教主四彰教起處五顯所被機今依智論開初總顯已聞作信聞二種爲六成就一信二聞三時四主五處六衆

然信聞二事文局初首義通九會時主二種文義俱通處衆二事文義俱局隨相則爾約實互融然信聞二事下料揀通局謂如是我聞唯經初有而九會經如是法義我皆得聞時主俱通者會會之初皆云爾時世尊等處衆俱局者摩竭非切利天等處局十佛刹菩薩列名異故新舊菩薩亦不同故隨相則爾等者一會即一切會何有衆等而不通耶上來略依三分二序然此經體勢少異故依五分釋文而合後二名依人證入補爲今四分者初舉果勸樂生

信分二修因契果生解分三託法進修成行分四依人證入成德分此四科見玄談品會釋義等文此處藏無係後人所補因下就第一舉果分科無根且信解行證是作疏之本理宜從補就第一舉果分中或科爲十一教起因緣分即初一品二大衆同請分三面光集衆分四毫光示法分五眉間出衆分已上在第二品內六普賢三昧分七諸佛同加分八法主起定分九大衆重請分已上在第三品內十正陳法海分在後三品內若以義從文且分爲三一教起因緣分二現相下說法儀式分三世界成就下正陳所說分就初分中亦分爲十一總顯已聞二一時下標主時處三始成正覺別明時分四其地下別顯處嚴五爾時世尊下教主難思六有十佛世界下衆海雲集七從爾

時如來道場下稱揚讚德八爾時如來師子座下座內衆流九爾時華藏下天地徵祥十如此世界下結通無盡

如是我聞

今即初也如是我聞者謂如是一部經義我昔親從佛聞故佛地論云謂傳佛教者言如是之事我昔曾聞如是總言依四義轉一依譬喻二依教誨三依問答四依許可具如彼論餘更有釋意不殊前此上總合信聞一依譬喻者如有說言富貴如毗沙門如是所傳所聞之法如佛所說此則以佛所說如毗沙門我今所傳如富貴人則以佛說為喻也亦有說言如是文句如我昔聞此以昔聞喻今聞也故云譬喻故有釋如是云兩法相似謂之如一法無非謂之是相似即譬喻耳二依教誨者如是當聽我昔所聞此即傳法者之教誨也亦有云即佛教誨謂如是法是我佛說應當諦聽如有人言汝當如是讀誦經論三依問答者謂衆問言汝當所說昔定聞耶故此答言如是我聞四依許可者謂結集時諸菩薩衆咸共請言如汝所聞當如是說傳法菩薩便許可言如是當說如我所聞如是說言我當為汝如是而思如是而作如是而說等又許可者或信可言是事如是謂如是法我昔所聞此事如是齊此當說定無有異由四義故經初皆置如是我聞然上總意遍此四義非別理也餘更有釋者列定記別開有九意一以總釋為一義次用上四別成五義六以許可中第二釋云又許可者或信可言為第六意此是大乘法師重釋第四許可非別義也設有異釋大同許可又引功德施論為第七釋云如是我聞者顯示此經是佛世尊現覺而演非自所作亦同佛地總意耳八引長耳三藏依三寶釋若大乘法師用之乃是離釋下文當引九引梁朝雲法師云如是我聞者將傳所聞之法先當標舉一部經教我於佛所聞者此亦全同佛地總意故云餘更有釋意不殊前若離釋者先釋如是信成就也智論云佛法大海信為能入智為能度信者言是事如是不信者言是事不如是故肇公云如是者即信順之辭也信則所言之理順順則師資之道成經無豊約非信不階故稱如是若離釋者下第二離釋信聞於中總明先

依智論合如是二字通釋是信順之辭然論具云佛法大海信為能入智為能度如是者即是信也若人心中有清淨信是人能入佛法若無淨信當知是人不入佛法不信者言是事不如是是不信相信者言是事如是是信相故肇公云者此下肇公釋但是用智論意非是別理是以疏言故肇公云也復有人於肇上加云信為入法之初基智為究竟之玄術信則所言之理順順則師資之道成由信故所說之法皆可順從由順從故說聽一途師資建立此亦後人傣於智論肇公後加言則雖多亦非異理故疏收其興義立為別釋意同言異並畧不存後人不知重重因循皆列為異解有云聖人說法但為顯如唯如為是故稱如是此唯約所詮之理次真諦三藏云真不違俗名之為如俗順於真稱之為是真俗無二故稱如是此約所詮理事有云聖人下此下自侠之寛以釋此第一最局唯取如故即劉虬注無量義經若云如斯之言是佛所說則唯約能詮有云如者當理之言理相順謂之如也是者無非之稱若云如斯下即梁武帝釋此約能詮通詮事理有云如者當理之言者通

能所詮含於事理理者道理非唯真如即生公釋法華經此明說事如事說理如理明能詮之教稱於事理也融云如是者感應之端也如以順機受名是以無非為稱衆生以無非為感如來以順機為應此明說事下此即於生公釋中傍出遠公約法以釋意明生公即遠公意然彼具云一約法辯阿難道彼如來所說如於諸法故名為如說理如理說事如事說因如因說果如果如法之言是當道理故曰如是良以乖法名為非故如法之言得稱為是其言雖多但是道理之言耳故不異生公融云如是者謂以如字為佛應是字為機感故漸寛前經以言教出於感應故云如是此兼對機經以言教下後通妨難恐有難云如即是應是即為感何不名為感應我聞故為此通有引此為注法華釋云注是劉公用融公義耳上來諸釋各是一途更有諸釋言異意同更有諸釋者謂長耳三藏就三寶釋云一就佛三世諸佛共說不異故名為如以同說故稱之為是此大同梁帝二約法云諸法實相古今不異故名為如如來為說故稱為是此同劉云聖人說法但為顯如三約僧釋云以阿難聞望佛所教所傳不異

故名爲如永離過非故名為是此同佛地總意故云言異意同又實公約離五謗釋云第一句如是此經離執有增益謗故云如是第二句如是此經離第二執無損減謗第三句如是此經離第三執亦有亦無相違謗第四句如是此經離第四執非有非無愚癡謗第五句如是此經離第五執非非有非非無戲論謗此上五謗當理之言即皆攝盡又真諦三藏約二諦釋既離有無則離俱及俱非等故亦不異前釋故云言異意同

若依生物之信應如智論及佛地論合釋若取敵對阿優應如真諦所釋今當廣之外謂阿之言無優之言有萬法雖衆不出有無此即斷常之計今云如即真空是即妙有既無俗外之真故空而非斷無眞外之俗故有而非常即對破邪宗以彰中道一代時教不出於斯故云如是若取敵對者百論云外道立阿優為吉智論云梵王昔有七十二字以訓於世教化衆生後時衆生福德轉薄梵王因茲吞噉在口兩角各留一字是其阿優亦云阿嘔梵語輕重耳

若華嚴宗以無障礙法界曰如唯此無非爲是應隨教門深淺以顯如是不同若華嚴宗下第二以宗揀定即約教以釋上通諸教今先舉圓宗後應隨教門下依五教以釋既如是為當理之言明於二諦則小乘人法為俗生空為真始教之中四重真俗終教之中事理真俗二相交徹如真諦所解頓教則真俗兩亡亡言絕慮方稱當理如無常經應以生老病死定可猒等稱為當理之言異此所明不得稱是

二我聞者聞成就也將欲傳之於未聞若有言而不傳便是徒設不在能說貴在能傳故次明我聞我即阿難聞謂親自聽聞云何稱我即諸蘊假者云何稱我下先徵釋我我諸蘊假者通於諸教

此用何聞若依大小乘法相各有三說一耳聞非識二識聞非耳三緣合方聞然或具四緣八緣等此用何聞下徵聞重釋通於我聞若依大小乘下約教別釋於中三段初法相中含前小乘及與始教於中初正釋言小乘三者初薩婆多宗自有三義一法救論師耳聞非識謂雖自分識依根方聞然聞體是根非是於識如聞既爾見等亦然故雜心云自分眼見色非彼眼識見非慧非和合

不見障外色故二妙音師識聞非耳根無覺故三成實師和合能聞上三聞並如俱舍界品及婆沙第十三說大乘三者一耳聞非識如雜集第二云耳界有何相謂能聞聲瑜伽三十五云數數於聲作意至能聞故二識聞三非耳梁攝論云聞有三義一聞體謂耳識聞二非資糧謂音聲三果謂即聞慧唯此耳識以為正聞三和合能聞佛地論云聞謂耳根發識領受聲塵瑜伽論云聞謂聽聞即是耳根發生耳識聞受教

故然或具四緣八緣等者通釋大小乘和合聞義上言和合但合根識今取具緣故云四八然其四八是生識緣若取能聞兼所發識則或五或九故疏云等言或四者即是小乘一空二根三境四作意故智論云爾時耳根不壞聲在可聞處作意欲聞情塵意合即耳識生隨耳識生即意識生方能分別種種因緣方得聞聲釋曰聲在可聞處即空二即作意情即是根故中論內詺六根品為六情品古云根舍識義目

之為情塵即是境意即是根加此為五發生耳識言隨耳識生即意識生即同時意識分別非是緣也若約分別聲塵則同時意識亦是緣也種種因緣得聞聲總結也言八緣者於前四上復加於四謂一空二根三境四作意五根本依即賴耶識六染淨依第七識七分別依第六識八種子種子為因緣依諸有為法皆託此依離此因緣必不生故分別依者即第六識染淨依者即第七識根本依者即第八識根即同境依故唯

識第四云由此五識俱有所依定有四種謂五色根六七八識隨闕一種必不轉故同境分別染淨根本所依別故如有偈云眼識九緣生耳識唯從八鼻舌身三七後三五三四若加等無間於前各加一釋曰眼九緣者復加於明闇中無見故耳已除明七更除空此三合中知故後三即六七八也六識五緣更除染淨及與分別分別即所發識染淨即所依根第七識或三或四四謂除染淨染淨即所發識故前六識中約為根故除此第七中約為識故除復除第八第八即總故或三者更除於境境即根故言三者即第八但有種子作意及根或四即更加境此上諸釋因便故來

雖因耳處廢別從總故稱我聞法雖無我言語便故隨順世聞故稱我聞非邪慢心而有所說雖因耳處下第二解妨此有二妨一有問言現是耳聞云何言我聞故為此通明我為總總該眼耳等諸根故即佛地論文二有問言一切佛教詮於無我阿難已是入理聖人那同凡夫而稱我聞故此通云法雖無我是牒問意後言語便下即是通釋於中先顯正後非邪慢下揀非此中通是二論之意謂智論第一有三復次以釋無我說我一云復次世間法中說我非第一義中說以是之故諸法空無我世間法故雖說於我無實體故二云復次世間語言有三根本一邪二慢

三名字前二不淨後一是淨一切凡夫具三種語見道學人具二種語謂慢名字諸聖人一種語謂名字內心不計實法隨世間人共傳是語佛弟子順俗故說我無咎三云復次若人著無我相諸法是實餘皆妄語是人應難此一切法實相無我云何言如是我聞今諸佛弟子知一切法空無所有是中心不著亦不著諸法實相何況無我中心有所著以是義故不應難言何以說我釋曰上三復次一隨世間故二破邪見故三不著無我故二者依瑜伽論第六云畧由四義故稱我聞一為世間語便易故二為隨順世間故三為斷除決定無我怖畏故四謂宣說自他得失令生決定信解心故顯揚第九雜集第十三皆同此說釋曰此與智論大同瑜伽第一智論畧無易故不出二即智論第一三即智論第三謂著無我即無我怖者謂若定無我為雜修學故不說無我著即令怖不著故不說無我此怖自除四即第二謂隨世流布即能令他生決定信解之心已知二論言異意同故今疏明含於二論取其言同言語便易即瑜伽第一意隨順世間即瑜伽第二智論第一非邪慢心而有所說即智論第二意中所揀二語大乘法師傍智論意立三種我一妄執我即此邪我二者假施設我謂大涅槃樂淨常我除二乘倒強施設故此亦即是智論名字中收而智論於世間假名此依出世法假名三世流布我正同智論三語之中名字我耳然此中

更有問言為佛說法而言我聞為不說法而言我聞即本質影像之義已見教體中故疏不問

若依無相我既無我聞亦無聞從緣空故而不壞假名即不聞聞耳

若依無相下第二無相宗含於三教謂始教頓教實教謂若但云我既無我聞亦無聞即大乘初門為始教意若云能所雙寂無聞不聞亦無我不我離念頓顯即頓教意其從緣空故有三者向上成前二教無我所以二者向下不壞假名即不聞之聞為實教意謂事理無礙故聞即不聞無二義故故智論云聞者云何聞用耳根聞耶用耳識聞耶用意識聞耶若耳根聞耳根無覺知故不應聞若耳識聞耳識一念不能分別故不應聞若意識聞意識亦不能聞何以故先五識識五塵然後意識識意識不能識現在五塵唯識過去未來五塵若意識能識現在五塵者盲聾人亦應識色聲何以故意識不破故答曰非耳根能聞亦非耳識亦非意識是聲事從多因緣和合故得聞聲不得言一法能聞聲何以故耳根無覺故不應聞聲識亦無色無對無處故亦不應聞聲聲無覺亦無根故不能知聲釋曰此上皆明相離不能聞下云爾時耳根不壞等即辯和合能聞已如前法相宗中引今明和合而聞聞即無聞皆實教意若劉公注法華經云陰入非主為我聽受非情曰聞深照緣起悟解法空若斯人也顧命之所

因然後傳而無執物我同致釋曰此初亦始教意從深照緣起下即實教意然皆屬無相宗攝又言不聞聞者即涅槃十九十地品中當引大意但明事不礙理故不聞約理不礙事故為聞

若約法性此經旨趣傳法菩薩以我無我不二之眞我根境非一異之妙耳聞無礙法界之法門也

若約法性下第三約法性宗辯而但明圓教中意言以我無我不二之真我者舍兩經意一者淨名云於我無我而不二是無我義二者涅槃云無我法中有真我是故敬禮無上尊正當今意即口順世間心造真境真自在我根境非一異之妙耳者以根與境共為緣起因根說境因境說根互相融即故曰非異兩相歷然故曰非一斯為妙耳何所不聞

然阿難所不聞經或云展轉傳聞或云如來重說或云得深三昧或自然能通

然阿難下第二釋不聞難謂有問言阿難是佛得道夜生年滿二十方始出家年至三十如來方命以為侍者自三十年前如來所說阿難不聞何以經初皆言我聞故為此答答有四意大為兩節前三帶權後一顯實一或展轉聞者自有數說一報恩第六云阿難所不聞經從諸比丘邊聞或有諸天向阿難說二依涅槃四十云我涅槃後阿難比丘所未聞者弘廣菩薩當廣流布阿難所聞自可宣通三智論第二云迦葉阿難於王舍城結集三藏是時長老大迦葉謂阿難言佛囑累汝令持法藏汝應報佛恩佛在何處最初說法諸大弟子能守護法藏者皆已滅度唯汝一人在汝今應隨佛心憐愍衆生故集佛法藏時阿難禮衆僧已坐師子牀時大迦葉說偈言佛聖師子王阿難是佛子師子座處坐觀衆無有佛如是大德衆無佛失威神如夜無月時虛空不清淨如大智人說汝佛子當演何處最初說今汝當布現是時長老阿難一心合掌向佛涅槃方如是說言佛初說法時爾時我不見如是展轉聞佛在波羅柰佛為五比丘初開甘露門說四聖諦法苦集滅道諦阿若憍陳如最初得見道及八萬諸天聞是得見道以是等文明是傳聞故云或展轉傳聞或云如來重說者報恩經第六明阿難佛命為侍者阿難從佛請求三願一者不受佛故衣二者不受佛別請三者所未聞法更請重說如來將入涅槃前更正阿難重說或云得深三昧自然通達者金剛華經云阿難得法性覺自在王三昧故如來前所說經皆能憶持與親聞無異涅槃亦云阿難多聞士若在若不在自然能解了常與無常義法華得受記竟云世尊甚希有令我念過去無量諸佛法如今日所聞我今無復疑安住於佛道方便為侍者護持諸佛法既云得記竟方悟亦帶方便據方便為侍者即啓顯實矣

上皆

就跡而說實是大權菩薩影響弘傳如不思議境界經斯爲良證但隨機教別故見聞不同上皆就迹下顯實於中上一句是結前此下正顯實義如不思議者彼經云爾時復有千億菩薩現聲聞形亦来會坐其名曰舍利弗目揵連乃至云阿難提婆達多跋難陀等而為上首皆已久修六波羅蜜近佛菩提為化衆生於雜染土現聲聞形釋曰是大菩薩方為顯本故為實說如法華五百弟子品云諸比丘諦聽佛子所行道善學方便故不可得思議知衆樂小法而畏於大智是故諸菩薩作聲聞緣覺即阿難章中云方便為侍者護持諸佛法即大權明矣但隨機教別者亦舍多義一成上諸說但隨機教二者即約三種阿難受持三藏故云隨機教別見聞不同三種阿難即大乘集法經說玄中已引金剛仙論及真諦般若疏引闍王懺悔經等並同此說上來總顯已聞科竟

一時佛在摩竭提國阿蘭若法菩提場中

第二標主時處者即三成就言一時者時成就也時者亦隨世假立時分一者揀異餘時如來說經時有無量不能別舉一言略周故云一時如涅槃云一時佛在恒河岸等即法王啟運嘉會之時也亦隨世假立者謂佛法中時不可得中論云因物故有時離物何有時物尚無所有何況當有時今隨世俗說有一時智論意同揀異餘時者謂趣舉一時耳即法王啟運者即肇公語意亦可知啟者開也嘉者善也易云元者善之長也亨者嘉之會也謂佛開大運演說真乘即嘉善之會也亦可機教一時謂上言如是言雖當理若不會時亦爲虛唱今明物機感聖聖能垂應凡聖道交不失良機故云一時亦可機教下二感應合釋即生公意佛者主成就也具云勃陀此云覺者謂自他覺滿之者雖具十號佛義包含故偏明之義見題中佛者下若言菩提但稱為覺若云佛陀此云覺者然覺有三一自覺謂雙覺事理如睡夢覺如蓮華開此揀凡夫二者覺他揀異二乘三者覺滿揀異菩薩故云自他覺滿之者若禪觀說亦云離心名自覺離色名覺他色心俱離為覺滿以依起信心體離念名本覺故題中總有此義釋之在摩竭下處成就也真身無在

而無不在故次辯之真身無在下總顯大意言無在者體相寂寥離能所故無不在者體圓遍故故下經云譬如虛空遍至一切色非色處非至非不至何以故虛空無身故如來亦爾遍一切法遍一切衆生遍一切國土非至非不至何以故如來身無身故為衆生故示現其身又無在即體無不在即用體用無礙故為真身此亦淨名身子答天女意女身色相無在無不在也摩竭提國者通舉說處此云無毒害以國法無刑戮故表能化法或云遍聰慧聰慧之人遍其國故表所化機阿蘭若法者別舉說場也阿蘭若者此云無諠諍即事靜也法者所證真理二障業苦諠雜斯盡也事理俱寂故加法言菩提場者菩提云覺即能證大智圓明究竟也場者證菩提之處也然事處即天地之中王舍城之西二百里金剛座上約法則萬行皆是道場理智相會之所故爲表所說如所證故不移其處說之

若圓融時處等並如前說為表所說下釋處所以表自心中所證非是隨宜故不移證處

始成正覺

第三別明時分者前標一時未知何時故今別顯是初成佛時亦彰大師出現時也此教勝故衆教本故在於初時三別明時分中分二先躡前生起雙標二時謂說法時及成佛時初言尚總幾日之初九會之文同此初不初言尚總下次假問徵起此有二徵一徵初遠近二徵初通局略爲三解一約不壞前後相說纔成初七說前五會第二七日說十地等第九一會乃在後時以祇園身子皆後時故畧為三解下第三解釋此上總標三義即為三別三解之中初之一解徵初遠近近在一念答初通局局初五會第二解在二七之後而通九會第三解取前師即一念之初取後後第二師通於九會初正明時分中明九會分為三時非總初也以祇園身子等者出後時所以祇園在後者佛成道後在王舍城因長者為子娶妻

至於此城聞佛發心方造精舍故佛在後身子等在後者案報恩經初度五人次度耶舍門徒五十人次度優樓頻螺門徒五百次度伽耶門人三百次度那提門人二百次度鶖子門徒一百次度目連門徒一百合有一千二百五十五人十二遊經初成道第一年度五比丘第二年化迦葉兄弟三人第五年度身子目連五人者一拘隣二頞鞞亦云馬星跋提三摩訶男四十力迦葉五拘利太子二是毋親三是父親釋曰既身子等在後今第九會有此等五百及祇園則在後矣

常恒之說不妨後時雖能頓說有所表故初五信解行願最在初故故皆云不離道樹第六會因地證位居其次深故無不起菩提樹言法界極證最在於後故亦顯二乘絕見聞故雖異處別時亦不相離為寄穢土以顯淨故須前後耳常恒之說下第二遮伏難總有四難一云華嚴教旨時處圓融要歷三時豈通玄趣故此釋云常恒之說說無息時後時不談豈名常說二有難云如來圓音頓演何要三節方盡幽微故此通云雖能頓演表法淺深故須三節三有難云若表三節三七日中一七一節足得成表何要後時故此答云三七未有聲聞不得顯於不共之教故須後時故疏云亦顯二乘絕見聞故四有難云處歷穢土時不相融豈順華嚴圓融之旨故此答云正為融於異時及與穢土即一剎那即是淨故故疏云雖異處別時亦不相離等

若爾世親那云初七不說但思惟行因緣行耶世親纔見十地即為論釋或則未窮廣文或則知見有異未全剋定菩提流支意大同此若爾世親下即第三會論文言思惟行因緣行者因謂自所得法緣謂所化之器欲將已所證法為衆生說名為行因緣行故法華經云我所得智慧微妙最第一衆生諸根鈍著樂癡所盲如斯之等類云何而可度等是也彼思不得一乘機今思即得一乘機為異耳

二順論釋九會皆在二七日後二七非久亦名始成

三約實圓融釋皆在初成一念之中一音頓演七處九會無盡之文海印定中一時印現三約實圓融即賢首國師意以應機出世機感即應應即有時無非時失以應機出現下立理謂若機熟不

應便為失人未熟而應匪心有待二俱失時故祇園身子盖是九世相收重會之言亦猶燈光涉入故祇園身子下三通妨難謂有問言若初成頻說初成未度身子等衆何處得有五百羅漢故今答云九世相收次有難云祇園身子等縱許九世相融一念一時何有重會前時後時方有重故故今通云重會之言亦猶燈光涉入如點燈盞似有後有前發光之後光無前後而相涉入今重會義但似燈光一時之中不妨兩會法則有重時不重也故法界放光亦見菩薩遍坐道場成正覺故故法界下四引文為證有三初引法界品文證是初成法界品內見坐道場初成正覺明知法界同初會時此經十地之初無二七之言二七之言順別機故此經十地下次引十地經證無二七故故諸經論顯初說時有多差別謂普耀容迹二經第二七日即說三乘法華過三七日方云說小四分律中六七興顯行經七七五分八七智論五十箇七日有云與十二游經一年大同時既不定說亦不同皆根器所宜見聞有異故談經論下後會諸教時明二七言非為楷定並隨機故謂寄跡三乘之中已說普曜說十二因緣而三乘俱益十二因緣通三乘故三乘既益明通說三法華過三七日者經云我始坐道場觀樹亦經行於三七日中思惟如是事等初欲說一而無一機次念說權諸佛皆讚乃至云舍利弗當知我聞聖師子深淨微妙音稱南無諸佛復作如是念我出濁惡世如諸佛所說我亦隨順行思惟是事已即趣波羅奈諸法寂滅相不可以言宣以方便力故為五比丘說是名轉法輪便有涅槃音等時既不定下即成隨宜約佛赴機無時不說望器無感未曾有說登地恒見常說一味之經就佛而言無說不說若攝方便皆一乘之印現差別耳無涯之說不應局執故應總攝以為十重如前已辯約佛就機下會於權實勸令善知上顯時分次釋成正覺義約教不同小乘三十四心斷結五分法身初圓名成正覺是實非化小乘已下別明五教一小乘三十四心者如婆沙八

十二說俱舍根品云傳說菩薩三十四心便成佛故言三十四心者見道一十六心謂八忍八智離有頂貪有十八念謂斷有頂惑有九無間九解脫道如是十八足前十六成三十四一切菩薩決定先於無所有處已得離貪方入見道不復須斷下地煩惱唯斷有頂一地之惑但三十四心一坐成佛五分法身初圓者即戒定慧解脫解脫知見如十藏品是實非化者揀異大乘

大乘之中約化八相示成約報十地行滿四智創圓名曰始成正覺大乘之中下第二始教也據實即古今情亡心無初相名之曰始無念而照目之爲正見心常住稱之曰覺始本無二目之爲成據實下第三終教古今情亡即觀行意但當無念為始成故心無初相即起信論云菩薩地盡覺心初起心無初相以遠離微細念故得見心性心即常住名究竟覺今疏離其語用無念而照名之為正者若唯無念寂而失照若但照體照而失寂並稱不正正在雙行見心常住稱之曰覺即上所引起信論文得見心性心即常住名究竟覺始本無二目之為成者起信云謂始覺同本覺無復始本之異名究竟覺即是成義

約法身自覺聖智無成無不成約法身下第四頓教意言無成無不成者經云譬如世界有成壞而其虛空不增減一切諸佛成菩提成與不成無差別既無有成何有不成又體湛寂故曰無成不礙隨緣故無不成即成頓教意

若依此經以十佛法界之身雲遍因陀羅網無盡之時處念念初初爲物而現具足主伴攝三世間此初即攝無量劫之初無際之初一成一切成無成無不成一覺一切覺無覺無不覺言窮處寂不壞假名故云始成正覺如出現品及不思議法品廣顯攝前諸說皆一乘之所現也若依此經下第五圓教言以十佛法界之身雲者即成正覺等十佛義並如前言念念初初為物而現者即體之應應無盡時生成即成念念機感念念成矣成既不已故曰初初一成一切成者事事無礙故出現品云如來成正覺時於其身中普見一切眾生成正覺故如來成即眾生成矣況佛佛平等一切成佛又於一處成即一切處成故十地中第十願云願於一切世界成阿耨多羅三藐三菩提不離一毛端處於一切毛端處皆悉示現等又云如於此處見佛坐一切塵中亦如是佛身無去亦無來所

有國土皆明現等無成不成義不異前一覺一切覺者若覺一法一法之中一切具足無覺者遠離覺所覺故無不覺者朗鑑在懷亦不存於不覺相故第四別顯處嚴者然此下處主及衆即三世間嚴三中前二即如來依正衆即淨土輔翼不空第四別顯處嚴中即如來依正者別顯處嚴是依教主難思是正衆海雲集是衆而言輔翼不空者菩薩即十八圓滿中輔翼圓滿不空即眷屬圓滿謂淨土中無有四趣龍鬼等衆是佛欲示淨土不空故今初器界嚴者即廣於前場之嚴顯成前覺之妙異於餘經之處於中四事各十種嚴明即染顯淨即爲四別第一地嚴地二樹嚴第三宮殿嚴第四師子座嚴然此諸嚴各具三釋一約事可知二表法謂地表心地法身樹表菩提宮殿表無住涅槃座表法空等三就因行謂一以窮心地法身之因報得增上金剛之地二以般若爲因三以悲智相導爲因四亦以法空爲因然或一因行成一切嚴或一切行成一嚴或一行成一嚴或一切行成一切嚴以通融別純雜無礙今但明一行一嚴顯所表故然或一因下通難謂有問言因果圓融何以就因各別所表故今釋云實具四句爲約所表故別屬因耳然通別無礙然各攝無盡之德故四事皆有十句初總後別今且就文各分爲四

其地堅固金剛所成

今初心地十句分四者初一總顯地體二四地相具德三四地上具嚴四一舉因結用今初標以堅固釋以金剛諸教或云木樹草座多云座是金剛今全地金剛則權實斯顯徹華藏故廣如彼品徹華藏者以華藏世界海大蓮華地金剛所成故此依本經若依觀佛三昧海經第二亦異常說而未盡源彼云爾時菩提場地化以金剛滿八十里其色正白不可具見比相現時菩薩眉間白

毫相光端潔正直蠡然東向長一丈五尺有十楞現釋曰既有里數又言化以故非極說
上妙寶輪及衆寶華清淨摩尼以爲嚴飾諸色相海無邊顯現
次上妙下地相具德約因釋者一寶輪者一攝一切圓行致故二及衆寶華開覺悅他故三清淨摩尼圓淨明徹故以上三行用嚴心地故結云以爲嚴飾上皆形色四即顯色謂青黃等殊名諸色相種種重疊深廣如海互相暎發等彼波瀾或諸色俱生或更相攝入含虛瑩徹現勢多端名無邊顯現此由隱顯自在定散無礙隨機利行之所致也
摩尼爲幢常放光明恒出妙音衆寶羅網妙香華纓周帀垂布摩尼寶王變現自在雨無盡寶及衆妙華分散於地寶樹行列枝葉光茂
三摩尼下明地上嚴者一寶幢曲有五句一摩尼爲體二三光音明用四五網纓辯飾就因行者降魔伏外爲幢智光常照慈音外悅願行交羅戒香芬馥四攝周垂故二摩尼雨寶表神通如意隨機變現雨法寶故三妙華散地亦多因行遍嚴心故四寶樹行列者德行建立故
佛神力故令此道場一切莊嚴於中影現
四佛神力下舉因結用佛力者出所因也嚴具多門別說難盡故總云一切悉現或於樹中現或於上諸嚴具及地中現明一一行中皆道場故或於樹中現者以上別中第四寶樹行列故言或諸嚴具及地中現者以是歎地尊勝故初地嚴竟

其菩提樹高顯殊特
第二覺樹嚴者即大智因感有十一句分四初一總顯高勝長聳迥露圓妙獨出故約因即智超數表爲高本性不昧爲顯成物具德曰殊更無二真爲特約果樹即菩提長聳等者謂長聳爲高迥露釋顯圓妙釋殊獨出爲特然案西域記長一百尺即畢鉢羅樹
金剛爲身瑠璃爲幹衆雜妙寶以爲枝條寶葉扶踈垂蔭如雲寶華雜色分枝布影復以摩尼而爲其果含暉發燄與華間列
二金剛下六句明體攝衆德一身是金剛金剛三昧本智因故正行成立爲樹身也二榦是瑠璃本智發解內外明徹故三雜寶枝條解隨境差故四條假葉以爲嚴智資定而深照寶葉雖異共成一蔭百千定門同歸一寂自蔭蔭他也五寶華異色在樹分枝承光則色同於地布影表神通等法依定有差俱承智光影現心地表神通等法者即淨行品若見華開當願衆生神通等法如華開敷六華雖不同果皆如意無邊行海同趣菩提若自利果成內則含輝若身心湛寂外便發焰若觸境斯明若利他果立未熟則含輝解生佛相已熟則發焰還流教光體如之行所成果無異因之果故與華間列故下經云菩薩妙法樹生於直心地等故下經云菩薩妙法樹等者等取下文云信種慈悲根智慧以爲身方便爲枝榦五度爲繁密定葉神通華一切智爲果最上力爲鳥垂陰覆三界釋曰此五十九經所以引者意明表法皆有文據非是臆說
其樹周圓咸放光明於光明中雨摩尼寶摩尼寶內有諸菩薩其衆如雲俱時出現

三其樹下三句明妙用自在展轉成益初依菩提智放教智光次依智光雨圓明法寶後教成悲智即菩薩現前無心行成故如雲出依菩提智等者菩提即是證智教謂差別之用乃至言教即教證二道十地廣明無心成行者陶隱君云雲無心而出岫鳥倦飛以知還凡舉雲義雖有多種多明無心

又以如來威神力故其菩提樹恒出妙音說種種法無有盡極

四又以下一句舉因結用謂佛力爲因流音演法以如如力則智演法音音還如性故無盡極廣多故無盡竪長故無窮無間故稱恒也

如來所處宮殿樓閣廣博嚴麗充徧十方

第三如來所處下明佛宮殿嚴十句分四初一總明分量宮可覆育即是慈悲殿可朝宗所謂圓寂悲智相導若樓閣相依廣者無邊法無外故博者不監法內空故嚴者莊飾具衆相故麗者華美法義備故充十方者稱法性故

衆色摩尼之所集成種種寶華以爲莊校

二衆色下二句體相圓備一體是摩尼積德鎔融之所成故二相嚴多種神通等法悲寂用故

諸莊嚴具流光如雲從宮殿間萃影成幢無邊菩薩道場衆會咸集其所以能出現諸佛光明不思議音摩尼寶王而爲其網如來自在神通之力所有境界皆從中出一切衆生居處屋宅皆於此中現其影像

三諸莊嚴下六句妙用自在一衆行發光灑法如雲雲更多義至下當辯二光幢獨

出萃者聚也即承光聚影而成謂悲寂交際承智起應降魔超出故三內容衆海無邊菩薩即道場外者亦在其中即依中有正亦果中有因即明涅槃衆聖冥會即明涅槃等者無有一聖不證涅槃猶如百川皆歸大海故肇公云恬焉而夷怕焉而泰九流於是乎交歸衆聖於是乎冥會矣四聲光寶網網者爲防禽穢以益殿嚴猶大教網外防惡見內益悲寂教皆圓妙以寶而成故能出佛智光圓音妙說言不思議音略有四義一音聲繁廣二所說難量三聲即無聲四一具一切五出生果用即正報大用在此依中依正混融參而不雜明依大涅槃能建大義故曰出生六無染現染衆生是正居處是依染違性淨不言出生妄無自體還依眞現染違性淨等者即通外難謂有問言涅槃既無不包染淨同在其內何以果用即言出生居處屋宅不言出生故今釋云染淨之法涅槃實包淨則順體染則違體證會涅槃方有大用故曰出生染既違淨非此出矣而體不離故云依現耳

又以諸佛神力所加一念之間悉包法界

四又以下舉因顯廣謂德廣難陳故今總結由佛力故一念頓包事理染淨一切法界況多念耶然上充遍十方即通局無礙集菩薩衆出佛神通即攝入無礙現生舍宅即染淨無礙悉包法界廣陿無礙一念即能延促無礙又集菩薩因果無礙出佛神通依正無礙十種宮殿此應說之然上充遍者上直消經文此下會成無礙十種宮殿者亦約表法之宮殿耳亦同上文妙法樹矣即五十四經經云佛子菩薩有十種宮殿何等爲十所謂菩提心是菩薩宮殿恒不忘失故十善業道福德智慧是菩薩宮殿教化欲界衆生故四梵住是菩薩宮殿教化色界衆生故生淨居天是菩薩宮殿一切煩惱不能染故生無色界是菩薩宮殿令諸衆生離難處故生雜染世界是菩薩宮殿令諸衆生斷煩惱故現處內宮妻

子眷屬是菩薩宮殿成就往昔同行衆生故現居輪王護世釋梵是菩薩宮殿爲調伏自在心衆生故一切菩薩行遊戲神通皆得自在是菩薩宮殿善遊戲諸禪定解脫三昧智慧故一切佛所授無上自在一切智王灌頂記是菩薩宮殿住十力莊嚴作一切法自在故是爲十若諸菩薩安住其中則得灌頂一切世間神力自在

其師子座高廣妙好

第四其師子下師子座嚴十句分四初一總顯形勝師子座者人中師子處之又說無畏之法故得法空者何所畏哉空乃高而無上深不可測廣而無外邊不可窮妙乃即事而眞好謂具德無缺空乃高而無上者疏有三義釋師子座今唯約表法釋高廣妙好事則可知下多就表

摩尼爲臺蓮華爲網清淨妙寶以爲其輪衆色雜華而作瓔珞堂榭樓閣階砌户牖凡諸物像備體莊嚴寶樹枝果周迴間列

二摩尼下六句體德圓備一座臺摩尼即處正中正可依處摩尼隨映有差法空隨緣成異中道妙理正是可依二周座華網即外相無染交映本空三淨寶爲輪輪謂臺之處中周帀輪圍即具德周遍四華纓周垂諸覺諸通垂化周攝諸覺諸通者淨名云覺意淨妙華淨行品云神通等法如華開數五寶嚴填飾堂等略舉凡諸總包無處不嚴故云備體顯於法空全收萬像無事非理故六寶樹間飾間上物像也即菩薩妙法樹隨化分枝隨因感果並依無相義曰周迴凡聖相資名爲間列即菩薩等者釋寶樹枝果周迴間列菩薩妙法樹即前文所引前云方便爲枝幹今以權實爲枝隨樹不同分枝差別隨枝有華各各成果隨因有異感果不同並依無相不離法空之座

摩尼光雲互相照耀十方諸佛化現珠王一切菩薩髻中妙寶悉放光明而來瑩燭

三摩尼光下二句妙用廣大一淨寶出光如雲涉入法空亦爾一一智中知一切法一一法體顯一切智爲互照也一一智中者如一實智知遍法界理一權權智窮事無邊法界別事無不知也一一法體者如於一塵能顯實智權智道中智證智教智無邊智門二主伴寶用互相發揮謂佛化摩尼能作佛事智論云輪王寶珠但隨人意能雨寶物天寶堪能隨天使令佛寶十方能作佛事菩薩寶珠亦能分作智度論者即第十二論說寶有三種人寶天寶菩薩寶人寶力少唯有清淨光色除毒除鬼除闇亦除饑渴寒熱種種苦事天寶亦大亦勝常隨逐天身可使令可共語輕而不重菩薩寶勝於天寶兼能有人天寶用又能令一切衆生知死此生彼因緣本末譬如明鏡見其面像如文殊師利冠中毗楞伽寶珠十方諸佛於中顯現今菩薩髻珠即是其類下文雲集菩薩髻珠亦爾如文殊師利者即文殊般泥洹經說文殊身如紫金山等其文殊冠毗楞伽寶之所嚴飾有五百種色一一色中日月星辰諸天龍宮世間衆生所希見事皆於中現

用此嚴座者凡初成佛皆一切諸佛現形灌頂一切菩薩親授敬養故因果寶珠俱來瑩燭如來從果起用故云化現理圓解滿義曰珠王菩薩心頂智照圓淨故曰髻中妙寶寂照照寂皆瑩淨照燭用此嚴座下出嚴所以言寂照照寂者準瓔珞經妙覺方稱寂照等覺照寂今菩薩寶義同照寂如來寶珠即當寂照

復以諸佛威神所持演說如來廣大境界妙音遐暢無處不及

四復以下一句佛加廣演佛境如空故云廣大有感斯至爲無不及顯教皆從法空所流是故所流還周法界非智不顯故云佛力佛境如空者即問明品云如來深境界其量等虛空一切衆生入而實無所入顯教皆從下上就事說此下約表無有一法不從法界流無有一法不歸於法界故從座流還周法界顯處嚴竟

大方廣佛華嚴經䟽鈔會本第一之一

音釋

阿蘭若梵語也此云閑靜處若音惹匿女力切凝入聲輭乳演切然上聲柔也㲉胡得切音劾刋倉旬切切也虬音求數數生角切音朔頻也諠許元切譁也躡尼輒切音捻矗昌六切音觸高起也聳荀勇切榦居案切與幹同木旁生者爲枝正出爲榦蔭於禁切芘也萃影萃秦醉切聚也榭詞夜切臺上有屋曰榭砌七計切階甃也髻音計綰髮也牖因九切音有瑩縈定切潔也遐暢遐何加切遠也暢尺亮切通也

大方廣佛華嚴經疏鈔會本第一之二

唐于闐國三藏沙門實叉難陀　譯

唐清涼山大華嚴寺沙門澄觀撰述

爾時世尊處于此座於一切法成最正覺

第五爾時世尊下明教主難思前但云佛未顯是何身佛又但云始成正覺未知成相云何故今顯之教主難思疏文有二先彰大意亦二先躡前徵起對前二文一對標主二對別明時分謂具十種深廣功德即是遮那十種無盡法界身雲遍於法界成正覺也非權應身謂具十種深廣下總答初答前佛後遍於法界成正覺者答其成相文分為二先總後別今初總辨即菩提身具無盡德為世所尊座相現時身即安處智處諸法無前後故於一切法示所覺境即二諦三諦無盡法也成最正覺示能覺智開悟稱覺離倒為正至極名最獲得名成此當相解初總辨疏文有三初當相以辨即菩提身總示所屬具無盡下釋世尊次座相下釋爾時次於一下牒釋餘文開悟稱覺者二諦中道理本湛然妄惑所翳久迷不見今二障既寂若雲卷長空故名為開了了分明若睛天廓徹故名為悟悟即覺悟如睡夢覺開即開發如蓮華開若揀別者凡夫倒惑佛覺重昏二乘雖覺不名為正但知法有未知法空但悟我空未知我有有猒生死空該涅槃顛倒未除豈得稱正設許稱正亦未名最菩薩雖正有上有修不得稱最設位極稱最亦未得名成若揀別者下第二寄對以釋仍含二意一對凡名覺對小名正對因名最對位極名成二者對凡名覺對邪名正對小名最對因名成一時雙牒如文思之但悟我空未知我我有者謂敵體與菩薩相反二乘知我空法有菩薩知法空我有然二乘所空之我菩薩亦空謂是我執若無我法中有具我菩薩知有二乘不知若但約二空了我空與菩薩同不了法空與菩薩異有猒生死空該涅槃者此出上空有之過由謂法有故猒生死不如菩薩了生死之本空無可猒故淨名善意菩薩曰生死涅槃

爲二若見生死性則無生死無縛無解不生不滅如是解者是爲入不二法門又賓印手菩薩曰樂涅槃不樂世間爲二若不樂涅槃不猒世間則無有二所以者何若有縛則有解若本無縛其誰求解無縛無解則無樂猒是爲入不二法門二乘不能如是解故猒生死空該涅槃者即涅槃經意涅槃云空者所謂生死不空者謂大涅槃今二乘謂生死却爲不空以涅槃無餘永寂却是於空故云空該涅槃顛倒未除者倒有八種外道謂世間爲常樂我淨爲四顛倒二乘永寂計爲涅槃則無常樂我淨復爲四顛倒若謂世間無常樂我淨涅槃乃有常樂我淨則名八行皆非顛倒是則二乘但有無常樂我淨之四倒此約與之若奪二乘二乘既不能知涅槃常樂我淨則於無常樂我淨亦不如實知以其漫該如蟲食木偶成字故況不了生死實性即是涅槃要離八倒故云顛倒未除豈得稱正餘如涅槃四倒品說設許稱正亦未名最者此對邪名正對小名最以上與之能知我空異乎外道故得名正不能雙覺二空及不空義故不名最菩薩雖正下亦有二意初對二乘不名正義今對菩薩方得名正有上者上有佛故有修者未絕學故設位極下對上二乘得名正義則菩薩許得最名但未成故佛方成耳

我佛獨能故云成最正覺謂如量如理了了究竟已出微細所知障故

我佛獨能下第三結歸就佛具有成最正覺四字之義謂如量下對上所覺境中以釋覺義如量覺俗如理覺眞三諦中道亦如理攝亦是合上二智覺於中道了了究竟揀異菩薩故涅槃云十住菩薩見不了了唯佛世尊名爲了了故闍王云了了見佛性猶如文殊等已出微細下釋上了了究竟之言障有三種一現行二種子三習氣習氣種子名爲微細佛已盡故然二障習氣通障菩提及大涅槃若就別說斷煩惱障顯於涅槃今成正覺畧言所知耳

智入三世悉皆平等

後智入下第二別中分二初總科二別釋即約十德別顯十身文即分十一三業普周二威勢超勝三福德深廣四隨意受生五相好周圓六願身演法七化身自在八法身彌綸九智身窮性相之源十力持身持自他依正今初即別顯菩提身之相也以成菩提時得無量清淨三輪故文中分二先法後喻法中三先意次身後語一三業普

周者十中後五全十身名前五無有身言而義具之一即菩提身前總中已示二即威勢身三福德身四意生身五相好莊嚴身今初意業即釋上成正覺前云於一切法此云三世乃橫豎影略耳智入平等是正覺成也智即二智三智四智無障礙智

二智者即如理如量也此復有二一以如量智達俗名入三世以如理智證真名悉平等故佛地論云以二智覺二諦是也二者證差別性即無差別故三世即平等瑜伽云如其勝義覺諸法故名等正覺二智者下一釋二智二釋三智三釋無障礙智四釋四智以無障礙智約義即圓故列在後因三諦成故釋居前一如量智者然入有二義一達二證故以達入俗以證入真然二智相者攝論云如人初開目是名加行智如人正閉目是無分別智即彼復開眼後得智亦爾應知如虛空是無分別智於中現色像後得智亦爾如其勝義者證第二義上則二智別覺二境則三世為俗平等為真今覺俗即真是故三世即是平等勝義是真諸法是俗今以真智而覺於俗故令諸法即真勝義以其性相非一異故

言三智者即俗智真智中道智也此亦二義一真俗互泯雙遮辯中則三世平等二相兩亡方爲智入二真俗雖即而不壞相即雙照明中此二覺三諦之境一真俗互泯者俗即真故非俗真即俗故非真非真非俗即是中道三世即平等故非三世平等即三世故非平等爲兩亡也二真俗雖即而不壞相者謂即有之空方是真空即空之有方爲妙有空有不二兩相歷然如波即水而恒動水即波而恒濕故云雙照此二覺下結成在境爲一諦而三諦在心爲一觀而三觀在果爲一智而三智如一圓珠珠相喻有珠淨喻空圓明喻中三無前後此喻一諦而三諦若以明鏡照之珠上三義一時頓現即喻一觀而三觀若就鏡中觀珠珠之與鏡非一非異則喻心境二而不二爲真覺也境既雙泯而雙現智亦寂照而雙流境既雙泯爲無障礙智覺無障礙境爲正覺也下第三仍前三智釋無障礙智謂合前二種中道爲無障礙然前三智圓融巳爲無礙而未明遮照無礙故復雙融明無障礙然雙泯即前雙遮雙現即前雙照若境雙

泯則無心於真俗爲寂也若境雙現則心權實雙鑑爲照故云智亦寂照而雙流二種中道既無障礙一種二諦居然相融言四智者即圓鏡等四智也通緣三世境故並入三世通緣三世下二會釋然四智廣義次下喻中廣引論釋今此但取其中同義言通緣三世者四智皆緣三世之境果位八識相應之智皆緣三世故云並入三世下釋平等言平等者鏡智離分別故依持平等言鏡智離分別等者論云此智心品離諸分別所緣行相微細難知故云離諸分別又云純淨圓德現種依持故云依持平等意云雖言現行功德之依種子功德之持由無分別故得平等平等性智證平等性故平等性智者論云謂此心品觀一切法自他有情皆悉平等即是所觀平等故云證平等性妙觀察智觀察平等妙觀察智者論云謂此心品善觀諸法自相共相無礙而轉此即明平等能遍觀一切諸法故云觀察平等成所作智普利平等成所作智者論云謂此心品爲欲利樂諸有情故普於十方示現種種變化三業此即普利之義不揀怨親豈非平等四智圓融一句攝盡下身語等皆是四智之所發現四智圓融下即歎勝也下

身語等者明此中用四智之意以觀下文佛德與唯識論釋四智同故云皆是四智之顯現所以總中宜用四智釋也四智圓融無二性故修生本有非一異故不失經宗四智圓融下第三解妨謂有難云四智菩提有爲無漏非我經宗何得叅雜釋此玄旨故今通云四智菩提性相二宗皆具有之但義小異耳用之無爽謂圓融無二是其一義故彼宗說四不得相雜今明一智便具四智故下出現以四寶珠喻其四智補經云復次佛子譬如大海有四寶珠具無量德能生海內一切珍寶若大海中無此寶珠乃至一寶亦不可得何等爲四一名積集寶二名無盡藏三名遠離熾然四名具足莊嚴佛子此四寶珠一切凡夫諸龍神等悉不得見何以故娑竭羅龍王以此寶珠端嚴方正置於宮中深密處故佛子如來應正等覺大智慧海亦復如是於中有四大智寶珠具足無量福智功德由此能生一切衆生聲聞獨覺學無學位及諸菩薩智慧之寶何等爲四所謂無染著巧方便大智慧寶一大圓鏡智離諸分別名無染著所緣行相微細難知不忘不愚一切境相巧方便故善分別有爲無爲法大智慧寶二平等性智觀一切法有爲無爲自他覺相名巧方便利他平等名善分別分別說無量法而不壞法性大智慧寶三妙觀察智此智善觀察諸法自相共相無礙而轉故說無量法而不壞法性無量法者即攝觀無盡總持定門而言說若雨大法雨斷一切疑知時非時未曾誤失大智慧寶四成所作智知機知時作所應作故若諸如來大智海中

無此四寶有一衆生得入大乘終無是處此四智寶薄福衆生所不能見何以故置於如來深密藏故自經云至此藏無方册補以有利益故姑存之其一一智皆云平均正直端潔妙好即四智之德故況同一性居然融通言修生本有者是第二意不同彼宗彼宗四智修生修生涅槃本有今即四智是本覺智修生之四非別有體如金成像金像不殊故

然上能覺即成上菩提就其所覺即法身也理智無二爲真法身然上能覺下第三總結所以結者欲明一菩提身已具法報二身況具下九初意業竟

其身充滿一切世間

二其身下身業也通三世間故云一切此正覺身以是十身之總故此其身通於三身十身無不充滿初總明身業且寄一身以明下明攝十以為三故法身普遍世所同依故智身證理如理遍故色身無礙亦同理遍法身下明法身本體周遍智身修成如體而遍色身即體之用遍法身如虛空遍智身如日光遍色身如日影遍並是圓遍而非分遍謂一切世間一一纖塵等處佛皆圓滿總看亦現別看亦現並是圓遍下別示遍相三身皆如下說故云並是言並是圓遍者若大若小皆圓滿故非分遍者非是分析散布令遍謂一切下示圓遍相纖塵亦圓麤則可了總看亦現者遍法界內唯一佛一佛身充滿於法界故別看亦現者則向一一國土一一塵中皆見全身故下經云如於此處見佛坐一切塵中亦如是佛身無去亦無來所有國土皆明現是也又總別看者總則一身處處皆有別則支分眼耳鼻等各遍法界故現相品云佛眼云何無有量耳鼻舌身亦復然又國土等即是我身土等體外無別我故我即土等我之體外無土等故餘一一身互望融攝猶多燈光各互相遍又國土下二圓融總攝遍謂前明能遍三身非所遍土今明能遍即是所遍能所互融故又明一一身相融和雜遍故又上約佛身上十身謂菩提願化力莊嚴等今明三世間無礙之十身謂國土衆生等故十身相作于何不融故云猶如燈光經云譬如冥室百千燈一一燈光遍室內諸佛身智亦復然二身業竟

其音普順十方國土

三其音下語業也順有三義一順異類言音經云一切衆生語言法一言演說盡無餘故二順所宜說法如來於一語言中演說無邊契經海故三則順遍佛以一妙音周聞十方國故

譬如虛空具含衆像於諸境界無所分別又如虛空普徧一切於諸國土平等隨入

二譬如下喻顯通喻三業然佛三業非喻能喻唯虛空真如略可顯示更以餘喻便爲謗佛二喻此下總明大意然佛三業非喻能喻者八十卷末云三界有無一切法不能與佛爲譬喻譬如山林鳥獸等無有依空而住者虛空真如及實際涅槃法性寂滅等唯有如是真實法可以顯示於如來即其文也又佛地論第四云如契經言乃至所有施設譬喻喻諸如來所有功德一切皆是謗諸如來唯除一喻所謂虛空可喻如來戒等無量功德同虛空故然虛空喻有同不同故下經云解如來身非如虛空一切妙法所圓滿等此顯不同今分取同義同義多種如下十忍品然虛空等者上兩句標下釋二相先釋不同即第五回向之文此明佛有自利之德不同虛空不能自利而言等者等取次下經文云於一切處令諸衆生積集善根悉充足故此明一如來有利他之德不同虛空今分取同下二釋同義但是分同同義多種如下十忍品者即第十如空忍經云佛子此菩薩了一切法界猶如虛空以無相故一切世界猶如虛空以無起故一切法猶如虛空以無二故一切衆生行猶如虛空無所行故一切佛猶如虛空無分別故一切佛力猶如虛空無差別故一切禪定猶如虛空三際平等故所說一切法猶如虛空不可言說故一切佛身猶如虛空無著無礙故釋曰上所引文若取總通無相無起等皆是虛空多義若取別相唯取無分別無差別無著無礙以喻於佛佛力佛身故又彼忍下文云譬如虛空一切法依不生不沒又云不可破壞又云一切世間之所依止而無所依又云無生無滅能持一切世間生滅又云無方無隅而能顯現一切方隅又云非行非住而能示現種種威儀又云非色非非色而能示現種種諸色又云非久非近而能久住現一切物又云非淨非穢不離淨穢又云一切世間皆現其前非現一切世間之前又云普入一切而無邊際等皆喻菩提經具有合今畧不引

例喻於佛亦具上諸義以十
忍位是等覺故可同佛
今有二喻開
成四義一含攝喻兼無分別義二普遍喻
兼遍入義以此四喻喻意業者下經云佛
智廣大同虛空故此總喻也以此四喻下
喻其所喻別
喻三業即爲三段古人唯將前喻喻於意
業後喻身語普遍喻身隨入喻語今並喻
三業但引文證居然可知初引經總釋下
經等者通於二智四智然下三句云普遍
一切衆生心悉了世間諸妄想不起種種
異分別了世世妄想即是量智不起分別即
是理智而今但取廣大同
空則二四皆廣故云總也
量智包含而普
遍理智無分別而證入量智包含下初喻
二智取前喻中包
含之義及後喻中普遍之義以斯二義並
喻量智量智知差別故似包含義無法不
知是普遍義理智無分別者取前喻無分
別義後喻平等隨入義總取二義以喻理
智理智即無分別智
方能證入真如故
又大圓鏡智純淨圓
德現種依持能現能生身土智影即含攝
義又大圓鏡智下二以二喻喻智於中
先引唯識證包含義後引當取雙證二
義今初唯識第十云一大圓鏡智相應心
品謂此心品離諸分別所緣行相微細難
知不忘不愚一切境相性相清淨離諸雜
染純淨圓德現種依持能現能生身土智
影無間無斷窮未來際如大圓鏡現衆色
像釋曰純者無雜淨者離染圓者滿義現
種依持者現行功德之依種子功德之
持能現能生身土三智之影餘文可知
下
經云菩提智普現一切衆生心念根欲等
而無所現無所現言無有分別下經云下
第二引當
經雙證二義經云譬如大海普能印現四
天下中一切衆生色身形像是故共說以
爲大海諸佛菩提亦復如是普現一切衆
生心念根欲等而無所現無所現言無有
分別者上現心欲等即證含攝義今證無
分別義然唯識鏡智亦有無分別義前疏
總中已引用故故今畧之然無所現有平
其二義一所現空二無心現今取後義
等性智觀一切法自他有情悉皆平等亦
無分別無分別言顯無差別平等性智者
疏二先引唯
識論云二平等性智相應心品謂此心品
觀一切法自他有情皆悉平等大慈悲等
恒共相應隨諸有情所樂示現受用身土
形像差別妙觀察智不共所依無住涅槃
之所建立一味相續窮未來際釋曰由昔
因中執有我故自他差別今我執旣無故
皆平等隨十地有情所樂由無住涅槃所
立此識恒共悲智相應一味無漏亦無分

別者彼論無有無分別言今言亦無分別乃有二意一依唯識四智通緣真如境故是無分別二者約境無差別故名無分別今初論云大圓鏡智緣真如故是無分別緣餘境故後得智攝其體是一隨用分二了俗由證真故說爲後得餘三分二準此應知釋曰準此論文四智各通二智並通真俗今且從增勝二喻各配二智無分別下即第二意然所觀二境無分別故能觀之智亦無分別故無分別言顯無差別此顯平等性智無分別義與鏡智不同鏡智無分別若明鏡之無心平等性智無分別如日合空空無異相故名無差別謂不分別差別相故故攝論第八云應知一切法本性無分別所分別無故無分別智無

故下經云於一切義無所觀察等

故下經者二引當經即出現品菩提相中經云佛子如來成正覺時於一切義無所觀察而言等者等取餘經云於法平等無有疑惑無二無相無行無止無量無際遠離二邊住於中道出過一切文字言說釋曰無所觀察證大圓鏡無分別義於法平等下證平等性無分別義餘義兼具

是以太虛含衆像衆像不能含太虛太虛不分別衆像衆像乃差別太虛以況我法不能容佛智佛智乃能容我法有我法者分別如來是如來者不分別我法

二普遍喻中妙觀察智無不遍知即普遍義成所作智曲成無遺即隨入義

二普遍喻下第二以第二喻喻妙觀察智及成所作智疏文有四一引唯識言妙觀察者論云三妙觀察智相應心品謂此心品善觀諸法自相共相無礙而轉攝觀無量總持定門及所發生功德珍寶於大衆會能現無邊作用差別皆得自在雨大法雨斷一切疑令諸有情皆獲利樂釋曰神用無方稱之曰妙緣自共相名爲觀察自即色心等別共即同無常等又攝論云圓成實性爲共相依他起性爲自相言攝觀者攝藏義觀即觀察六度道品爲功德寶諸神通等爲作用差別既觀有情自相共相等明無不遍知也成所作智等者論云四成所作智相應心品謂此心品爲欲利樂諸有情故普於十方示現種種變化三業成本願力所應作事釋曰既云種種三業成所作事豈非委曲成就於物無所遺漏此言即周易繫辭云範圍天地之化而不過曲成萬物而不遺注云範圍者擬範天地而周備其理也曲成者乘變以應物不係一方者也則物宜得所矣此說易之德今借況佛之德耳唯識論結云如是四智相應心品雖各定有二十二法能變所變種現俱生而智用增以智名顯故此四品總攝佛地

一切有為功德皆盡會二宗義已如上說

又下經云佛智廣大同虛空普遍一切衆生心此即智體遍悉了世間諸妄想此約智用遍又云得一切法界量等心此約證遍智性全同於色性故此約理遍

又下經云下於中先釋普遍有四種遍一約智體遍二約智用遍此二即第八十經已如前引三約契證遍心與境冥即出現品菩提章文四約理遍者即義引起信論云問曰若諸佛法身離於色相者云何能現色相答即此法身是色體故能現於色所謂從本已來色心不二以色性即智性故色體無形說名智身以智性即色性故說名法身遍一切處所現之色無有分齊隨心能示十方世界無量菩薩無量報身無量莊嚴各各差別皆無分齊而不相妨此非心識分別能知以真如自在用義故釋曰此文亦可證下身遍今但取其二性不異之義以明智性之遍上言智體以智為體今是理性與前懸隔

云何遍入不壞能所有證知故故下經云世間諸國土一切皆隨入智身無有色非彼所能見

云何下二釋隨入不壞能所者由前普遍之言有其二義一有能所遍二無能所遍謂約體遍衆生却是智中物故若約理遍所遍全是能遍體故則能所不二故今此義不壞能所所證能證二相容差故下經云下引證即問明品佛境甚深中答佛境入文然彼中意入有二義一者色身入二者智身入今取智入身入可見智入唯智能知故云非彼所能見

由隨於如即入無所入故云平等

由隨於如下釋平等入言此乃義引淨名目連章云法隨於如無所隨故謂若有所隨所隨則在能隨之外能隨之法乃在所隨如外所隨之如不遍能隨由無所隨當體隨如矣若約觀行隨如之心不生真順如矣問明亦云如來深境界其量等虛空一切衆生入而實無所入即其義也

是以虛空遍入國土國土不遍入虛空有國土處必有虛空有虛空處或無國土虛空之於國土平等隨入國土之於虛空自有彼此虛空可喻佛智國土可喻三世三世有處佛智必在其中佛智知處三世或無其體

三世有處等者佛智通達染淨無礙一念普觀無量劫故佛智無不遍知如來定慧無邊際故前觀無始後無終故言佛智知處三世或無其體者謂真如實際涅槃法

性是佛智證彼無三世故佛智之於三世平等隨入三世之於佛智自有始終此猶約不二而二說耳若二而不二國土虛空三世佛智同一性故皆互相入舉一全收此猶下四總結難思初明其隨入由上隨入之言約不壞能所故云不二而二說耳則喻中虛空爲能入國土爲所入法中佛智爲能入三世爲所入所入不得爲能入今皆互相入則國土亦入虛空三世亦入佛智故云舉一全收普遍亦然普遍亦然者二例普遍也上但佛智遍三世今明三世亦遍佛智三世間圓融則言思道斷故名佛智爲不思議也三世間者兼結上來包含之義及無分別悉皆圓融故云不可思議次以二喻喻身業者一毛尚容法界全分必含衆像次以二喻喻身業即第二段亦具四義初義引經文舉況以釋含攝之義故云一毛尚容法界全分必含衆像世界成就品云一一毛孔內難思剎等微塵數種種住一一皆有遍照尊在衆會中宣妙法出現品云如人持尺量虛空復有隨行計其數虛空邊際不可得佛一毛孔無涯限次下文云一邊一毛端悉能含受一切世界而無障礙皆毛含法界義也出現身業第二喻云譬如虛空寬廣非色而能顯現一切諸色而彼虛空無有分別亦無戲論合云如來身亦復如是一切衆生諸善根業皆得成就即含攝義而如來身無有分別即第二義出現身業下引此一喻證前含攝兼無分別但合文未具具云如來身亦復如是以智光明普照明故令一切衆生世出世間諸善根業皆得成就而如來身無有分別亦無戲論何以故從本已來一切執著一切戲論皆永斷故對文可知佛身充滿於法界即普遍義佛身充滿者即現相品下三句云普現一切衆生前隨緣赴感靡不周而恒處此菩提座此四句皆普遍義今但用初句足已爲證又云譬如虛空遍至一切色非色處非至非不至如來身亦復如是遍一切法一切國土等即普遍義又云譬如虛空遍至一切等者引此一文亦證二義謂普遍隨入二喻喻中次釋經云何以故虛空無身故合中畧引具云如來身亦復如是遍一切處遍一切衆生遍一切國土非至非不至何以故如來

身無身故爲衆生故示現其身今但略引足證遍義亦非至非不至
即平等隨入義亦非至非不至等者謂無身故非至非至即平等非
不至即不礙至是隨入義次以四義喻語業者如來於
一語言中具一切語言故次以四義喻語業者即第三段
如次證四義言如來於一語言中具一切語言故者即證含攝義亦是義引即出現
語業中第四善口天女喻合云當知如來亦復如是於一音中出無量聲隨諸衆生
心樂差別皆悉遍至悉令得解釋曰據其未句可證遍至令但取前即含攝義又妙
嚴品云如來於一語言中演說無邊契經海亦即含攝義也舍支天鼓
無心出故舍支天鼓者即證第二無分別義此有二喻一舍支者即十忍
品如響忍云如帝釋夫人阿修羅女名曰舍支於一音中出百千種音亦不心念令
如是出菩薩摩訶薩亦復如是入無分別界成就善巧隨類之音於無邊世界中恒
轉法輪天鼓即出現語業第三天鼓覺悟喻結云佛子彼天鼓音無主無作無起無
滅而能利益無量衆生下法合竟結云而如來音不住方所無有言說即無心出義
又如隨好品天鼓爲諸地獄天子說法云諸天子如我說我而不著我不著我所一
切諸佛亦復如是自說是佛不著於我不著我所即無心義故諸論皆云佛身如摩

尼珠無心現色佛已如天鼓無心出聲皆無分別義如來音聲無不
至故云如來音聲無下亦出現語業第一相應知如來音聲遍至普遍無量諸
音聲故此證第三普遍義應知如來音聲無斷絕普入
法界故應知如來音聲下此全證平等隨入之義以普入故法界平等故
又云如來音聲無邪曲即平等義隨其信
解令歡喜故即隨入義又云如來下引於二文別證平等隨
入二義彼文具云應知如來音聲無邪曲法界所生故言隨其信解令歡喜者具云
應知如來音聲隨其心樂皆令歡喜說法明了故上來四文皆出現語業以空
一喻遍喻三業故云正覺得無量清淨三
輪明文昭然非是穿鑿菩提身竟以空下一喻下
三結示有歸謂既明文具有故應不可唯以初喻喻智後喻喻身語也初三
業普周竟
身恒徧坐一切道場菩薩衆中威光赫奕如
日輪出照明世界
第二身恒下威勢身超勝謂隨諸有情所

樂示現受用身土影像差別無不周遍謂隨諸下即唯識論平等性智之用謂以四身明義此當他受用身雖語於土意正取身唯識第十云一他受用身謂諸如來由平等智示現微妙淨功德身居純淨土爲住十地諸菩薩衆現大神通轉正法輪決衆疑網令彼受用廣大法樂釋曰彼唯淨土今十身圓融染淨交徹與彼小異耳言一切道場者略有十種一智身遍坐法性道場二法身非坐而坐道場三法門身安坐萬行道場四幻化身安坐水月道場此四義便故來言一切道場下牒經別釋上就別義配受用身爲順法相此中據實故說十身皆坐道場而言此四義便故來者爲順十身別故若將十身配十二場初二可知三即福德身願身相好莊嚴身以福德云三世所行衆福大海是萬行故願是衆行之本以行填願方能遍周故相好莊嚴由行成故故十佛中名業報佛由萬行業報得相好故如云不可思議大劫海供養一切諸如來普以功德施羣生是故端嚴最無比等皆約因成相好也然法門之言是天台依智論立名即功德法身四幻化身即化身意生身力持身此三皆屬化身攝故菩提身總亦此化身攝此四具九兼後威勢則十身具矣上約別說既十身圓融隨舉一身即已具一坐一道場即坐十類今就相顯故說不同耳已知十身坐處次當別釋坐義一智身遍坐法性道場者法性是所證以能證智安處理故二法身等者法身既無能所故曰非坐非坐之坐湛然安住名坐道場三法門身等者即淨名經光嚴童子章云佛告光嚴童子汝行詣維摩詰問疾光嚴白佛言世尊我不堪任詣彼問疾所以者何憶念我昔出毗耶離大城時維摩詰方入城我即作禮而問言居士從何所來答我言吾從道場來我問道場者何所是答曰直心是道場無虛假故發行是道場能辦事故深心是道場增益功德故菩提心是道場無錯謬故布施是道場不望報故持戒是道場得願具故忍辱是道場於諸衆生心無礙故精進是道場不懈退故禪定是道場心調柔故智慧是道場現見諸法故廣說乃至云一念知一切法是道場成就一切智故如是善男子菩薩若應諸波羅蜜教化衆生諸有所作舉足下足當知皆從道場來住於佛法矣釋曰光嚴謂事道場故問道場何者是淨名以法表示故萬行爲得道之處即是道場故曰法門身坐萬行道場耳四幻化身安坐水月道場者涅槃云吾今此身是幻身則所得道之處如水中月故昔人云修習空華萬行安坐水月道場降伏鏡像天魔證成夢中佛果意云若因若果皆從緣生如幻夢故若正約威勢身略辯六

類道場一遍一切同類世界道場如名號品等說二一切異類世界謂樹形等如世界成就品三一切世界種中四一切世界海中並如華藏說五一切微塵中文云如於此會見佛坐一切塵中亦如是等六刹塵帝網無盡道場并前十種故云一切若正約威勢下別辯十身之一坐六類道場但自狹之寬威勢既通變化他受用身故約諸刹漸寬周遍法界乃至重重如名號品等者等取四聖諦光明覺品及昇忉利天宮品謂遍法界虛空界皆有百億四天下等一類相似佛皆遍故已如前引其名號四諦皆先列百億後結周遍皆有百億十千名等故知皆是同類界也下之五類至下當見言菩薩衆中威光赫弈者正顯威勢超勝勝於勝者故獨言菩薩非不超餘如日輪出照明世界約喻以顯暎山出沒無隱顯故處處全現無異體故喻遍坐道場言菩薩衆中等者即以此文顯是威勢身也映蔽菩薩故映山出沒者謂映山出沒

如化身坐道場無隱顯者即法身坐道場處處全現下即報身坐道場以即應即真故隨處即全皆無異體大明流空餘輝掩耀赫日之照難究其涯喻彼威光超暎菩薩菩薩不能測也大明流空下正釋威勢大明即日餘輝謂星月等日喻如來月喻菩薩星喻餘衆正取映奪是威勢義兼菩薩不測亦威勢義赫日之照等者即夜摩會勝林菩薩偈云譬如孟夏月空淨無雲翳赫日揚光輝十方靡不充其光無限量無有能測知有目斯尚然何況盲冥者諸佛亦如是功德無邊際不可思議劫莫能分別知既云照世則終益生盲先照高山獨言菩薩既云照世下通妨謂有問言既十身圓融則普應一切何為唯處菩薩衆耶故義取喻中如日輪出之言則無所不益故云終益生盲

三世所行衆福大海悉已清淨

第三三世下福德身深廣三世佛德昔皆遍學今三際已斷垢習斯亡故衆福皆淨今三際已斷者此下釋清淨義若有三世相福非清淨稱法界修故無三際謂不從前際來非向後際去不於現在住法身已淨為斷三際福豈可量萬行之上垢習斯

亡故云清淨謂恒沙煩惱皆已盡故
而恒示生諸佛國土
第四而恒下隨意受生一隨他意處處受
生二隨自意能無不生謂慈悲般若恒共
相應感而遂通窮未來際四即意生身然意生有二義一者是喻猶如意去速疾無礙故二者是法自有二義一隨自意二隨他意總謂隨意速疾而成故謂慈悲般若等者此即唯識平等性智之用下配屬於化身畧舉一相實則此身亦通他受用隨十地菩薩意所生故又悲智相導通化用故化身即是無住涅槃之大用故感而遂通者即周易繫辭云夫易無思也無爲也寂然不動感而遂通天下之故非天下之至神其孰能與於此注曰至神者寂然而無不應斯蓋功用之母象數之所由生意明亡象方能制象遺數方能極數非動方能應動彼取易之虛無無動故能無不動今借此言以況如來內體圓寂外應羣生躡上衆福已淨之體寂便言而恒示生故云寂然不動感而遂通即法身無生無所不生耳
無邊色相圓滿光明徧周法界等無差別
第五無邊色下相好莊嚴身色無盡故名
色無邊十蓮華藏微塵數相名相無邊而
皆稱真則一一無邊諸相隨好放光常光
皆稱法界故云圓滿廣處陿處皆圓現故
名無差別
演一切法如布大雲
第六演一切法下即願身演法謂雨大法
雨斷一切疑故下經云毗盧遮那佛願力
周法界一切國土中恒轉無上輪初標示大意謂雨大法雨斷一切疑即引唯識妙觀察智之文別成此義然經二句上
法下喻文含多意一雲喻於身雨爲說法
法喻影略又先興慈雲後霔法雨一雲一
雨所潤不同亦隨物機宜雲雨各異掩塵
蔽日普覆無心等三牒經委釋總有五意一雲喻法身雨喻說法法喻影畧者出現語業第十娑竭羅龍王降雨喻中廣說諸處雲色不同雨亦各別合中云佛子如來應正等覺無上法王亦復如是欲以正法教化衆生先布身雲彌

覆法界隨其所欲爲現不同所謂或爲衆生現意生身雲或爲衆生現化身雲或現力持身雲色身雲相好身雲福德身雲智慧身雲諸力不可壞身雲無畏身雲法界身雲皆有或爲衆生現言次云此相現已一切衆生身之與心皆得清涼然後從如來大法身雲大慈悲雲大不思議雲雨不思議廣大法雨令一切衆生身心清淨所謂爲坐菩提場菩薩雨大法雨名法界無差別等故知雲爲現身雨爲說法言法喻影畧者法中但有法說喻中但有興雲故若具應云廣現化身演一切法如布大雲雨大法雨云又先興慈雲等者即上出現所引之文一雲一雨等者即法華藥草喻品云一雲所雨稱其種性而得生長華果敷實雖一地所生一雨所潤而諸草木各有差別喻也合云迦葉當知如來亦復如是出現於世如大雲起以大音聲普遍世界天人阿修羅如彼大雲遍覆三千大千世界釋曰上即合雲次云如來于時觀是衆生諸根利鈍精進懈怠隨其所堪而爲說法種種無量皆令歡喜快得善利釋曰上即合雨何以知是一耶次云如來知是一相一味之法所謂解脫相離相滅相究竟至於一切種智即一雲一雨之義偈云其雲所出一味之水草木叢林隨分受潤亦一雲一雨所潤不同下云爲大衆說甘露淨法其法一味解脫涅槃以一妙音演暢斯義乃至云正見邪見利根鈍根等雨法雨而無懈倦一切衆生聞我法者隨力

所受住於諸地或處人天轉輪聖王釋梵諸王是小藥草等皆一雲一雨所潤不同也亦隨物機等者亦出現意上引法華雲雨則一所潤不同喻佛身說法曾無有差興在於物今明佛能具興謂現十身雲降十法雨如娑竭羅龍王興雲或閻浮檀金光明色或毗瑠璃光明色或白銀光明色或玻瓈光明色等即雲不同次云所謂於大海中雨清淨水名無斷絕於他化自在天雨簫笛等種種樂音名爲美妙等即雨不同也故云雲雨各具掩塵蔽日等者即十地經及法華意法雲地云佛于此地菩薩以自願力起大悲雲震大法雷通明無畏以爲電光福德智慧而爲密雲現種種身周旋往返於一念頃普遍十方百千億那由他世界微塵數國土演說大法摧伏魔怨復過此數於無量百千億那由他世界微塵數國土隨諸衆生心之所樂霔甘露雨滅除一切衆惑塵燄是故此地名爲法雲釋曰此即掩塵及普覆義無心之義乃是通說即出現云復次佛子譬如海中有大龍王名大莊嚴於大海中降雨之時或降十種莊嚴雨或百或千或百千種莊嚴雨佛子水無分別但以龍王不思議力令其莊嚴乃至百千無量差別如來應正等覺亦復如是爲諸衆生說法之時或以十種差別音說或百或千或以百千或以八萬四千音聲說八萬四千種行乃至或以無量百千億那由他音聲各別說法令其聞者皆生歡喜如來音聲無所分別但

以諸佛甚深法界圓滿清淨能隨衆生根之所宜出種種言音皆令歡喜等即無心義即娑竭興雲喻中亦云雖彼龍王其心平等無有彼此但以衆生善根異故而有差別亦是無心之義法華亦云我無貪著亦無限礙又云等雨法雨而無懈倦皆無心義

一一毛端悉能容受一切世界而無障礙各現無量神通之力教化調伏一切衆生

第七一一下化身自在謂於大衆會能現無邊作用差別皆自在故謂於大衆下即引唯識妙觀察智之用釋成化身　文中二先明廣容無礙謂於如來身一一毛頭容一切剎而無障礙無礙有二義一以一小毛現多大剎則一多大小無礙二此毛多剎與彼毛多剎參而不雜則隱顯無礙廣容無礙者謂法界如空有其二義一廣容二普遍令一塵如法界之包含故即是廣容後各現下普遍以廣容不礙普遍故還於前毛內剎中神力調生

若廣遍十方示現種種變化三業成所作事居然易了以廣容下出毛內調生所以謂廣容則收法界入於一毛普遍則展一毛遍於法界令毛正容無邊剎時即普遍故便遍所容剎內若廣遍下二舉況釋謂尚遍毛內何況外耶疏文即是成所作智之妙用也

身遍十方而無來往

第八身遍下法身彌綸以法爲身本來湛遍故無來往彌綸即周遍包羅之義以法爲身等者先明法性身遍無來往　依法現色還如法身在此即是在彼亦不待往來依法現色下約應化法身明無來往所以用此釋者由下以三身收之以此屬化身故

智入諸相了法空寂

第九智入下智身窮性相之源相別曰諸性皆空寂性靜故寂相無故空

三世諸佛所有神變於光明中靡不咸覩一切佛土不思議劫所有莊嚴悉令顯現

第十三世諸佛下力持身能持自他依正於中先持正報神謂妙智變謂現身轉變變現俱名爲變皆能持之尚持於他況於自事後段亦然力持等者疏文有二先正釋力持後以三身收束前中又二初正報二依報今即初也後一切佛土下能持依報横盡諸土豎窮諸劫所有嚴事常持令現

上約十身若約三身者則初三段皆名報身而恒下化身身遍十方下法身就報身中前一自受用報後二即他受用報故云處菩薩衆上約十身今以三身收束於中初約三身四身然則十望於三有通有局菩提爲總亦是化身餘九身中願化力持此唯化身意生威勢通他受用及與變化福智相好通於二報及變化身法局法性今取順次故爲此配所以前菩提身復明真身向來法身復明色身欲順今次第配故耳以諸教中說三身四身成說等別今皆圓融於一始成無不頓具二出收束所以謂有問言何用更以三身收束十身故今釋云以諸教三四迢然不同今明圓融一身具三則權實有別言三身成異者法身無成出障爲成報身四智創圓爲成化身八相菩提樹下爲成三身說異者法身無說末報身佛佛相見亦無有說化身有說若攝末歸本應化非真佛亦非說法者即報身說報同所證是法身說言四身成說異者於報身中開自他受用自受用遍法界成則無所說他受用爲十地成爲十地說若依楞伽四佛皆說而說不同言四佛者一化佛二報生佛三如如佛四智慧佛初化次報後二皆法如如及如如智爲法身佛亦可智亦是報自受用故言說異者化身說五戒等因緣法報佛說三性法謂爲地上菩薩說令成佛故法佛唯說離心自性則以無念會於法界是故法佛唯說法性智佛說者依淨法界了相智覺如說而解故名爲說十身爲正三四義兼又毛內調生光中持刹如空普遍等亦即國土等十身三世間圓融豈報化之云別四融國土等十身毛內調生則有衆生身聲聞身緣覺身菩薩身及業報身光中持刹是國土身如空普遍是虛空身菩薩衆中亦菩薩身如來居然可見三世間下謂十身中衆生業報即衆生世間國土虛空即器世間餘是智正覺世間此

三情非情異染非染異尚得爲一豈一如來身上而分報化之殊明知權訛隔歷難可比此圓融是知略以十德歎於教主其一一德無不圓融當去情思之矣

大方廣佛華嚴經疏鈔會本第一之二

音釋

纖思廉切細微也　範音范　分齊分扶問切齊才詣切分齊限量也　詰契吉切　赫奕赫郝格切奕夷益切赫奕光盛貌　塡亭年切音田滿也　錯謬錯倉各切謬眉救切錯謬舛誤也　霔朱戍切霖霔也

大方廣佛華嚴經疏鈔會本第二之三

唐于闐國三藏沙門實叉難陀 譯

唐清涼山大華嚴寺沙門澄觀撰述

第六有十佛世界下明衆海雲集衆雖深廣難測略啟十門一集意二集因三辯類四定數五權實六地位七前後八有無九聞不聞十釋文

今初來至佛所何所爲耶有十義故一爲影響爲主伴故二爲作輔翼得圓滿故如普賢等常隨之衆三爲守護如來如執金剛等諸佛住處常勤護故四爲莊嚴如道場神等常爲嚴淨佛宮殿故五爲供養如偈讚即正行供養華幢等即財供養故六爲發起此經諸請難者即其事故七爲聞法獲益當機領悟即其類故八爲表法諸首諸林表信行等皆同名故及座出菩薩等顯奇特故亦通表萬行俱成佛故九爲順證佛菩薩等證說不虛故十爲翻顯即聲聞不聞顯法不共故爲斯多意所以衆海雲集非唯證信而已也一爲影響者此集意中十意皆闇取下經此初意引即諸大菩薩及下證法如來皆互爲主伴若影之隨形響之應聲二爲作輔翼者亦是義引二爲守護者經云皆於往昔無量劫中恒發大願願常親近供養諸佛又下經云一切諸佛化形所在皆隨化往一切如來所住之處常勤守護四常爲嚴淨者此即主城神德下經云皆於無量不思議劫嚴淨如來所居宮殿所以標道場神此中等字等城神故然道場神合嚴道場以道場神所歎德中但云皆於過去值無量佛成就願力廣興供養釋曰由無嚴飾之文故等取城神之文耳五爲下以義繁重故總相引偈讚下妙嚴品其華幢等即二十二經昇兜率天宮品六爲發起者即解脫月七亦總引八九十並顯可知

第二集因亦有十因一曾與毘盧遮那如來同集善根故二蒙佛四攝曾攝受故三往在生死聞

圓法故四曾發大心護一切故五往發大願願事佛故六隨逐如來無猒足故七樂聞正法心無倦故八善能散滅我慢心故九福智已淨身周遍故十同一法性善根大海之所生故爲此多義得預斯會中有集因亦通集意及隨諸衆各有别因可以思準一曾與者即菩薩德中云此諸菩薩往昔皆與毗盧遮那如來共集善根修菩薩行二蒙佛者即第二經初總數衆云如是皆以毗盧遮那如來往昔之時於劫海中修菩薩行以四攝事而曾攝受三即義引入法界品諸聲聞等往在生死不曾聞此故不見聞反願菩薩昔曾聞故四即夜叉王德云皆勤守護一切衆生此亦義引如海雲言發哀愍心有怖畏者咸守護故五即身衆神德文云皆於往昔成就大願供養承事一切諸佛六即足行神德文云皆於過去無量劫中親近如來隨逐不捨即無猒足七即乾闥婆王德文云皆於大法深生信解歡喜愛重勤修不倦八即主風神德文云皆勤散滅我慢之心亦阿修羅德文云悉已精勤摧伏我慢及諸煩惱九即菩薩德文云一切如來功德大海咸入其身一切諸佛所在國土皆隨願往亦通就義說具二嚴者方能周遍至諸佛所十亦菩薩德文云皆從如來善根海生中有集因亦通集意者謂即五六七八五約往願承願而來即是集意由願得來即是集因六約隨逐心樂隨逐即是集意由樂隨逐故得來集即是集因七約樂聞大法而來即是集意由樂得來即是集因八約散我爲數散我即是集意由散我故方得在會即是集因初四後二但是其因同集善等故得在道場但爲集因非爲别來爲同集善等故非集意及隨諸衆各有别因者即下經文隨名歎德然上所引即是其文然經隨便宜歎德不同如風神云散滅我慢之心語其大意總此十因遍通多衆故此别說隨衆别因第三辯類即上集意便成十類一影響衆二常隨衆三守護衆四嚴會衆五供養衆六發起衆七當機衆八表法衆九證法衆十顯法衆準前可知

第四定數者稱法界衆焉能數知即文而言九會都數總有一百七十五衆都序之中有四十一衆謂同生有一異生三十九師子座中一若兼取前菩提樹中所流及

宮殿中無邊菩薩總四十三衆此四十三遍於九會第一會中有二衆謂新集十方衆佛眉間衆添成四十五第二會有新舊二衆第三四會各有四衆謂新舊及證法衆天衆第五會一百一十一衆謂新舊衆昇天品内供養衆有一百七并天衆證法衆第六會四衆謂天衆同生異生證法衆七八兩會各唯一衆謂普賢等舊衆第九會三衆謂菩薩聲聞及天王等舊衆舊衆雖重隨會别故并皆取之然此諸衆或總爲一一乘衆故或分爲二以有實衆及化衆故或可爲三人天神故或爲四佛菩薩人非人故或五非人開天神故或六加畜生故或七天分欲色故或八菩薩有此界他界故或九他方有主件故或十加聲聞故或一百七十五如前説故或無量無邊義類多方故一一或以佛刹塵數等爲量故又如新集菩薩毛光出衆例上皆爾故一一衆皆無分齊此猶約相别若融攝一一會中皆具一百七十五衆以稱法界緣起之會互相在故上且約一界若通十方及異類刹塵帝網無盡無盡是爲華嚴海會衆數

第五權實者夫能對揚聖教影響其跡靡不是權當機之流多皆是實諸教所明穢土之中雜類菩薩聲聞皆通權實地前是實地上是權法身無生生五道故淨土菩薩唯實實報生故雜類聲聞是權攝論云欲令淨土不空化作雜類衆故若依此經同生異生皆通權實海印定現實德攝故

隨緣隨位而示現故第二會初云莫不皆
是一生補處故第前十類辯權實者影響
一衆自有二類一果德衆謂能加證法諸
佛互爲主伴非權非實若位極菩薩影響
一向是權故有經云昔爲釋迦師今爲佛
弟子二尊不並化故我爲菩薩等當機唯
實餘八通權實對前十類下對前別辯云互爲主伴非權非實者然權實有其二類一本高迹下加佛爲菩薩二本下迹高如菩薩爲佛今既是佛則非迹下實是如來又非本下則是實非權無權可對故亦非實同果海故昔爲釋迦者畧有二經一即放鉢經但云昔爲釋迦師今爲佛弟子二尊不並化故我爲菩薩二菩薩處胎經第四亦同此說文云計我成佛身此剎爲最小座中有疑故於胎現變化我身如微塵今在他國土三十二相明在在無不現昔爲能仁師今乃爲弟子佛道極廣大清淨無增減我欲現佛身二尊不並立此界現受教我剎見佛身下取意引佛剎名無礙佛名昇仙尊經云我身儒首是又云剎土名究竟佛名大智慧亦結屬已云我身儒首是當機唯實者上至等覺下至地前俱有當機並皆稱實餘八通

權實可以意得第六地位者有說一切皆是果位
以是舍那海印現故或說一切皆因果海
非可見聞世尊亦是因者識所現故或皆
通因果果不捨因隨類現故因位願力助
佛化故當機之流正修趣故或俱非因果
緣起大衆同眞性故將此對前權實則果
位一向權因位通權實若對前十類影響
證法通因果餘八唯因因位高下難以準
定將此料揀者初對第五門料揀若對前十類即對第三門料揀第七前
後者初列菩薩後列餘衆者表從本以起
末下讚即後明菩薩者表尋末歸本良以
本末無二故二文互舉又從本流末必先
小後大故自在天爲末攝末歸本必從深
至淺故先明自在然皆顯法界緣起逆順
自在故也又表四十二位一一皆徹因門

並該果海故互舉前後令物不作優劣之解故第七前後等者謂約列衆餘經或從勝先列或從微至著或先列聲聞後列菩薩今此衆海何者爲先今明列與讚德前後不同然以菩薩爲本雜類爲末讚中先三卷明雜類讚後第五卷方明菩薩讚故云尋末歸本又從本下通妨謂有難言就先列中既菩薩爲本雜類爲末先本後末即合諸天之內從自在天次明廣果次列三禪等何以先明欲界後列初禪二禪等耶是則先小後大矣故今答云菩薩爲本猶如一乘雜類爲末如流三乘三乘之中初於鹿苑轉於四諦漸次歸大故先列欲界後列色界如次而上故云先小後大故自在爲末末即末後耳攝末歸本者又有難言讚德之中表尋末歸本後明菩薩者則合先明日月天讚末後方明自在天讚何以雜類之中先明自在讚耶故今答云攝末歸本必從深至淺謂菩薩是所歸之本雜類是所攝之末攝末必從勝先攝如海攝百川必先攝江次攝大河次攝小河次攝溝洫故攝歸一乘先攝權大次攝緣覺次攝聲聞次攝人天一毫之善無不皆攝故先明自在天讚表是所攝之中先攝勝也末明月天等表所攝之中後收劣也第八有無者亦有十類一約界無無色二約趣無地獄此二非器故若約轉生有地獄天子若約所益亦通無色三界皆益故三約洲但列閻浮餘三畧無故或成難故四約乘無二乘不共教故下爲顯法亦不見聞故智度論云若小乘經初唯列聲聞若大乘經初具列菩薩聲聞若一乘經初唯列菩薩故指此經爲不共教或大乘經唯列小者爲引攝故如金剛經或唯列大亦屬大乘主伴具者必是一乘五約部無四衆未說小教故六約主無人王王未知故七約三聚無邪定彼障隔故生盲之流但冥益故八約內外無外道非彼測故九約諸天無無想入邪定故十約善惡無惡魔不爲遠害天中攝故上十且隨相說圓融應有即無所不具四約乘無二乘者此段有四一正明二爲顯法下通妨謂有難言若無二乘第九會中何得有耶答云爲顯法耳次又難

云若爲顯法則有二乘答云亦不見聞與無同故三智論云下引證云明無小乘是不共義四或大乘經下重通妨難正通智論兼通正義謂有問言現有唯小而是大乘如金剛經那言列小是小乘經耶答云爲引攝故智論就其大畧故唯列小乘是小乘經如金剛經等别是一理耳或唯列大一乘等謂主伴不具者即如楞伽等是也

第九聞不聞者約權前後皆互得聞約實當會自聞縱不起前而趣於後亦各不相知若約頓機許一時頓領縱不起前下通妨謂有問言若約實衆不互聞者如來說法既不起前而趣於後如何聽衆不得互聞故今答云約佛前後圓融約根互不知覺故法慧云一切閻浮提皆言佛在中我等今見佛住於須彌頂則知各不相知也上之九門且從顯著略爲

此釋中本廣本或隱或顯不可執文

第十釋文第一會中前總四十衆大分爲二初一同生餘是異生地論論云解脫月是同生衆故又云同生衆請則知兼有地前明知不約地位餘釋云云不符論意云

何名爲同異生耶然有二義一謂雜類作諸異生種種形故菩薩得法性身同人作一類菩薩形故二菩薩爲同者通諸位故神等爲異法界差别德故餘釋云云者有釋云聲聞爲同菩薩爲異謂小乘斷惑同故有云出家菩薩聲聞爲同餘並爲異此約形相同故上二解俱非論意以經八會無聲聞故論釋地經經亦無故初成正覺無出家故或云登地爲同同證真故餘皆是異是以地前名異生性故有云八地以上爲同同無漏故上之二解亦違論文論主但云解脫月是同生衆本不曾言約地位故又論明大衆請云有同生衆請有地前故所以知有者由金剛藏云有行未乆解未得隨識而行不隨智聞此生疑墮惡道我慜是等故不說大衆承此便請明大衆之中有行未乆即地前故復有釋云雜類爲同以受彼彼同類身故菩薩爲異不約同彼衆生類故此亦違論解脫月爲同故又有釋云菩薩雜類俱爲同法界無二故俱爲異法界差别故此約實義豈得爲釋同異之殊明知上來並非正解故云餘釋云不符論意疏云何名爲下上出同異生體今釋同異生義然其二釋前約事相後約表法又有將此四十衆以配地位同生衆中開之爲二謂十普菩薩即是圓因對前菩薩以

爲所信從海月光下及執金剛爲十住後將一一位中十名如次配於十度海月光等十菩薩配初發心住此住本即是檀其十菩薩復配檀中具十則令十住自有百度歷於五位有五百波羅蜜以等覺位亦有十故主稼神下十衆配十行修羅下配十向三十三天下配十地前十普菩薩是等覺地此配則似生情然經勢多端配亦無失但不俟如此不次謂四十衆以配三賢十聖下師子座衆以配等覺眉間出衆以配妙覺則四十二衆配四十二位於理甚直

有十佛世界微塵數菩薩摩訶薩所共圍繞

其四十衆文皆有三一標數辯類二列名結數三攝德周圓今初同生衆中第一標數辯類中初標辯佛世界者下辯世界略有三類一世界二種三海今云世界則非種非海權實共許一三千界一佛化境故或名佛刹佛土皆準此也微塵者七極微量也謂抹三千界並爲微塵一塵爲一菩薩則數已難量矣況舉十數表無盡耶菩薩摩訶薩者辯類也即揀非餘衆具云菩提薩埵摩訶薩埵今從略耳然有三釋一菩提是所求佛果薩埵是所化衆生即悲智所緣之境從境立名故名菩薩二菩提是所求之果薩埵是能求之人能所合目故名菩薩三薩埵此云勇猛謂於大菩提勇猛求故摩訶云大大有四義一者願大求大菩提故二行大二利成就故三時大經三無數劫故四德大具足一乘諸功德故前二通地前後二或唯地上更有諸大亦不出此此等並是舍那佛自眷屬動止常隨故云所共圍繞

其名曰普賢菩薩摩訶薩

二其名下列名結數先列其名後結略顯廣今初夫聖人無名爲物立稱雖得名千

差而多依行德行德皆具而隨宜別標彰直

大意中初總標無名故莊子云至人無已神人無功聖人無名今約利生無名強立耳雖得名下總辯立名此辯立名別因言多依行德者亦有因姓因父母等故行德皆具下通妨謂有難云旣依行德而諸菩薩德行皆具何以有別故云隨宜別標隨便宜故謂有偈云弟子堅固菩提心從師以受灌頂位妙修定慧恒觀察深入業用善巧門即普賢菩薩又云導諸有情勝菩提以四攝法而攝取即金剛王菩薩無厭大悲未曾捨即金剛愛菩薩見行小善便稱美即金剛善哉菩薩無閡檀施等虛空即金剛寶菩薩亦虛空藏菩薩別名能以慧光破愚冥即金剛日菩薩亦云金剛光有所樂求恒不逆即金剛幢菩薩發言先笑令心喜即金剛笑菩薩能於妙法無染中即金剛法菩薩用般若斷諸使即金剛利菩薩亦即文殊師利是無上法輪恒不退即金剛因菩薩亦云金剛轉法輪菩薩四辯演說無所畏即金剛語言菩薩諸佛衆生事業中即金剛業菩薩恒被堅誓慈悲甲即金剛護菩薩亦云金剛甲冑菩薩摧破魔羅勝軍衆即金剛藥叉菩薩亦云金剛牙菩薩堅持諸佛所秘門即金剛拳菩薩又如乘聲濟物即曰觀音手中兩華便名華手等皆隨德隨宜

先十同名普者顯具法界總相德故後十異名者顯具法界別相德故總別相融同一法界今初十名之普是別之總普下十異顯即普能別普義方成

今初十名下應有難云前云十普旣顯法界總相之德何得更有普德普光等殊故為此通

此是古今諸佛同行普賢之行隨於諸位差別不同縱成正覺亦普行攝故先明之

此是古今下明先列所以可知然其釋名皆取下文所得法門以成會釋由得解脫各隨所得以立其名所以前云依德行立此若不了但尋下經自當分明

言普賢者體性周遍曰普隨緣成德曰賢此約自體又曲濟無遺曰普隣極亞聖曰賢此約諸位普賢又德周法界曰普至順調善曰賢此約當位普賢又果無不窮曰普不捨因門曰賢此約佛後普賢位中普賢悲智雙運佛後普賢智海已滿而運即智之悲寂而常用窮未來際又一即一切曰普一切即一曰賢

此約融攝所以先列者爲上首故法門主故法界體故一切菩薩無不乗故無一如來非此成故令諸聞者見自身中如來藏性行普行故上雖多義離釋今從别稱合釋無處不賢名曰普賢即體普也此一爲總餘九爲别

普德最勝燈光照菩薩摩訶薩

二德普謂稱性之德充於法界以爲最勝委照無遺如燈之光

普光師子幢菩薩摩訶薩

三慧普徧照嚴刹決定高出故

普寶燄妙光菩薩摩訶薩

四行普内行圓淨智焰外燭故稱爲妙

普音功德海幢菩薩摩訶薩

五音普具一切音演佛淨土深廣高出之行故

普智光照如來境菩薩摩訶薩

六智普照佛法界無盡境故

普寶髻華幢菩薩摩訶薩

七心普智寶嚴於心頂通行等華高出物表故

普覺悦意聲菩薩摩訶薩

八覺普徧覺性相聲皆悦機故無不歸者

普清淨無盡福光菩薩摩訶薩

九福普障無不淨稱眞無盡故

普光明相菩薩摩訶薩

十相普無光相之光相徧益衆生故六相圓融思之

海月光大明菩薩摩訶薩

二海月下十異名菩薩一海月光大明者

十德十山皆依大海十地十度皆依佛智海中看月淨而且深依智嚴刹深而且淨如海即大如月即明故以名之

雲音海光無垢藏菩薩摩訶薩

二講如雷震故曰雲音辯才汎灩猶如海光又海上有光天涯無際佛智起用一念普周淨惑無窮名無垢藏

功德寶髻智生菩薩摩訶薩

三修治二嚴猶如淨寶祕密高顯故有髻言

功德自在王大光菩薩摩訶薩

四法王出現作用自在二嚴圓滿爲功德光

善勇猛蓮華髻菩薩摩訶薩

五勇猛化生不染化相兩法玄妙如解髻珠

普智雲日幢菩薩摩訶薩

六慈雲智日互相資映長劫普應高出如幢

大精進金剛臍菩薩摩訶薩

七堅利智慧與精進俱故得稱大智爲行本若臍爲壽因

香燄光幢菩薩摩訶薩

八戒等行發是爲香焰種智高直故曰光幢

大明德深美音菩薩摩訶薩

九智光遍照是大明德稱真適物名深美音

大福光智生菩薩摩訶薩

十大智發光遍照佛境令福非福相所亦

稱大

如是等而爲上首有十佛世界微塵數

二如是等下結略顯廣

此諸菩薩往昔皆與毗盧遮那如來共集善根修菩薩行皆從如來善根海生

第三此諸菩薩下攝德圓滿中二初別歎勝德後總結多門初中亦二初二句就緣歎餘就行歎今初初句往因同行顯主伴有由後句從德海生明長爲輔翼言毗盧遮那者毗即遍也盧遮即光明照義迴就方言應云光明遍照然有二義一身光遍照盡空法界乃至塵道二智光遍照真俗重重法界身智能所合爲一身圓明獨耀具德無邊故立斯號又毗者種種義盧遮障義那者盡義入義即種種障盡種種德圓故普賢觀經云釋迦牟尼名毗盧遮那遍一切處即身亦遍非唯光遍又云其佛住處名常寂光即土亦光矣又云常波羅蜜所攝成處我波羅蜜所安立處即德圓義又云淨波羅蜜滅有相處即障盡義又云樂波羅蜜不住身心相處不見有無諸法相處即證入義又云如寂解脫乃至般若波羅蜜是色常住法故明皆即應即真爲本師矣此經文證本品當辯又毗者種種下第二釋毗盧名以梵語多含故有此釋下後引經具釋然彼經由普賢令行者懺悔行人問云我於何所懺悔故有此教今以疏間經當總引經云釋迦牟尼名毗盧遮那遍一切處其佛住處名常寂光常波羅蜜所攝成處我波羅蜜所安立處淨波羅蜜滅有相處樂波羅蜜不住身心相處不見有無諸法相處如寂解脫乃至般若波羅蜜是色常住法故但觀經文自分經題言其集善根即備道資糧修菩薩行即作所應作云何其集互爲

主伴故主伴有三一迴向主伴二同行主伴三如相主伴皆稱共集主伴有三者一回向主伴所修善根互相回向故今成佛遍爲主伴二同行者同修禪戒等行三二俱稱性居然相收後句言善根海生者謂佛德無邊積妙法寶智定盈洽故稱爲海從生有四一從自佛善根海生謂已圓十身故二從本師海生佛爲勝緣曾已攝受授法令行得成滿故三與遮那同於餘佛海生以上云共集故四從法性佛海生以上德海諸佛共同平等一味但稱性修即是從生不揀自他故梵本云與佛同一善根海生謂佛德者釋爲海義即金光明意彼經偈云佛德無邊如大海無限妙寶積其中智慧德水鎮恒盈百千勝定咸充滿即同海故從自佛者由普賢等自圓十身十身之中有如來身依於佛身起菩薩用云從彼生

諸波羅蜜悉已圓滿

第二諸波羅蜜下就行德以歎夫大士必崇德廣業虛心外身崇德故進齊佛果廣業故行彌法界虛心故智周萬法而不爲外身故功流來際而非已故德難名矣夫大士下先彰歎意先兩句標崇德廣業者周易上繫云子曰易其至矣乎夫易聖人所以崇德而廣業也注云窮理入神其德崇也兼濟萬物其業廣也次復云智崇禮卑崇效天卑法地注云智以崇爲貴禮以卑爲用又云盛德大業至矣哉富有之謂大業日新之謂盛德虛心外身者即老子意彼云虛其心實其腹弱其志強其骨又云後其身而身先外其身而身存今借其言謂菩薩虛曠其心智絕能所亡身爲物一向利他故下經云菩薩所修功德行不爲自已及他人但以最上智慧心利益衆生故回向即斯意也略分爲三一明自分因行德二勝進果行德三二行無礙德初中亦三一自利行圓二利他行滿三證理位極今初有三句一諸度行圓謂六度十度八萬四千多劫積集究盡事理故云圓滿

慧眼明徹等觀三世

二慧眼下十眼明徹分別名慧照矚稱眼障翳斯盡智無不矚故云明徹五眼之中慧眼觀理理無異味故云等觀十眼之中慧眼觀事事無不見故名等觀是則委見其事爲明深達其性爲徹欲以一眼含諸具通事理但舉其慧五眼之中一肉眼二天眼三慧眼四法眼五佛眼釋相如離世間品今唯取慧眼十眼者前五眼外更加五眼而業用多異文云所謂肉眼見一切色故天眼見一切衆生心故慧眼見一切衆生諸根境界故法眼見一切法如實相故佛眼見如來十力故智眼知見諸法故光明眼見佛光明故出生死眼見涅槃故無礙眼所見無障故一切智眼見普門法界故釋曰見諸根境界即是見事即五眼中法眼見同則明徹之言明配十眼中智徹配五眼中慧

於諸三昧具足清淨

三於諸下深定已滿三昧者此云等持遠離沉掉平等持心趣一境故而云諸者其餘諸緣亦一境故眞如三昧爲其定體隨境入別塵數多端故云諸也橫則無定不窮豎則深入無際故云具足定障永亡故云清淨豎則深入者法華云禪定智慧解脫三昧深入無際

辯才如海廣大無盡

第二辯才下利他行滿有三句即三輪化益一語含四辯即正教輪辯謂巧顯深理才謂巧應機宜萬法咸演則廣大無涯千難殊對則無竭盡故如海也又海遇風緣則洪浪雲涌智逢機請則口辯波騰請者既許無邊辯亦廣大無盡

具佛功德尊嚴可敬

二具佛下身業神通輪謂三業無失智深叵撓爲具佛功德故得外儀儼若肅然可敬

知衆生根如應化伏

三知衆生下意業記心輪根義總明文含性欲言如應者根有生熟化不失時器有大小授法無謬化謂教化即應攝受者而攝受之伏謂調伏即應折伏者而折伏之由此具行入正法故即應攝受下即勝鬘經文由此具行入正法故者即取意結之彼云折伏攝受令正法久住多分折伏剛强攝受柔弱

入法界藏智無差別

第三入法界藏下證理位極亦三句一證理法謂以大智證入平等眞法界藏依佛性論說有五藏一如來藏謂在纏含果法故二自性清淨藏謂在纏不染三法身藏謂果位爲功德所依四出世間上上藏謂出纏超過二乘菩薩五法界藏謂通因果外持一切染淨有爲故名法界內含一切

恒沙性德故復名藏此義寛通故今證入依佛性論者即第二卷辯相分第四自體相品第一中有十義一自體相牒云相者有二種一一者別相二者通相別相有三何者爲三一者如意功德性二者無異性三者潤滑性言如意功德性者謂如來藏有其五種何等爲五一如來藏自性是其藏義一切諸法不出如來自性無我爲相故故說一切諸法爲如來藏二者正法藏因是其藏義以一切聖人四念處等正法皆取此性作境未生得生已生得滿是故說名爲正法藏三者法身藏至得是其藏義此一切聖人信樂正性信樂願聞由此信樂心故令諸聖人得於四德乃過恒沙數等一切如來功德故說此性名法身藏四者出世藏眞實是藏義世有三失一者對治可滅盡故名爲世此法則無對治故名出世二不淨住故名爲世由虛妄心果報念念生滅不住故此法不爾故名出世三由有倒見故心在世間則恒倒見如人在三界心中決不得見苦法忍等以其虛妄故名爲世此法能出世間故名眞實爲出世藏五者自性清淨藏以秘密是其藏義若一切法隨順此性則名爲內是正非邪則爲清淨若諸法違逆此理則名爲外是邪非正名爲染濁故言自性清淨藏故勝鬘經云世尊佛性者是如來藏是正法藏是法身藏是出世藏是自性清淨藏由說此五藏義故如意功德得顯現爲顯此義

故說如意寶喻譬如有人以宿業故感得
如意寶珠得此珠已能隨其意有所樂事
自然得成佛性亦爾由事善知識修諸福
慧感得此性便隨修行者意各各自得三
乘之果故如意功德是其別相釋曰然䟽
引五藏即賢首䟽其第五藏即論第二正
法藏是名則小異大旨則同取其最後順
經法界義故當第五復名法界藏耳然論
正法藏云因是其義今䟽云通因果者謂
能與因果諸位功德為因故論云一切聖
人四念處等
而為因故
言智無差別者所證之藏平
等要無分別方契此則智自無差所證之藏下釋
智無差別於中分二先正釋然有三釋連
成一義第一智自無差如以圓蓋稱於圓
函今但論蓋圓耳謂所證平等故須無
差別智方證於理若差別智即不能證即
由上義能所不殊又此能證智與所證藏
冥合一味無有境智之異故云無差此復
有二一同無相故下經云無有少法為智
所入亦無少智而入於法二同法界故則
能所各互攝盡故下云無有智外如為智
所入智攝智如盡故亦無如外智能證於

如如全攝智故即由上義下第二意能所不殊無差如魚符相合又
此下明一味無差如水和乳此復有二者
前即真空一味後即妙有一味前即無相
後即法性若皆一味豈令智同於境而無智耶
古德釋云智相盡故不有能令智相盡故
不無不爾豈令諸相皆盡而智獨存智相盡故
不有則同如一味能令智相盡故不無則
智有功能反照智空不取於智斯為真智
故不無智不爾下反釋
反成不有一味之義是故於境則不礙
真而恒俗於智則不礙寂而恒照即境智
非一境則不礙俗而恒真智則不廢照而
恒寂即境智非異境則空有無二智則寂
照雙融故云無差別也是故下結成於中
先以寂照對真俗
二境辯非一異後境
則空有下結成無差上來所釋約真理寂
寥與止寂相順俗諦流動與觀照相順起
信等中且為此釋上來所釋下二申今意
三初成昔解明有文據
出於起信為出論意則令昔解未盡其源
謂前結成之中於境不礙真而恒俗智則

不礙寂而恒照雖明不礙若別對者意以心寂對於境真心照對於境俗以照對俗則心境非一以寂對真則心境非異明是唯照對俗唯寂對真次雖雙融空有二境寂照二心終不得言境則不礙俗而恒真心則不礙照而恒寂則心境非異明知本意相對別也故疏取其意示論意云真理寂寥與止寂相順俗諦流動與觀照相順言起信等者出其所據也等取瑜伽及別經論言起信中者即彼修行信心分中云云何修行止觀門所言止者謂止一切境界相隨順奢摩他觀義故所言觀者謂分別因緣生滅相隨順毗鉢舍那觀義故云何隨順以此二義漸漸修習不相捨離雙現前故若修止者住於靜處端坐正意不依氣息不依形色不依於空不依地水火風乃至不依見聞覺知一切諸想隨念皆除亦遣除想以一切法本來無想念念不生念念不滅亦不得隨心外念境界後以心除心心若馳散即當攝來住於正念是正念者當知唯心無外境界即復此心亦無自相念念不可得若從座起去來進止有所施作於一切時常念方便隨順觀察久習淳熟其心得住以心住故漸漸猛利隨順得入真如三昧釋曰上皆論文止中則知無相不生不滅觀中常念方便及分別因緣生滅明是止順於理觀順於事又論下文云復次若人唯修於止則心沈沒或起懈怠不樂衆善遠離大悲是故修觀修習觀者當觀一切世間有爲之法無得

久停須臾變壞一切心行念念生滅以是故苦等釋曰上亦多就事明觀又下論云唯除坐時專念於止若餘一切悉當觀察應作不應作止觀俱行所謂雖念諸法自性不生而復即念因緣和合善惡之業苦樂等報不失不壞雖念因緣善惡業報而亦即念性不可得釋曰此之雙行亦明念自性不生是止念因緣和合是觀故疏出論意真理寂寥與止寂相順俗諦流動與觀照相順而上云等取瑜伽七十七中亦說禪定有於三品一奢摩他品二毗鉢舍那品三雙運品大旨與起信多同故致等言

未盡其源以令照真不得名照照俗之時不得即寂故

未盡其源下次辯順違文雖順論不知諸論且約一相便將寂照敵對真俗故是有乖以令照真下出其有乖所以由以寂對真故單照真時無照以照對俗故單觀俗時無寂故統收經論中意或以理觀對於事止謂契理止妄是也或以事觀對於理寂謂無念知境是也或事觀對於事寂謂觀於一境心不動搖是也或理觀對於理寂忘心照極是也畧舉其四廣如賢首品此由約單觀若約雙融事理如下疏文若依古釋則全無事止亦無理觀云何更得三觀一心三止齊運若云約真則境智無二約俗則境智非一斯則有理而其結云境則空有無二智則寂照雙融明知還融前照事之觀契理之寂耳請細詳之

今正釋

者謂言用則同而異由境不能照智有照故言寂則異而同境智無異味故同故無心於彼此忘心契合故異故不失於照功智異木石故故名真智證理境則唯寂智則寂而常照

今正釋者下三申正義有四初約證理以釋境智非一異義即肇公般若無知論中之意而便以疏間而釋之彼論先有難云聖智之無惑智之無俱無生滅何以異之耶答曰聖智之無者無知惑智之無者知無其無雖同所以無無者異也何者夫聖心虛寂無知可無可曰無知非謂知無惑智有知故有知可無可謂知無非曰無知也無知即般若之無也知無則真諦之無也是以般若之與真諦言用則同而異言寂則異而同故無心於彼此異故不失於照功是以辯同者同於異辯異者異於同斯則不可得而異不可得而同也何者內有獨鑒之明外有萬法之實萬法雖實然非照不得內外相與以成其照功此則聖所不能同用也內雖照而無知外雖實而無相內外寂然相與俱無此則聖所不能異寂也是以經云諸法不異者豈曰續鳧截鶴夷岳盈壑然後無異哉誠以不異於異故雖異而不異耳故經云甚奇世尊於無異法中而說諸法異又云般若與諸法亦不一相亦不異相信矣釋曰但觀上來所引論文則疏之中自分主客但觀疏文中間釋論則論旨趣居然可知

若約照俗則以後得智照差別之境

若約融真俗者境則真俗不二智則權實雙行亦爲一味而不失止以雖雙行而即寂故

若約融真俗者下三約雙融所以辯此者自有二意一者古德自科入法界藏云一證理法故於止義唯就理明今此別明事理無礙二者即所證理是即事之理不遮雙融但上雙融唯取權智對於真止故爲非耳故今不要以止對真而智自有權實雙融對真俗雙融以與昔別況云而不失止則二智之上自有二止權智之上有隨緣止實智之上有體真止二止亦融對上二智即止觀雙融若融智境方爲一味

若約三觀及融境智至下當辯

若約三觀下四約三觀說謂空觀假觀中道觀在一心則空假中一心對境無諦有諦中道第一義諦三諦之境三觀自有三止空觀有體真止假觀有隨緣止中道觀有離二邊分別止三止三觀六法一時以契一諦三諦之境境智一味則有九法皆成一味更有異門等並如下說

證佛解脱甚深廣大
二證佛下明證果法言解脱者謂作用自
在如不思議法品說於一念中建立三世
一切佛事等總有十種廣如彼說即用而
真故甚深用無涯畔故廣大上窮彼際故
云證也
總有十種者即第四十七經末云佛子諸佛世尊有十種無礙解脱何等爲十所謂一切諸佛能於一塵現不可說不可說諸佛出興於世一切諸佛能於一塵現不可說不可說諸佛轉淨法輪一切諸佛能於一塵現不可說不可說衆生受化調伏一切諸佛能於一塵現不可說不可說諸佛國土一切諸佛能於一塵現不可說不可說菩薩受記一切諸佛能於一塵現去來今一切諸佛一切諸佛能於一塵現去來今一切世界種一切諸佛能於一塵現去來今一切神通一切諸佛能於一塵現去來今一切衆生一切諸佛能於一塵現去來今一切佛事是爲十
能隨方便入於一地而以一切願海所持恒
與智俱盡未來際
三能隨下明得位極謂普賢身遍於六位
隨在一位以願海力持於一切故舊經云
在於一地普攝一切諸地功德今此文順
西國若順此方應云能以方便隨入一地
以願海力攝持一切地也然有引梵本廣
明此中句數開合不同不必應爾何者夫
譯梵爲唐誠乃不易苟文小左右貴於旨
不乖中若理不可通則正之以梵本譯人
意近則會之以舊經言異意同何必廣引
然有引梵本下因譯此句便彈古人有無蓋之文意云如不獲已須引梵文若無異轍何要繁引因示體式言譯梵爲唐誠乃不易者案道安法師云譯梵爲秦有五失本三種不易即叡公摩訶般若經序所明言五失本者一梵語盡倒而使從秦一失本也二梵經尚質此方好文傳可衆心非文不合二失本也三梵經委悉至於歎詠叮嚀反覆或三或四不嫌其繁而今裁斥三失本也四梵有義說正似亂辭尋說向語文無以異或千或百刈而不存四失本也五事已全成將更傍及反騰前辭已乃復說而悉除之此五失本也又三種不易何者然般若逕三達之心覆面所演聖必

因時時俗有險易而刪古雅以適今時一不易也愚智天隔聖人叵階乃欲以千載之上微言傳合百王之下末俗二不易也阿難出經去佛未久尊者大迦葉令五百六通迭察迭書今離千年而以近意量裁彼阿羅漢乃兢兢若此此生死人而平平若此豈將不知法者勇乎斯三不易也涉茲五失本逮三不易譯梵爲秦詎可不慎乎今用此意故云誠乃不易苟文小左右下示譯方軌先二句總令取意即什公意

叡公摩訶般若波羅蜜經序云執筆之次三惟亡師五失三不易之誨惕焉若厲憂懼盈懷雖復履薄臨深未足喻也幸冀宗匠通鑒文雖左右而旨不違中遂謹受案譯敢當此任故會意譯經姚秦羅什爲最若敵對翻譯大唐三藏稱能若理不可通下別示方軌如下萬字非字虛空無形引梵以正斯引得矣譯人意近則會之以晉經者如今經云以是發心當得佛故引晉經云以是發心即是佛故譯人意謂印佛

恐濫果佛故云當得若爾上云初發心時便成正覺何異即佛況下復云即得如來一身無量身等豈唯當成爲是是知即佛約圓融門當成但是行布之意今以行布釋於圓融故言意近須引晉經以成正理又如出現品菩提章云於一切義無所觀察但得寂義故引晉經解一切義則止觀具矣如是等文其類多矣許可引斥今此文中廣引梵本言異意同故成繁長

言恒與智俱者明智窮來際文含二義一望前謂雖在因中一地而願力持一切地功德皆與智俱盡未來際不離一地如一地餘地亦爾是故因門盡於未來但是一一諸位菩薩不見作佛時二望後以盡未來之大智入如來之果海也雖有二義順前義勝　初自分因行德竟

了達諸佛希有廣大祕密之境

第二了達下明勝進果行分二一得果法二起果用今初有四句一入佛密境此有二意一佛即密境以三業業具非餘測故謂非色現色摩尼不能喻其多非量現量應持不能窮其頂不分而遍一多不足異其體全法爲身一毛不可窮其際此身祕密也佛言聲也非近非遠目連尋之無際

身子對而不聞非自非他若天鼓之無從猶谷響而緣發無邊法海卷之在一言無内圓音展之該萬類是謂佛口密也意則無私成事等覺尚不能知密之至也皆廣大無涯超絶奇特故云希有二佛之密境謂即一乘如來如見禪定解脱深入無際帝網之境時乃説之故云希有久黙斯要甚爲祕密又權實隱顯唯佛方知故云祕密今洞見其源故云了達

善知一切佛平等法

二善知下入佛平等亦有二意一佛佛平等謂一切諸佛體性平等法身無二故智慧平等德無增減故内用平等悲願普應故二者佛所證法平等即第一義此二無二稱此而了故名善知

已踐如來普光明地

三已踐下明得佛位謂佛有十地如大乘同性經説一甚深難知廣明智德地乃至第十名毘盧遮那智海藏地此十同是佛地約德用成别今普光明當其第一普即廣義光明即明甚深難知此文雖略義在普中舉初攝後理實皆踐又普光明亦十地之總總不出於普法智光故如大乘等者經云一甚深難知廣明地二清淨身分威嚴不思議明德地三善明月幢寶相海藏地四精妙金光功德神通智德地五火輪威藏明德地六虛空内清淨無垢燄光開相地七廣勝法界藏明界地八最勝普覺智藏能淨無垢遍無礙智通地九無邊億莊嚴回向照明地十毘盧遮那智海藏地釋曰此上十地同是佛地約用成别廣有其相具如彼經

入於無量三昧海門

四入於下證佛三昧謂海印等定皆深廣

如海並通一實故得稱門

於一切處皆隨現身世法所行悉同其事總持廣大集衆法海辯才善巧轉不退輪

第二於一切下明起果用文有三業一現佛身業遍世同事二同佛意業總持大法三得佛語業能轉法輪不退有四一稱理不退無改說故二應機不退無虛發故三利益不退聞已必定故四制伏不退天魔外道不能動故復有四種不退謂信位證念今當第四念不退也不退有四等者此有兩種四不退義前義即十地論一向約利他大用而說後四不退如常所辯信謂十信已滿十千劫故亦是第六不退心也位即十住第七不退退住不退墮聲聞辟支佛地故名位不退證謂初地已證真如已得不退念即八地已上念念入法流心心趣寂滅故得不退

第二勝進果行德已竟

一切如來功德大海咸入其身一切諸佛所在國土皆隨願往已曾供養一切諸佛無邊際劫歡喜無倦一切如來得菩提處常在其中親近不捨恒以所得普賢願海令一切衆生智身具足

第三一切如來下二行無礙德謂引攝佛德不礙修因故文有五句一引攝佛德然有二義一則行成攝果二則諸佛同加二一切下隨佛遍生不揀淨穢也三已曾下供佛集福十方無邊三世無際此一切佛皆供養故歡慶有遇不住福相故長時無猒四一切下長爲輔翼義通真應五恒以下悲願調生不以偏小利物唯以同體普願攝物令證菩提方顯智體圓足

成就如是無量功德

第二成就下總結多門無得而稱也菩薩

之德焉言不可周宜以類取故云如是無量無德而稱等者此借論語泰伯篇言子曰泰伯其可謂至德也已矣三以天下讓民無德而稱焉意云德既至深故不能稱歎也謂泰伯即武王伯祖文王之伯弟名季歷即文王之父合當泰伯長子承嫡知弟季歷必生聖子讓而不受託採藥於吳故為至德

大方廣佛華嚴經疏鈔會本第一之三

音釋

溝洫溝居候切洫勿棫切溝洫水瀆也　冑直文切兜鍪也　遞大計切更易也　轍直列切車轍也　迭徒結切更也　叡俞芮切　齌音齊肚臍也　汎灩汎孚梵切浮也灩以贍切水動貌　矚朱欲切視也　瞖壹計切目疾也　撓奴巧切擾亂也　掉徒了切搖動也　刈倪制切割也　惕他歷切音剔憂也　嫡丁歷切止長曰嫡

大方廣佛華嚴經疏鈔會本第一之四

唐于闐國三藏沙門實叉難陀　譯

唐清涼山大華嚴寺沙門澄觀撰述

第二異生衆中總三十九衆相從爲三第一雜類諸神衆第二阿修羅下八部四王衆第三三十三天下欲色諸天衆

復有佛世界微塵數執金剛神

今初有十九衆通名神者靈祇不測故文皆三段第一標數辯類第二列名結數第三攝德圓滿今第一金剛神衆初辯類中以執持此杵守護佛故然一一類皆通有所表如地表心地海表德海等觀其歎德則知通意今此表般若堅利導於衆行到彼岸故

所謂妙色那羅延執金剛神

二所謂下列名結數然諸衆立名皆隨所得法門爲物立稱一那羅延者此云堅固由見佛妙色皆不可壞故受此名那羅延者取下得法以釋此名下經云妙色那羅延執金剛神得見如來示現無邊色相身解脫門偈云汝應觀法王法王法如是色相無有邊普現於世間

日輪速疾幢執金剛神

二見佛身毛猶如日輪現種種光速摧障惱故名曰幢見佛者下經云日輪速疾幢執金剛神得佛身一一毛孔如日輪現種種光明雲解脫門偈云佛身一一毛光網不思議譬如淨日輪普照十方國舉此爲例下皆準之欲具釋者但看下經名義俱了餘三十八衆例此可知

須彌華光執金剛神

三見佛身光映蔽一切猶如須彌顯于大海神通等法如華開敷故

清淨雲音執金剛神

四圓音隨類如雷震故

諸根美妙執金剛神
五現爲世主以美妙根令物悟故
可愛樂光明執金剛神
六智光演法令愛樂故
大樹雷音執金剛神
七寶飾妙相如華嚴樹方便警物如雷震
音
師子王光明執金剛神
八福深相妙炳著光明如師子王處衆無
畏
密燄勝目執金剛神
九慈眼視物爲吉祥目神通之焰密現物
前故
蓮華光摩尼髻執金剛神
十雨此嚴具及光明故

如是等而爲上首有佛世界微塵數
如是等結數下諸衆皆類此知至得法處
名當自顯恐厭繁文下略不釋
皆於往昔無量劫中恒發大願願常親近供
養諸佛隨願所行已得圓滿到於彼岸
第三皆於下攝德圓滿十句分二初二句
總彰願行由昔願力得預法會常爲親侍
由今行滿故能遍侍
積集無邊清淨福業於諸三昧所行之境悉
已明達獲神通力隨如來住入不思議解脫
境界處於衆會威光特達隨諸衆生所應現
身而示調伏一切諸佛化形所在皆隨化往
一切如來所住之處常勤守護
後積集下別顯滿相一福積淨業二智達
定境事定之境隨事百千理定之境即真

如實相不思議定則以無礙而爲其境今皆智照故云明達三通隨佛住四入用難思五處衆超絶六應物調生七隨佛化形八護佛住處文並可知

復有佛世界微塵數身衆神

第二身衆神文三同前初辯類有二義一身謂神之自身衆即同生同名及所隨者凡有其一必更有二共有其三三故名衆能所合目名身衆神二約所主謂此類神專以變化多身爲佛事故（衆即同生同名者謂左右有童子）

所謂華髻莊嚴身衆神光照十方身衆神海音調伏身衆神淨華嚴髻身衆神無量威儀身衆神最上光嚴身衆神淨光香雲身衆神守護攝持身衆神普現攝取身衆神不動光明身衆神如是等而爲上首有佛世界微塵數皆於往昔成就大願供養承事一切諸佛

所謂下二名三德文並可知

復有佛世界微塵數足行神

第三足行神亦有二義一謂依止足行衆生及守護故如下善見比丘足行之神持華承足故下德中戀仰如來二足所行處即道路神通表修行履佛所行故

所謂寶印手足行神蓮華光足行神清淨華髻足行神攝諸善見足行神妙寶星幢足行神樂吐妙音足行神栴檀樹光足行神蓮華光明足行神微妙光明足行神積集妙華足行神如是等而爲上首有佛世界微塵數皆於過去無量劫中親近如來隨逐不捨復有佛世界微塵數道場神

第四道場神從所依所守得名下諸神衆類皆同此言道場者非唯護佛道場但有莊嚴道場之處即於中護故下德中願供養佛表護萬行道場及修行者故

所謂淨莊嚴幢道場神須彌寶光道場神雷音幢相道場神雨華妙眼道場神華纓光髻道場神雨寶莊嚴道場神勇猛香眼道場神金剛彩雲道場神蓮華光明道場神妙光照耀道場神如是等而爲上首有佛世界微塵數皆於過去值無量佛成就願力廣興供養

復有佛世界微塵數主城神

第五主城神表行德防御法城心城故如摩耶處說

所謂寶峯光耀主城神妙嚴宮殿主城神清淨喜寶主城神離憂清淨主城神華燈燄眼主城神燄幢明現主城神盛福光明主城神清淨光明主城神香髻莊嚴主城神妙寶光明主城神如是等而爲上首有佛世界微塵數皆於無量不思議劫嚴淨如來所居宮殿

德中以已德行嚴佛宮殿者一佛殿爲所守之最瑩飾爲尊佛故二主伴善根互融攝故三瑩飾自心佛安處故

復有佛世界微塵數主地神

第六主地神表深重願荷負行德故亦表心地爲依持故

所謂普德淨華主地神堅福莊嚴主地神妙華嚴樹主地神普散衆寶主地神淨目觀時主地神妙色勝眼主地神香毛發光主地神悦意音聲主地神妙華旋髻主地神金剛嚴體主地神如是等而爲上首有佛世界微塵

數皆於往昔發深重願願常親近諸佛如來
同修福業
復有無量主山神
第七主山神通表萬德高勝性皆閑寂別
表智德最高故德中云得清淨眼名中多
有光稱
所謂寶峯開華主山神華林妙髻主山神高
幢普照主山神離塵淨髻主山神光照十方
主山神大力光明主山神威光普勝主山神
微密光輪主山神普眼現見主山神金剛密
眼主山神如是等而爲上首其數無量皆於
諸法得清淨眼
復有不可思議數主林神
第八主林神表以無漏智導於衆行森聳
建立故德中云皆有可愛光明
所謂布華如雲主林神擢幹舒光主林神生
芽發曜主林神吉祥淨葉主林神垂布燄藏
主林神清淨光明主林神可意雷音主林神
光香普徧主林神妙光迥曜主林神華果光
味主林神如是等而爲上首不思議數皆有
無量可愛光明
復有無量主藥神
第九主藥神表行德伏惑資益法身若約
利他則三業不空如藥樹王故下德中性
皆離垢即伏惑去病也仁慈祐物即進善
補益也名中總名主藥藥既不同神神各
別吉祥者主香茅之類也清淨光明謂乳
石之流名稱普聞如藥樹王雪山忍草等
明見十方謂眼藥等約法準之
所謂吉祥主藥神栴檀林主藥神清淨光明

主藥神名稱普聞主藥神毛孔光明主藥神普治清淨主藥神大發吼聲主藥神蔽日光幢主藥神明見十方主藥神益氣明目主藥神如是等而爲上首其數無量性皆離垢仁慈祐物

復有無量主稼神

第十主稼神稼者樹五穀也表萬行法味資益自他他益稱心故德中大喜成就

所謂柔輭勝味主稼神時華淨光主稼神色力勇健主稼神增長精氣主稼神普生根果主稼神妙嚴環髻主稼神潤澤淨華主稼神成就妙香主稼神見者愛樂主稼神離垢淨光主稼神如是等而爲上首其數無量莫不皆得大喜成就

復有無量主河神

十一主河神即河伯之流也表法河流注潤益群品又於生死瀑流拯彼漂溺江河淮濟清濁俱河故生死法流此神皆主

第十一主河神即河伯之流者外典說爲河伯故莊子秋水篇云秋水時至百川灌河涇流之大兩涘渚涯之間不辯牛馬言其廣也於是焉河伯欣然自喜以天下之美爲盡在己順流而東行至於北海東面而視不見水端於是焉河伯始旋其面目望洋向若而歎曰野語有之曰聞道百謂萬分之一以爲莫己若者我之謂也釋曰若即海若海神名也如下引之皆此章具今但取名河伯亦名馮夷故洛神賦云馮夷鳴鼓女媧清歌

所謂普發迅流主河神普潔泉澗主河神離塵淨眼主河神十方徧吼主河神救護衆生主河神無熱淨光主河神普生歡喜主河神廣德勝幢主河神光照普世主河神海德光明主河神如是等而爲上首有無量數皆勤作意利益衆生

德中勤益生者謂遇沿流則平波息浪逢泝泳則微風輕動水性之屬深止而住居陸行之流富生而應采導百川而去害灌萬頃而開利爲勤作意利益衆生約所表法隨意消息

復有無量主海神

十二主海神即海若之輩表具含萬德一一深廣也

所謂出現寶光主海神成金剛幢主海神遠離塵垢主海神普水宮殿主海神吉祥寶月主海神妙華龍髻主海神普持光味主海神寶燄華光主海神金剛妙髻主海神海潮雷音主海神如是等而爲上首其數無量悉以如來功德大海充滿其身

名中三名遠離塵垢者瑜伽八十六云現斷煩惱離故遠塵彼隨眠離繫故離垢今約近事塵謂塵境垢即煩惱六根對境了彼性空故曰遠塵衆惑不行誠爲離垢心境相藉離垢由於遠塵

復有無量主水神

十三主水神者通上河海等水及雨露霜雪等也表法水含潤等多義理故

所謂普興雲幢主水神海潮雲音主水神妙色輪髻主水神善巧漩澓主水神離垢香積主水神福橋光音主水神知足自在主水神淨喜善音主水神普現威光主水神吼音徧海主水神如是等而爲上首其數無量常勤救護一切衆生而爲利益

德中拯溺爲救濟危爲護謂已溺邪見貪愛水者救之將沉者護之而爲利益即雲

雨等潤發生萬物也法合可知

復有無數主火神

十四主火神即宋無忌之流也以顯智慧火燒煩惱薪成熟善品破無明闇耳

所謂普光燄藏主火神普集光幢主火神大光普照主火神衆妙宫殿主火神無盡光髻主火神種種燄眼主火神十方宫殿如須彌山主火神威光自在主火神光明破闇主火神雷音電光主火神如是等而爲上首不可稱數皆能示現種種光明令諸衆生熱惱除滅

德中夫火有二能一能爲益二能爲損今用益止損表法亦爾示慧光以去闇用益也除惑若之熱惱止損也

復有無量主風神

十五主風神通表方便無住無所不摧別表如下

所謂無礙光明主風神普現勇業主風神飄擊雲幢主風神淨光莊嚴主風神力能竭水主風神大聲徧吼主風神樹杪垂髻主風神所行無礙主風神種種宫殿主風神大光普照主風神如是等而爲上首其數無量皆勤散滅我慢之心

復有無量主空神

十六主空神表法性空別即離染周徧等亦各如名辯

所謂淨光普照主空神普游深廣主空神生吉祥風主空神離障安住主空神廣步妙髻主空神無礙光燄主空神無礙勝力主空神離垢光明主空神深遠妙音主空神光徧十

方主空神如是等而爲上首其數無量心皆離垢廣大明潔

德中若情塵亂起翳本性空智日高昇則情雲自卷空有日而廓爾無際智合理而杳然無涯故云爾耳

復有無量主方神

十七主方神即東方青帝等類也表顯邪正方隅使行無迷倒即東方者此主五方有五帝東方甲乙木其色青故東方爲青帝南方丙丁火其色赤爲赤帝西方庚辛金其色白爲白帝北方壬癸水其色黑爲黑帝中央戊已土其色黄爲黄帝若十二神即一方有三故成十二大集經說十二獸皆是大菩薩示迹爲之如彼經說

所謂徧住一切主方神普現光明主方神光行莊嚴主方神周行不礙主方神永斷迷惑主方神普遊淨空主方神大雲幢音主方神髻目無亂主方神普觀世業主方神周徧遊覽主方神如是等而爲上首其數無量能以方便普放光明恒照十方相續不絶

德中身智放光無不引攝名普放也無時不放所以稱恒如日周天故相續不絶

復有無量主夜神

十八主夜神表於無明黑闇生死長夜導以慧明令知正路

所謂普德淨光主夜神喜眼觀世主夜神護世精氣主夜神寂靜海音王夜神普現吉祥主夜神普發樹華主夜神平等護育主夜神遊戲快樂主夜神諸根常喜主夜神出生淨福主夜神如是等而爲上首其數無量皆勤修習以法爲樂

德中夜分亡寢是曰勤修翻彼長迷故以法爲樂

復有無量主晝神

十九主晝神於晝攝化顯行德恒明也

所謂示現宮殿主晝神發起慧香主晝神樂勝莊嚴主晝神香華妙光主晝神普集妙藥主晝神樂作喜目主晝神普現諸方主晝神大悲光明主晝神善根光照主晝神妙華瓔珞主晝神如是等而爲上首其數無量皆於妙法能生信解恒共精勤嚴飾宮殿

德中先修正解後勤正行有信無解增長無明有解無信還生邪見信因解淨解藉信深晝之義也上來多主器界故但名神準梵本除金剛神餘皆女神表慈育故菩薩同於彼類以攝衆生自下攝領有情皆受王稱並是丈夫

復有無量阿脩羅王

第二八部四王衆文有八段前四雜類後四能統是天王所統是八部今初阿修羅亦云阿素落梵音楚夏耳婆沙譯爲非天佛地論云天趣所攝以多行諂媚無天實行故曰非天依阿毗曇亦鬼趣攝諂曲覆故正法念經鬼畜二攝以羅睺阿修羅是師子子故伽陀經天鬼畜攝具上說故由此或開六趣或合爲五多好鬬諍懷勝負故或居衆相山中或居海下如正法念說然有大力者廣修福故今之修福有懷勝負諂媚心者多生其中依阿毗曇亦鬼趣攝者若依雜心第八修多羅品亦畜生趣攝有言阿修羅與天同趣是故說言汝先是天問若然何不見天帝耶答諂曲所覆故有說是大力餓鬼天趣不攝故問若爾釋天云何與相習近耶答天貪色故勝負多故

所謂羅睺阿修羅王毗摩質多羅阿修羅王

巧幻術阿脩羅王大眷屬阿脩羅王大力阿脩羅王徧照阿脩羅王堅固行妙莊嚴阿脩羅王廣大因慧阿脩羅王出現勝德阿脩羅王妙好音聲阿脩羅王如是等而爲上首其數無量

羅睺此云攝惱以能將手隱攝日月令天惱故二毗摩此云絲也質多羅種種也謂此王能以一絲幻作種種事故

悉巳精勤摧伏我慢及諸煩惱

德中實者因果俱慢故權應徧摧非不斷餘故云及也

復有不可思議數迦樓羅王

二迦樓羅昔云金翅正云妙翅以翅有種種寶色莊嚴故此就狀翻若敵對翻此云大嗉項以常著龍於嗉中故此鳥能食龍魚七寶然鳥及龍各具四生謂卵胎濕化後後勝前前劣不能食勝謂卵生鳥不能食胎等勝能噉劣化食四生如增一辯以化食化暫得充虛亦表菩薩攝生故離世間品云菩薩迦樓羅如意爲堅足乃至搏撮人天龍安置涅槃岸 化食四生者化最勝故濕生鳥食濕胎卵三生龍胎生鳥食胎卵二生龍卵生鳥唯食卵生龍然劣不能食勝若有食者其鳥即死而可食者日食一龍王五百小龍繞四天下周而復始次第取食其鳥命將盡時至海取龍爲龍吐毒復不能食飢火所燒聳翅入海直下至風輪際爲風所吹還復却上如是七返無處停足遂至金剛山頂命終以食龍故其身毒氣發火自燒難陀龍王恐燒寶山降雨滅火滴如車軸其身肉消散唯有心在大如人髀紺瑠璃色輪王得之用爲珠寶帝釋得之爲髻中珠亦表菩薩下約表以釋引文云乃至者彼經具云菩薩迦樓羅如意爲堅足方便勇猛翅慈悲明淨眼住一切智樹觀三有大海搏撮天人龍安置涅槃岸

所謂大速疾力迦樓羅王

大速疾力者增一中說此鳥食龍從金剛山頂鐵杈樹下入海取龍水未合間還至本樹是爲速疾

無能壞寶髻迦樓羅王清淨速疾迦樓羅王心不退轉迦樓羅王大海處攝持力迦樓羅王

大海處攝持力者即是攝彼命將盡者食之而龍受三歸及袈裟一縷在身則不可取菩薩亦爾如前引離世間品說又出現云取善根熟衆生置佛法中此爲命盡若心有邪歸斷見所覆則不可取

而龍受三歸者菩薩處胎經佛自說昔爲金翅鳥七寶宮殿等時入大海求龍爲食時彼海中有化生龍龍子八日十四日十五日受如來齋八禁戒法時鳥銜龍出海金翅鳥法若食龍時先從尾吞求尾不得已經日夜明日龍出尾示金翅鳥云化生龍者我身是也我若不持八關齋法者汝可食我我奉齋戒汝屈滅我金翅聞已悔過自責云佛之威神甚深難量請龍入宮龍即蹔入乃請龍受八戒一縷在身即觀佛三昧海經又出現下即彼如來行中金翅闘海喻喻如來無礙行經云佛子譬如金翅鳥王飛行虛空迴翔不去以清淨眼觀察海內諸龍宮殿奮勇猛力以左右翅鼓揚海水悉令兩闢知龍男女命將盡者而搏取之如來應正等覺金翅鳥王亦復如是住無礙行以淨佛眼觀察法界諸宮殿中一切衆生若種善根已成熟者如來奮勇猛十力以止觀兩翅鼓揚生死大愛海水使其兩闢而撮取之置佛法中令斷一切妄想戲論安住如來無分別無礙行釋曰觀前經文自知廣略下釋救攝引出現品亦是此文

堅固淨光迦樓羅王巧嚴冠髻迦樓羅王普捷示現迦樓羅王普觀海迦樓羅王

普觀海者即周四天下求命盡龍

普音廣目迦樓羅王如是等而爲上首不思議數悉已成就大方便力普能救攝一切衆生

德中大方便力即雖了衆生空而能入有是十力止觀也普能救攝即鼓生死大愛

海水取善根熟者如出現品説

復有無量緊那羅王

三緊那羅者此云疑神謂頂有一角形乃似人面極端正見者生疑爲是人耶爲非人耶爲此立稱依雜心論畜生道攝亦云歌神以能歌詠是天帝執法樂神即四王眷屬表菩薩示衆生形而非衆生常以法樂娱衆生故亦云歌神即唐三藏譯

所謂善慧光明天緊那羅王妙華幢緊那羅王種種莊嚴緊那羅王悦意吼聲緊那羅王寶樹光明緊那羅王見者欣樂緊那羅王最勝光莊嚴緊那羅王微妙華幢緊那羅王動地力緊那羅王攝伏惡衆緊那羅王如是等而爲上首其數無量皆勤精進觀一切法心恒快樂自在遊戲

德中要勤觀察則得法樂怡神自他兼樂爲自在遊戲

大方廣佛華嚴經疏鈔會本第一之四

音釋

杵歌呂切
擢直角切聳也
逈曜逈戶茗切寥遠也曜弋笑切光照也
聳荀勇切
榦居案切與幹同木旁生者爲枝正出爲榦
沿同沿夷然切循也
輭乳兖切柔也
漩澓漩音旋澓音伏漩澓水廻流也
瀑蒲報切疾雨也
泝蘇故切逆流而上也
泳爲命切游泳也
鬬丁候切競也
嗉蘇故切烏吭也
樹杪杪彌沼切木末也
搏撮搏怡各切擊也撮倉括切
拯音整
杈初加切木歧枝也
阿修羅梵語也亦云阿素洛此云無酒又名非天
迦樓羅梵語也亦云揭路荼此云金翅鳥
緊那羅梵語也亦云緊捺洛此云疑神又云人非人緊居忍切
髀部禮切股也

大方廣佛華嚴經疏鈔會本第一之五

唐于闐國三藏沙門實叉難陀　譯

唐清涼山大華嚴寺沙門澄觀撰述

復有無量摩睺羅伽王

四摩睺羅伽者此云大腹行即蟒之類亦表菩薩遍行一切而無行也

所謂善慧摩睺羅伽王清淨威音摩睺羅伽王勝慧莊嚴髻摩睺羅伽王妙目主摩睺羅伽王如燈幢爲衆所歸摩睺羅伽王最勝光明幢摩睺羅伽王師子臆摩睺羅伽王衆妙莊嚴音摩睺羅伽王須彌堅固摩睺羅伽王可愛樂光明摩睺羅伽王如是等而爲上首其數無量皆勤修習廣大方便令諸衆生永割癡網

德中此類聾騃故令方便捨癡

復有無量夜叉王

五夜叉王初一是北方天王即毗沙門是也若從能領是天衆攝今從所領爲名然四王各領二部從一立稱夜叉此云輕捷飛空速疾故亦云苦活此天又領一部名羅刹此云可畏

所謂毗沙門夜叉王自在音夜叉王嚴持器仗夜叉王大智慧夜叉王燄眼主夜叉王金剛眼夜叉王勇健臂夜叉王勇敵大軍夜叉王富資財夜叉王力壞高山夜叉王如是等而爲上首其數無量

名中云毗沙門者此云多聞以福德之名聞四方故此一是天夜叉之王餘九是夜叉夜叉即王雖一是天又從所領況九皆夜叉故非天衆下三例然如龍中娑竭羅

王豈是天耶

皆勤守護一切衆生

德中此類飛空噉人故菩薩示爲其王翻加守護亦令愛見羅刹不害法身慧命亦令

愛見者涅槃十一浮囊喻中羅刹乞浮囊合以愛見羅刹謂一切衆生或因貪愛煩惱破戒如有人明信因果正見在懷但爲惑纏遂破禁戒名愛羅刹二者以見不正撥無因果起諸邪見斷常等見便破禁戒謂破無罪名見羅刹但彼令破戒此害慧命以之爲異羅刹義同

復有無量諸大龍王

六龍王亦初一是天即西方天王

所謂毘樓博叉龍王娑竭羅龍王

毘樓博叉唐三藏譯云醜目毘樓醜也博叉目也日照三藏譯云毘遍也多也樓者具云嚕波此云色也博吃叉此云諸根也謂眼等諸根有種種色故以爲名此不必醜此王主二部謂龍及富單那富單那者此云熱病鬼也娑竭羅此云海也於大海中此最尊故獨得其名

雲音妙幢龍王燄口海光龍王普高雲幢龍王德叉迦龍王

德叉迦舊云多舌以嗜語故正云能害所害德叉者能害也迦者所害也謂若瞋噓視人畜皆死

無邊步龍王清淨色龍王普運大聲龍王無熱惱龍王

無熱惱者即阿耨達池之龍也諸龍有四熱惱今皆離故四熱至下當釋智論云此龍是七地菩薩須彌藏經云是馬形龍主又一切龍總有五種形類一象形善住龍王爲主二蛇形難陀龍王爲主三馬形阿

那婆達多龍王爲主四魚形婆樓那龍王爲主五蝦蟇形摩那斯龍王爲主

須彌藏者經有兩卷此即下卷功德天自敘云我與世尊往昔於因陀羅幢相王佛所同時發誓願今願悉滿心意滿足是故如來出現於世我今得住功德之處我今雖復住功德處猶未圓滿昔本誓願何以故此處多有象龍下即義引謂惡龍惱害衆生請佛除滅佛告須彌藏龍仙菩薩云汝於往昔然燈佛所爲化諸龍起大勇猛今四生龍有於惡毒氣毒見毒觸毒齧毒貪瞋癡毒云何當令如法除滅彼菩薩答我入其窟入深三昧彼當降伏廣說竟云我從阿僧祇劫勇猛精進故能教化一切衆生此諸龍王於大乘法精進修行謂此善住龍王爲一切象形龍主此難陀龍王爲一切蛇形龍主此阿耨達龍王爲一切馬形龍主此婆樓那龍王爲一切魚形龍主此摩那蘇婆帝龍王爲一切蝦蟇形龍主如是等諸大龍王能與衆生作諸衰惱自餘諸龍自力不堪作上衰患此五大龍安住大乘有大威德是大龍王各各佛前率諸眷屬不令起作如上灾禍於佛法僧三寶種性久住於世不令速滅

如是等而爲上首其數無量莫不勤力興雲布雨令諸衆生熱惱消滅

德中外則雲行雨施散去炎毒内則慈雲廣被法雨普霑散業惑之熱惱

德中雲行雨施者語出周易乾卦彖曰大哉乾元萬物資始乃統天雲行雨施品物流形大明終始六位時成時乘六龍以御天乾道變化各正性命保合大和乃利貞首出庶物萬國咸寧釋曰乾爲龍也六爻皆龍今釋於龍宜取乾德況雲行雨施

復有無量鳩槃茶王

七鳩槃茶王

所謂增長鳩槃茶王龍主鳩槃茶王善莊嚴幢鳩槃茶王普饒益行鳩槃茶王甚可怖畏鳩槃茶王美目端嚴鳩槃茶王高峯慧鳩槃茶王勇健臂鳩槃茶王無邊淨華眼鳩槃茶王廣大天面阿修羅眼鳩槃茶王如是等而爲上首其數無量

初一是南方天王即毘樓勒叉此云增長主謂能令自他善根增長故此王更領一

部謂薜荔多薜荔多者此云魘魅鬼餘如音義（餘如音義者前後不多引音義以鳩槃茶此譯爲陰囊其狀稍限故指在音義耳舊云冬苽鬼亦以狀翻）
皆勤修學無礙法門放大光明
德中此類障礙深重故偏明無礙自學權實無礙法界智光以利衆生
復有無量乾闥婆王
八乾闥婆此云尋香謂諸樂兒不事生業但尋諸家飲食香氣即往設樂求食自活因此世人號諸樂人爲乾闥婆彼能執樂故以名焉亦云食香止十寶山間食諸香粖即帝釋執樂神也帝釋須樂此王身有相現
所謂持國乾闥婆王樹光乾闥婆王淨目乾闥婆王華冠乾闥婆王普音乾闥婆王樂搖動妙目乾闥婆王妙音師子幢乾闥婆王普放寶光明乾闥婆王金剛樹華幢乾闥婆王樂普現莊嚴乾闥婆王如是等而爲上首其數無量
提頭賴吒即東方天王此云持國謂護持國土安衆生故此從所領爲名更領一部名毘舍闍此云噉精氣謂噉有情及五穀精氣故
皆於大法深生信解歡喜愛重勤修不倦
德中大法即大緣起法也信解故歡喜深心故愛重既歡既重故不替修行　二八部四王衆竟
第三月天子下十二段明欲色諸天衆天者自在義光明義清淨義智論云天有三種一人天謂帝王二生天謂欲色等三淨

天謂佛菩薩第一義天今通後二然諸天壽之長短身之大小衣服輕重宮殿勝劣俱舍十一及瑜伽等論起世等經皆廣辯之恐繁不叙然諸天壽者俱舍世界品云人間五十年下天一晝夜乘斯壽五百上五倍倍增色無晝夜殊劫數等身量無色初二萬後後二二增言身量者頌云欲天俱盧舍四分一一增色天踰繕那初四增半半此上增倍倍唯無雲減三釋曰俱盧舍即二里踰繕那即十六里以八俱盧舍爲一踰繕那則四天王天身長半里至第六天身長三里以半里半里增故有引三法度經云忉利天身長一由旬衣二由旬廣一由旬者以彼誤譯里爲由旬不知彼失故妄引耳四天王天半里忉利天則一里餘可例知上云劫數等身量者色界梵衆天身長半由旬則人壽半劫餘可例知云初四增半半者二梵輔天則一由旬此三大梵則一由旬半四少光則二由旬此上諸天皆倍倍增唯無雲天減三由旬所以減者略出一意唯無量光天四由旬光音則八少淨十六無量淨三十二遍淨六十四至無雲天合有一百二十八減却三由旬有一百二十五此上七天倍倍增之至色究竟天欲成一萬六千劫故則身長一萬六千由旬又云少光上下天大全半爲劫謂少光已上大全爲劫謂八十中劫爲一劫也自下諸天大半爲劫即四十中劫爲一劫也言中劫者即一增一減劫也言衣服輕重者四天王衣十二銖忉利六銖夜摩三銖兜率一銖半化樂一銖他化半銖上皆減半也言宮殿等殊者月天長阿含云其城正方一千九百六十里高下亦爾二分天金一分瑠璃王座二十里遙看似圓而實正方日天同此但量加半由旬三十三天中宮名善現周萬踰繕那高一半金城雜飾其地柔軟中有殊勝殿周千踰繕那此上諸天皆倍倍勝可以意得今但略消名意故指廣在餘

復有無量月天子

文中先有七段明欲界天後有五段明色界天前中即分爲七今初月天子月者缺也有虧缺故下面頗胝迦寶水精所成能冷能照表菩薩得清涼慈照生死夜如云菩薩清涼月等

所謂月天子華王髻光明天子衆妙淨光明天子安樂世間心天子樹王眼光明天子示現清淨光天子普遊不動光天子星宿王自

在天子淨覺月天子大威德光明天子如是等而爲上首其數無量

名中初一是總雖標總稱即受別名下皆準此

皆勤顯發衆生心寶

德中顯發衆生心寶者水珠見月則流潤發光淨心遇緣則慈流智發生了既發正因顯然生由性成則了非外入生與不生無二發乃發其本心故顯發雙辯

復有無量日天子

二日天子日者實也常充實故下面亦頗胝迦寶火精所成能熱能照表菩薩智照故又日以陽德月以陰靈一能破暗表根本破惑一能清涼表後得益物又依實性論法日有四義一破暗如慧二照現如智三輪淨如解脫四上三不相離如同法界也又日以陽德月以陰靈即文選月賦中言

所謂日天子光燄眼天子須彌光可畏敬幢天子離垢寶莊嚴天子勇猛不退轉天子妙華纓光明天子最勝幢光明天子寶髻普光明天子光明眼天子持勝德天子普光明天子如是等而爲上首其數無量

名中可畏敬幢者爲惡者畏其照明爲善者敬其辦業以斯超出故以名幢

皆勤修習利益衆生增其善根

德中居者辦業成就本行等利益也生長穀稼開敷覺華等爲增長善根如出現品

復有無量三十三天王

三三十三天者佛地論等皆云妙高山四面各有八大天王帝釋居中故有三十三

也下釋天名皆依佛地

所謂釋迦因陀羅天王普稱滿音天王慈目寶髻天王寶光幢名稱天王發生喜樂髻天王可愛樂正念天王須彌勝音天王成就念天王可愛樂淨華光天王智日眼天王自在光明能覺悟天王如是等而爲上首其數無量

名中言釋迦等者釋迦能也因陀羅主也具足應云釋迦提桓因陀羅提桓天也即云能天主撫育勸善能爲天主故更有異釋如音義說更有異釋等者彼云釋迦正云鑠迦羅此云帝也因陀羅此云主也古來釋同佛釋種族望之稱謬之深矣又楞伽大雲疏云大帝名有一百八今略舉三一因陀羅此云尊重三十三天共尊重故二云釋迦此云勇猛威德勇猛勝諸天故三名不蘭陀此云降伏以能降伏阿修羅故

皆勤發起一切世間廣大之業

德中言發起廣大業者令修普賢行故以此天居地天之頂總御四洲雖勝事頗多猶懼修羅之敵若修善者衆即天侶增威苟爲惡者多即諸天減少故多好勸發況受佛付囑大權應爲至如堅常啼之心施雪山之偈成尸毘大行破盧志巨慳談般若於善法堂中揚大教於如來會下等皆是發起廣大業也猶懼修羅者修羅嫉天有甘露味諸天求修羅之女色因起諍競廣有因緣若修善者正法念經說帝釋知修羅欲來遠遣天使令觀閻浮之人爲修善多爲作惡多若修善多知戰必勝故生歡喜若爲惡者多不孝父母不敬三寶則生憂悴知戰不勝今言減少者兼辯餘時爲惡必墮三塗故人天減少況受佛付囑者則淨名大品等皆屬天帝大權應爲者小乘中說是須陀洹若準此經例是大權菩薩至如下引事證成堅常啼之心大品般若施雪山之偈即涅槃十三成尸毗大行即方便報恩經破盧志巨慳即盧志長者經談般若等者大品廣說揚大教等者淨名大品等其類非一恐厭文繁不能具出

復有無量須夜摩天王

四須夜摩天須者善也妙也夜摩時也具云善時分天論云隨時受樂故名時分天又大集經此天用蓮華開合以明晝夜又云赤蓮華開爲晝白蓮華開爲夜故云時分也隨此時別受樂亦殊故論云隨時受樂也

所謂善時分天王可愛樂光明天王無盡慧功德幢天王善變化端嚴天王總持大光明天王不思議智慧天王輪臍天王光燄天王光照天王普觀察大名稱天王如是等而爲上首其數無量皆勤修習廣大善根心常喜足

德中心恒喜足者喜足在於第四今慕上而修

復有不可思議數兜率陀天王

五兜率陀天王此云喜足論云後身菩薩於彼教化多修喜足之行故得少意悅爲喜更不求餘爲足

所謂知足天王喜樂海髻天王最勝功德幢天王寂靜光天王可愛樂妙目天王寶峯淨月天王最勝勇健力天王金剛妙光明天王星宿莊嚴幢天王可愛樂莊嚴天王如是等而爲上首不思議數皆勤念持一切諸佛所有名號

德中彼天是諸佛上生之處故令修念佛三昧也召體曰名響頒人天爲號通號別名皆悉念也不計一方故云一切以諸如來同一法界體德均故念即明記而慧逾增持而不忘故無間斷以佛爲境何五塵

之能惑哉

復有無量化樂天王

六化樂天王論云樂自變化作諸樂具以自娱樂又但受自所化樂不犯他故名爲善化也變謂轉變轉麤爲妙化謂化現無而忽有

所謂善變化天王寂静音光明天王變化力光明天王莊嚴主天王念光天王最上雲音天王衆妙最勝光天王妙髻光明天王成就喜慧天王華光髻天王普見十方天王如是等而爲上首其數無量皆勤調伏一切衆生令得解脱

德中以出世化故得解脱

復有無數他化自在天王

七他化自在天王論云令他化作樂具以自娱樂顯已自在故

所謂得自在天王妙目主天王妙冠幢天王勇猛慧天王妙音句天王妙光幢天王寂静境界門天王妙輪莊嚴幢天王華蘂慧自在天王因陀羅力妙莊嚴光明天王如是等而爲上首其數無量

名中寂静境界門者境爲入理之處即是門也根無躁動故稱寂静根即門也根無取著方見境空合爲門也故鴦掘經云明見來入門具足無減修

皆勤修習自在方便廣大法門

德中物我自在即廣大法門　初欲界天衆已竟

復有不可數大梵天王

第二色界諸天衆有五衆以第四禪有二

衆故然四靜慮攝天多少下經頻列至十藏品當會釋之多依十八初靜慮四二三各攝三天皆舉最上以勝攝劣故但列一下文說頌遍觀諸天第四靜慮自攝九天上五小乘聖居非此正被異生位中廣果至極故今列之大自在天三千界主所以別列

今初大梵天王衆佛地論云離欲寂靜故名爲梵具云梵摩此云清潔寂靜謂創離欲染故名清潔得根本定名爲寂靜

所謂尸棄天王慧光天王善慧光明天王普雲音天王觀世言音自在天王寂靜光明眼天王光徧十方天王變化音天王光明照耀眼天王悅意海音天王如是等而爲上首不可稱數

尸棄此云持髻謂此梵王頂有肉髻似螺形故亦名螺髻或云火頂以火災至此故貌如童子身白銀色衣金色衣禪悅爲食皆具大慈憐愍衆生舒光普照令其快樂德中本修慈心得生梵世等流相續還慜衆生好請轉法輪故智光照物不爲汙行故身光發揮若有遇之身心悅樂

復有無量光音天王

第二光音天二禪第三天也智論亦云第二禪通名光音彼天語時口出淨光故有云彼無尋伺言語亦無用光當語故名光音瑜伽名極光淨謂淨光遍照自他處故

所謂可愛樂光明天王清淨妙光天王能自在音天王最勝念智天王可愛樂清淨妙音天王善思惟音天王普音徧照天王甚深光

音天王無垢稱光明天王最勝淨光天王如是等而爲上首其數無量皆住廣大寂靜喜樂無礙法門

德中定生喜樂離尋伺故得寂靜名然凡得之捨動求靜故非廣大味定之喜非無礙法今菩薩即動而靜不散不味是爲廣大無礙法門也

復有無量徧淨天王

第三遍淨天此天離喜身心遍淨故

所謂清淨慧名稱天王最勝見天王寂靜德天王須彌音天王淨念眼天王可愛樂最勝光照天王世間自在主天王光燄自在天王樂思惟法變化天王變化幢天王星宿音妙莊嚴天王如是等而爲上首其數無量悉已安住廣大法門於諸世間勤作利益

德中身心遍淨未爲廣大物我無二普益世間方爲廣大也

復有無量廣果天王

第四廣果天即第四禪第三天於異生善果此最廣故所有功德勝下三故

所謂愛樂法光明幢天王清淨莊嚴海天王最勝慧光明天王自在智慧幢天王樂寂靜天王普智眼天王樂旋慧天王善種慧光明天王無垢寂靜光天王廣大清淨光天王如是等而爲上首其數無量莫不皆以寂靜之法而爲宮殿安住其中

德中此天離八災患世中最寂今以實智住本寂之宮

復有無數大自在天王

第五大自在者梵云摩醯首羅是也於三

千界最自在故智論第二云此天有八臂三目乘白牛執白拂一念之間能知大千雨滴下經同此智論第九過五淨居有十住菩薩住處亦名淨居號大自在天王又三乘中立此爲淨土是報身所居約實但是第十地菩薩攝報之果多作彼王耳

所謂妙燄海天王自在名稱光天王清淨功德眼天王可愛樂大慧天王不動光自在天王妙莊嚴眼天王善思惟光明天王可愛樂大智天王普音莊嚴幢天王極精進名稱光天王如是等而爲上首不可稱數皆勤觀察無相之法所行平等

德中三界之頂非無相不超非離相求故所行平等

然上釋名歎德多從義便以順類殊若約實德無不互有皆可虛求　衆海雲集竟

大方廣佛華嚴經疏鈔會本第一之五

音釋

囊奴當切　隈烏回切　莻音爪　銖慵朱切十黍重曰銖

鑠式灼切　臆乙力切胷肉也　魘魅魘於琰切魅明祕切　蘂乳捶切花鬚也　兜率陀梵語也亦云覩史多此云知足兜當侯切

大方廣佛華嚴經疏鈔會本第二之一

唐于闐國三藏沙門實叉難陀　譯

唐清涼山大華嚴寺沙門澄觀撰述

自下大文第七稱揚讚德分亦是發起序

第七稱揚讚德分一對十分之名稱揚讚詠本師功德二云亦是發起序者對三分科經謂序正流通一品是序常途分二一證信二發起今以前六分皆爲證信此下四分總爲發起讚揚發起佛德出衆顯於佛用發起大經不同古德但用天地禎祥爲發起也

爾時如來道場衆海悉已雲集

文中有三第一總結威儀住第二此諸衆下總顯德行因緣第三所謂下別明得法讚佛前中有三初結衆集次明相異後顯意同今初數廣德深故名衆海起於自地集空道場多數大身重重無礙雲之象也又浮雲無心龍吟則起菩薩無住佛現爰來

無邊品類周帀徧滿形色部從各各差別

二無邊下相異也不唯上列故云品類無邊旋環不空故云周匝遍滿大小等形姸媸等色部主徒從各有區分故云差別

隨所來方親近世尊一心瞻仰

三隨所下意同也隨所來方參而不雜皆得見佛各對目前其猶百川各全覩月同無異念故曰一心諦矚欽承瞻而且仰不唯直覩丈六乃徹見法界身雲

第二總顯德行因緣者以上列中隨宜別歎今方總顯德行齊均又與下別得法門以爲總故前同生衆中共集善根亦是別故又前共集明主伴所由今曾攝受顯眷屬所以影略其文

第二總顯德行因緣先總彰大意何名總顯德

行因緣先釋總顯自有二義一望前爲總前四十衆各隨所宜以歎勝德所歎則局如歎海神云佛功德海充滿其身等今總顯四十衆德二望後爲總下四十衆得法各異今總顯具德前同生衆下蹦跡成難謂有難云前顯同生云皆與毗盧遮那共集善根豈非總耶故今答云前局同生今該同異四十衆德方得名總又前明共集下重通所難非唯總別不等實亦文意有殊前之共集與佛德齊故爲主伴今曾攝受唯爲佛攝故爲眷屬爲分二義前略攝受此略共集可互影取故云影略其文

此諸衆會已離一切煩惱心垢及其餘習摧重障山見佛無礙

此文多勢且分爲三初明離障見淨二如是下受化根深三種無量下德行圓備初後是因中一是緣以因奪緣大衆自見以緣奪因佛力令見因緣和合無定親疏故因緣間說又初段德行現深後二因緣宿著久攝今見即緣成因感應道交故常居佛會此文多勢下二科判也言多勢者或可分三或可分二二中立名亦可有異於中有三初科爲三初後是因下料揀又初段下對前且字今爲二故久攝今見下亦是料揀上三分中二即是緣初後是因者約自行爲因佛攝爲緣今得見佛由昔曾攝攝即親因因緣既著爲感昔既曾攝故應

今初離障見淨者煩惱即煩惱障也心垢即所知障也此障翳心迷所知故言一切者謂分別俱生若種若現言餘習者二障氣分麤重麤重如畢陵上慢迦葉不安今皆位極菩薩智現情亡證理達事心鏡瑩淨故云已離若諸位圓融一斷一切斷亦通初位言一切者謂分別俱生若種若現者謂二障各二一者分別謂因邪師邪敎及邪思惟此見道斷入初地時便永斷盡二者俱生不由上二生而便有此修道斷地地斷之此又二種一者現行二者種子若所知現行地地斷之若煩惱現行亦地地斷煩惱種子直至金剛定斷二障氣分麤重者二障氣分即熏習所成揀異現障故云習氣然習氣有二謂因與果於現起障能爲因者亦名種子此因習氣根本智斷斷此因已現不起故不起現因但麤重者唯名習氣此果習氣後得智斷斷現麤重知現無故言麤

重者違細輕故麤重有三一現起麤重貪等令心無堪任故二種子麤重煩惱種子障諸智故三麤重麤重實非煩惱似煩惱故如身子瞋習畢陵慢習等今即第三以經云餘習故又位極故前二即是一切中攝故疏釋云若種若現上言已斷即有能斷之道揀異伏道故云已斷斷道有二一根本無分別智親證二空所顯真理無境相故能斷二障種子現行三後得無分別智雖不親證無力能斷迷理隨眠而於安立非安立相明了現前無倒證故亦能永斷彼修所斷迷事隨眠上來皆是唯識論意更有釋者所知障中亦有二種一於所知境而能為障即是不染汙無知而非法執如於五明處有所未解但是無知何曾有執然唯識云由我法執二障俱生若證二空彼障隨斷言者據見道分別障說以空理而斷障故言是障而非執者據修道斷俱生障以遍知有成種智故上來所知之障二所說即障名所知障此體即是善心心所以彼空有二相未除帶相觀心有所得故前據了俗此據證真說名智障此障對治亦有二種一者辨有二者違空空有俱明名遍知故然唯識正義唯所知之障今就理通故亦用之問永斷習氣唯是如來云何此衆皆云已斷答此有二釋一約法相離盡唯是如來若據分說亦通菩薩經說麤重三位斷故解深密經說三麤重一者在皮初地即斷二者在膚八地方斷三者在骨唯佛地斷雖則餘位亦斷麤重而三位顯是故偏說初地捨凡入聖位故八地無漏常相續故佛地果滿頓得捨故又此即是八地菩薩故云斷也二約圓融如疏文顯

言摧重障山者通以喻顯以能摧道摧二障山障體堅厚崇聳如山又別則智障菩提惑障圓寂通則俱障及一切佛法故名為重言見佛無礙者斷障果也然有二義一就能見以明無礙由斷二礙智明理顯理顯故見法性身智明故見佛智身理智冥一見無礙身無礙亦即涅槃二約所見明無礙者具十無礙已如上說

如是皆以毗盧遮那如來往昔之時於劫海中修菩薩行以四攝事而曾攝受

第二如是下受化根深於中初總後別初中如是者指前斷障之衆劫海者明攝時曠遠言四攝者即攝化之方謂布施愛語

利行同事布施是攝緣與彼資持故愛語是攝體正示損益故利行是攝處安住善處故同事謂釋疑令彼決定故布施是攝緣等者略示四攝之相然瑜伽說各有九門至賢首品當略明之

一一佛所種善根時皆已善攝種種方便教化成熟令其安立一切智道

後一一下別示攝相於中向言劫海曾攝何所攝耶謂一一佛所何時攝耶種善根時將何法攝謂種種方便攝相云何謂教化成熟教化約始成熟就終攝意云何令其安立一切智道道者因也謂唯爲佛果修佛因耳

種無量善獲衆大福悉已入於方便願海所行之行具足清淨於出離道已能善出常見於佛分明照了

第三種無量下德行圓備前攝何益令德圓故於中先辯因圓後入果海今初文有五句一種無量善已超七地殊勝善根故二悉已下已超八地大願滿故三所行下已超十地行滿障淨故四於出離下前明德圓此具出道一道無量道已超生死不住涅槃故云善出五常見下結成見佛謂德高十地是以常見非比量見故曰分明不取色相名爲照了又塵毛刹海佛遍重重有德斯覩名分明照了已超七地殊勝善根者以七地有空中方便慧有中殊勝行功用行滿故云無量一道無量道者一道者一切無礙人一道出生死故離世間品說一道是菩薩道不捨獨一菩提心故二道是菩薩道謂方便智慧故三道四道乃至十道又云菩薩有無量道無量助道無量修道無量莊嚴道各列十句則萬行綱目皆菩薩道又塵毛刹海下上是通指般若之意此是華嚴一乘玄旨

以勝解力入於如來功德大海

二以勝解力下入果海也此一段文望前是別總具德中別入果故望後是總四十衆中解脫標故今且屬前於中二初乘因入果是比智知如見鸞翔知太虛可沖矚能躍知宏海可汎也謂以勝解力印可佛言知福慧之深遠以信解力瞻仰佛化知慈悲之廣大是入如來功德大海亦是勝解印持果德此一段下總顯文意以總具德文有三節第三德行圓備中自有七句今但是二故云別也既言得於諸佛解脫之門則是四百餘門之總標也義雖兩向科且屬前初乘因入果者以勝解力即是乘因入於如來功德大海即是入果冲者和也深也虛也高也昇也今正是昇義兼虛高亦是勝解印持果德者前則印化比知二嚴與慈悲皆數道也今云印果則心冥果海爲證道也

得於諸佛解脫之門遊戲神通

二得於下明分得果用言解脫門者佛果障寂大用無礙故稱解脫眞解脫者即是如來通智遊入故號門也衆各證契故名爲得此解脫即門佛得其總衆海得別又佛解脫但名解脫衆所得法稱之爲門以能通入彼果用故此解脫之門又衆所得法離障自在名爲解脫智所入處亦名爲門以因解脫入果解脫亦稱爲門此解脫即門言解脫門者先別釋三初解脫門三字皆屬於佛二解脫屬果門屬衆海三三字皆屬衆海於中有二一號因中自分能所二將已解脫望果爲門然總別圓融因果交徹重重無礙方爲眞解脫門故下或歎佛果德或歎因行或約天等所得欲影顯故然總別下二圓融融上三義總別圓融第一義因果交徹融後二義重重無礙通上三義且如總具於別別亦具總則一解脫門中有一切解脫門次遊戲神通正明入相遊戲者出入自在神通者難測無壅故約觀心者心

境無礙稱爲解脫由此入理故號爲門若以門爲門非能通矣門即如實何所通耶正入雙亡爲眞門矣如此入者則本覺湛然名窮果海眞非妄外則因果圓融心境無涯則解脫無際矣正入以下後順結能所雙寂故曰雙亡門理歷然稱爲正入正入則理無不契雙亡則遏無不寂第三所謂下別明得法讚佛四十衆中各先長行得法即經家序列後說偈讚即當時所陳然衆集偈讚並在一時文不累書故編之作次而各得一者顯佛德無盡故乘別入總盡衆不能及故故海慧云如來境界無有邊各隨解脫能觀見而普賢得十者顯等佛無盡故

所謂妙談海大自在天王得法界虛空界寂靜方便力解脫門

文中先異生衆後同生衆前中三初諸天次八部後諸神今初分二先色天後欲天前中有五今初自在天長行十法第一法界等者即法身解脫也法界虛空界即用所遍處空即事空法界之言義兼事理謂非但遍空亦遍空內色心等事及空有稱眞之理又但言空則一重遍今云法界則重重皆遍何者謂空界容一一塵處及彼事物一一塵中皆稱眞故各有無邊刹海佛身大用皆悉充滿故下頌云無窮盡也言寂靜者體也然有二義一明前大用用無用相不礙常寂二由此智用即寂同眞是故隨一一用遍一切處也言方便者用也亦有二義一明前寂無寂相不礙大用二內同眞性不礙外應羣機故云方便寂

用無礙所以稱力及空有稱真之理者此空是外空若以理空對外空外空離法是斷滅空理空即事名爲真空若以外空亦心所現亦由對色滅色方顯則此斷空從緣無性即性空也故十八空明大空者謂十方空即十方虛空亦是性空矣是故疏云空有稱真之理即有之空皆性空也一明前大用等者此二義中一用同體寂二用同體遍方便二者一由忘寂故不礙用二由依寂故能起用

自在名稱光天王得普觀一切法悉自在解脫門

二普觀一切法悉自在者智身解脫也此有三義一以普眼於一切法無不能觀二觀一切法不壞事而全理三於一法中見一切而無礙並名自在

清淨功德眼天王得知一切法不生不滅不來不去無功用行解脫門

三知一切法不生等者自共相解脫也亦有二義一知不生等內證真理二無功用行外應羣機三自相解脫者以一切法各各不同色非心等故名自相今皆不生故名解脫此明無彼生相則法體不生故名自相若直遣生住滅相亦共相耳然不生等佛法之體釋有多門略申一二一別釋以不生滅約境不來去約行初不生滅略有五義初不生滅略有五重者前三別據三性不同四即合前三而義別五即融四向而無礙就別約三性中各三釋者初一通就當性說二約當性二義說三對三無性說唯圓成二義小異云何三性各二義耶遍計二者一情有二理無依他二者一緣生一性有二無性圓成二者一性有二相無一就遍計由是妄執無法可生滅也又情有即是理無故不生也理無即是情有故不滅也不滅不生是一法也又求遍計相不可得故不生能顯無相性故不滅不滅即不生亦一法也一就遍計下遍計三義也一遍計無體如繩上蛇故無可生滅二約二義者情有合是生理無體是滅今此情有即是理無何有生耶正理無處方是情有故非滅也下例可知三對無性者由無遍計方顯無相故唯識云即依此三

性說彼三無性是知若無遍計安知無相下亦例然二就緣起性謂法無自體攬緣而起即生無生既本不生故無可滅也又緣起無性故不生無性緣起故不滅中論云以有空義故一切法得成是故不生即不滅不滅即不生爲一物也又推緣無起故不生能顯無生性故不滅二就緣起性者一通說因緣之法依他而起因緣所生無有生故經云一切法無來是故無生以生無有故滅亦不可得二明二義中又緣起無性故者緣生即無性也無性緣起者無性即緣生也前句即因緣故空此句即無性故有故引中論以有空義故一切法得成唯證後句三顯無性中若無因緣不知無性故論四句推之諸法不自生亦不從他生不共不無因是故知無生若不推此安知無生無生即是生無自性性也三約圓成性謂非是有爲故無彼生滅相也又非妄心境故不生聖智所證故不滅又體非遷變故不生隨緣令法起故不滅不滅即不生爲一物也三約圓成初義

可知一約二義中小異耳前二謂二三皆約二義二即法相宗二義於此二義顯無性義謂非妄心境故即相無義聖智所證故即性有義而非妄心境故遠離我法所執便能顯得勝義無自性性又體非還變下約不變隨緣法性宗中二義既不變故不生由此不變方能隨緣則不生是不滅義既以隨緣爲不滅由隨緣不失自性方知不變則不滅是不生故云爲一物也四通就三性混融於一法上就遍計故不生就圓成故不滅就依他故亦不生亦不滅就三無性故非不生非不滅四通就三性等者即合前三而義別理實具合三性三無性以成四句如一念心剎那瞥起即具六義謂一念之心是緣起法是依他起情計有實即遍計所執體本空寂即是圓成三性備矣既即依三性說三無性故六義具矣今於三性成其三句三無性上共成一句謂一念之上既理本無故遍計為不生本無之理即是圓成故不滅依他即無性故亦不生而不壞相故亦不滅三句備矣言就三無性非不生非不滅者上約遍計故不生今遍計即無性故無彼不生爲非不生也上約圓成故不滅今圓成即是勝義無自性性故非不滅上約依他亦不生亦不滅今依他即生無自性性故何有亦不生亦不滅故上三性不出不生不滅今飜彼

三性以成三無性故雙非也五然此四句合爲一聚圓融無礙頓思可見五中融四句而無礙以一念心上一微塵上即有六義故總融合言合四句者非第四門中四句合前別說總說四句耳二不來不去者約行謂正智背捨妄執而無去向證眞理而不來又依體起用而不去應機現前而不來又往應羣機而不去恒歸寂滅而不來不來即是不去無二爲一味也由此大智無念應機如摩尼天鼓無思成事故云無功用行也二不來不去下有三義釋初唯約體背捨是去而云不去者智照妄空無可捨故照惑無本即智體故向證眞理合是來義如如來故而云不來者眞不可得故照體無自即眞理故故經云如來者無所從來又依體起用等者第二雙約體周說也依體起用故是去以即體之用故不去應機現前合是來以應不離體如月之影故不來又往應羣機而不去等者第三唯約用說往應合是去應無應相故不去恒歸寂滅合是來滅不可得故不來又即體之用往而不去用即體故歸而不來前對於佛上明去機上明來此對機上明去佛上明來又前對機見佛來此對佛自歸來三義雖殊皆顯不來即不去也由此下釋無功用摩尼約身天鼓約口無思約意二通釋者不生不滅亦可約行不來不去亦可約境二通釋者既言不生滅約行不來去約境此亦是局何名爲通已上是賢首意不生滅局境而不通行不來去局行而不通境今翻其不通令通行不來去通則四義俱通境行故名爲通謂妄念斯寂猶若虛空何生何滅又雖起大用見心無生用謝歸寂了本無滅又常稱眞理寂照居懷於此心中有何生滅此約行釋不生滅也謂妄念下別亦約三性以成觀行初即遍計契同無相何有生滅二又雖起大用下約依他觀三又常稱眞下約圓成觀約境釋不來去者猶如空華無可去來又緣會即來來無所從故無來緣謝而去去無所至故無去又諸法即如如豈來去約境釋不來下亦約三性初即遍計又緣會下約依他又諸法即如下約圓成而並從揀略各出一義例前不生亦可具五亦應前三別說四五融通如遍計上亦應云情有即是理無故不來理無即是情

有故不去等但改生滅二字爲來去二字餘準前思三展轉釋又何以不生滅由無來去故何以不來去由無生滅故三展轉釋所以爲此釋者有三意一則上來但當句釋今顯互相釋故如經云一切法無來是故無有生等卽此亦名相因釋也又旣無來去則非一非異不生不滅則無斷無常智契前理故無功用不礙生等故云行也又旣無來去則非一異者次正是展轉釋欲明不生滅等四含義無盡故略舉八不卽中論宗論云不生亦不滅不常亦不斷不一亦不異不來亦不去而青目釋之有展轉相釋今取此勢故爲此釋云何不來不去則得爲異對此非一非異耶謂若有來去則有能所能所爲一今無來去故無一異云何不生不滅則得不常不斷謂若許有生生卽是有定有則常若許有滅滅則是無定無則斷今無生滅何有斷常故中論問云不生不滅已總破一切法何故復說此六事耶答爲成不生不滅故謂有人不信不生不滅而信不常不斷若深求不常不斷卽是不生不滅故知二義相成從智契下釋無功用是則不生之生生之不生無功用故常寂行故常用寂用無二是於功用得

解脫也斯爲正法之要義味難盡無猒繁文是則不生之生下生與不生展轉相成上來諸不相成總顯不生之理今則性相相成以此不生不同斷滅故不礙於生若礙於生非眞不生故不礙生成不生也是則緣生故無性無性故緣生二義相成眞不生也

可愛樂大慧天王得現見一切法眞實相智慧海解脫門

四現見一切法等者觀義解脫也現見之言揀比知故眞實相言略有三義一以智觀事實事不虛故故下經文觀有爲法如實相故二以慧觀理實所謂無相無相不相名爲實相三以無礙智知無二實窮實故深盡邊故廣稱智慧海不爲相縛是解脫門

不動光自在天王得與衆生無邊安樂大方便定解脫門

五與衆生等者慈障解脱也離諸危怖曰安適悦身心爲樂見佛則獲二利故安樂也煩惱不生故得定也佛德難思故樂定無邊斯爲大方便也

妙莊嚴眼天王得令觀寂靜法滅諸癡暗怖解脱門

六令觀等者悲障解脱也衆生癡故造業造業故受苦闇故不見未來不見未來即顛墮故大怖之極莫越愚癡令觀本寂則癡相本空尚不造善豈當爲惡尚不造善等者然邪說空謂豁達無物或言無礙不妨造惡若真知空善順於理恐生動亂尚不起心惡背於理以順妄情豈當更造若云無礙不礙造惡何不無礙不礙修善而斷惡耶猒修善法恐有著心恣情造惡何不懼著明大邪見惡衆生也

善思惟光明天王得善入無邊境界不起一切諸有思惟業解脱門

七善入等者業障解脱也佛現十方是無邊境了無依性稱爲善入尚不依佛寧造業思尚不依佛者意同前義入理觀佛恐懷觀心更造業思特違至理

可愛樂大智天王得普往十方説法而不動無所依解脱門

八普往十方等者即無相解脱門也雖身應十方寂然不動智宣諸法泊爾無依不取於相如如不動故

普音莊嚴幢天王得入佛寂靜境界普現光明解脱門

九入佛等者即名相解脱也佛智契如名入寂境寂而能應故普遍十方身智發光又令物入無相故静無名故寂

名稱光善精進天王得住自所悟處而以無邊廣大境界爲所緣解脱門

十中此天王名與前列中少倒前名極精進名稱光上下諸文多有此例或義存名異或廣略參差皆譯者不善會耳法門名住自等者此離二取相能益自他解脫門自悟處者即離覺所覺自覺聖智常現前也而以無邊等者謂緣無邊法界度無邊衆生得廣大菩提也此離二取相者唯識第八有四二取一相見二名色三王所匹永末本即第八異熟末即六識異熟今當相見所覺是相能覺是見遠離覺所覺名自覺聖智故楞伽云一切無涅槃無有涅槃佛無有佛涅槃遠離覺所覺即斯義也上是第一經第二又云佛告大慧前聖所知轉相傳授妄想無性菩薩摩訶薩獨一靜處自覺觀察不由於他離見妄想上上勝進入如來地是名自覺聖智之相

大方廣佛華嚴經疏鈔會本第二之一

音釋

姸媸 姸倪堅切美也媸充之切醜也 鸞 盧官切神鳥也 壅 委勇切塞也

瞥 匹滅切篇入聲驟也

大方廣佛華嚴經疏鈔會本第二之二

唐于闐國三藏沙門實叉難陀　譯

唐清涼山大華嚴寺沙門澄觀撰述

爾時妙燄海天王承佛威力普觀一切自在天衆而說頌言

二上首說偈中二先彰說儀後明正說今初燄海是當衆上首仰承佛力爲衆申心十地論云承佛力者顯無我慢普觀十方示無偏心今觀已衆通局小異耳十地論云承佛力等者論中但云示無我慢無偏心故昔人或將通配二句疏意以別配爲正故便配之然頌總有四種一名阿耨窣覩婆頌此不問長行與偈但數字滿三十二即爲一偈二名伽陀此云諷頌或名不頌頌不頌長行故或名直頌謂直以偈說法故三名祇夜此云應頌四名嗢馱南此云集施頌謂以少言攝集多義施他誦持故今此即伽陀頌也下皆準之爲何意故經多立頌略有八義一少字攝多義故二諸讚歎者多以偈頌故三爲鈍根重說故四爲後來之徒故五隨意樂故六易受持故七增明前說故八長行未說故今此正唯前二義兼五六

二正說中十偈次第各一法門結集取此以爲長行非此頌前也然此中長行與偈有多不同謂偈字則定長行多少不同而長行則約天得法偈中即是歎佛此必然也若二文互望或因果之殊或體用有別或互相影略或難易更陳或法喻不同或能所遮舉故傳授者善消息之二文相暎於義易了結集取此者以昔人皆云頌長行故然此中長行下相對料揀

者示說偈儀然上舉四種明偈體式次明八義即立偈之由然通重頌及與孤起華藏品有十例五對唯約祇夜今此料揀唯局此文雖一是孤起而經家廣列故須會釋總有六對一因果者如第十偈云佛於無邊大劫海為衆生故求菩提此舉因故長行即云自所悟處此顯果也第二體用者第二偈云能然照世妙法燈用也長行云普觀一切悉自在體也第三影略者長行云知一切法不生不滅不來不去偈中但云了相無有即偈略也第四偈云永滅衆生癡暗心長行但有現見一切法即長行略也第四難易者如初天王長行但云得法界虛空界寂靜方便力解脫不見偈文難爲解釋第五法喩不同者長行第二但云觀一切法偈云能然照世妙法燈是也第六能所遮舉者初天王但云法界虛空界是所遍處偈中則云佛身普遍諸大會則長行闕能遍且就初段具有六對況下諸段顯文甚多言傳授者善消息之者易豐卦云天地盈虛與時消息釋云消者盡也息者生也謂可加則加可減則減可出則出可沒則沒故言消息二文相映者長行不了則觀偈文偈文難見則觀長行則易了也

佛身普徧諸大會充滿法界無窮盡寂滅無性不可取爲救世間而出現

今初天中初二句即前所遍法界虛空兼明能遍佛身則十身皆遍無窮盡者一出現無盡若高山之出雲二非滅盡法猶虛空之常住次句寂靜也由無性故不可取爲一異俱不俱等後句方便合二爲力此偈是說者自法故不結天名下並準知一出現無盡等者然還源觀說有三遍一一塵普周法界遍即經充滿法界無窮盡二一塵出生無盡遍即疏前意三一塵含容空有遍即疏後意不可取爲一異等者普遍諸會此應有異充滿法界此應唯一今性相俱寂故皆叵得若有一異則合為俱非一異既亡俱從何有若有俱句還此雙非俱句已無雙非寧立故四句皆遣百非俱亡寂乎唯寂而言等者亦不可說有無等四真應等殊唯證相應耳

如來法王出世間能然照世妙法燈境界無邊亦無盡此自在名之所證

二中初句是上自在佛爲法王於法自在故次句觀也第三句普也後句結法屬人

爲他説故然其結名義同法門恐繁不配他皆倣此

佛不思議離分別了相十方無所有爲世廣開清淨道如是淨眼能觀見

三中初句無功用也不思議是標離分別是釋次句即不生等相即生等無即不義第三句即行也長行約要先知法無生方得成無功用偈則要無分別方能見法無生内證與外用同時所以二文前後

如來智慧無邊際一切世間莫能測永滅衆生癡暗心大慧入此深安住

四中初句明廣次句明深即上智慧海也第三句自見法寶故能令物不迷事理

如來功德不思議衆生見者煩惱滅普使世間獲安樂不動自在天能見

五中初句方便定也次二句與安樂也

衆生癡暗常迷覆如來爲説寂靜法是則照世智慧燈妙眼能知此方便

六中初句即前癡闇謂長迷妄境鎮覆真心也次句即令觀寂靜次句因滅無明則得熾然三菩提明是前滅義因滅無明則得熾然三菩提明者即涅槃二十一南經十九高貴德王菩薩品因瑠璃光菩薩欲來放光佛問文殊文殊初入第一義答云世尊如是光明名爲智慧智慧者即是常住常住之法無有因緣云何佛問何因緣故有是光明廣説無因緣竟末後云世尊亦有因緣因滅無明則得熾然阿耨多羅三藐三菩提燈今略義引耳

如來清淨妙色身普現十方無有比此身無性無依處善思惟天所觀察

七中初二句即善入無邊境無邊境即所應處也無有比善也次句無性者感而應故無依者思念寂故由此能令物不造業

如來音聲無限礙堪受化者靡不聞而佛寂
然恒不動此樂智天之解脱
八中初二句即普往十方説法次一句即
不動無依
寂靜解脱天人主十方無處不現前光明照
耀滿世間此無礙法嚴幢見
九中初句即入寂靜境次二句即普現光
明
佛於無邊大劫海爲衆生故求菩提種種神
通化一切名稱光天悟斯法
十中初十一字即無邊境爲所緣求菩提
即自所悟處次句既緣其境必起通化前
文略耳
復次可愛樂法光明幢天王得普觀一切衆
生根爲説法斷疑解脱門
第二明第四禪廣果天長行十法中一普
觀等者此應根授法明於不知根説法無
果障中得解脱也斷疑生信是説法果故
謂觀機識病稱根説法藥病無謬故疑除
疾愈
淨莊嚴海天王得隨憶念令見佛解脱門
二中隨憶念言略有二意一隨念何佛如
名應之二隨念有淺深令見佛有麤妙此
於現身得解脱也
最勝慧光明天王得法性平等無所依莊嚴
身解脱門
三中法性平等者唯一味也無所依者離
能所也莊嚴身者證真莊嚴即非莊嚴故
雖現世間還如法性不依諸有此於有依
得解脱也

自在智慧幢天王得了知一切世間法一念
中安立不思議莊嚴海解脱門
四中知世間法者謂衆生世間心法各異
知已隨宜現通説法故云安立一念速安
非人天外道所能思議以此莊嚴如來教
海此於安立教法遲鈍障得解脱也
樂寂靜天王得於一毛孔現不思議佛刹無
障礙解脱門
五一毛等者約偈不思議解脱力也無礙
有二義一唯就所現則毛中多刹自互無
礙二雙就能所一毛不大而多刹不小一
多大小皆無礙也又由無大小相故此於
取著障得解脱
普智眼天王得入普門觀察法界解脱門
六普門者一門攝一切門名爲普門隨一
一門各全收法界故於其中觀察法界深
智契達故名爲入此於隨相中得解脱
樂旋慧天王得爲一切衆生種種出現無邊
劫常現前解脱門
七中衆生無邊根器各異應形説法種種
不同既根熟不休故窮劫長現此於畏苦
不化生障得解脱
善種慧光明天王得觀一切世間境界入不
思議法解脱門
八中觀一切等者謂觀事入理理超情表
云不思議此於諸業報得解脱
無垢寂靜光天王得示一切衆生出要法解
脱門
九中法門無邊出者爲要根器萬品故出
要難思此於著相得解脱

廣大清淨光天王得觀察一切應化衆生令入佛法解脱門

十中種種方便但隨所應終成種智名入佛法以大悲出現皆等雨故此於不欲利生得解脱上云出要令離妄苦令云入法令得真樂也

爾時可愛樂法光明幢天王承佛威力普觀一切少廣天無量廣天廣果天衆而説頌言

頌中觀巳衆内三類天者上五淨居非所被故十偈次第一如長行

諸佛境界不思議　一切衆生莫能測　普令其心生信解　廣大意樂無窮盡

初中前二句即所疑境界境界之言通分齊所觀普令者觀根爲説故生信解者斷疑也信佛大用分齊難測故斷佛上疑生其正解信佛所觀之境則斷法上疑亦生正解謂如有疑云爲存因果非真空耶爲是空故無因果耶今明只由真空能立因果因果立故乃是真空也第四句釋一切之言佛以利生爲意樂故既該一切故廣大無盡只由真空能立因果下答上疑念此句明其以有空義故一切法得成若無有空義因果定有便墮於常言因果立故乃是真空者即因緣故空義若離因果以明空者是斷空故

若有衆生堪受法　佛威神力開導彼　令其恒覩佛現前　嚴海天王如是見

二中初句即憶念次二句令見佛

一切法性無所依　佛現世間亦如是　普於諸有無依處　此義勝智能觀察

三中初句即法性平等無依次二句即莊嚴身謂如法性爲嚴故無依處

隨諸衆生心所欲佛神通力皆能現各各差别不思議此智幢王解脱海

四中初一句即了一切世間次二句即一念安立不思議莊嚴海

過去所有諸國土一毛孔中皆示現此是諸佛大神通愛樂寂靜能宣説

五中初二句即毛孔現剎上云不思議佛剎但以横多今云過去乃竪窮前際皆示現者如鏡現像次一句是無障礙令應度者見即佛神通依佛鏡智而觀乃法性恒爾

一切法門無盡海同會一法道場中如是法性佛所説智眼能明此方便

六中初二句即普門次一句即法界末句義兼於入

十方所有諸國土悉在其中而説法佛身無去亦無來愛樂慧旋之境界

七中初二句即爲一切衆生種種出現次句即無邊劫常現前謂約機隱顯佛無去來故常現也

佛觀諸法如光影入彼甚深幽奥處説諸法性常寂然善種思惟能見此

八中初句即觀一切世間也次二句即入不思議法也若約理論深是深非甚今不壞事而即理故曰甚深全攬理以成事名爲幽奥處兼上二法常寂然釋上義也以諸法即寂故不可以理事思也

佛善了知諸境界隨衆生根雨法雨爲啓難思出要門此寂靜天能悟入

九中初二句示一切衆生次一句顯出要

法

世尊恒以大慈悲利益衆生而出現等雨法

雨充其器清淨光天能演說

十中初二句即觀應化衆生次句令入佛

法

復次清淨慧名稱天王得了達一切衆生解

脱道方便解脱門

第三明三禪長行十法第一門即寂普現

名爲方便說即是道由說入佛解脱海故

此於體用有礙得解脱也又方便言亦通

入解脱之方便也

最勝見天王得隨一切諸天衆所樂如光影

普示現解脱門

第二門隨一切等者謂不能普現得解脱

也光影之言略有二釋一謂因光發影影

但似質而不似光依智現形形隨衆樂不

隨自智隨樂即應名普示現二水中之月

亦名光影謂佛月不來影現心水影多似

月少似於水謂水動則流光蕩瀁水濁則

似晦魄臨池若止而且清則圓璧皎皎此

亦隨自他意也此就天王且隨天衆所樂

偈就於佛無不應也光影之言略有二者賢首更有一義今不存之故云略也彼釋云謂如明淨物得日光曜於屋壁上有光影現如來應機現身亦爾然有多義一緣集義謂大智明淨悲願日照於衆生陰室之內現於佛影二速疾義無遠不至故三無礙義不可執持故四有用義能破暗故五無生義無所有故廣如十忍品說此義似有穿鑿故略不存今疏所明二影者然攝論影略有三一映質影二水月影三鏡像影廣如十忍品今是前二今云光影故略鏡像正是初義謂日喻如來身樹等形質以喻衆生日無異體質有萬差樹側影斜形端影正影不現於日內但在質邊弄影多端隨心萬品二水月影以月有光亦名光影影多似月者如月圓缺故少似水者隨動靜故

寂靜德天王得普嚴淨一切佛境界大方便
解脫門
第三門佛境界有二一如如法性是佛證
境二十方國土是佛化境嚴淨亦二離相
息妄則嚴如境萬行迴向則嚴化境此二
無礙大方便也此於無巧莊嚴得解脫也
須彌音天王得隨諸衆生永流轉生死海解
脫門
第四隨諸等者謂大悲深厚故隨入生死
衆生無邊故永流轉而示導也此於無大
悲捨衆生障得解脫也
淨念眼天王得憶念如來調伏衆生行解脫
門
第五門佛調衆生或折或攝或兼二行雖
悲願多門皆令趣無上道若憶念此居然
受化不滯於權此於勝所緣有忘念障得
解脫或折攝等者勝鬘云應攝受者而攝受之應折伏者而折伏之攝受折伏則正法久住
可愛樂普照天王得普門陀羅尼海所流出
解脫門
第六得普門等者佛以稱法性之總持包
攝一切總持故云普門復能流演無盡故
得稱海此於聞思有忘失障得解脫也
世間自在主天王得能令衆生值佛生信藏
解脫門
第七門謂佛出難值引之令值信心難生
勸之令生信含衆德所以名藏下經云信
爲寶藏第一財故此於嫉妬邪見障得解
脫也
光燄自在天王得能令一切衆生聞法信喜

而出離解脫門
第八能令等者上令信佛此令信法仰依即信領解便喜信可趣入喜則奉行因得解脫名而出離此於迷覆衆生障出離道得解脫
樂思惟法變化天王得入一切菩薩調伏行如虛空無邊無盡解脫門
第九門謂衆生界法界調伏界虛空界皆無邊無盡菩薩悲智以方便界開示法界行調伏界等虛空界於有限礙障中得解脫故謂衆生界等者瑜伽有五無量界此前列四後言以方便界者即調伏方便界故五具矣
變化幢天王得觀衆生無量煩惱普悲智解脫門
第十觀衆生等者由悲故憐愍由智故觀察觀察煩惱知病行已化而度之此於無悲無方便障得解脫也
星宿音妙莊嚴天王得放光現佛三輪攝化解脫門依藏補
爾時清淨慧名稱天王承佛威力普觀一切少淨天無量淨天徧淨天衆而說頌言
頌中十一頌初十次第如前長行依梵本列名中此長行闕第十一天彼名星宿音妙莊嚴天王下言妙音者略而未迴
了知法性無礙者普現十方無量剎說佛境界不思議令衆同歸解脫海
第一頌中初二句是了達方便依法性而現故後二句說即是道說不思議解脫令衆同歸
如來處世無所依譬如光影現衆國法性究

竟無生起此勝見王所入門
二中初二句明光影普現無依故如影第
三句成上二義以無生故如影無依略不
明隨天所樂
無量劫海修方便普淨十方諸國土法界如
如常不動寂靜德天之所悟
三中初句標方便無量劫修兼顯大義次
二句正明方便嚴佛境界
衆生愚癡所覆障盲暗恒居生死中如來示
以清淨道此須彌音之解脱
四中初二句即衆生永流轉謂無明所盲
覆本淨心造業受身故恒居生死次句即
隨而示之
諸佛所行無上道一切衆生莫能測示以種
種方便門淨眼諦觀能悉了

五中總相頌佛調生行初句高次句深後
句廣
如來恒以總持門譬如刹海微塵數示教衆
生徧一切普照天王此能入
六中初二句即普門陀羅尼次一句即所
流出示教者示其善惡教使修行稱性無
偏故遍而無盡
如來出世甚難值無量劫海時一遇能令衆
生生信解此自在天之所得
七中初二句值佛次句生信藏不信則佛
難值正信唯佛能生既值佛生信反覆相
成今之一遇何得不信
佛説法性皆無性甚深廣大不思議普使衆
生生淨信光燄天王能善了
八中初二句即所聞之法以無性爲法之

眞性次句即令衆生信喜出離淨則出不信濁成無漏故

三世如來功德滿化衆生界不思議於彼思惟生慶悅如是樂法能開演

九中初句能調伏人前因此果耳化衆生界即調伏行無邊無盡爲不思議思惟悅生是名爲入

衆生没在煩惱海愚癡見濁甚可怖大師哀愍令永離此化幢王所觀境

十中初二句即衆生無量煩惱謂利鈍二使愛見羅刹皆甚可怖也次一句以悲愍之以智令離（愛見羅刹甚可怖畏者即涅槃第十一已如前引）

如來恒放大光明一一光中無量佛各各現化衆生事此妙音天所入門

十一中既闕長行對名略顯初二句星宿莊嚴義也謂佛光流於法界粲若星羅次句即妙音莊嚴化衆生事不出三輪上云妙音舉一立稱耳若長行立名應云得放光現佛三輪攝化解脫門

復次可愛樂光明天王得恒受寂靜樂而能降現消滅世間苦解脫門

第四二禪長行十法初中二義一内證眞樂經論共說樂有五種謂一因二果三苦對除四斷受五無惱害無惱害樂更有四種謂出家遠離樂禪定適悅樂菩提覺法樂涅槃寂靜樂今當第四若通取受字兼禪定菩提則含因果言恒受者以無所受受諸受故若待境界即非恒也二而能降下外建大義降神現相除苦因果此於涅槃體用障得解脫也（經論共說樂有五種等者論即瑜伽等經）

即善戒經第二自利利他品經云云何名快樂快樂義者有五種一者因樂二者受樂三者斷受樂四者遠離樂五者菩提樂云何因樂因內外觸因觸因緣故有受樂是名因樂因行善法得他世樂是名因樂云何受樂從因因緣身得增長心得安隱是名受樂受樂者有二種何等爲二一者有漏二者無漏無漏有二一者學地二者無學有漏有三欲界色界無色界三有有內外入故有六觸六觸有二一者身樂二者心樂五識共行名爲身樂意識共行名爲心樂修習聖道斷諸受故道得增長無有諸受名斷受樂永斷煩惱身心無患名遠離樂受常樂故名菩提樂或有說言無想定者名爲斷樂是義不然何以故不斷受樂故遠離樂者有四種一者出家樂二者寂靜樂三者斷樂四者菩提樂世間之人多有憂苦永斷是苦名出家樂斷欲界貪名寂靜樂永斷煩惱名爲斷樂受常樂故名菩提樂菩薩常能施衆生樂名菩提樂菩薩摩訶薩自受常樂轉施衆生名菩提樂何故名爲因樂是樂因故名爲因樂不名受樂受樂者不名因樂名爲性樂斷樂者不名因樂不名受樂以斷多樂故名爲斷樂遠離樂者不名因樂不名受樂不名斷樂以觀生死衆過患故名智慧樂菩提樂者不名因樂不名受樂不名斷樂不名遠離樂無邊常故名菩提樂名無勝樂名無邊樂名無上樂亦名常樂名寂靜樂菩薩摩訶薩能以如是五種之樂施於衆生是名因樂義今疏望彼經數名不同若欲會者果及苦對除即是受樂開出無惱害者即遠離樂及菩提樂經中遠離有四今云出家遠離樂含其二種出家即第一遠離兼得第三斷樂復開菩提爲菩提涅槃二樂若瑜伽九十六說樂有二種一者欲樂二者遠離遠離復有三種一劣謂無所有已下二中謂第一有三勝謂滅受定然世尊依第一義說有三種最寂靜樂謂等解脫故總攝爲三一應遠離二應修習

即前三上中下遠離名有上遠離三最極究竟解脫無上住樂即前貪等解

清淨妙光天王得大悲心相應海一切衆生喜樂藏解脫門

第二門謂無緣大悲與性海相應拔世憂患故出生喜樂無盡名藏此於惱害心得解脫

自在音天王得一念中普現無邊劫一切衆生福德力解脫門

三一念等者修福德因感依正果福之力也雖多人多劫所感念劫融之頓現此於

時劫得解脱也
最勝念智天王得普使成住壞一切世間皆悉如虚空清淨解脱門
第四門謂以佛力不動成住壞三皆如空劫常清淨也此於遷變得解脱也
可愛樂淨妙音天王得愛樂信受一切聖人法解脱門
五愛樂等者謂信樂佛菩薩法敬奉修行則二障得解脱也
善思惟音天王得能經劫住演説一切地義及方便解脱門
第六門地謂地智義謂清淨即離念超心地也方便者教導及入地之由入住出等也以無盡辯演無盡法故能經劫
演莊嚴音天王得一切菩薩從兜率天宫没下生時大供養方便解脱門
七一切等者通有二義一現多身與多供供多佛皆稱真故名大方便即長行意二一念八相遍法界故名大方便即偈中意於上自在名爲解脱
甚深光音天王得觀察無盡神通智慧海解脱門
八於定慧障得解脱
廣大名稱天王得一切佛功德海滿足出現世間方便力解脱門
九果滿應機是於現身化生無堪任性得解脱
最勝淨光天王得如來往昔誓願力發生深信愛樂藏解脱門
十見佛大願雲愛樂隨學此於自輕障得

解脱

爾時可愛樂光明天王承佛威力普觀一切少光天無量光天極光天衆而説頌言

二頌中十偈次第依前

我念如來昔所行承事供養無邊佛如本信心清淨業以佛威神今悉見

今初前三句明寂靜樂通舉因樂以顯果樂後句降現之用

佛身無相離衆垢恒住慈悲哀愍地世間憂患悉使除此是妙光之解脱

二中初句即所相應海次句即能應大悲大悲荷物故名爲地次句即生喜藏憂除故喜患除故樂

佛法廣大無涯際一切剎海於中現如其成壞各不同自在音天解脱力

三中初句能現次句所現

佛神通力無與等普現十方廣大剎悉令嚴淨常現前勝念解脱之方便

四中初二句即普使成住等次一句須如虚空清淨以三災彌綸而淨土不毁故然三四二偈似如前却且順文釋耳

如諸剎海微塵數所有如來咸敬奉聞法離染不唐捐此妙音天法門用

五中初二句咸敬奉是愛樂餘是聖人次一句即上法及信受也

佛於無量大劫海説地方便無倫匹所説無邊無有窮善思音天知此義

六中初句經劫住次二句即地義方便無邊是一切也

如來神變無量門一念現於一切處降神成

道大方便此莊嚴音之解脱

七中通頌八相普周略無供養

威力所持能演説及現諸佛神通事隨其根

欲悉令淨此光音天解脱門

八中初句是前智慧次句神通次句無盡

及海以隨根令淨是深廣故

如來智慧無邊際世中無等無所著慈心應

物普現前廣大名天悟斯道

九中初二句即德海滿足次句出現世間

佛昔修習菩提行供養十方一切佛一一佛

所發誓心最勝光聞大歡喜

十中三句通明前昔誓願力第四句結中

便顯深信愛樂藏以文云大歡喜故

大方廣佛華嚴經疏鈔會本第二之二

音釋

嗢烏沒切　奧於到切深也　蕩瀁蕩徒浪切瀁餘亮切蕩瀁浮遊貌

盲瞎盲眉庚切目無童子也　唐捐捐余專切唐捐謂徒棄也

大方廣佛華嚴經疏鈔會本第二之三

唐于闐國三藏沙門實叉難陀　譯

唐清涼山大華嚴寺沙門澄觀撰述

復次尸棄梵王得普住十方道場中說法而所行清淨無染著解脫門

第五初禪長行十法中一普住等者大用應機故普遍說法用而常寂故行淨無染得心無行故行淨了境無相故無染

慧光梵王得使一切衆生入禪三昧住解脫門

二佛爲定境住定則所見深故

善思慧光明梵王得普入一切不思議法解脫門

三普入等者法海難量名不思議一言演盡名爲普入

普雲音梵王得入諸佛一切音聲海解脫門

四圓音隨類名音聲海要無分別方入佛聲

觀世言音自在梵王得能憶念菩薩教化一切衆生方便解脫門

五能憶等者化生卽是趣菩提行故以宿住智明記

寂靜光明眼梵王得現一切世間業報相各差別解脫門

六衆生報異隨業有差佛示現受令生正信

普光明梵王得隨一切衆生品類差別皆現前調伏解脫門

七於法自在方能隨類調生

變化音梵王得住一切法清淨相寂滅行境

界解脫門

八佛身無相等法性之清淨現而同化爲寂滅之行矣

光耀眼梵王得於一切有無所著無邊際無依止常勤出現解脫門

九不著諸有故能常現三業無邊更無可依

悅意海音梵王得常思惟觀察無盡法解脫門

十觀性無相猶如虛空何有可盡察用隨宜如擊水文隨擊隨生復何可盡

爾時尸棄大梵王承佛威力普觀一切梵身天梵輔天梵衆天大梵天衆而說頌言

偈中先上首觀衆開成四天合則梵身卽衆亦有經云梵衆梵身梵輔梵眷屬身卽是衆輔卽眷屬

佛身清淨常寂滅光明照耀徧世間無相無行無影像譬如空雲如是見

十偈初中初句法身普遍道場次句智光說法次句行淨無染境相智行旣亡則大用影像亦寂後句通以喻顯雲不離空空不礙雲以況寂用

佛身如是定境界一切衆生莫能測示彼難思方便門此慧光王之所悟

二中初二句入禪之境如來法身卽是心性若能觀之爲上定故次句示入方便雖多同入一寂

佛剎微塵法門海一言演說盡無餘如是劫海演不窮善思慧光之解脫

三中初句卽不思議法次二句明普入義

以一言說盡故一言說盡之辯劫海亦不能窮顯法無盡也約能包則一言說盡約能久則劫海莫窮然一言但說刹塵未是無盡設欲一言盡者則二三兩句相違一言說盡劫海更何所演而得無窮更有所演前則不盡又不可重說若欲通者總望則可說盡隱暎重重則不可盡如擊水文小擊大擊遍擊各隨文生盡未來際擊盡未來文生爲難思法也以一言說盡故者釋此一偈疏文有二一正釋二解妨前中自有二意一佛法對說前句一言說盡顯佛勝德後句劫說不窮明法無盡約能包下總就佛說是歎佛故前二句能包後一句能久然一言但說刹塵下通妨謂有問云前言說盡後云不窮豈不相違答有二意一順文通二約理通今初經云佛刹微塵法門海一言演說盡無餘刹塵法外更有無盡之法何妨劫海演說不窮故及成之設欲一言盡者則二三兩句相違初明前違於後後更有所演下後違於前若欲通下二約理會通則前二句直是說盡一切諸法後之一句不妨無窮若一言不盡者佛非不思議故故云總說則盡成於前句隱映無盡成於後後句兼以喻顯皆遺忘集意

諸佛圓音等世間衆生隨類各得解而於音聲不分別普音梵天如是悟

四中圓音之義文略有三義一廣無邊二別詮表三無分別如次三句餘如出現品辯

三世所有諸如來趣入菩提方便行一切皆於佛身現自在音天之解脫

五中初二句卽教化衆生方便行三世諸佛皆以利他爲向菩提自清淨業故次句前就梵王故云憶念今據如來故身現耳一毛尚現何況全身

一切衆生業差別隨其因感種種殊世間如是佛皆現寂靜光天能悟入

六中初句業相差別次句報相差別次句現同世間

無量法門皆自在調伏衆生徧十方亦不於中起分別此是普光之境界

七中前二句卽隨類調生調法自在故能隨類廣遍次句顯明前義無思成事故

佛身如空不可盡無相無礙徧十方所有應現皆如化變化音王悟斯道

八中初二句明佛體性卽前清淨寂滅不可盡下略顯四義如空次句佛用應現爲

行旣皆如化不失寂滅

如來身相無有邊智慧音聲亦如是處世現形無所著光耀天王入此門

九中初二句所現無有邊次句勤現無依著

法王安處妙法宫法身光明無不照法性無比無諸相此海音王之解脫

十中初二句常思大用無盡謂安住大悲宫能現大事故次句常觀法體無盡

復次自在天王得現前成熟無量衆生自在藏解脫門

自下第二欲界諸天文有七段第一他化天王長行十法中一謂現衆生前自在調伏使其成熟化法無盡故名爲藏

善目主天王得觀察一切衆生樂令入聖境界樂解脫門

二觀世樂相皆苦故應捨觀世樂性卽入聖樂

妙寶幢冠天王得隨諸衆生種種欲解令起行解脫門

三隨樂斷疑令起正行

勇猛慧天王得普攝爲一切衆生所説義解脱門

四一言普攝諸義遍於時處爲物而説

妙音句天王得憶念如來廣大慈增進自所行解脱門

五倣佛修慈

妙光幢天王得示現大悲門摧滅一切憍慢幢解脱門

六示現等者大悲十力摧彼慢高而無摧心故云示現

寂靜境天王得調伏一切世間瞋害心解脱門

七以智慧光照諸世間令離三毒之闇則無惡趣之果瞋癡障重故與偈互陳

妙輪莊嚴幢天王得十方無邊佛隨憶念悉來赴解脱門

八十方等者爲念佛三昧純熟故隨念何佛即能得見如休捨解脱等

華光慧天王得隨衆生心念普現成正覺解脱門

九應念現成

因陀羅妙光天王得普入一切世間大威力自在法解脱門

十普入等者寂用自在現世調生總名威力

爾時自在天王承佛威力普觀一切自在天衆而説頌言

佛身周徧等法界普應衆生悉現前種種教門常化誘於法自在能開悟

偈中亦十初中初句體遍次句用周故能現前次句教藏能成後句所成自在開於法藏悟深法門卽成熟也

世間所有種種樂聖寂滅樂爲最勝住於廣大法性中妙眼天王觀見此

二中初二句二樂次句令入

如來出現徧十方普應群心而說法一切疑念皆除斷此妙幢冠解脫門

諸佛徧世演妙音無量劫中所說法能以一言咸說盡勇猛慧天之解脫

三四可知

世間所有廣大慈不及如來一毫分佛慈如空不可盡此妙音天之所得

五中三句共顯如來大慈初二句舉劣顯勝次句以喻正顯謂世慈有相若須彌之高大海之廣終可傾盡佛慈稱性若芥子之空投刄之地卽不可盡又如空有普覆常攝廣容無礙難壞無盡略舉一無盡耳

芥子之空者卽四十一經云佛子譬如虛空於蟲所食芥子孔中亦不減小於無數世界中亦不增廣其諸佛身亦復如是見大之時亦無所增見小之時亦無所減今但取能喻投刄之地者卽莊子中庖丁爲文惠君解牛十九年而刀刃若新發於硎君問其故答云臣始見牛爲全牛也今見非全牛彼節者有間而刀刃者無厚以無厚入有間恢恢乎其於遊刃必有餘地矣故文選云投刃皆虛目牛無全今借其骨間小空以對上小空爲眞俗之況耳

一切衆生慢高山十力摧殄悉無餘此是如來大悲用妙光幢王所行道

慧光清淨滿世間若有見者除癡暗令其遠離諸惡道寂靜天王悟斯法

毛孔光明能演說等衆生數諸佛名隨其所樂悉得聞此妙輪幢之解脫

六七與八文亦可知
如來自在不可量法界虛空悉充滿一切衆
會皆明覩此解脱門華慧入
九中初二句明佛體普遍無成不成次句
隨衆生心現成正覺
無量無邊大劫海普現十方而説法未曾見
佛有去來此妙光天之所悟
十中普現十方卽普入一切世間餘皆威
力自在餘皆威力自在者大集經云孩子以啼爲力女人以瞋爲力外道以見爲力波旬以生死爲力菩薩以慈悲爲力佛以智慧爲力故以説法皆爲威力
復次善化天王得開示一切業變化力解脱
門
第二化樂天長行十一法中一爲物開示
諸業如化化雖體虛而有作用爲力業亦
從緣無性而報不忘

寂靜音光明天王得捨離一切攀緣解脱門
二捨離等者攀取緣慮是惑病之本若心
境無得則捨攀緣攀取緣慮是惑病之本者卽淨名問疾品經云何謂病本謂有攀緣從有攀緣則爲病本何所攀緣謂之三界云何斷攀緣以無所得若無所得則無攀緣何謂無所得謂離二見何謂二見謂內見外見是無所得故今疏云心境無得則捨攀緣
變化力光明天王得普滅一切衆生癡暗心
令智慧圓滿解脱門
三闇滅智生如月盈缺
莊嚴主天王得示現無邊悅意聲解脱門
四示現等者梵聲微妙故云悅意應遍十
方故云無邊
念光天王得了知一切佛無盡福德相解脱
門
五知一切等者此有三義一福德之相有

十蓮華藏世界微塵數故無有盡二謂清淨慈門等無限因所生故一一因果皆稱眞故一一即無有盡皆同虛空三大慈悲行是福德相使盲聾視聽等皆慈善根力故涅槃經中有聞讚佛爲大福德怒云生經七日母便命終豈謂大福德相讚者云年志俱盛而不卒暴打之不瞋罵之不報是故我言大福德相怨者聞而心伏故慈爲無盡福相然與前義相成涅槃經中有聞讚佛等者即三十八經南經三十五諸婆羅門欲與佛捔力爾時復有一婆羅門作如是言瞿曇沙門成就具足無量功德汝等不應與譚大衆答言癡人云何說言沙門瞿曇有大功德其生七日母便命終是何得名福德相耶婆羅門言罵時不瞋打時不報當知即是大福德相其身具足三十二相八十種好無量神通是故當知是福德相心無憍慢先意問訊言語柔輭初無麤獷年志俱盛心不卒暴王國多財無所愛戀捨之出家如棄涕唾是故我說沙門瞿曇成就具足無量功德大衆答言善哉仁者瞿曇沙門實如所說成就無量神通變化我不應與彼捔試是事釋曰文甚昭著今但義引略不引相好者前已有故然與前義相成者第二義慈爲相因此義慈即是相果果由因致復能顯因故云相成

最上雲音天王得普知過去一切劫成壞次第解脫門

六三達圓智了三世劫此就天王且言宿住耳

勝光天王得開悟一切衆生智解脫門

七開悟等者此門闕偈上下文中屢有開悟即同法華開示悟入以開攝示以悟攝入謂開示約能化悟入約所化等以開攝示者此有二釋前即嘉祥意四句雖殊不出能所開示約能化悟入約所化全彼疏文彼更釋之云能化有大開之與曲示所化有始悟之與終入意云但說有性名爲大開言此是凡夫性此是聖人性因果理行即名曲示豁然了知故名爲悟修行契證目之爲入則始淺終深下引論意則初深終淺以入約因故彼論云開者無

上義謂除一切智智更無餘事即雙開菩提涅槃謂以知見之性爲涅槃知見之相爲菩提衆生本有障翳不現佛爲開除則本智顯故示者同義三乘同法身故悟者不知義不知唯一實事故令令知成報身菩提故入者令證不退轉地故即是因義爲證初地已上爲菩提涅槃因故廣如彼

釋彼論云下即第二釋彼論先釋如來知見云佛知見者如來能證如實知彼義故疏意云如實即法性所證也知彼義即能證大智也能所知見皆名知見正同今經開示正覺境界正覺即能證境界即所證令疏但出開等四句開者無上義論標名也除一切智智更無餘事者釋所開即一切智智一切智智是根本智重言智者是後得智根本名知後得名見除此二事更無有餘能勝過此故名無上即雙開菩提涅槃者釋所開一切智智也謂以知見之性下釋雙開義衆生本有下疏釋開義大乘法師釋開云義開者出生顯證之義謂出生菩提顯證涅槃故即法相宗之意故下釋悟云令悟知見相本有種子以成報身今疏意不然知見性相並皆本有本有大

智光明遍照法界義故涅槃云佛性名第一義空知見性也第一義空名爲智慧知見相也在因爲性相在果爲菩提涅槃故云衆生本有障翳不現耳智障菩提惑障涅槃二障俱無菩提涅槃一時俱顯故云佛爲開除則本智顯現示者同義別示知見之性以成涅槃悟者不知義別示知見之相以成菩提言不知唯一實事者經云唯此一事實餘二則非真一實事即是知見上三皆果斷德智德以總別故而成三句入即因義未知何可能證故示與無量智業無量智者即果中一切智智體用而言業者是彼因也所以要舉初地已上爲因者登地證如爲涅槃因能證地智爲菩提因故十地論釋經究竟如虛空盡未來際云即因善決定究竟如虛空即菩提因如依空生色色不盡故盡未來際爲涅槃因常果無窮故二果即智性相也又開者即般若故論云除一切智智更無餘事示即法身悟即解脫三德涅槃即是三句入是三德之因上有三意一約佛性釋二約菩提涅槃釋三約三德涅槃釋會之並同佛性有果有果果即菩提涅槃故三德涅槃攝菩提故亦佛性故餘如前後釋禪宗之解如問明品

妙髻天王得舒光疾滿十方虛空界解脫門

八稱性之光有何難遍

喜慧天王得一切所作無能壞精進力解脫門

九一切等者謂契理具修長劫無倦故衆魔外道所不能摧

華光髻天王得知一切衆生業所受報解脫門

十善惡等殊苦樂等異皆知性相

普見十方天王得示現不思議衆生形類差別解脫門

十一示現等者無邊品類一毛頓現更無來去尤顯難思

爾時善化天王承佛威力普觀一切善化天衆而說頌言

偈中脫於第七唯有十偈

世間業性不思議　佛爲群迷悉開示　巧說因緣眞實理　一切衆生差別業

初中初句總次句開示後二句顯如化力差別業者果不亡故

種種觀佛無所有　十方求覓不可得　法身示現無眞實　此法寂音之所見

二中初句所攀緣後二無得然緣境有二一眞二妄眞佛有緣亦成妄惑況於妄耶

種種觀者五求不得故謂佛有耶常見爲惑謂佛無耶邪見深厚四句百非所不能加故無所有非唯一佛十方亦然應化示現非眞實故求實無得即見眞身眞即無緣佛尚應捨何況餘境五求不得等者即是中論觀如來品偈云非陰不離陰此彼不相在如來不有陰何處有如來即五求也由諸外道妄計有我我爲如來計有五故一謂即陰是如來二謂離陰有如來三謂如來中有陰四謂陰中有如來五謂陰能有如來今並非之若陰即如來陰生滅故佛應生滅故云

非陰二若謂離陰有如來者以何相知如來墮常過若離陰生滅故故云不離三若謂如來中有陰如器中有果則亦是異如來亦墮常故四若陰中有如來如牀上有人亦有別異過故云此彼不相在五若如來能有五陰陰屬如來者則如人有子亦有別異過異則如來憧常等故然後四句皆成異過初卽是一總合但是一異過耳故觀法品破我但云若我是五陰我卽爲生滅若我異五陰卽非五陰相今細推尋故有五求皆不可得上之五求但能破有今四句並非故言謂佛有耶常見爲惑謂佛無耶邪見深厚此且雙破有無而有過則微無過則重故云深厚彼論偈云邪見深厚者則說無如來如來寂滅相分別有亦非如是性空中思惟亦不可者亦遣有無四句百非所不能加故無所有者結歸經文準中論中略說三種四句皆不能加初偈云空則不可說非空不可說共不共巨說但以假名說此一非四句共卽俱句不共則雙遮若別說者一空二非空三亦空亦非空四非空非非空此皆雙遮辯中第二四句云寂滅相中無常無常等四第三四句云寂滅相中無邊無邊等四今並拂之非唯此四泛爾隨相皆悉非之然百非有二義一約十惡說如下當明二約通相說謂離一切分別之相耳故論結云如來過戲論而人生戲論戲論破慧眼是皆不見佛謂起心動念並爲戲論非觀如來應如淨名觀阿閦品故疏結云真則無緣佛尚應捨何況餘境卽借用金剛法尚應捨何況非法

佛於劫海修諸行爲滅世間癡暗惑是故清淨最照明此是力光心所悟

世間所有妙音聲無有能比如來音佛以一音徧十方入此解脫莊嚴主

三四可知

世間所有衆福力不與如來一相等如來福德同虛空此念光天所觀見

五中初二句福德相次句無盡相相好者經云盡人中福不及一天乃至云盡世間福不及如來一相等相好經云盡人中福等者等取善生經云一切世間福不及如來一毛功德一切毛功德不及一好一切好功德不及一相故名福相云不及如來一相等等取瑜伽四十九亦如是說

三世所有無量劫如其成敗種種相佛一毛孔皆能現最上雲音所了知

六中約天之智普知約佛一毛能現○七闕
十方虛空可知量佛毛孔量不可得如是無
礙不思議妙髻天王已能悟
八中初二句明毛孔過空謂靈智證理非
如虛空眞理超事故亦非比無限理智不
可分析隨其少分卽融攝重重故一毛之
量便越虛空次句別示越相謂毛孔不大
而無涯卽廣陿無礙故杜絕思議之境前
卽一光外展今卽一毛內廣文綺互耳一
毛本自遍空十方豈得難滿毛孔過空疏有三段說二
種遍一如來靈智能證真理虛空不能證二知來稱真之理空超過事空事空卽斷滅空故三無限理智下雙結上二皆不可分理無分限智契於理亦無分限智結靈智理結真理既不可分一毛稱真則重重融攝此處之空豈不能攝於餘處之空
佛於曩世無量劫具修廣大波羅蜜勤行精
進無厭怠喜慧能知此法門

九中初句長時修次句無餘修次句無間
修具此三修故進力難壞而言廣大波羅
蜜者至第五經釋
業性因緣不可思佛爲世間皆演說法性本
淨無諸垢此是華光之入處
十中初句總顯業之性相卽緣生果報之
不亡便是無性之非有故不可有無思也
次句佛如是說天如是知次句以法性示
業性
汝應觀佛一毛孔一切衆生悉在中彼亦不
來亦不去此普見王之所了
十一中初二句小一現大多爲一難思次
句現時不來不現不去又難思也
復次知足天王得一切佛出與世圓滿教輪
解脫門

第三知足天長行十法中第一天得總相法門諸佛將興皆生彼天下生之時普應法界頓闡華嚴爲圓滿法

喜樂海髻天王得盡虚空界清淨光明身解脱門

二盡虚空等者光明色身皆遍空界了不可取故云清淨

最勝功德幢天王得消滅世間苦淨願海解脱門

三以淨願力滅惑業苦

寂靜光天王得普現身説法解脱門

善目天王得普淨一切衆生界解脱門

四五可知

寶峰月天王得普化世間常現前無盡藏解脱門

六普化等者普卽無偏常卽無間示其眞樂卽如來藏

勇健力天王得開示一切佛正覺境界解脱門

七自覺智境佛已入之故示物同悟故

金剛妙光天王得堅固一切衆生菩提心令不可壞解脱門

八以淨福堅菩提心

星宿幢天王得一切佛出興咸親近觀察調伏衆生方便解脱門

九謂仰覲下化

妙莊嚴天王得一念悉知衆生心隨機應現解脱門

十卽顯現迅疾也

大方廣佛華嚴經疏鈔會本第二之三

音釋

憍慢　憍舉喬切傲也　慢莫宴切倨也
摧殄　摧徂回切折也　殄徒典切滅也
曩世　曩乃郎切曩世謂昔世也
闡　齒善切顯也
硎　奚經切砥石也
搉　訖岳切校也
卒暴　卒蒼沒切暴蒲報切卒暴猛急也
獷　古猛切不可附也

大方廣佛華嚴經疏鈔會本第二之四

唐于闐國三藏沙門實叉難陀 譯

唐清涼山大華嚴寺沙門澄觀撰述

爾時知足天王承佛威力普觀一切知足天衆而說頌言

如來廣大徧法界於諸衆生悉平等普應群情闡妙門令入難思清淨法

偈中初偈前半即出世義上句體智俱徧下句悲用皆普後半即圓滿教輪前句即實之權爲妙門後句會權入實爲圓滿

佛身普現於十方無著無礙不可取種種色像世咸見此喜髻天之所入

二中可知

如來往昔修諸行清淨大願深如海一切佛法皆令滿勝德能知此方便

三中初二句以行淨願次句雜染本空故前令滅佛法本具故今令滿妄盡眞顯二言相成

如來法身不思議如影分形等法界處處闡明一切法寂靜光天解脫門

四中初二句依體普現若月入百川尋影之月月體不分即體之用用彌法界體用交徹故不思議次句稱根說法尋影之月月體不分者此中法喻影略若具更云以月隨影萬流異見尋用之體體本寂然爲寂靜光也

衆生業惑所纏覆憍慢放逸心馳蕩如來爲說寂靜法善目照知心喜慶

五中前半即所淨之衆生具三雜染故於中上句標下句略示惑相慢是根本憍逸隨惑憍謂染自盛事慢謂恃巳陵他放逸即是縱蕩憍爲染法所依慢能長淪生死

放逸衆惑之本故偏舉此三蕩者動也謂境風鼓擊飄蕩馳散次句能淨法門謂不取於相當體寂故慢是根本等者六根本中之一也憍逸隨惑者二十隨煩惱中之二也憍是小隨放逸是大隨並如初發心品今略釋之以經有意故慢謂已下釋三惑相以順經文故唯識云慢謂恃已於他高舉爲性能障不慢生苦爲業謂若有慢於彼有德心不謙下由此生死輪轉無窮受諸苦故故疏云慢能長淪生死論云云何爲憍於自盛事深生染著醉傲爲性能障不憍染依爲業故疏云憍爲染法所依論云云何放逸謂於染淨品不能防修縱蕩爲性障不放逸增惡損善所依爲業故疏云放逸即是縱蕩餘可思準

一切世間眞導師爲救爲歸而出現普示衆生安樂處峯月於此能深入

諸佛境界不思議一切法界皆周偏入於諸法到彼岸勇慧見此生歡喜

若有衆生堪受化聞佛功德趣菩提令住福海常清淨妙光於此能觀察

六七及八文並可知

十方剎海微塵數一切佛所皆往集恭敬供養聽聞法此莊嚴幢之所見

九中通顯上旣親近必當敬養聞法以聞調他爲眞供養列名中云星宿幢今故莊嚴與長行互出

衆生心海不思議無住無動無依處佛於一念皆明見妙莊嚴天斯善了

十中前半所知衆生心上句標深廣下句顯相念慮不住多於草故廣也深者有三義一恒轉如流故不住二本體寂然故不動三從緣妄起無別所依次句即一念悉知

復次時分天王得發起一切衆生善根令永離憂惱解脫門

第四時分天十法一善根若發憂惱自除

妙光天王得普入一切境界解脫門

二以無限方便普證法身之境

無盡慧功德幢天王得滅除一切患大悲輪

解脫門

三悲摧惑苦故名爲輪

善化端嚴天王得了知三世一切衆生心解

脫門

四以三達智知機授法

總持大光明天王得陀羅尼門光明憶持一

切法無忘失解脫門

五陀羅尼等者總持入理故名爲門以慧

爲體故云光明若取助伴則兼念定念即

明記故能憶持定乃心一常無忘失四無

礙等一切諸法皆是所持

不思議慧天王得善入一切業自性不思議

方便解脫門

六可知

輪齋天王得轉法輪成熟衆生方便解脫門

七轉法等者轉法示菩提之道即是成熟

衆生方便

光燄天王得廣大眼普觀衆生而往調伏解

脫門

八十眼圓見隨宜往調

光照天王得超出一切業障不隨魔所作解

脫門

九超出等者超出業障使離惡因不隨魔

作捨惡緣也

普觀察大名稱天王得善誘誨一切諸天衆

令受行心清淨解脫門

十等雨法雨誘令進善使彼受行誨令斷
惡得心清淨此就於天偈通一切
爾時時分天王承佛威力普觀一切時分天
衆而說頌言
偈中亦十
佛於無量乂遠劫已竭世間憂惱海廣闢離
塵清淨道永耀衆生智慧燈
初偈通顯前半彰已已離後半開發能離
如來法身甚廣大十方邊際不可得一切方
善根
便無限量妙光明天智能入
生老病死憂悲苦逼迫世間無暫歇大師哀
愍誓悉除無盡慧光能覺了
佛如幻智無所礙於三世法悉明達普入衆
生心行中此善化天之境界

總持邊際不可得辯才大海亦無盡能轉清
淨妙法輪此是大光之解脫
二三四五文並可知
業性廣大無窮盡智慧覺了善開示一切方
便不思議如是慧天之所入
六中初句即業性言廣大者一念造一切
故無窮盡者未得對治無能止故有多門
故次句善入智了自入開示令他入次句
入門多種
轉不思議妙法輪顯示修習菩提道永滅一
切衆生苦此是輪齋方便地
如來眞身本無二應物隨形滿世間衆生各
見在其前此是餤天之境界
七八亦可知
若有衆生一見佛必使淨除諸業障離諸魔

業永無餘光照天王所行道

九中初句見佛爲緣次二見佛二益一正智生必內超業障二佛爲眞導豈外逐魔緣既不隨魔安造魔業十魔並離故致諸言十魔並離者即五十八經一蘊魔二煩惱三業四心五死六天七善根八三昧九善知識十菩提法智下廣有釋

一切衆會廣大海佛在其中最威耀普雨法雨潤衆生此解脫門名稱入

十亦可知

復次釋迦因陀羅天王得憶念三世佛出興乃至刹成壞皆明見大歡喜解脫門

第五三十三天衆長行有十一法初中承力故憶念念過去佛者曾入此天故三世有二一亦念未來二過去自互相望亦有三世生大喜者境殊勝故慶自福故

普稱滿音天王得能令佛色身最清淨廣大世無能比解脫門

二能令等者然佛身無染淨大小亦無勝劣猶若虛空雲屯即闇日朗即明色昏即劣物隔言小令妄雲盡而智光照故清淨性空現故廣大妙色顯故無比皆解脫力故曰能令

慈目寶髻天王得慈雲普覆解脫門

三大慈不揀怨親若雲無心而普覆

寶光幢名稱天王得恒見佛於一切世主前現種種形相威德身解脫門

四恒見等者人天世主多恃威德故佛現超之令其敬喜

發生喜樂髻天王得知一切衆生城邑宮殿從何福業生解脫門

五知其因果差別使物勤修因果並得名福

端正念天王得開示諸佛成熟衆生事解脫門

六開示等者示佛調生令菩薩倣習

高勝音天王得知一切世間成壞劫轉變相解脫門

七初成後壞住時轉變乃至毛孔細刹皆悉知之言轉變者福人出世則琳琅現矣薄福者出則荆棘生焉

成就念天王得憶念當來菩薩調伏衆生行解脫門

八憶念等者佛毛現因調行天憶則能思齊

淨華光天王得了知一切諸天快樂因解脫門

九一切諸樂以佛爲因具勝德故就樂增勝說諸天耳

智日眼天王得開示一切諸天子受生善根俾無癡惑解脫門

十開示等者受生善根即念佛力開示令不迷惑則去放逸而進修

自在光明天王得開悟一切諸天衆令永斷種種疑解脫門

十一疑自疑他疑理疑事有多種種如聞空疑斷聞有疑常聞雙是則疑其兩分聞雙非疑無所據又聞空疑有聞有疑空等互相疑也今開之使悟疑自疑他等者然疑有二一通相說於諸諦理猶豫爲性能障不疑善品爲業二者五蓋中疑略有三種一疑自謂已不能入理二疑師爲彼不能善教三疑法謂於所學爲令出離爲不出離如有病人疑

自疑譬疑藥病終不愈今言疑自疑他疑理疑事疑即五蓋中之三種也合其事理皆所疑法通相說也如聞空疑斷者略示疑理事之相亦通一切疑也疏有二勢一當句生疑謂聞空疑斷等不了真空將謂斷滅等二又聞空疑有者即空有互疑而云等者等取聞雙是則疑雙非聞雙非則疑兩是今開之可思更畧示其義謂聞空莫疑斷是即事之空非斷滅故聞有莫疑常非定性有從緣有故聞雙是莫疑兩分但雙照二諦無二體故聞雙非莫疑無據以但遮過令不著故又聞空莫疑於有是即有之空故聞有莫疑於空是即空之有故聞雙是莫疑雙非是即非有無為有無故聞雙非莫疑雙是是即有無方是非有無故

爾時釋迦因陀羅天王承佛威力普觀一切三十三天衆而說頌言

偈中亦有十一

我念三世一切佛所有境界悉平等如其國土壞與成以佛威神皆得見

初中云平等者化儀同故又但以世俗文字數故說有三世非謂如來有去來今又但以世俗下即淨名第二唯改菩提爲如來耳

佛身廣大徧十方妙色無比利群生光明照耀靡不及此道普稱能觀見

二中初句廣大次句無比次句清淨然古德明通有六義一廣謂總法界爲身故二遍全遍一塵至十方故三妙色即無色無色之色故四勝無有比故五益利物無涯故六用光破闇故

如來方便大慈海往劫修行極清淨化導衆生無有邊寶髻天王斯悟了

三中前半即慈雲上句果大下句因深一切佛法依慈悲慈悲又依方便立俱稱深廣故致海言次句即普覆也

我念法王功德海世中最上無與等發生廣大歡喜心此寶光天之解脫

佛知衆生善業海種種勝因生大福皆令顯現無有餘此喜髻天之所見
諸佛出現於十方普徧一切世間中觀衆生心示調伏正念天王悟斯道
如來智身廣大眼世界微塵無不見如是普徧於十方此雲音天之解脫
一切佛子菩提行如來悉現毛孔中如其無量皆具足此念天王所明見
世間所有安樂事一切皆由佛出生如來功德勝無等此解脫處華王入
次六可知
若念如來少功德乃至一念心專仰諸惡道怖悉永除智眼於此能深悟
十中初二句即前善根少功德者以少況多彰因爲勝次句即人天受生故離三惡怖
寂滅法中大神通普應群心靡不周所有疑惑皆令斷此光明王之所得
十一中初句即能開之法是寂滅智通次二句由普應故疑皆斷也
復次日天子得淨光普照十方衆生盡未來劫常爲利益解脫門
第六日天長行十一法既爲日天多辯光益初一名及法門皆是總也謂佛身智光猶如彼日無私而照是曰淨光此光體也
次辯光用略有四義一約心高下齊明故名普照二約處則窮十方界三約時盡於未來四約功用常無間斷如斯利益即大智之功
光燄眼天子得以一切隨類身開悟衆生令

入智慧海解脫門
二以一切等者衆生本有佛智如海潛流今佛以隨彼彼類身設種種方便務在開悟令其證入
須彌光歡喜幢天子得爲一切衆生主令勤修無邊淨功德解脫門
三衆生愛染漂泊無依佛德無礙應爲其主隨修絶染名淨功德一行契理即曰無邊況其具修耶
淨寶月天子得修一切苦行深心歡喜解脫門
四修一切等者以智導悲爲物受苦故深歡喜
勇猛不退轉天子得無礙光普照令一切衆生益其精爽解脫門

五謂體離障惑用而遂通故云無礙若身若智俱得稱光周而不偏故云普照身心明利是益精爽爽明也大集經云國王護法增長三種精氣一地精氣謂五穀豐熟二衆生精氣謂形貌端嚴無諸疾疫三善法精氣謂修施戒信等今文正在第三益其福智義兼前二法力遠資故
妙華纓光明天子得淨光普照衆生身令生歡喜信解海解脫門
六淨光等者身智二光淨物身心信解深廣于何不喜
最勝幢光明天子得光明普照一切世間令成辦種種妙功德解脫門
七晝則勤心修善業故
寶髻普光明天子得大悲海現無邊境界種

種色相寶解脫門
八大悲海等者謂無緣大悲坐於道樹出多奇寶故色相寶者應言寶色相圓明可貴故以寶爲體寶莊嚴故具十蓮華藏塵數故云種種一一色相用周法界名現無邊境如是皆從大悲海流悲海包納不揀賢愚故
光明眼天子得淨治一切衆生眼令見法界藏解脫門
九慧除癡翳法眼則淨淨見法界法界即藏藏如前說
持德天子得發生清淨相續心令不失壞解脫門
十發生等者謂於佛所發生清淨心曾一供養能令其福續至菩提故如出現品食金剛喻況相續耶
普運行光明天子得普運日宫殿照十方一切衆生令成就所作業解脫門
十一使物居業莫越日光令人進德寧過法義
爾時日天子承佛威力普觀一切日天子衆而說頌言
偈中亦有十一
如來廣大智慧光普照十方諸國土一切衆生咸見佛種種調伏多方便
初中前半淨光普照後半常爲利益滅惡生善破愚爲智等爲多方便
如來色相無有邊隨其所樂悉現身普爲世間開智海燄眼如是觀於佛
佛身無等無有比光明照耀徧十方超過一

切最無上如是法門歡喜得

二三可知

爲利世間修苦行徃來諸有無量劫光明徧

淨如虛空寶月能知此方便

四中前半即一切苦行此有四難一背已

利世難二行相唯苦難三處經諸有難四

時劫無量難於此具行故云一切次句明

深心歡喜亦有四義一爲物苦行滿本願

故義在初句二智照苦性本空寂故即有

光明照空三遍淨無染非雜毒故即遍淨

如空四自他有果非無利故即第三句全

佛演妙音無障礙普徧十方諸國土以法滋

味益群生勇猛能知此方便

放光明網不思議普淨一切諸含識悉使發

生深信解此華纓天所入門

五六可知光網之義如賢首品

世間所有諸光明不及佛一毛孔光佛光如

是不思議此勝幢光之解脫

七中通明舉劣顯勝以辯難思故能成辦

諸妙功德言世不及者世雖多光益非究

竟佛光雖少必徹眞源不可盡故以一況

諸

一切諸佛法如是悉坐菩提樹王下令非道

者住於道寶髻光明如是見

衆生盲暗愚癡苦佛欲令其生淨眼是故爲

然智慧燈善目於此深觀察

解脫方便自在尊若有曾見一供養悉使修

行至於果此是德天方便力

八九與十文亦可知

一法門中無量門無量千劫如是說所演法

門廣大義普運光天之所了
十一中初句即能照法門猶一日宫千光並照隨舉一法有無量門然有二義一約相類如一無常門有生老病死聚散合離得失成壞三災四相外器内身剎那一期生滅轉變染淨隱顯皆無常門餘亦如是二就性融不可盡也次二句普運照義一日周天則日日無盡一門歷事則劫劫難窮方便多門終歸一極廣者無邊大者無上
復次月天子得淨光普照法界攝化衆生解脫門
第七月天長行十法初名法門亦總稱也謂光有身智二殊法界亦事理兩别事即機之身心及所依剎身光照身令覺照剎令淨智光照心破癡照理令顯身智二光相即則所照四法亦融以之稱普並除惑障俱得淨名
華王髻光明天子得觀察一切衆生界令普入無邊法解脫門
二觀察等者悲心普觀授以多法令入無邊法界
衆妙淨光天子得了知一切衆生心海種種攀緣轉解脫門
三衆生藏識皆名心海前七轉識名攀緣轉轉謂轉生亦流轉也緣境非一立種種名故經云藏識海常住境界風所動種種諸識浪騰躍而轉生喻云洪波鼓溟壑無有斷絶期既知機殊隨應授法故經云藏識海常住等者此疏義引具云譬如巨海浪斯由猛風起洪波鼓溟壑無有斷絶期藏識海常

住等同此義至問明品當廣分別耳

安樂世間心天子得與一切衆生不可思議樂令踊躍大歡喜解脱門

四與一切衆生等者謂示物聖樂令得初地此樂本有染而不染爲不思議

樹王眼光明天子得如田家作業種芽莖等隨時守護令成就解脱門

五謂以菩提心爲家二利爲作業並以身口爲牛利智爲犂耕於心地下聞熏種生信解芽起正行莖開諸覺華獲菩提果自利則以不放逸隨時守護利他則以能化大願守護不令魔惑禽獸侵犯從因至果得成就也

出現淨光天子得慈悲救護一切衆生令現見受苦受樂事解脱門

六慈悲等者謂慈護現樂悲救其苦令見因果斷惡修善名眞救護

普遊不動光天子得能持清淨月普現十方解脱門

七以佛智風持大悲月使明見正覺離苦清涼

星宿王自在天子得開示一切法如幻如虛空無相無自性解脱門

八開示等者一切法有二種一是所迷謂緣起不實故如幻緣成故無性二是能迷謂遍計無物故如空妄計故無相又緣起法有二義一無相如空則蕩盡無所有是相空也二無自性如幻則業果恒不失即性空也此二不二爲一緣起是故兩喻共顯一法既不迷能所則悟眞如成正智火

言此二不二者融上性相二空也云何融耶謂若不違者性相二俱非了義何者謂法若性空相不空故若云相空性又不空以性相異猶如畫火無有熱性而似火相如木中火不見其相而有其性如角峯垂頷即是牛相負重致遠是其性故性主於內相攝於外若一空者彼一不空若得意者此二相成謂由從緣無性名爲性空故令體相無不空寂即相空也此以性空成於相空由諸相蕩盡是故空中無色無受想行識方顯法性本自空耳此以相空成性空故二空相成云不二也又說性空總有三義一法無定性名空則相未空二法之眞性本空則相亦未空三若說從緣無性故名爲空則一切法性自空矣非推之使空則悟眞如成正智火者此中其五法三自性三性文顯五法相者謂徧計無物故亡名也妄計無相絕妄想也緣起無相故亡相也悟眞如即圓成成正智火五法具矣

淨覺月天子得普爲一切衆生起大業用解脫門

九悲願爲物現相好形是大業也

大威德光明天子得普斷一切疑惑解脫門

十普斷等者毛光普演何疑不斷

爾時月天子承佛威力普觀一切月宮殿中諸天衆會而說頌言

偈中亦十

佛放光明徧世間　照耀十方諸國土　演不思議廣大法　永破衆生癡惑暗

境界無邊無有盡　於無量劫常開導　種種自在化群生　華髻如是觀於佛

初二可知

衆生心海念念殊　佛智寬廣悉了知　普爲說法令歡喜　此妙光明之解脫

三中初句即心海攀緣轉若以生滅八識即彼第八亦名爲轉以恒轉故云念念殊恒故非斷轉故非常若以生滅八識即彼第八亦名轉者以起信中則生滅與不生滅和合故有藏識海常住之言如長行辯今取唯識宗八識唯是業惑辯生故皆生滅言以恒轉故者即引證也論釋第一能變即阿賴耶於中因

果法喻間之恒轉如瀑流論有問云阿賴耶識爲斷爲常論答云非斷非常以恒轉故恒謂此識無始時來一類相續常無間斷是界趣生施設本故性堅持種令不失故轉謂此識無始時來念念生滅前後變異因滅果生非常一故可爲轉識熏成種故恒言遮斷轉表非常猶如瀑流因果法爾云念念殊者即以論恒轉之言會同經文

新新而生念念而滅念念殊故體恒不即彼如來藏功德常具義亦不離如彼瀑流離水無流離流無水又如海波濤有漂溺故多畜養故法合思之次句明了知謂此識深細唯佛智知故次句示心海性即是佛智不令外求稱機故喜

新新已下義引上論念念殊故下會法性宗與如來藏非一非異故起信云謂不生不滅與生滅和合非一非異名阿賴耶識由念念殊是生滅故與藏非一即此生滅心恒沙性德本來具足故名不離不即不離即不一不異如彼瀑流者即向所引唯識後文云如瀑流水非斷非常相續長時有所漂溺此識亦爾從無始來生滅相續非常非斷漂溺有情令不出離又如瀑流雖因風等擊起諸波而流不斷此識亦爾雖遇衆緣起眼等識而恒相續又如瀑流漂水上下魚草等物隨流不捨此識亦爾與內習氣外觸等法恒相續轉釋曰但觀上引於疏文中二宗合釋如瀑流水即唯識文離水無流通二宗義若成法相離第八識無眼等識若依法性離如來藏無有八識廣如問明又如海波濤即起信云如大海水因風波動水相風相不相捨離海即藏識如長行說恒常住故是如來藏此即成上離水無流亦乃生下有所漂溺即唯識上生人天猶如漂草下沉三塗猶如溺魚多畜養故又兼法性此中具有恒沙性德一切至實自此而生若取法相阿陁那識甚微細一切種子如瀑流我於凡愚不開演恐彼分別執爲我亦多畜養義義兼二宗言法合思之已如上說玄文又明至問明品當廣分別二宗之異謂此識微細即如向引偈文即唯識第三引解深密偈次句示心海性即是佛智者上句佛智爲能了故八十經云佛智廣大如虛空悉了世間諸妄想故今此即出現品云一切衆生無不具有如來智慧如大海水潛流四天下地故云即是佛智不令外求者即淨名云諸佛解脫當於衆生心行中求稱彼圓機故生歡喜

衆生無有聖安樂沉迷惡道受諸苦如來示彼法性門安樂思惟如是見

四中初二句明失聖樂聖安樂者即聖智

涅槃本有今無故沉迷妄苦次句明與示其性有樂非苦外名不思議見性得樂性即是門即聖智涅槃本有今無者約法相說涅槃本有聖智本無故無菩提覺法之樂今約法性涅槃聖智皆有性淨即法性門是則眞樂本有失而不知云無有耳故初地云諸佛正法如是甚深而諸凡夫心墮邪見旣失眞樂妄苦本空得而不覺是故沉迷若覺本性不沉迷故故第三句示其性有今其覺性了彼苦性眞寂靜樂云樂非苦外是以長行名不思議見性得樂性即是門者若約解苦無苦苦爲見性之門今約見性成佛故性爲聖樂之門

如來希有大慈悲爲利衆生入諸有說法勸善令成就此目光天所了知

五中但是法說如來即田主也悲佃物田爲利入有是所作業爲利同於求果入有似於耕犁說法即是下種勸善正當守護令熟可知

世尊開闡法光明分別世間諸業性善惡所行無失壞淨光見此生歡喜

六中前悲救護語其本心此明智光彰其所用悲智相導能眞救也

佛爲一切福所依譬如大地持宮室巧示離憂安隱道不動能知此方便

七中初句佛爲福依月爲涼本次句應言大風持宮而今云爾即是轉喻大地如佛宮室如福次句即照現義亦清涼義

智火大明周法界現形無數等衆生普爲一切開眞實星宿王天悟斯道

八中可知

佛如虛空無自性爲利衆生現世間相好莊嚴如影像淨覺天王如是見

九中初句佛如虛空大業性也次句大業體也不利衆生非大業故次句大業相依

光有影可以知動靜依鏡有像可以辯妍媸然彼影像無自性相如來相好當知亦爾依光有影等者疏開影像二字以爲兩喻影謂光影喻像謂鏡像喻然此二喻有通一切今取別義光影之喻喻佛現多端故云有動靜質動影動質靜影靜鏡像喻現身勝劣如丈六三尺三十二相等隨機見故

佛身毛孔普演音法雲覆世悉無餘聽聞莫不生歡喜如是解脫光天悟

十亦可知　天衆竟

大方廣佛華嚴經疏鈔會本第二之四

音釋

𢾭離呈切與凌同　纏覆纏澄延切繞也覆敷救切　瀑蒲報切急流也　馳蕩馳陳知切驅馳也蕩大浪切流蕩也　廣闢闢毗亦切廣闢謂廣大開闢也　逼迫逼筆力切窘逼也迫音伯急迫也　芽莖芽牛加切萌芽也莖何耕切枝柱也　溟壑溟忙丁切壑黑各切溟壑海也　頶音壺牛頸下垂也

大方廣佛華嚴經疏鈔會本第三之一

唐于闐國三藏沙門實义難陀 譯

唐清涼山大華嚴寺沙門澄觀撰述

復次持國乾闥婆王得自在方便攝一切衆生解脫門

自下第二有八段明八部四王衆初四段皆初一是天義如前釋今初乾闥婆王長行十法初一即東方天王謂攝受折伏逆順多端善巧應機故名自在

樹光乾闥婆王得普見一切功德莊嚴解脫門

二普見等者謂令衆生見佛一切功德莊嚴佛一毛而爲利益一一皆爾故云普見

淨目乾闥婆王得永斷一切衆生憂苦出生歡喜藏解脫門

三以慈愍方便除憂則喜生憂苦既如海廣深喜樂亦難盡名藏然則世之憂喜生乎利害利害存乎情僞苦樂存乎吉凶吉凶存乎愛惡愛惡盡則吉凶苦樂皆亡情僞息則利害憂喜永斷如此方爲永斷憂苦喜樂生焉

然則世之憂喜生乎利害下上顯釋經文此下密取經意舉世憂喜況出世樂即周易繫辭之文而倒用之先具出易文易云剛柔雜居而吉凶可見矣變動以利言註云變而通之以盡利也易云吉凶以情遷註云吉凶無定唯人所動情順乘理以之吉情逆違道以蹈凶故曰吉凶以情遷也易云是故愛惡相攻而吉凶生焉即今疏云吉凶存乎愛惡則愛惡是吉凶之因也易云遠近相取而悔悋生情僞相感而利害生即今疏云憂喜存乎利害利害存乎情僞是則情僞爲利害因故註云情以感物則得利僞以感物則致害則有憂喜故利害是憂喜之因故上易云遠近相取而悔悋生意云相取相資也順之則喜逆之則憂順則利也逆則害也又次易云凡易之情近而不相得則凶或害之悔且吝今爲順逆之次第不順疏次但曉易文疏文自了愛惡盡下彰滅吉凶憂喜所以易雖無文乃易本意

即知無憂無喜方爲大喜無苦無樂眞樂耳

華冠乾闥婆王得永斷一切衆生邪見惑解脫門

四永斷等謂得佛決定智光則邪惑永斷

喜步普音乾闥婆王得如雲廣布普蔭澤一切衆生解脫門

五謂慈雲普蔭材與不材皆涼慧澤廣霑三草二木咸發

慈雲普陰材與不材皆涼等者上句依莊子下句依法華材者可爲棟樑成器之木也不材無所堪也莊子行山見伐木者止其傍而不取問數曰此木以不材得終其天年及還至故人家主人將殺鴈豎子曰一能鳴一不能鳴請奚殺主人曰殺不能鳴者弟子問周曰山中之木以不材得終天年主人之鴈以不材致死先生將何處焉周笑對曰將處夫材與不材之間然材不材之言雖存莊子意亦法華第三云我觀一切普皆平等乃至云貴賤上下持戒毀戒威儀具足及不具足正見邪見利根鈍根等雨法雨而無懈倦即材與不材皆涼也言三草者謂小草中草上草二木謂小樹大樹以人天乘爲小草經云或處人天轉輪聖王釋梵諸王是小藥草二乘爲中草經云知無漏法能得涅槃起六神通及得三明獨處山林常行禪定得緣覺證是中藥草菩薩爲上草經云求世尊處我當作佛行精進定是上藥草此通說大乘爲上以大乘登地已上慈陰義廣復加二樹七地已前小樹經云又諸佛子專心佛道常行慈悲自知作佛決定無疑是名小樹八地已上爲大樹經云安住神通轉不退輪度無量億百千衆生如是菩薩名爲大樹而言咸發者經云佛平等說如一味雨隨衆生性所受不同如彼草木所稟各異等

樂搖動美目乾闥婆王得現廣大妙好身令一切獲安樂解脫門

六現廣等者現身益物也稱性普應故廣大具相清淨故妙好

妙音師子幢乾闥婆王得普散十方一切大名稱寶解脫門

七佛出說法是大名稱佛法衆僧俱稱爲寶令此遠聞義云普散

普放寶光明乾闥婆王得現一切大歡喜光

明清淨身解脫門
八現一切等者身光普照塵不能染見者必歡智光悅機惑累不生又歡喜也故云大喜
金剛樹華幢乾闥婆王得普滋榮一切樹令見者歡喜解脫門
九法水遍滋菩提實行行既樹立見者必歡無復二乘一切皆菩提樹也
普現莊嚴乾闥婆王得善入一切佛境界與衆生安樂解脫門
十善入等者一多無礙名爲佛境天王智達故云善入
爾時持國乾闥婆王承佛威力普觀一切乾闥婆衆而說頌言
偈中亦十

諸佛境界無量門　一切衆生莫能入
善逝如空性清淨　普爲世間開正道
如來一一毛孔中　功德大海皆充滿
一切世間咸利樂　此樹光王所能見
世間廣大憂苦海　佛能消竭悉無餘
如來慈愍多方便　淨目於此能深解
十方剎海無有邊　佛以智光咸照耀
普使滌除邪惡見　此樹華王所入門
佛於往昔無量劫　修習大慈方便行
一切世間咸慰安　此道普音能悟入
前五可知
佛身清淨皆樂見　能生世間無盡樂
解脫因果次第成　美目於斯善開示
六中初句現身次一句一切獲安樂也世間即一切也無盡樂總顯也謂佛現於世

足履影覆若在人天現增快樂若在下苦七日之中身心安樂乃至終獲涅槃之樂故云無盡足履影覆至身心安樂者涅槃二十六說如有沛鴿至身子影中猶自戰懼至佛影中坦然安樂世尊履地去地四指然當足下蟲皆得生天於如來所種少善根如食金剛必至涅槃次句別示出世因果之樂先因後果先世後出世皆次第義又總取偈意佛身清淨是解脫因生無盡樂是解脫果又總取偈意等者上別配三句竟今總取三句釋因果次第成言乃有五對因果一取初句上四字為因第三句初二字是果一由佛身淨令眾解脫故二以第三句初解脫字為因第二句為果此是如來作用解解脫令眾生得樂故上為一對世無盡樂又解脫因能現淨身又解脫果世無盡樂下三以第二句為因第三句初解脫字為果以世樂為因出世解脫樂為果故四以第三句初解脫字為因第一句初四字為果佛證離障解脫方能起於大用而現身故上即第二對又佛身清淨是樂見因樂五又佛身清淨下唯就初句自分因果上四字見即為清淨身果

為因下三字為果由佛身淨令物樂見無有厭足六以下三字為因上四字為果由物樂見自感淨身又眾生若樂見則淨身有果若不樂見則淨身無果即以利他為果故上即第三對眾生樂見是安樂因無盡安樂是樂見果七眾生樂見下以初句下三字為因第二句為果由樂見佛天上人間常受安樂八第二句為因初句下三字為果樂見若得樂樂見即有果樂見若無樂樂見便無果上即第四對無盡安樂是淨身因能現淨業是無盡果九無盡安樂下以第二句全為因以初句上四字為果由得無盡世樂故終得清淨之身此舉世尊因中修行之果勸物亦然十能現淨業是無盡果者即以第二句中下三字為因第一句上四字為果謂無盡樂即涅槃樂安住涅槃能建大事方現淨身是故淨身是無盡樂果故上釋云終獲涅槃為無盡樂則無盡樂言有其二種一則出世如上所明二連取一句即世無盡樂如純陀施佛果報無盡應不成佛故約世樂說無盡耳如是展轉因果名次第成結云如是展轉者遞互相成也

眾生迷惑常流轉愚癡障蓋極堅密如來為說廣大法師子幢王能演暢

七中初二句寳所濟機堅謂難壞密謂無隙間無空處智不得生次句正散寳也如來普現妙色身無量差別等衆生種種方便照世間普放寳光如是見

八中結句應云普放寳光如是見而云妙音譯者之誤妙音屬前師子幢故

大智方便無量門佛爲群生普開闡入勝菩提眞實行此金剛幢善觀察

九中初二句法水普滋次句道樹普榮也又方便多門是開權也入菩提行是顯實也種種方便但爲一乘是普滋也

一刹那中百千劫佛力能現無所動等以安樂施群生此樂莊嚴之解脫

十中初二句佛境也次句安樂也佛力能現無所動者遮妄見也非促多劫就一刹那非展刹那受於多劫本相如故名無所動隨應度者佛力令見

復次增長鳩槃茶王得滅一切寃害力解脫門

第二鳩槃茶王長行十法中初即南方天王謂内惑外讐皆名怨害安住忍力並能伏之

龍王鳩槃茶主得修習無邊行門海解脫門

二修習等者二利之行趣果曰門深廣難窮名無邊海

莊嚴幢鳩槃茶王得知一切衆生心所樂解脫門

三知其現欲如應化伏

饒益行鳩槃茶王得普成就清淨大光明所作業解脫門

四普成就等者鈍識者現之以通利智者示之以法遍世多劫名普成就並如虚空故云清淨俱能照世即是光明三輪化生是所作業

可怖畏鳩槃茶王得開示一切衆生安隱無畏道解脱門

五世間惑苦可畏不安菩提涅槃安隱無畏萬行爲其因道則無畏滅果成矣

妙莊嚴鳩槃茶王得消竭一切衆生愛欲海解脱門

六消竭等者愛欲漂流深廣如海智日赫照則妄竭真明

高峯慧鳩槃茶王得普現諸趣光明雲解脱門

七謂於諸趣普現身雲耀通明等之電光也

勇健臂鳩槃茶王得普放光明滅如山重障解脱門

八普放等者身智光明遣除二障

無邊淨華眼鳩槃茶王得開示不退轉大悲藏解脱門

九多劫修悲究竟滅苦爲不退轉悲多方便故復名藏爲安衆生所以開示

廣大面鳩槃茶王得普現諸趣流轉身解脱門

十普現等者稱性神通無來去而流轉

爾時增長鳩槃茶王承佛威力普觀一切鳩槃茶衆而説頌言

成就忍力世導師爲物修行無量劫永離世間憍慢惑是故其身最嚴淨

偈中初偈通顯明佛已滅怨怨之大者莫越憍慢有之則卑陋滅之則端嚴

佛昔普修諸行海教化十方無量衆種種方便利群生此解脫門龍主得

佛以大智救衆生莫不明了知其心種種自在而調伏嚴幢見此生歡喜

神通應現如光影法輪眞實同虛空如是處世無央劫此饒益王之所證

衆生癡翳常蒙惑佛光照現安隱道爲作救護令除苦可畏能觀此法門

次四偈可知

欲海漂淪具衆苦智光普照滅無餘既除苦已爲說法此妙莊嚴之所悟

六中初句欲海欲爲苦本云具衆苦次二句消竭既欲惡止當說善行（欲爲苦本者法華云諸苦所因貪欲爲本）

佛身普應無不見種種方便化群生音如雷震雨法雨如是法門高慧入

七中初句普現身雲次句明等電光故云種種次句兼明雷雨雷有二義一遠震二發生謂蟄蟲發動草木發萌圓音之雷可以思準（次句明等電光者下經云通明無畏以爲電光謂十通十明十無畏等皆稱電光故云方便圓音之雷可以思準者謂雷震百里今周法界二發生是標云何爲發耽著禪味起大功用是蟄蟲發動云何爲生令諸衆生善根萌芽未生令生）

清淨光明不唐發若遇必令消重障演佛功德無有邊勇臂能明此深理

爲欲安樂諸衆生修習大悲無量劫種種方便除衆苦如是淨華之所見

神通自在不思議其身普現徧十方而於一

切無來去此廣面王心所了

餘三可知

復次毗樓博叉龍王得消滅一切諸龍趣熾

然苦解脫門

第三龍王衆準偈及梵本皆有十前第一

卷中長行脫第五但有十法今長行十一

法初一即西方天王法門及第二如偈當

釋

娑竭羅龍王得一念中轉自龍形示現無量

衆生身解脫門

雲音幢龍王得於一切諸有趣中以清淨音

說佛無邊名號海解脫門

三與偈文通有六義一諸趣是化處二淨

音是化具三佛名是化法四神通是化本

五衆生是化機六隨樂是化意

燄口龍王得普現無邊佛世界建立差別解

脫門

四普現等者謂一毛普現無邊依正以毛

稱性能廣容故廣容即是普遍故能現之

佛還自住於毛孔所現剎中能所無雜依

正區分大小宛然名建立差別

燄龍王得一切衆生瞋癡蓋纏如來慈愍令

除滅解脫門

五靜法云準梵本有焰龍王得一切衆生

瞋癡蓋纏如來慈愍令除滅解脫門謂大

慈居懷則三毒俱滅

雲幢龍王得開示一切衆生大喜樂福德海

解脫門

六開示等者佛大慈悲是福德海二資粮

滿然後得故衆生慈福即是百川佛毛示

現以表同體既知同體自然朝宗因示悟入故得大喜樂自然朝宗者謂百川趣海如萬國歸朝禮云春見曰朝夏見曰宗

德叉迦龍王得以清淨救護音滅除一切怖畏解脫門

七慈音智俱故云清淨淨無貪愛何畏何憂

無邊步龍王得示現一切佛色身及住劫次第解脫門

八示現等者謂於身中現身土也

清淨色速疾龍王得出生一切衆生大愛樂歡喜海解脫門

九觀佛昔行深廣故愛樂歡喜海言通二謂歡喜供養

普行大音龍王得示現一切平等悅意無礙音解脫門

十示現等者謂爲衆演音故云示現音有四義一類多謂一切二普遍謂平等三稱根清雅故云悅意四一音隨類故云無礙無礙即方便也

無熱惱龍王得以大悲普覆雲滅一切世間苦解脫門

十一謂此無熱龍住清涼池出香美水流注四海導引百川時布慈雲降澍甘澤是故能滅諸世間苦

爾時毗樓博叉龍王承佛威力普觀一切諸龍衆已而說頌言

汝觀如來法常爾　一切衆生咸利益　能以大慈哀愍力　拔彼畏塗淪墜者

偈有十一初中諸龍有四熱惱名熾然苦

今並有治一金翅所食苦初句爲治以觀佛法同三歸故二行欲時復本身苦三鱗甲細蟲苦並第二句爲治學佛等利故四熱砂著身苦後二句爲治以不堪蟲癢熱砂中驟今大悲哀愍故能治之有說四苦無鱗甲細蟲而有風吹寶衣露身之苦亦以第二句治之就龍且說龍趣末句約佛通拔畏塗諸龍皆有四種熱惱者經論不同然謗佛經說如阿那婆達多龍王三種過患皆悉遠離一者熱沙不墮其頭二者不以蛇身行欲三者無迦樓羅鳥之畏彼腧發菩提心離三界惡然會之亦同無鱗甲細蟲而有風吹者由有細蟲故驅熱沙此二則同其風吹寶衣露身即現復本身之恥所以互有開合

一切衆生種種別於一毛端皆示現神通變化滿世間娑竭如是觀於佛

二中此就佛論示現前約龍云能轉又前一念時促今一毛處小二文影略餘九可知但第五偈即前所脫

佛以神通無限力廣演名號等衆生隨其所樂普使聞如是雲音能悟解

無量無邊國土衆佛能令入一毛孔如來安坐彼會中此餤口龍之所見

一切衆生瞋恚心纏蓋愚癡深若海如來慈愍皆除滅餤龍觀此能明見

一切衆生福德力佛毛孔中皆顯現現已令歸大福海此高雲幢之所觀

佛身毛孔發智光其光處處演妙音衆生聞者除憂畏德叉迦龍悟斯道

三世一切諸如來國土莊嚴劫次第如是皆於佛身現廣步見此神通力

我觀如來往昔行供養一切諸佛海於彼咸增喜樂心此速疾龍之所入

佛以方便隨類音爲衆說法令歡喜其音清雅衆所悦普行聞此心欣悟衆生逼迫諸有中業惑漂轉無人救佛以大悲令解脱無熱大龍能悟此

復次毗沙門夜叉王得以無邊方便救護惡衆生解脱門

第四夜叉王衆長行十法（第四夜叉王下前之十段長行偈頌委釋第十一段去即摘難釋此下多不釋偈偈有難者懸引釋於長行之中講者自對會之）初一即此方天王得以無邊等者謂善者自樂不待加哀惡者必苦心則偏重巧救多門故云無邊又此天能伏惡鬼令不犯衆生是救護也

自在音夜叉王得普觀察衆生方便救護解脱門

二普觀悲救救苦護善不滯空有故云方便

嚴持器仗夜叉王得能資益一切甚羸惡衆生解脱門

三惡業障重名甚羸惡又羸無善力謂一闡提惡即弊惡謗方等經者明示妙理是謂資益

大智慧夜叉王得稱揚一切聖功德海解脱門

四倣佛歎佛得名聞果

餤眼主夜叉王得普觀察一切衆生大悲智解脱門

五悲智二眼合爲一心與法身俱故恒觀察

金剛眼夜叉王得種種方便利益安樂一切衆生解脱門

六妙音說法利益多端唯應度者聲暨能益

勇健臂夜叉王得普入一切諸法義解脫門

七教廣理深一句能演即是普入

勇敵大軍夜叉王得守護一切衆生令住於道無空過者解脫門

八令物離邪則能住正爲守護矣然住正道者則不分別是邪是正云不思議住正道者下即淨名入不二法門品中珠頂王菩薩之言

富財夜叉王得增長一切衆生福德聚令恒受快樂解脫門

九集福德因受快樂果由身智光得增長也

力壞高山夜叉王得隨順憶念出生佛力智光明解脫門

十念佛修因生十力果天未證極故云隨順

爾時多聞大夜叉王承佛威力普觀一切夜叉衆會而說頌言

偈中亦十文顯可知

衆生罪惡深可怖　於百千劫不見佛
漂流生死受衆苦　爲救是等佛興世

如來救護諸世間　悉現一切衆生前
息彼畏塗輪轉苦　如是法門音王入

衆生惡業爲重障　佛示妙理令開解
譬以明燈照世間　此法嚴仗能觀見

佛昔劫海修諸行　稱讚十方一切佛
故有高遠大名聞　此智慧王之所了

智慧如空無有邊　法身廣大不思議
是故十方皆出現　餤目於此能觀察

一切趣中演妙音說法利益諸群生其聲所
暨衆苦滅入此方便金剛眼
一切甚深廣大義如來一句能演說如是教
理等世間勇健慧王之所悟
一切衆生住邪道佛示正道不思議普使世
間成法器此勇敵軍能悟解
世間所有衆福業一切皆由佛光照佛智慧
海難測量如是富財之解脫
憶念徃劫無央數佛於是中修十力能令諸
力皆圓滿此高幢王所了知
復次善慧摩睺羅伽王得以一切神通方便
令衆生集功德解脫門
第五摩睺羅伽衆十法一普現威光名爲
神通不動性淨示涅槃因故云方便依因
集德必得無依涅槃
淨威音摩睺羅伽王得使一切衆生除煩惱
得清涼悅樂解脫門
二除惑契寂是清淨因清涼悅樂是涅槃
果
勝慧莊嚴髻摩睺羅伽王得普使一切善不
善思覺衆生入清淨法解脫門
三善者善之不善者佛亦善之善覺亦亡
乃入本淨善者善之等即道德經云善者吾善之不善者吾亦善之
妙目主摩睺羅伽王得了達一切無所著福
德自在平等相解脫門
四福非福相染不可著非福現福名自在
相佛佛無二是平等相
燈幢摩睺羅伽王得開示一切衆生令離黑
暗怖畏道解脫門
五無智黑因如燈開示怖畏苦果如幢爲

歸
最勝光明幢摩睺羅伽王得了知一切佛功德生歡喜解脫門
六以知佛德同空齊已一性故歡喜也
師子臆摩睺羅伽王得勇猛力爲一切衆生救護主解脫門
七見理決斷聞深不怖聞淺不疑聞非深非淺意而有勇八風不傾爲勇猛力既以自正必能正他爲救護主聞深不怖等者大分深義所謂空也聞說於空謂同斷滅故令人怖故大品云既非先有亦非後無自性常空勿生驚怖聞淺不疑者淺謂涉事方便多門則令疑惑今知隨宜何所疑耶聞非深非淺疑無所據使身心茫然知非深爲妙有非淺爲真空離身心相方爲勇猛可造斯境又此三句亦即三觀初空次假後中道三句齊聞一念皆會
衆妙莊嚴音摩睺羅伽王得令一切衆生隨憶念生無邊喜樂解脫門
八徃修喜因故見念皆喜
須彌臆摩睺羅伽王得於一切所緣決定不動到彼岸滿足解脫門
九見理智成則緣不動智爲行本諸度悉圓亦猶海納百川更不流矣
可愛樂光明摩睺羅伽王得爲一切不平等衆生開示平等道解脫門
十開生等理示佛等應破情不等令悟性等爲平等道
爾時善慧威光摩睺羅伽王承佛威力普觀一切摩睺羅伽衆而說頌言
十偈如次文顯可知
汝觀如來性清淨　普現威光利群品　示甘露道使清涼　衆苦永滅無所依
一切衆生居有海　諸惡業惑自纏覆　示彼所

行寂靜法離塵威音能善了
佛智無等叵思議知衆生心無不盡爲彼闡
明清淨法如是嚴髻心能悟
無量諸佛現世間普爲衆生作福田福海廣
大深難測妙目大王能悉見
一切衆生憂畏苦佛普現前而救護法界虛
空靡不周此是燈幢所行境
佛一毛孔諸功德世間共度不能了無邊無
盡同虛空如是廣大光幢見
如來通達一切法於彼法性皆明照如須彌
山不傾動入此法門師子臆
佛於往昔廣大劫集歡喜海深無盡是故見
者靡不欣此法嚴音之所入
了知法界無形相波羅蜜海悉圓滿大光普
救諸衆生山臆能知此方便

汝觀如來自在力十方降現罔不均一切衆
生咸照悟此妙光明能善入

復次善慧光明天緊那羅王得普生一切喜樂業解脫門

第六緊那羅王十法一世喜樂業皆因佛生

妙華幢緊那羅王得能生無上法喜令一切受安樂解脫門

二聞深適神故法喜無上終得涅槃無盡安樂

種種莊嚴緊那羅王得一切功德滿足廣大清淨信解藏解脫門

三佛德深廣信亦包含

悅意吼聲緊那羅王得恒出一切悅意聲令聞者離憂怖解脫門

四音演真法令聞故妄憂除而意悅

寶樹光明緊那羅王得大悲安立一切衆生令覺悟所緣解脫門

五達境唯心而本空則安立衆生於覺悟

普樂見緊那羅王得示現一切妙色身解脫門

六難遇益生所以示現相嚴常住名爲妙色

最勝光莊嚴緊那羅王得了知一切殊勝莊嚴果所從生業解脫門

七大智普慈是二嚴果一切智因是能生業

微妙華幢緊那羅王得善觀察一切世間業所生報解脫門

八業細難窮自觀示物

動地力緊那羅王得恒起一切利益衆生事解脫門

九神通益物無間稱恒

威猛主緊那羅王得善知一切緊那羅心巧攝御解脫門

十知機巧化謂攝心正智御心如境

爾時善慧光明天緊那羅王承佛威力普觀一切緊那羅衆而說頌言

十頌次第文並可知

世間所有安樂事　一切皆由見佛興　導師利益諸衆生　普作救護歸依處

出生一切諸喜樂　世間咸得無有盡　能令見者不唐捐　此是華幢之所悟

佛功德海無有盡　求其邊際不可得　光明普照於十方　此莊嚴王之解脫

如來大音常演暢開示離憂真實法衆生聞
者咸欣悅如是吼聲能信受
我觀如來自在力皆由往昔所修行大悲救
物令清淨此寶樹王能悟入
如來難可得見聞衆生億劫時乃遇衆相爲
嚴悉具足此樂見王之所覩
汝觀如來大智慧普應群生心所欲一切智
道靡不宣最勝莊嚴此能了
業海廣大不思議衆生苦樂皆從起如是一
切能開示此華幢王所了知
諸佛神通無間歇十方大地恒震動一切衆
生莫能知此廣大力恒明見
處於衆會現神通放大光明令覺悟顯示一
切如來境此威猛主能觀察
後次大速疾力迦樓羅王得無著無礙眼普
觀察衆生界解脫門
第七迦樓羅王依賢首靜法皆云準頌長
行脫第五執持王一智無著故見無礙悲
普觀故通悉調
不可壞寶髻迦樓羅王得普安住法界教化
衆生解脫門
二遍坐覺樹名住法界現通說法名爲教
化
清淨速疾迦樓羅王得普成就波羅蜜精進
力解脫門
三進策諸度往修故成
不退心莊嚴迦樓羅王得勇猛力入如來境
界解脫門
四境界如偈文難思則入方爲勇猛
大海處攝持力迦樓羅王得入佛行廣大智

慧海解脱門
五諸本多脱遇本有文云大海處攝持力
迦樓羅王得能竭衆生煩惱海解脱門多
是古蹟本脱今依有本然偈約能竭說佛
福智今南藏能竭衆生煩惱海
堅法淨光迦樓羅王得成就無邊衆生差別
智解脱門
六衆生無邊故成就智多
妙嚴冠髻迦樓羅王得莊嚴佛法城解脱門
七城有三義一防外敵二養人衆三開門
引攝城有三義下文有二意先辯長行城義後會偈頌門義前中有三初立城
三義今言法城通教理行果行契理教則無
不俱嚴故次今言法城已下出城體各有三義謂了心
城之性空則衆惑不入見恒沙性德則萬
行爰增道無不通則自他引攝三各有三義下別釋

教理行果皆有防外敵等三而四法爲三
以理行合釋非理不顯行非行不顯理故
初若了心城之性空則衆惑不入是防外
敵義性空是理謂自性淨心不與妄合即
理防外敵了空即行衆惑不入即行爲城
名防外敵見恒沙性德則萬行爰增即是
第二養人衆義恒沙性德是不空藏是理
所養見即行體萬行爰增即行養人衆義
以知法性本寂有大智慧增定慧等道無
不通則自他引攝者第三開門引攝義道
無不通言含二意一理即是道無不通故
即開門引攝二行契於道則無所不通故
能引攝二利之行便能契果絕百非以成解脱養
衆德以全法身開般若而無不通矣便能契下
約果城說三義果由理行故便能即契果位三德爲涅槃城之三義矣方顯
教城無非養所詮旨句句通神方顯教下第三由上
三城皆因能詮方顯教功三義可思有斯多義故偈云廣大
叵窮重重四門故無數量究竟能闡唯我
世尊有斯多義下二會釋偈文重重四門者且第一重即是四句謂一有門二
空門三亦空亦有門四非空非有門天台
以斯歷於四教則有四箇四門略如前玄
談中辯今且於一重四句中更有四重四
門然執著成見取成四謗得意爲門今取

門義言四重者一即單四句如向所說二複四句謂一有有一有無二無有無無三亦有亦無有亦有亦無無亦無無四非有非有非無非無而言複者四句之中皆說有無故第三具足四句者四句之中皆具四故第一有句具四者謂一有有二有有無三有亦有亦無四有非有非無第二無句中四者一無有二無無三無亦有亦無四無非有非無第三亦有亦無具四者一亦有亦無有二亦有亦無無三亦有亦無亦有亦無四亦有亦無非有非無第四非有非無具四者一非有非無有二非有非無無三非有非無亦有亦無四非有非無非有非無上四四一十六句爲具足四句第四絕言四句者一單四句外一絕言二複四句外一絕言三具足四句外一外一絕言有言若爲見釋上諸四見一一皆有八十八使相應是見即外道見故若約佛法歷四教四門各生四見又一種四句各一絕言如是一一亦各有八十八使六十二見百八等惑若破諸見一一見破一一成門故云重重四門又重重者如一有無門具諸四句則歷常無常我與無我等亦有多四句謂一有無常二無無常三亦有亦無無常四非有非無無常等又歷萬行謂布施等如云一有布施二無布施三亦有亦無布施四非有非無布施等

普捷示現迦樓羅王得成就不可壞平等力解脫門

八法身無相故不可壞體即真如凡聖平等無分別智安住證會名成就力

普觀海迦樓羅王得了知一切衆生身而爲現形解脫門

九現同類形方便調伏

龍音大目精迦樓羅王得普入一切衆生歿生行智解脫門

十衆生歿生皆由行業佛生死智方能普入

大方廣佛華嚴經疏鈔會本第三之一

音釋

蟄直立切蟲藏也　癢以兩切與痒同　驏陟扇切馬土浴也　蔭於禁切芘也　蹈徒到切踐也　遞大計切更互也　耽都含切樂也　複音福重也　滌除滌音狄洗也　慰紆胃切安也　癡翳癡超之切迷也翳於計切障也　漂淪漂音飄流也淪龍春切没也　羸惡羸倫爲切瘦也　暨巨至切及也　叵思叵普火切不可也　捷疾業切疾也

大方廣佛華嚴經疏鈔會本第三之二

唐于闐國三藏沙門實叉難陀　譯

唐清涼山大華嚴寺沙門澄觀撰述

爾時大速疾力迦樓羅王承佛威力普觀一切迦樓羅衆而說頌言

頌文如次配釋可知

佛眼廣大無邊際普見十方諸國土其中衆生不可量現大神通悉調伏

佛神通力無所礙徧坐十方覺樹下演法如雲悉充滿寶髻聽聞心不逆

佛於往昔修諸行普淨廣大波羅蜜供養一切諸如來此速疾王深信解

如來一一毛孔中一念普現無邊行如是難思佛境界不退莊嚴悉明覩

佛行廣大不思議一切衆生莫能測導師功德智慧海此執持王所行處

但第五偈或有前脫故略釋之初二句甚深廣大次句福智相嚴行通因果因深果遠已不思議復有一行是如來行所謂大乘大般涅槃則行爲果果皆絕言道佛行如出現品復有一行是如來行卽涅槃第十一至下當引

如來無量智慧光能滅衆生癡惑網一切世間咸救護此是堅法所持說

法城廣大不可窮其門種種無數量如來處世大開闡此妙冠髻能明入

一切諸佛一法身眞如平等無分別佛以此力常安住普捷現王斯具演

佛昔諸有攝衆生普放光明徧世間種種方便示調伏此勝法門觀海悟

佛觀一切諸國土悉依業海而安住普雨法

雨於其中龍音解脫能如是

復次羅睺阿修羅王得現爲大會尊勝主解脫門

第八阿修羅王十法一修羅尊勝等須彌之高如來威光蔽十方大衆衆生各見其勝主也

毗摩質多羅阿脩羅王得示現無量劫解脫門

二彼能以一絲作種種事今一剎那現於多劫調生等事

巧幻術阿脩羅王得消滅一切衆生苦令清淨解脫門

三以多法門入佛境界則苦滅心淨種種法門亦如幻也下云若末羅即巧幻梵音

大眷屬阿脩羅王得脩一切苦行自莊嚴解脫門

四多劫多苦爲物非已如尸毗救鴿薩埵投崖已是丈夫最勝嚴飾況終劫寂智萬德以嚴翻顯無利勤苦誠爲可醜既爲物而行故有大眷屬如尸毗王代鴿即智論第五及報恩經皆本師本行如常所知

婆稚阿脩羅王得震動十方無邊境界解脫門

五以大幻通力動剎悟機不怖衆生斯爲大力大力婆稚華梵異耳

徧照阿脩羅王得種種方便安立一切衆生解脫門

六開種種權門安衆生於一極之樂權爲入大之本故皆佛智因權實不迷斯爲遍照

堅固行妙莊嚴阿脩羅王得普集不可壞善根淨諸染著解脫門

七萬善順理普不可壞斯解脫處何染不亡功歸正覺故偈云佛力如是修者堅固妙嚴

廣大因慧阿修羅王得大悲力無疑惑主解脫門

八悲用智故普令無疑主斯事者廣大因慧

現勝德阿修羅王得普令見佛承事供養修諸善根解脫門

九供事修善有勝德故

善因阿修羅王得普入一切趣決定平等行解脫門

十普入諸趣明處無不遍偈云三世時無不均同有佛性名爲決定具上三義平等行焉不宜實義非善音也此上一段及後夜神皆結歸名上下例然恐繁不釋

爾時羅睺阿修羅王承佛威力普觀一切阿修羅衆而說頌言

頌文如次可知

十方所有廣大衆佛在其中最殊特光明徧照等虛空普現一切衆生前

百千萬劫諸佛土一剎那中悉明現舒光化物靡不周如是毗摩深讚喜

如來境界無與等種種法門常利益衆生有苦皆令滅苦末羅王此能見

無量劫中修苦行利益衆生淨世間由是牟尼智普成大眷屬王斯見佛

無礙無等大神通徧動十方一切剎不使衆

生有驚怖大力於此能明了
佛出於世救衆生一切智道咸開示悉令捨
苦得安樂此義徧照所弘闡
世間所有衆福海佛力能生普令淨佛能開
示解脫處堅行莊嚴入此門
佛大悲身無與等周行無礙悉令見猶如影
像現世間因慧能宣此功德
希有無等大神通處處現身充法界各在菩
提樹下坐此義勝德能宣說
如來往修三世行諸趣輪廻靡不經脫衆生
苦無有餘此妙音王所稱讚
復次示現宮殿主晝神得普入一切世間解
脫門

自下第三諸神衆有十九衆今初主晝神

十法一智了物心如空入色光照身器如

日合空身遍器中如像在鏡世間主力能攝此身此身之性等世間故皆入觀機故名普入所入之處即爲宮殿智了物心如空入色者取下偈意偈中如空是喻光明之言含於法喻餘皆是法法喻相對畧有三入一以初句佛智爲能入第三句衆生心行爲所入入者了達義故入十經云佛智廣大同虛空普遍一切衆生心悉了世間諸妄想不起種種異分別此即智了物心而云如空入色者出現品云譬如虛空遍至一切色非色處二言光照身器如日合空者即以第二句光明爲能入第四句爲所入一切世間即衆生世間及器世間故云光照身器即取上空喻爲所入取光明上法喻皆爲能入光通二種身光照事智光雙照事理三身遍器中如像在鏡者即雖取第四句自有能所則無不入言通三種入一光入二智入如上已說三身入但言無不入不揀身故而言如像在鏡者將上如空普遍喻此亦齊今傍出一喻以喻身入質來對鏡鏡中見像像是執像機感對剎剎中見佛佛是心佛世間主力下上是佛德今攝就晝神故云能攝此身此身之性等世間故者彰入所以智身色身皆等世間論云智性色性皆相即故皆入觀機彰入之意並釋普字結歸長行所入之處下結歸神名以難見故所以偏結隨緣非有之法

身等至等五經當釋

發起慧香主晝神得普觀察一切衆生皆利益令歡喜滿足解脫門

二義圓稱機故滿心成益

樂勝莊嚴主晝神得能放無邊可愛樂法光明解脫門

三身法二光皆可愛樂

華香妙光主晝神得開發無邊衆生清淨信解心解脫門

四法雨潤種已含實者解開善未芽者信發

普集妙藥主晝神得積集莊嚴普光明力解脫門

五無法不悟名普明力曠劫修集成智莊嚴

樂作喜目主晝神得普開悟一切苦樂衆生皆令得法樂解脫門

六方便開示世樂亦苦令其悟入見理法樂如歡喜地也

觀方普現主晝神得十方法界差別身解脫門

七如來身雲就體則非有無約機則差別遍於十方不可謂之無約佛則稱真法界不可謂之有此則隨緣非有之法身恒不異事而顯現以化寂滅非無之衆生恒不異真而成立即無差別之差別也

大悲威力主晝神得救護一切衆生令安樂解脫門

八處危者護之令安有苦者救之令樂

善根光照主晝神得普生喜足功德力解脫

門

九衆生闇於多欲故沉淪長夜以法開曉喜足爲先喜足智俱是功德力能令離苦得安樂故

妙華瓔珞主晝神得聲稱普聞衆生見者皆獲益解脫門

十有覺德行故名稱普聞既福廣名高故不虛其益十有覺德行者卽毛詩言註云覺大也

爾時示現宮殿主晝神承佛威力普觀一切主晝神衆而說頌言

偈文可知

佛智如空無有盡　光明照曜徧十方
衆生心行悉了知　一切世間無不入
知諸衆生心所樂　如應爲說衆法海
句義廣大各不同　具足慧神能悉見
佛放光明照世間　見聞歡喜不唐捐
示其深廣寂滅處　此樂莊嚴心悟解
佛雨法雨無邊量　能令見者大歡喜
最勝善根從此生　如是妙光心所悟
普入法門開悟力　曠劫修治悉清淨
如是皆爲攝衆生　此妙藥神之所了
種種方便化群生　若見若聞咸受益
皆令踊躍大歡喜　妙眼晝神如是見
十力應現徧世間　十方法界悉無餘
體性非無亦非有　此觀方神之所入
衆生流轉險難中　如來哀愍出世間
悉令除滅一切苦　此解脫門悲力住
衆生暗覆淪永夕　佛爲說法大開曉
皆使得樂除衆苦　大善光神入此門
如來福量同虛空　世間衆福悉從生
凡有所

作無空過如是解脫華纓得

復次普德淨光主夜神得寂靜禪定樂大勇健解脫門

第二主夜神十法初七夜神是善財十地善友見解深廣彌顯衆海法門難思一普德淨光即善財離垢地善友彼名全同法門名寂靜禪定樂普游步普游步言即大勇健也寂靜禪定樂即是定體現法樂住故名爲樂大勇健者即是定用健則堪能勇則無畏謂見佛淨機游戲神通故名勇健亦游步也勇健廣大故稱普德無惑智俱可謂淨光

喜眼觀世主夜神得廣大清淨可愛樂功德相解脫門

二即發光地善友彼名喜目觀察衆生解脫名大勢力普喜幢謂此解脫德無不備化無不周名大勢力即今廣大身感俱淨無不樂見故云普喜悲爲德相即幢義也觀察普喜名爲喜目

護世精氣主夜神得普現世間調伏衆生解脫門

三即焰慧地善友彼名普救衆生妙德護世精氣方是救生由護生故顯德之妙也法門全同次第又當謂感必現前調令清淨故

寂靜海音主夜神得積集廣大歡喜心解脫門

四即難勝地善友彼名寂靜音海法門名念念出生廣大喜莊嚴念念出生即積集義見佛利生故生大喜莊嚴二義一見佛

修歡喜因嚴樂見果故二積集此喜神自
莊嚴由定發音名寂靜音深廣如海
普現吉祥主夜神得甚深自在悅意言音解
脱門
五即現前地善友彼云守護一切城增長
威力偈云尸利以梵音含於二義一云吉
祥二翻爲守故下譯跋陀室利以爲賢首
又以首字音同義别彼爲頭首法界品中
乃爲守護皆譯者方言少融耳若以義會
增長威力即是普現吉祥正當次第法門
又同彼云甚深自在妙音解脱妙音故悅
意悅則意淨即寂能演故名自在
普發樹華主夜神得光明滿足廣大歡喜藏
解脱門
六即遠行地善友彼云開敷一切樹華一
切開敷即普發也法門彼云菩薩出生廣
大喜光明文少倒略耳舊經云菩薩無量
歡喜知足光明知足滿足文相近也謂能
知如來巧智示法大福威光故曰光明佛
以福智滿足物心則含喜名藏
平等護育主夜神得開悟衆生令成熟善根
解脱門
七即不動地善友彼名大願精進力救護
一切衆生法門名教化衆生令生善根教
化開悟文異義同令生成熟始終異耳謂
現遍示相皆爲調化一切善根皆令生長
平等護育即救護一切精進大願故能爲
之今文略耳
遊戲快樂主夜神得救護衆生無邊慈解脱
門

八念念久修恒遍救護是無邊慈也此與善財歡喜地善友似同而文多異又非其次故但直釋

諸根常喜主夜神得普現莊嚴大悲門解脫門

九於三毒難壞衆生以大悲門現莊嚴身故石室留影毒龍革心况現身耶

石室留影毒龍華心者華變也即觀佛三昧海經彼事極長今當畧意即第七經佛告阿難云如來到那乾訶羅國古仙山薝蔔華林毒龍池側青蓮華泉北羅刹石穴阿那斯山南爾時彼穴有五羅刹化作龍女與毒龍通龍復降雹羅刹亂行飢饉疾疫已歷四年時王驚懼禱祀神祇於事無益下取意引有一梵志讃佛功德彼王焚香遙請如來受那乾訶羅王弗巴浮提請廣現神變如來羅刹毒龍既受化已爾時龍王長跪合掌勸請世尊唯願如來常住此間佛若不在我發惡心無由得成無上菩提世尊不離龍窟復受王請人城教化遊行往昔行菩薩道處諸龍皆從聞佛欲還復啼哭雨淚白佛言世尊請佛常住云何捨我我不見佛當作惡事墜墮惡道爾時世尊安慰龍王我受汝請坐汝窟中千五百歲釋迦文佛踊身入石猶如明鏡人見面像諸龍皆見佛在石內影現於外爾時諸龍合掌歡喜不出其池常見佛日爾時世尊結跏趺坐在石壁內衆生見時遠望則見近則不現諸天百千供養佛影影亦說法時梵天王合掌恭敬以偈頌曰如來處石窟踊身入石裏如日無障礙金光相具足我今頭面禮牟尼救世尊經文甚廣復令衆生觀於佛坐見丈六像坐於草座作一石窟高丈八尺深二十四步青白石相又想此窟成七寶窟復見佛像踊入石壁等廣弘明集說遠公有石影讃說處所與經全同云在西域那伽訶羅國南山古仙石室中度流沙逕道去此一萬五千八百五十里感世之應備於別傳西域記第八亦說遠公序云昔遇西域沙門輒飡遊方之說知有佛影而傳者尚未聡然及在此山值罽賓禪師南國律學道士與昔聞既同並是其人遊歷所經因其詳問乃圖之爲銘曰廓矣大像理玄無名體神入化落影離形迴輝層巖凝暎虛亭在陰不昧處暗逾明婉出蟬蛻朝宗百靈應不同方迹絕杳冥其一茫茫荒宇靡勸靡獎淡虛寫容拂空傳像相具體微神姿自朗白毫吐曜昏夜中爽感誠乃應扣機發響留音停岫津悟冥當撫之有會功弗由曩其二餘如廣弘明集罽賓禪師即耶舍三藏

二示現淨福主夜神得普使一切衆生所樂滿

足解脫門
十本爲衆生故成自德令他樂滿
爾時普德淨光主夜神承佛威力徧觀一切主夜神衆而說頌言
汝等應觀佛所行廣大寂靜虚空相欲海無涯悉治淨離垢端嚴照十方
偈中十偈如次初中初句解脫之力能觀次句即寂靜樂神以此定觀佛此體故下經云普見三世佛而無取著以知如來無相性相本空故故云寂靜虚空相也次句即大勇建準下經則自他兼淨也次句定果也上約佛說若約天說即四句皆是定用以住此解脫能見佛體用因果故
一切世間咸樂見無量劫海時一遇大悲念物靡不周此解脫門觀世觀
導師救護諸世間衆生悉見在其前能令諸趣皆清淨如是護世能觀察
二三可知
佛昔修治歡喜海廣大無邊不可測是故見者咸欣樂此是寂音之所了
四中稱理遍喜爲廣大無邊縱内心不搖而外現威怒更深難測
如來境界不可量寂而能演徧十方普使衆生意清淨尸利夜神聞踊悅
五以寂故能遍
佛於無福衆生中大福莊嚴甚威曜示彼離塵寂滅法普發華神悟斯道
六以衆生本來自盡故是寂滅是以智窮妄末理無不顯妄徹真源惑無不盡喜方滿足餘四可知

十方普現大神通一切衆生悉調伏種種色相皆令見此護青神之所觀
如來往昔念念中悉淨方便慈悲海救護世間無不遍此福樂神之解脫
衆生愚癡常亂濁其心堅毒甚可畏如來慈愍爲出興此滅冤神能悟喜
佛昔修行爲衆生一切願欲皆令滿由是具成功德相此現福神之所入
復次徧住一切主方神得普救護力解脫門
第三主方神十法一現身說法令悟得果皆救護力
普現光明主方神得成辦化一切衆生神通業解脫門
二神通示相是能成辦業衆生出苦是所成辦業
光行莊嚴主方神得破一切暗障生喜樂大光明解脫門
二法光破闇闇斷智生智與法喜俱生斷以寂滅爲樂
周行不礙主方神得普現一切處不唐勞解脫門
四普現說法聞必惑滅故不唐勞
永斷迷惑主方神得示現等一切衆生數名號發生功德解脫門
五聖人無名隨物立名貴在生德及滅惑耳
徧遊淨空主方神得恒發妙音令聽者皆歡喜解脫門
雲幢大音主方神得如龍普雨令衆生歡喜解脫門

六七可知

髻目無亂主方神得示現一切衆生業無差別自在力解脫門

八業同性空並不失報俱無差異性相無礙爲自在力說能感報令除惡業說業性空善業亦亡

普觀世業主方神得觀察一切趣生中種種業解脫門

九前約說業性相令物絕業此約知業差別擬隨機化

周徧遊覽主方神得所作事皆究竟生一切衆生歡喜解脫門

十世人靡不有初鮮克有終今聖人有志有能故所作究竟世人以人隨欲不能兼亡今有慈有愍故令物喜謂十波羅蜜無不究竟四無量心令物歡喜世人靡不有初等者本卽毛詩王註周易亦用此言靡無也鮮少也克能也世人以人隨欲者書云小人以人從欲君子以欲從人言不能兼亡者亡無也然兩字相連卽莊子意而亡字有心則自他想忘不恃己功也今云兼於無道之人耳

爾時徧住一切主方神承佛威力普觀一切主方神衆而說頌言

頌中次第配釋可知

如來自在出世間　教化一切諸群生　普示法門令悟入　悉使當成無上智

神通無量等衆生　隨其所樂示諸相　見者皆蒙出離苦　此現光神解脫力

佛於暗障衆生海　爲現法炬大光明　其光普照無不見　此行莊嚴之解脫

具足世間種種音　普轉法輪無不解　衆生聽者煩惱滅　此徧住神之所悟

一切世間所有名佛名等彼而出生悉使衆
生離癡惑此斷迷神所行處
若有衆生至佛前得聞如來美妙音莫不心
生大歡喜徧遊虛空悟斯法
佛於一一剎那中普雨無邊大法雨悉使衆
生煩惱滅此雲幢神所了知
一切世間諸業海佛普開示等無異普使衆
生除業惑此髻目神之所了
一切智地無有邊一切衆生種種心如來照
見悉明了此廣大門觀世入
佛於往昔修諸行無量諸度悉圓滿大慈哀
愍利衆生此徧遊神之解脫
復次淨光普照主空神得普知諸趣一切衆
生心解脫門
第四主空神長行十法一智慧造理則十

眼廣照日月合空則萬像歷然
普遊深廣主空神得普入法界解脫門
二身智二光遍入法界
生吉祥風主空神得了達無邊境界身相解
脫門
三佛身如空是無邊境無生無染爲吉祥
風
離障安住主空神得能除一切衆生業惑障
解脫門
四廣說聖道則離三障安住二空
廣步妙髻主空神得普觀察思惟廣大行海
解脫門
五上求下化名廣大行爲安衆生如妙髻
焉
無礙光燄主空神得大悲光普救護一切衆

生厄難解脱門

六沉生死之厄難悲智光以濟之

無礙勝力主空神得普入一切無所著福德力解脱門

七不礙福智相導是謂勝力

離垢光明主空神得能令一切衆生心離諸盖清淨解脱門

八惑由智遣

深遠妙音主空神得普見十方智光明解脱門

九妙音善説

光徧十方主空神得不動本處而普現世間解脱門

十不壞本處而稱周十方

爾時淨光普照主空神承佛威力普觀一切主空神衆而説頌言

偈中十頌如次

如來廣大目清淨如虛空普見諸衆生一切悉明了佛身大光明徧照於十方處處現前住普遊觀此道佛身如虛空無生無所取無得無自性吉祥風所見

三中空有四義含於五法一離能取生即絶妄想二離所取相無相無名三境無自性即是如如四心無所得是爲正智迷如以成名相妄想是生悟名相之本如執翻成智如外無智智體即如此二猶空寂照無礙如斯見佛是曰吉祥空有四義含於五法者四義即無生等五法即名等今當先釋五法後消疏文五法經論皆具且依楞伽列次者即名相妄想正智如如以爲其次若瑜伽七十二云一相二名三分別四眞如五正智分別即妄想異名相謂言説安足事處名即於相所有增語分別謂三界行中所有

心心所眞如詣無爲法無我所顯聖智所行非一切言談安足事處正智畧有二種一唯出世間正智二世間出世間正智釋曰上卽根本下卽後得此之五法爲假爲實然相通假實亦具假實二有名唯假有分別同相以有三界心心所實法故是實有若虛妄計度故是假有眞如唯實有二智俱實有此五二諦何諦所攝前三世俗有眞如勝義有根本智勝義有後得智通二有五從何生名從欲生相與分別俱從想分別生眞如無生智從聽聞正法如理作意生此之五法爲一爲異今且將相望餘四法論異不異者一相與名若異名應實有不異取相應得名二與分別若異則分別應非相若不異分別外相應以分別爲性三與眞如若異則相之勝義應非是如觀者應捨相求如正覺眞如應不覺相若不異眞如無差別相亦無差別得相之時應得眞如久得眞時亦應得相應不清淨四相與正智如相與分別說應知名與分別及正智及分別於正智皆當言異餘畧可知已知五法名相差別今當消疏疏中先以五法屬文後遂如下辯因起融攝言迷如以成名相則妄想是生者此顯迷時唯有三法一名二相三妄想故此五法通該一切而不必同時謂妄想正智此必不並故今有妄想決無正智其如如名相則有隱顯此中迷故如如則隱名相則顯次云悟名相之本如執翻成智者此顯悟時但有其二一正智二如如既有正智決無妄想了得如如名相卽隱雖不壞相舉體卽空理奪於事無不蕩盡是故空中無色等法故楞伽云謂了名相及與妄想體不可得名爲正智如如卽是名相妄想本自不生釋曰名相不生則境如矣妄想不生則心如矣了心境如是爲正智故唯正智及如如存次云如外無智智體卽如者復融上二以爲一味如外無智卽以如攝智智體卽如是以智攝如合爲一味故下經云無有智外如爲智所入亦無如外智能證於如卽斯義也故疏結云此二猶空寂照無礙寂卽是如照卽是智如日合空雖有二事一相難分

如來無量劫廣說諸聖道普滅衆生障圓光悟此門

四中長行及列並名安住今云圓光圓光表智安住表定二事相資前後互舉並能滅障於理無違

我觀佛往昔所集菩提行悉爲安世間妙髻行斯境一切衆生界流轉生死海佛放滅苦光無礙神能見

六中生死海者瑜伽七十云五法相似生死得大海名一處無邊相似故二甚深故三難度故四不可飲故五大寶所依故釋曰由前四義衆生流轉由第五義菩薩入之且約分簡第九十云由三相故不同水海一自性不同分謂水海唯色一分二淪没不同唯人畜故唯没身故三超度不同未離欲者亦能度故生死海反上可思

餘七偈可知

清淨功德藏能爲世福田隨以智開覺力神於此悟衆生癡所覆流轉於險道佛爲放光明離垢神能證智慧無邊際悉現諸國土光明照世間妙音斯見佛佛爲度衆生修行徧十方如是大願心普現能觀察

復吹無礙光明主空神得普入佛法及一切世間解脱門

第五主風神十法一以方便風合智日光智入深法而無障礙身入世間而無影像

普現勇業主風神得無量國土佛出現咸廣大供養解脱門

二菩薩以求菩提之大心持稱真之供具等虚空之廣大不礙事之繁多而以全法之身一念供無邊之佛如彼風力無不成也

飄擊雲幢主風神得以香風普滅一切衆生病解脱門

三長風忽來浮雲散滅慈風忽起惑苦病亡

淨光莊嚴主風神得普生一切衆生善根令摧滅重障山解脱門

四福智莊嚴之風摧壞如山之障

力能竭水主風神得能破無邊惡魔衆解脫門

五十力降魔十軍皆殄獨名竭水者欲愛爲初故十力降魔十軍皆殄者智論第六云欲爲汝初軍憂愁軍第二飢渴軍第三渴愛軍第四睡眠軍第五怖畏軍第六疑軍爲第七含毒軍第八利養軍第九著虛妄名聞自高軍第十輕慢於他人汝等軍如是一切世間人及諸一切天無能破之者我以智慧箭修定智爲弓摧破汝魔軍如坏缾投水今以愛欲爲水故偏語之

大聲徧吼主風神得永滅一切衆生怖解脫門

六毛孔慈音滅除五怖若百竅異吹遍吼恍機言若百竅異吹者義則可知事出莊子

樹杪垂髻主風神得入一切諸法實相辯才海解脫門

七智入實相故妙辯如海如風擊樹故能下垂

普行無礙主風神得調伏一切衆生方便藏解脫門

八調生方便爲智所入故名爲藏

種種宮殿主風神得入寂靜禪定門滅極重愚癡暗解脫門

九禪定宮殿必定慧雙游故能滅癡闇約佛則動寂無二見必滅癡

大光普照主風神得隨順一切衆生行無礙力解脫門

十日月明照非風不運智行無礙方便力焉

爾時無礙光明主風神承佛威力普觀一切主風神衆而說頌言

十偈可知

一切諸佛法甚深無礙方便普能入所有世間常出現無相無形無影像

汝觀如來於往昔一念供養無邊佛如是勇猛菩提行此普現神能悟了

如來救世不思議所有方便無空過悉使衆生離諸苦此雲幢神之解脫

衆生無福受衆苦重葢密障常迷覆一切皆令得解脫此淨光神所了知

如來廣大神通力克殄一切魔軍衆所有調伏諸方便勇健威力能觀察

佛於毛孔演妙音其音普徧於世間一切苦畏皆令息此徧吼神之所了

佛於一切衆刹海不思議劫常演說此如來地妙辯才樹杪髻神能悟解

佛於一切方便門智入其中悉無礙境界無邊無與等此普行神之解脫

如來境界無有邊處處方便皆令見而身寂靜無諸相種種宮神解脫門

如來劫海修諸行一切諸力皆成滿能隨世法應衆生此普照神之所見

大方廣佛華嚴經疏鈔會本第三之二

音釋

婆稚 梵語也正云跋稚迦此云圍圍又云被縛稚直利切　鴿 古沓切鳩屬

殄 徒典切滅也　竅 苦弔切穴也　苫末羅 梵語也此云金色三名也

苫 舒瞻切　窟 苦骨切　罽賓 梵語此云賤種罽居例切

大方廣佛華嚴經疏鈔會本第四之一

唐于闐國三藏沙門實叉難陀 譯

唐清涼山大華嚴寺沙門澄觀撰述

復次普光燄藏主火神得悉除一切世間暗解脱門

第六主火神長行十法有云準梵本此脱第四一以進力現世除物無明以最初故偏從火義

普集光幢主火神得能息一切衆生諸惑漂流熱惱苦解脱門

二惑有二義一漂二惱善巧迴轉則能息之

大光徧照主火神得無動福力大悲藏解脱門

三稱性之福相惑不動與大悲合自利不動俱能攝德無盡名藏

衆妙宮殿主火神得觀如來神通力示現無邊際解脱門此神名及法舊本無依今經補出頗與偈文相合

四有云準梵本神名勝上蘂光普照法門名普能除煩惱塵謂劫海行滿故今能現通滅惑偈云衆妙宮神同前列名衆妙即勝上義耳然諸本多無或有本則具云衆妙宮殿主火神得大慈悲廣蔭衆生解脱門恐是傳寫脱漏耳

無盡光髻主火神得光明照曜無邊虛空界解脱門

五光明照耀等者日光合空等空無際智符實相稱實無邊雖曠劫修成全同本有窮靈極數妙盡難思實爲惑本即是正因智照心源即是了因日光合空等者初譬喻也智符已下二合

以智合日以實相合空符者分而合也實相體上本有智光無始迷之今方朗悟即我始會之非照今有故與實相分而合也實相無邊智亦無邊如空無際光亦無際雖曠劫修成全同本有者以偈文會義也偈云億劫修成不可思求其邊際莫能知義乃修成智無際耳何得分而合也故今答云雖則修成全同本有是以經云演法實相令歡喜故疏結云窮靈極數即是修成妙盡難思即符本有亦猶始覺同本覺無復始本之異為究竟覺窮靈極數之言即肇論劉遺民所難般若無知論語具云但今談者所疑於高論之旨欲求聖心之異為謂窮靈極數妙盡冥符耶謂將心體自然靈怕獨感耶若窮靈極數妙盡冥符則寂照之名故是定慧之體耳若心體自然靈怕獨感則羣數之應固已幾乎息矣此公意云若窮靈極數妙盡冥符則修極於無修窮靈為照妙盡為寂亦是我之定慧何用別立無知若心體自然靈怕獨感則是體本無知固合無乎應用何以言般若無知對緣而照故結云疑者當以撫會應機覩變之知不可謂之不有論主答云意謂妙盡冥符不可定慧為名靈怕獨感不可稱羣數已息兩言雖異妙用常一迹我而乖在聖不殊也釋曰觀肇公答上句云既冥符心體何可以定慧為名若以定慧為名則未符心體答下句意云靈怕獨感與窮靈極數二義相合何得息於羣數之應故云兩言雖異在聖不殊也今疏總不用彼難答本意借其問中一句謂窮其靈鑑極其數運妙無不盡則合心體難思耳

如空與日今畧申十義以辯難思一謂日與空非即非離二非住非不住三而日善作破闇良緣顯空之要四雖復滅闇顯空空無損益五理實無損事以推之闇蔽永除性乃無增空界所含萬像皆現六而此虛空性雖清淨若無日光則有闇起七非以虛空空故自能除闇闇若除者必假日光八日若無空無光無照空若無日闇不自除九然此闇性無來無去日之體相亦不生不滅十但有日照空則乾坤洞曉以智慧日照心性空亦有十義準喻思之

以智慧日照心性空下總以非唯釋此一法合還喻解法故云準思

文乃遠通眾經該羅前後

種種歡眼主火神得種種福莊嚴寂靜光解

脫門
六體寂發照名寂靜光以斯成福莊嚴身
相
十方宮殿如須彌山主火神得能滅一切世
間諸趣熾然苦解脫門
威光自在主火神得自在開悟一切世間解
脫門
七八可知
光照十方主火神得永破一切愚癡執著見
解脫門
九分別法相永離不了愚癡悟法實性便
無執著之見
雷音電光主火神得成就一切願力大震吼
解脫門
十以行扶願故能現世作師子吼

爾時普光燄藏主火神承佛威力普觀一切
主火神衆而說頌言
頌加第四餘並可知
汝觀如來精進力廣大億劫不思議爲利衆
生現世間所有暗障皆令滅
衆生愚癡起諸見煩惱如流及火然導師方
便悉滅除普集光幢於此悟
福德如空無有盡求其邊際不可得此佛大
悲無動力光照悟入心生喜
我觀如來之所行經於劫海無邊際如是示
現神通力衆妙宮神所了知
億劫修成不可思求其邊際莫能知演法實
相令歡喜無盡光神所觀見
十方所有廣大衆一切現前瞻仰佛寂靜光
明照世間此妙燄神所能了

牟尼出現諸世間坐於一切宮殿中普雨無邊廣大法此十方神之境界

諸佛智慧最甚深於法自在現世間能悉闡明眞實理威光悟此心欣慶

諸見愚癡爲暗蓋衆生迷惑常流轉佛爲開闡妙法門此照方神能悟入

願門廣大不思議力度修治已清淨如昔願心皆出現此震音神之所了

復次普興雲幢主水神得平等利益一切衆生慈解脱門

第七主水神長行十法一無緣大慈是曰平等

海潮雲音主水神得無邊法莊嚴解脱門

二無邊行法莊嚴自他

妙色輪髻主水神得觀所應化方便普攝解脱門

三寂然不動以觀機感而遂通以隨攝若冬則積雪凝白夏則無處不流寂然不動以觀機者此言即周易繫辭具云夫易無思也無爲也寂然不動感而遂通天下之故今借此言也

善巧漩澓主水神得普演諸佛甚深境界解脱門

四妙音演佛深旨令悟妙法旋澓

離垢香積主水神得普現清淨大光明解脱門

五身智二光遍覺開化大充法界清淨無垢

福橋光音主水神得清淨法界無相無性解脱門

六清淨法界性相俱絶德無不見則大用

不亡

知足自在主水神得無盡大悲海解脫門

七衆生不窮故大悲無盡滿而不溢有知足義焉流止從緣斯爲自在

淨喜善音主水神得於菩薩衆會道場中爲大歡喜藏解脫門

八處處見佛故大喜無窮喜從佛生即佛名藏若聆泉流之響無不悅也

普現威光主水神得以無礙廣大福德力普出現解脫門

九性相無礙之福故能普現神通若空色相暎之流威光蕩潰

吼聲徧海主水神得觀察一切衆生發起如虛空調伏方便解脫門

十調生行廣如空無邊用靡暫停如空無盡

爾時普興雲幢主水神承佛威力普觀一切主水神衆而說頌言

清淨慈門剎塵數共生如來一妙相一一諸相莫不然是故見者無厭足

偈中第一偈前半辯一相因果次句例餘後句辯益初言清淨者離過無緣故門如塵數者隨宜利樂故以慈爲因得妙相果以相爲因得無猒果然如來相有純有雜此就純門若以雜門則隨一相一毛皆收如來法界行盡亦相相皆爾純雜無礙因果相融圓成非分成故佛一相一毛即同法界無有分量今此神從一慈門入無盡相耳此約十身之相

前半辯一相因果等者疏文有二先消經文辯十身相後引經論辯三身相今初言純雜無礙因果相融者然如來相亦具四

句一一因一相二一因一切相此皆純門三一切因一相四一切因一切相皆是雜門正純恒雜雜而常純故云無礙由因相無礙果相亦無礙故得圓成非分成耳以一切純雜無礙之行成一相故故此一相即同法界況因果交徹因中有無盡之果果中有難思之因

若三十二相之因但說一相一因如智度瑜伽等論涅槃大集等經至相海品當引

若三十二相下第二引經及論說三身相唯語化身而總指在餘智論當三十二瑜伽當四十九涅槃二十九經云善男子若菩薩摩訶薩持戒不動施心不移安住實語如須彌山以是業緣得足下平滿如奩底相若於父母所和尚師長乃至畜生以如法財供養供給以是業緣得足下千輻輪相若菩薩不殺不盜於父母師長常生歡喜以是業緣得成三相一者手指纖長二足跟修長三其身方直若菩薩修四攝法攝取衆生以是業緣得網縵指如白鵝王若菩薩父母師長若病若時自手洗拭捉持案摩以是業緣得手足輭嫩若菩薩持戒聞法惠施無厭以是業緣得節踝臃滿身毛上靡若菩薩專心聽法演說正教以是業緣得鹿王腨若菩薩於諸衆生不生害心飲食知足常樂惠施瞻病施藥以是業緣其身圓滿如尼拘陀樹立手過膝頂有肉髻無見頂相若菩薩見怖畏者爲作救護見裸露者施與衣服以是業緣得陰藏相若菩薩親近智者遠離愚人善喜問答掃餘行路以是業緣皮膚細滑身毛右旋若菩薩常以飲食衣服臥具醫藥香華燈明施人以是業緣得身金色常光照耀若菩薩行施之時所珍之物能捨不恪不觀福田及非福田以是業緣得七處滿相若菩薩布施之時心不生疑以是業緣得柔輭聲相若菩薩如法求財以用布施以是業緣缺骨充滿師子上身臂肘膞纖若菩薩遠離兩舌惡口恚心以是業緣得四十齒白淨齊密若菩薩於諸衆生修大慈悲以是業緣得二牙相若菩薩常作是願有來求者隨意給與以是業緣得師子頰若菩薩隨諸衆生所須之食悉皆與之以是業緣得味中上味若菩薩自修十善偏以化人以是業緣得廣長舌若菩薩不訟彼短不謗正法以是業緣得梵音聲若菩薩見諸怨憎生於喜心以是業緣得目睫紺色若菩薩不隱他德稱揚其善以是業緣得白毫相善男子若菩提修習如是三十二相業因緣時則得不退菩薩之心

世尊往昔修行時　普詣一切如來所
種種修治無懈倦　如是方便雲音入
佛於一切十方中　寂然不動無來去
應化衆生悉令見　此是髻輪之所知

如來境界無邊量一切衆生不能了妙音演
說徧十方此善漩神所行處
世尊光明無有盡充徧法界不思議說法教
化度衆生此淨香神所觀見
第五偈初言無盡以顯光常次充法界以
辯光遍不思議者以顯光深非色現色非
青黄而青黄故其第三句是顯光用餘八
可知
如來清淨等虛空無相無形徧十方而令衆
會靡不見此福光神善觀察
佛昔修習大悲門其心廣徧等衆生是故如
雲現於世此解脫門知足了
十方所有諸國土悉見如來坐於座朗然開
悟大菩提如是喜音之所入
如來所行無罣礙徧往十方一切刹處處示
現大神通普現威光已能悟
修習無邊方便行等衆生界悉充滿神通妙
用靡暫停吼聲徧海斯能入
復次出現寶光主海神得以等心施一切衆
生福德海衆寶莊嚴身解脫門
第八主海神十法頌脫第三一爲物供佛
是等施福得衆寶相以莊嚴身
不可壞金剛幢主海神得巧方便守護一切
衆生善根解脫門
二巧隨根欲說法護善使其長成
不雜塵垢主海神得能竭一切衆生煩惱海
解脫門
三謂演深廣法體煩惱空梵本偈云一切
世間衆導師法雲大雨不可測消竭無窮
諸苦海此離垢塵入法門若準此文乃竭

苦海
恒住波浪主海神得令一切衆生離惡道解脱門
四若見佛境則惑亡苦息準現經文三是煩惱四是於苦若依梵本前苦後惑既譯人脱漏致使文義參差故古德云脱第四頌結名既同故知脱第三恒住波浪者即是普用水爲宮殿
吉祥寶月主海神得普滅大癡暗解脱門
五以智滅癡
妙華龍髻主海神得滅一切諸趣苦與安樂解脱門
六爲行所遷一切皆苦菩提因起則生滅苦亡便得涅槃寂滅安樂
普持光味主海神得淨治一切衆生諸見愚癡性解脱門
七將智滅癡未免於見了癡見性癡見自亡眞妄等觀是佛境也
寶燄華光主海神得出生一切寶種性菩提心解脱門
八一切衆生有佛種性圓明可貴具德稱寶佛眼普觀佛智普示正因令顯如出金藏大心若起如種生芽故云出生緣了二因爲能悟之妙道正因令顯如出金藏即涅槃經如貧女家中寶藏之喻
金剛妙髻主海神得不動心功德海解脱門
九了如不取則心不搖動湛如停海萬德攸歸故須彌可傾魔豈能嬈一念降魔如本行集云了如不取則心絶動搖者金剛經云不取於相如如不動須彌可傾魔豈能嬈者即高僧傳中慧嵬禪師之事雲林修定有一惡鬼而現其前有身無首

令禪師懼公安然不懼而慰之言喜汝無頭痛之患次現無腹之鬼復云喜汝無五臟之憂如是隨來隨遣竟不能惑魔又化爲天女云天帝令我以備掃灑公曰我心如地難可傾動無以華囊見試天女乃騰空而去讚曰大海可竭須彌可傾彼上人者執志堅貞今用一句義意全同

海潮雷音主海神得普入法界三昧門解脫門

十入法界定如法界遍

爾時出現寶光主海神承佛威力普觀一切主海神衆而說頌言

偈文可知

不可思議大劫海　供養一切諸如來
普以功德施群生　是故端嚴最無比
一切世間皆出現　衆生根欲靡不知
普爲弘宣大法海　此是堅幢所欣悟
一切世間衆導師　法雲大雨不可測
消竭無窮諸苦海　此離垢塵入法門
一切衆生煩惱覆　流轉諸趣受衆苦
爲其開示如來境　普水宮神入此門
佛於難思劫海中　修行諸行無有盡
永截衆生癡惑網　寶月於此能明入
佛見衆生常恐怖　流轉生死大海中
示彼如來無上道　龍髻悟解生欣悅
諸佛境界不思議　法界虛空平等相
能淨衆生癡惑網　如是持味能宣說
佛眼清淨不思議　一切境界悉該覽
普示衆生諸妙道　此是華光心所悟
魔軍廣大無央數　一剎那中悉摧滅
心無傾動難測量　金剛妙髻之方便
普於十方演妙音　其音法界靡不周
此是如來三昧境　海潮音神所行處

復次普發迅流主河神得普雨無邊法雨解脫門

第九主河神十法一行成雨法若霈然洪霔滅惑生德若懸河迅流無所滯礙

普潔泉澗主河神得普現一切衆生前令永離煩惱解脫門

二現身息惱若泉澗洗心

離塵淨眼主河神得以大悲方便普滌一切衆生諸惑塵垢解脫門

三眞實滌垢慈智相資若碧沼澄潭空色交暎故名離塵淨眼

十方徧吼主河神得恒出饒益衆生音解脫門

四圓音遍益若崩浪發響

普救護衆生主河神得於一切含識中恒起無惱害慈解脫門

五拯救潭溺

無熱淨光主河神得普示一切清凉善根解脫門

六善根無惑可謂清凉若阿耨達池永無熱惱

普生歡喜主河神得修行具足施令一切衆生永離慳著解脫門

七施門無量令彼無慳若蘊藻菱蓮普令物喜

廣德勝幢主河神得作一切歡喜福田解脫門

八行福契實故見無不欣若深湖廣陂是爲廣德

光照普世主河神得能令一切衆生雜染者

清淨瞋毒者歡喜解脱門
九方便慧力雜染皆淨慈彼怨害瞋反成
歡若萬頃波澄光暎天下
海德光明主河神得能令一切衆生入解脱
海恒受具足樂解脱門
十總收萬善令會涅槃若彼百川咸會大
海由智海故名海德光明
爾時普發迅流主河神承佛威力普觀一切
主河神衆而説頌言
偈亦可知
如來往昔爲衆生修治法海無邊行譬如霈
澤清炎暑普滅衆生煩惱熱
佛昔難宣無量劫以願光明淨世間諸根熟
者令悟道此普潔神心所悟
大悲方便等衆生悉現其前常化誘普使淨

治煩惱垢淨眼見此深歡悦
佛演妙音普使聞衆生愛樂心歡喜悉使滌
除無量苦此徧吼神之解脱
佛昔修習菩提行爲利衆生無量劫是故光
明徧世間護神憶念生歡喜
佛昔修行爲衆生種種方便令成熟普淨福
海除衆苦無熱見此心欣慶
施門廣大無窮盡一切衆生咸利益能令見
者無慳著此普喜神之所悟
佛昔修行實方便成就無邊功德海能令見
者靡不欣此勝幢神心悟悦
衆生有垢咸淨治一切怨害等生慈故得光
照滿虚空普世河神見歡喜
佛是福田功德海能令一切離諸惡乃至成
就大菩提此海光神之解脱

復爻柔軟勝味主稼神得與一切衆生法滋味令成就佛身解脱門
第十主稼神十法一功德智慧二種法味資成佛身
時華淨光主稼神得能令一切衆生受廣大喜樂解脱門
二喜樂由於苦除
色力勇健主稼神得以一切圓滿法門淨諸境界解脱門
三衆生爲所淨之境
增益精氣主稼神得見佛大悲無量神通變化力解脱門
四悲深故通廣
普生根果主稼神得普現佛福田令下種無失壞解脱門

五下種佛田必至果無壞
妙嚴環髻主稼神得普發衆生淨信華解脱門
六智數物信獲果稱華
潤澤淨華主稼神得大慈愍濟諸衆生令增長福德海解脱門
七慈眼視物故福聚無量慈則恬和怡悦偈云勝道
成就妙香主稼神得廣開示一切行法解脱門
八以行成佛故始成即宣
見者愛樂主稼神得能令法界一切衆生捨離懈怠憂惱等諸惡普清淨解脱門
九懈於修習憂惱是生勤策諸根衆惡清淨

離垢光明主稼神得觀察一切衆生善根隨應說法令衆會歡喜滿足解脫門
十隨根爲說遂求故喜
爾時柔軟勝味主稼神承佛威力普觀一切主稼神衆而說頌言
偈文可知
如來無上功德海普現明燈照世間一切衆生咸救護悉與安樂無遺者
世尊功德無有邊衆生聞者不唐捐悉使離苦常歡喜此是時華之所入
善逝諸力皆圓滿功德莊嚴現世間一切衆生悉調伏此法勇力能明證
佛昔修治大悲海其心念念等世間是故神通無有邊增益精氣能觀見
佛徧世間常現前一切方便無空過悉淨衆生諸惑惱此普生神之解脫
佛是世間大智海放淨光明無不徧廣大信解悉從生如是嚴髻能明入
如來觀世起慈心爲利衆生而出現示彼恬怡最勝道此淨華神之解脫
善逝所修清淨行菩提樹下具宣說如是教化滿十方此妙香神能聽受
佛於一切諸世間悉使離憂生大喜所有根欲皆治淨可愛樂神斯悟入
如來出現於世間普觀衆生心所樂種種方便而成熟此淨光神解脫門
復次吉祥主藥神得普觀一切衆生心而勤攝取解脫門
第十一主藥神十法十頌一順情則易攝逆意則難調故普觀之

栴檀林主藥神得以光明攝取衆生俾見者無空過解脱門
離塵光明主藥神得能以淨方便滅一切衆生煩惱解脱門
二三可知
名稱普聞主藥神得能以大名稱增長無邊善根海解脱門
四始學者以名爲實賓大士以名爲佛事
毛孔現光主藥神得大悲幢速赴一切病境界解脱門
五以慈善根力放月愛等光身心兩病纔念便滅慈善根力者慈善根即涅槃第十五經云復次善男子菩薩四無量心能爲一切諸善根本下廣說慈心行施發起大願竟云善男子一切聲聞緣覺菩薩諸佛如來所有善根慈爲根本善男子菩薩摩訶薩修習慈心能生如是無量善根謂不淨觀等皆從此生結云如是等法慈爲根本善男子以是義故慈是眞實非虛妄也若有人問誰是一切諸善根本當言慈是以是義故實非虛妄善男子能爲善者名實思惟實思惟者即名爲慈慈即如來慈即大乘大乘即慈慈即如來善男子慈即菩提道菩提道即是如來如來即慈次廣說慈德是一切善法下廣說慈德如提婆達多欲害如來令阿闍世王放護財醉象我即入慈定舉手示之即於指端出五師子即便怖畏舉身投地敬禮我足善男子我時手指實無師子乃是修慈善根力故令彼調伏廣說緣起皆悉結歸慈善根力放月愛等光即涅槃二十經爾時世尊在雙樹間見阿闍世王悶絶躃地爾時世尊爲阿闍世王入月愛三昧入三昧已放大光明其光清凉往照王身王身疾愈鬱蒸除滅乃至王問耆婆何等名爲月愛三昧者耆婆答言有六義似一譬如月光能令一切優鉢羅華開敷鮮明月愛三昧亦復如是能令衆生善心開敷是故名爲月愛三昧二如月能令行路歡喜此三昧能令修習涅槃道者歡喜三一日至十五日光色漸明此能令善根增長四十六至三十日形色漸滅此能令漸滅煩惱五能除鬱蒸此能除貪瞋惱熱六如月衆星中王甘露一味人所愛樂月愛三昧亦復如是諸善中王甘露一味一切衆生之所愛樂是故復名月愛三昧
破暗清淨主藥神得療治一切盲冥衆生令

智眼清淨解脱門

六迷理迷報二愚盲冥起惑造業備受衆苦佛以正法金錍開其智眼令明三諦故云清淨

佛以正法金錍者即涅槃第八迦葉菩薩白佛言世尊佛性者云何甚深難見難入佛言善男子如百盲人爲治目故造詣良醫是時良醫即以金錍抉其眼膜以一指示問言見不盲人答言我猶未見復以二指三指示之乃言少見善男子是大涅槃微妙經典如來未說亦復如是無量菩薩雖已具足諸波羅蜜乃至十住猶未能得見於佛性如來既說即便少見是菩薩既得見已咸作是言甚奇世尊我等流轉無量生死常爲無我之所惑亂善男子如是菩薩位階十地尚不了了知見佛性何況聲聞緣覺之人能得見耶澤州釋云十地菩薩各修十度名爲百人涅槃爲金錍經初一說名一指示中間重說名二指示經末復說名三指示下合中未見佛性並如盲人延公云金錍喩教抉膜者教能生解喩破無明印今疏意故名正法金錍而言三指喩三僧祇乃至十地未了分明故言少見若準澤州則涅槃爲錍三說爲三指者若俱約教則錍指不殊若以涅槃爲所詮者又不順喩寧取延公然三僧祇爲三指者亦順前示及與後示亦順十住少見之言今不取者遂令佛說一時之中不具三指又以時喩指以未全同故疏自釋以三諦爲三指指爲旨趣義甚分明一時橫觀皆觀三諦豎至十住亦證三諦第一指者即示俗諦言凡是有心定當作佛佛皆有佛性二者示眞諦爲第二指云佛性者名第一義空三示中道爲三指經云佛性即是無上菩提中道種子故非有如虛空非無如兔角故知三諦喩於三指

普發吼聲主藥神得能演佛音說諸法差別義解脱門

蔽日光幢主藥神得能作一切衆生善知識令見者咸生善根解脱門

七八可知

明見十方主藥神得清淨大悲藏能以方便令生信解解脱門

九無愛見之大悲生物德故名藏

普發威光主藥神得方便令念佛滅一切衆生病解脱門

十世醫療治雖瘥還生永滅生德無先念佛因病因光皆是方便謂佛有無邊相相有無邊好好放無邊光光攝無邊衆言隨念者佛德齊均隨緣隨樂趣稱一佛三昧易成敬一心濃餘盡然矣況心凝覺路闇蹈大方

爾時吉祥主藥神承佛威力普觀一切主藥神衆而說頌言

頌可知

如來智慧不思議悉知一切衆生心能以種種方便力滅彼群迷無量苦

大雄善巧難測量凡有所作無空過必使衆生諸苦滅栴檀林神能悟此

汝觀諸佛法如是往昔勤修無量劫而於諸有無所著此離塵光所入門

佛百千劫難可遇若有得見及聞名必令獲益無空過此普稱神之所了

如來一一毛孔中悉放光明滅衆患世間煩惱皆令盡此現光神所入門

一切衆生癡所盲惑業衆苦無量别佛悉蠲除開智照如是破暗能觀見

如來一音無限量能開一切法門海衆生聽者悉了知此是大音之解脱

汝觀佛智難思議普現諸趣救群生能令見者皆從化此蔽日幢深悟了

如來大悲方便海爲利世間而出現廣開正道示衆生此見方神能了達

如來普放大光明一切十方無不照令隨念佛生功德此發威光解脱門

復次布華如雲主林神得廣大無邊智海藏

解脫門

第十二主林神十法十頌一佛德無邊皆依智海舍德流光所以名藏

擢榦舒光主林神得廣大修治普清淨解脫門

二等衆生悲是爲廣大一一離障名普清淨

生芽發耀主林神得增長種種淨信芽解脫門

三一切勝因皆爲佛道各各心淨則種種芽生

吉祥淨葉主林神得一切清淨功德莊嚴聚解脫門

四一切功德莊嚴一毛一一皆然故佛爲德聚良以佛果攬因皆圓成非分成是故一因生一切果一果收一切因皆圓融無礙耳

垂布燄藏主林神得普門清淨慧恒周覽法界解脫門

五智通萬法是曰普門客塵不生故曰清淨悟如日照頓周法界功如拂鏡說智漸明明是本明漸爲圓漸

悟如等者楞伽經中有四漸四頓今唯用一彼經大慧白佛言世尊云何淨除自心現流爲頓爲漸答中先明四漸後說四頓漸經云佛告大慧漸淨非頓一如菴羅果漸熟非頓如來漸除衆生自心現流亦復如是漸淨非頓此喻十信二如陶家作器漸成非頓此喻十住三如大地漸生非頓此喻十行四如習藝漸就非頓此喻十向上之四漸約於修行未證理故下之四頓約已證理一明鏡頓現喻經云譬如明鏡頓現一切色像如來淨除一切衆生自心現流亦復如是頓現無相無所有清淨法界此喻初地至七地日月頓照喻云如日月輪頓照顯示一切色像如來爲離自心現流習氣過患衆生亦復如是頓爲顯示不思議勝智境界此喻八地已上三藏識頓知喻云譬如藏識頓分別知自心現流及身安立受用境界彼諸依

持佛亦復如是頓熟衆生所處境界以修行者安處於彼色究竟天此報喻佛四佛光頓照喻云譬如法佛所作依佛光明照耀自覺聖趣亦復如是被於法相有性無性惡見妄想照令除滅此報亦成此喻法喻報頓前照喻今疏唯取頓中一日光頓照喻雖舉鏡喻非是明鏡頓照自取拂鏡之喻正同大通時時勤拂拭莫遣惹塵埃而復自融通又上四漸四頓多依地位古今同爲此釋亦順經文今釋通於橫竪則位位之中皆有頓義然約橫論頓復有多義一頓悟漸修如見九層之臺則可頓見要須躡階而後得昇今亦如是頓了心性即心即佛無法不具而須積功遍修萬行此約解悟二者頓修漸悟即如磨鏡一時遍磨明淨有漸萬行頓修悟則漸勝此約證悟三頓修頓悟如利劍斬絲千莖齊斬一時齊斷亦如染千絲一時齊染一時成色萬行齊修一時朗悟四漸修漸悟猶如斬竹節節不同此非今用今言悟如日照即解悟證悟皆悉頓也即頓修頓悟功如拂鏡亦非漸修是頓修漸悟義言明是本明漸爲圓漸者此融上二恐人謂拂鏡非頓明鏡本來淨何用拂塵埃故爲會之此是六祖直頌本性破其漸修今爲順經明其漸證隨漸漸明皆本明矣故云明是本明即無念體上自有眞知非別有知知心體也言漸爲圓漸者即天台智者意彼有言云漸漸非圓漸圓圓非漸圓謂漸家亦有圓漸圓家亦有圓漸漸家漸者如江出岷山始於濫觴漸家圓者如大江千里圓家漸者如初入海雖則漸深一滴之水已過大江況濫觴耶圓家圓者如窮海無涯底故今云漸是圓家漸尚過漸家之圓況漸家之漸

妙莊嚴光主林神得普知一切衆生行海而興布法雲解脫門

六知遍趣行如應布法

可意雷聲主林神得忍受一切不可意聲演清淨音解脫門

七了音聲性皆同佛音故無不可意能令世間皆聞佛音方云清淨

香光普徧主林神得十方普現昔所修治廣大行境界解脫門

八昔行稱周法界是廣大境神通普令物見做而行之如下喜目即其事也

妙光逈曜主林神得以一切功德法饒益世間解脫門

九衆生諂佞自不修德寧有進賢之心今福智益他則物我兼利偈云諂誑即諂佞也衆生諂佞自不修德者詩云內有進賢之志而無諂誑之心蒼頡篇曰誑謂諂佞也

華果光味主林神得能令一切見佛出興常敬念不忘莊嚴功德藏解脫門

十敬念則佛與佛興則莊嚴德藏障重者不念不見於佛豈無常哉故應見常見也

大方廣佛華嚴經疏鈔會本第四之一

音釋

罣礙 罣古賣切礙牛代切罣礙罥也　迅 迅音信疾也　離慳著 離力智切遠離也慳丘閑切悋也著直畧切黏著也　霈 霈音蓋切霧霈也　誘 以九切導也　恬怡 恬音甜安也怡盈之切和也　療 力照切治也　蠲除 蠲音涓潔也　譣詖 譣音險詖彼義切詖謂陰險不正也　譣繠 如水切

漩澓 漩旬緣切澓房六切漩澓水回流也　藻 子皓切水草也　菱 閭承切芰也　奩 力兼切匣也　輻 方六切　跟 古痕切足踵也　縵 莫半切　繞 亡遰切　輭 而兗切柔也　踝 戶瓦切腿兩旁日內外踝　膞 丑匀切均也直也　腨 市兗切腨腸也　裸 郎果切赤體也　肘 陟柳切臂節也　頰 古協切面旁也　睫 陟涉切目旁毛也　嵬 吾回五腩二切　躃 毘亦切倒也　金錍 正作鎞邊迷切金錍掠器　抉瞙 抉一決切挑也瞙水各切瞖瞙　躡 尼輒切登也　濫觴 濫盧瞰切觴尸羊切濫觴起觴也　療 力照切治也　瘥 楚解切病瘉也

大方廣佛華嚴經疏鈔會本第四之二
唐于闐國三藏沙門實叉難陀　譯
唐清涼山大華嚴寺沙門澄觀撰述
爾時布華如雲主林神承佛威力普觀一切主林神衆而說頌言
佛昔修習菩提行福德智慧悉成滿一切諸力皆具足放大光明出世間
悲門無量等衆生如來往昔普淨治是故於世能爲益此擢榦神之所了
若有衆生一見佛必使入於深信海普示一切如來道此妙芽神之解脱
一毛所集諸功德劫海宣揚不可盡諸佛方便難思議淨葉能明此深義
我念如來於往昔供養剎塵無量佛一一佛所智漸明此燄藏神之所了
一切衆生諸行海世尊一念悉了知如是廣大無礙智妙莊嚴神能悟入
恒演如來寂妙音普生無等大歡喜隨其解欲皆令悟此是雷音所行法
如來示現大神通十方國土皆周徧佛昔修行悉令見此普香光所入門
衆生諂誑不修德迷惑沉流生死中爲彼闡明衆智道此妙光神之所見
佛爲業障諸衆生經於億劫時乃現其餘念念常令見此味光神所觀察
復次寶峯開華主山神得入大寂定光明解脱門
第十三主山神十法一寂而常照故光無不闇
華林妙髻主山神得修習慈善根成熟不可

思議數衆生解脫門

二相光熟機皆慈善根力如涅槃廣明

高幢普照主山神得觀察一切衆生心所樂嚴淨諸根解脫門

三修因嚴根本爲順物故矚蓮目而欣樂覩月面而歡心或見諸根一一皆周法界喜益深矣

離塵寶髻主山神得無邊劫海勤精進無厭怠解脫門

四如空不染故長劫無怠

光照十方主山神得以無邊功德光普覺悟解脫門

五癡故長眠唯福智之能覺

大力光明主山神得能自成熟復令衆生捨離愚迷行解脫門

威光普勝主山神得拔一切苦使無有餘解脫門

微密光輪主山神得演教法光明顯示一切如來功德解脫門

次三可知

普眼現見主山神得令一切衆生乃至於夢中增長善根解脫門

九若睡若寤皆令聞法進行斯爲佛業如大瓔珞經說過去有佛凡欲說法令大衆眠夢中說法令增善根覺得道果涅槃亦云其人夢中見羅刹像等亦表萬法皆夢大夢之夜必有大覺之明涅槃亦云其人夢中見羅刹像即當第九如來性品迦葉菩薩白佛言世尊云何未發菩提心者得菩提因佛告迦葉若有聞是大涅槃經言我不用發菩提心誹謗正法是人即於夢中見羅刹像心中怖懼羅刹語言咄善男子汝今若不發菩提心當斷汝命是人惶怖寤已即發菩

提之心是人命終若在三趣及在人天續復憶念菩提之心當知是人是大菩薩摩訶薩也

金剛堅固眼主山神得出現無邊大義海解脫門

十稱性法門無邊大義一音能演是出現也

爾時開華帀地主山神承佛威力普觀一切主山神衆而說頌言

往修勝行無有邊今獲神通亦無量法門廣闢如塵數悉使衆生深悟喜

衆相嚴身徧世間毛孔光明悉清淨大慈方便示一切華林妙髻悟此門

佛身普現無有邊十方世界皆充滿諸根嚴淨見者喜此法高幢能悟入

歷劫勤修無懈倦不染世法如虛空種種方便化群生悟此法門名寶髻

衆生盲暗入險道佛哀愍彼舒光照普使世間從睡覺威光悟此心生喜

昔在諸有廣修行供養剎塵無數佛令衆生見發大願此地大力能明入

見諸衆生流轉苦一切業障恒纏覆以智慧光悉滅除此普勝神之解脫

一一毛孔出妙音隨衆生心讚諸佛悉徧十方無量劫此是光輪所入門

佛徧十方普現前種種方便說妙法廣益衆生諸行海此現見神之所悟

法門如海無邊量一音爲說悉令解一切劫中演不窮入此方便金剛目

復次普德淨華主地神得以慈悲心念念普觀一切衆生解脫門

第十四主地神十法一念念無間平等普觀修慈護法故得金剛之體金剛即内照之實也修慈護法故得金剛之體亦涅槃意彼第三問云云何得長壽金剛不壞身故以長壽品答長壽問由不殺及施僧之食爲因金剛身品答金剛不壞身問因於護法故經初明金剛身義云爾時世尊復告迦葉善男子如來身者是常住身不可壞身金剛之身非雜食身即是法身下迦葉難次如來廣答金剛身相後迦葉徵因云唯然世尊如來法身金剛不壞而未能知所因云何佛告迦葉以能護持正法因緣故得成就是金剛身迦葉我於往昔護法因緣今得成就是金剛身常住不壞善男子護持正法者不受五戒不修威儀應持刀劒弓箭鉾矟守護持戒清淨比丘此後廣說護法之相便引往昔此拘尸城有歡喜增益如來末法之中覺德比丘能師子吼爲破戒比丘刀杖所逼時有國王名爲有德與破戒比丘共戰時王被鎗舉身周遍覺德讚王王聞法已即便命終生阿閦佛國爲彼如來第一弟子覺德比丘却後壽終亦生彼國爲第二弟子故知能護功高所護生公釋金剛身云長壽之與金剛皆共談丈六但内外之異長壽爲外應之跡金剛爲内照之實實照體圓故無方也然則長壽金剛並義通内外而金色示滅故以實照爲常實則至妙之色亦常不變矣然長壽對凡夫之夭促金剛對凡身之危脆故無長無短方爲長壽非實非虛始曰金剛而推其因由護法者護法令法久住獲法身矣今疏文中言修慈護法者護法即涅槃文修慈即令得意

堅福莊嚴主地神得普現一切衆生福德力解脫門

二一毛福力頓現衆福

妙華嚴樹主地神得普入諸法出生一切佛刹莊嚴解脫門

三證入無生不礙嚴刹

普散衆寶主地神得修習種種諸三昧令衆生除障垢解脫門

四一向爲他

淨目觀時主地神得令一切衆生常遊戲快樂解脫門

五觀機出現名爲遊戲

金色妙眼主地神得示現一切清淨身調伏衆生解脱門

六現淨感身方調物感

香毛發光主地神得了知一切佛功德海大威力解脱門

七内具德海現威力身如地含海潤發生百穀百穀苗稼皆地香毛故

寂音悦意主地神得普攝持一切衆生言音海解脱門

八長行一言盡攝無餘偈頌則一言普遍無極

妙華旋髻主地神得充滿佛刹離垢性解脱門

九焰雲普遍令物離垢爲性

金剛普持主地神得一切佛法輪所攝持普出現解脱門

十法能攝持心行如金剛之輪佛則不動現世若須彌出海

爾時普德淨華主地神承佛威力普觀一切主地神衆而説頌言

此下頌中亦有二句結法屬人可以意得

如來往昔念念中　大慈悲門不可説　如是修行無有已　故得堅牢不壞身

三世衆生及菩薩　所有一切衆福聚　悉現如來毛孔中　福嚴見已生歡喜

廣大寂靜三摩地　不生不滅無來去　嚴淨國土示衆生　此樹華神之解脱

佛於往昔修諸行　爲令衆生消重障　普散衆寶主地神　見此解脱生歡喜

如來境界無邊際　念念普現於世間　淨目觀

時主地神見佛所行心慶悅
妙音無限不思議普爲衆生滅煩惱金色眼
神能了悟見佛無邊勝功德
一切色形皆化現十方法界悉充滿香毛發
光常見佛如是普化諸衆生
妙音普徧於十方無量劫中爲衆說悅意地
神心了達從佛得聞深敬喜
佛毛孔出香燄雲隨衆生心徧世間一切見
者皆成熟此是華旋所觀處
堅固難壞如金剛不可傾動踰須彌佛身如
是處世間普持得見生歡喜
復次寶峯光曜主城神得方便利益衆生解
脫門
第十五主城神十法有云脫第九法十頌
具足一光等方便成熟利益

妙嚴宮殿主城神得知衆生根教化成熟解
脫門
二應病與藥令得服行
清淨喜寶主城神得常歡喜令一切衆生受
諸福德解脫門
三護法法存則物受福德教理行果皆有
護也教理行果皆有護也者有毀謗教不惜身命折伏讃持爲護教也得旨契理便爲護理修行無缺即爲護行此三若護正覺果圓即爲護果
離憂清淨主城神得救諸怖畏大悲藏解脫
門
四悲救無盡名藏
華燈燄眼主城神得普明了大智慧解脫門
五了佛大智
燄幢明現主城神得普方便示現解脫門
六方便現身

盛福威光主城神得普觀察一切衆生令修廣大福德海解脫門

七同修佛德

淨光明身主城神得開悟一切愚暗衆生解脫門

八迷眞俗理故云愚闇佛出開示令其悟入本迷無始猶若生盲雖聞譬喻竟不識乳唯佛出世方能曉之

本迷無始等者即涅槃經然涅槃總有二文一即二十八經明八喻後云善男子凡所引喻不必盡取或取少分或取多分或復全取如言如來面如滿月是名少分善男子譬如盲人初不見乳轉問他言乳爲何類彼人答言如水蜜貝水則濕相蜜則甜相貝則色相雖引三喻未得乳實二者第十四經南本十三喻諸外道不識常樂我淨以四種喻謂貝稻米末雪鶴經云如生盲人不識乳色便問他言乳色何似他人答言色如白貝盲人復問是乳色者如貝聲耶答言不也復問貝色爲何似耶答言如稻米末盲人復問乳色柔軟如稻米末耶稻米末者復何所似答言如雪盲人復問言彼稻米末冷如雪耶雪復何似答言猶如白鶴是生盲人雖聞如是四種譬喻竟不能識得乳眞色釋曰貝可喻常末可喻樂雪可喻淨鶴可喻我然經中前三各誤領解而鶴一種略無誤領應言如鶴動耶然其四喻皆是眼境彼但身觸何能知耶非唯外道不知四德智眼未開空欲暗證猶彼盲人觸四境也言唯佛出世方能曉之者示其出世常樂我淨開其智眼了見分明

香幢莊嚴主城神得觀如來自在力普遍世間調伏衆生解脫門此神名及法舊本無依今經補出頗與偈文相合

九準梵本云香幢莊嚴鬘主城神得破一切煩惱臭氣出生一切智性香氣解脫門謂正使爲臭物殘習爲臭氣智性爲香體利物爲香氣香氣若高山之出雲稱智性而無盡臭氣若香風之卷霧等性空之無邊煩惱則塵習雙亡智慧則自他兼利有本亦具云香髻莊嚴主城神得開發衆生清淨妙智解脫門亦恐傳寫之脫漏耳

義不異前偈云現夢中者夢是神遊亦見聞之氣分也夢中尚調況於覺悟如迦旃延爲弟子現夢境界等夢是神遊漢武故事昔漢武帝欲試善圓夢者乃詐爲夢云朕夢見殿上兩尾化爲鴛鴦飛空而去是何徵也圓夢者曰宮中必有暴死之者帝曰戲之耳言未畢監司奏云宮人相殺帝曰朕實不夢而有徵者何耶對曰夢是神遊陛下欲言即是夢也亦見聞之氣分者即智論五夢之中見聞多故爲夢也言五夢者一熱氣多故夢火二冷氣多夢水三風氣多夢飛空四見聞多入夢五天神與並如下夢忍如迦旃延爲弟子現夢者莊嚴論說迦旃延有弟子爲希羅王捨王位出家於山林中修道有一隣國王名阿槃地遊獵至山其王安寢宮人詣比丘所比丘爲其說法王覺謂誘我宮人遂鞭撻比丘比丘通苦心生愁恨我不相犯非理見辱遂欲還家爲王伐彼師勸不止便言且留一宿明當任去即留一宿夜中迦旃延示之以夢夢見還國國人迎之却立爲王與大臣商議徵兵伐怨而戰敗失道遂被彼擒將欲刑戮忽遇本師本師告言前若相勸何爲不從此王夢中號訴師言大師救命失聲便覺悲涕白師不復還家是爲迦旃延之善巧覺化不得夢化便遂

寶峯光目主城神得能以大光明破一切衆生障礙山解脫門

十二障五盖重疊如山非智光明莫之能破

爾時寶峯光曜主城神承佛威力普觀一切主城神衆而說頌言

導師如是不思議　光明徧照於十方
衆生現前悉見佛　教化成熟無央數

諸衆生根各差別　佛悉了知無有餘
妙嚴宮殿主城神　入此法門心慶悅

如來無量劫修行　護持往昔諸佛法
意常承奉生歡喜　妙寶城神悟此門

如來昔已能除遣　一切衆生諸恐怖
而恒於彼起慈悲　此離憂神心悟喜

佛智廣大無有邊　譬如虛空不可量
華目城

神斯悟悦能學如來之妙慧

如來色相等衆生隨其樂欲皆令見燄幢明

現心能悟習此方便生歡喜

如來往修衆福海清淨廣大無邊際福德幢

光於此門觀察了悟心欣慶

衆生愚迷諸有中如世生盲卒無覩佛爲利

益興於世清淨光神入此門

如來自在無有邊如雲普徧於世間乃至現

夢令調伏此是香幢所觀見

衆生癡暗如盲瞽種種障蓋所纏覆佛光照

徹普令開如是寶峯之所入

復次淨莊嚴幢道場神得出現供養佛廣大

莊嚴具誓願力解脱門

第十六道場神十一法十一偈一出現字

兩用謂有佛出現即出現莊嚴具而爲供

養佛昔如是神以大願做之

須彌寶光道場神得現一切衆生前成就廣

大菩提行解脱門

二對物成行令物做之施爲行先故偈偏

舉

雷音幢相道場神得隨一切衆生心所樂令

見佛於夢中爲説法解脱門

三夢覺皆化則時處俱遍

雨華妙眼道場神得能雨一切難捨衆寶莊

嚴具解脱門

四外寶内眼重重難捨爲物説行故云能

兩

清淨燄形道場神得能現妙莊嚴道場廣化

衆生令成熟解脱門

五清淨焰形神前列中無謂色相道場俱

妙莊嚴並爲熟物
華纓垂髻道場神得隨根說法令生正念解
脫門
六疑境界者以唯心爲正念疑法性者以
無得爲正念實則無正無邪方稱曰正無
念不念是真念矣諸念不生正念方生耳
故隨根雨法斷疑生智
雨寶莊嚴道場神得能以辯才普雨無邊歡
喜法解脫門
七辯才雨法稱根故喜
勇猛香眼道場神得廣稱讚諸佛功德解脫
門
八深廣讚佛故名實雙美
金剛彩雲道場神得示現無邊色相樹莊嚴
道場解脫門

九樹王眷屬並如經初
蓮華光明道場神得菩提樹下寂然不動而
充徧十方解脫門
十即前身遍十方而無來往智入諸相了
法空寂也
妙光照曜道場神得顯示如來種種力解脫
門
十一種種力者佛有無量力故因行亦然
皆嚴具顯示既示道場之神故得道場事
中解脫
爾時淨莊嚴幢道場神承佛威力普觀一切
道場神衆而說頌言
我念如來往昔時於無量劫所修行諸佛出
興咸供養故獲如空大功德
佛昔修行無盡施無量刹土微塵等須彌光

照菩提神憶念善逝心欣慶

如來色相無有窮變化周流一切刹乃至夢中常示現雷幢見此生歡喜

昔行捨行無量劫能捨難捨眼如海如是捨行爲衆生此妙眼神能悟悦

無邊色相寶燄雲現菩提場徧世間燄彤清淨道場神見佛自在生歡喜

衆生行海無有邊佛普彌綸雨法雨隨其根解除疑惑華纓悟此心歡喜

無量法門差别義辯才大海皆能入雨寶嚴具道場神於心念念恒如是

於不可説一切土盡世言辭稱讚佛故獲名譽大功德此勇眼神能憶念

種種色相無邊樹普現菩提樹王下金剛彩雲悟此門恒觀道樹生歡喜

十方邊際不可得佛坐道場智亦然蓮華步光淨信心入此解脱深生喜

道場一切出妙音讚佛難思清淨力及以成就諸因行此妙光神能聽受

復次寶印手足行神得普雨衆寶生廣大歡喜解脱門

蓮華光足行神得示現佛身坐一切光色蓮華座令見者歡喜解脱門

第十七足行神十法初二可知

最勝華髻足行神得一一心念中建立一切如來衆會道場解脱門

三内則念念安於理事外則處處建立道場

攝諸善見足行神得舉足發步悉調伏無邊衆生解脱門

四舉足下足海印發輝諸有威儀無非佛事
妙寶星幢足行神得念念中化現種種蓮華網光明普雨衆寶出妙音聲解脫門
五以華以光雨寶雨法
樂吐妙音足行神得出生無邊歡喜海解脫門
六衆生無邊是佛化境見佛聞法故生歡喜
栴檀樹光足行神得以香風普覺一切道場衆會解脫門
七圓音警物等栴檀之香風暫一熏修覺身心之調順餘三可知
蓮華光明足行神得一切毛孔放光明演微妙法音解脫門

微妙光明足行神得其身徧出種種光明網普照耀解脫門
積集妙華足行神得開悟一切衆生令生善根海解脫門
爾時寶印手足行神承佛威力普觀一切足行神衆而說頌言
佛昔修行無量劫供養一切諸如來心恒慶悅不疲厭喜門深大猶如海
念念神通不可量化現蓮華種種香佛坐其上普遊往紅色光神皆覩見
諸佛如來法如是廣大衆會徧十方普現神通不可議最勝華神悉明矚
十方國土一切處於中舉足若下足悉能成就諸群生此善見神心悟喜
如衆生數普現身此一一身充法界悉放淨

光雨衆寶如是解脫星幢入
如來境界無邊際普雨法雨皆充滿衆會觀
佛生歡喜此妙音聲之所見
佛音聲量等虛空一切音聲悉在中調伏衆
生靡不徧如是栴檀能聽受
一切毛孔出化音闡揚三世諸佛名聞此音
者皆歡喜蓮華光神如是見
佛身變現不思議步步色相猶如海隨衆生
心悉令見此妙光明之所得
十方普現大神通一切衆生悉開悟衆妙華
神於此法見已心生大歡喜
復次淨喜境界身衆神得憶佛往昔誓願海
解脫門
第十八身衆神十法一淨喜境界神者初
列處名華髻莊嚴或是名廣略舉其半或
梵音相類譯者之誤未勘梵本
光照十方身衆神得光明普照無邊世界解
脫門
海音調伏身衆神得大音普覺一切衆生令
歡喜調伏解脫門
二三可知
淨華嚴髻身衆神得身如虛空周徧住解脫
門
四相即無相故如空遍住空非獨虛亦遍
於色住非分住一塵亦周如芥子空即不
可盡身與法性不可分故空非獨虛者意云非爲無物處是虛空出現品云譬如虛空遍至一切色非色處故住非分住一塵亦周者如來在一塵中亦全法界之廣大身皆具在故舉芥子空證已如前引
無量威儀身衆神得示一切衆生諸佛境界
解脫門

五威儀施化無心頓現斯即佛境難以言思

最勝光嚴身衆神得令一切饑乏衆生色力滿足解脱門

六佛爲良田出世難遇一興微供果獲五常略言色力亦有常命安樂辯才此五皆常方云滿足受報無盡故悉離貧窮果獲五常者疏文具列即涅槃第二純陀施食處説下廻向施食中當廣明之受報無盡者亦純陀事即三十一經師子吼菩薩白佛言世尊如佛先告純陀云汝今已得見於佛性得大涅槃阿耨多羅三藐三菩提是義云何世尊如佛所説施畜生者得百倍報乃至云施不退菩薩及最後身諸大菩薩如來世尊所得福報無量無邊不可稱計不可思議純陀大士若受如是無量報者是報無盡何時當得阿耨多羅三藐三菩提此下廣説施相下佛答意云如向難言純陀報無盡者謂世間報然業有多種不必定受隨人所造愚智等殊今純陀大智將此施業唯爲菩提及利衆生云何令受人天之報不得菩提況所造業及受果報皆是垂跡若善若惡非現生後受是業報下廣説業有定不定愚智輕重一切聖人爲壞定業得輕報故不定之業無果報等則報無盡者是約世間今疏爲順悉離貧窮故引世間受報無盡耳非取彼經師子吼菩薩之難意

淨光香雲身衆神得除一切衆生煩惱垢解脱門

七齒光除垢表所説淨故

守護攝持身衆神得轉一切衆生愚癡魔業解脱門

八有染於五塵無慈於六趣者愚癡魔業也體五欲性虚已兼亡彼業斯轉而名云守護攝持者善守根門攝散持德則遠魔矣然魔事惑不出三毒及慢魔惱衆生不出三事謂上妙五欲及諸苦具爲説邪法則三毒是生三毒内着即爲魔業今守護覺察魔如之何即偈中解脱道也

普現攝化身衆神得普於一切世主宫殿中顯示莊嚴相解脱門
九此有三意一身雖周於法界多示爲王攝御自在故二八相處於王宫俯接物故三法界菩提樹下法王宫故
不動光明身衆神得普攝一切衆生皆令生清淨善根解脱門
十迷於本空故有妄苦無漏本有是淨善根
爾時淨喜境界身衆神承佛威力普觀一切身衆神衆而説頌言
我憶須彌塵劫前有佛妙光出興世世尊於彼如來所發心供養一切佛
如來身放大光明其光法界靡不充衆生遇者心調伏此照方神之所見

如來聲震十方國一切言音悉圓滿普覺群生無有餘調伏聞此心歡慶
佛身清淨恒寂滅普現衆色無諸相如是徧住於世間此淨華神之所入
導師如是不思議隨衆生心悉令見或坐或行或時住無量威儀所悟門
佛百千劫難逢遇出興利益能自在令世悉離貧窮苦最勝光嚴入斯處
如來一一齒相間普放香燈光燄雲滅除一切衆生惑離垢雲神如是見
衆生染惑爲重障隨逐魔徑常流轉如來開示解脱道守護執持能悟入
我觀如來自在力光布法界悉充滿處王宫殿化衆生此普現神之境界
衆生迷妄具衆苦佛在其中常救護皆令滅

惑生喜心不動光神所觀見
復次妙色那羅延執金剛神得見如來示現
無邊色相身解脱門
第十九執金剛神長行十法一見如來身
普現非别豈唯凡現之處即無邊相亦隨
一一色相皆無有邊
日輪速疾幢執金剛神得佛身一一毛如日
輪現種種光明雲解脱門
須彌華光執金剛神得化現無量身大神變
解脱門
清淨雲音執金剛神得無邊隨類音解脱門
二三四可知
妙臂天主執金剛神得現爲一切世間主開
悟衆生解脱門
第五神初卷中名諸根美妙今但云妙臂
文義俱闕又加天主以現爲世主故
可愛樂光明執金剛神得普開示一切佛法
差别門咸盡無遺解脱門
六法海深奥槃節差别巧説令現無有遺
餘
大樹雷音執金剛神得以可愛樂莊嚴具攝
一切樹神解脱門
七約神且説寳飾爲嚴巧攝已衆約佛方
便相好爲嚴無不攝也
師子王光明執金剛神得如來廣大福莊嚴
聚皆具足明了解脱門
八因深故大福爲能嚴果勝故德相皆明
足
密燄吉祥目執金剛神得普觀察險惡衆生
心爲現威嚴身解脱門

九惡謂十惡險者惡之因也能陷自他及險道故

蓮華摩尼髻執金剛神得普雨一切菩薩莊嚴具摩尼髻解脫門

十若以現文則摩尼髻是所雨若以義取此神名摩尼髻亦得髻是能雨一切菩薩嚴具是所雨表菩薩智光圓滿故

爾時妙色那羅延執金剛神承佛威力普觀一切執金剛神衆而說頌言

汝應觀法王法王法如是色相無有邊普現於世間佛身一一毛光網不思議譬如淨日輪普照十方國如來神通力法界悉周徧一切衆生前示現無盡身如來說法音十方莫不聞隨諸衆生類悉令心滿足衆見牟尼尊處世宮殿中普爲諸群生闡揚於大法法海漩澓處一切差別義種種方便門演說無窮盡

偈中第六云漩澓者水之漩流洄澓之處一甚深故二迴轉故三難渡故法海漩澓亦然一唯佛能究故二真妄相循難窮初後故三聞空謂空則沉於漩澓聞有謂有等皆類此知故云一切差別義也真妄相循難窮初後故者若言先妄後真真則有始若謂先真後妄妄由何生若妄依真起真亦非真若妄體即真妄亦無始爲破始起立無始言始既不存終從何立無終無始豈有中間故中論云大聖之所說本際不可得生死無有始亦復無有終若無有始終中當云何有是故於此中先後共亦無真妄兩亡方說真妄真妄交徹無定始終聞空謂空則沉於漩澓者大分深義所謂空也以空爲空雖深而沉矣餘三句亦然不取空相則無所沉何以故空相不可得故若復見有空諸佛所不化故空即有故有等亦然

無邊大方便普應十方國遇佛淨光明悉見

如來身供養於諸佛億刹微塵數功德如虛空一切所瞻仰神通力平等一切刹皆現安坐妙道場普現衆生前燄雲普照世種種光圓滿法界無不及示佛所行處

餘並可知　上來異生衆竟

大方廣佛華嚴經疏鈔會本第四之二

音釋

𥍯矟 𥍯莫侯切句兵也矟色角切矛屬　危脆 脆此芮切物易斷也　鴛鴦 鴛於袁切鴦於良切　漩澓 漩旬緣切澓房六切漩澓回流也　瞖 五果切目但有眯也　明矚 矚音燭視也

大方廣佛華嚴經疏鈔會本第五之一

唐于闐國三藏沙門實叉難陀　譯

唐清涼山大華嚴寺沙門澄觀撰述

復次普賢菩薩摩訶薩入不思議解脱門方便海

自下第二同生衆文分爲三初明普賢菩薩得一切法門次十普菩薩各得一門後十與名菩薩各一法門此三各有長行及頌

就初普賢長行中二初總標所入二别顯十門今初二句先指陳法體次辯法功能今初言不思議者謂數過圖度理絶言思故言方便海者謂不動眞而成事巧以因門契果故云方便謂不動眞而成事者即事理無礙爲方便如涉有不迷於空巧以因契果者即事事無礙之方便因果交徹故

入如來功德海

後入如來下辯法功能謂證入因圓趣入果海故然前後但明以别入總故各得一解脱門猶如百川一一入海今明以總入總如海入海故得難思解脱門復稱能入爲方便海以普賢是同與二衆之上首故

所謂有解脱門名嚴淨一切佛國土調伏衆生令究竟出離

二所謂下别顯十門以彰無盡一嚴土調生謂隨所化衆生取佛土故一切佛土者豎通四土横該法界横豎相融故一塵一刹皆廣大嚴淨故云一切演最妙法故令所謂究竟出離豎通四土等者並如世界成就品略言豎者即於一處有四土故以法性之土爲三土體故本遍常自受用土量周法界一如法性他受用土及變化土不離上二猶如物影不離空及日光而他受用及變化土隨心異見

亦如兩影互相涉入故一塵中則有四土横遍法界即十方一切差别國土横竪相融者以竪融横則一塵之中有十方國以横融竪則一塵四土常遍十方結成可知

有解脱門名普詣一切如來所修具足功德境界

二佛遍塵道詣彼修德乃了彼境

有解脱門名安立一切菩薩地諸大願海

三通辯安立菩薩六種功德一位二願餘四在偈

有解脱門名普現法界微塵數無量身

四身普應機演所證法

有解脱門名演説徧一切國土不可思議數差別名

五國土不同所敬各異故隨宜立稱成益不空如名號品

有解脱門名一切微塵中悉現無邊諸菩薩神通境界

六塵中現身説菩薩行境

有解脱門名一念中現三世劫成壞事

七以時隨法融令三世劫及劫中成壞一念中現無所障礙然事通能所能成壞事謂火水及風所成壞事天地萬像

有解脱門名示現一切菩薩諸根海各入自境界

八菩薩根海雖繁廣多類但能入自所知境界豈能測量佛無邊法則顯前來衆海未測佛德普賢能知此理

有解脱門名能以神通力化現種種身徧無邊法界

九明如來身體同虛空用周法界

有解脱門名顯示一切菩薩修行法次第門

入一切智廣大方便
第十攝因成果故云一切菩薩行入一切智也妙音宣此故云顯示此亦別釋標中第二句
爾時普賢菩薩摩訶薩以自功德復承如來威神之力普觀一切衆會海已即說頌言
頌中次第如前十門
佛所莊嚴廣大剎等於一切微塵數清淨佛子悉滿中兩不思議最妙法
第一偈前半嚴淨佛國後半調伏衆生兼顯人法爲嚴之義佛子有三一者外子謂諸凡夫未能紹繼佛家事故二者庶子謂諸二乘不從如來大法生故三者眞子謂大菩薩從大法喜正所生故此言清淨意顯第三最妙法者揀非權小昔以妙法淨所化心故所感土亦有清淨佛子來生其國還兩妙法
如於此會見佛坐一切塵中悉如是佛身無去亦無來所有國土皆明現
二中前半明總遍別中後半明體用無礙亦是總遍總中前半明總遍別中者然能遍所遍不離依正依正各二一總二別全佛身爲正之總一毛孔等爲正之別一佛國土爲依之總一微塵等爲依之別令以前半佛遍塵中故云總遍別中言體用無礙者上句是體無去來故下句是用現諸土故亦是總遍總者身遍國故
顯示菩薩所修行無量趣地諸方便及說難思眞實理令諸佛子入法界
二中四句即前四義一修十勝行二起十方便三所證十如四正證法界成薩婆若地位爲總餘五爲別
出生化佛如塵數普應羣生心所欲入深法

界方便門廣大無邊悉開演
四中前半普現身後半演所證
如來名號等世間十方國土悉充徧一切方
便無空過調伏衆生皆離垢
佛於一切微塵中示現無邊大神力悉坐道
場能演說如佛往昔菩提行
三世所有廣大劫佛念念中皆示現彼諸成
壞一切事不思議智無不了
佛子衆會廣無限欲共測量諸佛地諸佛法
門無有邊能悉了知甚爲難
次四偈可知
佛如虛空無分別等眞法界無所依化現周
行靡不至悉坐道場成正覺
九中初句智身次句智身等法身後二句
化用等法身之周遍略舉正覺實通一切
故上云種種
佛以妙音廣宣暢一切諸地皆明了普現一
一衆生前盡與如來平等法
十中三句攝因後句成果
復次淨德妙光菩薩摩訶薩得徧往十方菩
薩衆會莊嚴道場解脫門
第二十普菩薩各得一門第一菩薩前列
名中無以前與普賢共爲十普今普賢別
說故加爲十以表圓足然偈文具十長行
中第七菩薩及法門俱脫又脫第八菩薩
法門及第九菩薩名至文當知十中第一
嚴處說法皆名爲嚴
普德最勝燈光照菩薩摩訶薩得一念中現
無盡成正覺門敎化成熟不思議衆生界解
脫門

二塵塵皆成正覺已爲無盡方是正覺一門有如是等無量成正覺門如出現品辯隨所成正覺門調生亦爾故云成熟不思議衆生界

普光師子幢菩薩摩訶薩得修習菩薩福德莊嚴出生一切佛國土解脱門

三修行福海嚴出刹海

普寶燄妙光菩薩摩訶薩得觀察佛神通境界無迷惑解脱門

四以深妙智觀難思境故多處不迷多劫不厭

普音功德海幢菩薩摩訶薩得於一衆會道場中示現一切佛土莊嚴解脱門

五如一逝多林會頓現一切淨土會會皆爾念念現殊

普智光照如來境菩薩摩訶薩得隨逐如來觀察甚深廣大法界藏解脱門

六法界含攝無盡故名爲藏觀佛法界之身一毛即無分限

普覺悦意聲菩薩摩訶薩得親近承事一切諸佛供養藏解脱門

七佛昔行因無佛不供今成佛果無衆不歸猶如百川馳流趣海

普清淨無盡福威光菩薩摩訶薩得出生一切神變廣大加持解脱門

八遍刹充塵劫窮來際皆佛加持之力

普寶髻華幢菩薩摩訶薩得普入一切世間行出生菩薩無邊行門解脱門

九若無大悲不入生死則不能出菩薩行門如不入海安能得寶此即化他成已如不

入海安能得寶即淨名佛道品譬如不下巨海則不能得無價寶珠如是不入煩惱大海則不能得一切智寶故

普相最勝光菩薩摩訶薩得能於無相法界中出現一切諸佛境界解脫門

十即依體起用

爾時淨德妙光菩薩摩訶薩承佛威力普觀一切菩薩解脫門海已即說頌言

十方所有諸國土一刹那中悉嚴淨以妙音聲轉法輪普徧世間無與等

如來境界無邊際一念法界悉充滿一一塵中建道場悉證菩提起神變

世尊往昔修諸行經於百千無量劫一切佛刹皆莊嚴出現無礙如虛空

佛神通力無限量充滿無邊一切劫假使經於無量劫念念觀察無疲厭

汝應觀佛神通境十方國土皆嚴淨一切於此悉現前念念不同無量種

觀佛百千無量劫不得一毛之分限如來無礙方便門此光普照難思刹

如來往劫在世間承事無邊諸佛海是故一切如川騖咸來供養世所尊

如來出現徧十方一一塵中無量土其中境界皆無量悉住無邊無盡劫

佛於曩劫爲衆生修習無邊大悲海隨諸衆生入生死普化衆會令清淨

佛住真如法界藏無相無形離諸垢衆生觀見種種身一切苦難皆消滅

頌文前已配釋欲表菩薩法門互入故不結法屬人後段亦然

復次海月光大明菩薩摩訶薩得出生菩薩

諸地諸波羅蜜教化衆生及嚴淨一切佛國土方便解脱門

第三十異名菩薩亦各一法長行中一得成菩薩四種方便一地位二度行三調生即行位所作四嚴刹通二利因果也或一地一度滿或地地諸度滿此一爲總下九皆別然不出上四多顯調生

雲音海光離垢藏菩薩摩訶薩得念念中普入法界種種差別處解脱門

二謂遍轉法輪

智生寶髻菩薩摩訶薩得不可思議劫於一切衆生前現清淨大功德解脱門

三普示滅惑

功德自在王淨光菩薩摩訶薩得普見十方一切菩薩初詣道場時種種莊嚴解脱門

四普嚴場會

善勇猛蓮華髻菩薩摩訶薩得隨諸衆生根解海普爲顯示一切佛法解脱門

五以法隨機

普智雲日幢菩薩摩訶薩得成就如來智永住無量劫解脱門

六爲物永存

大精進金剛齋菩薩摩訶薩得普入一切無邊法印力解脱門

七法印悟物

香燄光幢菩薩摩訶薩得顯示現在一切佛始修菩薩行乃至成就智慧聚解脱門

八頓顯終始

大明德深美音菩薩摩訶薩得安住毗盧遮那一切大願海解脱門

九同佛往修

大福光智生菩薩摩訶薩得顯示如來徧法界甚深境界解脱門

十光顯如來難思之境以偈對釋文並可知

爾時海月光大明菩薩摩訶薩承佛威力普觀一切菩薩衆莊嚴海已即說頌言

諸波羅蜜及諸地廣大難思悉圓滿無量衆生盡調伏一切佛土皆嚴淨

如佛教化衆生界十方國土皆充滿一念心中轉法輪普應羣情無不徧

佛於無量廣大劫普現一切衆生前如其往昔廣修治示彼所行淸淨處

我覩十方無有餘亦見諸佛現神通悉坐道場成正覺衆會聞法共圍繞

廣大光明佛法身能以方便現世間普隨衆生心所樂悉稱其根而雨法

眞如平等無相身離垢光明淨法身智慧寂靜身無量普應十方而演法

唯第六偈略須開示初句所證性淨法身言無相者示眞如相身即體義在纏不染出障非淨凡聖必同故云平等次句出纏法身也眞如出煩惱障故云離垢出所知障故云光明又塵習雙亡故云離垢眞智圓滿故曰光明淨法身者揀於在纏後半體用無礙身由出纏故應用無方約理即是體用無礙約用則止觀雙運故得果則寂照爲身即用之體故寂即體之用故智體用既無不在佛身何有量耶故能普應十方此句正顯化用故經云水銀和眞金

能塗諸色像智慧與法身處處應現往即斯義也經云水銀和真金能塗諸色像者機真身遣感故天台智者亦如法身水銀如般若以般若照用此義以釋法華壽量應用

法王諸力皆清淨智慧如空無有邊悉爲開示無遺隱普使衆生同悟入

如佛往昔所修治乃至成於一切智今放光明徧法界於中顯現悉明了

佛以本願現神通一切十方無不照如佛往昔修治行光明網中皆演説

十方境界無有盡無等無邊各差別佛無礙力發大光一切國土皆明顯

爾時如來師子之座衆寶妙華輪臺基陛及諸户牖如是一切莊嚴具中

自下第八明座内衆流分於中長分十段一明出處二顯衆類三列衆名四結衆數五興雲供六供衆海七敬繞佛八座本方九歎德能十申偈讚今初座即是總實等爲別如是巳下結廣從略非獨輪等故云一切所以此能出者良以座該法界依正混融一一纖塵無不廣容普遍座所遍刹恒在座中故從中出非是化也若約法空之因及法空之座則萬行爲嚴能生菩薩

一一各出佛刹微塵數菩薩摩訶薩

二一一下顯衆類皆菩薩故

其名曰海慧自在神通王菩薩摩訶薩雷音普震菩薩摩訶薩衆寶光明髻菩薩摩訶薩大智日勇猛慧菩薩摩訶薩不思議功德寶智印菩薩摩訶薩百目蓮華髻菩薩摩訶薩金燄圓滿光菩薩摩訶薩法界普音菩薩摩訶薩雲音淨月菩薩摩訶薩善勇猛光明幢

菩薩摩訶薩

三其名下列衆名出處既多名亦多種略舉上首十名耳即如次十方

如是等而爲上首有衆多佛刹微塵數同時出現

四如是等下結衆數嚴具非一故有衆多刹塵

此諸菩薩各興種種供養雲所謂一切摩尼寶華雲一切蓮華妙香雲一切寶圓滿光雲無邊境界香燄雲日藏摩尼輪光明雲一切悅意樂音雲無邊色相一切寶燈光燄雲衆寶樹枝華果雲無盡寶清淨光明摩尼王雲一切莊嚴具摩尼王雲如是等諸供養雲有佛世界微塵數

五此諸菩薩下興供雲

彼諸菩薩一一皆興如是供養雲雨於一切道場衆海相續不絕

六彼諸下供衆海衆多菩薩各興刹塵供雲巳重疊難思況相續不絕而諸供具皆稱雲者乃有多義謂色相顯然智攬無性從法性空無生法起能現所現迥無所依應用而來故來無所從用謝而去故去無所至而能含慈潤霔法雨益萬物重重無礙有雲像焉上下諸文雲義皆爾

現是雲巳右繞世尊經無量百千帀

七現是雲巳下明敬繞佛順向殷重瞻望不足乃至百千

隨其方面去佛不遠化作無量種種寶蓮華師子之座各於其上結跏趺坐

八隨其下坐本方參而不雜也如師子子

亦師子故菩薩座亦名師子自化自坐者
自心智現還自安處故諸佛菩薩坐多跏
趺者爲物軌故智論引偈云若結跏趺坐
身安入三昧等若結跏趺坐等者等取餘偈云威德人敬仰如日照天下除睡懶覆心身輕不疲倚覺悟亦輕便安坐如龍蟠見畫跏趺坐魔王亦驚怖何況入道人安坐不傾動卽第八論
是諸菩薩所行清淨廣大如海句
九是諸菩薩下歎其德能者有十二句初
總餘別
得智慧光照普門法句隨順諸佛所行無礙
句能入一切辯才法海句
別顯一一各是一種清淨廣大略束爲三
初三明三業清淨廣大一智證普法二身
隨佛行三語入辯海中一義求亦通三業
得不思議解脫法門句住於如來普門之地
句已得一切陀羅尼門悉能容受一切法海
句次三明得法清淨廣大一獲自分解脫二
住勝進果位三遍具諸持普門地言卽同
經初已踐如來普光明地
善住三世平等智地句已得深信廣大喜樂
句
後五福智清淨廣大初二正明後三重顯
今初中一智安理事故云善住二福無不
修故生信喜然三世平等經初已明今更
略示謂依生及佛善住平等且依佛說佛
佛平等法身智身無增減故若依衆生生
生平等煩惱業苦有支皆等若生佛相望
者凡夫現在等佛過去進修得果等佛現
在成佛究竟等佛常住然三世平等下重釋善住三世平等

智地文三初指前標舉二別明義相三結釋善住智地之言初唯約佛如問明品十方諸如來同一法身等二唯約生六道雖差皆三雜染

此約三世互望煩惱佛則本有今無衆生則本無今有菩提則衆生本有今無諸佛則本無今有約迷悟異則說本今涅槃之性非三世攝故知三世有法無有是處

此約三世下別示義相便引涅槃四出偈釋今先叙彼經後方釋疏言四出偈者四處出故亦名四住一即第十經中出二即十七經三即二十七經四即二十八經初段即如來性品南經第九菩薩品文殊師利白佛言世尊今此純陀猶有疑心佛徵文殊文殊師利言純陀心疑如來常住以得知見佛性力故若見佛性而爲常者本未見時應是無常若本無常後亦應爾何以故如世間物本無今有已有還無如是等物悉是無常以是義故諸佛菩薩聲聞緣覺無有差別爾時世尊即說偈言本有今無本無今有三世有法無有是處善男子以是義故諸佛菩薩聲聞緣覺亦有差別亦無差別文殊師利讚言善哉誠如聖教我今始解諸佛菩薩聲聞緣覺亦有差別亦無差別佛更不說迦葉便請佛說如來便爲引長者擊牛之喻以況佛性乳色皆一如性無異上第一出竟第二出即第十七經南經十五皆梵行品因爲迦葉說無所得竟迦葉領解更欲請問無所得義舉佛先說本有今無偈問如來爲答云本有者我昔本有無量煩惱以煩惱故現在無有大般涅槃言本無者本無般若波羅蜜以無般若波羅蜜故現在具有諸煩惱結此釋上半若有沙門若婆羅門若天若魔若梵若人說言如來去來現在有煩惱者無有是處此釋下半下略經意有二一明本有父母之身無金剛身本無三十二相具有四百四病二云本有無常無我等今無無上菩提本無見佛性今有無常等總有八段大意多同皆明本有有世間妄因今無無出世真德本無無出世因今有有世間妄法結云我或知言不知有相言無相適宜化物耳上即第二出竟第三出即二十七經南經二十五師子吼品因說一切衆生定得菩提是故我說一切衆生定有佛性一切衆生真實未有三十二相八十種好以是義故我說偈云本有今無等善男子有者凡有三種一未來有二現在有三過去有一切衆生未來當有無上菩提是名佛性有一切衆生現在悉有煩惱是故現在無有三十二相八十種好一切衆生過去之世有斷煩惱是故現在得見佛性以是義故我常宣說一切衆生悉有佛性乃至一闡提亦有佛性未來有故如有乳者問言有酥上即第三出竟第四出即二十八經南經二十六因明食爲命因非食即命故說此偈本有今無

等釋曰上四處經偈意大同而用小異諸公多於第十經中廣釋其相遠公引十七經意釋云上二句自立道理下二句破他定義釋上二句一同第十七經釋下二句云此文語略亦合云三世無法亦無是處意云於佛煩惱昔有今巳斷竟故三世有法無有是處涅槃昔無今巳證竟言三世無法亦無是處於衆生反此可知故無一法三世定有三世定無此意明必互有互無次通難意云佛今現證有異二乘故非無差彼亦當得則亦無差別此答文殊疑又云佛今巳證何得難言後亦無常此通純陀疑諸公大同此意則成此偈但是三世有無之法如何能通純陀之難難意正云由見佛性而爲常者見既有始後必當終如世間物有巳還無今明證見何能通此若趣悟法師說答疑意意則善成是生公意但是我始會之非毀今有而其釋偈亦多同遠公將偈答難亦不順理薦福卽用本有今無論意出二種疑釋偈下半亦同遠公不得論意故非盡理今先出論意後出經中四出別意今初先定本有今無之法謂煩惱業苦是生得名本有解脫聖性是修得是今無釋曰今此正順十七經本有煩惱今無涅槃等故論云爲二乘說不謗大乘若爲大乘說是謗大乘意云此是隨相之法是三世有法迷悟之殊是無常法可化二乘非是大乘涅槃眞性上定本今之法次正說偈意論云此偈有二意一破邪義二立正義破邪義者依語言說

立正義者依於義說不依語言然邪復有二一者外道二者小乘上三句是邪小所立之法第四句總非之云無有是處初外道者謂本有同偕佉因中有果本無同衛世因中無果三世有同勤沙婆因中亦有果亦無果皆有多過故云無有是處二破小乘者如向所說爲小乘說煩惱爲眞諦大乘說過三種義謂若煩惱本有本有爲有爲俗諦有若眞諦有前後無異煩惱不可斷若俗諦有俗諦無本何名本有言本無今有者若本無者後不應有若本無法而得有者空應生華諸本無法皆應當生若三世共有居然不成三世相違故故下結云無有是處則破小來說三世有法無有是處也巳破邪義所言立正義者本有今有過於三世是名正義本有今有者從初發心至得涅槃一味無異不依生因不依滅因有則清淨凡夫法不能染汙聖人法不能清淨乃至過一切語言道及一切思惟不可說不可思惟攝受因果非因非果如來一體最極攝受一切妙寶是大涅槃超過三世爲用說涅槃功德乃至常樂我淨復次有二種義若本有今有則是常見若過三世則是斷見若二義相待成離斷常是中道義如是俗諦眞諦相待故有十二因緣眞實何以故離二邊是眞十二因緣若能善解則見如來現在於世釋曰此後一段復融性相今其無礙餘廣如論巳知論意今將論釋經之疑論云純陀有二因緣故疑一見同相不見別相故生疑

二見別相下見同相故生疑皆是權爲物疑然若別配初疑即經中純陀疑後疑即文殊疑然此二疑文即影略實即二人俱有此疑故論云純陀有二種疑今初云何見同謂純陀將本無今有疑同本有今無疑云佛本不見佛性後見佛性而得常住豈非本無今有本無今有即是生法生法必滅故是無常即與世同故云見同云何不見異不見如來契無三世異於凡小故令舉異答云約緣始會似本無今有涅槃之性不屬三世智契此性同性是常何得難言有始必終是無常耶純陀疑遣矣若通文殊疑者文殊見異不見同故疑謂見三乘迷悟差別今同二乘無常盡滅即無差別此名見異生疑云何不見同不見同無三世故今答云契無三世一得永常何得同於二乘無常無三世性則無差別會與不會則有差別上根一聞二疑頓遣中下未悟迦葉起悲梵行品中因無得問佛舉八段八段之中皆悉結云三世有者無有是處斯無得矣二十七經因說一切衆生定得菩提是常有義是故說言有三種有一未來有二過去有三現在有明此三有亦約迷悟佛性菩提豈屬三世二十八經食爲命因非即是命如佛性爲因非即是佛亦是三世因緣之法隨相而說若隨相取亦無是處釋曰上來判釋四出之偈理無不盡次當解釋今疏用意按十七經本有今有皆約於妄故本無今無並約於眞故云我本有煩惱今無涅槃本無般若

今有煩惱所以爾者約佛昔因故二十七經則云衆生過去有斷煩惱因緣今見佛性則是眞法本無今有故純陀生疑正約世尊因見佛性本無今有爲難是知若眞若妄皆通本有今無本無今有故疏取經意及彼論意故約生佛相望眞妄並說又十七經約佛昔說故即以佛昔時爲本亦以昔時爲今例於衆生則以今時爲本亦以今時爲今如佛昔有煩惱無異又十七經後之二段約佛身上亦說本今皆是影略今疏取意則以昔爲本現在爲今煩惱佛則本有今無者以佛昔爲凡夫則有煩惱今成正覺故無煩惱衆生則本無今有者約性淨故本無煩惱約客塵故今有煩惱菩提則衆生本有今無者亦約性淨菩提本有今爲客塵之所覆故迷眞起妄無有證得圓淨菩提故云今無耳諸佛則本無今有者約圓淨菩提昔未修成故云本無今已修得故云今有上來已顯彼偈上半約迷悟異下釋偈下半然準論意三句皆相第四一句拂去上三方爲眞性今疏以第三句總牒三世以第四句遣之故云下半顯性取文小異全是論意云何約迷悟異等謂迷時有妄非是無眞悟時見性性非今有故生公云但是我始會之時非覺今有覺不在今即是莫先爲大既云大矣所以稱常是知迷悟雖異涅槃之性三世不還湛然常住會即符契同彼性常如始覺同本無復始本之異何得難言有始必終則純陀之難遣矣

若以性淨

而說則佛與衆生現今平等而不妨迷悟之殊是故三乘亦有差別亦無差別衆生寂滅卽是法身法身隨緣卽是衆生故寂滅非無之衆生恒不異眞而成立隨緣非有之法身恒不異事而顯現是故染淨三世一切諸法無不平等況稱性互收若以性淨

下第二約同時平等正是前偈下半之意以離三世性故現今平等而不妨迷悟之珠者卽是論主末後融其性相令離斷常若相外有性性爲斷滅相是定常故離迷悟無別眞性因乖常故有三界無常因解無常之實性故成常智二理不偏照與之符猶懸鏡高堂萬像斯鑒經引二鳥意在此也是故三乘亦有差別亦無差別卽是涅槃文殊領解性無二故故無差別迷悟淺深故有差別則文殊之疑遣矣二疑旣遣迦葉之疑亦亡餘如上論衆生寂滅卽是法身下示於亦有差別亦無差別之相言衆生寂滅卽是法身者生不異佛法身隨緣名曰衆生者佛不異生則無差別矣寂滅非無之衆生恒不異眞而成立下一對明無差不礙差寂滅故無差非無衆生故不礙差恒不異眞成上寂滅而成立言成上非無之衆生隨緣非有之法身恒不異事而顯現者隨緣故佛不異生非有之法身則不礙異生恒不異事成上隨緣而顯現成上非有之法身是故染淨下總以融結況稱性互收者上但事理無礙已是雖思餘經容有此則事事無礙唯華嚴意如是解者名爲善住一切智地如地能生終歸於地萬法依於佛智究竟還至一切智也如是下結釋可知此上一義乃是傍來涅槃玄旨於是乎見也

無邊福聚極善清淨句虛空法界靡不觀察句十方世界一切國土所有佛興咸勤供養句

後三重顯中一淨前福障故令諸福無邊清淨二成上智慧由觀法界虛空三近勝緣故成前二

大方廣佛華嚴經疏鈔會本第五之一

音釋

川鶩鶩亡遇切馳也 陛部禮切升堂之階也 牖音酉穿壁交窻也 跏趺跏音加趺音夫跏趺屈足坐也 㲉古侯切取牛乳也

大方廣佛華嚴經疏鈔會本第五之二

唐于闐國三藏沙門實叉難陀　譯

唐清涼山大華嚴寺沙門澄觀撰述

爾時海慧自在神通王菩薩摩訶薩承佛威力普觀一切道場衆海即說頌言

十爾時下說偈讚佛中十菩薩各別說偈即爲十段就初海慧頌中歎佛身座

諸佛所悟悉已知如空無礙皆明照光徧十方無量土處於衆會普嚴潔

初五歎佛身具德一讚智慧

如來功德不可量十方法界悉充滿普坐一切樹王下諸大自在共雲集

二讚功德

佛有如是神通力一念現於無盡相如來境界無有邊各隨解脫能觀見

三讚神通

如來往昔經劫海在於諸有勤修行種種方便化衆生令彼受行諸佛法

四讚因深

毘盧遮那具嚴好坐蓮華藏師子座一切衆會皆清淨寂然而住同瞻仰

五讚果勝

摩尼寶藏放光明普發無邊香燄雲無量華纓共垂布如是座上如來坐

種種嚴飾吉祥門恒放燈光寶燄雲廣大熾然無不照牟尼處上增嚴好

種種摩尼綺麗牕妙寶蓮華所垂飾恒出妙音聞者悅佛坐其上特明顯

寶輪承座半月形金剛爲臺色燄明持髻菩薩常圍繞佛在其中最光耀

種種變化滿十方演說如來廣大願一切影
像於中現如是座上佛安坐
後五歎所坐嚴麗此衆既從座現故多歎
座文並可知
爾時雷音普震菩薩摩訶薩承佛威力普觀
一切道場衆海即說頌言
世尊往集菩提行供養十方無量佛善逝威
力所加持如來座中無不覩
香燄摩尼如意王塡飾妙華師子座種種莊
嚴皆影現一切衆會悉明矚
佛座普現莊嚴相念念色類各差別隨諸衆
生解不同各見佛坐於其上
寶枝垂布蓮華網華開踊現諸菩薩各出微
妙悅意聲稱讚如來坐於座
第二雷音菩薩十頌歎座及地文分三別

初四直歎座可知
佛功德量如虛空一切莊嚴從此生一一地
中嚴飾事一切衆生不能了
金剛爲地無能壞廣博清淨極夷坦摩尼爲
網垂布空菩提樹下皆周徧
其地無邊色相殊眞金爲末布其中普散名
華及衆寶悉以光瑩如來座
次三歎於場地即轉顯座嚴於中初一總
顯因深德廣故嚴事難思金剛下別顯末
後一句結瑩寶座
地神歡喜而踊躍刹那示現無有盡普興一
切莊嚴雲恒在佛前瞻仰住
寶燈廣大極熾然香燄流光無斷絕隨時示
現各差別地神以此爲供養
十方一切刹土中彼地所有諸莊嚴今此道

場無不現以佛威神故能爾
後三偈歎地上之嚴於中前二地神與供
嚴後一佛力展轉嚴
爾時衆寶光明髻菩薩摩訶薩承佛威力普
觀一切道場衆海即說頌言
世尊往昔修行時見諸佛土皆圓滿如是所
見地無盡此道場中皆顯現
世尊廣大神通力舒光普雨摩尼寶如是寶
藏散道場其地周迴悉嚴麗
如來福德神通力摩尼妙寶普莊嚴其地及
以菩提樹遞發光音而演說
寶燈無量從空雨寶王間錯爲嚴飾悉吐微
妙演法音如是地神之所現
寶地普現妙光雲寶炬焰明如電發寶網遐
張覆其上寶枝雜布爲嚴好

第三衆寶光髻菩薩讚中獨讚場地殊異
德十頌分二前五德用圓備
汝等普觀於此地種種妙寶所莊嚴顯示衆
生諸業海令彼了知眞法性
普徧十方一切佛所有圓滿菩提樹莫不皆
現道場中演說如來清淨法
隨諸衆生心所樂其地普出妙音聲如佛座
上所應演一一法門咸具說
其地恒出妙香光光中普演清淨音若有衆
生堪受法悉使得聞煩惱滅
一一莊嚴悉圓滿假使億劫無能說如來神
力靡不周是故其地皆嚴淨
後五法化流通言如佛座上所應演者九
會五周之文一化隨宜之說已具演於場
地之中（九會五周之文等者指此上一經一化隨宜則始從鹿苑終至雙林）

一乘三乘場地頓演何況如來言說之耶

爾時大智日勇猛慧菩薩摩訶薩承佛威力普觀一切道場衆海即說頌言

世尊凝睟處法堂炳然照耀宮殿中隨諸衆生心所樂其身普現十方土

第四大智日頌歎佛所處宮殿十頌分二初一總明次段讚處彰人故此偈標人顯處凝者嚴整之貌睟者視也謂肅然而視

如來宮殿不思議摩尼寶藏爲嚴飾諸莊嚴具咸光耀佛坐其中特明顯

摩尼爲柱種種色真金鈴鐸如雲布寶階四面列成行門闥隨方咸洞啟

妙華繒綺莊嚴帳寶樹枝條共嚴飾摩尼瓔珞四面垂智海於中湛然坐

摩尼爲網妙香幢光燄燈明若雲布覆以種種莊嚴具超世正知於此坐

後九別明於中二前四明宮殿體攝衆德即廣其前半後五明妙用自在即廣其後半今初初一宮殿雖耀佛坐增明即廣前炳然照耀宮殿中也次二須略辯七嚴結以智海廣上凝睟處法堂也謂內持寶柱簷垂金鈴外列門階上羅華帳寶樹交暎寶瓔周垂爲七嚴也闥小門也洞達也如雲布者重重無量次次相承也上云凝睟則目視不瞬特由內無識浪故云智海湛然次一頌羅以寶網列以香幢布以焰明覆以嚴具結云超世即廣上世尊處法堂也光如雲布者若彩雲向日上下齊明也

十方普現變化雲其雲演說徧世間一切衆生悉調伏如是皆從佛宮現

後五中一羅身雲以調生正顯前文現十
方土
摩尼爲樹發妙華十方所有無能匹三世國
土莊嚴事莫不於中現其影
二寶樹現三世之嚴
處處皆有摩尼聚光燄熾然無量種門牖隨
方相間開楝宇莊嚴極殊麗
三略舉多嚴
如來宫殿不思議清淨光明具衆相一切宫
殿於中現一一皆有如來坐
四即上諸嚴卷攝多嚴重重佛坐
如來宫殿無有邊自然覺者處其中十方一
切諸衆會莫不向佛而來集
五結歎無盡主件雲會
爾時不思議功德寶智印菩薩摩訶薩承佛
威力普觀一切道場衆海即說頌言
佛昔修治衆福海一切刹土微塵數神通願
力所出生道場嚴淨無諸垢
第五不思議菩薩通讚場樹自在德十頌
分二初一總顯謂宿因願力深廣難思神
通現緣生果嚴淨
如意珠王作樹根金剛摩尼以爲身寶網遐
施覆其上妙香氛氳共旋繞
樹枝嚴飾備衆寶摩尼爲榦爭聳擢枝條密
布如重雲佛於其下坐道場
道場廣大不思議其樹周迴盡彌覆密葉繁
華相庇映華中悉結摩尼果
一切枝間發妙光其光徧照道場中清淨熾
然無有盡以佛願力如斯現
摩尼寶藏以爲華布影騰暉若綺雲帀樹垂

芳無不徧於道場中普嚴飾

後九別顯分三初五歎樹具德嚴場於中初二身榦森聳次二枝葉蔭映後一華果芬輝

汝觀菩逝道場中蓮華寶網俱清淨光燄成輪從此現鈴音鐸響雲間發

二有一偈歎場地蓮網謂蓮華布地則下轉光輪寶網羅空則雲間響發

十方一切國土中所有妙色莊嚴樹菩提樹中無不現佛於其下離衆垢

道場廣大福所成樹枝雨寶恒無盡寶中出現諸菩薩悉往十方供事佛

諸佛境界不思議普令其樹出樂音如昔所集菩提道衆會聞音咸得見

三有三偈歎樹自在初一收入後二出生

爾時百目蓮華髻菩薩摩訶薩承佛威力普觀一切道場衆海即說頌言

一切摩尼出妙音稱揚三世諸佛名彼佛無量神通事此道場中皆現覩

衆華競發如纓布光雲流演徧十方菩提樹神持向佛一心瞻仰爲供養

摩尼光燄悉成幢幢中熾然發妙香其香普熏一切衆是故其處皆嚴潔

蓮華垂布金色光其光演佛妙聲雲普蔭十方諸刹土永息衆生煩惱熱

菩提樹王自在力常放光明極清淨十方衆會無有邊莫不影現道場中

寶枝光燄若明燈其光演音宣大願如佛往昔於諸有本所修行皆具說

樹下諸神刹塵數悉共依於此道場各各如

來道樹前念念宣揚解脫門
世尊往昔修諸行供養一切諸如來本所修
行及名聞摩尼寶中皆悉現
道場一切出妙音其音廣大徧十方若有衆
生堪受法莫不調伏令清淨
第六百目菩薩頌中雙歎場樹備德自在
法化宣流前九偈各一門
如來往昔普修治一切無量莊嚴事十方一
切菩提樹一一莊嚴無量種
後一結嚴周遍並顯可知
第七金焰頌歎佛十力功德一頌一力下
諸經文屢明十力是佛不共之德佛佛等
有菩薩緣此發心梵行品云復應修習一
一力中有無量義悉應諮問故不可不知
下諸經文屢明十力下疏文分三初立章所由即七門中初門也恐當宗責其名相
故總出斯意文有五意一經文多故解斯一節餘處例然二是不共德三佛佛等有此二是瑜伽二門四菩薩緣此發心即十住品不識十力如何發心五梵行令觀不了十力非真梵行
然大般若五十三顯揚第四對
法第十四廣辯今略以七門分別一立意
二釋名三自性四作業五次第六差別七
釋文然了其名則知作業對文料揀差別
易見故將作業差別并釋別名並於釋文
中顯今初立意者智論意云顯佛大人有
眞實力令外道心伏二乘希向菩薩倣之
能成辦大事終獲其果故須辯之如來唯
一諸法實相智力此力有十種用故說爲
十謂於十境皆委悉正知故由時品類相
續分別有無量力度人因緣故但說十足
辯其事謂以初力知可度不可度次業力
知有障無障以定力知味著不味著以根

力知智多少以欲力知所樂以性力知深心所趣以至處力籌量衆生解脫門以宿命力分別先所從來以生死力分別生處好醜以漏盡力知衆生得涅槃佛以此十度生審諦故但說十由時下三成多所以即瑜伽中分別門然瑜伽亦說七門與此小異一自性二分別三不共四平等五作業六次第七差別三前有二門今有分別云何分別瑜伽云由三分別當知無量一由時分分別謂墮三世一切所知隨悟入故二由品類分別一切有爲自相共相一切行相隨悟入故三由相續分別謂諸有情各各差別一切相續一切事義隨悟入故第二釋名初總後別今初總名力者能摧怨敵義不可屈伏義故說名力瑜伽云與一切種饒益一切有情功能具相應故畢竟勝伏一切魔怨大威力故說名爲力對法云善除衆魔善記問論故十名力十者是數帶數釋也別名至文當釋

三自性者瑜伽五十七云佛具知根慧根爲體對法論云若定若慧及彼相應諸心心所爲性菩薩地總以五根爲性統其文義應具六種一最勝體故決擇分中慧根爲性二引生體對法兼定三尅實體菩薩地云五根爲性由慧勝故且說十力慧爲自性所以但言處非處等智力不言信進等力四相應體對法兼取相應心法四蘊爲性五眷屬體五蘊爲體定共道共無漏色等助爲體故此雖無文理必應爾遮犯戒垢助摧怨故六依此經融一切法以爲其性無礙法界理應爾故

四作業者即是辯相至文當顯

五次第者諸文或有前却各有所由此文所列次第與十住全同淨行品則界在解

前梵行品禪定解脫當其第三宿命居天眼之後餘同此次瑜伽四十九及智論二十七亦禪居第三餘同此次且依論明次第者智論云初力爲總餘九爲別於初力中分別有九故初一力通知萬法下九展轉開之謂初令知因緣果報故起業力次業煩惱故縛淨禪定解脫故解令去縛就解次根有利鈍鈍者爲有造業利者爲不生故集業由善惡二欲成上下根此二種欲由二種性以有種種性因緣故行二種道謂善道惡道次知其過去審彼未來次以方便壞其因緣果報相續故說漏盡瑜伽有多門次第廣如第五十說上來依論次第而今禪居第七者二論梵行爲對自業有離欲不離欲故禪居第三此經十住爲對遍趣行有清淨不清淨故居第七若習欲成性即界居欲後若由性起欲則界居欲前若執常者先說宿住若爲執斷先辯其天眼餘無別理故經論皆定

瑜伽有下指廣在餘言多門者論云如來初成正覺即證得十力後方次第現前謂初起處非處力觀察諸法建立一切無倒因果既觀察已次起自業智力謂有希求欲界勝果方便爲說令離不善故若有希求世間離欲之道教授令趣禪定功德故起定力若諸有情希求出世離欲法者爲說出世之道謂於此中先起根力觀根勝劣次觀彼根爲先所有意樂次觀意樂爲先所有隨眠既知根欲及隨眠已次令於所緣中而得趣入次由於所緣趣入門加行攝住心已淨修行已爲說中道令離斷常謂宿命除常天眼除斷次令永斷一切煩惱及諸習氣起漏盡力更有異門次第恐繁不引

六差別者謂此十力展轉相望亦有差別

亦無差別至文當明

七釋文然此經宗興義皆融攝故一一力中具攝十力乃至包盡法界是以宿命乃

云智包三世天眼則見盡法界非唯見盡佛眼如空即是法界非唯智包亦能毛孔頓現業力即觀法性豈唯但是有爲約門有殊故他宗不壞

爾時金燄圓滿光菩薩摩訶薩承佛威力普觀一切道場衆海即說頌言

佛昔修習菩提行於諸境界解明了處與非處淨無疑此是如來初智力

第一偈即處非處智力謂善因樂果斯有是處善因苦果無有是處惡因苦果等例上可知處者建立義依義起義能建立果與果爲依能起果法故立處名於此正知故名智力（第一偈下一釋名即因果相當名之爲處若不相當名爲非處）其作業者即如實知因之與果及能降伏無因惡因種種諍論既遍知已可度者度不可度者爲作因緣文中上半往因下半顯智力於諸境界正解明了即辯此力通知一切法也

如昔等觀諸法性一切業海皆明徹如是今於光網中普徧十方能具演

第二偈即過未現在業報智力瑜伽名自業智力今言一切業者謂於三世中善等三業及順現等皆名自業於自所作受用果業如實知故與初何別若正了知所造善等業感愛等果此由初力若了能造善惡等業感愛等果是自業力文中上半往因下半現果（與初何別下次辯差別也初力約所造自業約能造此猶未了云何能所謂以人望業已發等竟此發等業必招於果名爲所造此人若行於殺必墮地獄此名能造即上自業各隨善惡而感果故即是作業）

往劫修治大方便隨衆生根而化誘普使衆

會心清淨故佛能成根智力

第三偈即根勝劣智力謂信等五根此輭中上名爲勝劣於此正知及能於彼如應如宜爲說正法即是作業偈中三句往因一句今果及能於彼下二明作業其於此正知向上釋智力字向下釋能作業下皆準之

如諸衆生解不同欲樂諸行各差別隨其所應爲說法佛以智力能如是

四即種種解智力亦名勝解謂若從他起信以爲其先或觀諸法以爲其先成輭中上愛樂名種種勝解亦名爲欲欲謂信喜好樂如或貪財利或好名聞好定好慧種種不同如來正知令捨不淨增長於淨此與前根何異根約宿成智有多少解約現起好樂不同論云若照諸根爲先彼彼法中種種意樂是根智力若正分別意樂差別是解智力在文可見此與前根下三辯差別此有二解一約宿現起別故智論云以二種欲作上下根因緣故十地論中別數根欲如有根無欲能解不樂有欲無根雖聞不解二論云下即瑜伽揀依根起樂即是根力正分別欲樂即名解力

普盡十方諸剎海所有一切衆生界佛智平等如虛空悉能顯現毛孔中

五即種種界智力界即性也謂或一二三四五乘性等或貪瞋癡等分行等乃至八萬四千行名種種性性即種子解即現行故智論云性名積集相又九十云性內欲外用性作業必受果報欲或不爾瑜伽云若照勝解所起相似種子此由解力若照即彼種子差別由界智力瑜伽云下應有問言勝解力中亦知彼解當成此種與此界性有何別耶故疏答云照解起種即是解力但照種子

即是界力然智度論即明種現內外之殊瑜伽即解兼種現性唯種子若習欲成性復云何別欲唯大地一數性通諸數即寬陿不同也智論云習欲成性性名深心事欲名隨緣起若習欲成性下二解妨此對智論若依性起欲義如前說若習欲成性則欲前性後復云何別故以寬狹通之則欲狹性寬欲唯大地一數者即俱舍頌通大地十法云受想思觸欲慧念與作意勝解三摩地遍於一切心今即十中第五欲也性通諸數者既有貪等八萬四千心所則廣數即心所次引智論帖成若性即種子與根何異根唯信等優劣性通善惡不同以信等望果寬長能生人天三乘聖道為道之根三善根但是翻對不望果義尚不名根況性通於惡豈得同耶若性即種子下對根辯異於中有二先約寬狹正通以信等下通於伏難難云性既寬通何不名根答云特由寬故不得名根以信等望果三乘聖道有勝用增上可得名根性無此能安得名根三善根下舉況以成三善根是善尚不得名根性兼貪瞋等何得名根三善根者但翻三不善根立三善根不同信等體

相照著故不立為根且依一義若二十二根則所望不同耳根約勝用增上性約不改偈云悉能顯現毛孔中者謂非唯佛智如空包納眾生之性毛孔內空亦現眾生之界耳謂非唯佛智者此有二種超勝之相尋常界力但以佛智能知能所不同今云佛智平等如虛空則眾生之界皆是如來智中之物此為一勝二者智能包納猶是智類今毛孔頓現則細色能收良以色性智性融無礙故以性融相為華嚴宗之界力也

一切處行佛盡知一念三世畢無餘十方剎劫眾生時悉能開示令現了

六即一切至處道智力論名遍趣行智力遍即一切趣即至也行即道也謂諸眾生種種所行若出離行不出離行各能至果如行有漏行生五道中行無漏行至涅槃果名遍趣行若出離行不出離行標也如行有漏下別顯瑜伽又云如貪行者修不淨觀等名遍趣行又趣一切五趣之門或諸外道沙門婆羅門各各異

見品類諸行或此世他世無罪趣行名遍趣行名下之事即為作業若知如是種類行跡趣入此由界智若知即彼行跡一切品類如是行跡能令雜染如是行跡能令清淨此由遍趣智力若知如是下次辯差別先對界辯異意云從性趣行即屬性攝但觀其行即屬趣行初力處對非處此中但明至處又初力指因爲得果之處此約果是酬因之處故不同也初力下對初力辯異有二義可知然對他辯自自亦作業經中初句總標次一念即能知迅速下十二字所知時處後一句委悉開示

禪定解脫力無邊三昧方便亦復然佛爲示現令歡喜普使滌除煩惱暗

七即禪定解脫三昧智力淨行品中加於染淨通漏無漏故佛皆善知及知依此所得諸果故名智力七禪定下初釋名瑜伽名為淨慮解脫等持等

至智力佛皆善知下結成智力即為作業此與自業智力何別若了諸有能修諸定即彼能入而非所餘名自業力若了依如是靜慮等定現三神變無倒教授所化有情此由靜慮智力此與下二辯差別此有問云自業有三一罪二福三不動不動業即是禪定與此何別亦應答言業通定散今唯約定居然不同今疏所通是瑜伽意若唯知定體即是自業知定體用便是禪力偈中上半所知下半善用言佛爲示現者示其諸定現三神變令有情喜使滌煩惱即令去染而得清淨

佛智無礙包三世刹那悉現毛孔中佛法國土及衆生所現皆由隨念力

八即宿住隨念智力謂過去境本生本事住宿世故名爲宿住於此宿住而起隨念念俱行智名宿住智力瑜伽云若知前際隨念一切趣因是遍趣力若知前際名姓

苦樂等事名宿住力（八宿住力中初釋名兼顯作業瑜伽云下辯差別謂有問言宿住智中知彼修因則與遍趣何異答中有三初依瑜伽正答謂唯知因是遍趣行兼能知果即宿住攝名姓苦樂者瑜伽知過去所有自體有八言說句一如是名二生類三種姓四飲食五受苦樂六長時七久住八壽量邊際今但列三等取餘五）此與智論云何會釋謂彼論云但知宿命所經不知諸業因緣相續但名爲通凡夫亦得若兼知業因緣相續則名爲明二乘能得若知上二無量無邊則名爲力斯則力亦知因矣故應通云若但知因是遍趣力若雙知者即宿住力瑜伽爲對遍趣之因故但云果耳（瑜伽爲對下出瑜伽宿住無有因意若以等字收之於理可也）文中初句標能念智包三世者三世全在佛智之中況於隨念不知三世從門別故但云宿住刹那悉現即包現之時極促現毛孔中即能現之處至微第三句即所現所念之事廣第四句結歸智力非唯能念亦能現也

佛眼廣大如虛空普見法界盡無餘無礙地中無等用彼眼無量佛能演

九天眼智力獨此從所依以立名也若從境者瑜伽名生死智力謂死此生彼墮善惡趣大小好醜皆能正知知前際生死名爲宿住要知後際得此力名今文乃云佛眼者若約五眼餘眼在佛皆佛眼故此非經宗今依十眼佛眼能見如來十力故故此一力即攝十力舉一爲例餘九皆然（五眼十眼如離世間品）文中初句體大次句用廣次句用勝以無等故後句結其甚深故唯佛能演既言普見法界非局未來約宗別故於未來門普見法界也

一切衆生具諸結所有隨眠與習氣如來出現徧世間悉以方便令除滅

十漏盡智力於自解脫無惑無疑亦知衆生漏盡涅槃於此正知名爲智力文中初二句所斷諸結即現行隨眠即種子習氣即餘習二乘不能盡習亦不能盡他漏故不名力後半顯佛能減文中下一釋文以漏盡無濫故不辯差別餘習有四謂貪嗔癡慢貪習如迦留陀夷嗔習如身子癡習如周利槃特慢習如畢陵伽婆蹉曾無教說見疑習疑見有習不見理故通說或有耳然上十力智即是體力即是用然智即力更無別性然上十力下三重以諸門料揀先總名但云智力即持業釋若云十力即帶數釋此中宿住隨念相應智力是鄰近釋自餘從境皆依主釋設天眼從所依亦依主釋若宿住是境隨念相應智力亦依主釋此中宿住下會別名宿住名鄰近者智近於念故言宿住亦依主者宿住境之隨念故然此十力望於自事各於自事中大如水能淨如火能燒各有自力若約總攝初力爲大若約辦得涅槃漏盡爲大若以無礙解脫而爲根本則平等平等然此十力下辯功能可知十力畧義亦已釋周更欲廣引恐翳主理

大方廣佛華嚴經疏鈔會本第五之二

音釋

毘盧遮那此云徧一切處　綺麗綺音起繒綺也麗郎計切美麗也

填飾填音田填塞也飾音式粧飾也　凝睟睟雖遂切凝睟嚴整潤澤貌

炳然炳補永切明也　繒慈陵切帛也　棟多貢切屋脊木也　氛氳氛敷文切氳於云切氛氳香氣也

大方廣佛華嚴經疏鈔會本第五之三

唐于闐國三藏沙門實叉難陀　譯

唐清涼山大華嚴寺沙門澄觀撰述

爾時法界普音菩薩摩訶薩承佛威力普觀一切道場衆會海已即說頌言

佛威神力徧十方廣大示現無分別大菩提行波羅蜜普所滿足皆令見

第八法界頌中歎佛往修十度行滿令得果圓十一頌分二初一總餘十別今初也佛威神力略有三類一者俱生力謂風不動衣等二者聖威力謂通明等種種功德三者法威力謂波羅蜜圓滿法力佛威神力者即當瑜伽三十七中彼有二類初列三種云一聖威力二法威力三俱生威力次又云復有五種一神通威力二法威力三俱生威力四共二乘威力五不共二乘威力彼廣釋相今疏引三不依彼次及至釋文二處參用風不動衣等即五中俱生俱生有多謂佛菩薩常右脇臥如師子王雖現安處草葉等蓐一脇而臥曾無動亂一切如來應正等覺雖現睡眠而無轉側大風卒起不動身衣行如牛王步如師子等今但云風不動衣等等取餘事五中望三神通即聖共與不共但顯超勝疏中皆含二處法威力疏中謂波羅蜜圓滿法力即是語因令五根中無諸非淨四支百節有無量力故名堅固不可壞法身常身無邊之身言遍十方者即無邊身廣大示現謂變化身無分別者平等智身大菩提行者波羅蜜身普所滿足者衆行先成皆令見者大果今出令五根下猶其果相彼法威力中諸度各有四相一斷所對治二資糧成就三饒益自他第四辯果果各不同施得大財寶朋黨眷屬戒生人天忍臨終之時心無憂悔生於天界進得愛樂殊勝士夫功業定得神通生靜慮天慧果能離煩惱所知二種重障上瑜伽中多是近果又是別明今是究竟之果又是總明無諸非淨即離繫果百節有力是施等果堅固不壞是戒度果故普眼長者以十度因成十身果遍十方下疏以經文會上果義

二有十頌別顯一頌一度皆上半往修因

下半今得果十頌別顯下疏二先總指文十度之義十行十地一經始末亦多辯之須粗識其相略啓十門一釋名二出體三辯相四建立五次第六相攝七修證八約教九觀心十釋文今初又二先通名後別稱今初通稱波羅蜜多者唯識云要七最勝之所攝受方可建立波羅蜜多一安住最勝謂要安住菩薩種性二依止最勝謂要依止大菩提心三意樂最勝謂要慈愍一切有情四事業最勝謂要具行一切事業五巧便最勝謂要無相智之所攝受六迴向最勝謂要迴向無上菩提七清淨最勝謂要不爲二障間雜即三時無悔若七隨闕非到彼岸故此十度應各四句分別其別稱及出體三辨相至文當釋此中立章多依唯識第九安住菩薩種性

者若依五性則揀餘四性唯取菩薩種性今法性宗約習以成性非約本有本有平等故故攝論中但有六種最勝無初安住或云菩提心攝則知唯約習成然無性引頌亦似證有安住種性頌云麟角喻無有六波羅蜜多唯我最勝尊上品到彼岸此最勝尊義似初一然依此釋亦是習成非約本有謂要無相智者即三輪空也故離世間品云三輪清淨施施者受者及以施物正念觀察如虛空故六迴向最勝問既言迴向菩提何異依止釋曰彼有道心未必一切迴向菩提此乃迴向又依止者即行前一心今迴向者乃行後願七清淨最者約分說耳通說清淨爲離二障行於六度即三時無悔者此乃大乘法師釋論意也悔即煩惱由不了故即是所知又即此悔心障於眞智亦所知也四句分別者有三四句一者一一自望種類而爲四句施中四者一是施非度不與七勝相應施故二是度非施隨喜他施具七勝故三亦施亦度具七勝故四非施非度隨喜他施不與七勝共相應故二者不約種類次第修者以明四句唯施一種但有二句未成餘度闕二句故謂是度非施及非施非度餘戒等五得有四句前有施度得爲是度非戒等故謂一是戒非度謂不與七勝共相應故二是度非戒即前施度具七勝故三亦戒亦度具七最勝而持戒故四非戒非度謂前布施不具七故忍度望戒進度望忍次第如戒三非次第修者諸度各得具

施四句如施得望戒忍等度得有是度非施等句故可以思準此上釋度卽彼論疏明相門也謂顯波羅蜜多相故故此論初云此十相者要七最勝等四建立者為十地中對治十障證十真如故但有十爲對六蔽漸修佛法漸熟有情故但說六六中前三增上生道感大財體及眷屬故後三決定勝道能伏煩惱成熟有情及佛法故又前三饒益有情施財不惱忍彼惱故後三對治煩惱勤修加行永伏永滅故又由前三故不住涅槃由後三故不住生死能爲無住涅槃資糧後唯四者助六令滿方便助前三願助精進力助靜慮智助般若如深密說四建立等者卽彼第四無增減門疏文有三一明十無增減卽建立十度之所以對治十障者卽異生性等十無明也至十地具明今略列名一異生性障二邪行障三暗鈍障四微細煩惱現行障五於下乘般涅槃障六麁相現行障七細相現行障八無相中作加行障九利他中不欲行障十於諸

法中未得自在障若準對法十二云所知障等皆度所治故云對治障故爲對六蔽下二立六度所以六一對治六蔽門卽上一句言六蔽者一慳恡蔽二犯戒蔽三嗔恚蔽四懈怠蔽五散亂蔽六惡慧蔽亦有師言離惡慧爲五成十度障大乘法師不許此義上來十度及六度皆是第四無增減門漸修佛法者卽第二漸修佛法門故唯識云漸次修行諸佛法故諸佛法者謂十力等攝論云前之四度不散動因第五一種不散動成熟第六依是如實覺知漸熟有情者卽第二漸熟有情門故唯識云漸次成熟諸有情故攝論云由施能攝受由戒能不害由忍雖遭苦能受由勤助彼所作由定心未定者令定由慧已定者令得解脫六中前三下第四二道之因門施感大財謂多饒財寶戒感大體謂尊貴身忍感眷屬有情歸附由富勝形及多眷屬趣中增上名增上生道亦卽因能伏煩惱者謂修善方便定熟有情者依此發通故慧成佛法佛法由慧故有此三德名決定勝諸菩薩道唯有此三若闕一種道不成故又前三種者第五利生斷惑門故瑜伽七十八解深密等說由一因緣是故六度不增不減卽其義也施財攝彼戒不惱害忍受彼惱此三皆通有饒益故後三言勤修加行者瑜伽云由精進故雖未永斷煩惱永害隨眠而能勇猛修諸善品彼諸煩惱不能傾動善品加行故唯識云雖未伏滅而能勤修善法加行由靜慮故云伏煩

惱由般若故永斷隨眠是故疏云永伏永滅對法十一亦有此解又有前三者第六爲無住涅槃因故以前三是大悲饒益有情故後三是大智斷滅諸惑故故爲無住涅槃因也翻彼凡小之雙住也又復三學攝於六度故不增減瑜伽四十九說前四是戒後二是二學故由上七義故立六度此第七義疏略不明後唯四下第三重顯十義謂有問言六度既爾後四云何此答意云四屬六攝義隨六異於中分二先總明方便助前三下別顯大論第七十八云由前三種所攝有情以諸攝事方便善巧而攝受故意云巧用施等以攝物也願助精進者大論云由正願故能破麤劣意樂煩惱微薄起精進修力助靜慮者解深密云若諸菩薩親近善士聽聞正法如理作意爲因緣故轉劣意樂成勝意樂亦得上界勝解名力波羅蜜多由此力故於內心住有所堪能故說力度助於定也智助般若者彼經云若諸菩薩已能聞法爲緣善修習故能發靜慮如是名智由此智故性能引發出世間慧故說智爲慧助是以後四助於前六令前六度修習圓滿前六不能助於後四

五次第者謂由前前引發後後及由後後持淨前前又前前麤後後細易難修習次第如是

五次第門此曲有四謂由前前下即初引發門謂由行施引發持戒由持戒故引發忍等二攝持門布施本欲益他持戒不惱於彼彌令施淨等故云及由後後持淨前前三麤細門布施則麤持戒則細戒望於忍戒則爲麤忍則爲細等故云前前麤後後細前九並爲前前從戒至智並名後後一一相望故致重言初一唯前後一唯後中間八度遍爲前後四難易門亦結通上三也上之四門並如瑜伽對法析辨

六相攝者此十一一皆攝一切波羅蜜多互相順故般若論云檀義攝於六資生無畏法等智論云有未莊嚴波羅蜜即不攝者有已莊嚴波羅蜜即相攝者今此經文必具攝十若但說六六攝後四若開爲十第六唯攝無分別智後四皆是後得智攝

資生無畏去等者等取下半云此中一二三名爲修行住謂施有三種一財二無畏三法施財卽資生正是檀度故云此中一也無畏攝二謂尸不惱彼忍受彼惱皆無畏相故云二也法施攝三謂進定及慧決定勝道漸熟佛法是法施相故云三也卽十八住中修行住也今此經文下會釋今意是圓教故非唯要約相順相類以理融故法爾一攝一切行也若但說六下二明六十相攝若六度攝十第六攝後四若十度攝六第六但

攝第六少分有所未盡不攝後得加行智
故故兼後四方攝第六是故疏云若開爲
十第六唯攝
無分別智
七修證者五位通修佛方究
竟十約因位總有三名謂初無數劫施等
勢力尚微被煩惱伏但名波羅蜜多第二
劫去勢力漸增能伏煩惱名近波羅蜜多
第三僧祇勢力轉增能畢竟伏一切煩惱
名大波羅蜜多故上下文中屢言廣大波
羅蜜也
七修證者謂此一門亦名爲位今
云修者以五位通修故名爲修佛
方究竟故名爲證故二十一種功德之中
有波羅蜜多成滿功德然唯識云五位皆
具修習位中其相最顯通漏無漏廣修行
故故十地中各一圓滿十約因位下即分
位分別顯於三劫得名不同初但名波羅
蜜多者以一行中修一行故二名近者一
行之中修一切行近善提故三廣大者一
切行中修一切行體包博故然未入劫同
於第一已成佛
竟同於第三
八約教者諸教可思此教
要須一一融攝徹果該因
八約教者謂小
乘不成波羅蜜
多無七最勝故始教要是菩薩種性一人方
有故又各有體性或說俱空終教一一皆

從眞如性功德起頓教一一皆不可說謂
不施不慳不戒不犯不忍不恚不進不急
不定不亂不智不愚等一切皆絕
若十若六皆悉亡言圓教一如文
九觀心
九觀心者謂一念相應心捨
則具十度捨而不取爲施不
者可以意得
爲過非所汙即戒忍可非有爲忍雖身心
相爲進寂然不動爲定決了無生爲慧雖
空不礙智相爲方便希齊佛果是願思擇
不動爲力決斷分明爲智一念方等十度
頭圓縱七最勝亦在一念可以思準欲
令行者即之於心是故結云可以意得
昔於衆生起大悲修行布施波羅蜜以是其
身最殊妙能令見者生歡喜
十釋文中第一偈明施度輙已惠人名之
爲施即以無貪及所起三業而爲其性此
有三種謂財法無畏
十釋文中一一偈疏
多皆有四一釋名二
出體三辯相四釋文唯識併在一處出體
謂施以無貪及所起三業爲性戒以受學
菩薩戒時三業爲性忍以無嗔精進審慧
及彼所起三業爲性精進以勤及所起三
業爲性靜慮但以等持爲性後五皆以擇
法爲性謂是根本後得智故辯相亦併居
一處今隨文配屬以相映易了耳即以下
出體無貪即善十一中一法要由無貪相

應思於自身財方能慧捨然三施體大意多同上半因中大悲行施巳該此三此悲亦是七最勝中前三最勝下半果中財能資身無畏益心法資法身故得果身身最殊妙三皆悅物故見者必喜亦由具七最勝故身殊妙也

昔在無邊大劫海修治淨戒波羅蜜故獲淨身徧十方普滅世間諸重苦

二戒度防非止惡名之爲戒即受學菩薩戒時三業爲性戒有三種律儀攝善得淨身果攝衆生戒能除物苦遍十方者無作戒身等衆生故二戒中初名防其未起非止已起惡故即受學下次出體大論律儀以七衆別解脫戒在家出家戒爲體即唯二業謂表無表不說語故若攝善法戒者謂諸菩薩受律儀後一切所作爲大菩提由身語意積集諸善以爲其體今疏通三聚及與受隨故云三業攝衆生戒居然通三戒有三種下三釋文即當辯相律者法律儀者儀式於不善法而能遠離及防護故故攝論名為依持戒依

是能有集諸佛法無罪益生故

往昔修行忍清淨信解眞實無分別是故色相皆圓滿普放光明照十方

三忍者堪受諸法未能忘懷名之爲忍此約生忍又忍即忍可忍即是慧雙忍事理即以無瞋精進審慧及彼所起三業爲性忍亦有三謂耐怨害忍安受苦忍諦察法忍即以下出體無瞋精進即善十一中二審慧即別境五中慧所以有此三者大論云自無憤勃不報他怨亦不隨眠流注相續是名菩薩耐怨害忍即以無瞋及三業爲性若安受苦忍即精進三業爲性若諦察法忍即審慧三業爲性故此三業通於三忍餘三各配其一故有三耳偈云信解眞實即諦察法也色相圓滿前二忍果故淨光明第三忍果偈云下釋文然無性云初忍是諸有情成熟轉因二是成佛因寒熱等法皆堪忍故三是前二之所依處堪任甚深廣大法故今言色相圓滿是前二忍果者由忍他辱生端正故得依色相言皆圓滿者究竟成佛具諸相故故此四字是二忍

故光通智光故是第三

往昔勤修多劫海能轉衆生深重障故能分身徧十方悉現菩提樹王下

四精進者練心於法名之爲精精心務達目之爲進以勤及所起三業爲性亦有三種一被甲二攝善三利樂三亦有下三辯相被甲即大誓願攝善即方便進趣利樂即勤化衆生初句通前二以被甲精進瑜伽釋云設千大劫爲一日夜處於地獄唯爲脫一衆生故次句即第三下半通三果也因既離身心相故果能身遍十方初句下釋文通前二者勤修二字故是攝善多劫海言即是被甲相隱故引論釋

佛以修行無量劫禪定大海普清淨故令見者心歡喜煩惱障垢悉除滅

五禪那梵云禪那此云靜慮即以等持爲性亦有三種謂安住引發辦事五禪中初釋名靜揀散心慮無慧止觀均故即以下二出體即三摩地雖是別境心所之一今約定說不逆散心故不說三業對法論云起三業皆在用時所有一切種常安住即通三業以約用故亦有三種下三辯相言安住者安住現法樂住故無性云離見慢等得清淨故言引發者引神通故言既引起神通辦辦事者辦利有情事故利生事故見者深喜現法樂住諸惑不行又資慧斷惑故見者惑滅既引發者下釋文取上辯相以釋經文

如來往修諸行海具足般若波羅蜜是故舒光普照明克殄一切愚癡暗

六般若者般若梵言此飜爲慧推求諦理名之慧也此及後四皆擇法爲體亦有三種一生空無分別二法空無分別三俱空無分別攝論以加行正體後得爲三約六度說瓔珞以照有照無及照中道而爲三

者唯約法空三觀之義至下當明此及下二出體以後五體同故故唯識云後五皆以擇法為體說是根本後得智故意云以根本智為第六體後之四體皆後得故此依勝說若對法及瑜伽四十三同以出世間加行正智後得為體唯識下文亦云十度皆通漏無漏故依此實義亦有三種下三辯相總有三說唯識依十度唯取根本攝論三智約六度說纓絡三觀亦約十度的兼正說故有照空照有照中是以疏云三觀之義至下當明謂十行當會慧導萬行故云修諸行海言具足者具上三也因如有目故果獲身智二光能滅諸闇慧導萬行下釋文謂萬行不得般若照體空寂不成彼岸故因如有目者智論云五度如盲人般若如有眼故見夷途開道萬行御心中道至一切智城即其義也

種種方便化衆生令所修治悉成就一切十方皆徧徃無邊際劫不休息

七方便者即善巧也方謂方法便謂便宜下四但各二種今初謂迴向方便拔濟方便下四下次辯相先總顯下四此依唯識若約本業亦各有三至十行品說今初

下別明此度謂由大智故迴前六度向大菩提由大悲故迴前六度拔濟有情故無性云不捨生死而求菩提文云種種化生即拔濟善巧所修成就兼於迴向菩提所化無邊果得十方而橫遍爲物取果豎窮來際而不休

佛昔修行大劫海淨治諸願波羅蜜是故出現徧世間盡未來際救衆生

八願者即希求要誓有義以欲勝解及信爲性亦有二種謂求菩提願利樂他願有義下次出體前雖總出此一有異故復別用此三為性三法正是願之性故謂願者希求希求即欲要於前境正信印持方希求故其後得智但是所依依此起願耳由初願故出現世間由後願故救生不息

佛無量劫廣修治一切法力波羅蜜由是能成自然力普現十方諸國土

九力者不可屈伏故隨思隨修任運成就亦有二種謂思擇修習今言法力即思擇

諸法而修習故攝論由此二力令前六度無間現前經云成自然力即無師而成不習而無不利何能壞哉今言下三釋文初即無性釋論之言故攝論下本論之語

佛昔修治普門智一切智性如虛空是故得成無礙力舒光普照十方刹

十智度決斷名智謂如實覺了亦有二種謂受用法樂智成熟有情智無性論云由施等六成此智復由此智成立六種名受法樂由此妙智能正了知此施戒等饒益有情亦有下次辯相此相難見故引論釋但引釋論本論但云謂由前六成立妙智受用法樂成熟有情若天親云由般若波羅蜜無分別智故成立後得智復由此智成立前六波羅蜜多由此自爲與同法者受用法樂成熟有情大意亦同也瑜伽四十九云於一切法如實安立清淨妙智名智波羅蜜多當知能取勝義名慧能取安立名智又三十九云謂無量智當知方便波羅蜜多希求後後殊勝性名願一切魔怨不能壞名力如實覺了所知境名智大意皆同然上辯體約剋實性體若兼助伴一一皆以一切諸行功德爲性經云普門智總含二智別配即初句成熟有情次句即受用法樂此二無二故成無礙力舒光普照經云下三釋文可知若廣分別如唯識疏第十及瑜伽四十二

爾時雲音淨月菩薩摩訶薩承佛威力普觀一切道場衆海即說頌言

神通境界等虛空十方衆生靡不見如昔修行所成地摩尼果中咸具說

第九雲音頌述菩提樹摩尼果中歎佛往修十地行果十一頌分二初一總舉謂佛果大用由昔地行及結說處餘十次第各述一地地義當品廣明今皆略述而已

清淨勤修無量劫入於初地極歡喜出生法界廣大智普見十方無量佛

初地略述四義一加行多劫諸論皆說地前爲一僧祇已爲無量更有異說恐猒繁文二標入地名三出生廣智謂生如來家見法實性得妙觀察平等性智故四普見佛海同下願智果中恐猒繁文者謂仁王下卷奉持品說伏忍下中上下忍初賢一僧祇中忍次賢兩僧祇上忍亞聖三僧祇初地四僧祇乃至七地有十八地千九地萬十地百萬僧祇故地前已經三阿僧祇經中多說三阿僧祇成佛者以下中忍位菩薩相隱上賢之位菩薩相顯所以特言經三僧祇地前菩薩二乘聖者見初入地皆謂究竟故說三祇成等正覺亦佛隨宜故寶雲經云實經無量阿僧祇劫華藏已初當更會釋得妙觀察者由破分別我執第七不與四惑相應成平等性已證眞如於多百門已得自在成妙觀察未捨異熟識體不得大圓鏡智異熟旣存眼等五根是異熟生故亦未得成所作智此二直至佛果方得

一切法中離垢地等衆生數持淨戒已於多劫廣修行供養無邊諸佛海

二地四義一舉法標名二別地行相三修行時分四供佛多少

積集福德發光地奢摩他藏堅固忍法雲廣大悉已聞摩尼果中如是說

三地四義一舉法標名世間中極云積福德二修諸禪定三忍度偏多四聞持廣博世間中極者前三地寄同世間故

餤海慧明無等地善了境界起慈悲一切國土平等身如佛所治皆演暢

四地四義一歎慧標名世無等故二了道品境異凡夫故三起慈悲異小乘故四淨身土離身見故離身見者寄出世初同須陀洹故又初地斷分別身見四地斷俱生身見故

普藏等門難勝地動寂相順無違反佛法境界悉平等如佛所淨皆能說

五地四義一標入地謂積集福智故云普

藏十平等心故曰等門二標地名三眞俗極違會令相順四諦法俗境無不等觀〔十平等心者三十六經入五地有十心一過去佛法平等清淨心二未來三現在四戒五心六除見疑悔七道非道智八修行智見九於一切菩提分法上上觀察十數化一切衆生皆有平等清淨心四諦法俗境著良以十重觀四諦故四地出世五地却入云觀俗境〕

廣大修行慧海地一切法門咸徧了普現國土如虛空樹中演暢此法音

六地有四一歎行二標名三正顯行相即了緣起法四明地用得十空三昧故〔得十空三昧者卽六地末云佛子菩薩住此現前地得入空三昧自性空三昧第一義空三昧第一空三昧大空三昧合空三昧起空三昧如實不分別空三昧不捨離空三昧離不離空三昧句句皆有三昧之言結云得如是十空三昧門爲首百千空三昧門皆悉現前〕

周徧法界虛空身普照衆生智慧燈一切方便皆清淨昔所遠行今具演

七地有四一先標果用二照達羣機三雙行巧攝四寄行標名

一切願行所莊嚴無量剎海皆清淨所有分別無能動此無等地咸宣說

八地四義一別地行相二明淨土果三略釋地名四歎地結說

無量境界神通力善入教法光明力此是清淨善慧地劫海所行皆備闡

九地四義一標地作用二善達教法三標示地名四廣行多劫

法雲廣大第十地含藏一切徧虛空諸佛境界聲中演此聲是佛威神力

十地有四一標起地名二含藏法雨三能蔽如空麤重四深廣難測故云佛境諸偈多有結說文並可知

爾時善勇猛光幢菩薩摩訶薩承佛威神觀察十方即說頌言

第十善勇猛說頌儀中前文多觀衆會此觀十方者觀衆表無偏心觀方表說周遍二文影略十頌歎佛體用應機自在德文分爲三初一總顯次八别明後一結歎歸佛一一頌中各有四義

無量衆生處會中種種信解心清淨悉能悟入如來智了達一切莊嚴境

今初總歎佛令物悟入福智有四義者一多衆二心異三悟智四了福莊嚴即福也亦通二嚴皆佛令爾故顯衆德即爲歎佛

各起淨願修諸行悉曾供養無量佛能見如來眞實體及以一切諸神變

别中一見佛體用亦四義一起願二具行三見體四見用

或有能見佛法身無等無礙普周徧所有無邊諸法性悉入其身無不盡

二見法身一勝故無等二淨故無礙三大故周遍四深廣故包含

或有見佛妙色身無邊色相光熾然隨諸衆生解不同種種變現十方中

三見佛色身一色妙謂如金等二相具十華藏相等三光盛謂常放等四隨機變謂三尺無邊等

或見無礙智慧身三世平等如虛空普隨衆生心樂轉種種差别皆令見

四見佛智身一無礙眞俗無礙故二等空稱法性故三知根四巧現

或有能了佛音聲普徧十方諸國土隨諸衆

生所應解爲出言音無障礙
五了佛音聲一音普遍二說應器三言同
類四應無礙
或見如來種種光種種照耀徧世間或有於
佛光明中復見諸佛現神通
六見佛光明一多種二遍照三見佛四現
變
或有見佛海雲光從毛孔出色熾然示現往
昔修行道令生深信入佛智
七見佛毛光一顯光名二明出處三示往
因四令信悟
或見佛相福莊嚴及見此福所從生往昔修
行諸度海皆佛相中明了見
八見佛福相一見福相二了福因三示因
體四明見處

如來功德不可量充滿法界無邊際及以神
通諸境界以佛力故能宣說
後一結歎德廣一數多二深廣三用普四
結說謂推功歸佛謙已無能　上來總明
第八大段座內衆流竟
爾時華藏莊嚴世界海
自下第九明天地徵祥謂動地興供即是
顯證上來佛成正覺衆海雲集各申慶讃
顯佛高深而下稱機情上協佛願故世主
爲之興供天地爲之呈祥就文分二先動
地後興供前中三一動處二動因三動相
今初自陿之寬且云華藏約下結通實周
法界自狹之寬者娑婆爲狹華藏爲寬也諸天重重並華藏
之內故云其地何所不該諸天重重下通妨難難云既言華藏地動華藏之地乃在大蓮華地而今娑婆界當第十三重曾何是地設若是地

是娑婆地即非華藏故今通云乃有二意一以本該末謂舉華藏總該刹網故二十重皆華藏内況第十三下豈非地耶又染淨融故雖標摩竭而地震華藏二又約染淨融故下染淨交徹通摩竭之地便是金剛染淨既融是故動一切動也

以佛神力

二動因中就主顯勝但明佛力感應道交亦由物機然況明動因總有其十今當轉法輪亦兼成道餘如別章餘如別章者即教義分齊中明謂智論引長阿含第二云有八因緣一大水動時動二尊神試力時動三如來入胎時動四出胎五成道六轉法輪七息教八涅槃時九依增一二十八更加大神足比丘心得自在乃至觀地無相故令地動十智論云授菩薩記當於此界作佛之時地神喜故所以動也

其地一切六種十八相震動所謂動徧動普徧動起徧起普徧起踊徧踊普徧踊震徧震普徧震吼徧吼普徧吼擊徧擊普徧擊

三動相者其地下是震即是聲動即是形聲兼吼擊形兼起踊故有六種此六各三成十八相搖颺不安爲動自下漸高爲起忽然騰舉爲踊隱隱出聲爲震雄聲郁遏爲吼砰磕發響爲擊十八相者唯一方動直爾名動四方若次第若一時動者名爲遍動若八方次第或一時動名普遍動又四方八方十方如次名三相動又一方獨動十方次第動十方同時動又爲三相餘五例之然動何所爲依勝思惟梵天經所爲有七一令諸魔怖故二爲說法時大衆心不散亂故三令放逸者生覺知故四令衆生知法相故五令衆生觀說法處故六令成熟者得解脫故七令隨順問正義故此上七緣正是今經所爲地論有四非當

此文上約外器若心地聖賢地法性地亦有震動等義可以虛求地論有四者第十一論云器世間中依四種眾生聚一依不善眾生二依信種種天眾生三依我慢眾生四依呪術眾生爲此眾生下中上次第差別故動乃至吼如十八句異義應知如是生信功德今言非當此文者始成正覺便演一乘皆是海會何有不善等據別行經順別機故論爲此釋

此諸世主一一皆現不思議諸供養雲雨於如來道場眾海

二興供中三一標數同生之眾亦得稱主爲物依故

所謂一切香華莊嚴雲一切摩尼妙飾雲一切寶燄華網雲無邊種類摩尼寶圓光雲一切眾色寶眞珠藏雲一切寶栴檀香雲一切寶蓋雲清淨妙聲摩尼王雲日光摩尼瓔珞輪雲一切寶光明藏雲一切各別莊嚴具雲

如是等諸供養雲其數無量不可思議

二所謂下略列

此諸世主一一皆現如是供養雲雨於如來道場眾海靡不周徧

三此諸下結遍

如此世界中一一世主心生歡喜如是供養

第十如此下結通無盡文分有二一結華藏內二結華藏外前中亦二先舉此界

其華藏莊嚴世界海中一切世界所有世主悉亦如是而爲供養

二其華藏下類華藏中一切世界於中三初類眾海與供一切世界者謂華藏中有十不可說佛刹微塵數世界種一一種中各有不可說不可說佛刹微塵數世界彼等一切諸世界中悉有世主而爲供養

其一切世界中悉有如來坐於道場

二其一切下類佛坐道場然有二義一彼諸世主各供當處之佛二彼諸世主亦供此佛此佛亦坐彼界道場

一一世主各各信解各各所緣各各三昧方便門各各修習助道法各各成就各各歡喜各各趣入各各悟解諸法門各各入如來神通境界各各入如來力境界各各入如來解脫門

三一一下類結大衆得法於中有十一句爲聞法得益得益有三一聞益各各信解故謂信其言而解其義二思益謂於所對審緣慮故三修益修益有七一修門謂三昧方便故二修法謂資糧助道故三修果契理成就故四修益隨有所得成法喜故五修轉各各趣入無量乘門及衆生界故六修同悟解法門合先聖故七修極修極有三一大悲極入佛神通境入佛神通境但爲益生故此成恩德二大智極入佛力境如來力境悲智超絶無能及故成佛智德三自在極入如來解脫門盡一切障心境自在成佛斷德亦即是前諸解脫門

如於此華藏世界海十方盡法界虛空界一切世界海中悉亦如是

二如於此下結華藏外謂以華藏例於法界各有此會同爲一大法界會方是華嚴無盡說耳

上來十段總明教起因緣分竟

大方廣佛華嚴經疏鈔會本第五之三

音釋

蕁（儒欲切）蔫也　脇（虛業切）胠下也　羸（倫爲切）瘦也　協（檄頰切）合也

分齊（分扶問切齊才詣切）分齊限量也　颺（餘亮切）風飛物也　砰磕

（砰拔耕切磕克盍切）砰磕石相築聲也

大方廣佛華嚴經疏鈔會本第六之一

唐于闐國三藏沙門實叉難陀　譯
唐清涼山大華嚴寺沙門澄觀撰述

如來現相品第二

將釋此品四門分別一來意二釋名三宗趣四釋文然下諸品多用此四若有增減至文當辯　今初來意中二先分來後品來今初三分之中自下正宗由致既彰正宗宜顯故次來也四分之中已明教起因緣次辯說法儀式故次來也二品來者曲有二義一前辯衆集今顯疑現相二前明舊衆今辯新集故次來也四分之中者四分即舉果勸樂生信等四分以四分科第一會名舉果勸樂生信分六品分三初品明教起因緣分次二品明說法儀式分後三品正陳法海分初分已竟次有說法儀式二品經來此是四分科中第一分內三分之中第二分來舉其大科故云四分之中對前序正流通三故

二釋名者一分名者正宗正陳宗旨揀序流通若四分中名舉果勸樂生信者舉依正果勸物信樂是故亦名所信因果亦名說佛依果會以從多說故以從多說者此通妨難然有二妨一云以文從義科中名所信因果經中復有遮那品因何以問答相屬科中但名舉果勸樂生信分隨其本會科中但名說佛依果會耶故此答云以多說果以因少故如河少水亦名無水如乳有水但名爲乳勸物信樂宜舉果故第二妨云上云舉佛依正二果勸物信樂何故隨會但言說佛依果會耶故此答云多說依果少說正故亦以本意在於依果正報之果第二會去方始說故　二品名者如來是能現之人相是所現之法現通能所能所合說體用雙陳以立其稱然如來現相各有五義以成其十如來五者一就理顯謂法性名如出障名來二唯就行瑜伽云言無虛妄故名如來涅槃三十二亦同此說三理智合說轉法輪論云第一

義諦名如正覺名來正覺第一義諦故名如來此與成實大同四離相說般若云如來者無所從來亦無所去故名如來五融攝說謂一如無二如若理若智若開若合無不皆如故名爲如如外無法來亦即如如是來者是真如來現相五者一現面門光相召十方衆二現眉間光相示說法主三振動剎網以警群機四佛前現華表說依果五白毫出衆表教從佛流如是等相是如來現相品中辯此故以爲名涅槃三十二者即是北經是樹提伽長者父之親友讚佛功德復問佛云何名如來佛云長者如來世尊於一切法知見無礙故名爲佛發言無二故名如來斷煩惱故名阿羅訶世尊所說終無有二釋曰無二即無虛妄也此與成實大同者成實云乘如實道來成正覺故曰如來乘如實道即第一義來成正覺即正覺名來以如實道亦通萬行故言大同若理若智者若理即第一釋若智即第二釋若開即雙明前二若合者第三釋

其第四釋義通理智亦兼開合謂例大品云諸法如即是佛諸法如則無來無去此則唯約理釋二云心無動搖智絕真妄則約智說無有來去三若以心無來去方契如如體無來去則通合說故但判爲離相釋耳以離一切相名諸佛故現相五者下二釋現相然五各二句一句辯相一句辯意如一云現面門光相者辯現相也召十方衆者即彰所以下四例然

三宗趣者亦二一分宗三分正宗已如上說四分之宗即以佛果無邊剎海具三世間無盡自在故以爲宗令諸菩薩生淨信修行涉求以之爲趣二品宗者以光相表示爲宗令上智玄悟爲趣即以佛果者然華藏品猶似有邊有金輪山蓮華外故此外更有別剎海故而後文云法界無差別已無邊矣況世界成就品云十方剎海叵思議佛無量劫皆嚴淨爲化衆生使成熟出興一切諸國土又偈中云所說無邊衆剎海毗盧遮那悉嚴淨世尊境界不思議智慧神通力如是則剎無邊矣具三世間者無邊剎海即器世間毗盧徧與即智正覺剎網所持如來所化即衆生世間言自在者三種世間互相即入隱顯重重皆無礙故華藏偈云華藏世界所有塵一一塵中見法界寶光現佛如雲

集此是如來剎自在故無盡之義即是無邊況三皆無盡四釋文者此下二品說法儀式是當分方便即分爲二初現相品爲遠方便後三昧品爲近方便今初一品大分爲六一衆海同請二光召有緣三所召雲奔四現瑞表說五稱揚佛德六結通無窮今初先以五門料揀諸會請問之殊一問之有無二所問法異三能問人別四儀式不同五疑之權實

初中前二後二此四有問中五皆無謂初會標果起因故問第二會尋因至果故問但因有升降寄六會以答之果無差別第七當會答也然諸會更有問者並當會別義以總收之或重明於前非大位問第八會明因果純熟故須有問謂行修無礙六位頓成故當會答第九會明稱性因果故別有問謂俱入法界無差別故亦當會答四處都有三百一十句問謂初及第二各四十問第八二百第九三十中本廣本問則難思初衆揀果者衆果即是揀果勸樂生信即是起因第二會等者次第修因即是尋因契果即爲至果果無差別者有二義一對上六會不同今但第七一會中答由第七會六品是因不言一會答也二者不對前六但第七會中六品因圓五品果滿與因同會故云當會當會因圓中即明果滿故云當會此中應有問云若果無差別何不別一會答故今答云欲顯因圓便得果滿故當會答若更別會便與因圓不相攝故故前六品望前是因望後屬果然諸會下通妨爲有問言九會之中皆有問答何判唯四如第二會中十首相問第三會中正念天子及天帝釋俱問法慧第四會中精進林問功德林答第六會中解脫月問金剛藏答第七會中大衆念問如來功德豈非問耶唯第五會無有別問何得獨判唯四會問故今答云並當會別義耳以總收別者第二會問但十信收第三會問即十住收第四會問即十行十藏所收等故云以總收之或重明者如不思議法品十問但重舉第二會初後十問耳謂已答因竟將欲答果因果懸絕故於果初重復念請亦表果德是所重故第八

會明因果者初會已信次七已解故云純襍謂行修無礙下彰當會答由由二義故當會答之一行修無礙故謂取前六位所修之行諸位通修不隨位局故云無礙既没位名則無優劣故當會答二者六位頓成設爾有位一時頓成異乎約解差別因果故一會答此云當會者當會問答第九會者謂既證法界則異前八前八但明於信及解行故四處都有下結成問數

二所問異者初兩會問果廣因畧爲成信解故第八會問因廣果畧爲成行故第九會問全同初會而因舉主佛之因明因是果因顯唯證故

初兩會者初會四十句問初二十句問果次十句通問因果唯後十句問因故云因畧第二會四十問唯第二十句問因餘三十句皆是問果故云果廣初會爲成於信舉果令信故第二會爲成於解果相難知故廣舉之第九會問者此中十因皆云一切菩薩即通餘也法界中十因但云顯示如來往昔趣求一切智心往昔所起菩薩大願等故是主佛之因言明因是果因等者釋成第九舉主佛因義謂因是得佛竟因非是菩薩正修之因因果皆證入故

三能問人異者初及第九皆同生異生二衆齊問以所問法衆同依故第二會中唯同生問以所入位問生勝故入唯同生一人自問以造修之行各自成故

四請問儀式復有二義一約言念二約通別初中請有二種一言二念答亦有二一言答二示相交絡相望應成九句在文唯四初會之中具二問答謂現相品長行念請供聲言請初光示法主現華表義現衆表教即示相答三昧品中以言重請下之三品亦以言答第二會唯念請如來示相答菩薩言說答佛心自在不待興言佛力殊勝現相能答第八會言請言答此顯菩薩不同佛故第九會念請示相答顯以心傳心唯證相應離言說故二通別者初後二會別問通答二八兩會別問別答又初

會亦得是別問別答次文當明交絡相望者一言請言答二言請示相答三念請言答四念請示相答五言請言及示相答六念請言及示相答七言念請言答八言念請示相答九言念請言說示相答初四以單望單次二以單問對復答次二以復問對單答後一復問復答今會正當第九第二會即第六句第八會即第一句第九會即第四句

第五疑之權實者問諸王菩薩位皆圓極何得有疑有云為衆生疑故有云希佛果故又顯因果懸隔故然上二解初權後實並皆有理可通餘教然此經中若實若權無非法界之疑以疑為有力與所說證為緣起故此事舊爾海印頓現疑之與答念念常疑念念常斷其猶像模因模之高成像之下因模之下成像之高緣起法界理應爾故然此經中下中正義非斥權實為不當理但成緣起有異昔人言此事舊爾者法界之中法爾有此疑與答故海印頓現者疑之與答皆佛現故由上二義故疑答皆常其猶像模者假以喻顯以模喻疑以像喻答像因模有答假疑成

爾時諸菩薩及一切世間主作是思惟

次正釋文文分二別先長行念請後供聲偈請前中亦二先舉人標念謂盡於衆海皆希佛境並欲利生成緣起門故標同念二云何下正顯問端有四十句且分二別前二十句直爾疑念請後二十句引例舉法請準義二文皆應具舉互有影畧不欲繁辭故下偈中更不引例合二處文直爾請說第二會中亦有此二而引例中問同此直請正欲顯於諸佛道同影畧之義皆希佛境者總收上三皆希佛境即上實疑並欲利生即是權疑成緣起門即是正義故入大乘論第一偈云薄福之人不生於疑能生疑者必破諸有故下偈中下以義成立引二文證一引偈文直爾問中已具列故二引後會彼中引引例同此直請彼中直請同此引例二文相對則直爾引例皆合四十其義明矣正欲顯下結成上義既引

例直問皆具四十明是道同佛道既同知文影畧所以要此二勢問者直請以尊主佛引例爲顯道同故又四十句中初二十句問果後十問因中間十句明化用普周通問依正染淨因果前是所求後是所行中是所知故分是舉果故先問果分是舉果下通妨此有二妨一對上言因是所行理合在前故今答云分是舉果故先問果三釋文據斯義類亦可分三今以兩段皆有結請故但分二前中亦二先正疑念後明結請今初前十句問德用圓滿後十句問體相顯著今初十句文唯有八偈有神通及自在二問世界成就品初答中亦同此有今文闕者或是脱漏或是義含無能攝取之中攝此二故故下法界品中闕無能攝取及與神通唯有自在故此三事合則可一開則爲三故出沒不同二據斯下對科文難既義有三節何不分三以義從文故分爲二二段之中皆有結故故此三事等者可一故沒可三故出此文無能攝取中攝於自在及與神通法界品中復以自在攝於神通及無能攝取亦合有於神通攝無能攝取及與自在問中畧無餘經則有

云何是諸佛地

言佛地者即智德分位即智德者正是出體非斷德故言分位者便彰地義然此經宗通收萬德故廣則無量畧有十種如上所引同性經說然體不出五謂清淨法界及與四智以斯五法攝大覺性具如佛地經及彼論說然要唯有二無所不攝謂真理妙智融而無二是諸佛地然此經宗下二辯類自寬之狹總有五重一無量法界融故二畧有十者顯無盡故三然體不出五者尅實體故具如佛地經者即五法攝大覺性謂一真法界四智菩提又論第一釋佛地名云地謂所依所行所攝即當所說清淨法界大圓鏡智平等性智妙觀察智成所作智受用和合一味等事是佛所依所行所攝故名佛地然要唯有二下第四攝五爲二五法之中四是智故金光明云唯有如如及如如智

獨存名法身故疏而無二者五攝二爲一
謂無有智外如爲智所證亦無如外智能
證於如故融無二又融無二者
總融五節爲無障礙如來地矣
並有生成
住持功能故名爲地
並有生成者三釋名
此有三義一能生萬
德二成聚自他三任持萬德
萬德依住故如下十地中明
此句爲總該
此句爲總下
四結示結示
攝諸德下明佛果皆答斯問
是總總持諸
德及示答文

云何是諸佛境界

二佛境界下諸句皆別明佛地之德言境
界者悲智所緣故亦分齊故廣亦無量畧
有十種如出現及問明不思議品廣說
三
廣
亦無量下三約類開合亦有五重一廣亦
無量無有一境非佛境故二畧有十種下
寄圓說十於中有
二先正說三種十
然出現多明體遍不思
議品以辯超勝故云十種無比境界問明
該其因果體用小有不同至文當知
然出
現等
者二揀三處不同謂出現品即五十二云
佛子菩薩以無障無礙智慧知一切世間

境界是如來境界知一切三世境界一切
剎境界一切法境界一切衆生境界眞如
無差別境界法界無障礙境界實際無邊
際境界虛空無分量境界無境界境界是
如來境界佛子如一切世間境界無量如
來境界亦無量如一切三世境界無量如
來境界亦無量乃至如無境界境界無量
如來境界亦無量如無境界境界一切處
無有如來境界亦如是一切處無有等釋
曰此即明體遍義也言多明者一切處無
有亦顯深義也不思議品者四十六經云
所謂一一切諸佛一加趺坐遍滿十方無
量世界二一切諸佛說一義句悉能開示
一切佛法三放一光明悉能遍照一切世
界四於一身中悉能示現一切諸身五於
一處中悉能示現一切世界六於一智中
悉能決了一切諸法無所罣礙七於一念
中悉能遍往十方世界八於一念中悉現
如來無量威德九於一念中普緣三世佛
及衆生心無雜亂十於一念中與去來今
一切諸佛體同無二是爲十上八句初皆
有一切諸佛之言釋曰既一念能爲無盡
之事故云超勝問明該其因果者即十三
經問有十一謂一何等是佛境界二何等
是佛境界因三度四入五智六法七說八
知九證十現十一廣上九皆有何等是佛
境界之言初一是總二即是因智證知廣
四句皆體餘五皆用偈中答云如來深境
界其量等虛空一切衆生入而實無所入
此雙答總及廣二句又云如來深境界所

有勝妙因億劫常宣說亦復不能盡此即答因餘如彼文上三雖同佛境說意小殊故云小有不同若準瑜伽如來境界謂五界差別一有情界二世界三法界四調伏界五調伏加行界或說要唯有四一所緣真俗二所住剎海三所起業用四所應攝化並如下說此與瑜伽大同總唯有二謂佛即境約分齊說或佛之境約所觀化等今文多顯佛之境也謂佛即境者分齊謂如來所成一切功德智慧等是佛所有如一國境屬於當國之王而菩薩不測唯佛得故言佛之境者真如實相真俗二諦等是智所緣境故云所觀衆生國土等是佛悲所化境故云所觀化等

云何是諸佛加持

三佛加持者謂佛勝力任持令有所作廣亦無量畧有十種如不思議法品及法雲地說離世間品十種佛所攝持亦其例也然不出三類一如加持化身及舍利等二如加者域入火不燒等三如加非情作佛事等此與神通寬陿不同謂六通中唯神境一有加持故今此加持即是神力畧有十種者此含二段一即四十六經十種爲衆生作佛事何等爲十所謂一一切諸佛示現色身爲衆生作佛事二出妙音聲三有所受四無所受五以地水火風六神力自在示現一切所緣境界七種種名號八以佛剎境界九嚴淨佛剎十寂寞無言皆上有一切諸佛下有爲衆生作佛事之言故下開爲三類中云三加非情作佛事等二即四十七十種大那羅延幢勇健法故跳結云今此加持即是神力及法雲地者即十種持經云又如實知佛持法持僧持業持煩惱持時持願持供養持行持劫持智持如是等皆如實知離世間品者即五十八經云所謂初始能發菩提之心佛所攝持二於生生中持菩提心令不忘失佛所攝持三覺諸魔事悉能遠離四開諸波羅蜜如說修行五知生死苦而不厭惡六觀甚深法得無量果七爲諸衆生說二乘法而不證取彼乘解脫八樂觀無爲法而不住其中於有爲無爲不生二想九至無生處而現受生十雖證得一切智而起菩薩行不斷菩薩種皆有佛所攝持之言一如加持者如此類甚多謂化現多身隨所樂見碎身舍利一興供養千迊生天全身舍利

如多寶佛即是如來力持身也如出現品醫王留身聯等二如加耆域者即涅槃第三十南經二十八經云我於爾時往瞻婆城中時彼城中有大長者無有繼嗣供事六師以求子息於後不久其婦懷妊長者知已往六師所歡喜而言我婦懷妊男耶女耶六師答言必是其女長者聞已心生愁惱復有知識來謂長者何故愁惱乃至是耶長者答言我婦懷妊未知男女故問六師六師見語如我相法生必是女我聞是語自惟年老財富無量如其非男無所付囑是故我愁知識復言汝無智慧下取意引廣讚佛德令問世尊長者即至佛所而問佛言世尊我婦懷妊六師相言生必是女是事云何佛言長者汝婦懷妊是男無疑其兒生已福德無比六師聞已心生嫉妬乃以菴羅果和合毒藥授其長者令其妻服語云若服此藥兒則端正産者無患服已便死送王城外以火焚之如來知之便往塚間長者難言所言無二可名世尊母已終亡云何生子我言長者汝於爾時都不見問母命長短但問所懷為是男女諸佛如來發言無二是故當知定必得子是時死屍火焚腹裂子從中出端坐火中猶如鴛鴦處蓮華臺我於爾時尋告耆婆汝往火中抱是兒來六師止之耆婆言如來使我入阿鼻地獄所有猛火尚不能燒況世間火爾時耆婆前入火聚猶入清涼大河水中抱持是兒還詣我所授兒與我我授兒已告長者言一切衆生壽命不定如水上泡衆生若有重業果報火不能燒毒不能害是兒業報非我所作長者請佛立字佛言是兒生於猛火之中火名樹提應名樹提爾時會中見我神化無量衆生發阿耨多羅三藐三菩提心故云如加耆婆入火則入火之言兼於二事一如向緣二如耆婆所言佛令入阿鼻地獄猛火不燒復有一緣即令入地獄問提婆達多事也

云何是諸佛所行

四所行者是佛所作或說十種如不思議品云諸佛世尊有十種化不失時等諸佛所行有十種化者即四十六經云佛子諸佛世尊有十種化不失時何等為十所謂一切諸佛成等正覺不失時二成熟有緣三授菩提記四隨衆生心示現神力五隨衆生解示現佛身六住於大捨七入諸聚落八無諸淨信九調惡衆生十現不思議諸佛神通皆上有一切諸佛下有不失時言亦是所行之行如出現品謂無礙行是如來行等或大悲攝生或大智造緣無思成事方便善巧所作究竟皆名為行亦是所行者二約所行釋先引文謂無礙行是如來行等

者即五十二經云佛子菩薩摩訶薩應云何知如來應正等覺行佛子菩薩摩訶薩應知無礙行是如來行應知真如行是如來行佛子如真如前際不生後際不動現在不起如來行亦如是不生不動不起下衆鳥飛虛空前後無際況真如行金翅闢海喻無礙行廣如彼文或大悲下二類釋亦成上義大悲攝生即無礙行大智造緣即真如行無思成事成上二義亦該遍所緣

然約人望行標云所行既是所作實通能所故不同彼境界之中彼智所觀所應攝化但就所故況所望不同故不相濫

然約人下三揀濫以經云所行濫於境界是悲智所行故於中初正揀謂佛是能行故悲智之行是所行非如於境悲智是能行真如衆生是所行也故云約人望行標云所行況所望不同者上行通能所境唯局所已是不同設同取悲智行約所行以用悲智境約能行以用悲智如人望子名父望父名子一人二用豈相濫耶

若準瑜伽七十八中引深密經佛答文殊此二别相云所行謂一切種如來共有不思議無量功德莊嚴淨土如來境界謂一切種五界差别五界如前

若準瑜伽下二引經以釋二相不同經當第五五界全同瑜伽然瑜伽全寫深密爲論今引瑜伽引經者欲雙引經論故

云何是諸佛力

五佛力者即佛大力自在廣有無量畧說有十即處非處等又有十種謂廣大力等如不思議品

謂廣大力即四十七云佛子諸佛世尊有十種廣大力最上力無量力大威德力難獲力不退力堅固力不可壞力一切世間不思議力一切衆生無能動力大那羅延幢勇健法何等爲十所謂一切諸佛身不可壞等爲一此上十力遍於十種勇健法廣如彼文今畧舉其名一身命不可壞力二毛孔容持力三毛持大山力四定用自在力五常遍演法力六德相降魔力七圓音遍徹力八心無障礙力九法身微密力十具足行智力一一力中有多義理具於下文

云何是諸佛無所畏

六無畏者無諸畏懼故離世間品說有十種無畏或說四種如常所明昔云前四是異二乘功德佛力是破魔功德無畏是伏

外道功德未必全爾十力無畏亦不共二乘故然上來多明大智功德離世間者即五十六云佛子菩薩摩訶薩有十種無畏何等爲十經文浩博今當義引謂一聞持無畏二辯才無畏上二不畏不能答難三二空無畏此不畏妄念四威儀無缺無畏五三業無過無畏上二不畏外議六外護無畏此不畏天魔外道七正念無畏不畏遺忘八方便無畏不畏生死九一切智無畏不畏二乘十具行無畏不畏不能化生或說四種者即十藏品辯謂一一切智無畏二漏盡無畏三出障道四出苦道未必全爾者非不許普解但顯義包含耳

云何是諸佛三昧

七佛三昧者謂佛果等持數過塵筭如師子嚬呻等畧說十種如不思議品說佛有無量不思議三昧等如師子者六十一經畧列百門初名普莊嚴法界三昧二名普照一切三世無礙境界三昧最後云師子嚬呻三昧結云以如是等不可說佛剎微塵數三昧入毗盧遮那如來念念充滿一切法界三昧大神變海畧說十種者即四十七經云所謂一切諸佛恒在正定於一念中徧一切處普爲衆生廣說妙法二普爲衆生說無我際三普入三世四普入十方廣大佛剎五普現無量種種佛身六隨諸衆生種種心解現身語意七說一切法離欲真際八演說一切緣起自性九示現無量世出世間廣大莊嚴令諸衆生常得見佛十令諸衆生悉得通達一切佛法無量解脫究竟到於無上彼岸每句皆有一切諸佛恒在三昧於一念中遍一切處之言一如初句

云何是諸佛神通

八準答及頌名佛神通者謂依定發起無礙神用或說有十如十通品不思議品云一切諸佛有無邊際無礙解脫示現無盡大神通力十通唯局菩薩或說有六如常所辯然名通大小或說有十者一他心智通二天眼智通三知過去劫宿住智通四盡未來際劫智通五無礙清淨天耳智通六無體性無動作往一切佛剎智通七分別一切言辭智通八無數色身智通九一切法智通十入一切滅盡三昧智通不思議品者義引經文無礙解脫一句牒經示現無量大神通力顯此解脫是神通解脫如淨名不思議解脫能以須彌內芥子等故經云何等爲十所謂

一切諸佛能於一念現不可說不可說諸佛出興於世二轉淨法輪三衆生受化調伏四諸佛國土五菩薩受記上五皆有一切諸佛能於一塵現不可說不可說言一如初句下五句但無不可說不可說言餘同上有謂六現去來今一切諸佛七現去來今一切世界八現去來今一切神通九現去來今一切衆生十現去來今一切佛事釋曰既皆一塵頓現明是大神通力十通唯局菩薩者欲生下六通通二乘故六謂天眼天耳他心宿住神境漏盡

云何是諸佛自在

九準答及頌名佛自在謂所作任意無礙成就故廣有無量或說百種謂於衆生自在等各有十故畧有十種謂命自在等並如離世間品說不思議品亦說有十謂諸佛世尊於一切法皆悉自在等廣有無量者歷事別明故或說百種者即五十六經初列十門云佛子菩薩摩訶薩有十種無礙用何等爲十所謂衆生無礙用國土無礙用三法四身五願六境界七智八神通九神力十力皆有無礙用言下釋一一各有十門故成百也略有十種者即五十五經末云佛子菩薩摩訶薩有十種自在何等爲十所謂命自在不可說劫住壽命故心自在智慧能入阿僧祇三昧故資具自在能以無量莊嚴莊嚴一切世界故業自在隨時受報故受生自在於一切世界示現受生故解自在於一切世界見佛充滿故願自在隨欲隨時於諸剎中成正覺故神力自在示現一切大神變故法自在示現無邊諸法門故智自在於念念中示現如來十力無畏成正覺故是爲十若諸菩薩安住此法則得圓滿一切諸佛諸波羅蜜智慧神力自在不思議品者即四十六云何等爲十所謂一切諸佛於一切法悉得自在明達種種句身味身演說諸法辯才無礙是爲諸佛第一自在法下畧取意上即法自在二心自在三勝解自在四財自在五命自在六如意自在七智自在八業自在九生自在十願自在然上二經與八地全同

云何是諸佛無能攝取

十無能攝取者頌名無能制伏答中名無能毀壞謂佛所作無有天上人中沙門魔梵及諸二乘大菩薩等神力能制是故舊經翻爲佛勝法也畧有十種如不思議品諸佛有十種最勝法等如不思議品者即四十六經一順晉

經佛最勝法言故引此文經云所謂一切諸佛大願堅固不可沮壞所言必作言無有二二爲欲圓滿一切功德盡未來劫修菩薩行不生懈倦三爲欲調伏一切衆生故往不可說不可說世界如是而爲一切衆生而無斷絶四於信行二種衆生大悲普觀平等無異五從初發心乃至成佛終不退失菩提之心六積集無量諸善功德皆以迴向一切智性於諸世間終無染著七於諸佛所修學三業唯行佛行非二乘行皆迴向一切智性成於無上正等菩提八放大光明其光平等照一切處及照一切諸佛之法令諸菩薩心得清淨滿一切智九捨離世樂不貪不染而普願世間離苦得樂無諸戲論十愍諸衆生受種種苦守護佛種行佛境界出離生死逮十力地是爲十每句之上皆有一切諸佛之言一同初句

若取無能毀壞即十種大那羅延幢勇健法是上之十問多在不思議品至下當知

若取無能壞者二依今經釋大勇健法前文已引則義有兩兼多在不思議者亦有離世間等故致多言

云何是諸佛眼云何是諸佛耳云何是諸佛鼻云何是諸佛舌云何是諸佛身云何是諸佛意云何是諸佛身光云何是諸佛光明云何是諸佛聲云何是諸佛智

二云何是諸佛眼下十句問體相顯著謂六根三業於身業中開常光爲身光放光爲光明故有十句不思議法品諸佛有十種法普遍無量無邊法界謂無邊際眼等離世間品一一各有十門辯釋

不思議法品者即四十六經云何等爲十所謂一切諸佛有無邊際身色相清淨普入諸趣而無染著二無障礙眼於一切法悉能明見三無障礙耳悉能解了一切音聲四鼻能到諸佛自在彼岸五有廣長舌出妙音聲六身應衆生感令得見七意住於無礙平等法身八無礙解脫示現無盡大神通力九消淨世界隨衆生樂現衆佛土具足無量種種莊嚴而於其中不生染著十菩薩行願得圓滿智遊戲自在悉能通達一切佛法佛子是爲如來應正等覺普遍無邊佛十種佛法其一一句上皆有一切諸佛有無邊際言一如初句但第五舌無無邊際言以廣長替故離世間品者即第五十七經謂十眼十耳等十眼者一肉眼二天眼三慧眼四法眼五佛眼六智眼七光明八出生死九無礙十一切智其十耳十鼻等廣如彼文辯然彼是菩薩眼等而下結皆云則得佛眼等故

通因果可釋佛眼等又出現品說佛三業各具十義然諸經論說佛常光一尋準不思議品常妙光明不可說不可說種種色相以爲嚴好爲光明藏出生無量圓滿光明普照十方無有障礙又出現品者身在五十經語意在五十一各有十義並以十喻喻之常妙光明者即四十六經十種莊嚴中第七莊嚴文云一切諸佛皆有無量常妙光明不可說不可說種種色相以爲嚴好爲光明藏出生無量圓滿光明普照十方無有障礙是爲諸佛第七最勝無上常妙光明莊嚴然放光則有時不放如諸會面門毫相所放之類然相海品其一一相常放光明斯即放光亦通常光而分別者常即湛遍放則見有去來故然放光下通伏難恐有難言若常光一尋與放光異今常光周於法界何異放光故爲此通而分別者下亦通妨難謂上通放光異常光者則放光有時不放今引相海常放光何取別故爲此通如言佛智者廣即無量畧說有十體不出五謂清淨智及大圓鏡等四智要唯有二謂根本後得總攝唯一諸法實相無障礙智此之十句多如相海及隨好品廣即無量者隨事無邊故畧說有十者即如出現品第五十一以經明意業中如來心意識俱不可知但以智無量故知如來心說有十智十喻是也體不出五者即攝論佛地論皆言五法攝大覺性謂一真法界四智菩提則是一理而非是智今清淨智即一真法界清淨智即本來智性金剛頂瑜伽說有五智初法界清淨智即一真法界故

唯願世尊哀愍我等開示演說

二惟願下結請將欲引例故且結請

又十方世界海一切諸佛皆爲諸菩薩說世界海衆生海法界安立海佛海佛波羅蜜海佛解脫海佛變化海佛演說海佛名號海佛壽量海

二又十方下引例舉法請亦分爲二初引例後結請今初分二前十句問化用普周

後十句問因德深廣今初文唯有九闕安立海一世界海者是化用處如華藏品二衆生海是所化機即刹中所持三準答及頌名法界安立海如世界成就品通明法界所安立海起具因緣等故若因緣者賢首云所化生法也亦是前二於法界中施設安立故諸經論皆説世諦爲安立諦然安立言梵云柰耶而義多含或云理趣或云方便或云法式或云法門或云安立故知即安立法式也通明法界者有三釋初即疏意言通明者謂世界海唯約果説法界安立海通因通果由具因果能安立法界故二賢首云所化生法復是一義唯取化生之法亦是前二下是第三義安立衆生世界故前二即世界海及衆生海於中有二先正明後然安立言下引梵文證此是賢首引證後二義法式即化生法也安立即第三義故結云安立法式四佛海者能化生也如華藏品廣舉其名亦如不思議等品四佛海指不思議等品者等取相海隨好皆佛德相用故是妙覺故五波羅蜜海者化所成行如離世間品五波羅蜜指離世間品者以二千行法一一皆到彼岸故六佛解脱海者化所得果如法界品六如法界品者佛親證入離障解脱及大作用皆解脱故七佛變化海者臨機神變化難化衆生即身業化也如諸會不起而遍光明覺品長行身業阿僧祇等皆是其文七指僧祇者僧祇偈頌廣顯佛德重重無盡廣大用故等即等於一經上下變化之文八佛演説海者稱根説法語業化也如四諦品九佛名號海隨機立稱如名號品十佛壽量海者隨器所感住世修短如壽量品

及一切菩薩誓願海一切菩薩發趣海一切菩薩助道海一切菩薩乘海一切菩薩行海一切菩薩出離海一切菩薩神通海一切菩薩波羅蜜海一切菩薩地海一切菩薩智海

二及一切下問因德深廣中一創於生死立大誓願二勝進大心趣求佛果三積集菩提福智資粮四運諸菩薩從因至果五慈悲喜捨四菩薩行六謂永背業惑證契真理餘四可知因德深廣下正釋經然此十句有通有別　別則初二寄十信次二十住次一十行次一十向以向出離故次三登地已上後一等覺此約橫論一切菩薩別則下釋別先以豎釋別諸位淺深故此約橫論一切菩薩者結上別義約所行位信住等異即是豎論約能行人一一位中攝多菩薩故云橫論一切菩薩若約通說各通始終即豎論一切菩薩通約所行法位位同修即是通義隨約一人遍歷諸位皆修此十即是豎論一切菩薩故此十句文通行位然皆普攝法界深廣無邊故云海也並如下諸會說通行位者三雙結也別說寄位通說約行故

願佛世尊亦爲我等如是而說

二願佛下結請既是引例故致亦言此四十句答文在何問有通局答亦如之通即諸會與此相應皆是答此上所引者居然當之謂前衆海既是九會常隨豈得此問局於初會豈復衆海問不盡耶故知初會爲總九會同答此問而爲分意別故諸分初皆重舉諸問則顯分分之中皆通因果等故則從此盡光明覺答十海問問明已下答十因問不思議下答二十句果至下當知疏正明通謂九會通答謂前下立理此有三理一衆海常隨既通九會問答合通智深能問盡故合總問故以此三理問答合通而為分下釋妨謂前問言若言衆海問盡九會九會同答何以下文復有三位大問故為此通則顯分分之中皆通因果者謂問雖互有廣畧因果皆足則是重問耳四則從下正示答文

又就四十問十海爲總九會同答十海一世界成就品答世界安立海二華藏品答

世界海遮那但引因釋成現相三昧但是說法由致並非別答海問三名號品答如來名號海四四諦品答演說海五光明覺至十忍品別答十句因問通答衆生海修因之人即所化生故六阿僧祇品答變化海長行舉數欲顯化用難量故偈中廣明變化重重微細難說七壽量住處皆答壽量海八不思議等五品別答二十句果問總明佛海就德深廣以顯佛故九第八會答波羅蜜海總攝諸位皆成行故十第九會答解脫海證入法界起大用故又就下二約總別釋十海爲總餘三十句別皆十海攝故總答十海已答餘三十問於中二先正以九會答於十海問中爲次與答異者問約本有修成自行化他而爲次第謂先有世界衆生則有佛出修因得果故波羅蜜海是因解脫是果餘四皆大用謂臨機變化隨宜說法稱物立名隨物修短答中先人後已故大用四海居先自利因果二海居後又衆生一海亦可通在九海皆爲生故種種隨宜顯生多故後問中爲次下以答對問辯次不同問中言先有世界衆生者即摽中本有三海世界即世界海及攝安立海故次則有佛出修因得果等者即摽中修成即自行意言餘四皆大用臨機等即摽中化他也先人後已下先利他故大用四海即先利他言四海者一名號海二四諦海三變化海四壽量海言自利二海居後者即波羅蜜海爲因佛解脫海爲果八九兩會答故居後此中唯會六海不會四海者以世界海及安立海依問在前故佛及衆生本居中故更以異門釋衆生海上欲具收十問故以答因屬衆生海今以衆生爲總即前答因屬演說海說諸位故上來通竟若約局言當會答盡此後有二一現相答下文當示二者言說答此亦有二一經來未盡二答二兼餘成就品當引若約局言下第二釋局答問經來未盡者遮那品後無結束故若來應具答盡二答二兼

餘者謂正答安立海及世界兼餘三十八問故

爾時諸菩薩威神力故於一切供養具雲中自然出音而說頌言

第二爾時下供聲偈請中分二先明因緣後正說偈　今初前請在念佛雖已知今請彰言使大衆同曉前既爲法興供今乃以供宣心不因拊擊故曰自然非無因緣即菩薩威力同異生衆皆菩薩也又表身口爲供具故供具皆即法界體故亦表身爲供養具者即解脫和尚歎佛說偈云合掌以爲華身爲供養具善心誠實香讚歎香煙布諸佛聞此香尋聲來相度衆等勤精進終不相疑誤

無量劫中修行滿　菩提樹下成正覺
爲度衆生普現身　如雲充徧盡未來
衆生有疑皆使斷　廣大信解悉令發
無邊際苦普使除　諸佛安樂咸令證

二正說偈中十頌分二初三歎德請後七舉法請前中亦二初二歎佛明具說因後一歎衆明具說緣　今初也前偈即悲之智已滿爲物現身後偈即智之悲已圓能斷疑除苦有悲必普有智必能故應說也

菩薩無數等刹塵　俱來此會同瞻仰
願隨其意所應受　演說妙法除疑惑

後一歎衆請中前半歎衆顯無異念後半結請明說則斷疑

云何了知諸佛地　云何觀察如來境
佛所加持無有邊　願示此法令清淨
云何是佛所行處　而以智慧能明入
佛力清淨廣無邊　爲諸菩薩應開示
云何廣大諸三昧　云何淨治無畏法
神通力用不可量　願隨衆生心樂說

諸佛法王如世主所行自在無能制及餘一
切廣大法爲利益故當開演
舉法請中分三初四述前初十句問小有
不次但取文便及餘一切廣大法者結例
所餘謂二十句外佛無邊德亦願說之不
思議品廣說餘門諸說果處皆答此也
佛眼云何無有量耳鼻舌身亦復然意無有
量復云何願示能知此方便
次一頌述前體相顯著十句畧示可知
如諸剎海衆生海法界所有安立海及諸佛
海亦無邊願爲佛子咸開暢永出思議衆度
海普入解脫方便海所有一切法門海此道
場中願宣說
後二頌述化用普周十句之問現文唯七
以佛海中含於神變壽量名號以此三海
不離佛故不問因者長行明通諸會故列
因疑今彰初分請當會答又顯此會因畧
果廣第二會果畧因廣故
爾時世尊知諸菩薩心之所念
第二爾時世尊下明光召有緣分長分爲
十一放光意以領念故供聲易了故畧不
明念但疑法何以放光現相答故答相云
何謂佛三昧力加持放光令菩薩來遠遠
能爲此即佛地境界是佛所行無攝無畏
故此爲總意若別明者如文思之又召來
菩薩亦是言答上之十問至文當知若別明者
如文思之者若此之類顯義無方類例相似即可引證耳
即於面門衆齒之間
二即於下明光依處面門即口言衆齒者
表四十問教道遐舒口生真子咀法滋味

益法身故總處放者此會總故面門即口者以昔有解云面門即面之正容非其口也又云鼻下口上以梵音呼面及口并門並云目佉是故譯者解人取文非一今以衆齒之間則口爲定解表四十問者有四十齒故教道遐舒即教智光故口生真子唯取口義故法華云從佛口生從法化生得佛法分故下出現加於普賢光明入口咀法味下約齒明義言總處者口爲說法處一切法門總從此演故

放佛刹微塵數光明

三放佛下顯光體隨機多演故

所謂衆寶華徧照光明出種種音莊嚴法界光明垂布微妙雲光明十方佛坐道場現神變光明一切寶燄雲蓋光明充滿法界無礙光明徧莊嚴一切佛刹光明迥建立清淨金剛寶幢光明普莊嚴菩薩衆會道場光明妙音稱揚一切佛名號光明

四所謂下列光名畧列十名皆從體用立稱

如是等佛刹微塵數

五如是下結光數

一一復有佛刹微塵數光明以爲眷屬

六一一下彰眷屬

其光悉具衆妙寶色

七其光下辯色相衆寶隱映表教道含容

普照十方各一億佛刹微塵數世界海

八普照下明光應遠

彼世界海諸菩薩衆於光明中各得見此華藏莊嚴世界海

九彼世界下彼衆感通

以佛神力其光於彼一切菩薩衆會之前而說頌言

十以佛下偈聲命召即通舉十號示爲所

歸即通舉十號者佛德無邊十號畧盡故法華第三云我是如來應供正遍知明行足善逝世間解無上士調御丈夫天人師佛世尊未度者令度未解者令解未安者令安未涅槃者令得涅槃今世後世如實知之我是一切知者一切見者汝等天人阿修羅衆皆應到此為聽法故斯即舉十號以昭然初但云如來亦復如是出現於世如大雲起遍覆三千大千世界則通局有異又下衆集但云天人阿修羅等勝劣小異耳今取彼意故以十號釋經十號之義法界品方辯

無量劫中修行海供養十方諸佛海化度一切衆生海令成妙覺徧照尊

十偈在文且分為五初六偈自彰因果已圓勸同觀禮於中初一總明二利因滿成正遍知

毛孔之中出化雲光明普照於十方應受化者咸開覺令趣菩提淨無礙

次一毛光開覺是明行足

佛昔往來諸趣中教化成熟諸群生神通自在無邊量一念皆令得解脫

次一頌往來諸趣是世間解一念解脫可謂善逝

摩尼妙寶菩提樹種種莊嚴悉殊特佛於其下成正覺放大光明普威耀

次一頌成正覺即佛義焉

大音震吼徧十方普為弘宣寂滅法隨諸衆生心所樂種種方便令開曉

次一大音演寂謂無上士隨心開覺是調御丈夫

往修諸度皆圓滿等於千剎微塵數一切諸力悉已成汝等應往同瞻禮

次一諸力皆圓即天人師也

十方佛子等剎塵悉共歡喜而來集已雨諸雲為供養今在佛前專覲仰

二有一頌明衆海巳集引例勸歸既云巳
雨諸雲爲供是應供也爲對引例故不當
次
如來一音無有量能演契經深大海普雨妙
法應群心彼兩足尊宜往見
三一頌圓音隨機見必蒙益結云見兩足
尊即世尊也
三世諸佛所有願菩提樹下皆宣說一刹那
中悉現前汝可速詣如來所
四一頌義海頓演宜速及時如三世佛大
願而來故結云如來也
毘盧遮那大智海面門舒光無不見今待衆
集將演音汝可往觀聞所說
五一頌特命有緣是光本意
大方廣佛華嚴經疏鈔會本第六之一

音釋

模莫胡切模範也 嚬毘賓切 拊斐父切彈也 咀在呂切咀嚼也 姙如鴆切懷孕也 塚知隴切高墳也 翅施智切翼也 沮壞沮在呂切遏也壞古膭切毀也 軌範軌居洧切範音范軌軌法式也

大方廣佛華嚴經疏鈔會本第六之二

唐于闐國三藏沙門實叉難陀　譯

唐清凉山大華嚴寺沙門澄觀撰述

爾時十方世界海一切衆會蒙佛光明所開覺巳各共來詣毗盧遮那如來所親近供養

第三爾時十方下所召雲奔文分爲三第一同會道場第二現自在用第三聲光自述今初亦三初總明二所謂下别顯三如是等下總結

所謂此華藏莊嚴世界海東

别中十方即爲十段一一方中皆有十事

一定方

次有世界海名清淨光蓮華莊嚴

二土海

彼世界種中有國土名摩尼瓔珞金剛藏

三世界

佛號法水覺虛空無邊王

四佛名

於彼如來大衆海中有菩薩摩訶薩名觀察勝法蓮華幢

五主菩薩

與世界海微塵數諸菩薩俱

六眷屬數

來詣佛所

七至佛所

各現十種菩薩身相雲徧滿虛空而不散滅復現十種雨一切寶蓮華光明雲復現十種須彌寶峯雲復現十種日輪光雲復現十種寶華瓔珞雲復現十種一切音樂雲復現十種末香樹雲復現十種塗香燒香衆色相雲

復現十種一切香樹雲如是等世界海微塵數諸供養雲悉徧虚空而不散滅

八與供雲

現是雲已向佛作禮以爲供養

九申禮獻供

即於東方各化作種種華光明藏師子之座於其座上結跏趺坐

十化座安坐此中應有世界種名畧不説耳其東方供雲應有十種而但九者塗香燒香二文合故言各現者主伴一一皆現也重重無礙各徧虚空一一可觀名不散滅十方化座體相各異而皆同名蓮華藏師子之座者師子之義已見上文蓮華藏言通有三意一約菩薩表含藏開敷故二約所詮將説依報故三約諸會通顯華嚴故上下還於本方坐者佛圓迴身皆見面故異於餘宗但八方故

此華藏世界海南次有世界海名一切寶月光明莊嚴藏彼世界種中有國土名無邊光圓滿莊嚴佛號普智光明德須彌王於彼如來大衆海中有菩薩摩訶薩名普照法海慧與世界海微塵數諸菩薩俱來詣佛所各現十種一切莊嚴光明藏摩尼王雲徧滿虚空而不散滅復現十種雨一切寶莊嚴具普照耀摩尼王雲復現十種寶燄熾然稱揚佛名號摩尼王雲復現十種説一切佛法摩尼王雲復現十種衆妙樹莊嚴道場摩尼王雲復現十種寶光普照現衆化佛摩尼王雲復現十種普現一切道場莊嚴像摩尼王雲復現十種密燄燈説諸佛境界摩尼王雲復現十

種不思議佛刹宮殿像摩尼王雲復現十種普現三世佛身像摩尼王雲如是等世界海微塵數摩尼王雲悉徧虛空而不散滅現是雲已向佛作禮以爲供養即於南方各化作帝青寶閻浮檀金蓮華藏師子之座於其座上結跏趺坐

此華藏世界海西次有世界海名可愛樂寶光明彼世界種中有國土名出生上妙資身具佛號香燄功德寶莊嚴於彼如來大衆海中有菩薩摩訶薩名月光香燄普莊嚴與世界海微塵數諸菩薩俱來詣佛所各現十種一切寶香衆妙華樓閣雲徧滿虛空而不散滅復現十種無邊色相衆寶王樓閣雲復現十種寶燈香燄樓閣雲復現十種一切眞珠樓閣雲復現十種一切寶華樓閣雲復現十種寶瓔珞莊嚴樓閣雲復現十種普現十方一切莊嚴光明藏樓閣雲復現十種衆寶末間錯莊嚴樓閣雲復現十種衆寶周徧十方一切莊嚴樓閣雲復現十種華門鐸網樓閣雲如是等世界海微塵數樓閣雲悉徧虛空而不散滅現是雲已向佛作禮以爲供養即於西方各化作眞金葉大寶藏師子之座於其座上結跏趺坐

此華藏世界海北次有世界海名毗瑠璃蓮華光圓滿藏彼世界種中有國土名優鉢羅華莊嚴佛號普智幢音王於彼如來大衆海中有菩薩摩訶薩名師子奮迅光明與世界海微塵數諸菩薩俱來詣佛所各現十種一切香摩尼衆妙樹雲徧滿虛空而不散滅復現十種密葉妙香莊嚴樹雲復現十種化現

一切無邊色相樹莊嚴樹雲復現十種一切華周布莊嚴樹雲復現十種一切寶燄圓滿光莊嚴樹雲復現十種現一切栴檀香菩薩身莊嚴樹雲復現十種現往昔道場處不思議莊嚴樹雲復現十種衆寶衣服藏如日光明樹雲復現十種普發一切悅意音聲樹雲如是等世界海微塵數樹雲悉徧虛空而不散滅現是雲已向佛作禮以爲供養即於北方各化作摩尼燈蓮華藏師子之座於其座上結跏趺坐

此華藏世界海東北方次有世界海名閻浮檀金玻瓈色幢彼世界種中有國土名衆寶莊嚴佛號一切法無畏燈於彼如來大衆海中有菩薩摩訶薩名最勝光明燈無盡功德藏與世界海微塵數諸菩薩俱來詣佛所各現十種無邊色相寶蓮華藏師子座雲徧滿虛空而不散滅復現十種摩尼王光明藏師子座雲復現十種一切莊嚴具種種校飾師子座雲復現十種衆寶鬘燈燄藏師子座雲復現十種普雨寶瓔珞師子座雲復現十種一切香華寶瓔珞藏師子座雲復現十種示現一切佛座莊嚴摩尼王藏師子座雲復現十種戶牖階砌及諸瓔珞一切莊嚴師子座雲復現十種一切摩尼樹寶枝莖藏師子座雲復現十種寶香間飾日光明藏師子座雲如是等世界海微塵數師子座雲悉徧虛空而不散滅現是雲已向佛作禮以爲供養即於東北方各化作寶蓮華摩尼光幢師子之座於其座上結跏趺坐

此華藏世界海東南方次有世界海名金莊

嚴瑠璃光普照彼世界種中有國土名清淨香光明佛號普喜深信王於彼如來大衆海中有菩薩摩訶薩名慧燈普明與世界海微塵數諸菩薩俱來詣佛所各現十種一切如意王摩尼帳雲徧滿虛空而不散滅復現十種帝青寶一切華莊嚴帳雲復現十種一切香摩尼帳雲復現十種寶燄燈帳雲復現十種示現佛神通說法摩尼王帳雲復現十種現一切衣服莊嚴色像摩尼帳雲復現十種一切寶華叢光明帳雲復現十種寶網鈴鐸音帳雲復現十種摩尼爲臺蓮華爲網帳雲復現十種現一切不思議莊嚴具色像帳雲如是等世界海微塵數衆寶帳雲悉徧虛空而不散滅現是雲已向佛作禮以爲供養即於東南方各化作寶蓮華藏師子之座於其座上結跏趺坐

此華藏世界海西南方次有世界海名日光徧照彼世界種中有國土名師子日光明佛號普智光明音於彼如來大衆海中有菩薩摩訶薩名普華光燄髻與世界海微塵數諸菩薩俱來詣佛所各現十種衆妙莊嚴寶蓋雲徧滿虛空而不散滅復現十種光明莊嚴華蓋雲復現十種無邊色眞珠藏蓋雲復現十種出一切菩薩悲愍音摩尼王蓋雲復現十種衆妙寶燄鬘蓋雲復現十種妙寶嚴飾垂網鐸蓋雲復現十種摩尼樹枝莊嚴蓋雲復現十種日光普照摩尼王蓋雲復現十種一切塗香燒香蓋雲復現十種栴檀藏蓋雲復現十種廣大佛境界普光明莊嚴蓋雲如是等世界海微塵數衆寶蓋雲悉徧虛空而

不散滅現是雲已向佛作禮以爲供養即於西南方各化作帝青寶光燄莊嚴藏師子之座於其座上結跏趺坐
此華藏世界海西北方次有世界海名寶光照耀彼世界種中有國土名衆香莊嚴佛號無量功德海光明於彼如來大衆海中有菩薩摩訶薩名無盡光摩尼王與世界海微塵數諸菩薩俱來詣佛所各現十種一切寶圓滿光雲徧滿虛空而不散滅復現十種一切寶燄圓滿光雲復現十種一切妙華圓滿光雲復現十種一切化佛圓滿光雲復現十種十方佛土圓滿光雲復現十種佛境界雷聲寶樹圓滿光雲復現十種一切瑠璃寶摩尼王圓滿光雲復現十種一念中現無邊衆生相圓滿光雲復現十種演一切如來大願音圓滿光雲復現十種演化一切衆生音摩尼王圓滿光雲如是等世界海微塵數圓滿光雲悉徧虛空而不散滅現是雲已向佛作禮以爲供養即於西北方各化作無盡光明威德藏師子之座於其座上結跏趺坐
此華藏世界海下方次有世界海名蓮華香妙德藏彼世界種中有國土名寶師子光明照耀佛號法界光明於彼如來大衆海中有菩薩摩訶薩名法界光燄慧與世界海微塵數諸菩薩俱來詣佛所各現十種一切摩尼藏光明雲徧滿虛空而不散滅復現十種一切香光明雲復現十種一切寶燄光明雲復現十種出一切佛說法音光明雲復現十種現一切佛土莊嚴光明雲復現十種一切妙華樓閣光明雲復現十種現一切劫中諸佛

教化衆生事光明雲復現十種一切無盡寶華蘂光明雲復現十種一切莊嚴座光明雲如是等世界海微塵數光明雲悉徧虛空而不散滅現是雲已向佛作禮以爲供養即於下方各化作寶燄燈蓮華藏師子之座於其座上結跏趺坐

此華藏世界海上方次有世界海名摩尼寶照耀莊嚴彼世界種中有國土名無相妙光明佛號無礙功德光明王於彼如來大衆海中有菩薩摩訶薩名無礙力精進慧與世界海微塵數諸菩薩俱來詣佛所各現十種無邊色相寶光燄雲徧滿虛空而不散滅復現十種摩尼寶網光燄雲復現十種一切廣大佛土莊嚴光燄雲復現十種一切妙香光燄雲復現十種一切莊嚴光燄雲復現十種諸佛變化光燄雲復現十種衆妙樹華光燄雲復現十種一切金剛光燄雲復現十種說無邊菩薩行摩尼光燄雲復現十種一切眞珠燈光燄雲如是等世界海微塵數光燄雲悉徧虛空而不散滅現是雲已向佛作禮以爲供養即於上方各化作演佛音聲光明蓮華藏師子之座於其座上結跏趺坐

如是等十億佛剎微塵數世界海中有十億佛剎微塵數菩薩摩訶薩一一各有世界海微塵數諸菩薩衆前後圍繞而來集會是諸菩薩一一各現世界海微塵數種種莊嚴諸供養雲悉徧虛空而不散滅現是雲已向佛作禮以爲供養隨所來方各化作種種寶莊嚴師子之座於其座上結跏趺坐

三總結中文有其八一略示前文云如是

等二總明海數謂十億刹塵以上來所列是華藏鱗次之海口光各照一億十方故有十也上二段前別中所無三結主四結伴五結來至六結與供七結禮獻八結安坐既爲總結故闕定方已至會中故闕初海等三事已至會中者一土海二世界海三佛名非別從彼來故此不說

如是坐已其諸菩薩身毛孔中一一各現十世界海微塵數一切寶種種色光明一一光中悉現十世界海微塵數諸菩薩皆坐蓮華藏師子之座

第二如是坐已下現自在用即爲歎德謂塵塵近佛念念益生文有其八一明諸菩薩毛孔現光二光現菩薩三菩薩入塵四塵含廣刹五刹有如來六菩薩往供七助佛揚化八所化成益初二可知

此諸菩薩悉能徧入一切法界諸安立海所有微塵

三中言安立海所有微塵者略有二義一一切施設依正等塵一一稱眞故二約觀心衆生意識所緣即是法界例依名相分別而轉是謂安立妄故爲塵體皆可依是名大刹皆有覺性是曰如來此明菩薩證入衆生性海

彼一一塵中皆有十佛世界微塵數諸廣大刹

四中可知

一一刹中皆有三世諸佛世尊

五隨世俗故說有三世全稱性故並在塵中

此諸菩薩悉能徧往親近供養

六中供養者通財及法

於念念中以夢自在示現法門開悟世界海微塵數衆生念念中以示現一切諸天歿生法門開悟世界海微塵數衆生念念中以說一切菩薩行法門開悟世界海微塵數衆生念念中以普震動一切刹歎佛功德神變法門開悟世界海微塵數衆生念念中以嚴淨一切佛國土顯示一切大願海法門開悟世界海微塵數衆生念念中以普攝一切衆生言詞佛音聲法門開悟世界海微塵數衆生念念中以能雨一切佛法雲法門開悟世界海微塵數衆生念念中以光明普照十方國土周徧法界示現神變法門開悟世界海微塵數衆生念念中以普現佛身充徧法界一切如來解脫力法門開悟世界海微塵數衆生念念中以普賢菩薩建立一切衆會道場海法門開悟世界海微塵數衆生如是普徧一切法界隨衆生心悉令開悟

七於念念下助佛揚化

念念中一一國土各令如須彌山微塵數衆生墮惡道者永離其苦各令如須彌山微塵數衆生住邪定者入正定聚各令如須彌山微塵數衆生隨其所樂生於天上各令如須彌山微塵數衆生安住聲聞辟支佛地各令如須彌山微塵數衆生事善知識具衆福行各令如須彌山微塵數衆生發於無上菩提之心各令如須彌山微塵數衆生趣於菩薩不退轉地各令如須彌山微塵數衆生得淨智眼見於如來所見一切諸平等法各令如須彌山微塵數衆生安住諸力諸願海中以

無盡智而爲方便淨諸佛國各令如須彌山微塵數衆生皆得安住毗盧遮那廣大願海生如來家

第八念念中下所化成益

於中賢首對前開悟以三義釋之一別配釋二圓通釋三各別釋初者謂以前十法門對後所成十益一門得其一益二三前却餘並如次一以夢自在門夢中警覺造惡衆生令得斷惡免苦益故二以菩薩行門令入正定三以現諸天歿生門令生天受樂以放逸則歿尅念便生故上三人天乘四以動刹現無常令猒以歎佛神變令欣成二乘益下皆大乘五以嚴刹大願令修福求向六以攝生言詞令發大心以佛音聲即同體大悲故七以佛雲雨法令入菩薩不退之位已上三位在地前三賢八以照遍滿法界土及神變令得初地已上智眼見平等法九以佛普現遍法界解脫力令得八地已上大力大願無盡智淨國土益十以普賢建道場令住佛果大願海言生如來家者入佛果位故生非是初地已上生佛家也　二圓通者此上十法於此十益一一遍通謂或一法成十益或十法成一益如是互遍無所障礙　三各別者謂前十法門各自開悟世界海微塵數衆生此以法爲益後十益但言須彌塵數不言刹塵之國則是已身以人爲益旣各別釋則夢自在門亦顯一切皆如夢故延促等無礙故云自在餘並可知三各別者前之二釋一則一一別對二則互相總對今不對前則七八兩段義不相關七約法開悟八約

身成益身法不同故不相對上言對前爲三者前二相由故名爲對今與前别亦是對前此上菩薩法化始從放光終於得益順數八段逆推十二重疊無盡一其十須彌塵數衆生得益方在一國餘一切土皆爾故云一一國各令等也二此一切土益在一念時中餘一切念時皆爾故云念念中也三如是念念之益方是一法門所開悟一一法門皆爾四彼多法門方是一念所用餘念念所用法門亦爾五彼多念法門方論一廣刹如一廣刹如是十刹塵數廣刹皆爾六彼多廣刹方論一塵內如一塵一切安立中諸塵亦然七如上諸塵方是一安立海如一安立海遍法界諸安立海亦然八遍法界安立海中業用方是一化菩薩所化如一化菩薩十世界海化菩薩一一皆然九諸化菩薩方是一光所現如一光一一光亦然十彼十刹塵數光明方是一毛孔現如一毛孔遍身一一毛孔皆然十一彼遍身毛孔方是一菩薩如一菩薩有如是十億佛刹微塵數各世界海微塵數菩薩遍身毛孔皆爾十二上來所明十一重作用方論來此一會如此一會於餘佛會亦復如是此後一段偈文具之此上菩薩下上約順釋今乃逆收以彰深妙耳又上十二重一一開之爲二便成二十四重且如一念望一切念即是二義類例相似合之爲一餘十一重準此思之如是重疊無盡各周法界唯智頓觀非心識境華嚴海會大用皆然

爾時諸菩薩光明中同時發聲說此頌言

諸光明中出妙音普徧十方一切國演說佛

子諸功德能入菩提之妙道
第三光聲自述前旣光聲召命今亦光聲
自述菩薩位極用窮深廣若非自述時衆
難知十頌分二初一總明兼陳說處
劫海修行無厭倦令苦衆生得解脫心無下
劣及勞疲佛子善入斯方便
盡諸劫海修方便無量無邊無有餘一切法
門無不入而恒說彼性寂滅
三世諸佛所有願一切修治悉令盡即以利
益諸衆生而爲自行清淨業
後九別顯德用殊勝文分爲三初三通顯
體用自在初偈悲智相導度衆生而不疲
悲智相導者悲無大智即成愛見愛見悲者則於生死有疲猒心令劫海修行而無疲猒明有智導智若無悲則多趣寂名爲下劣今脫苦衆生心無下劣即有悲導矣悲故能度智故無疲
次偈空有雙觀入法門而常寂
次偈空有雙觀者空有雙觀即是前半空無分量有無邊際入法門而常寂即是後半由前觀有入一切法門由前觀空而恒寂滅
後偈物我無滯故
化他而自清
後偈三世二利是願皆修斯則名爲物我無滯便成後半化他自淨
一切諸佛衆會中普徧十方無不往皆以甚
深智慧海入彼如來寂滅法
一一光明無有邊悉入難思諸國土清淨智
眼普能見是諸菩薩所行境
菩薩能住一毛端徧動十方諸國土不令衆
生有怖想是其清淨方便地
一一塵中無量身復現種種莊嚴剎一念歿
生普令見獲無礙意莊嚴者
三世所有一切劫一剎那中悉能現知身如
幻無體相證明法性無礙者
次五頌別敘前現自在與前影略
與前影略者前

有入塵此中即無此有住一毛端遍動
諸剎塵塵多身剎那頓現等彼皆略無
一
身遍十方智觀寂滅即顯不唯來此會也
二身光普入智眼遍觀三住一毛端遍動
諸剎況乎於上處寶蓮華四塵塵多身門
門化異舉一歿生門可以例諸五念劫無
礙結由證深念劫既融故於念念能作法
性無礙者分與無分皆無礙故謂證理不
唯無分故在一切處而全在一法一切法
亦然各有四句身等不唯分故常在此而
無在思之
分與無分者總相而言分即是
事無分是理理事既融故無障
礙各有四句一者事理皆四故理四句者一
無分限以遍一切故二非無分以一法中
無不具一故三具一分無分謂分無分一味以
全體在一法而一切處恒滿故如觀一塵
中見一切處法界四俱非分無分以自體
絕待故圓融故二義一相非二門故事四
句者一有分以隨自事相有分齊故二無
分以全體即理故大品云色前際不可得
後際不可得此此即無分也三俱以前二義
無礙是故具此二義方是事故四俱非以
二義融故平等故二相絕故身等不唯分
故者謂由上諸義理性不唯無分故在一
切處而全體在於一內不唯分故常在一
中而全在一切處事法不唯分故常在此
處恒在他方不唯無分故遍一切處而不
移本位又由理性不唯無分故不在一事
外不唯分故不在一事內事法不唯分故
常在此處而無不在無分故常在他處
而無不在是故無在無不在而在此在彼
無有障礙也然此中有兩對事理各有二
四句乃成八句疏中但出二句謂上云證
理不唯無分故即初對約理一句其一切
法皆爾者舉例耳今云身等不唯分者即
是後對中約事一句以身等即事也餘之
六句略而不出故上總
言各二四句意中含取
普賢勝行皆能入一切眾生悉樂見佛子能
住此法門諸光明中大音吼
後一偈結廣有歸普賢勝行皆入非獨向
來所陳故能光中演斯自在
爾時世尊欲令一切菩薩大眾得於如來無
邊境界神通力故
大文第四現瑞表法上所現相但召有緣

衆集將陳故重現斯瑞瑞文有三初光示法主二現華表義三現衆表教法藉人弘故先明主義爲教本故在教前今初示主文分爲六一意二體三名四相五展六收今初可知

放眉間光

二放眉間光即光體也眉間者表離二邊故於體不計有無二邊於義不著常無常等諸法相邊於行不習苦樂二邊於道不住邪正二邊於人不執因果二邊於教不說世出世二邊於諦不見眞俗二邊於化不定權實二邊是故爲衆放眉間光於體不計有無者一切法體不出有無於義不著常等就一有上自有常無常之義謂生滅是無常義不生滅是常義又不生滅是無常義等只要一有法上即有常無常我無我苦之與樂淨非淨等故示諸法相過於行不習苦樂者斷見計樂行常見計苦行等住正道者則不分別是邪是正因果交徹故世間性空即是出世隨順觀察世諦即入第一義故於諦常自二於解常自一未堪實化權爲說三大根既熟便爲說實權是即實之權實是即權之實故

此光名一切菩薩智光明普照耀十方藏

三此光下辯光名菩薩智光者令得能知智也普照十方藏者令照所知境也藏有三義一智光含德無盡故二以十方刹海各於塵內重含諸刹故三亦通於五藏以言智光故照初二藏令菩薩證照次二藏令菩薩成證則得於涅槃成則得於菩提照第五藏令化令淨三中後二如下業中照初二藏者一如來藏在纏含果法故二自性清淨藏在纏不染故此二本有故令其證照次二藏者一法身藏謂果位爲功德所依故二出世間上上藏謂出纏超過二乘菩薩故並已出纏故致成言照第五藏者以第五法界藏通因通果外持一切染淨有爲名爲法界內含一切恒沙功德故復名藏以有因故化之以有染故淨之

餘如前說三中後二者即藏有三義中後二義下動剎網一一塵中現無數佛即第二義三雨法雨即第三義妙法輪雲即如來藏便是所證二出離雲即令化令淨三大願雲令得令成義

其狀猶如寶色燈雲

四其狀下顯相謂色如燈雲猶日月洞照周遍潤澤雨法雨故如相海品謂色如燈雲者相海品云如來眉間有大人相名遍法界光明雲摩尼寶華以為莊嚴放大光明具衆寶色猶如日月洞徹清淨其光普照十方國土於中顯現一切佛身後出妙音宣揚諸法

徧照十方一切佛剎

五遍照下展即光業用於中分五　一所照分齊謂盡十方一切佛剎

其中國土及以衆生悉令顯現

二光所現謂土及衆生

又普震動諸世界網

三動剎網以諸世界重疊影現交互相當猶如網孔

一一塵中現無數佛

四塵現如來

隨諸衆生性欲不同普雨三世一切諸佛妙法輪雲顯示如來波羅蜜海又雨無量諸出離雲令諸衆生永度生死復雨諸佛大願之雲顯示十方諸世界中普賢菩薩道場衆會

五隨機雨法略舉三法皆下所顯初法輪雲示其所行二出離雲示其所度三大願雲示說法主謂將說普法令知法主大願普周剎塵內故

作是事已右繞於佛從足下入

第六作是下收則示有終歸證從佛流眉間出光修因順果故須右繞自下升高故

從足入履佛所行方證入故
爾時佛前有大蓮華忽然出現
第二爾時佛前下現華表義文有二別一總標華現爲坐所現中方衆故通表所詮佛華嚴故別表華藏佛所淨故故於佛前出此蓮華既通表華嚴亦具同時具足等十門及教義等而其本意正表義耳忽然現者依理起事難測量故亦具同時者十門可思但法是所依體事中一華事耳言教義等者即是十對所依體事由此華事爲理所融故具十對令同時等而賢首約義釋成云一教義謂見此蓮華能生解故二事理華即是事舉體同眞故三境智華是所觀同智性故四行位是萬行華隨位別故五因果因事之華覽成果故六依正全是所修亦能依故七體用體同眞性用應機故八人法恒覽於人攝爲法故九逆順逆順同熱順十度故十感應遍應一切亦能感故而其本意者以十玄十對凡舉一事必具十玄凡一玄門必收十對泛明一法一一圓收故若作義者但是傍來然其本意唯表義耳忽然現者隨難牒釋準觀佛三昧海經第二明地金剛白毫相光云此相現時佛菩提樹白毫力故根下自然化生寶華縱廣正等四十由旬其華金色金剛爲臺佛眉間光照此華臺其光直下至金剛際等與此大同
其華具有十種莊嚴一切蓮華所不能及
二其華下顯具德嚴文亦有二先標十種顯德無盡
所謂衆寶間錯以爲其莖摩尼寶王以爲其藏法界衆寶普作其葉諸香摩尼而作其鬚閻浮檀金莊嚴其臺妙網覆上光色清淨
後所謂下別列十句前六體備衆德後四妙用自在令𥘉蓮子住處有含藏之義故名爲藏表示法門一含一切華藏之名由此而立
於一念中示現無邊諸佛神變普能發起一切音聲摩尼寶王影現佛身於音聲中普能

演說一切菩薩所修行願
後妙用中一念況多摩尼寶王即前藏體影現佛身即依正無礙既發多聲聲皆演法

此華生已一念之間
第三此華生下現衆表教文略有三一現衆時言一念者華生無間表教義相應

於如來白毫相中
二現衆處謂白毫中表教從所證淨法界所流爲衆教源如白爲色本

有菩薩摩訶薩名一切法勝音與世界海微塵數諸菩薩衆俱時而出
三有菩薩下正明衆現亦分爲三一主屬齊現遍詮諸法故云一切所詮圓滿是曰勝音圓教法門必攝眷屬故下文云世界海微塵數修多羅以爲眷屬權實無礙故曰俱時

右繞如來經無量帀禮佛足已時勝音菩薩坐蓮華臺諸菩薩衆坐蓮華鬚各於其上次第而坐
二右繞下申敬就座主伴雖殊並修因順界故右繞如來文義相隨故依華坐正助不等臺鬚有差上義依理明故忽然而現今敎由人立故衆從佛流亦如涅槃從牛出乳
亦如涅槃等者即第十四經南本十三云爾時衆中有一菩薩名住無垢藏王有大威德成就神通得大總持三昧具足得無所畏即從座起偏袒右肩右膝著地長跪合掌白佛言世尊如佛所說諸佛菩薩所可成就功德智慧無量無邊百千萬億實不可說我意猶謂故不如是大乘經典何以故因是大乘方等經力故能出生諸佛世尊阿耨多羅三藐三菩提時佛讚言善哉善哉善男子如是如是如汝所說是諸大乘方等經典雖復成就無量功德欲比是經不可爲喻百倍千倍百千

萬億乃至算數譬喻所不能及善男子譬如從牛出乳從乳出酪從酪出生酥從生酥出熟酥從熟酥出醍醐醍醐最上若人服者衆病皆除所有諸藥悉入其中善男子佛亦如是從佛出十二部經從十二部經出修多羅從修多羅出方等經從方等經出般若波羅蜜從般若波羅蜜出大涅槃猶如醍醐言醍醐者喻於佛性佛性者即是如來以是義故說言如來所有功德無量無邊不可稱計釋曰彼約讚法勝能從微至著今但依從佛出教以況眉間出衆然此經文諸說不同若澤州先於菩薩申已解中有一問云此經是其言教阿耨多羅三藐三菩提是其果證教淺證深何故菩提不及是經釋言此中偏名宣說佛性之詮法身之教以之爲經所證即是性淨因果所生菩提是其方便因果性淨爲本方便爲末末不如本故佛菩提功德不及準佛答其義如是次下釋佛答中云以佛合牛約應身佛十二部經合乳說小乘經修多羅合酥名大乘教藉小開大故名爲出後四俱大乘詮事之教名修多羅謂施戒等事方等合生酥即大乘中破相空教因事顯理故名爲出以般若合熟酥究竟離相證實之慧名爲般若依理起慧是故名出又約行辯教亦得名出般若經然此般若即是向前菩提體也以醍醐合涅槃般若了因了彼無始法性涅槃是故名出約實辯教亦得名出涅槃經言佛性即是如來者是法身如來非報身如來報

身功德不及此經故不即之上皆遠公之意若望經意未必如是謂此公堅將大小事理以配五味乃成屈曲如何不說大乘十二部等耶今謂無垢藏意稚推功歸本果從教生如來述成成其推功之義醍醐最上功本由乳如來至極功歸於教故涅槃即是如來如大即是菩提誠謂滔滔之水本於濫觴合抱之樹生於毫末故說教爲佛本何用強分大小法報別耶然佛自揀此經異於小乘今牛出乳是大教耳若爾何成五味謂十二部經辯所說教出修多羅者十二分教出生契理合機之義故修多羅出方等者由契理故顯出眞理正理廣陳爲方等故從方等出般若者依理生智故般若出涅槃者以智契理成極果故云涅槃猶如醍醐醍醐喻於佛性佛性即是如來文理昭然何須屈曲亦有說言從佛出十二部經是本質教從十二部出修多羅是影像教者亦是妄推度耳都無本影之意

其一切法勝音菩薩了深法界生大歡喜入佛所行智無疑滯入不可測佛法身海往一切剎諸如來所身諸毛孔悉現神通念念普觀一切法界十方諸佛共與其力令普安住一切三昧盡未來劫常見諸佛無邊法界功

德海身乃至一切三昧解脫神通變化

三其一切下彰其德業主教是宗故偏歎主文有十句略爲二解　一豎配十地此明普攝十地功德一句一地初地歡喜得智證如二地性戒是佛所行三地多聞入法身海四行道品善友是依五地雙行現通利物六觀法界般若現前七功用已終故佛與力八無生無動住三昧心九爲法師見無邊法十具於大盡三昧等圓初地尚攝諸地功德況於後後不具前前

二橫就極位釋者一理智了眞二量智入行三證窮法身四常觀受用五毛現神變六念觀法門七外感佛加八內安深定九豎見來際十橫無不圓

故此十句攝爲五對若橫若豎能證必具故爲二釋故此十句者重收前釋一如理如量對二法身報身對三身毛心念對四外感內安對五豎見橫圓對

大文第五稱揚佛德

既現既至任力稱揚自申罔極之情顯佛無涯之德既現既至者疏於釋文之前總彰讚意於中有二先正釋既現即勝音讚既至即十方菩薩讚罔極者即無極之情故詩序云情動於中而形於言言之不足則詠歌之詠歌之不足則不知手之舞之足之蹈之故生公用此意釋說偈意云以罔極之心詠歌舞蹈耳

文分爲二初一眉間菩薩讚後十十方菩薩讚新衆纔集佛便現瑞文不累書故編成次以讚德相類結集併之一處乘現勝音之次先舉勝音之偈後十菩薩即如次十方昔人不曉斯文便將後十爲勝音眷屬非唯章疏之失亦乃翻譯有違何者且眉間出衆即主伴皆讚十方來衆寂無一言主伴禮儀一何疎索況準法界品例來者皆有讚詞細尋菩薩

之名與前十方如次相似但由譯人不審致令名小乖差至下文中一一對辯新衆緫集下明讚亦二先正明亦是通妨謂有問言若以後十爲十方菩薩讚者十方先來何以後讚故今通云現瑞與讚二皆同時則勝音與十方讚亦同時自是結集集讚一處又應問言既是結集排次居然合排十方在前何以向後故釋云承前讚勝音德次是故先舉勝音讚耳

大方廣佛華嚴經疏鈔會本第六之三

音釋

優鉢羅梵語也此云青蓮華優音憂鉢音撥　奮迅奮方問切迅思晉切　玻瓈梵語也此云氷玉乃千年氷之所化也玻滂禾切瓈鄰知切　鬘莫班切　塗同都切　促趨玉切短也　歿莫勃切終也

大方廣佛華嚴經疏鈔會本第六之三

唐于闐國三藏沙門實叉難陀　譯

唐清涼山大華嚴寺沙門澄觀撰述

即於衆中承佛威神觀察十方而説頌曰

今初勝音文分二先説偈儀後正説偈下十例然偈中總相讚佛亦含諸問思之可知亦含諸問者文含四十句且収十海初一偈即佛海次偈演説海三一偈變化海一毛示現故四一偈衆生海五一偈世界海六一偈法界安立海七一偈波羅蜜海八一偈佛壽量海已證佛地必有壽故九一偈解脱海普賢開覺已離障故已獲神通作用解脱故十一偈名號海身雲普遍隨物立名故十海既爾攝餘句問例然故令思之

佛身充滿於法界　普現一切衆生前

隨縁赴感靡不周　而恒處此菩提座

十頌分三初三直就佛歎次六約衆歎佛三有一偈雙結主伴初中三偈皆歎如來體用無礙於中初一不動本而周遍則十身圓融遍四法界十身圓融者以但言佛故通十身但云法界故通四界以體即理用即是事體用無礙即事理無礙即一即遍即事事無礙又初句體遍次句明用第三句明用遍第四句不動本也本有二種一真身為本本體自遍以用如體故不動本而普遍二應用之中自有本末菩提座身即本周十方即末故下不起樹王而昇四天正明不動本而周遍今明雖遍法界而處此座明不壞末而歸本此二不相離故疏以不動本而周遍釋不壞末而歸本

如來一一毛孔中　一切刹塵諸佛坐

菩薩衆會共圍繞　演説普賢之勝行

如來安處菩提座　一毛示現多刹海

一一毛現悉亦然　如是普周於法界

後二不壞小相而廣容上則事如理故此則事含理故於中前一偈半一毛攝三世間後半類餘謂遍法界内皆有佛身無有一毛不含刹海又一毛表解脱門諸佛菩

薩智所住故現多刹海者門門皆是淨土因故（上則事如理故者菩提座身是事以如理故周遍此則事含理者一毛是事無不包故由理有二義一無處不遍二無法不包猶如虛空具包遍義今事如理故具上二義即事事無礙中事理融通門也又一毛者約觀心釋一毛內空能容受故）

一一刹中悉安坐一切刹土皆周徧十方菩薩如雲集莫不咸來詣道場

一切刹土微塵數功德光明菩薩海普在如來衆會中乃至法界咸充徧

次六偈約衆歎者聖賢輔翼顯主勝故六偈總明主伴皆遍於中初二總身總相遍

法界微塵諸刹土一切衆中皆出現如是分身智境界普賢行中能建立

一切諸佛衆會中勝智菩薩僉然坐各各聽法生歡喜處處修行無量劫

已入普賢廣大願各各出生衆佛法毗盧遮那法海中修行克證如來地

普賢菩薩所開覺一切如來同讚喜已獲諸佛大神通法界周流無不徧

後四總身遍別中既微細難思故唯普智方知普行方立（初二總身者然有四句謂一總遍總中二總遍別中三別遍別中四別遍總中然所遍通依正且約能遍為正所遍為依依正各有總別正總即全身別即眼耳乃至一毛依總即全一國土別即若樹若石乃至一塵初但言刹中安坐故是總身總相遍後明身遍塵中之土總遍別中）

一切刹土微塵數常現身雲悉充滿普爲衆生放大光各雨法雨稱其心

三雙結可知

爾時衆中復有菩薩摩訶薩名觀察一切勝法蓮華光慧王承佛威力觀察十方而說頌曰

第二十方菩薩讚德十方即爲十段今初東方言衆中者大衆海中前列名處名觀察勝法蓮華幢幢相高出王是超勝此喻相似光慧即是所喻幢體言衆中者爲揀昔解以爲勝音眷屬讚故則是勝音衆中菩薩故今明是新舊大衆海中

如來甚深智普入於法界能隨三世轉與世爲明導

偈中讚佛眞應二身容答佛地如來智等攝佛地故十頌分二初三讚眞後七讚應讚眞必體用雙美讚應唯約用明欲顯門差實非體外今初也於中初一讚智身次一讚法身後一雙結智含四智法即法界五法具矣智中上半正體證眞下半後起隨俗又句各一智初句大圓鏡智行相深細故次句平等性智自他平等即法界故次頌妙觀察智於自共相無礙轉故末句成所作智成就利他導世事故又句各一智者上約二智此約四智四智之相已見第一經今但取其與今經文相應之處引之耳

諸佛同法身無依無差別隨諸衆生意令見佛色形

二讚法身中上半體相皆同同有二義一本性法身體同言無依者無住本故無差別者體無二故一已證法身相同力無畏等皆無異故此則無礙慧身不依一切離諸分別是無差別力無畏等者即問明品文經云文殊法常爾法王唯一法一切無礙人一道出生死一切諸佛身同共一法身一心一智慧力無畏亦然言相同者即相似名同非謂共也疏此即無礙者上以無住本釋無依無依是理故無住即實相之異名今以智慧釋無依故出現品云一切佛法依慈悲慈悲復依方便立方便依智智依慧無礙慧身無所依離諸分別者上釋無差別約理無二今釋無差但心無分別耳故無差別與無分別有通有局局則無差別是理無分別

約智通則理亦得名無分別故問明品云佛刹無分別無憎亦無愛智亦得名無有差別謂無差智為能證故今用通義以無分別釋無差別下半用同能現能生身土智影皆無二故即法身無色應物現形能現能生身土智影皆無二故者即唯識釋大圓鏡智之能亦如上引即法身者引證此語正是攝論論云法身無色應物現形般若無知對緣而照若取其本據即是經云佛真法身猶若虛空應物現形如水中月下經亦云佛以法為身清淨如虛空所現衆色形令入此法中

具足一切智徧知一切法一切國土中一切無不現

三雙結者上半結智上句根本下句後得下半結法但舉其用體通上下以智契如故金光明說如如及如如智爲法身故以智契如下會上二身令無障礙是真法身引金光明已如上引即三身品

佛身及光明色相不思議衆生信樂者隨應悉令見

後七讚應分三初一隨樂現應不思議者隨緣無邊故光明覺云億那由劫共思量色相威德轉無邊等

於一佛身上化爲無量佛雷音徧衆刹演法深如海

次四身光演法初一化身演法望前應身即重化也望前應身者應身對法報應是化身今於應身上起化故云重化如釋迦是應身涅槃受供於其毛端現多化佛即重化也

一一毛孔中光網徧十方演佛妙音聲調彼難調者如來光明中常出深妙音讚佛功德海及菩薩所行

次二毛光演法

佛轉正法輪無量無有邊所說法無等淺智不能測

後一結歎難量法輪義如別說

一切世界中現身成正覺各各起神變法界悉充滿如來一一身現佛等衆生一切微塵刹普現神通力

後二偈成道起通上皆圓融亦有十身且從一義耳

爾時衆中復有菩薩摩訶薩名法喜慧光明承佛威神觀察十方而說頌曰

第二南方法喜菩薩前雲集中名普照法海慧會義亦同光明即照法故十頌歎佛寂用應機德荅前境界法身顯現即分齊境無生無體即所觀境衆生國土皆所化境

佛身常顯現法界悉充滿恒演廣大音普震十方國

於中分三初四依眞起應於中分二先一偈顯眞佛身常者第一義常出三世故智符於理湛然常照顯者離二障故現者常在前故不同衆生自體常也先一偈顯真者此約法報無礙之身為真佛也第一義常者本有常也智符於理湛然常照者修成合本有也若依法相後常是相續常今依法性宗寘符於理同理常也故生公涅槃疏云夫真理自然悟亦寘符真則無差悟豈容易不易之體為湛然常照即其義也顯者離二障者亦有二意若別說者離煩惱障故法身顯離所知障故智身成合則二障俱障二身離於二障俱顯二身智性本有非照今有法界悉充滿者諸根相好一一無邊無限福智所莊嚴故諸根相好一一無邊者即自受用身果無限福智所莊嚴者即自受用因故唯識云二受用身有此二種一自受用謂諸如來三無數劫修習無量福慧資糧所起無邊真實功德及極圓淨常遍色身相續湛然盡未來際恒自受用廣大法樂釋曰以論對疏居然可知次二句音恒用普恒自受用廣大法樂故

如來普現身徧入於世間隨衆生樂欲顯示

神通力佛隨衆生心普現於其前衆生所見者皆是佛神力光明無有邊説法亦無量佛子隨其智能入能觀察

下三偈起用初一普隨物樂次一感應道交後一法光無際（初一普隨物樂下三義皆通他受用身及變化身故唯識云二他受用謂諸如來由平等智示現微妙淨功德身居純淨土爲住十地諸菩薩衆現大神通轉正法輪決衆疑網令彼受用大乘法樂）

佛身無有生而能示出生法性如虛空諸佛於中住無住亦無去處處皆見佛光明靡不周名稱悉遠聞無體無住處亦無生可得無相亦無形所現皆如影

二有三偈體用無礙於中初二句約相無生現生次二句約性無住而住次一偈約用無去住而普周後偈體用雙拂謂無體拂上無生無生爲佛法體故今體即非體（無生爲佛法體者諸經論中皆詮無生之理故淨名不二發始明之楞伽經説一切不生中論不生爲論宗體傅大士亦云佛法以無生爲體無著爲宗忘想爲因涅槃爲果諸文非一）無住處者拂約性二句亦無生可得拂示生句下半拂前第二偈約用用如影故（無住處者拂約性二句者以約性云法性如虛空諸佛於中住似有住處今謂法性如空則無所住況體無生安有能住不住諸法方住法性故上文云諸佛於中住金剛經云應無所住而生其心若心有住則爲非住大品云若住一切法不住般若波羅蜜不住一切法方住般若波羅蜜故大般若會會之初皆先明無住）

佛隨衆生心爲興大法雲種種方便門示悟而調伏一切世界中見佛坐道場大衆所圍繞照耀十方國一切諸佛身皆有無盡相示現雖無量色相終不盡

三有三偈明眞應無盡一法雲無盡二衆會無盡三身相無盡無盡相言兼眞身故終不盡者全同體故（無盡相言兼眞身故者一應用無盡若鏡

對萬形二眞體無盡此復二種一十蓮華藏之色相故二一一色相體無窮盡湛然不變故經云如來妙色常安隱不爲時節劫數遷大聖曠劫行慈悲獲得金剛不壞體勝鬘云如來色無盡智慧亦復然

爾時衆中復有菩薩摩訶薩名香燄光普明慧承佛威神觀察十方而說頌曰

第三西方香焰菩薩前名月光香焰普莊嚴此中光即月光明慧即是智慧莊嚴十頌讚佛身含衆海即答加持問由加能入故

此會諸菩薩入佛難思地一一皆能見一切佛神力

於中前九讚衆海則佛德可知後一結德歸佛前中初一總餘八別

智身能徧入一切刹微塵見身在彼中普見於諸佛如影現衆刹一切如來所於彼一切中悉現神通事普賢諸行願修治已明潔能於一切刹普見佛神變身住一切處一切皆平等智能如是行入佛之境界

別中二前四平遍一切於中初一智身入刹塵次一色身普現用後二釋成前義一普賢行圓故二身心平等故

已證如來智等照於法界普入佛毛孔一切諸刹海一切佛國土皆現神通力示現種種身及種種名號能於一念頃普現諸神變道場成正覺及轉妙法輪一切廣大刹億劫不思議菩薩三時中一念皆能現

後有四偈明微細入於毛孔刹中而作用故

一切諸佛土一一諸菩薩普入於佛身無邊亦無盡

後一結中非唯一會一切菩薩皆入佛身
方爲讚佛
爾時衆中復有菩薩摩訶薩名師子奮迅慧
光明承佛威神徧觀十方而說頌曰
第四北方菩薩此同本名但加慧字然此
十頌歎佛依體起用轉大法輪答前佛行
佛以轉法化生爲其行故
毘盧遮那佛能轉正法輪法界諸國土如雲
悉周徧
文中分三初二句總次半偈幷後八偈共
八偈半别後一偈結
十方中所有諸大世界海佛神通願力處處
轉法輪一切諸刹土廣大衆會中名號各不
同隨應演妙法如來大威力普賢願所成一
切國土中妙音無不至佛身等刹塵普雨於
法雨無生無差别現一切世間無數諸億劫
一切塵刹中往昔所行事妙音咸具演十方
塵國土光網悉周徧光中悉有佛普化諸羣
生佛身無差别充滿於法界能令見色身隨
機善調伏三世一切刹所有衆導師種種名
號殊爲說皆令見
别中讚佛十化前法界諸國土二句現受
生化處處受生身雲遍故令十方中所有
等一偈讚神通化末句雖云轉法意在通
用三有三句讚業果化一切諸刹名號不
同者示同趣類業報名字故上三依身四
隨應演妙法者即辯揚化隨應則能斷彼
疑故五一偈勸讚勵化妙音讚勵故六一
偈虔樹化普雨法雨令彼進修無生法故
上三語業七有一偈領受意化領問受取

演昔行故八有一偈決擇意化決擇有情心行差别及揀諸法性相不同方能普化故九一偈發起意化發起宿善及三乘大行爲善調故十有一偈造作意化建立佛法事義種種皆令見故依實起用即是化身故說化身無别心色此之十化與佛地經次第無違但令相融不違經旨十化者即佛地經說佛身有十化一初依身輪起三種化一受生化謂受最後身二神通化謂諸變等三業果化謂受金鏘等又依語輪起三種化一辯揚化謂轉法輪斷疑答難二讃勵化謂讃勝勸學三慶慰化謂有進修或能斷證隨喜慶慰意化有四一領受意化謂領問受取等二決擇意化謂觀有情心行差别揀擇諸法性相不同三發起意化謂能發起宿世善根及令二乘發大行等四造作意化謂能建立諸法事義是故當知依實起用即是化身故說化身無别心色釋曰上即論文疏文具用欲會釋經少有添減但觀向引自分疏中主客之言

過未及現在一切諸如來所轉妙法輪此會皆得聞

末後一偈結歸斯會可知

爾時衆中復有菩薩摩訶薩名法海慧功德藏承佛威神觀察十方而說頌曰

第五東北方法海菩薩前衆集中名最勝光明燈無盡功德藏法海可當最勝光明義與慧同功德藏名前後無别無盡二字前有後無十頌讃佛攝勝眷屬答佛力問寄讃菩薩實由佛力故結云住力地中

此會諸佛子善修衆智慧斯人已能入如是方便門

文中初一智滿得法即爲總相如是方便門者此有二意一指前謂具前三輪之化故能周遍一一國土二即下九别爲如是方便也

一一國土中普演廣大音說佛所行處周聞十方剎
餘九別相共讚七事一讚普演大音有三種大一者處大一一國故二者義大說佛行故三者體大周聞十方故
一一心念中普觀一切法安住眞如地了達諸法海
二讚時無空過念念觀法證眞實故
一一佛身中億劫不思議修習波羅蜜及嚴淨國土
三能入勝處諸佛身中修淨國故
一一微塵中能證一切法如是無所礙周行十方國
四於染無礙塵中證法而周行故
一一佛剎中往詣悉無餘見佛神通力入佛所行處
五能入佛境見佛神力入行處故行處有二一智行處謂十力境二佛化處謂器及衆生
諸佛廣大音法界靡不聞菩薩能了知善入音聲海
六有三頌善入音聲初入大音
劫海演妙音其音等無別智周三世者入彼音聲地
次入妙音
衆生所有音及佛自在聲獲得音聲智一切皆能了
後入一切音
從地而得地住於力地中億劫勤修行所獲法如是

七一頌善知諸地言從地者即出心也而得地者即住入也力地中者即佛地也所獲法者結上方便也

爾時衆中復有菩薩摩訶薩名慧燈普明承佛威神觀察十方而說頌曰

第六東南方慧燈菩薩名全同前十頌讚諸菩薩悟入深廣由三昧力見佛三昧即答三昧問也

一切諸如來遠離於衆相若能知是法乃見世導師菩薩三昧中慧光普明了能知一切佛自在之體性

於中分四初二歎見佛眞體一見佛離相二見佛自在言離衆相者般若云離一切諸相則名諸佛慈氏論云但離四相即離一切謂名義自性及差別也言自在者由菩薩定慧雙運故見佛自在也離一切諸相即名諸佛者復有文云若見諸相非相即見如來慈氏論云引此釋上離一切言故四加行位菩薩但觀此四四者一名二義三名義自性四名義差別名即能詮義為所詮名中有句名詮自性句詮差別則名中有自性差別義中亦有自性差別能詮所詮此二異相故二別觀若名義自性名義差別二二相同故合觀察謂觀於名必詮自性若觀於句必詮差別故自性名與自性義此二相同名義差別相同亦爾

見佛眞實體則悟甚深法普觀於法界隨願而受身從於福海生安住於智地觀察一切法修行最勝道一切佛刹中一切如來所如是徧法界悉見眞實體十方廣大刹億劫勤修行能遊正徧知一切諸法海

次四頌明悟法一證深理法願力而現二悟多行法福智成形三達果法體無不遍四了教法深廣難知

唯一堅密身一切塵中見無生亦無相普現

於諸國隨諸衆生心普現於其前種種示調伏速令向佛道

三有二頌歎身業普應一深二廣云堅密者齊佛體用堅即金剛之身密謂三密之一即一而多故遍一切即大而小故現塵中無功之應故無相而現若約法門此身即如來藏性也不可破壞故堅深而難見故密衆生塵心無不皆具本自有之故曰無生體絶百非故曰無相衆生六根是謂諸國

以佛威神故出現諸菩薩佛力所加持普見諸如來一切衆導師無量威神力開悟諸菩薩法界悉周徧

四後二頌歎得佛加持一此佛力二餘佛力

爾時衆中復有菩薩摩訶薩名華燄髻普明智承佛威神觀察十方而說頌曰

第七西南方前列名處云普華光焰髻少同多異十頌歎佛攝生自在德答前自在問

一切國土中普演微妙音稱揚佛功德法界悉充滿佛以法爲身清淨如虛空所現衆色形令入此法中

文分爲三初六攝生無遺次二寂用無礙後二大用無涯今初文二初二能攝謂身語深廣前偈語後偈身身中上半體客塵不染故下半用隨物見異故亦是釋疑爲物現相不乖如空　亦是釋疑者疑云既以何緣現金色等云何令人悟於虛空答有三意一體雖無相爲物現相物宜見故隨他意耳二若不現相云何令人悟於無相如不因言豈顯無言之理上二意即爲物

現相句中通之三如虛空言取其清淨無相非離相求相即無相故不乖空故下經云佛住甚深真法性寂滅無相同虛空而於第一實義中示現種種所行事所作利益衆生事皆依法性而得有相與無相無差別入於究竟皆無相故相不乖無相相即無相耳

若有深信喜及爲佛攝受當知如是人能生了佛智

後四偈所攝初偈何人能了內信外攝者

諸有少智者不能知此法慧眼清淨人於此乃能見

次偈以何眼見唯勝非劣

以佛威神力觀察一切法入住及出時所見皆明了

次偈了見何法謂一切法地地三心地地三心者即入住出下當廣說

一切諸法中法門無有邊成就一切智入於深法海

後偈何位究竟菩薩地盡至入佛海

安住佛國土出興一切處無去亦無來諸佛法如是一切衆生海佛身如影現隨其解差別如是見導師

次二寂用無礙中初偈用遍出興體無來往後偈即用恒寂隨解自差

一切毛孔中各各現神通修行普賢願清淨者能見佛以一一身處處轉法輪法界悉周徧思議莫能及

後二大用無涯者初一一毛皆普現通後一一身各遍轉法

爾時衆中復有菩薩摩訶薩名威德慧無盡光承佛威神觀察十方而說頌曰

第八西北方菩薩前名無盡光摩尼王此

云威德慧即摩尼王法喻異耳十頌歎佛出現説法皆周遍德答無畏問説法無畏故

一一佛刹中處處坐道場衆會共圍繞魔軍悉摧伏佛身放光明徧滿於十方隨應而示現色相非一種

於中分三初二總顯身光遍應次七辯其所作後一結用歸本

一一微塵内光明悉充滿普見十方土種種各差別十方諸刹海種種無量刹悉平坦清淨帝青寶所成或覆或傍住或似蓮華合或圓或四方種種衆形相

辯所作中分二初三明光照無遺

法界諸刹土周行無所礙一切衆會中常轉妙法輪佛身不思議國土悉在中於其一切處導世演眞法所轉妙法輪法性無差別依於一實理演説諸法相佛以圓滿音闡明眞實理隨其解差別現無盡法門

後四演法周遍一遍塵内外法界刹中二遍佛身中一切刹内三明所轉性相四明能轉圓音

一切刹土中見佛坐道場佛身如影現生滅不可得

後一結用歸本不可得故

爾時衆中復有菩薩摩訶薩名法界普明慧承佛威神觀察十方而説頌曰

第九下方菩薩前名法界光焰慧此云普明即前光焰十頌讚佛境勝用菩薩能入答神通問文云各各現故

如來微妙身色相不思議見者生歡喜恭敬

信樂法佛身一切相悉現無量佛普入十方界一一微塵中十方國土海無量無邊佛咸於念念中各各現神通

於中二前三顯佛境勝用先半偈標其體謂妙身色相後二頌半辯其用

大智諸菩薩深入於法海佛力所加持能知此方便若有已安住普賢諸行願見彼衆國土一切佛神力

後七菩薩能入謂入佛境界於中三初二具德故知見

若人有信解及以諸大願具足深智慧通達一切法能於諸佛身一一而觀察色聲無所礙了達於諸境能於諸佛身安住智所行速入如來地普攝於法界

次三知見成益

佛刹微塵數如是諸國土能令一念中一一塵中現一切諸國土及以神通事悉現一刹中菩薩力如是

後二結用速疾並可知

爾時衆中復有菩薩摩訶薩名精進力無礙慧承佛威神觀察十方而說頌曰

第十上方菩薩此與前名顛倒而已十頌讚佛圓音現身神變自在答無能攝取問謂此願力普周無能令不取故

佛演一妙音

於中分三初三頌歎佛圓音雨法德然具十義一唯一妙音一梵音故一梵音故者唯取五天梵音意在一故

周聞十方刹

二遍聞一切稱法性故二即此一梵音稱性故遍

衆音悉具足
三此一即多事理融故三此一梵音中即具一切音故疏釋云事理融故一梵音是事事為理融故一具一切
法雨皆充徧
四彼一一音雨多法雨四多法雨者隨前一音即說四諦十二因緣六波羅蜜因果等法
一切言詞海
五彼法各具一切文詞五隨說一法具多文辭如四諦品說四諦法遍周法界主伴無盡
一切隨類音
六各同一切衆生之音六隨前一音一法各同一切衆生之音如百道風各吹多竅競發異響前第三一音具多是佛音自具今一具多是隨一音外同物類
一切佛剎中
七此音各各遍一切處七隨一類音各遍一切處多類皆爾

轉於淨法輪
八所說各顯性淨之理八唯宣稱性融差別故
一切諸國土悉見佛神變聽佛說法音
九各令一切普得見聞九能令萬類皆得見聞上之性淨
聞已趣菩提
十各各皆得究竟之益十隨聞大小益皆究竟
上之十義從一妙音展轉開之具十無盡
方曰圓音文處可見文處可見者上之八義句各一義唯第九義具於三句十亦一句故十二句而有十義
法界諸國土一一微塵中如來解脫力於彼
普現身法身同虛空無礙無差別色形如影
像種種衆相現影像無方所如空無體性智
慧廣大人了達其平等佛身不可取無生無
起作應物普現前平等如虛空
次四歎佛現身無礙德初偈解脫力故現

處周細次偈法身力故現相即虛後二偈以般若德發揮前偈初偈釋下半言影像者顯無方所故謂光東則影西光西則影東質對像生來無所從質謝像亡去無所至故此影像即空無體言影像者此句標下別釋之離其影像以為二喻影取光影喻故云光東影西等然光影喻自有二意一以若身若樹等以喻物機日月之光以喻佛智所見之影喻佛色形如瞿師羅之短質佛智對之為三尺之影無邊身之長質佛智對之為窮上界而有餘之影今不取此義二質喻法身無二相故光喻機感隨其東西所感異故影喻色形隨機感光而東西故今取此義云無方所二以像一種為鏡像喻故云質對像生無從無去即無方所故此影像下變結二喻無方所言意明空耳

後偈釋上半言如空者

不可取等故故雖現形猶如水月平等如空言如空者等取四義謂此偈中五義如空一不可取無物可取智覺無性故二無生非從無之有故三無起作非新成故四應物現前無有一物不對空故隨器大小孔隙之異故五平等十方虛空皆不可量三際虛空同一相故如來五義者一離相故二真常故三湛寂故上三寂然不動四即感而遂通五體相用等佛佛相望平等無二故雖現形者經云佛真法身猶若虛空應物現形如水中月此義佛佛平等是故經云平等如空

十方所有佛盡入一毛孔各各現神通智眼能觀見毘盧遮那佛願力周法界一切國土中恒轉無上輪一毛現神變一切佛同說經於無量劫不得其邊際

後三歎佛神變自在德一則毛孔廣容二則願能普遍三舉少況多又上畧配十句其中具有四十句意不能繁指

如此四天下道場中以佛神力十方各有一億世界海微塵數諸菩薩衆而來集會

第六大段結通無窮分中分二初舉此

應知一切世界海一一四天下諸道場中悉亦如是

二應知下類彼言四天下者意在閻浮言總意別既以結通菩薩雲集尤顯上歎是彼十方遠方便竟既以結通者謂若是勝音眷屬何以歎後結云如此四天下道場中以佛神力十方各有一億世界海微塵數諸菩薩等而來集會耶明知上是十方菩薩歎佛德耳

大方廣佛華嚴經疏鈔會本第六之三

音釋

僉千廉切音籤皆也　竅苦吊切穴也　鏘千羊切與搶同　勵力制切勸勉也

大方廣佛華嚴經疏鈔會本第七之一

唐于闐國三藏沙門實叉難陀　譯

唐清涼山大華嚴寺沙門澄觀撰述

普賢三昧品第三

將釋此品四門同前初來意者前衆既集光示法主令將說法是故法主入定受加爲近方便故次來也

二釋名者普賢明說法主以說普法故三昧是業用以非證不宣故此則人法合舉普賢之三昧亦此三昧是普賢所有又三昧境界名爲普賢一切如來藏身爲普賢故此則普賢即三昧揀餘定也若準梵本普賢三昧威德神變品威德神變皆定之用攝用從體但云三昧也縱佛加光讚皆因定故餘會入定受加起定即說同爲一品今此開者文多義廣勸修學故言義廣者建立普賢之行願故故此比餘麤相而說四同六異言四同者入住加出言六異者一數異餘會入起唯一此會入起俱多故二者類異類餘方故三利益異定起多人益故四光讚異如來毛孔光明讚故五衆請異從定起已待衆請故六證相異餘會經終方有證相此品益已即便地動雨雲等故四五二種十地雖有而不具六今此具六故別立品以此說果餘皆因故又爲諸會本故總故七八九會雖是果定說通因果又非總故縱佛加下二解妨難總有二難一義廣名局難難云文中具有佛加光讚何以偏名三昧釋意可知餘會下通第二違例開品難難云諸會之中皆入定等在於本品今何開耶故疏牒此以答答文有二一釋餘不開所由四五二種下展轉生難云光讚衆請十地亦有何名六異彼何不開今此別開

答意可知七八下通辭跡難難云若說果法別立此品七八九會亦說果法何不立耶答意云彼唯有一而無有二義故三宗趣者入法界定法界佛加爲宗令法界衆成法界德爲趣望於後品亦說世界海爲趣

爾時普賢菩薩摩訶薩於如來前坐蓮華藏師子之座承佛神力入于三昧

四釋文者文有六分一三昧分二加持分三起定分四作證分五毛光讚德分六大衆偈請分初中有二一明此界入定二類通十方就初分三一承力入定二彰定名字三明定體用今初有六一時說偈竟時二主顯佛普德唯普賢故三處依如來者常對佛故四所依座大集云菩薩得蓮華陀羅尼故說法處皆有蓮華表所入三昧自性無染含果法故五所依因謂所入深廣要承力故六正入三昧心境冥故

此三昧名一切諸佛毗盧遮那如來藏身

二此三昧下彰定名字毗盧遮那前已廣釋復有釋言廣大生息具此三義名如來藏身身即體也依也此有二種一者修成二者本性本性者凡聖俱成修成者唯諸佛有諸佛有者慈悲無邊故名爲廣智慧無上故稱爲大生相已盡故云生息涅槃云離有常住故名如來萬德含攝是謂藏身即是出纏之法身也言本性者謂即藏識包含種子建立趣生故名爲廣本覺現量與佛等故名之爲大新新生故名之爲生染淨苦樂所不能動故名爲息即上法身在纏名藏謂空不空空爲能藏藏不空故復有釋下先總釋中毗廣大也盧遮生也那者息也即安國意諸佛下初釋修

成三義即是三德謂恩智斷言生相盡者
即起信意彼有三細謂業轉現總名生相
在賴耶識今言盡者論云菩薩地盡覺心
初起心無初相以遠離微細念故得見心
性心即常住名究竟覺釋曰遠離細念即
生相盡也故次引涅槃離有常住釋如來
義即第四經離有即生息也常住之義同
上起信言本性下釋本性本覺現量者本
覺即是所證本性唯眞現量方能證故與
佛等者起信論云所言覺義者謂心體離
念離念相者等虛空界無所不遍即是如
來平等法身說名本覺故以等佛而釋大
也新新生者釋生息義雖別名二字意取
即生而息上約本淨今約隨染言染淨苦
樂所不能動者上約隨緣此明不變又上
約生滅此約眞如故約生滅隨緣常生約
眞如不變常息即上法身下別釋藏字無
釋如來非報身也謂空不空標二藏名起
信論云復次眞如依言說分別有二種義
一者如實空以能究竟顯實故二者如實
不空以有自體具足無漏性功德故釋曰
上即雙標空爲能藏者即次論意論云所
言空者從本已來一切染法不相應故謂
離一切法差別之相以無虛妄心念故當
知眞如自性非有相非無相非非有相非
非無相非有無俱相非一相非異相非非
一相非非異相非一異俱相乃至總說一
切衆生以有妄心念念分別皆不相應故
說爲空若離妄心實無可空故所言不空
者以顯法體空無妄故即是眞心常恒不

變清淨滿足則名不空亦無有相可取以
離念境界唯證相應故釋曰上引論文即
雙釋二藏而疏引意釋於空藏不空意猶
難見此有二義一者據論標中本意自性
清淨心不與妄合則名爲空性具萬德即
名不空及至釋文乃云若離妄心實無可
空即顯空藏因妄而顯不空妄藏要由翻
染方顯不空故云以顯法體空無妄故即
是眞心等如本本有檀德今爲慳貪本有尸
德今隨五欲本有忍德今爲嗔恚本有進
德今爲懈怠本有寂定今爲亂想本有大
智今爲愚癡藏於慧是故論云以知法性
無慳貪故隨順修行檀波羅蜜等萬行例
然故下論釋本有眞實識知義云若心有
動非眞識知明妄心之動藏其眞知是以
即妄之空藏不空之萬德故經云知妄本
自眞見佛則清淨故上論云以能究竟顯
實故名爲空故知空藏能藏不空能藏既
空則顯不空之藏本來具矣二者自性心
上無妄爲空隨所無者即不空德如空無
慳恪即顯有檀空無妄動顯
有性空故是空藏藏不空也
若以光明遍
照解毗盧遮那毗盧遮那即是能觀大智
如來藏身即所觀深理凡雖理有佛智方
照又毗盧遮那亦通本有本有眞實識知
遍照法界義故斯即本覺迷而不知不得

其用唯佛覺此能無不爲故云一切諸佛揀非凡也亦非因也若以光明下二約光明遍照釋猶有二意一以毗盧遮那爲能證即是修成如來藏身以爲本有是故結云凡雖本有佛智方證又二毗盧下以毗盧遮那以爲所證則以如來而爲能證本有眞實識知義者即是起信生滅相大中文論云若心起見則有不見之相以心性離見即是遍照法界義故若心有動非眞實識知意云若無動念即眞識知既云即是遍照則毗盧遮那亦本有矣顯於依正離如來藏無別自體故入此也

賢首釋云諸佛遍於一切即顯諸佛無不周遍法界剎海及彼塵中所有諸剎諸剎塵中復有諸剎如是重重不可窮盡言如來藏身者明即此遍剎之身包容所遍法界剎海無不皆在如來身中故名藏身是故融通總有四句一身遍剎海二剎在身中三身遍身內剎四剎入遍剎身即內即外依正混融無礙無障是此三昧所作故以爲名將說此法故入茲定賢首云下三敘普異同意以身包剎海塵容法身得藏身名但是下文用中一義攝義不周不爲正釋順經宗意故存而不論

普入一切佛平等性能於法界示衆影像

三普入下明體相用此是定相無量無邊皆悉依於如來藏說略舉其要句有十三門乃有十以後二門收五句故攝爲六對後之二門各一對故文有四節義唯有三至下當明言六對者初二句明體用一對謂無分別智證平等性以爲定體影現法界爲勝用也

謂以因因性證彼因性成彼果性顯果果性如是佛性則具七義一眞二實三善四常五樂六我七者清淨生佛之性本末不

殊況佛果果豈不平等佛平等性即如來藏是故但入如來藏身即是已入佛平等性此爲第一契合佛性門也

因因等者即涅槃二十七師子吼菩薩品云佛性有因有因因有果有果果因者十二因緣因因者即是智慧發心已去果者即阿耨多羅三藐三菩提果果者無上大涅槃今疏文意因因即觀緣之智通發心已去因即所證之理能證至果爲大菩提所證至果名大涅槃前二是因因後二是果果而有重因重果言者謂十二因緣是正因性雖有此性若無觀智不能成果今由觀智令彼成果即與因作因故名因因菩提對前已名爲果而大涅槃由菩提顯故此涅槃即是菩提果家之果故彼經諭云如無明爲因諸行爲果行緣識果則無明亦因則因因識亦果亦果果來此無明爲因因則在行前行如十二因緣無明如觀智則觀智在於十二因緣前而遠公云十二因緣近起觀智遠爲涅槃正因故名爲因方依前因以起觀智依因起因故名因因者則因因在於十二緣後理則可矣而不順諭無明因因在於行前耳然上四句之後經中復有四句云一是因非果如佛性二是果非因如大涅槃三是因是果如十二因緣所生之法四非因非果名爲佛性此之四句三即是前二三兩句智慧菩提皆依十二因緣生故初及

第四皆前中初一以十二緣約相是因若約緣性即非因果是中道正性法身理也二即第四而菩提望前是果望後是因故言亦因亦果涅槃之後更無所顯故唯是果又第四句非前四句總爲四句之體就緣成四與此爲因名爲因性與此爲果名爲果性猶如真如出煩惱障名爲涅槃出所知障名爲菩提而體無二隨出得名佛性亦爾因等四句皆望緣取而佛性體體絶四句俱非因果四句已亡思之若總合上二種四句成五佛性後成四句一或有佛性闡提人有善根人無是前因性之中一分之義以來成佛時善惡無記皆名佛性亦取其惡故云一分闡提有也二或有佛性善根人有闡提人無即因因性三或有佛性二人俱有即因性中通十二緣亦非因非果之性四或有佛性二人俱無即彼果性及果果性對前兩重四句可以意得十二因緣名佛性者一當體淨故是法身性二能知名義成反流故名報身性又前滅後生非斷非常顯中道故故初四句後經云善男子以是義故十二因緣不生不滅不常不斷非一非二不來不去非因非果又三雜染即三德故翻煩惱雜染以成般若翻業雜染以成解脫翻苦雜染以成法身當相即是性淨三德觀之則是觀行三德證之則是圓滿三德又初因性即染淨緣起二因因性即內熏發心三果性即始覺已圓四果果性即本覺已顯又初隨染隱顯二微起淨用三染盡淨圓四還

源顯實又初與四俱是理性但染淨分二二之與三俱是行性但因果有殊又初染而非淨二淨而非染三亦淨亦染四非染非淨又初自性佛性二是引出佛性三四皆是至得果性又初二因中理智後二果中理智因果雖異理智不殊理智似分冥契無二唯一心轉絕相離言無不包融故名佛性由此名爲佛性契合門也如是佛性下即涅槃三十五經云善男子如來十力四無所畏乃至如是等法是佛佛性如是佛性則具七事一常二樂三我四淨五真六實七善今但義引故小不次澤州云四不遷名常六自在名我五安隱名樂七無染名淨一離安是真二不空顯實三體順成善後明菩薩性有六種於前七中畧無我樂加一少分見以其未得八自在我故無我德未得大涅槃無真實樂德未見自身佛性故加少分見生佛之性下釋平等義言佛平等性即如來藏下會別歸總此爲第一下結十門之一

言勝用者即示衆影像門謂能現能生身土智影也

言勝用下即釋經能於法界示衆影像是第二門言能現能生者即唯識論釋大圓鏡智之文謂三身三土三智之影皆是鏡智之所現故如前已引

廣大無礙同於虛空法界海漩靡不隨入

次二深廣一對廣者無邊不在內外故大者無上究竟實際故無礙者無所障故同於虛空成上三義通爲廣大無礙門後句即入法海漩澓門漩即深也

出生一切諸三昧法普能包納十方法界

三有二句出納一對初出生三昧門謂若自相若共相等一切三昧皆從此生此爲諸定本故後攝受法界門終歸此故法界體性故

謂若自相等者謂觀色等六塵入正定故名爲自相若觀無常空等入定則名共相並皆不離如來藏性性即真如故起信云真如三昧是諸三昧之根本上釋出生一切諸三昧法後攝受下即釋普能包納十方法界終歸此者約事法界法界體性約理法界

三世諸佛智光明海智從此生十方所有諸安立海悉能示現

四有二句境智一對初句能成佛智門謂不體此理非佛智故後示現諸境門然安

立言總有三種一者世界安立依報二者聖教安立妙義三者觀智安立諦相皆法界藏顯示現前四有二句前句即三世諸佛智光明海皆從此生言不體此理下體謂體達若能證入藏身之性即名佛智正用起信始覺同本名究竟覺故生公立體理成照義云理不待照而自了智必資理而成照故知理無廢興弘之由人智雖人用不在人出矣故人有照分功由理發失理則失照故要見此理方成佛耳後句示現者釋經十方所有諸安立海悉能示現上攝受法界即言終歸此故今此即言此能現者文影畧耳皆自此生皆歸此故故知萬物依地而生終歸於地含藏一切佛力解脫諸菩薩智能令一切國土微塵普能容受無邊法界五有二句即依正含容門爲內外含容對謂內含因果智力外令塵容法界由塵全依法界藏現同眞性故五有二句即依正含容門二句共成一門一門便成一對內合因果智力釋經含藏一切佛力解脫諸菩薩智外令塵下釋經能令一切國土微塵悉能容受無邊法界釋云由塵全依法界藏現即是事塵頓變萬境故言同眞性者約理法界

成就一切佛功德海顯示如來諸大願海一切諸佛所有法輪流通護持使無斷絕六有三句即成就攝持門爲成持人法對謂初成果人功德大願後持法輪令不斷絕由斯玄理法眼常全故六有三句成一門一門分二一對前二句成人即經云成就一切佛功德海二願示如來諸大願海是故䟽云初成果人功德大願即二句也後持法輪即是持法釋經一切諸佛所有法輪流通護持使無斷絕由斯玄理下法眼長全無缺減即第十四經由眞理湛然故悟亦冥符理既無虧法眼常全矣上言四節者初四句明無幽不入釋上毗盧遮那遍照之義次四句無德不生釋上一切諸佛之義次二句內外含容釋上藏義後三句成德持法釋上身義上言四節下第三結束稱讚言次四句者即出生一切下言二句者即含藏下言後

三句者卽成一切下三義皆是結束此三圓融稱讚也言義唯有三
者入平等性是定體也廣大同空是定相
也餘皆定用此三圓融總爲無礙普賢三
昧
如此世界中普賢菩薩於世尊前入此三昧
二如此下類通十方及諸塵道於中有二
初舉此
如是盡法界虛空界十方三世微細無礙廣
大光明佛眼所見佛力能到佛身所現一切
國土
後如是下類彼中二初明平遍法界後明
重疊無盡前中十一句初一總明謂盡窮
法界後十別指以彰曲盡一盡虛空界二
於空中盡十方處三於十方中遍三世時
四於三世中微細物處謂毛端等五凡諸
小隙無礙之處六或廣大百千由旬等處
七人天日月光明等處八盡佛眼見處九
盡神力到處十佛身能現之處此第十句
有二義一者結上國土之言通十一段二
者成下以是身內之刹爲微細故第十句有二義
者昔人唯有後義則是佛身中塵有諸佛刹遂令普賢不遍如來身外刹也
及此國土所有微塵一一塵中有世界海微
塵數佛刹一一刹中有世界海微塵數諸佛
一一佛前有世界海微塵數普賢菩薩皆亦
入此一切諸佛毗盧遮那如來藏身三昧
二及此下重疊遍中略有四重一盡法界
塵言及此國土者指前十處之國也二塵
中多刹三刹中多佛四一一佛前有多普
賢此國指前十處之國者卽前第十句中初義謂及盡法界國土中盡虛空國土
盡三世國土等其第十義身中國土以文近故疏不指於上諸處皆

入此定故普賢身不分普遍麤細深廣平滿重疊於上諸處下總結能遍上之四重但所遍故於中三初正結遍身此處入定類通既然法界入定類通亦爾二此處下類通故約主定佛前唯一普賢一切一故若就類通佛前各有塵數一一切故三故約主定下解妨謂難云別明入定佛前唯一普賢今此結通何以一一佛前各有多即疏合二義一一約主伴二明即入初主伴中謂為主須一為伴必多難云此中普賢應不為伴應答云若為伴時亦得有多二者即由上義故此一是即多之一故疏云一切之一一故彼類通中多是全一之多故疏云一一一切故前是聚一結多此是即一即多前是通辯緣起相由今明力用交徹一有一切等故普賢身不可思議略有三類一隨類身隨人天等見不同故二漸勝身乘六牙象等相莊嚴故三窮盡法界身帝網重重無有盡故今當第三含有前二所由有三等

爾時一一普賢菩薩皆有十方一切諸佛而現其前

第二爾時一一下加分有三初口加次意加後身加初中有四一諸佛現前以此口加後無結通故此總舉重重時處一一普賢前也

彼諸如來同聲讚言善哉善哉善男子汝能入此一切諸佛毗盧遮那如來藏身菩薩三昧

二彼諸下讚其得定此雖果定菩薩門入故云菩薩三昧

佛子此是十方一切諸佛共加於汝以毗盧遮那如來本願力故亦以汝修一切諸佛行願力故

三佛子下明得定所由所由有三一伴佛同加佛佛道同故二主佛本願此二為緣三自修行願是入定因疏文有三初當句釋又上三義前前由於後後二又上三義下展轉釋謂由自有行願方得主

佛願加由主佛願方得伴佛同加故云前前由於後後餘豈無斯行耶法門主故表說普法故三餘豈無下通雜雜言一切菩薩皆修行願何故不加法門主下疏答答中二意一約教相二表說下約表法說如金剛藏表地智等

所謂能轉一切佛法輪故開顯一切如來智慧海故普照十方諸安立海悉無餘故令一切衆生淨治雜染得清淨故普攝一切諸大國土無所著故深入一切諸佛境界無障礙故普示一切佛功德故能入一切諸法實相增智慧故觀察一切諸法門故了知一切衆生根故能持一切諸佛如來教文海故

四所謂下辯加所爲此文二勢一辯加所爲二顯上行願之相故云所謂也所爲謂何爲轉法輪故有十一句初總餘別別中初一總攝十智餘九即是十海一即安立海二即衆生及業海三即世界海四即佛海五即名號壽量及解脫海變化大用皆功德故六即波羅蜜海到實相岸故七即轉法輪海八即根海九即演說海與下十智令知此十餘九即是十海者就十海名二處具出影帶鉤鎖文該五處言二處者一現相品衆海問中十海二成就品初標章一答中十海然文小異開合不次問中十者一世界海二衆生海三長行闕中即有謂世界安立海四諸佛海五波羅蜜海六解脫海七變化海八佛演說海九佛名號海十佛壽量海二成就品初答中十者世界海衆生海一切諸佛海一切法界海一切衆生業海一切根欲海一切佛轉法輪海一切三世海一切如來願力海一切如來神變海若將此十對現相品者此中一二名次俱同三即問中第四即彼三五六帶第二衆生海中開出亦可第六根海通下諸海須知根故至成就品當更會之七是前第八演說及第五波羅蜜海是所演故八即第六解脫九即前九十二海謂名號壽量皆由願力而得成故十即前變化海上言此者此成就品言文該五處者二處如前三即此所爲中是爲十海故四者即下意加與智即十海智故五世界成就品答中稱數十智即是知

此十海之智正是此中諸佛所與十智也此上五處三處是海二處是智其所為中雖無海言而是海義然其五處決定相承謂由問十海故加所為中為於十海佛與十智令知十海普賢得智將欲說之故觀察十海智海難思唯佛智能知故稱讚十智亦是讚所得之智方能遂佛所為答前問也而其五處開合廣畧者顯義無方故文似譯人不相對會故今疏文並為會釋使前後無違下成就品更委會釋今此所為中十句正對問中十海有三兩海無下答名以文同故謂一即問中第三安立海二即問中第二海言業者問中所無即無下名答中開出然有眾生必有於業以此經中有淨治雜染得清淨言故疏加之及業海也三同問中第一四同問中第四五中攝前四海謂九名說海十壽量海六解脫海七變化海以其上四皆佛隨機之大用故故云一切佛功德也六即問中第五其七九二海皆是問中第八答中但有轉法輪海而無演說問中但有演說而無法輪今此所為及與數智並開成二八亦問中第二眾生開出然上九句七九合成問中一演說海八復合歸第二故此九句唯有於七而第五佛功德中獨有其四無七中餘六故十海具矣與下十智者上來正釋經文今對後生起如前已說

爾時十方一切諸佛即與普賢菩薩摩訶薩能入一切智性力智與入法界無邊量智與成就一切佛境界智與知一切世界海成壞智與知一切眾生界廣大智與住諸佛甚深解脫無差別諸三昧智與入一切菩薩諸根海智與知一切眾生語言海轉法輪詞辯智與普入法界一切世界海身智與得一切佛音聲智

二爾時下明意加於中有二先加後釋前中亦二先此土後類通前中與十種智初一總謂與果海之智而言與者佛力灌注令增長故一切智性即果海也智性即力無傾動故具十力故末後智字即能入也餘九為別即是成就品中十智由與此智故後能說彼智觀彼十海而文少不次一即第三法界安立海智安立無邊量故二

即第四佛海佛海唯佛分齊之境三即第一四即第二衆生業海業因微細故云廣大五含二句一即第八佛神變海解脫作用即是神變神變依定加三昧言二含三世智下文一念知三世由佛不思議解脫力故由加總句故合此二六即第五七即第九八即第七願海以願力故入法界中一切世界九即第十建立演說二意加中二別別對釋欲對下智須知十智名字次第彼云諸佛子諸佛世尊知一切世界海成壞清淨智不可思議知一切衆生業海智不可思議下畧不可思議而加次第三知一切法界安立海智四知說一切無邊佛海智五入一切欲解根海智六一念普知一切三世智七顯示一切如來無量願海智八示現一切佛神變海智九轉法輪智十建立演說海不可思議經脫智字然疏中易者則但對次第難者已爲會釋並可知也

又菩薩根更有多義修十善道有三善根修諸地度精進爲根攝受正法信慧爲根攝養衆生慈悲爲根爲成佛道悲智爲根

種種差別皆善知故

如此世界中如來前普賢菩薩蒙諸佛與如是智如是一切世界海及彼世界海一一塵中所有普賢悉亦如是

二如此下類通可知

何以故證彼三昧法如是故

第二何以故下釋所因中二先徵意云諸佛有力能與有慈能普何以十智偏加普賢釋云普賢得此三昧法爾應與

是時十方諸佛各舒右手摩普賢菩薩頂

三是時下身加中亦二初此土後如此下類通前中復二先佛手摩頂明加被攝受

又準梵本明十方佛身皆不來此舒臂不必長而同時摩頂各全觸頂互不相礙皆

是如來自在業用

其手皆以相好莊嚴妙網光舒香流燄發

二其手下辯手相用於中十句以顯無盡前五德相圓備謂傭纖直等故云相好莊嚴謂傭圓者傭纖之言兼相好案大般若三十二相中第九雙臂修直傭圓如象王鼻斯則傭直是相手連臂故纖者三十二中云五世尊手足所有諸指圓滿纖長甚可愛樂言兼好者八十好中手足指爲二十以一指爲一好謂十指端皆圓纖可喜故而言等者即妙網光舒此言顯故三十二中云四世尊手足二指中間猶如鵝王咸有網鞔金色交絡文同綺畫即是相也畧舉此五廣如十身相海品

復出諸佛種種妙音及以自在神通之事過現未來一切菩薩普賢願海一切如來清淨法輪及三世佛所有影像皆於中現

後復出下五句明妙用自在意明此手亘十方而包三世收因果而該人法深廣體用無邊自在非言能說也亘十方者一切諸言即橫亘十方也過現未來即三世也菩薩因也諸佛果也上二皆人法輪法也頓具爲深橫該爲廣相好即體出生等用皆悉圓融名無邊自在謂即橫即竪即人即法等

如此世界中普賢菩薩爲十方佛所共摩頂如是一切世界海及彼世界海一一塵中所有普賢悉亦如是爲十方佛之所摩頂

後結通可知

大方廣佛華嚴經疏鈔會本第七之一

音釋

虧驅爲切缺也　切

隙乞逆切與隟同罅隙也

傭丑凶切圓直也

鞔莫官切

大方廣佛華嚴經疏鈔會本第七之三

唐于闐國三藏沙門實叉難陀　譯

唐清涼山大華嚴寺沙門澄觀撰述

爾時普賢菩薩即從是三昧而起

第三爾時下起定分所作事竟故於中二初此界後類通十方前中亦二初起定後衆益前中亦二初起主定

從此三昧起時即從一切世界海微塵數三昧海門起

二起眷屬定於中亦二初總謂一起一切起由此妙定即是一切三昧海故餘定爲門皆入此故彼全同此亦受海名初一總明謂一一起一切起者此上正釋由此下出所以有三初總攝故二終歸此故三彼全同下通妨難謂有云若取歸此如百川歸海何以能歸亦受海名故今通云約隨機別用故曰終歸實則體同更無異味即是總中之別義耳如於海中說百川味

所謂從知三世念念無差別善巧智三昧門起從知三世一切法界所有微塵三昧門起從現三世一切佛刹三昧門起從現一切衆生舍宅三昧門起從知一切衆生心海三昧門起從知一切衆生各別名字三昧門起從知十方法界處所各差別三昧門起從知一切微塵中各有無邊廣大佛身雲三昧門起從演說一切法理趣海三昧門起

二所謂下別辯塵數既多略列其十一即能知智三昧謂無一念暫差故云念念無差而六廢遍知爲善巧智二即所知塵境上能所一對所知塵境者此有二義一塵即微細之塵知其相虛又能容納及爲物因如八地中知微塵差別智二即六塵境亦名微塵境故安國云謂色等五塵界是現量境五識親證都無塵相如來藏中頓現身器亦無塵相六七妄想謂有我法想所現相是分別變分別變相但可爲境而無實用如日發彼帶微塵而

共紅非實紅也如水澄清舍輕雲而俱緣非實緣也如觀本質知畫像而非眞若了藏性悟塵境而爲妄故經云非不證眞如而能了諸行皆如幻事等似有而非眞故法界微塵以爲三昧釋曰此義易了亦非經宗故疏舍有而釋之似巧故鈔引之

三現廣刹四現居處即於世界總別一對楞伽經云如來藏識頓現一切身器及諸受用器即廣刹受用即是舍宅

五知心念差別六知身相名字即衆生色心一對

七知廣處八知廣身即依正一對雖說微塵意彰佛廣處空無方有物處則現唯如來藏是實物有依此建立處所各別隨菩薩行刹有淨穢隨衆生業趣類别故微塵中佛復有一義謂如來藏是眞佛身其體廣大無能知者恒在六七微塵之中一一有情各有藏識故云各有無邊大身楞伽經云

者上即第一經文然彼明四頓義此是第三藏識頓知喻喻於報身頓成經云譬如藏識頓分别知自心現及身安立受用境界喻也經云彼諸依正亦復如是頓熟衆生所處境界以修行者安處於彼色究竟天釋曰今疏不取所喻但取能喻藏識頓變之文從器即廣刹下以楞伽配屬今經上引楞伽雙證三四二句廣刹即第三句從現三世一切佛刹三昧門起舍宅即第四句故疏以受用二字配之彼經但云受用境界受用有二一共業所感外諸器界即如來藏識頓變其宅舍即是共中不共皆屬受用其器一字乃是義引欲配二句故微塵中佛即觀心釋廣如出現品

九從知一切法理趣者上八約事别别門顯此約理趣總該諸法故云一切大般若經理趣分說諸法皆空無生無滅無自性性離一切相不可願求然第一義湛然常住當知即是此如來藏思益經說處處避空皆不離空深密經說理趣有六一者眞義理趣謂二障淨智所行眞實二證得理趣謂於眞義得如實知三教導理趣謂自

證已開示衆生此三爲本後三解釋四離二邊理趣謂有問言云何名爲眞義理趣應答彼言非有非無非常非斷五不思議理趣謂有問言云何證得應答彼言謂不思議若於諸法遠離戲論爾時證得眞勝義性故知言說皆非眞義六隨衆生所樂理趣謂有問言云何教導應答彼言隨諸衆生意樂各異順彼所欲方便開示彼眞義者即此藏身彼不思議即此三昧無著菩薩說四意趣釋一切經亦理趣也如攝論辯

大般若下二引教成立引三經一論初引大般若即第十理趣分經當第五百七十八彼經叙云此經並乃叢諸會之旨歸綰積篇之宗緒明是六百卷之理趣也佛在他化自在天爲八十億大菩薩說今疏義引而即經文初至不可願求自爲一節經云爾時世尊復依一切無戲論法說如來之相爲諸菩薩宣說般若甚深理趣輪字法門謂一切法空無自性故一切法無相離衆相故一切法無願無所願求故一切法寂靜永寂滅故一切法無常無常性故一切法無樂非可樂故一切法無我不自在故一切法無淨離淨相故一切法不可得推尋其相不可得故等釋曰此上顯性空理趣然第二義者義引彼經顯眞實理而爲理趣若唯一用前非眞趣故故彼經云爾時世尊復依一切住持藏法如來之相爲諸菩薩宣說般若一切有情住持遍滿甚深理趣勝藏法門謂一切有情皆如來藏普賢菩薩自體遍故一切衆生皆金剛藏以金剛藏所灌灑故一切衆生皆正法藏一切皆依正語轉故一切衆生皆妙業藏一切事業加行依故釋曰前明有法非有後明無法不無非有非無是中道理趣故疏結云當知即是此如來藏亦空不空一種之藏又攝別從總即一藏身三昧之所有也思益經下即彼經第一時有五百比丘聞說法空從座起去等網明令思益梵天爲作方便云云梵天言善男子縱使令去至恒河沙劫不能得出如是法門譬如癡人畏如虛空捨空而走在所至處不離虛空此諸比丘亦復如是雖復遠去不出空相不出無相相不出無作相又如一人求索虛空東西馳走言我欲得空我欲得空是人但說虛空名字而不得空於空中行而不見空此諸比丘亦復如是欲求涅槃行涅槃中而不得涅槃所以者何涅槃者但有名字猶如虛空但有名字不可得取涅槃亦爾但有名字而不可得爾時五百比丘聞說是經不受諸法漏

盡心得解脱得阿羅漢道作如是言世尊若人於諸法畢竟滅相中求涅槃者則於其人佛不出世釋曰上經有二意一不離空以有遺空求空不得以空空遺空二不離空顯空體妙有空不得顯空離相非有非空亦非空非不空而諸比丘但得初意故成羅漢今畢竟無求今疏通用二意皆爲理趣略引初喻以彰體周爲眞意趣深密經者即第五經如來所作事品爲文殊說其第六事亦名意趣亦名理趣即今所引而但列名不別解釋今疏已略釋疏中有二先引經正釋六理趣義在文可知彼眞義下後會釋經文而但釋二者由前六中前三爲本後三解釋則以三攝三也今以眞義攝於第四即以前攝後以不思議攝其第二即以後攝前以眞義直擧藏身之體不思議正同三昧之相故十地論釋所以金剛藏入三昧者顯此法非思量境故 其第三與六即是利他後普賢說法是此一趣今言出定故略不言無著菩薩者但指攝論而雜集第二莊嚴論第十三皆同說四平等意趣謂如說我昔曾於彼時中名毗婆尸即名勝觀正等覺者無性釋云謂一切佛由資粮等互相似故說彼即我非昔毗婆尸即今釋迦楞伽經中約四義釋一字等二語等三身等四法等故說即彼而實非彼二別時意趣謂如說言若但頌多寶如來名者便於無上正等菩提已得決定又由唯發願便得往生極樂世界無性釋云謂觀懈怠不能於法精勤學者故作是言此意長養先時善根如世間說但由一錢而得於千解云以後別時而得彼千也以一錢爲千錢因念佛爲菩提因發願爲安樂因也三別義意趣謂如說言若已逢事爾所殑伽沙佛於大乘法方能解義無性釋曰意約證相大乘不就教相大乘故作是說四補特伽羅意樂意趣謂如來先爲一人讚歎布施後還毀者隨此人得成何心故若人於財物有慳悋心爲除此心先爲讚施若樂行施施是下善欲令渴仰餘勝行故所以毁之不違言遺皆佛別意趣耳餘行例然今明普賢亦善窮究

上來九句唯第三四從現得名餘七皆從所知立稱如此等類有一切世界海微塵數合爲一定即知此定是一切定耳

普賢菩薩從如是等三昧門起時

二普賢下大衆得益初標益時分亦是得益所由

其諸菩薩一一各得世界海微塵數三昧海雲世界海微塵數陀羅尼海雲世界海微塵數諸法方便海雲世界海微塵數辯才門海

雲世界海微塵數修行海雲

後其諸下正明得益減數説九初五得菩薩法門句各一義皆以前定含此諸義故又此五句後後成前前

世界海微塵數普照法界一切如來功德藏智光明海雲世界海微塵數一切如來諸力智慧無差别方便海雲世界海微塵數一切如來一一毛孔中各現衆刹海雲世界海微塵數一一菩薩示現從兜率天宫殁下生成佛轉正法輪般涅槃等海雲

後四得佛果法即如來三業一得照藏身之實智二得藏身力用之權智三身毛現刹四應𠂹八相義兼口轉亦以藏身含此義故普賢出定他人益者感應道交故如春萌芽陽氣久滿東風一拂衆蘂齊敷諸菩薩衆積善以深久同行願繞觀勝境萬德頓圓冥顯雙資于何不可

冥顯雙資者謂宿善爲冥資以暗成故現業爲顯資事昭著故今當俱句亦有冥而非顯但有宿善故復有顯而非冥現身精勤宿無善故其非冥非顯此非機感設欲成機乃是大悲通相所被此上四句但約於機對機説應亦有四句一冥應今所得功德不自覺知二顯應現形説法光災現相等三俱四俱非俱非不名爲應若取大聖無心即應無應亦得二名應以機對應乃成九句謂一冥機顯應二顯機冥應三冥機冥應四顯機顯應上單四句二單複相對復成四句一冥機冥顯應二顯機冥顯應三冥顯機冥應四冥顯機顯應三以複對複復成一句謂冥顯二機感冥顯二應今此乃成第九句也謂宿善冥著精心顯彰是謂冥顯機也入定冥資起用顯益即冥顯應也今舉冥顯之機成前得益故云冥顯雙資于何不可

如此世界中普賢菩薩從三昧起諸菩薩衆獲如是益如是一切世界海及彼世界海所有微塵一一塵中悉亦如是

二如此下類通可知

爾時十方一切世界海以諸佛威神力及普
賢菩薩三昧力故悉皆微動
第四爾時下現相作證分然得益心喜喜
則地動及有諸瑞諸會聞竟得益故現相
居後此會雖即未聞已先得益故先現瑞
以此會辯果顯殊勝故文中有四一世界
微動兼出瑞因由因果二力言微動者是
前相故
一一世界衆寶莊嚴
二衆寶莊嚴
及出妙音演說諸法
三出音說法
復於一切如來衆會道場海中普雨十種大
摩尼王雲何等爲十所謂妙金星幢摩尼王
雲光明照曜摩尼王雲寶輪垂下摩尼王雲
衆寶藏現菩薩像摩尼王雲稱揚佛名摩尼
王雲光明熾盛普照一切佛刹道場摩尼王
雲光照十方種種變化摩尼王雲稱讚一切
菩薩功德摩尼王雲如日光熾盛摩尼王雲
悅意樂音周聞十方摩尼王雲
四佛會雨寶略擧十種以顯無盡前三事
相寶後七法化傳通寶並是出世善根所
生
普雨如是十種大摩尼王雲已一切如來諸
毛孔中咸放光明於光明中而說頌言
第五普雨如是十種雲已下毛光讚德分
於中二初結前生後後正顯偈詞
普賢徧住於諸刹坐寶蓮華衆所觀一切神
通靡不現無量三昧皆能入
詞中十頌分三初一總述前定次八別顯

遍相後一結讃所由

普賢恒以種種身法界周流悉充滿三昧神
通方便力圓音廣説皆無礙
一切刹中諸佛所種種三昧現神通一一神
通悉周徧十方國土無遺者
如一切刹如來所彼刹塵中悉亦然

别顯中二前二偈半直述前遍
所現三昧神通事毗盧遮那之願力

後五偈半舉因顯遍於中二初半偈緣力
遍

普賢身相如虛空依眞而住非國土隨諸衆
生心所欲示現普身等一切

後五因力遍於中四初偈即體而用故遍
前半體後半用身相如空法性身也依眞
而住法性土也隨機普應受用化也身相如空者疏文有二先略釋經文具四身土前半即一法性身土只如疏釋後半有一身土謂受用字即他受用化字即是變化順經示現故其自受用含在前半以身如虛空自受用相良以經有非國土言故但屬法性身土耳問法性身土爲
别不别别則不名法性性無二故不别則
無能依所依答經論異説統收法身略有
十種土隨身顯乃有五重
一依佛地論唯以清淨法界而爲法身亦
以法性而爲其土性雖一味隨身土相而
分二别智論云在有情數中名爲佛性在
非情數中名爲法性假說能所而實無差
唯識云雖此身土體無差别而屬佛法性
相異故謂法性屬佛爲法性身法性屬法
爲法性土性隨相異故云爾也今言如虛
空者唯識論云此之身土俱非色攝雖不
可說形量大小然隨事相其量無邊譬如

虛空遍一切處故如虛空言通喻身土一依佛地下第二雙釋二章然淨土之義次二品廣明問明賢首第五迴向等復當廣說法身之義玄文已具一經往往顯甚深旨此中亦即一段寄如來身顯普賢身今十中第一文中有四初依論正立二論自解妨三爲論引證四會釋經文性體一味下二解妨即正荅前問也謂與身爲性名法性身與土爲性名法性土即三土三身之眞性也未失一味智論云下三爲論引證共荅前問亦猶外典天地萬物同稟陰陽之元氣也佛者是覺人有靈知之覺今但第一義空與之爲性故覺名佛性非情無覺但持自體得稱爲法今眞性與之爲性故名法性是故結云假說能所而實無差唯識下亦爲證前即第十論云又自性身依法性土雖此身土體無差別而屬佛法性相異故此佛身土俱非色攝雖不可說形量大小然隨事相其量無邊譬如虛空遍一切處釋曰此文兼證後段如空論文易了謂法性屬佛下是疏釋論準彼疏云佛義是相爲功德法所依止故衆德聚故二身自體故法是性義功德自性故能持自性故諸法自性故體爲土義相義爲身此公意云屬佛是相屬法是性直語所依名土故云體爲土義以能依名所依爲法性身故云相義爲身今疏意小異謂佛有覺義故名屬佛 土無覺義但持自性故名爲法性隨相異 身土約相則有二差隨所依性則無差別今以無差之性隨有差之相故云性隨相異也今言如虛空下四會釋經文然隨事相其量無邊者以變化等三身三土事既無邊與之爲性豈有邊耶既如虛空則遍一切色非色處疏結云故如虛空通喻身土者按於經文但言身相如虛空按唯識云此之身土皆喻如空則顯虛空喻兼下句二或唯大智而爲法身所證眞如爲法性土無性攝論云無垢無罣礙智爲法身故若爾云何言相如虛空智體無礙同虛空故

三亦智亦如而爲法身梁攝論及金光明皆云唯如如及如如智獨存名法身故此則身含如智土則唯如

四境智雙泯而爲法身經云如來法身非心非境土亦隨爾依於此義諸契經中皆說如來身土無二此則依眞之言顯無能所方曰依眞成如空義

五此上四句合爲一無礙法身隨說皆得

土亦如之
六此上總別五句相融形奪泯茲五說迴然無寄以爲法身土亦如也此上單就境智以辯
七通攝五分及悲願等所行恒沙功德無不皆是此法身收以修生功德必證理故融攝無礙即此所證眞如體大爲法性土依於此義身土迥異今言身相即諸功德言如虛空即身之性下經亦云解如來身非如虛空一切功德無量妙法所圓滿故下經亦云者即第五迴向經下更一句云於一切處令諸衆生積集善根悉充足故前明自利此明利他
八通收報化色相功德無不皆是此法身收故攝論中三十二相等皆法身攝然有三義一相即如故歸理法身二智所現故屬智法身三當相並是功德法故名爲法身其所依土則通性相淨穢無礙我此土淨而汝不見衆生見燒淨土不毀色即是如相即非相身土事理交互依持通有四句謂色身依色相土色身依法性土法身依法性土及依色相故又以單雙互望亦成五句謂色相身依法性色相土等準以思之我此土淨而汝不見即淨名第一衆生見燒淨土不毀即法華第五並如下引色即是如相即非相即義引大品等經身土事理互交徹故結前生後然結前三文成上三義謂引淨名成第三當相即是功德身土則具妙莊嚴通自他受用二引法華成智法身土亦通性相智所現身者若大圓鏡智現自受用身平等性智現他受用身成所作智現變化身此三身融則三土亦融變化則毀自他受用皆悉不毀我此土安隱即自受用天人常充滿即他受用三義引大品色即是如成第一義相即如故如即法性土相通諸土即法性身與色相身無礙依土亦性相無礙是故結云皆事理交互言生後者生後四句文有兩重四句初四唯單相對其色相言通於報化自受用報化他受用報皆色相故二又以單對複成四

句唯出其一令準思於五上即第一二法性身依色相法性土三法性色相身依色相土四法性色相身依法性土第五有一俱句謂法性色相身依法性色相土則是性相無礙之身依性相無礙之土

此上猶通諸大乘教

此上猶通者結前生後生後唯屬一乘華嚴之宗結前不出法性色相之身土及四身四土之義故謂一及第四唯法性二三法性及如智五六具上諸義亦不出如智七八方具事理無礙上之八門不出事理無礙實教之宗故通諸大乘即同教一乘義也故此下二方是事事無礙法界別教一乘宗也

九通攝三種世間皆爲一大法身具十佛故其三身等並此中智正覺攝故土亦如之即如空身而示普身于何不具此唯華嚴

九通攝者如八地中十身即三世間故謂衆生身國土身等已見玄文即如空身者會釋經文謂經但云身相如空如虛空言即等何有十身之義故今釋云如十身中虛空身也八地之中十身相作今云示現普身則兩重十身皆悉具矣如下云以虛空身作衆生身作國土身作業報身作聲聞身作緣覺身作菩薩身作如來身是爲虛空示餘九身其如來身上既具菩提身願身化身法身智身等則有百身千身一一類身復各攝多故云示現普身等一切也又如虛空言含法身智身即是真身即真而現何不具矣

十土分權實唯有第九屬於此經若據融攝及攝同教總前九義爲一總句是謂如來無礙身土普賢亦爾義隨隱顯不可累安達者尋文無生局見

十土分權實者爲揀淺深以分權實故前八非實若不攝權亦非真實如說海水異於百川不攝百川非海水矣隨義布列有十不同得意而談一一融攝

上言土有五重者一唯法性屬前三身二者雙泯屬於第四三具性相五六七八所依四融三世間屬於第九五總前諸義即第十依

上言土有五重下三別示土相謂前三如智有離合之殊故分三身其所依土唯一法性餘可思準

普賢安住諸大願　獲此無量神通力
一切佛身所有剎　悉現其形而詣彼
一切衆海無有邊　分身住彼亦無量

二普賢安住下一偈半大願故遍兼顯遍

於正中之依也重重皆遍今不見者機不應故不見即是虛空身故亦遍不見處故

重重皆遍下通其妨難難云如上所說則無一處無有普賢今何不見釋有三意一約機不見是盲者過二不見是見見虛空身謂以虛空不可見故若不見故若不見者眞見虛空三亦遍不見處故者明見則不遍何者以可見不可見皆是普賢身要令可見爲身則普賢身不周萬有如智不可見豈非智身耶明知由有不見之處方知遍耳此第三身何人能見慧眼方見非肉眼所見慧眼無見無不見故

所現國土皆嚴淨一刹那中見多劫普賢安住一切刹所現神通勝無比震動十方靡不周令其觀者悉得見

三有一偈半明所現超勝

一切佛智功德力種種大法皆成滿以諸三昧方便門示巳往昔菩提行

四有一偈果德巳滿不捨因門

如是自在不思議十方國土皆示現爲顯普入諸三昧佛光雲中讚功德

第三一偈結讚所由者自在難思現無不普標入一定實則普游非佛光雲安能讚述

爾時一切菩薩衆皆向普賢合掌瞻仰承佛神力同聲讚言

第六大衆讚請分前衆問佛佛示法主衆覩定起故讚請普賢前但舊衆此通新舊故云一切所問同前故但略舉

從諸佛法而出生亦因如來願力起眞如平等虛空藏汝巳嚴淨此法身

十頌分三初八歎主請彰其能說次一舉法請正陳所疑後一歎衆請明有堪聞之器前中二初五頌歎普賢因果深廣德明有說因後三歎能遍塵刹雨法德明有說

果令初偈各一義初一讚已淨法身三句明因一句明果因有三義一因修法生義通緣了二由大願起即是緣因三依如來藏證真平等此爲正因真如即是不空虛空即是空藏平等與藏通上二義一因修法生等若然準涅槃緣因對於正因了因對於生因而緣亦名了如醉㷄等爲酪緣因即能了彼乳中之酪令得成酪而令開異義小殊了故了謂照了不通於生緣謂衆緣義通生了今從別義又對正因是真如故云遍緣了如不可生故但名了偈云出生者出於二障故曰出生非生真如諸佛法言通教理行果通於二因義如上說真如即是不空者此言不空自有二義一空者所謂生死不空者是謂真如涅槃二對下空藏是不空藏妙有之中含性德故平等與藏者藏通真如是不空如來藏藏通虛空是空如來藏平等通二者一真如體性平等二虛空無相平等此二不二是真平等悟法性空是真如故經云汝已嚴淨此法身者對上真如即是法身出障名淨因華行滿是已莊嚴易故不釋

一切佛剎衆會中普賢徧住於其所功德智海光明者等照十方無不見

二讚遍住佛剎第三句遍因餘皆遍相因中具智莊嚴故能等照具功德嚴令無不覩

普賢廣大功德海徧往十方親近佛一切塵中所有剎悉能詣彼而明現

三讚近佛

佛子我曹常見汝諸如來所悉親近住於三昧實境中一切國土微塵劫

四讚常定實境中者不隨想轉故曹者輩也

佛子能以普徧身悉詣十方諸國土衆生大海咸濟度法界微塵無不入

五讚度生曲盡微塵者細處有多衆生故細處有多衆生者即離世間品五十五經十種如金剛大乘誓願心中第二心云菩

薩摩訶薩之作是念於一毛端處有無量無邊衆生何況一切法界我當盡以無上涅槃而滅度之是爲第二如金剛大乘誓願心今云法界微塵無不入與一毛端處大意同也

入於法界一切塵其身無盡無差別譬如虛空悉周徧演說如來廣大法

一切功德光明者如雲廣大力殊勝衆生海中皆往詣說佛所行無等法

爲度衆生於劫海普賢勝行皆修習演一切法如大雲其音廣大靡不聞

二有三頌說法果中初一讚常演大法如空之言下喻廣大前喻無盡無差明有說果者此有二意一說法卽果對上說因諮爲說果二稱根令喜是說法果今具二意謂具功德光明廣大勝力等卽說法因今能遍說卽是說果是初意也二由上遍說勝法能度衆生卽是後義以稱根故次一讚說無等法無等有二一能說力勝具二嚴故二所說無等說佛所行故一能說力勝者卽是說因功德是福德莊嚴光明名爲智慧莊嚴此以前半力殊勝言釋此無等下釋易知後一頌擧因結果顯德有由曠劫因圓故故能雲雨說法

國土云何得成立諸佛云何而出現及以一切衆生海願隨其義如實說

二一頌擧法請中前品所問雖有多門統其要歸莫過三種世間故今三句各顯其一又前問總該諸會此令當會答故又前問等此有二意唯問於三一以要攝廣故二明總別不同故總卽廣問別故唯三

此中無量大衆海悉在尊前恭敬住爲轉清淨妙法輪一切諸佛皆隨喜

末後一頌歎衆請亦名自述此有二義一恭敬一心內堪受法二諸佛隨喜外有勝緣故應說也說則上順佛心下隨物欲

世界成就品第四

初來意者前說緣既具此下正陳所說總明果相別答法界安立海問故此品來初來意者疏文有二初總明分來對前二品以爲說緣生下三品爲正所說總明果相下二別明品來此句對下華藏爲別別明本師之所嚴淨故指此品以爲總明諸佛果相是古德意下句指前答問二問不同故二品別答後品自答世界海問是疏新意然答問雖異總別無違故雙存二義二釋名者世謂三世墮去來今故界謂方分有彼此故又世謂隱覆界亦分齊謂諸有爲可破壞世即隱覆無爲不可壞法從真性起同無爲法即隱覆有爲可破壞世各不相雜是其分齊是故感娑婆者對華藏而見娑婆感華藏者對娑婆而見華藏成就者即能成之緣謂十緣等能所合目若以世界之成就即依主釋也準梵本中云世界海成就下文辯海譯人畧也意云佛果依正聞修方起衆生業報本自有之故但標世界耳二釋名世界有其二釋一以破壞釋世二以隱覆釋世若唯前解令華藏剎是可破壞今爲此釋令華藏剎從無爲起同於真極不可破壞故感娑婆下雙出不雜隱覆之義言成就下二釋成就二字能成之緣通因及果起具因緣此一是因體性依住等是果故總具十門世界成立準梵本下四會梵文疏唯會一海字若具梵云嚕迦駄都世界三慕達羅海濕第奢濕說匿縛怛囊觀云泰照亦曜三牟陀列儉摩鯰娜妘名鉢里勿多品若依廻文總云觀察十方世界海演說合集名品今經譯家存略太甚餘言可略海字切要故疏會取意去佛果下出無海意以剎海莊嚴是佛修起直語世界衆生業成無始有之故但云世界雖爲譯家出理實則海言切要三宗趣者標列無邊勝德廣釋所知世界海爲宗然其意趣乃有多種一令諸菩薩發大信解悟入爲趣謂令知佛及菩薩大悲行海廣覆無盡衆生界做而行故世界無邊悉嚴淨故衆生無邊悉化度故剎由心異當淨自心及他心故世界重重無盡無盡以大行願悉

充滿故佛界生界非一非異能正了知成大智故未能了者熏成種故皆意趣也亦爲顯此深意故此品來故下頌云離諸諂誑心清淨常樂慈悲性歡喜志欲廣大深信人彼聞此法生欣悦若不聞此無邊無盡無二之境滯於權小普賢行願何由可成故普賢自説爲令衆生等文皆是此品之意趣也然其意下趣中有六初總標一令諸菩薩下二別顯別顯之中總有六意唯初有一字餘無次第但以故字而爲揀別亦爲下三結成來意故下頌下四引文證成雙成來意宗趣若不聞下五反以成立故普賢下六引普賢結經文具之

爾時普賢菩薩摩訶薩以佛神力徧觀察一切世界海一切衆生海一切諸佛海一切法界海一切衆生業海一切衆生根欲海一切諸佛法輪海一切三世海一切如來願力海一切如來神變海

四釋文者三品正陳法海於中分二初二品明果後一品辯因然有二意一約兼明則前二品通答前三十句果問後一品答前十句因問說因爲欲成果從多而說分明舉果二將前二品望前品末三問通答依正若望下廣文正明於依傍顯於正留其正報後分廣故於中初品通辯諸佛及諸衆生所有剎海後品別明本師之所嚴淨又此品明成剎之緣後品別辯果相故此品答安立之問其中雖明形等亦是緣故又此品者前釋對二種來意中前義此釋對後義此品成剎之緣具果具因後品唯果今初分二先總標綱要即爲本分後正陳本義即是說分前中亦二先承力徧觀後牒問許說今初上入三昧内契其源

今云徧觀外審其相十海之義已如問釋但小不次耳但觀於十已含餘三十佛海之中具身等故大願之中含因等故但觀於十下通難難云問有四十何唯觀十故答意云十海爲總已含所餘三十別問佛海之中者是佛必有六根三業爲體相顯著之十必有德用圓備謂佛地等故具二十大願海中已攝因中發趣等十故四十無遺

如是觀察已普告一切道場衆海諸菩薩言

第二如是觀察已下牒問許說於中分四一牒問畧歎二許說分齊三說所成益四讚勝誡聽今初分二先結前生後

佛子諸佛世尊知一切世界海成壞清淨智不可思議知一切衆生業海智不可思議知一切法界安立海智不可思議說一切無邊佛海智不可思議入一切欲解根海智不可思議一念普知一切三世海智不可思議顯示一切如來無量願海智不可思議示現一切佛神變海智不可思議轉法輪海智不可思議建立演說海不可思議

後佛子下正牒稱歎即從後向前牒上果問三十句也初十句牒上世界海等十問觀乃觀海歎乃歎智者智之與海反覆相成謂前自智觀海微細難知知唯佛智方能究盡海難思故佛智難思佛智難思故海爲深廣觀乃觀海下釋妨難即心口相違難此難因前而生若爾何不說智而但說海智離海境安知其相又表唯所證知故但說海三若爾下重難即歎說不同難此難望後說分而生四智離海境下再答中二先約歎相謂智之異相因所知故又表以下二約證相海是所證故十智望海與問開合小異名或小差謂一中前問及觀但云世界海今加成壞望前與智中亦有成壞之言此

乃廣畧之異耳言清淨智者離所知障決斷分明故初句貫下置清淨言餘皆畧也然皆以多故廣故深故細故重疊難知迥超言念皆云不思議也二知衆生業海者衆生即報類差別業即善惡等殊從此別義觀中開爲二句而因果雖殊同是所化衆生故此及問并與智中並合爲一三即世界都稱或化衆生法謂安立施設方便軌則等也四能化諸佛數量無邊五即所化根欲差別難知而問中合在後之五海五海皆須知根欲故六即所應之時前就所觀但云三世今就佛智故云一念能知其問及與智皆云佛解脱海者以一念普知三世是佛不思議解脱故七稱性大願爲現身説法徧化之因故前問是名號海

及壽量海與智之中名普入法界一切世界海智皆由願力故也八應機作用神變無方九轉稱性大法輪海若據問中攝法輪海在演説中若約向觀攝演説海在法輪中今此開二演説第十謂隨方施設言音差别及法輪隨機故與智中亦開名佛音聲智十智望海下正釋經文於中有二先總明十海之名總有五節已如前品今對三文并此爲四言望海者即前所觀言與問者即第六經初此唯對二下別釋中兼對與智即是前品意加一中前問下別釋鉤鎖相連令義無遺今當具出問中十海一世界海二衆生海三法界安立海四佛海五波羅蜜海六佛解脱海七佛變化海八佛演説海九佛名號海十佛壽量海與智中十海智一能入一切智性力智二入法界無邊量智三成就一切佛境智四知一切世界海成壞智五一切衆生界廣大智六住諸佛甚深解脱無差別諸三昧智七入一切菩薩諸根海智八一切衆生語言海轉法輪辭辯智九普入法界一切世界海身智十得一切佛音聲智觀中十海一一切世界海二一切衆生海三一切諸佛海四一切法界海五一切衆

生業海六一切衆生根欲海七一切諸佛法輪海八一切三世海九一切如來願力海十一切如來神變海數智中十智一一切世界海成壞智二一切衆生業海智三一切法界安立海智四一切無邊佛海智五一切欲解根海智六一念普知一切三世智七顯示一切如來無量願海智八示現一切佛神變海智九轉法輪智十建立演說海智其勸說中十法亦是十海已如上會文無海言今略不出今對會四文即分爲四第一以數智對觀海辯次第者第一智觀第一海第二智觀第二及第五海第三觀第四第四觀第三第五觀第六第六觀第八第七觀第九第八觀第十第九第十並觀第七但看前列次第可知疏中所會正是此對第二若將數智對與智次第者所歎第一即與智第四二即是五三即是二四即是三五即是七六即是六七即是九八即是六九即是八十即彼十彼有總句故彼六中合此六八第三若將數智對問十海多同第一對觀海辯若具說者前四如次對四海第五通過後五六即彼六七即九十八即第七此九與十皆是彼八第四若將十觀海對問十海者此觀第一即問第一二即彼二三即彼四四即彼三五亦彼二亦遍後五六可是二七即彼八八即彼六九即彼九及與第十此第十海即彼第七也復應將觀海對問十海如前問中以對更應將與智對問十海前與智中已對若更將十海對加所爲中十

法已如前品所爲中明故今略出四門而已餘義疏中具會細尋易了

清淨佛身不可思議無邊色相海普照明不可思議相及隨好皆清淨不可思議無邊色相光明輪海具足清淨不可思議種種色相光明雲海不可思議殊勝寶燄海不可思議成就言音海不可思議示現三種自在海調伏成熟一切衆生不可思議勇猛調伏諸衆生海無空過者不可思議

二清淨下九句牒上六根三業十問向十約智明不思議此下直就法體爲不思議又望前問開合影略顯無盡故以總收別但廣身光等一應機之身修短難測二現金銀等色類無邊三十蓮華藏剎塵數相好過於此四圓光大小隨機無盡五隨緣放光色類非一六常光如焰具衆寶色七

圓音無盡深廣難測八三輪攝化謂神足等九調令成益得果不空然其調伏曲有三種一者始終輭語應將攝者而將攝故二者始終麤語應折伏者而折伏故三者有時輭語有時麤語應成熟者而成熟故由具此三故無空過以總收別者以三業之總攝六根之別言但廣身光等者等取前光明及音聲智慧二光爲身音聲屬口智慧是意今文並具故致等言卽開三業而爲十耳

安住佛地不可思議入如來境界不可思議威力護持不可思議觀察一切佛智所行不可思議諸力圓滿無能摧伏不可思議無畏功德無能過者不可思議住無差別三昧不可思議神通變化不可思議清淨自在智不可思議一切佛法無能毀壞不可思議

三安住佛地下十句牒上最初德用圓備十問前問中畧無變化及自在二句以攝在無能攝取句中義如前會亦以前文十海有故神變屬身自在屬智餘並可知

如是等一切法我當承佛神力及一切如來威神力故具足宣說

第二如是等下許說分齊謂具足說故承佛力者當會佛也若言具者何以下文唯說安立及世界海耶經來不盡故又雖說二世界海亦已通具三十句問若言具者下問也答有二意一經來未盡約顯現答遮那品末無有結束故若經具來應更答餘三十八問謂界必有生而依住故有佛現故安立異故行業感故餘可意求謂界必有生下二出所兼之相畧出三海謂一衆生二佛三行業及能兼二已有五海言餘可意求者卽餘五海等謂一有生必有根欲爲一有佛必由願力爲二必有神變普周爲三必轉法益生爲四必有作用解脫爲五則十海具矣具海既爾具餘例然此依別答四十問說若約

十海爲總此但答二下別答八已如現相品明則十海之中兼餘三十爲令衆生入佛智慧海故爲令一切菩薩於佛功德海中得安住故爲令一切世界海一切佛自在所莊嚴故爲令一切劫海中如來種性恒不斷故爲令於一切世界海中顯示諸法眞實性故爲令隨一切衆生無量解海而演說故爲令隨一切衆生諸根海方便令生諸佛法故爲令隨一切衆生樂欲海摧破一切障礙山故爲令隨一切衆生心行海令淨修治出要道故爲令一切菩薩安住普賢願海中故

第三爲令下說所成益十句攝爲五對一證智成福對二嚴刹紹種對亦即時處對三顯義演教對四生善滅惡對五淨業普願對文並可知此亦通爲一經敎起之所因也此十亦對前十海十智恐繁不會此十亦對前十海十智者初一爲令卽具十智故云爲令衆生入佛智慧海故餘九卽十海一卽佛海及神變海二卽世界海三卽三世海四卽法界海五卽轉法輪海六卽衆生根海七八皆衆生海九卽願海十海備矣對海既爾對智可知如對海故

是時普賢菩薩復欲令無量道場衆海生歡喜故

第四是時普賢下讚勝勸聽中文二初長行辯意後偈頌正顯今初十一句初一總標謂令聞法必生喜故

令於一切法增長愛樂故令生廣大眞實信解海故令淨治普門法界藏身故令安立普賢願海故令淨治入三世平等智眼故令增長普照一切世間藏大慧海故令生陀羅尼力持一切法輪故令於一切道場中盡佛境界悉開示故令開闡一切如來法門故令增

長法界廣大甚深一切智性故即說頌言
餘十別顯喜義亦爲五對初二樂法生信對二證性立願對三了眞入俗對四持法示佛對五開法增智對如文並顯

智慧甚深功德海普現十方無量國隨諸衆生所應見光明徧照轉法輪
十方刹海叵思議佛無量刼皆嚴淨爲化衆生使成熟出興一切諸國土

二正頌中十頌分二初八讚後二勸前中亦二初二明佛出現意

佛境甚深難可思普示衆生令得入其心樂小著諸有不能通達佛所悟

後六辯定法器於中初一揀非器

若有淨信堅固心常得親近善知識一切諸佛與其力此乃能入如來智
離諸諂誑心清淨常樂慈悲性歡喜志欲廣大深信人彼聞此法生欣悅
安住普賢諸願地修行菩薩清淨道觀察法界如虛空此乃能知佛行處
此諸菩薩獲善利見佛一切神通力修餘道者莫能知普賢行人方得悟

次四示法器

衆生廣大無有邊如來一切皆護念轉正法輪靡不至毗盧遮那境界力

後一結歸佛力

一切刹土入我身所住諸佛亦復然汝應觀我諸毛孔我今示汝佛境界
普賢行願無邊際我已修行得具足普賢境界廣大身是佛所行應諦聽

及後二勸文並可知然通此十偈亦是牒

問以讚前長行總顯難思此下畧示難思之相而三十句間列不次含義並足欲委配釋恐厭繁文然通此十下重釋偈文結云欲委配釋恐厭繁文今當配之初偈即標智慧地及無畏功德兼舍體相顯著等十句以言普現十方光明遍照等故第二偈即世界海及出現也第三偈標佛境第四偈標佛加持第五偈即業海及樂欲海并調伏海第六偈前半波羅蜜海亦兼佛地次句法界海末句所行第七偈即神變海第八偈前半衆生海後半演說海第九偈即佛解脫海及三自在第十偈即大願海餘皆兼含可以意得非並觀智疏略不言明欲委尋文故鈔重出

爾時普賢菩薩摩訶薩告諸大衆言

第二廣陳本義分中分二初結集生起

諸佛子世界海有十種事過去現在未來諸佛已說現說當說

二諸佛子下普賢顯說於三十句果問中廣釋世界安立海問餘並攝之文分爲二初標舉章門後依章別釋今初分三一立數顯同二徵數列異三結畧顯廣今初先告佛子者使時情注其耳目也世界廣深目之爲海謂積剎成種積種成海海無別體世界都名然事類廣多略舉其十以表無盡三世同說彰其要勝又顯說決定無改易也

何者爲十所謂世界海起具因緣世界海所依住世界海形狀世界海體性世界海莊嚴世界海清淨世界海佛出興世界海劫住世界海劫轉變差別世界海無差別門

二徵列中一明攬緣成立二成已依住三外狀區分四內體差別五寶等莊校六垢穢不生七佛出差殊八劫住修短九隨業改變十包容必均此十亦攝十八圓滿後品當會

諸佛子略說世界海有此十事若廣說者與世界海微塵數等過去現在未來諸佛已說現說當說

三諸佛子下結畧顯廣言世界海塵者智猶難測言豈具陳非證法雲安受茲說

然上十事於一一刹多少不定具緣一種或一或二或三或多或成四句謂一成一一成一切等清淨一種或一或多或亦無之以有純穢刹故其次七事各各唯一謂依空住者非依光等故餘準思之其無差別一切皆具以約體性平等佛力融攝故說無差所以染淨皆具也有云一切世界相望互同名無差者則違下經文經云一一世界海有世界海微塵數無差別故若依相望互同則無有差別之事有云下叙昔即刊定意若依下結過謂盡世界海皆作無差別故刹海中無差別事餘可知若將此十望刹種者具緣一種多少不定不得云一以其種中含有多類刹故清淨一事不得定言有無以其種中必含淨穢故其無差別多少亦均佛出劫住隨業轉變不得云一依形體嚴不得云多以其刹種別有體等故

若以此十獨望刹海形體依住莊嚴等四許其唯一餘必兼多故經云一一世界海有種種形故

今言有世界海塵數者約融攝無盡之說也有云約一一刹海中所有諸刹各各一因等故有刹海塵數者孟浪之甚何者且如刹海中刹雖多豈如刹海盡末爲塵之多若欲相同即一塵一緣方得相似何得

以一刹一緣充一刹多塵之數況積具緣
等十有刹海之塵其一具緣自有刹海塵
數是則通有刹海微塵數箇刹海微塵數
矣一刹一緣一依一體安得充耶亦不得
言通一切世界海說以下依住云一一世
界海有世界海塵數所依住故孟浪之甚者浪謂流
浪孟亦猛也莊子齊物篇云瞿鵲子問於
長梧子曰吾聞諸夫子聖人不從事於務
不就利不違害不喜求不緣道無謂有謂
有謂無謂而遊乎塵垢之外夫子以爲孟
浪之言而我以爲妙道之行也吾子以爲
奚若釋曰今不取其事但取孟浪所出耳
孟浪者率略之言也明其無當向秀云瀾
漫無所趣捨之謂二字要連用何者下三
彰非所以尋意可知猶恐難見請以喻明
如一槃中盛於十楪十楪之中各盛十彈
子一一槃如刹海一楪如刹種彈子如一刹
若言一一槃之中有一槃彈子塵數無差豈
得以一槃之內彈子無差以充其數一槃況
彈子但有一百一彈子之塵已難知數況
一百彈子盡抹爲塵則數不可量便將一
百之數以充一槃彈子之塵數故爲孟浪
也得斯喻意尋數易了亦不得言者第四
逆遮昔救恐有救云一刹海中刹不充一
刹海中塵今取一切刹海中刹以充一刹
海中塵數豈不得耶亦如一槃彈子之多
不充一槃之塵若多槃彈子豈不充一槃
之塵耶故今遮云若依此義義則粗通奈
何違文文中既云一一世界海中則一海
中即有世界海塵數不言一切世界海共
爲一世界海塵數豈得將此而爲救耶亦
猶一槃彈子即有一槃彈子塵數不言多
槃有一槃之塵也

諸佛子略說以十種因緣故一切世界海已
成現成當成

第二依章別釋者十事不同則爲十段一
一皆有長行與偈長行中各三謂標釋結
今初起具因緣標中略舉十種通成三世
一切佛刹

何者爲十所謂如來神力故法應如是故一
切衆生行業故一切菩薩成一切智所得故
一切衆生及諸菩薩同集善根故一切菩薩
嚴淨國土願力故一切菩薩成就不退行願

故一切菩薩清淨勝解自在故一切如來善根所流及一切諸佛成道時自在勢力故普賢菩薩自在願力故

二何者下釋然佛土之義雖有多種不出其三一法性土二受用土三變化土若開受用有自有他則成四土統爲二種謂淨及穢或性及相融而爲一有異餘宗

然佛土下疏文有三一辯類中初說三土二開三爲四三合四爲二四融二爲一前二則唯識第十意然初說三者依三身故報有自他故爲四身四身還依四土論云又自性身依法性土雖此身土體無差別而屬佛法性相異故此佛身土俱非色攝雖不可說形量大小然隨事相其量無邊譬如虛空過一切處釋曰此義前品已引爲下文用之故重委引論云自受用身還依自受用土謂大圓鏡智相應淨識由昔所修自利無漏純淨佛土因緣成熟從初成佛盡未來際相續變爲純淨佛土周圓無際衆寶莊嚴自受用身常依而住如淨土量身量亦爾諸根相好一一無邊無限善根所引生故功德智慧既非色法雖不可說形量大小而依所證及所依身亦可說言遍一切處釋曰功德隨所依身智慧隨所證如餘並可知論云他受用身亦依自土謂平等性智大慈悲力由昔所修利他無漏純淨佛土因緣成熟隨住十地菩薩所宜變爲淨土或小或大或劣或勝前後改轉他受用身依之而住能依身量亦無定限若變化身依變化土謂成事智大慈悲力由昔所修利他無漏淨穢佛土因緣成熟隨未登地有情所宜化爲佛土或淨或穢或大或小前後改轉佛變化身依之而住能依身量亦無定限釋曰上皆論文文並易了下疏用之須知所在統唯二種者三攝四爲二也諸經論中皆有於此二種之二先攝上四爲淨穢者乃有多義一前三皆淨四中有淨有穢則三類半爲淨半類爲穢二前三爲淨以他受用斷分別障已證眞如故得名淨變化皆穢設有七珍衆生住故亦非淨三後二皆穢仁王經云三賢十聖住果報唯佛一人居淨土而生公說有形皆穢無形爲淨則唯法性爲淨若爾自受用土豈稱穢耶此以眞同眞性不可說其形量大小則同淨攝二攝前四爲性相者略有二門一法性爲性餘三皆相二自受用土眞同眞性亦可名性餘二唯相四融而爲一則淨穢性相三土四土無不圓融卽此經意故云有異餘宗　又

此淨土一質不成淨穢虧盈異質不成一理齊平有質不成搜源則冥無質不成緣

起萬形故形奪圓融無有障礙又此淨土下第二融攝因上第四義故略爲此融然東安莊公本有三句無有皆不成今加此句以成二對謂淨穢域絕不可言一理唯一味不可言異寘同性空不可言有隨緣成立不可言無然一爲遣異無相遣有然其釋中一亦約理實則一義有其二種一約理一二約事一如自受用十方如來同有淨土不可言無而得稱一故疏成四句二對不同又上略舉四句一向遮過實則卽異卽同卽有卽無若互相形奪則一異兩亡有無雙寂若圓融無礙則卽一卽多卽無卽有有是無有無是有無多是卽一之多一是卽多之一有無卽事理無礙一多兼事事無礙由此重重故華藏剎一一塵中皆見法界餘如玄中土既不等因緣亦殊今文十中初三通顯次四別明後三則融攝轉變言初三者一如來神力者謂一切淨穢等土皆是如來通慧力成爲物而取擬將普應佛應統之皆稱佛土故蓮華藏海佛所嚴淨而內含淨穢然就佛言之故無國而不淨也既卽穢而淨故不思議二法如是者梵云達磨多此云法爾或曰法性若是法性卽以本識如來藏身爲所依持恒頓變起外諸器界若云法爾者謂有問言何以諸佛衆生起於剎土答云法應如是不可致詰若會此二謂法應如是藏識變起三衆生業力者業有善惡國有淨穢故淨名以萬行爲因又云衆生之類是菩薩佛土謂法性雖一隨業成異佛隨異類取土攝生涅槃微善觀經三心等其類非一上三初因二緣三因初三者下第二正釋經文釋第一句疏文有二一正釋言一切淨穢者此通三土唯除法性以言通慧力所成故此卽偈文智慧神通力如是也言爲物而取擬將普應者除自受用皆爲物故佛應統之下解妨此有二妨一皆名佛土妨謂土有淨穢穢豈佛土故今答云穢亦佛土三界朽宅屬于一人娑婆雜惡居華藏內是我佛土然就佛言者通穢土稱淨妨此由淨名經中寶積願聞得佛國土清淨而佛答云衆生之類是則不揀淨穢穢亦淨土故生疑云穢名佛土就穢

以言穢名淨土復據何理故有此答就佛皆淨所以身子所見邱陵坑坎佛言我此土淨而汝不見既即穢而淨故不思議者即以上義會下偈文偈云世尊境界不思議故若是法性者約如來藏隨緣成立淨穢諸土如三昧品引楞伽說此從通相不局眾生亦不局佛若云法爾者即法爾道理如十地說業有善惡下先總釋故淨名下後引證引三經四文淨名有二皆佛國品初云以萬行爲因者經云寶積當知直心是菩薩淨土菩薩成佛時不諂眾生來生其國深心是菩薩淨土菩薩成佛時具足功德眾生來生其國菩提心是菩薩淨土菩薩成佛時大乘眾生來生其國次列六度等故云萬行爲因又云眾生之類是菩薩淨土等者亦是此文謂法性雖一下雙釋上二疏文有三初隨業成異釋上萬行爲因此是土因佛隨異類取土攝生釋上文又云眾生之類是菩薩佛土此是土緣即佛國品寶積獻蓋佛爲現變見淨土相便求其因故初問云願聞得佛國土清嚴國淨舉果唯願世尊說諸菩薩淨土之行佛答云眾生之類是菩薩佛土標也下徵釋云所以者何菩薩隨所化眾生而取佛土隨所調伏眾生而取佛土釋曰上二句總明取土一向爲物經云隨諸眾生應以何國入佛智慧而取佛土隨諸眾生應以何國起菩薩根而取佛土釋曰此明土異之由下徵釋云所以者何菩薩取於淨國皆爲饒益諸眾生故釋曰經意云菩薩修因取土

皆緣眾生若無眾生取土何用此皆他受用土及變化土緣故唯識中二土皆以利他行成明爲物取故彼經舉喻欲造宮室須依空地若於虛空終不能成欲修淨土必緣眾生若無眾生無修土處涅槃徵善下別引他經成其初義即二十一經高貴德正菩薩品琉璃光菩薩從不動世界而來無畏菩薩問佛此土眾生當造何業而得生彼不動世界佛以偈答廣列十善一一皆生言微善者彼有偈云若於佛法僧供養一香燈乃至獻一華則生不動國若爲怖畏故私養及福德書是經一偈則生不動國造像若佛塔猶如大拇指常生歡喜心即生不動國是也觀經三心者有三種三心第一佛爲韋提希現淨土竟韋提希願生求因佛言欲生彼國當修三福一者孝養父母奉事師長慈心不殺修十善業二者受持三歸具足眾戒不犯威儀三者發菩提心深信因果讀誦大乘勸進行者如是三事名爲淨業佛告阿難及韋提希汝今知不此三種業過去未來現在諸佛淨業正因釋曰若具此三何淨不致然以生就佛總名爲生如上引直心是菩薩淨土菩薩成佛時不諂眾生來生其國第二上品上生文中云若有眾生願生彼國發三種心即便往生何等爲三一者至誠心二者深心三者迴向發願心具三心者必生彼國第三云復有三種眾生當得往生何等爲三一者慈心不殺具諸戒行二者讀誦大乘方等經典三者修行六念迴

向發願願生彼國具此功德一日乃至七日即得往生釋曰第三三心多同初三而合初二開其後一此上諸心非但得生彼國而爲生因亦能成彼淨國得爲修因故觀經云三世諸佛淨業正因故今引爲佛國因也上三初因二緣三因者然因略有二一變化因即第一如來通慧二感淨刹因即是第三緣亦有二一約境利他衆生爲緣二攝境從心皆自識變此中第二義是眞心隨緣變耳

次四別明者有因有緣初一自受用土因大圓鏡智之所成故二變化土因謂衆生菩薩共構一緣各隨行業來生其國凡聖同居三四二種他受用土因然初即初地以上如十大願中修淨土願是也後即八地已上功用不退行之所成故八地中有淨土分

四次別明有因有緣者如鏡智所成是緣變化土因通因通緣佛以生爲緣生以佛爲緣謂衆生菩薩共構一緣者上已總明即直心是菩薩淨土等若菩薩自修直心衆生諂曲何由得生故勸物同修直心故菩薩以直心之因取直心土以應直心衆生爲同構一緣來生其國萬行皆然故云隨其行業言凡聖同居者即變化土若他受用唯聖所居變化之土凡聖同居聖居有二一就機化故二於凡身中初證聖果亦常居之他受用土因者略如上引唯識一向就佛說因今通菩薩謂佛因中修此二因成他受用即是佛因二住地菩薩修此二因得他受用約菩薩因初地八地地經廣說

後三融攝者通於因緣初一即八地已上攪大海爲酥酪變大地爲黃金以染爲淨以淨爲染自在攝生故十自在中有刹自在窮其因者清淨勝解勝解印持隨心變故次一謂成正覺時其身充滿十方世界微塵刹土念劫圓融一時成立由二種因一善根所流語因中也二成道勢力明果用也此一受用變化相融也即如經初即摩竭陀地堅固等後一無問成與不成常能融攝又前是妙覺此是等覺

勝解印持者勝解以於境印持爲性印持萬境隨心轉變一善根所流者即圓融修行自他二利無障礙行故得爾也

其法性土通爲諸土之體窮其

因者有正有助謂法爾爲其正因以一切智及總以諸因而爲緣因故其後三亦融前土非有別體其法性土下第三料揀妨難問上之十句含於四土何以特明三土因耶故爲此釋次復問云四土之外別說圓融應有五土故今答云故其後三但融他四即是我宗非別有體圓融之因亦如上說又說淨土總有二義一者行淨業爲因感淨相果二以德業爲因感自在淨果行業始自凡夫終至十地德業始起不動終至如來故第二別明是行業淨第三融攝是自在淨第一總明具斯二淨故疏爲三又此十事展轉生起謂諸佛土總由佛力何以由之法如是故法爾云何而有異耶業不同故衆生由業佛復由何成一切智之所變故生佛有異何以凡聖同居同構一緣故何以復有純菩薩國菩薩願行力故既由行業何可轉變勝解自在故云何復得融攝重重佛及普賢自在力故又此十事下生起鈎鎖

諸佛子是爲略說十種因緣若廣說者有世界海微塵數

三結畧顯廣如前已釋

大方廣佛華嚴經疏鈔會本第七之二

音釋

蘂如累切花心鬚也　泯彌盡切滅也　嘏下華切考也　綰烏版切鈎繫也　緒徐與切絲端也　詺彌正切詺目也　娜妘娜奴可切妘音云　分齊分扶問切齊在詣切分齊限量也　輭乳兗切柔也　徵知陵切驗也　攬魯敢切取也　穢烏廢切污也　詰契吉切問也　構居候切合也　諂誑諂丑琰切佞言曰諂誑古況切欺也

大方廣佛華嚴經疏鈔會本第七之三

唐于闐國三藏沙門實叉難陀 譯

唐清涼山大華嚴寺沙門澄觀撰述

爾時普賢菩薩欲重宣其義承佛威力觀察十方而說頌言

所說無邊衆刹海毗盧遮那悉嚴淨世尊境界不思議智慧神通力如是

第二偈頌多以果顯因文有九偈束爲八段第一偈頌佛神力據此無邊刹海皆遮那嚴淨則下嚴華藏猶是分明理實而言願周法界

菩薩修行諸願海普隨衆生心所欲衆生心行廣無邊菩薩國土徧十方

次一超頌衆生菩薩同集善根

菩薩趣於一切智勤修種種自在力無量願海普出生廣大刹土皆成就

三一頌頌第四成一切智自受用土因前半因後半果成唯識云大圓鏡智相應淨識由昔所修自利無漏純淨佛土因緣成熟從初成佛盡未來際相續變爲純淨佛土周圓無際衆寶莊嚴配經可見成唯識下此下之文前已總引今當略釋大圓鏡智相應淨識即果位第八此是依因依此頓變故由昔所修下此是行因從初成佛下辯其果相初明竪長後周圓下明其橫廣

修諸行海無有邊入佛境界亦無量爲淨十方諸國土一一土經無量劫

四一頌頌第六嚴淨願力及第七不退行願修諸行海無有邊者論云謂平等性智大慈悲力由昔所修利他無漏純淨佛土因緣成熟隨住十地菩薩所宜變爲淨土或小或大或劣或勝前後改變上經雖云

願力非無有行爲分功用有無長行成其二句皆他受用故偈爲一初句頌第六次句頌第七以八地已上念念入法流心心趣佛境故後之半偈通其二文論云等者上已具引先智及行俱是緣因亦以行爲因以智爲緣故云因緣亦上二皆因隨十地菩薩爲緣如上隨所化衆生等變爲淨土即是果相初地見剎等百三千故名爲小二地即千三地即萬等後後大於前前前前即劣後後漸勝下所引地義並如本品

衆生煩惱所擾濁分別欲樂非一相隨心造業不思議一切剎海斯成立

五一偈却頌第三衆生行業加造業因煩惱所擾造於穢剎欲樂非一感土有殊前與菩薩同修必多善業故此明於煩惱

佛子剎海莊嚴藏離垢光明寶所成斯由廣大信解心十方所住咸如是

六一頌頌菩薩勝解

菩薩能修普賢行遊行法界微塵道塵中悉現無量剎清淨廣大如虛空

七一頌超頌普賢願力以普賢有三一位前普賢但發普賢心即是非今所用二位中普賢即等覺位故此居佛前三位後普賢謂得果不捨因行故長行居後

等虛空界現神通悉詣道場諸佛所蓮華座上示衆相一一身包一切剎

一念普現於三世一切剎海皆成立佛以方便悉入中此是毗盧所嚴淨

八有二偈却頌如來自在前偈頌果用後偈頌善流畧不頌法爾法爾即是法性通故畧之又第七偈依中有依第八偈正中有依第九偈融於三世故三共顯融攝無礙然其無礙通有十種諸教說土或謂但

是無常或云心變理事懸隔多一不融故今經宗要辯無礙又第七下以義料揀成無礙行門此即賢首華藏觀意彼有五門一成立因緣正當此門起具因緣二相狀布列即華藏品風輪香海等三具德圓滿四依正融攝五攝成觀智今初有二先牒經略明即彼第四然其無礙下即彼第三但解此二自成觀智一略無第五然彼具德指一香樹亦明十義一此香樹即佛智身德二即轉法輪三事理無礙四悲智德五難思德六體用無礙七定亂無礙八微細德九佛境界德十緣起無礙德而內外相參以成十門亦不引證今爲順經加減參立皆引文證而具事理事事無礙初總標也二立意或是無常者通大小乘或云心變唯是大乘理事懸隔明非實教一理事無礙謂全同真性而剎相宛然經云華藏世界海法界無差別莊嚴悉清淨故一事理下三開門別釋一中引經即第十經偈末句云安住於空虛今但取莊嚴爲事法界爲理無差別言即是無礙二成壞無礙謂成即壞壞即成等二成壞中不引文者義易了故亦是此偈故云一一剎種中劫燒不思議所現雖敗惡其處常堅固三廣陿無礙不壞相而普周故經云體相如本無差別無等無量悉周徧等四相入無礙下文云以一剎種入一切一切入一亦無餘及此文云身包一切等其文非一亦是一多無礙三中經云體相如本者即第八經釋剎種章偈及後四相入中所引即前偈前半具云以一剎種入一切一切入一亦無餘體相如本無差別無等無量悉周遍五相即無礙文云無量世界即一界故五相即無礙證文即第十七經六微細無礙經云清淨珠玉布若雲炳然顯現諸佛影等六清淨珠玉等即第八香水河偈具云清淨珠玉布若雲一切香河悉彌覆其珠等佛眉間相炳然顯現諸佛影今但取初後二句是顯微細之義七隱顯無礙謂染淨異類隱顯等殊見不同故七隱顯中略不引經以義多故即此中偈隨心造業不思議一切剎土斯成立即其義也以同處異見故不思議又形狀偈云一切塵中所現剎皆是本願神通力隨其心樂種種殊於虛空中悉能作釋曰既一塵隨樂種種皆作則隱顯自在也然疏中略出二種隱顯一染淨隱顯如感娑者對華藏而見娑婆則淨隱染顯感華

藏者對娑婆而見華藏則染隱淨顯故摩竭提國其地金剛等二明異類隱顯如須彌山形世界一類顯時江河等形即皆隱也長刹顯時短刹則隱餘可例知八重現無礙謂於塵中見一切刹刹內塵中見刹亦然重重無盡如帝網故八重現無礙亦不引文以華藏世界所有塵一一塵中見法界已頌引故若更引者依住偈云或有國土周法界清淨離垢從心現如影如幻廣無邊如因陀羅各差別等九主伴無礙凡一世界必有一切以爲眷屬下經云毗盧遮那昔所行種種刹海皆清淨種種刹即眷屬也凡所引即第八經釋小海中偈十時處無礙謂或於一刹現三世劫或於一念現無量刹如今第九偈文又下文云三世所有諸莊嚴摩尼果中皆顯現十中又下文云即第八經河間樹林偈此十無礙同時具足自在難知散在諸文可以六相融之此十無礙下結釋六相之義略如前說廣如十地別章起具因緣竟

爾時普賢菩薩復告大衆言諸佛子一一世界海有世界海微塵數所依住

第二段所依住通染淨也

所謂或依一切莊嚴住或依虛空住或依一切寶光明住或依一切佛光明住或依一切寶色光明住或依一切佛音聲住或依如幻業生大力阿修羅形金剛手住或依一切世主身住或依一切菩薩身住或依普賢菩薩願所生一切差別莊嚴海住

長行釋中十事文並可知然依異者由於心樂有差別故謂一依莊嚴住者樂飾好故二樂無礙故三樂即質光故四怖衆苦故五愛離質光故光作寶色非寶發光六奉聖教故七求神護故八求天護故九菩薩願力所任持故十普安衆生故

如何廣大世界依有情等小類而住此有二義一外由内感故說依身此復有二一宿因力頌云業力之所持故二現在轉變力即世主菩薩神力任持攝屬已故二由無漏體事大小無礙得相依住如何廣大下隨難別釋釋第八九有二義釋前通諸教後由無漏下即事事無礙宗故上普賢云一切刹土入我身所住諸佛亦復然汝應觀我諸毛孔我今示汝佛境界

諸佛子世界海有如是等世界海微塵數所依住

三結

爾時普賢菩薩欲重宣其義承佛威力觀察十方而說頌言

徧滿十方虛空界所有一切諸國土如來神力之所加處處現前皆可見

頌有二十二文分兩别初一總顯一切世界依佛神力而住故梵本云一切依佛神通現長行不列者若列則餘九非佛神通故偈以此文該於前十皆佛神力

或有種種諸國土無非離垢寶所成清淨摩尼最殊妙熾然普現光明海

後二十一偈別頌前文分之爲九初一頌依莊嚴住舉能顯所莊嚴之具皆寶成故

或有清淨光明刹依止虛空界而住

二半偈頌依空

或在摩尼寶海中復有安住光明藏

三半偈頌依寶光明

如來處此衆會海演說法輪皆巧妙諸佛境界廣無邊衆生見者心歡喜

四一偈頌佛光稟佛教光成世界故

有以摩尼作嚴飾狀如華燈廣分布香燄光

雲色熾然覆以妙寶光明網
五一偈頌寶色光明住以嚴及覆影顯依
住
或有刹土無邊際安住蓮華深大海廣博清
淨與世殊諸佛妙善莊嚴故
或有刹海隨輪轉以佛威神得安住諸菩薩
衆徧在中常見無央廣大寶
六二偈頌佛音聲謂妙善所感音聲有感
神故
或有住於金剛手或復有住天主身毗盧遮
那無上尊常於此處轉法輪
七一偈頌七八二住兼顯說法
或依寶樹平均住香燄雲中亦復然或有依
諸大水中有住堅固金剛海
或有依止金剛幢或有住於華海中廣大神

變無不周毗盧遮那此能現
或修或短無量種其相旋環亦非一妙莊嚴
藏與世殊清淨修治乃能見
如是種種各差別一切皆依願海住或有國
土常在空諸佛如雲悉充徧
或有在空懸覆住或時而有或無有或有國
土極清淨住於菩薩寶冠中
十方諸佛大神通一切皆於此中見諸佛音
聲咸徧滿斯由業力之所化
八有六偈頌依菩薩身住若樹若水皆菩
薩身菩薩現故長行但云菩薩此中兼依
佛身此中雖有願力是上宿善所持非普
賢願
或有國土周法界清淨離垢從心起如影如
幻廣無邊如因陀網各差別

或現種種莊嚴藏依止虛空而建立諸業境界不思議佛力顯示皆令見

九餘八頌皆頌普賢願所生住於中三初二偈明廣大國土周法界故前偈明淨識所生心外無體故如影像後偈難思業起起不離空

一一國土微塵內念念示現諸佛刹數皆無量等衆生普賢所作恒如是

爲欲成熟衆生故是中修行經劫海廣大神變靡不與法界之中悉周徧

法界國土一一塵諸大刹海住其中佛雲平等悉彌覆於一切處咸充滿

如一塵中自在用一切塵內亦復然諸佛菩薩大神通毗盧遮那悉能現

次四偈明微細國土調生自在然佛力現此亦普賢願攸故二段文皆兼佛力

一切廣大諸刹土如影如幻亦如燄十方不見所從生亦復無來無去處

滅壞生成互循復於虛空中無蹔已莫不皆由清淨願廣大業力之所持

末後二偈彰刹體性結歸有在初偈明刹依性有有即非有次半成壞更起猶若尋環後半結歸普願兼顯廣業　依住竟

爾時普賢菩薩復告大衆言諸佛子世界海有種種差別形相

第三形相亦通染淨

所謂或圓或方或非圓方無量差別或如水漩形或如山燄形或如樹形或如華形或如宮殿形或如衆生形或如佛形

長行釋中非圓方者三維八隅皆非圓方

故云無量差別山焰形者如山似焰皆取
上尖對上方圓等故餘並可知
如是等有世界海微塵數
三結
爾時普賢菩薩欲重宣其義承佛威力觀察
十方而說頌言
諸國土海種種別種種莊嚴種種住殊形共
美徧十方汝等咸應共觀察
頌中十偈初之一頌總讚勸觀
其狀或圓或有方或復三維及八隅摩尼輪
狀蓮華等一切皆由業令異
或有清淨燄莊嚴真金間錯多殊好門闥競
開無壅滯斯由業廣意無雜
餘皆正頌前義兼舉因顯果於中初二頌
前十段後七頌前無量差別令初摩尼輪
者即水旋之類淨焰莊嚴頌上山焰門闥
競開義兼宮殿
剎海無邊差別藏譬如雲布在虛空寶輪布
地妙莊嚴諸佛光明照耀中
一切國土心分別種種光明而照現佛於如
是剎海中各各示現神通力
或有雜染或清淨受苦受樂各差別斯由業
海不思議諸流轉法恒如是
後七中分二前三彰剎由因異
一毛孔內難思剎等微塵數種種住一一皆
有徧照尊在眾會中宣妙法
於一塵中大小剎種種差別如塵數平坦高
下各不同佛悉往詣轉法輪
一切塵中所現剎皆是本願神通力隨其心
樂種種殊於虛空中悉能作

一切國土所有塵一一塵中佛皆入普爲衆生起神變毗盧遮那法如是

後四明自在由佛一毛孔内難思刹者更有一理謂修行者居自報土各各不同佛攝衆生所現國土似彼報故重重而現不離一毛所現國土等者如千盞燈共照一毛則一毛之上有千重光也準喻思法形狀竟

爾時普賢菩薩復告大衆言諸佛子應知世界海有種種體所謂或以一切寶莊嚴爲體或以一寶種種莊嚴爲體或以一切寶光明爲體或以種種色光明爲體或以一切莊嚴光明爲體或以不可壞金剛爲體或以佛力持爲體或以妙寶相爲體或以佛變化爲體或以日摩尼輪爲體或以極微細寶爲體或以一切寶燄爲體或以種種香爲體或以一切寶華冠爲體或以一切寶影像爲體或以一切莊嚴所示現爲體或以一念心普示現境界爲體或以菩薩形寶爲體或以寶華蘂爲體或以佛言音爲體

第四刹體唯約淨刹長行略辯二十種體然其刹體諸教不同或以八微爲體或以唯心爲體或法性爲體或一切法爲體今皆具之謂衆寶等即是八微加之佛音聲即九微也一念心現是唯識頓變佛變化者或通果色或一切法令三世間互相作故又融上諸說爲無礙刹體言日摩尼輪即日輪也香通質氣佛言爲體者無礙體事故又依如來說力起故諸教不同下即五教出體釋有二意一則別配八微是小乘唯心是始教法性是終頓二教或一切法是圓教二則通明圓教具四義頓教唯法性小乘唯八微始終二教通於前三若三各別即二是

始教若三無礙性相圓融即是終教故法相宗出體云一法性土以真如為體二實報土力無畏等一切功德無漏五蘊以為體性若攝相歸性亦真如為體三色相土攝境從心自利後得智為體故佛地論云最極自在淨識為相相即體相若約相別即四塵為體四他受用土攝境從心利他後得智為體攝相歸性亦以真如為體若約相別亦是四塵五變化土同前他受用體是知始教具用三法圓教則以性融相相無礙故通一切法則事事無礙而為其體是故疏云今皆具之次引經具收後融無礙

爾時普賢菩薩欲重宣其義承佛威力觀察十方而說頌言

或有諸刹海　妙寶所合成　堅固不可壞　安住寶蓮華

頌中十偈初偈頌三謂初二及第六不可壞金剛

或是淨光明　出生不可知　一切光莊嚴　依止虛空住

次一偈頌第三第四

或淨光爲體　復依光明住　光雲作嚴飾　菩薩共遊處

三有一偈頌第五一切莊嚴光明

或有諸刹海　從於願力生　猶如影像住　取說不可得

四有一偈頌二種體願力生者須佛力持如影像現頌妙寶相若兼二事須佛變化

或以摩尼成　普放日藏光　珠輪以嚴地　菩薩悉充滿

五有一偈頌二種體上半頌日輪下半頌微細寶

有刹寶燄成　燄雲覆其上　衆寶光殊妙　皆由業所得

第六偈頌寶焰殊妙之言亦兼香也

或從妙相生衆相莊嚴地如冠共持戴斯由
佛化起
第七偈頌寶冠寶冠亦佛變化非正頌佛
化也
或從心海生隨心所解住如幻無處所一切
是分别
第八偈頌一念普現境界
或以佛光明摩尼光爲體諸佛於中現各起
神通力
第九偈頌一切寶莊嚴示現及頌後三體
摩尼光者頌菩薩形寶及寶華葉佛光明
者頌佛音聲光成刹故
或普賢菩薩化現諸刹海願力所莊嚴一切
皆殊妙
第十偈結歸普賢　體徃竟

爾時普賢菩薩復告大衆言諸佛子應知世界海有種種莊嚴所謂或以一切莊嚴具中出上妙雲莊嚴或以說一切菩薩功德莊嚴或以說一切衆生業報莊嚴或以示現一切菩薩願海莊嚴或以表示一切三世佛影像莊嚴或以一念頃示現無邊劫神通境界莊嚴或以出現一切佛身莊嚴或以出現一切寶香雲莊嚴或以示現一切道場中諸珍妙物光明照耀莊嚴或以示現一切普賢行願莊嚴如是等有世界海微塵數

第五段刹莊嚴中唯明淨刹其中或寶爲嚴或人或法或說法修行示現融攝皆爲嚴刹以人法爲寶故又由說法因等得莊嚴果以果名因爲莊嚴也或寶爲嚴者然莊嚴有三卽名三淨一處所淨卽衆寶爲嚴二住處衆生淨卽人寶爲嚴三法門流布淨卽以法爲

嚴對文可知

爾時普賢菩薩欲重宣其義承佛威力觀察十方而說頌言
廣大剎海無有邊皆由清淨業所成種種莊嚴種種住一切十方皆徧滿
十頌分二初一總顯剎嚴
無邊色相寶燄雲廣大莊嚴非一種十方剎海常出現普演妙音而說法
菩薩無邊功德海種種大願所莊嚴此土俱時出妙音普震十方諸剎網
衆生業海廣無量隨其感報各不同於一切處莊嚴中皆由諸佛能演說
三世所有諸如來神通普現諸剎海一一事中一切佛如是嚴淨汝應觀
過去未來現在劫十方一切諸國土於彼所有大莊嚴一一皆於剎中見
一切事中無量佛數等衆生徧世間爲令調伏起神通以此莊嚴國土海
一切莊嚴吐妙雲種種華雲香燄雲摩尼寶雲常出現剎海以此爲嚴飾
十方所有成道處種種莊嚴皆具足流光布迥若彩雲於此剎海咸令見
普賢願行諸佛子等衆生劫勤修習無邊國土悉莊嚴一切處中皆顯現
後九別頌上文於中初一偈頌初妙雲次一偈頌第二菩薩功德及第四菩薩願海次一偈却頌說衆生業報後六偈如次頌後六事　莊嚴竟
爾時普賢菩薩復告大衆言諸佛子應知世界海有世界海微塵數清淨方便海

第六段明刹清淨方便者唯約淨也若約隨宜攝物佛應統之則淨穢皆稱佛土若就行致唯淨非穢第六段明刹清淨文中有四一總標大意言唯約淨者以言清淨故不同形等通於染淨若就行致者卽生公意彼淨名注云行致淨淨土非造之也造於土者衆生類矣十四科中釋致義云問云何致而非得耶答夫稱致者體爲物假雖獲非已釋曰謂因他而得故名爲致謂佛修萬行直趣真極不取色相他受用等因他衆生遂以大悲爲物取土故云行致旣因萬行而致於土必招淨也然淨有二種一世間淨離欲穢故以六行爲方便上二界爲淨土然淨有二下第二別顯其相展轉開之乃成四重皆以方便爲因清淨爲果第一對中言以六行爲方便者謂欣上淨妙離厭下苦麤障故以色無色界而爲淨土二出世間淨此復二種一者出世所謂二乘以緣諦爲方便權教說之無別淨土約實言者出三界外別有淨土二乘所居智論有文二出世間上上淨此謂菩薩卽以萬行而爲方便以實報七珍無量莊嚴而爲其土今此正明菩薩兼顯二乘此復二種下第二對然二乘淨土玄中已明出世上上淨中復有二種一者真極佛自受用相累兼亡而爲方便二者未極等覺已還故仁王云三賢十聖住果報唯佛一人居淨土仁王經云者卽菩薩行品波斯匿王讚佛此前一偈半云正覺無相遍法界三十生盡智圓明寂照無爲真解脫大悲應現無與等湛然不動常安隱光明遍照無所照三賢十聖住果報唯佛一人居淨土在文易知若瓔珞經亦云佛子有土名一切賢聖所居之處是故一切衆生一切聖賢各有自居果報之土若凡夫衆生住五陰中爲正報土山林大地爲依報土初地聖人亦有二土一實智土前智爲住後智爲土二變化淨穢經劫數量應現之土乃至無垢地土亦如是一切衆生乃至無垢地盡非淨土住果報故唯佛獨居中道第一法性之土是故我昔在普光堂廣爲一切衆生說淨土門以上二經唯佛爲淨未極之中復有二種一八地已上一向清淨以求絕色累照體獨立神無方所故其淨土色相難

名二七地已還未出三界無漏觀智有間斷故非一向淨若依瑜伽入初地去方為淨土三賢所居皆稱非淨此分受用變化別故約此經宗十信菩薩即有淨土故今此文始自近友終成佛力皆淨方便故通萬行永絕色累者即生公十四科淨土義云夫未免形累者八地已前在生空觀即居淨土出即居穢八地已上長在生空即長在淨土故須託土以自居八地已上永絕色累照體獨立神無方所土復何為意云八地已淨無生忍得色自在捨於分段故云永絕色累一切世間出世間心悉不現前故云照體獨立稱性普周故云神無方所神即心神易云神者妙萬物而為言也故神無方而易無體既無色累故其土相難以名目二七地已還者依直往者未捨分段故無漏觀智有間斷者即六地已下若至七地觀無有間依十地經六地已下為染八地已上為淨七地亦名中間亦可名染亦得名淨或名非染非淨今取染義故非純淨若依瑜伽下第三對敎揀定然淨方便即是淨因長行亦可為等流果如云又近善友得生有善友之刹中故

即十事皆淨相也然望莊嚴有同約門別故望具因緣當知亦爾又起具因緣通於染淨此則唯淨莊嚴多約其果清淨多約其因又前多修善此多治惡故於世界此如洗滌彼如粉繪然淨方便下第四對文揀濫於中有二先對此文上來四對皆約清淨為果方便為因今以義通方便亦畀近友即是方便令得人寶為嚴則兼於果故極樂等土諸上善人俱會一處是等流果也然望莊嚴下第二對前文揀也如莊嚴中云或以說一切菩薩功德莊嚴與此增長大功德雲遍法界故文同又彼偈中多舉因顯果與此長行同此云慈悲廣大遍衆生以此莊嚴諸刹海與莊嚴同起具因緣諸淨刹因與此長行修淨因同故為此揀疏文有二一明門別謂所用雖一用處不同猶如說法在布施門名為法施在智慧門名為方便等又起具下更以別理揀於二門則具緣是通此章則局故前疏云唯約淨也對於莊嚴則多少不同如多藥和合從強得名定中有慧但資於定慧中有定但名般若等故云彼多約果此多約因從前多修善者亦從多少前則以因對果論其多少此則唯就因中自有多少前云菩薩無邊功德海及普賢行願諸佛子等衆生劫勤修習此

多修善也今文云淨修廣大諸勝解成就方便清淨力卽治惡多餘顯可知

所謂諸菩薩親近一切善知識同善根故增長廣大功德雲徧法界故淨修廣大諸勝解故觀察一切菩薩境界而安住故修治一切諸波羅蜜悉圓滿故觀察一切菩薩諸地而入住故出生一切淨願海故修習一切出要行故入於一切莊嚴海故成就清淨方便力故如是等有世界海微塵數

別釋中一近友同善根者如善財夜神處廣說二智道慈雲大彌法界三法門勝解皆已淨治約位地前也四即初地證徧行如故云觀察一切境界生如來家故云安住五修治等者見道之後修道位故餘雖未滿一切皆修若約圓融亦得稱滿六初地勝進徧學十地行法後後但是依法行故上三皆初地七初地發願順行至第八地一切皆成故名出生一切願海而言淨者純無漏故八即九地二乘出要唯止與觀菩薩出要唯無礙辯令衆出故九一切莊嚴者十地二嚴皆成滿故十淨方便力即是普賢佛功德也十中前三變化淨因後七受用淨因上欲總收諸土故依次豎配若約橫修初心即可圓具其十如善財者七十三經大願精進力夜神善財初見起於善知識同已等十心便得佛刹微塵數同行所謂同念心常憶念十方三世佛故同慧心分別決定一切法故等廣如彼說此下數段皆如十地經文

爾時普賢菩薩欲重宣其義承佛威力觀察十方而說頌言

一切刹海諸莊嚴　無數方便願力生
一切刹海常光耀　無量清淨業力起

其十頌中九偈分二初一總明能所淨前半方便後半清淨皆上句果下句因前半方便後半清淨者以各下句有方便清淨言故言皆上句果下句因者從多分說則方便爲因清淨爲果若從通說俱通因果方便約因善巧出生於土方便約果依正業用是淨土相清淨約因離諸障蓋清淨約果無有三惡八難等故

久遠親近善知識同修善業皆清淨慈悲廣大徧衆生以此莊嚴諸刹海

一切法門三昧等禪定解脫方便地於諸佛所悉淨治以此出生諸刹海

發生無量決定解能解如來等無異忍海方便已修治故能嚴淨無邊刹

爲利衆生修勝行福德廣大常增長譬如雲布等虛空一切刹海皆成就

後八別頌前文於中初四如次頌上四淨初地慈悲爲首故云爲生修行徧滿真如故云廣大

諸度無量等刹塵悉已修行令具足願波羅蜜無有盡清淨刹海從此生

第五偈頌修治淨及超頌第七願淨以願通初地八地此據初地故超頌也

淨修無等一切法生起無邊出要行種種方便化群生如是莊嚴國土海

第六偈頌前第八出要

修習莊嚴方便地入佛功德法門海普使衆生竭苦源廣大淨刹皆成就

第七偈頌第九及却頌觀菩薩地地義通前後故

力海廣大無與等普使衆生種善根供養一切諸如來國土無邊悉清淨

第八偈頌方便力上來且配長行其間亦

兼餘義 清淨竟

爾時普賢菩薩復告大衆言諸佛子應知一世界海有世界海微塵數佛出現差別

第七段佛出差別者十事五對於海及種有此差別

所謂或現小身或現大身或現短壽或現長壽或唯嚴淨一佛國土或有嚴淨無量佛土或唯顯示一乘法輪或有顯示不可思議諸乘法輪或現調伏少分衆生或示調伏無邊衆生如是等有世界海微塵數

五中初二隨彼類故次一緣廣陿故次一隨機宜故五熟未熟故初二隨彼類者如佛出娑婆但可丈六若生極樂無量由旬不可無邊身如來以化三尺衆生丈六之佛化萬丈之人壽亦然矣居於此剎不滿百年彌陀人民壽皆無量然此一對亦通化機多少次一緣廣狹者緣廣則剎廣如文殊普見之邪緣狹則剎狹如迦葉光德之國三宜聞三則秘一乘之妙寶宜聞一則廢羊鹿之小車根熟者化多如釋迦之化未熟則化少如須扇多如來亦是因中緣廣狹故

爾時普賢菩薩欲重宣其義承佛威力觀察十方而說頌言

諸佛種種方便門　出興一切諸剎海　皆隨衆生心所樂　此是如來善權力

十頌分三初一頌總標

諸佛法身不思議　無色無形無影像　能爲衆生現衆相　隨其心樂悉令見

或爲衆生現短壽　或現住壽無量劫　法身十方普現前　隨宜出現於世間

或有嚴淨不思議　十方所有諸剎海　或唯嚴淨一國土　於一示現悉無餘

或隨衆生心所樂　示現難思種種乘　或有唯宣一乘法　一中方便現無量

或有自然成正覺令少衆生住於道或有能於一念中開悟群迷無有數

次五偈别釋如次頌前五對

或於毛孔出化雲示現無量無邊佛一切世間皆現覩種種方便度群生

或有言音普周徧隨其心樂而說法不可思議大劫中調伏無量衆生海

或有無量莊嚴國衆會清淨儼然坐佛如雲布在其中十方刹海靡不充

諸佛方便不思議隨衆生心悉現前普住種種莊嚴刹一切國土皆周徧

後四頌總結既隨心總徧故刹海塵數未足爲多　佛出差别竟

爾時普賢菩薩復告大衆言諸佛子應知世界海有世界海微塵數劫住

所謂或有阿僧祇劫住或有無量劫住或有無邊劫住或有無等劫住或有不可數劫住或有不可稱劫住或有不可思劫住或有不可量劫住或有不可說劫住或有不可說不可說劫住如是等有世界海微塵數

第八段劫住不同謂刹住經停時分也隨能感因有長短故長行略列有十大數更有多少不同如標結中及頌所顯並通諸刹不謂淨長如大地獄其壽更長人趣却促故極惡極善受時即多更約異門亦不可定也十中唯九者欠不可說不可說也

並如阿僧祇品

爾時普賢菩薩欲重宣其義承佛威力觀察十方而說頌言

世界海中種種劫廣大方便所莊嚴十方國

土咸覩見數量差別悉明了

我見十方世界海劫數無量等衆生或長或短或無邊以佛音聲今演說

偈中十頌然劫但時分無別義理故此偈文轉勢頌之畧分爲三初二總標許說頌上標也

我見十方諸剎海或住國土微塵劫或有一劫或無數以願種種各不同

次有一偈通頌上列兼顯修短之因以願力故

或有純淨或純染或復染淨二俱雜願海安立種種殊住於衆生心想中

餘七頌總結偈各一義一明修短通於染淨結以心想

往昔修行剎塵劫獲大清淨世界海諸佛境界具莊嚴永住無邊廣大劫

二淨劫住久釋以因深

有名種種寶光明或名等音燄眼藏離塵光明及賢劫此清淨劫攝一切

三列諸劫名染淨相攝

有清淨劫一佛興或一劫中無量現無盡方便大願力入於一切種種劫

四佛與願異故入劫不同

或無量劫入一劫或復一劫入多劫一切劫海種種門十方國土皆明現

五一多互融齊攝雙現

或一切劫莊嚴事於一劫中皆現覩或一劫內所莊嚴普入一切無邊劫

六時法相攝普入無邊

始從一念終成劫悉依衆生心想生一切剎

海劫無邊以一方便皆清淨

七結由想心示以方便一方便者即了唯心也一念與劫並由想心心想不生長短安在非長非短是謂清淨不壞於相則劫海無邊一念與劫下釋唯心方便之義然一念與劫並由想心此有二意一者由有想念即有剎那積此剎那終竟成劫心想若滅生死長絕此順經文二者一切境界皆依妄念而有差別若離心念則無一切境界之相此順經意成唯心觀是故䟦云心想不生長短安在無長無短即心體清淨是以經言以一方便皆清淨也此約真性故第三句是不壞相義相性無礙剎海義也

劫住竟

爾時普賢菩薩復告大衆言諸佛子應知世界海有世界海微塵數劫轉變差別

第九段劫轉變差別者此有二種一者但約感成住壞劫皆名轉變二唯約住劫之中居人善惡令染淨轉變二唯約住劫之中居人善惡復有二義一約衆生引因所得二約善薩居中作用心純善故染淨交徹耳

所謂法如是故世界海無量成壞劫轉變

釋中具二初一即是前義故云無量成壞劫轉變言法爾者法爾隨業轉也若爾何異起具因緣因緣意在於因轉變意彰於果又因緣通有唯成不壞如自受用因是也餘九釋後義

染汙衆生住故世界海成染汙劫轉變

一遇惡緣故淨變爲染下文云泉池皆枯涸等遇惡緣故變淨爲染即是經中染汙衆生住故七十二經云往昔此城邑大王未出時一切不可樂猶如餓鬼處衆生相殺害竊盜縱婬佚兩舌不實語無義麤惡言貪愛他財物瞋恚懷毒心邪見不善行命終墮惡道以是諸衆生愚癡所覆蔽住於顛倒見上惡緣也天旱不降澤以時無雨故百穀悉不生草木皆枯槁泉流亦乾竭大王未興世河池悉枯涸園苑多骸骨望之如曠野即劫變也

修廣大福衆生住故世界海成染淨劫轉變

二修人天大福令世界多染少淨故先云

染如下文云粳米自然生等粳米自然生等即是上經次文云大王昇寶位廣濟諸群生油雲被八方普雨皆充洽乃翻十惡成其十善其中翻偷盜云往昔諸眾生貧窮少衣服以草自遮蔽饑羸如餓鬼大王既興世粳米自然生樹中生妙衣男女皆嚴飾即其事也

信解菩薩住故世界海成染淨劫轉變

三即地前以未斷障故非純淨以淨多故故先云淨經多云染淨與前何別或譯人之失或傳寫之誤即地前者信解是地前通稱亦名勝解行住來證真如但依解力而修行故

無量眾生發菩提心故世界海純清淨劫轉變

四即證發心居受用土故但云純淨

諸菩薩各各遊諸世界故世界海無邊莊嚴劫轉變

五各各游者即二地至十地諸菩薩遊戲神通以多莊嚴而嚴一剎或以一嚴而嚴多剎所至染剎則能莊嚴也以多莊嚴者如第五迴向即願普攝十方三世所有佛剎一切莊嚴而嚴一剎一切亦然至登地竟能如願成如八地十地中說或以一嚴而嚴多剎者第二迴向云以一莊嚴嚴一切亦不於法生分別如是開悟諸眾生一切無性無所觀

十方一切世界海諸菩薩雲集故世界海無量大莊嚴劫轉變

六大莊嚴者即普賢位嚴於微塵內剎如上口光召眾等是如上口光召眾者即第六經其諸菩薩既至會中現自在用云如是坐已其諸菩薩身毛孔中一一各現十世界海微塵數一切寶種種色光明一一光中現十世界海微塵數諸菩薩皆坐蓮華藏師子之座此諸菩薩悉能遍往一切法界諸安立海所有微塵彼一一塵中皆有十佛世界微塵數諸廣大剎一一剎中皆有三世諸佛世尊此諸菩薩悉能遍往親近供養等即嚴淨塵中剎也

諸佛世尊入涅槃故世界海莊嚴滅劫轉變

七莊嚴滅者此明失善緣而惡現謂如來示滅能事隨滅佛滅百年乳不及水況今之世況於滅極稗爲上味鐵爲上嚴佛滅百年者育王經說育王常供養諸聖僧上座食乳稍多育王白言乳若多食恐生疾患上座云此乳有何力不及世尊在世時水今佛滅度一切精淳皆沉地下育王願見佛在時水上座展手地下取水育王嘗之實過於乳明知福人滅矣能事隨滅百年上爾況今去聖將二千年尤更淡薄況於滅極鐵爲上嚴稗爲上末如此世經說

諸佛出現於世故一切世界海廣博嚴淨劫轉變

八如彌勒來也如彌勒來者卽彌勒下生經說佛告舍利弗云四大海水以漸減少三千由旬是時閻浮提地長十千由旬廣八千由旬平坦如鏡名華輭草過覆其地種種樹木華果茂盛其樹悉皆高三十里城邑次比雞飛相及人壽八萬歲智慧威德色力具足安隱快樂有一大城名翅頭末底長十三由旬廣七由旬其城七寶上有樓閣戶牖軒窻皆是衆寶真珠網覆街廣十二里巷陌處處皆有明珠柱處處皆有金銀之聚使利不淨地裂受之受已還合亦無衰惱水火刀兵及諸饑饉毒害之事園林池沼八功德水泉華異香皆悉盈滿不生草穢一種七穫味甚香美增益色力等廣如彼說

如來神通變化故世界海普淸淨劫轉變如是等有世界海微塵數

九以佛神通于何不淨淨名足指案地法華三變淨土卽其類也淨名足指案地者卽佛國品說隨其心淨則佛土淨爾時舍利弗承佛威神作是念若菩薩心淨則佛土淨者我世尊本爲菩薩時意豈不淨而是佛土不淨若此佛知其意卽告之言我此土淨而汝不見爾時世尊卽以足指案地卽時三千大千世界若干百千衆寶嚴飾譬如寶莊嚴佛無量功德寶莊嚴土一切大衆歎未曾有而皆自見坐寶蓮華等是也法華三變淨土卽見寶塔品大樂說請開塔戶佛言須集分身大樂說請集分身世尊放光遠召爲欲受分身佛故一變娑婆二於八方各更變二百萬億那由他國土皆令淸淨坐佛不足第三更變二百萬億那由他國土皆令淸淨故云三變上之十事初總餘別不出業故又初二屬凡次四菩薩後三屬佛又約佛菩薩即染令淨約於

凡夫即淨成染

爾時普賢菩薩欲重宣其義承佛威力觀察十方而說頌言

一切諸國土皆隨業力生汝等應觀察轉變相如是染汙諸衆生業惑纏可怖彼心令刹海一切成染汙若有清淨心修諸福德行彼心令刹海雜染及清淨信解諸菩薩於彼劫中生隨其心所有雜染清淨者無量諸衆生悉發菩提心彼心令刹海住劫恒清淨無量億菩薩徃詣於十方莊嚴無有殊劫中差別見一一微塵内佛刹如塵數菩薩共雲集國土皆清淨世尊入涅槃彼土莊嚴滅衆生無法器世界成雜染若有佛興世一切悉珍好隨其心清淨莊嚴皆具足諸佛神通力示現不思議是時諸刹海一切普清淨

十頌如次頌前可知　劫轉變差別竟

爾時普賢菩薩復告大衆言諸佛子應知世界海有世界海微塵數無差別

第十無差別者謂前九辯諸世界約相不同隨業染淨由於衆生有差別故今云無差性無二故故偈云業性起也（謂前九下皆釋標名於中有三一約性相對相則有差性則無差）又約權設則種種差別今約實說則一切無差如教法中或說三乘即是差別說華嚴時一切無差（又約權設下二約權實相對實則無差）又皆是諸佛之所用故一一融攝等無異故故前九差別是此無差之差今此即是前九差之無差也故法華云衆生見燒淨土不毁二皆相即由依此義說淨土中十八圓滿一一稱真皆周徧故（又皆是諸佛下三收差與無差皆歸果用前之二對性相權實二不相卽）

今則融卽言無差之差者是圓融之行布也差之無差者是行布之圓融也若離圓融非圓教法若無差別無可圓融如攬別成總非離別外而有此總故法華下但明二不相離由依此義下顯十八圓滿由此而成

所謂一一世界海中有世界海微塵數世界無差別一一世界海中諸佛出現所有威力無差別一一世界海中一切道場徧十方法界無差別一一世界海中一切如來道場衆會無差別一一世界海中一切佛光明徧法界無差別一一世界海中一切佛變化名號無差別一一世界海中一切佛音聲普徧世界海無邊劫住無差別一一世界海中法輪方便無差別一一世界海中一切世界海普入一塵無差別一一世界海中一一微塵一切三世諸佛世尊廣大境界皆於中現無差別

二釋中十事一海中包數同則盡海之塵一塵一刹已是含攝之義二佛示威力同三道場同同眞性故四衆會同常隨衆故五光明六名號七音聲八法輪方便上七皆約不動一而普徧無差九塵含刹海十塵容佛境此二約不壞相而廣容無差則盡海之塵者以經云一一世界海中有世界海微塵數世界無差別謂一箇世界海還有世界海微塵數世界則義當一塵是一世界竟唯就此一句已顯融攝釋無差別義善成矣若界界相望論無差者無差全少今十句中句句各有世界海塵則一海之中已有十世界海塵數無差故須融攝

諸佛子世界海無差別略說如是若廣說者有世界海微塵數無差別

爾時普賢菩薩欲重宣其義承佛威力觀察十方而說頌言

一微塵中多刹海處所各別悉嚴淨如是無

量入一中一一區分無雜越
一一塵內難思佛隨衆生心普現前一切剎
海靡不周如是方便無差別
一一塵中諸樹王種種莊嚴悉垂布十方國
土皆同現如是一切無差別
一一塵內微塵衆悉共圍繞人中主出過一
切徧世間亦不迫隘相雜亂
一一塵中無量光普徧十方諸國土悉現諸
佛菩提行一切剎海無差別
一一塵中無量身變化如雲普周徧以佛神
通導群品十方國土亦無別
一一塵中說衆法其法清淨如輪轉種種方
便自在門一切皆演無差別
一塵普演諸佛音充滿法器諸衆生徧住剎
海無央劫如是音聲亦無異
剎海無量妙莊嚴於一塵中無不入如是諸
佛神通力一切皆由業性起
一一塵中三世佛隨其所樂悉令見體性無
來亦無去以願力故徧世間

頌中十頌如次頌上十義但第六約身與前名體異耳而前但約平漫無差今顯塵內重疊共融攝無差之義若云約同事者何以不言染同業苦同豈世界海中都無此耶而前但約下即長行云一一世界海中所有佛威力無差別今乃皆云一一塵中無量光等即是重疊無差也若云已下結彈古人謂經舉十事皆約融攝若云依昔義何以不言一一世界海中染剎無差別一一世界海由衆生受苦無差別以世界海中皆有染有苦故豈世界海中都無此耶今經不言明知約融攝無差別耳

無差別竟

大方廣佛華嚴經疏鈔會本第七之三

音釋

擾 而沼切亂也
繪 胡對切畫也
稗 旁卦切似稻莠草也
頊 丘顒切頊刻也
儼然 儼疑檢切儼然端莊貌
蘂 乳捶切花鬚也
翅 丑智切癡去聲
涸 曷各切音鶴水竭也
粳 古衡切音耕與秔同
佚 弋質切音逸
穫 胡郭切黃入聲刈禾也
牖 因九切音有
骸 雄皆切音鞋
羸 盧回切音雷廋也

大方廣佛華嚴經疏鈔會本第八之一

唐于闐國三藏沙門實叉難陀　譯
唐清涼山大華嚴寺沙門澄觀撰述

華藏世界品第五

初來意者前品通明諸佛刹海今此别明本師所嚴依果答世界海問故次來也釋名者準梵本具云華藏莊嚴嚴具世界海之徧清淨功德海光明品譯者嫌繁乃成太畧處中應云蓮華藏莊嚴世界海品謂蓮華含子之處目之曰藏今刹種及刹爲大蓮華之所含藏故云華藏其中一一境界皆有刹海塵數清淨功德故曰莊嚴世界深廣故名爲海有云世界依海故立海名者恐非文意以下云華藏莊嚴世界海住在華中故其梵云嚴具即是能嚴其徧清淨功德海光明即顯嚴之相用依體有用故致之言今文舉體攝用但云華藏梵本具云者梵云枸蘇磨華多羅藏驃訶莊嚴阿楞伽嚴具囉嚕迦馱都世界三年達囉海鉢履輸陀云遍清淨懼曩功德三年達囉海阿羅婆娑眺鉢履勿多品此云華藏莊嚴嚴具世界海遍清淨功德海光明品約事可爾何因刹海相狀如斯略舉二因一約衆生如來藏識即是香海亦法性海依無住本是謂風輪亦妄想風於此海中有因果相恒沙性德即是正因之華世出世間未來果法皆悉含攝故名爲藏若以法性爲海心即是華含藏亦爾然此藏識相分之中半爲外器不執受故半爲内身執爲自性生覺受故如來藏識何緣如此法如是故行業引故二約諸佛謂以大願風持大悲海生無邊行華含藏二利染淨果法重疊無礙故所感刹

相狀如之是以出現品中多將世界以喻佛德細尋文意乃由佛德世界如之（約事可爾下數其本源不爲此釋豈委剎海之興由）三宗趣者別顯本師依報具三世間融攝無盡爲宗令諸菩薩發生信解成就行願爲趣餘如前品但總別異耳融攝之相亦見前文賢首立華藏觀復有十德大同小異如彼文說（言有十德者前品已引）

爾時普賢菩薩復告大衆言諸佛子此華藏莊嚴世界海是毗盧遮那如來往昔於世界海微塵數劫修菩薩行時一一劫中親近世界海微塵數佛一一佛所淨修世界海微塵數大願之所嚴淨

第四釋文一品分三初明華藏因果自體二明藏海安布莊嚴三明所持剎網差別三段如次釋華藏莊嚴世界之名今初二先長行後偈頌長行亦二初舉果屬人顯因深廣二彰果體相辯其寬容今初也謂指此剎海是我本師修因所淨然因深廣有三勝相一長時修剎海塵劫故不唯三祇二於多劫一一遇多勝緣不唯勝觀釋迦等佛三於多勝緣一一淨多大願淨國等不唯淨一無生等由上三重故云深廣

（初華藏等者然第二安布莊嚴亦是果相故應對果分因總爲二段謂先明剎因後彰果相以第一段長行具有因果偈文雙頌因果故合於因屬自體中不唯勝觀等者俱舍論第十八說於三無數劫各供養七萬又如次供養五六七千佛三無數劫滿逆次逢勝觀然燈寶髻佛初釋迦牟尼釋曰此三偈中初偈明供養佛數謂初無數劫供養七萬五千佛第二無數劫供養七萬六千佛第三無數劫供養七萬七千佛後頌明逢何佛供養言逆次者從第三無數劫向前以明謂第三無數劫滿逢勝觀佛第二無數劫滿逢然燈佛第一無數劫滿逢寶髻佛最初發心逢釋迦佛）

發誓願言願我當作佛一如今世尊彼佛世尊未劫出世法住千年今我如來一一同彼故今疏云不唯勝觀者舉第三阿僧祇劫滿佛言釋迦者舉初發心之佛而言等者乃有三義一等然燈寶髻二等所供佛數三等餘教所明設言供養三十六恒三十八恒佛等皆未足爲多也不唯淨一無生忍者如智論說五華供養然燈得無生法忍故金剛經云若有少法可得然燈佛則不與我授記等無法可得是無生相而言等者等餘法門俱舍頌云但由悲普施被折心無忿讚歎底沙佛次無上菩提六波羅蜜多於如是四位一二又一二如次修圓滿釋曰初之四句即是四位初位一滿謂普施成檀次位二滿謂尸及忍被折不報故能滿尸由內無忿故成於忍第三位中但一度滿謂精進度第四位中定慧雙滿故云一二又一二等言底沙者此云圓滿讚佛偈云天地此界多聞室逝宮天處十方無丈夫牛王大沙門尋地山林遍無等七日七夜忘下一足歎底沙故超於彌勒九劫先成佛智論之中亦同此說故六度滿前後不多今經一一佛所淨修世界海微塵數大願況於多佛況多劫耶故疏結云云由上三重故云深廣

然瑜伽起信等約三乘教一方化宜一類世界定說三祇今約一乘該通十方及樹形等界故云刹海塵數是

以寶雲經言我爲淺識衆生說三僧祇劫修行然我實經無量阿僧祇劫修行又時無別體依法上立法既無盡時亦無窮況念劫圓融不應剋執

然瑜伽下二隨難別釋即重釋三祇約三乘一乘以通言該通十方者對上一方化儀及樹形者對上一類世界且如娑婆一劫方知安養得爲一日則安養世界乃經三無數日耳更方袈裟幢刹未經歲月況於後後以劫爲日之刹耶是則不可以此一方類定於成佛時劫之數二異類刹者即於一界即具諸界互不相見時劫亦殊安知修短故朝菌不知晦朔況識春秋況於大椿之歲耶寶雲經者經云善男子菩薩不能思議如來境界如來境界不可思議但爲淺近衆生說三僧祇修習所得菩提而實發心已來不可計數賢首釋云不可計者不可計數阿僧祇也義分齊云始教三祇不同小乘小乘十十數之此即倍倍數之仍說百劫修相好等智度論破此別修相好不許三祇之外別修即是實教之意然實教之意自有二義一定三僧祇一方化儀故又是實佛故起信論云或示超地速成正覺以爲怯弱衆生故或說我於無量阿僧祇劫當成佛道以爲懈慢衆生故能示如是無量方便不可思議而實菩薩種性根等發心則等所證亦等無有

超過之法以一切菩薩皆經於三阿僧祇劫故斯則定也二者不定復有二意一爲通餘類世界故如勝天王說即前樹形等刹是二據佛實德無限故如寶雲經若瑜伽說有二種無數劫一者日夜月半月等方便顯時無量故二者如常說若依初義經無量劫若依後義但三僧祇然依此釋不同寶雲寶雲不言爲淺近衆生說於大劫爲於深勝說日月劫明知意殊是則瑜伽亦是一方所宜說耳又時無別體下別教一乘融攝以說如毗目仙人執善財手時經多劫處歷無邊故不可以長短思也若顯超勝一生頓圓若約甚深多劫劫莫究故云不可定執貴在入玄

第二諸佛子下彰果體相者植因既深果必繁興然所依刹量諸教不同小乘但一娑婆三乘有大小之化或色究竟爲實或他方別有淨邦今一乘十佛之境大小無礙淨穢相融且依一相說有邊表實則一重橫尋無邊況復重重塵含法界

然所依下第二彰其分量言大小之化者如梵網經周帀千華上復現千釋迦即大化也一華百億國一國一釋迦即小化也小化唯一四洲大化總該百億且依一相者且依一種義相不壞邊表有蓮華外別佛刹海等實則稱性橫不可尋故云法界無差別若以性融相則一塵中法界無量

然準下別顯應有十事一所依風輪二風持香海三海出蓮華四華持刹海五繞臺輪山六臺面寶地七地有香海八海間香河九河間樹等十總結多嚴今文之中唯闕一河文且分四第一能持風輪第二所持香海第三海出蓮華第四華持刹海

應有十事者以文廣釋十事故此中長行畧標列故是以古德一品之中先分土因就果相中即分十段今不依者以下六事各有長行偈頌而前四事同一長行故科十段於文不便先科爲三於第一華藏自體長行之內方分爲四耳

然其刹因有其總別已見上文爲顯別義且明一因成於一果

已見上文者即起具因緣中通義易知故示別相

諸佛子此華藏莊嚴世界海有須彌山微塵數風輪所持

今初風輪之因即大願等亦如前釋於中

文三初總標數二略列名三別舉最上其最下風輪名平等住能持其上一切寶燄熾然莊嚴次上風輪名出生種種寶莊嚴能持其上淨光照耀摩尼王幢次上風輪名寶威德能持其上一切寶鈴次上風輪名平等燄能持其上日光明相摩尼王輪次上風輪名種種普莊嚴能持其上光明輪華次上風輪名普清淨能持其上一切華燄師子座次上風輪名聲徧十方能持其上一切珠王幢次上風輪名一切寶光明能持其上一切摩尼王樹華次上風輪名速疾普持能持其上一切香摩尼須彌雲次上風輪名種種宮殿遊行能持其上一切寶色香臺雲

列中名平等住者一徧持諸位故二稱實性故餘文可知風並在下實在臺面以力遥持（以力遥持者古有二釋一云一重風輪持一重物疏以出現品中有十風輪持欲色等皆是遥持故今案定）

諸佛子彼須彌山微塵數風輪最在上者名殊勝威光藏

三舉最上者勝力能持香海故立其名

能持普光摩尼莊嚴香水海

第二能持下所持香海以摩尼發光普照一切嚴海底岸及寶色香水故立此名又藏識名海具德深廣故流注名水刹那性故又佛性名水遠熏名香聞未證故涅槃亦云有人聞香（又佛性名水下約通生佛佛性即是真法性故故此品初海表三義今舉其二畧不說悲涅槃亦云有人聞香即第七經至問明品當具引之）

此香水海有大蓮華名種種光明蘂香幢

第三此香水下所出蓮華蘂放異光又發

勝香高出降伏故立此名又所發萬行一
一覺性故曰光明皆能普熏即香義也又所
發萬行下上約事釋此約表法但通相表
行若別說者畧示十德表於十度一開數
鮮榮以表施度二自性無染以表戒度三
香氣芬馥四寶莖堅固五寶葉扶踈六寶
藥光幢七相巧成就八含藏蓮子九寶臺
堅住十普放光明下八如次顯於八度
華藏莊嚴世界海住在其中四方均平清淨
堅固金剛輪山周帀圍繞地海衆樹各有區
別
第四華藏下所持剎海四方均平總顯形
相清淨堅固彰其體性金剛圍等別明所
有即下別顯此爲其本一山二地三海四
樹各別區分即總顯多嚴但闕一河以下
有別顯故此畧明下亦畧頌
是時普賢菩薩欲重宣其義承佛神力觀察
十方而說頌言

世尊往昔於諸有微塵佛所修淨業故獲種
種寶光明華藏莊嚴世界海
廣大悲雲徧一切捨身無量等剎塵以昔劫
海修行力今此世界無諸垢
第二偈中然長行偈頌有十例五對謂有
無廣略離合先後爲八九或超間十或頌
已重頌故釋頌文不可一例上下準之此
文略有四例一宿因現緣經離頌合一宿因現
緣者此中名長行爲經以取長行綴葺畧
說所應說義別相修多羅故言經離者宿
因即前顯因深廣現緣即前風持香海等
此二明離言頌合者初偈頌總前半宿因
後半現緣第二偈三句
宿因第四句是現緣故二所成果相經略
頌廣二所成果相者長行云華藏世界海
住在其中者即所成果相此文則畧
以十偈之內皆有
果相故云頌廣三現緣風輪經廣頌略
三現緣風輪者經列十種風輪
偈中但云風力所持無動搖耳四山地海
樹經有頌無四山地海樹者長行云金剛
輪山周帀圍繞地海衆樹各

有區別此經有也頌無可知上言有四者但有四例唯廣畧一種乃成一對離合有無但成一例耳若成對者應須經合頌離經無頌有方成三對餘四例二對此中則無下頌則有十偈分二初二頌上因相即辯因招果

放大光明徧住空風力所持無動搖佛藏摩尼普嚴飾如來願力令清淨普散摩尼妙藏華以昔願力空中住

餘頌果相於中分四初一偈半頌風輪皆上句所持下句能持初半偈以果持果後偈兼明能成之因前半離障願令清淨故後半無礙願依空住故

種種堅固莊嚴海光雲垂布滿十方諸摩尼中菩薩雲普詣十方光熾然

二有一偈頌香海尋此了名

光燄成輪妙華飾法界周流靡不徧一切寶中放淨光其光普照衆生海十方國土皆周徧咸令出苦向菩提

寶中佛數等衆生從其毛孔出化形梵主帝釋輪王等一切衆生及諸佛

化現光明等法界光中演説諸佛名種種方便示調伏普應群心無不盡

三有三頌半頌蓮華初一偈半釋種種光明蘂則顯此華以寶爲體次一偈釋香義就法以明寶中出佛佛出世主如從質發香遠熏之義後一釋幢義演佛是高出義調生是摧伏義

華藏世界所有塵一一塵中見法界寶光現佛如雲集此是如來剎自在

廣大願雲周法界於一切劫化群生普賢智地行悉成所有莊嚴從此出

四有二頌明刹自在總頌上所持刹海初偈自在一一稱性故即同時具足相應門也心塵準思寶光現佛者依正互融故後偈結歸普因故能含攝

爾時普賢菩薩復告大衆言諸佛子此華藏莊嚴世界海大輪圍山住日珠王蓮華之上

第二別顯安布莊嚴文分爲六第一四周輪山二寶地三香海四香河五樹林六總結各別有偈今初輪山則清淨戒德内攝外防之所成也長行中三初總舉所依二栴檀下別顯體相三如是下結德無盡今初山所依處即地面四周日珠王者所依處地故舊經云依蓮華日寶王地住亦有言大華之上別有此蓮爲山所依義似不順所以地受此名者前華名種種光明蘂

偈中云光焰成輪又云一切寶中放淨光明知此華以寶爲體是則如日輪之珠王爲蓮華也斯即總華之稱

栴檀摩尼以爲其身威德寶王以爲其峰妙香摩尼而作其輪燄藏金剛所共成立一切香水流注其間衆寶爲林妙華開敷香草布地明珠間飾種種香華處處盈滿摩尼爲網周帀垂覆如是等有世界海微塵數衆妙莊嚴

二別顯中前取堅利且云金剛今明具德略有十相前四自體圓滿後六外相莊嚴一身爲總形摩尼圓明栴檀芬郁皆戒之德也二山峯謂秀出孤絶威伏諸惡三山輪古有二義一山彎曲之處二山腹跳出如師子座半月爲輪準下偈文輪居山下

爲山所依四成山之緣上舉三事各別有體今顯金剛内含光焰徧成其體如世土石雜而成山金剛徧故得金輪名餘六文顯並在山間

爾時普賢菩薩欲重宣其義承佛神力觀察十方而説頌言

世界大海無有邊　寶輪清淨種種色　所有莊嚴盡奇妙　此由如來神力起

應頌有十文分爲二前六明山體相莊嚴頌前別顯後四辯山妙用自在亦顯依正無礙即頌前結文前中五初一總頌圍山初句所圍次二句能圍後句出因言無邊者有其二義一但總相顯多故云無邊實有邊表二説有圍山外者是無邊之邊不礙理而即事故今云無邊者是邊之無邊不壞相而即理故是無邊之邊者意明理無分限總曰無邊事有分限故名有邊若依理成事理性全隱則無邊即邊若會事歸理事相全盡則邊即無邊今則不爾不失理而事現云無邊之邊不壞事而理顯云邊之無邊此是事理無礙義不是相即相作之義思之

摩尼寶輪妙香輪　及以真珠燈燄輪　種種妙寶爲嚴飾　清淨輪圍所安住

二有一頌頌前山輪

堅固摩尼以爲藏　閻浮檀金作嚴飾　舒光發燄徧十方　内外映徹皆清淨

三一頌山體

金剛摩尼所集成　復雨摩尼諸妙寶　其寶精奇非一種　放淨光明普嚴麗

四一頌成山之緣

香水分流無量色　散諸華寶及旃檀　衆蓮競發如衣布　珍草羅生悉芬馥

無量寶樹普莊嚴開華發蘂色熾然種種名
衣在其內光雲四照常圓滿
五六二偈頌前水等諸嚴及加衣等
無量無邊大菩薩執蓋焚香充法界悉發一
切妙音聲普轉如來正法轉
諸摩尼樹寶末成一一寶末現光明毗盧遮
那清淨身悉入其中普令見
諸莊嚴中現佛身無邊色相無央數悉往十
方無不徧所化衆生亦無限
一切莊嚴出妙音演說如來本願輪十方所
有淨刹海佛自在力咸令徧
後四妙用自在並顯可知
爾時普賢菩薩復告大衆言諸佛子此世界
海大輪圍山內所有大地
第二臺面寶地即體心性定之所成也長

行文三初標所在二一切下別顯體相莊
嚴三總結
一切皆以金剛所成堅固莊嚴不可沮壞清
淨平坦無有高下摩尼爲輪衆寶爲藏一切
衆生種種形狀諸摩尼寶以爲間錯散衆寶
末布以蓮華香藏摩尼分置其間諸莊嚴具
充徧如雲三世一切諸佛國土所有莊嚴而
爲校飾摩尼妙寶以爲其網普現如來所有
境界如天帝網於中布列諸佛子此世界海
地有如是等世界海微塵數莊嚴
二中十句初一地體標以金剛釋以堅固
不壞徧華藏地盡是金剛故上菩提場地
徹華藏也二地相平淨餘八皆莊嚴謂三
飾以寶輪四畜以寶藏五間以異寶六散
以寶末七布以蓮華八分置香摩尼九充

以莊嚴具但云諸嚴嚴有多少三世佛國之嚴而爲嚴者顯無盡之嚴具也十覆以寶網隱映莊嚴網有何用普現佛影此網何相如天帝網而布列也又此帝網重現無盡成上普現如來境界及上一一境界皆無盡也但云諸嚴下此句稍長故牒釋之即從諸莊嚴具下是第九句摩尼妙寶下皆第十句

爾時普賢菩薩欲重宣其義承佛神力觀察十方而説頌言

其地平坦極清淨安住堅固無能壞摩尼處處以爲嚴衆寶於中相間錯

金剛爲地甚可悦寶輪寶網具莊嚴蓮華布上皆圓滿妙衣彌覆悉周徧

菩薩天冠寶瓔珞悉布其地爲嚴好栴檀摩尼普散中咸舒離垢妙光明

寶華發燄出妙光光燄如雲照一切散此妙華及衆寶普覆於地爲嚴飾

偈有十頌分二前七頌前别顯後三頌總結前中三初四頌前八段而小不次者顯前無優劣故或重或廣者顯義無方也恐繁不配可以意得

密雲興布滿十方廣大光明無有盡普至十方一切土演説如來甘露法

一切佛願摩尼内普現無邊廣大劫最勝智者昔所行於此寶中無不見

次二頌嚴具如雲

其地所有摩尼寶一切佛刹咸來入彼諸佛刹一一塵一切國土亦入中

後一偈頌如天帝網謂一寶既收一切則彼刹諸塵復攝一切即重重也

妙寶莊嚴華藏界菩薩遊行徧十方演說大士諸弘願此是道場自在力

摩尼妙寶莊嚴地放淨光明備衆飾充滿法界等虛空佛力自然如是現

諸有修治普賢願入佛境界大智人能知於此剎海中如是一切諸神變

後三偈頌總結者結其所屬初偈結屬道場次屬佛力後結能知之人

爾時普賢菩薩復告大衆言諸佛子此世界海大地中有十不可說佛剎微塵數香水海

第三地面香海者上之大海旣是藏識今明心華之內攝諸種子一一種子不離藏識海故有多香海然一一具於性德故皆有莊嚴長行分二初總舉數準下剎種及梵本中皆有十不可說今闕十字或是譯人之漏或是傳寫之失下標種處亦然準下剎種者以中海管十海十海一道布列結有不可說佛剎微塵數香水海十道皆然一海一種故有十不可說也下標種者標云諸佛子此不可說佛剎微塵數香水海中有不可說佛剎世界種釋曰此即標種處無十字亦例合有

一切妙寶莊嚴其底妙香摩尼莊嚴其岸毘盧遮那摩尼寶王以爲其網香水映徹具衆寶色充滿其中種種寶華旋布其上栴檀細末澄垽其下演佛言音放寶光明無邊菩薩持種種蓋現神通力一切世界所有莊嚴悉於中現

二一切下別顯莊嚴準後總結應云一一香海各有若干莊嚴今文畧無若案文取義一切之言即一切海總以妙寶而爲其底等文有二十句前十明海體狀一底二岸三網四水五華六垽七聲八光九人衛

現通十結廣無盡

十寶階陛行列分布十寶欄楯周帀圍繞四天下微塵數一切寶莊嚴芬陀利華數滎水中不可說百千億那由他數十寶尸羅幢恒河沙數一切寶衣鈴網幢恒河沙數無邊色相寶華樓閣百千億那由他數十寶蓮華城四天下微塵數衆寶樹林寶燄摩尼以爲其網恒河沙數栴檀香諸佛言音光燄摩尼不可說百千億那由他數衆寶垣墻悉共圍繞周徧嚴飾

後十寶下十句攝異莊嚴唯白蓮華當於水中餘皆在峙言十寶者有云金銀瑠璃硨磲碼碯珊瑚琥珀眞珠玫瑰琴瑟爲十十中前七即是七寶芬陀利者即白蓮華亦是正數滎時尸羅幢者應云試羅此云美玉若言尸羅此云清淨二義俱通餘並可知以法門合之可以意得芬陀利即白蓮華者即唐三藏等諸師所翻而言亦是正數滎時者即什公意故敵公法華序云華有三時之異華而未敷名屈摩羅凋而將落名迦摩羅處中盛時名芬陀利生公亦云器像之妙莫踰蓮華蓮華之美滎在始敷始敷之盛則子盈於內色香味足謂之芬陀利意亦同也今存二譯各是一義梵語多含故兩存耳

爾時普賢菩薩欲重宣其義承佛神力觀察十方而說頌言

此世界中大地上　有香水海摩尼嚴　清淨妙寶布其底　安住金剛不可壞

香藏摩尼積成峙　日燄珠輪布若雲　蓮華妙寶爲瓔珞　處處莊嚴淨無垢

香水澄渟具衆色　寶華旋布放光明　普震音聲聞遠近　以佛威神演妙法

頌中菩薩持蓋經有頌無日焰光輪經無

頌有且分爲二初三頌初十句一頌底二頌岸及網纓即網類三頌餘七細尋可見

階陛莊嚴具衆寶復以摩尼爲間飾周迴欄楯悉寶成蓮華珠網如雲布
摩尼寶樹列成行華蘂敷榮光赫奕種種樂音恒競奏佛神通力令如是
種種妙寶芬陁利敷布莊嚴香水海香燄光明無暫停廣大圓滿皆充徧
明珠寶幢恒熾盛妙衣垂布爲嚴飾摩尼鈴網演法音令其聞者趣佛智
妙寶蓮華作城郭衆彩摩尼所嚴瑩真珠雲影布四隅如是莊嚴香水海
垣牆繚繞皆周帀樓閣相望布其上無量光明恒熾然種種莊嚴清淨海
毘盧遮那於往昔種種剎海皆嚴淨如是廣大無有邊悉是如來自在力

餘七偈頌後十句而小不次謂一頌階陛欄楯二頌樹林三頌華敷四頌幢相五頌城珠六頌墻閣繚者纏也七頌結嚴屬佛一昔因二現力

爾時普賢菩薩復告大衆言諸佛子一一香水海各有四天下微塵數香水河右旋圍繞

第四海間香河即隨一一心同時相應功德流注也長行亦三初擧數二一切下辯嚴三若廣下結廣即隨一一心者大海既喻藏識小海復表種子二皆心王故河表同時心所謂善十一遍行別境二千福河流注心地

一切皆以金剛爲岸淨光摩尼以爲嚴飾常現諸佛寶色光雲及諸衆生所有言音其河所有漩澓之處一切諸佛所修因行種種形相皆從中出摩尼爲網衆寶鈴鐸諸世界海

所有莊嚴悉於中現摩尼寶雲以覆其上其
雲普現華藏世界毘盧遮那十方化佛及一
切佛神通之事復出妙音稱揚三世佛菩薩
名其香水中常出一切寶𦦨光雲相續不絕
嚴中嚴事並無差別故云一切皆以謂並
用寶體寶嚴聖靈游集光雲相映萬象浮
輝十句可知
若廣說者一一河各有世界海微塵數莊嚴
三結廣中既繞小海之小河已有剎海塵
數之嚴彌顯諸標結文非唯約事皆是一
多無礙耳
爾時普賢菩薩欲重宣其義承佛神力觀察
十方而說頌言
清淨香流滿大河金剛妙寶爲其岸
偈中初半偈頌岸體金剛
寶末爲輪布其地種種嚴飾皆珍好寶階行
列妙莊嚴欄楯周迴悉殊麗真珠爲藏衆華
飾種種瓔鬘共垂下
次一偈半頌摩尼嚴岸
香水寶光清淨色恒吐摩尼競疾流衆華隨
浪皆搖動悉奏樂音宣妙法
三一頌光雲言音
細末栴檀作泥迊一切妙寶同洄澓香藏氳
氳布在中發𦦨流芬普周徧
河中出生諸妙寶悉放光明色熾然其光布
影成臺座華盖珠瓔皆具足
摩尼王中現佛身光明普照十方剎以此爲
輪嚴飾地香水映徹常盈滿
次三皆頌漩澓出影
摩尼爲網金爲鐸徧覆香河演佛音克宣一

切菩提道及以普賢之妙行

七頌網鐸垂覆及總現諸嚴前現事嚴此說道行

寶峠摩尼極清淨恒出如來本願音一切諸佛曩所行其音普演皆令見

八頌現佛依正

其河所有漩流處菩薩如雲常踊出悉往廣大刹土中乃至法界咸充滿

九頌浪出妙音

清淨珠王布若雲一切香河悉彌覆其珠等佛眉間相炳然顯現諸佛影

十頌水出光雲更有影畧可以意得

爾時普賢菩薩復告大衆言諸佛子此諸香水河兩間之地悉以妙寶種種莊嚴

第五河間華林長行有三初總標次一一

下別顯後其香水下總結

一一各有四天下微塵數衆寶莊嚴芬陀利華周帀徧滿各有四天下微塵數衆寶樹林次第行列一一樹中恒出一切諸莊嚴雲摩尼寶王照耀其間種種華香處處盈滿其樹復出微妙音聲說諸如來一切劫中所修大願復散種種摩尼寶王充徧其地所謂蓮華輪摩尼寶王香燄光雲摩尼寶王種種嚴飾摩尼寶王現不可思議莊嚴色摩尼寶王日光明衣藏摩尼寶王周徧十方普垂布光網雲摩尼寶王現一切諸佛神變摩尼寶王現一切衆生業報海摩尼寶王如是等有世界海微塵數其香水河兩間之地一一悉具如是莊嚴

別顯二事謂華及樹水陸各一實有多事

然此一段文勢少異不列十事以顯無盡而但舉二展轉明多謂初一白蓮後一寶樹於此一樹出五業用一出莊嚴雲二寶王照耀三華香盈滿四出音演法五雨寶徧地於中文有總別及結別有八事通三世間初六現器次一現正覺後一現衆生世間如劍葉林等現惡業報天意樹等即善業報男女林中朝生暮落皆業報海如劍葉林者其林樹葉猶如刀劍下即傷人天意樹者涅槃四十二問中當第二十四問云云何觀三寶猶如天意樹言天意樹者隨天意轉故至第九經方始答之云復次善男子如菴羅樹及閻浮提樹一年三變有時生華光色敷榮有時生葉滋茂蓊鬱有時凋落狀如枯死善男子於意云何是樹實爲枯死不耶不也世尊善男子如來亦耳於三界中示三種身有時初生有時長大有時涅槃而如來身實非無常釋曰意明三寶隨物轉變而實常存如天意樹隨天意轉而實不死隨天之意明是善業男女林者即楞伽第一百六問云何男女林一百七問云何訶梨勒阿摩勒解曰謂令觀世間如男女林等依立世阿毗曇論第一云閻浮提林外有二林一名訶梨勒二名阿摩勒此二林南復有七林中有人林是人林中果形如人如閻浮提聖人王種若男子十六歲如女一十五歲莊嚴具足狀如行嫁是人林果可愛如是其子蔕形如人頭髻未離欲者見此果子便生愛心諸外道等有離欲人若見此果即失禪定欲心還生其子熟時唯鳥競食鳥食之餘殘落於地如尸陀林甚可厭惡退禪定者見是相已深生厭離還得本定意表世間男女如林所見榮飾悉皆如幻與此無別遍計所執妄謂之實菩薩觀之都無所有故楞伽云觀諸衆生如死屍無知以妄想故見有往來若離妄想如彼死屍無鬼入中云爲自在故有經說菩薩所見世間資生無非實相此之謂矣如是等下且結樹之雨寶已有剎海塵數倒上出雲等四一一皆然一樹之中已有多剎海之嚴矣次例芬陀利華亦同於樹其華與樹各有四天下塵一一皆爾如華樹等類復應有剎海塵數之物故爲無盡之嚴也

爾時普賢菩薩欲重宣其義承佛神力觀察

十方而說頌言
其地平坦極清淨真金摩尼共嚴飾諸樹行
列蔭其中聳幹垂條萃若雲
枝條妙寶所莊嚴華燄成輪光四照摩尼爲
果如雲布普使十方常現覩
摩尼布地皆充滿衆華寶末共莊嚴復以摩
尼作宮殿悉現衆生諸影像
諸佛影像摩尼王普散其地靡不周如是赫
奕徧十方一一塵中咸見佛
妙寶莊嚴善分布真珠燈網相間錯處處悉
有摩尼輪一一皆現佛神通
衆寶莊嚴放大光光中普現諸化佛一一周
行靡不徧悉以十力廣開演
　後應頌不次文分爲三初六頌寶樹
摩尼妙寶芬陀利一切水中咸徧滿其華種
種各不同悉現光明無盡歇
　次一頌白蓮華
三世所有諸莊嚴摩尼果中皆顯現體性無
生不可取此是如來自在力
此地一切莊嚴中悉現如來廣大身彼亦不
來亦不去佛昔願力皆令見
此地一一微塵中一切佛子修行道各見所
記當來剎隨其意樂悉清淨
　後三結嚴所因謂由佛等力明體用無礙
現而常如然此偈有多意趣一者初一偈
則器世間次一智正覺後一衆生欲明一
一事中皆現三世間嚴影略其文耳然此三偈下二別釋示難思相總有六重六重之中皆通一偈而各取一句中言又此四句各是一義如第一偈初句所現之境二能現之處三所現之相四能現之因下二例然其第一重料揀初句所現不同三偈各一世間而初偈是初句次偈是第二句後偈

是第二三兩句影略其文者謂隨一能現現三世間今各舉一故云影略非但此義六重皆影略又初明一果能現次倒一切莊嚴後明塵塵皆爾從略至廣從麤至細又初明一果能現下第二重約現處以明初偈第二句後二偈皆第一句又初明佛力次彰願力後隨樂力又初明佛力下第三重約能現因差各顯一因皆第四句又初果後因願通因果又初果後因者是第四重亦約現因明異重釋第四句而約因果不同又初自後他願通自他又初自下第五亦約能現因句亦第四約一利不同又初明即性無性體本不生次明即相無相現無來去後明不壞於相各見不同初明即性無性下第六重約所現性相明差三偈皆第三句以各見不同同體無來等此之一義更順解釋謂若順上釋既從佛力等因故所現之體即無生等二者此句亦是能現由體無生故現而巨取稱性而來故無來去隨機隱顯各見不同方顯華藏之嚴皆言亡慮絕非可情求也

大方廣佛華嚴經疏鈔會本第八之一

音釋

芬馥芬敷文切馥房六切芬馥香氣也　沮壞沮在呂切遏也壞古潰切毀也　垽語靳切滓也　欄楯楯竪尹切欄檻也　澄渟澄持陵切水靜而清也渟唐丁切水止曰渟　鈴鐸鈴郎丁切似鍾而小曰鈴鐸達各切鈴屬　蘂乳捶切花須也　玫瑰玫謀杯切瑰姑回切玫瑰火齊珠也　繚憐蕭切　漩澓漩旬宣切澓房六切漩澓回流也　嫌胡兼切憎也　奧於到切　菌具隕切音郡地蕈之小者　蓊鬱蓊烏紅切鬱於勿切蓊鬱草木盛貌

大方廣佛華嚴經疏鈔會本第八之二

唐于闐國三藏沙門實叉難陀　譯

唐清涼山大華嚴寺沙門澄觀撰述

爾時普賢菩薩復告大衆言諸佛子諸佛世尊世界海莊嚴不可思議

第六辯總結莊嚴上來諸段雖説莊嚴猶未能盡故今總顯一一之境若説不説皆具刹海塵數功德莊嚴是以文云一切境界長行文二先標莊嚴難測

何以故諸佛子此華藏莊嚴世界海一切境界一一皆以世界海微塵數清淨功德之所莊嚴

二何以下徵釋所由清淨功德文含二義一謂衆多果嚴即是清淨功德二謂一一果嚴從多清淨功德因生以因望果應成四句謂多因一果一因多果等故隨一一事即曰難思應成四句者文出二句三一因一果四多因多果隨修一行無德不招廣如問明及昇兜率品四句相融故一一難思是以頌云但由如來昔所行神通願力而出生斯即因也若語果嚴略有五相一者令多周給一切一者令多者第四偈一切刹海咸周遍是令周給他也二者令常永無乏絶第二偈中靡暫停第三偈中恒聞見是令常也三者令妙悦可衆心第三偈中其音美妙是令妙也四者稱性無生無相第十偈中無等無生無有相是稱性也五者自在鎔融無礙偈文具之總斯五義故曰難思況因果相即第八偈等能於一切微塵中普現其身淨衆刹及第九偈一刹那中悉能現皆自在也

爾時普賢菩薩欲重宣其義承佛神力觀察十方而説頌言

此刹海中一切處悉以衆寶爲嚴飾發燄騰

空布若雲光明洞徹常彌覆
摩尼吐雲無有盡十方佛影於中現神通變
化靡暫停一切菩薩咸來集
一切摩尼演佛音其音美妙不思議毗盧遮
那昔所行於此寶内恒聞見
清淨光明徧照尊莊嚴具中皆現影變化分
身衆圍繞一切剎海咸周徧
偈文有十大分爲二前六果嚴用勝後四
對因辯果前中分三初四別明嚴用
所有化佛皆如幻求其來處不可得以佛境
界威神力一切剎中如是現
次一結屬現緣
如來自在神通事悉徧十方諸國土以此剎
海淨莊嚴一切皆於寶中見
後一總結多類

十方所有諸變化一切皆如鏡中像但由如
來昔所行神通願力而出生
後四對因辯果中一由行願神通爲因故
獲變化如鏡像果
若有能修普賢行入於菩薩勝智海能於一
切微塵中普現其身淨衆剎
二以普行勝智爲因故得一塵淨衆剎果
不可思議億大劫親近一切諸如來如其一
切之所行一剎那中悉能現
三由長時近友爲因故得剎那頓現之果
諸佛國土如虛空無等無生無有相爲利衆
生普嚴淨本願力故住其中
四彰淨國之意使倣而行之前半智境嚴
即無嚴謂自受用土周徧無等法性之土
體性無生二皆無相後半悲應無嚴之嚴

嚴徧法界無住之住常住剎中上釋莊嚴竟悲應已下後半即他受用及變化淨一偈之中四土具矣

爾時普賢菩薩復告大衆言諸佛子此中有何等世界住我今當說

第三明所持剎網釋品目世界之言又前明本剎今辯末界故兼染淨文分三別第一告衆許說二諸佛子此不可說下雙標二章三諸佛子彼諸世界種下廣釋二章

諸佛子此十不可說佛剎微塵數香水海中有十不可說佛剎微塵數世界種安住一一世界種復有十不可說佛剎微塵數世界

標二章者謂種及剎然剎種依剎海諸剎依剎種則寬陿可知名從何得欲明世界無邊方便顯多故立此名謂積多世界共在一處攝諸流類故名爲種如是種類復有衆多深廣無邊故名爲海如積多魚以成一種魚龍黿鼈山泉島嶼乃有多種並悉攝在一大海中而言世界無邊者海外有海海海無窮也若爾種無別體攬界以成何以下文說有形體雖依種類以立種名何妨此種別有其體如多蠭孔共成一窠豈妨此窠別有其體上舉魚龍蓋分喻耳即依後義亦得名爲種性依於此種能生世界如依一禾有多穀粒舊經云性多取此義恐濫體性故改爲種言有不可說者若準下文香海及種皆有十不可說梵本亦有今脫十字多是傳寫之漏耳雖依種類下初正釋也前爲成海故取種類畧無別體今別喻蜂窠以彰有體蜂孔如剎一窠如種則顯魚龍乃成分喻即依後義下二結成也先會同晉經成種性義種有二義一類二性以禾喻種以粒喻剎禾能生穀故有性義恐濫下顯今經意亦是通難難

云若有種生之義何不依昔爲世界性故爲此通則種兼二義今經存之

諸佛子彼諸世界種於世界海中各各依住各各形狀各各體性各各方所各各趣入各各莊嚴各各分齊各各行列各各無差別各各力加持

三廣釋二章中文分爲二初通明剎種不同釋剎種章二別明剎種香海雙釋二章二段各有長行與偈今初長行文二初列十門後隨門廣釋今初也然此十門剎種之異並悉不離所依華藏故云於世界海中所列十事與成就品都望全異彼通一切海此明一海種故若別別相望互有互無起具因緣清淨佛出刧住轉變彼有此無方所分齊行列趣入力持等五彼無此有依住形體莊嚴無別彼此名同前後互出都有十五皆顯十者俱表無盡而或異者彰義多端復有同者恐濫全別

何以起具前有此無前段總明成立因果此中正辯何等世界住故餘可思準何以起具下即初問也問意云一種起具等五此無前有方所等五此有前無前段總明下答也答中對上牒起具問餘可思準者即是結例餘四但用何等世界住言總通五難劫住是果起具是因此通易了餘四猶難謂清淨佛出劫住轉變正是果相正辯界住何得全無今云無者清淨方便亦是約因又不通染今則通染又不語因佛亦約人今此辯剎故亦無之劫住轉變此二堅明今語現住亦非此要故畧不說然與前同已如前釋不同五事今當說之然與前同下第三隨文別釋但解五句各各方所者若圓滿方所周滿法界無處不有不即三界不離三界若隨宜方所隨十方中向背各別若圓滿方所等者釋此五句皆是十八圓滿中意次下當明此中每句各具二義方所二者圓滿方所即自受用方所如上引唯識明自受用土相若隨宜方所即他受用及變化

淨然依佛地十八圓滿唯約他受用說今約圓通故進入自受用下該變化各
趣入者依門趣入約法門者謂三解脫
又互相現入而無來去等依門趣入者彼有事門即如向
說二約法為門今但出此又互相現入者是約此宗以辯門義並如下說各各
分齊者約事隨宜廣陿異故約佛分齊則
十方無際分齊分二隨宜即他受用等約佛即自受用土問圓滿方所云
無處不有圓滿分齊上方無際二相何別答若識隨宜方所分齊即圓滿二相不同
謂隨宜方所者此之淨土十方之內為在何方如極樂在西妙喜在東等言分齊者
此之淨土廣狹云何或等一娑婆或等百千是分齊也是則圓滿方所明無處不有
者即遍在也其分齊也十方無際者量周法界也各各行列即是
道路約事可知約法謂大念慧行以爲游
路各各力加持者即食能令住約法廣大
法味喜樂所持行列與下第十加持各約事法分為二又此
互出顯佛淨土十八圓滿十五攝故言十
八者顯色形色分量方所因果及主輔翼

眷屬任持事業攝益無畏住處路乘門及
依持又此互出下初標釋也總將二品之文共攝十八圓滿言十八下第二列
名文無次第及圓滿言而十八具足一顯色圓滿二形色圓滿三分量圓滿四方所
圓滿五因圓滿六果圓滿七主八輔翼九眷屬十任持十一事業十二攝益十三無
畏十四住處十五路十六乘十七門十八依持圓滿云何攝耶此具
因緣即因圓滿依住即是依持形狀即當
形色體攝二種一攝顯色七寶光明爲體
性故二攝果滿隨類之果可知約佛大圓
鏡智相應淨識之所變故故上偈云或一
念心普示現爲體莊嚴攝三謂一攝住處
如來莊嚴爲住處故二攝輔翼菩薩嚴故
三攝眷屬有餘衆故清淨攝三一攝事業
謂作有情之義利故二攝攝益謂現證解
脫滅彼煩惱及災橫故三攝無畏謂內無
災横外無怖畏故此中佛住攝二圓滿一

攝主二攝乘或說一乘等故方所分齊二名全同行列即路趣入即門力持爲任持

云何攝耶第三正明相攝先徵此具下釋釋中文意皆是佛地論中之意細尋可知十八名相第五廻向更當廣釋此但舉於此十五名攝彼十八其有難者引經會釋

劫住轉變十八中無義同於果及事業攝亦可成二十圓滿於理無違謂劫住窮未來故轉變即如來神通變化世界海普清淨轉變即圓滿義

劫住轉變下第四明同異通有四種此有二門一立名同異如上別對中明二開合同異亦如上說然上體及佛住各攝於二清淨莊嚴各攝於三則四門攝十餘之八門各攝其一則十二門以攝十八即開合異也三有無同異即是劫住及劫轉變釋無所以畧有二意一以彼攝此謂果攝劫住有刹之果必有劫住之時分故事業圓滿攝此轉變菩薩神通如來作用皆轉變故二者不用彼攝何必定須十八圓滿加於此二成二十數正圓滿故如以六通爲十通等謂以劫住窮未來故下示於二種圓滿之相

其無差別彼文雖無即由此故方顯圓滿餘皆隨宜故云各各

其無差別下明通局同異彼十八事各各不同今無差別通該十八由無差別約融攝說故今十八得圓滿名則此無十四皆約隨宜由此無差故名圓滿

無差既同云何各各所無差事有多種故

無差既同下爲跡生難上云餘十四事皆是隨宜故稱各各其無差別稱實而說今餘圓滿則無差別非各各義何以經云各各無差今答此云所無差事有多種者上經中明塵塵刹刹佛佛生生皆悉融攝事事相望即云一一各各融攝即是無差

若將此十對成就品十亦得相攝恐厭繁文

若將此十下第二攝成就品前攝十八共以二品皆爲能攝今此對前自分能所而得互攝疏恐責繁不能具出鈔須盡理一一示之此華藏品攝成就品者此中趣入攝彼起具因緣及清淨二事以趣入即三解脫門可爲刹因今刹淨故此中力持攝餘三事謂佛出劫住及劫轉變以力持即是廣大法喜無佛從何得法喜耶況有佛持若佛不出但以食持若佛出世即有法持若以食持住時即少若用法持住劫則長二種力持皆通轉變法持則染變爲淨食持則淨變爲染故俱舍說三灾起時由二種因一耽着美味二者懶惰故以食持淨變爲染上以此二攝於彼五五事全同故十具矣若以成就攝華藏者上以此二攝於彼五則以彼五攝於此二此餘三事謂方

所分齊并及行列彼何攝耶即五同中依住形狀二事所攝以但有依住則有方所及行列故但有形狀則有分齊則以彼七攝此五事五事全同則十亦具故於二處各擧十事無所不收巧顯多端故互隱顯理實互出為顯十八又上諸文一一段中具多圓滿一一融攝故異餘宗

諸佛子此世界種或有依大蓮華海住或有依無邊色寶華海住或有依一切眞珠藏寶瓔珞海住或有依香水海住或有依一切華海住或有依摩尼寶網海住或有依漩流光海住或有依菩薩寶莊嚴冠海住或有依種種衆生身海住或有依一切佛音聲摩尼主海住如是等若廣說者有世界海微塵數

二隨門廣釋但釋其三謂依住形體餘七雖略義上已說今初依住中初列後結文並可知

諸佛子彼一切世界種或有作須彌山形或作江河形或作迴轉形或作漩流形或作輪輞形或作壇墠形或作樹林形或作樓閣形或作山幢形或作普方形或作胎藏形或作蓮華形或作佉勒迦形或作衆生身形或作雲形或作諸佛相好形或作圓滿光明形或作種種珠網形或作一切門闥形或作諸莊嚴具形如是等若廣說者有世界海微塵數

二形狀中初列二十種後結塵數不同今初迴轉形者攝褺往來之形也壇墠形者築土為壇除地為墠佉勒迦者梵音此云竹篇

諸佛子彼一切世界種或有以十方摩尼雲為體或有以衆色燄為體或有以諸光明為體或有以寶香燄為體或有以一切寶莊嚴多羅華為體或有以菩薩影像為體或有以

諸佛光明爲體或有以佛色相爲體或有以一寶光爲體或有以衆寶光爲體或有以一切衆生福德海音聲爲體或有以一切衆生諸業海音聲爲體或有以一切佛境界清淨音聲爲體或有以一切菩薩大願海音聲爲體或有以一切佛方便音聲爲體或有以一切剎莊嚴具成壞音聲爲體或有以無邊佛音聲爲體或有以一切佛變化音聲爲體或有以一切衆生善音聲爲體或有以一切佛功德海清淨音聲爲體如是等若廣說者有世界海微塵數

三明體中先列後結列中亦二十種前十色相後十是聲會釋如前

爾時普賢菩薩欲重宣其義承佛神力觀察十方而說頌言

剎種堅固妙莊嚴廣大清淨光明藏依止蓮華寶海住或有住於香海等

應須有十分爲六段初一須依住須彌城樹壇墠形一切剎種徧十方種種莊嚴形相別各各布列而安住

次一形狀及布列安住

或有體是淨光明或是華藏及寶雲或有剎種燄所成安住摩尼不壞藏

燈雲燄彩光明等種種無邊清淨色或有言音以爲體是佛所演不思議

或是願力所出音神變音聲爲體性一切衆生大福業佛功德音亦如是

次三體性

剎種一一差別門不可思議無有盡如是十方皆徧滿廣大莊嚴現神力

十方所有廣大剎悉來入此世界種雖見十方普入中而實無來無所入以一剎種入一切一切入一亦無餘體相如本無差別無等無量悉周徧

次三頌於三事謂初二句頌所入門次句方所第四句莊嚴餘二偈中廣大剎之本相即是分齊廣陿此彼相入亦頌趣入初偈以多入一後偈一多互入此彼相入亦頌趣入故上疏中釋趣入義以爲此解於中有二先畧屬偈文皆入而無入入則壞緣起不入壞性用皆入而無入下通釋二偈入無入言前偈中有義通後偈故致皆言總有三意初一反釋通緣起相由及法性融通二門約緣起門者凡緣起法要有三義一諸緣各異義二互遍相資義三俱存無礙義今云入則壞緣起者反釋不入入則失緣則無諸緣各異義言不入則不壞性用者反釋入義則不得不入不入則不得力用交徹故入無互遍相資義則壞用也若具入不入則俱存無礙成緣起門言法性融通門者即性之一字凡法性融通要不壞相而即真性入則壞緣起者無可相入不入則壞性者則性不遍一切法故由不壞相性而能普遍方是法性融通義也又要由不入方能入耳二又要由不入方能入者即順釋也亦通二門唯就相說若約緣起門要由諸緣歷然不入方能相資遍相入耳若約法性融通門者要由事相歷然方隨理融入一切法故說若唯約理無可即入又約體本空故無來無入約相不壞故如本無差以性融相故得互入三又約體本空下亦順明而雙約性相上第一義相即不入性即能入今此一義獨相獨性俱不能入要二相融方能入故言若約體空則無來無入者是若唯約性無可即入言約相不壞如本無差者即若唯約事不能即入上二皆不入義以性融相故得互入者即釋入義是顯正義謂不異理之一事全攝法性時令彼不異理之多事隨所依理皆於一中現等一事攝理既爾多事攝理亦然則一事隨所依理皆於多中現故得互入是爲法性融通門也

一切國土微塵中普見如來在其所願海言音若雷震一切衆生悉調伏

次一頌無差謂塵容佛海等無差故

佛身周徧一切刹無數菩薩亦充滿如來自
在無等倫普化一切諸含識
後一頌力持主伴皆是神力任持普化之
言兼於法味
爾時普賢菩薩復告大衆言諸佛子此十不
可說佛刹微塵數香水海在華藏莊嚴世界
海中如天帝網分布而住
第二別明種刹香海雙釋二章者謂香海
依刹海刹種依香海諸刹依刹種亦有長
行偈頌長行分三初總舉諸海所依二次
第別顯海種及刹第三總略結釋今初也
上來雖復但標刹種及刹二章而釋依住
中皆云依海故列海數此多香海並在刹
海地面故云所依言如帝網者大都分布
則似車輪其有別者謂帝釋殿網貫天珠
成以一大珠當心次以其次大珠貫穿帀
繞如是展轉遆繞經百千帀若上下四面
四角望之皆行伍相當今此香海雖在地
面分布相似又有涉入重重之義故云如
也
諸佛子此最中央香水海名無邊妙華光以
現一切菩薩形摩尼王幢爲底
第二諸佛子此最中央下次第別顯諸海
種刹文分爲三初辯中間一海次辯右旋
十海後明十海所管之海然十海各管不
可說佛刹塵數之海總顯則有十不可說
佛刹塵數次第說者但有一百一十一海
餘皆略指今初中央一海文分爲二先明
香海出華以持刹種後有不可說下明所
持世界前中有三初香海名以多華發光

故亦由菩薩行華而爲因故
出大蓮華名一切香摩尼王莊嚴
二華名謂以香摩尼嚴此華故又從摩尼
底而出生故約法即萬行圓明之所成故
海能有華故受華名華依於海取海底稱
海能有華等者以海名無邊妙華光故如蓮華池池受華名華依於海者海以摩尼王幢爲底故華名摩尼王莊嚴如泥中華華受泥稱
有世界種而住其上名普照十方熾然寶光
明以一切莊嚴具爲體
三種名約事寶光遠照故約法其世界種
正是所含種子一一皆有大智光明徧照
法界義故性德互嚴故
有不可說佛刹微塵數世界於中布列
第二所持世界中三初總舉大數次其最
下方下別辯二十層大刹後諸佛子下類
結所餘初文可知
其最下方有世界名最勝光徧照
第二別辯中準標及結皆有不可說刹塵
其別辯中但列十九佛刹塵數爲二十重
其能繞刹但有二百一十佛刹塵數下當
會釋二十層即分二十段最下層中文有
七事一舉名
但有二百一十者第一層一佛刹微塵數世界第二層二佛刹一上加二爲三第三層加三爲六第四層加四爲十第五層加五成十五第六層加六成二十一第七層加七成二十八第八層加八成三十六第九層加九成四十五第十層加十成五十五下十層有五十五上十層一一十漸加算數亦有五十五而各有十謂十一十二十三十四等上十層更有一百都有一一百五十五并下十層五十五故有二百一十矣問既有二十層何以但云十九佛刹爲主刹耶答以最下一層但云一世界非一佛刹塵數世界故云從此一界云此上過一佛刹微塵數世界至第二層故二層共有一佛刹塵數刹耳如竪二千錢爲二十百最下取一錢如最下一剎此上過一百取一錢爲第二層方共一百爾此上過一百至第三層方是

二百乃至二十層方有一千九百文耳故二十層成十九佛刹思之下當會釋者即第三會能繞所繞類結之中

以一切金剛莊嚴光耀輪爲際

二辯際謂世界所據之際如金剛際

依衆寶摩尼華而住

三依住若準此名大同刹種所依蓮華而舊釋云於前無邊香海所出華上更有此華持此一界者以例上諸層别有依住故爲此釋何妨最下依於總華思之

其狀猶如摩尼寶形

四形如摩尼者爲摩尼狀有於八楞似方不方似圓不圓故異下八隅

一切寶華莊嚴雲彌覆其上

五上覆

佛刹微塵數世界周帀圍繞種種安住種種莊嚴

六眷屬六眷屬者即經中云種種安布種種莊嚴是辯眷屬刹之相耳

佛號淨眼離垢燈

七本界佛名離二障垢智眼清淨照世如燈然佛德無邊各隨一義二層已去或有八事謂加去此遠近故或有九事加純淨言故準此若無此言即通染淨此上眷屬漸加刹數中間諸事可以準知

此上過佛刹微塵數世界有世界名種種香蓮華妙莊嚴以一切莊嚴具爲際依寶蓮華網而住其狀猶如師子之座一切寶色珠帳雲彌覆其上二佛刹微塵數世界周帀圍繞

佛號師子光勝照

此上過佛刹微塵數世界有世界名一切寶莊嚴普照光以香風輪爲際依種種寶華瓔

珞住其形八隅妙光摩尼日輪雲而覆其上三佛刹微塵數世界周帀圍繞佛號淨光智勝幢
此上過佛刹微塵數世界有世界名種種光明華莊嚴以一切寶王爲際依衆色金剛尸羅幢海住其狀猶如摩尼蓮華以金剛摩尼寶光雲而覆其上四佛刹微塵數世界周帀圍繞純一清淨佛號金剛光明無量精進力善出現
此上過佛刹微塵數世界有世界名普放妙華光以一切寶鈴莊嚴網爲際依一切樹林莊嚴寶輪網海住其形普方而多有隅角梵音摩尼王雲以覆其上五佛刹微塵數世界周帀圍繞佛號香光喜力海
五中云普方者都望即方而一面之中亦有多角隅即是角文體容爾
此上過佛刹微塵數世界有世界名淨妙光明以寶王莊嚴幢爲際依金剛宫殿海住其形四方摩尼輪髻帳雲而覆其上六佛刹微塵數世界周帀圍繞佛號普光自在幢
此上過佛刹微塵數世界有世界名衆華燄莊嚴以種種華莊嚴爲際依一切寶色燄海住其狀猶如樓閣之形一切寶色衣眞珠欄楯雲而覆其上七佛刹微塵數世界周帀圍繞純一清淨佛號歡喜海功德名稱自在光
此上過佛刹微塵數世界有世界名出生威力地以出一切聲摩尼王莊嚴爲際依種種寶色蓮華座虚空海住其狀猶如因陀羅網以無邊色華網雲而覆其上八佛刹微塵數世界周帀圍繞佛號廣大名稱智海幢

此上過佛刹微塵數世界有世界名出妙音聲以心王摩尼莊嚴輪爲際依恒出一切妙音聲莊嚴雲摩尼王海住其狀猶如梵天身形無量寶莊嚴師子座雲而覆其上九佛刹微塵數世界周帀圍繞佛號清淨月光明相無能摧伏

此上過佛刹微塵數世界有世界名金剛幢以無邊莊嚴眞珠藏寶瓔珞爲際依一切莊嚴寶師子座摩尼海住其狀周圓十須彌山微塵數一切香摩尼華須彌雲彌覆其上十佛刹微塵數世界周帀圍繞純一清淨佛號一切法海最勝王

此上過佛刹微塵數世界有世界名恒出現帝青寶光明以極堅牢不可壞金剛莊嚴爲際依種種殊異華海住其狀猶如半月之形諸天寶帳雲而覆其上十一佛刹微塵數世界周帀圍繞佛號無量功德法

此上過佛刹微塵數世界有世界名光明照耀以普光莊嚴爲際依華旋香水海住狀如華旋種種衣雲而覆其上十二佛刹微塵數世界周帀圍繞佛號超釋梵

此上過佛刹微塵數世界至此世界名娑婆以金剛莊嚴爲際依種種色風輪所持蓮華網住狀如虛空以普圓滿天宮殿莊嚴虛空雲而覆其上十三佛刹微塵數世界周帀圍繞其佛即是毘盧遮那如來世尊

其第十三層主刹即此娑婆言形如虛空者靜法云大小乘經並說虛空體無形質不可見相今云有形者迴文者誤梵本云三曼多周圓第嚩噃嚩曩天宮伽伽那虛空阿楞

迦羅莊嚴蓋覆僧塞怛那形狀迴文應以形狀置周圓之前虛空安天宮之上然後合綴飾云其形周圓以空居天宮莊嚴之具而覆其上靜法此正深有理致今依經通之亦有理在謂空雖無形隨俗說故以俗典指空爲天謂天爲圓穹其形如繖故說天勢圜平野亦如法華云梵王爲衆生之父亦隨俗說耳謂天爲圓穹者外典說天或謂有形故云天形穹隆其形如繖故天圓地方若莊子云天者自然也則無形質如法華者即第六經藥王本事品中云譬如大梵天王爲一切衆生之父此經亦復如是爲一切衆生之父以梵王劫初初生後有諸天下降梵王凡夫皆悉妄計梵王爲父諸經論皆破爲非是外道計今法華經如來自引以譬法華豈佛不知是父爲妄故是世尊隨俗說耳今亦隨俗說天有形於理何違然今疏意非是不說靜法之見但已著在經小有可通即爲會釋不欲使人輕毀聖教耳

此上過佛刹微塵數世界有世界名寂靜離塵光以一切寶莊嚴爲際依種種寶衣海住其狀猶如執金剛形無邊色金剛雲而覆其上十四佛刹微塵數世界周帀圍繞佛號徧法界勝音

此上過佛刹微塵數世界有世界名衆妙光明燈以一切莊嚴帳爲際依淨華網海住其狀猶如卍字之形摩尼樹香水海雲而覆其上十五佛刹微塵數世界周帀圍繞純一清淨佛號不可摧伏力普照幢

第十五云形如卍字者靜法云室離靺瑳本非是字乃是德者之相正云吉祥海雲衆德深廣如海益物如雲古來三藏誤譯洛刹曩爲惡刹攞遂以相爲字故爲謬耳然此相以爲吉祥萬德之所集成因目爲萬意在語略義含合云萬相耳餘並易了

誤譯洛刹曩者洛刹曩此云相也惡刹攞此云字也聲勢相近故使有誤梵本是室利跢蹉洛刹曩合云吉祥海雲相也然此相下疏出古德以吉祥海雲爲萬所由合云萬相者即結成靜法正義縱汝吉祥海雲爲萬合言萬相不合云萬字

此上過佛刹微塵數世界有世界名清淨光徧照以無盡寶雲摩尼王爲際依種種香燄蓮華海住其狀猶如龜甲之形圓光摩尼輪栴檀雲而覆其上十六佛刹微塵數世界周帀圍繞佛號清淨日功德眼

此上過佛刹微塵數世界有世界名寶莊嚴藏以一切衆生形摩尼王爲際依光明藏摩尼王海住其形八隅以一切輪圍山寶莊嚴華樹網彌覆其上十七佛刹微塵數世界周帀圍繞佛號無礙智光明徧照十方

此上過佛刹微塵數世界有世界名離塵以一切殊妙相莊嚴爲際依衆妙華師子座海住狀如珠瓔以一切寶香摩尼王圓光雲而覆其上十八佛刹微塵數世界周帀圍繞純一清淨佛號無量方便最勝幢

此上過佛刹微塵數世界有世界名清淨光普照以出無盡寶雲摩尼王爲際依無量色香燄須彌山海住其狀猶如寶華旋布以無邊色光明摩尼王帝青雲而覆其上十九佛刹微塵數世界周帀圍繞佛號普照法界虛空光

此上過佛刹微塵數世界有世界名妙寶燄以普光明日月寶爲際依一切諸天形摩尼王海住其狀猶如寶莊嚴具以一切寶衣幢雲及摩尼燈藏網而覆其上二十佛刹微塵數世界周帀圍繞純一清淨佛號福德相光明

諸佛子此徧照十方熾然寶光明世界種有如是等不可說佛剎微塵數廣大世界

第三類結所餘此中非唯結數兼總顯上文所依住等文分為四一總結都數二各各所依下結形類三此一一下結眷屬四如是所說下彰其所在今初即舉本剎種結有若干此所結剎定是主剎以下文指此不可說佛剎更有兩重繞故其直上中間但有十九佛剎而結有不可說者以傍論故不爾豈一剎種最下唯一主剎故知如向所說主剎橫豎共論有不可說故下結其所在云及在香水河中思之此所結剎者以昔人云經言此一一世界者此上二百一十佛剎塵數之剎耳非此上不可說佛剎塵數之剎也以二百一十塵數剎為所繞兩重繞竟方有不可說耳故立理云若不繞將此以會大數一即此剎種中非唯有不可說剎塵數廣大世界二即三處說數相違釋曰此公意云若所繞已有不可說佛剎塵數更加兩重繞剎則有衆多不可說佛剎塵剎也言三處說數相違者一是標中有不可說二中間說但有二百一十三是結文兩重能繞初則有不可說後則有無叵不可說中間則不滿不可說故相違也此釋亦似有理而經文此一一言遠承於前二百一十殊已隔越文中既云如是有不可說佛剎微塵數佛剎即云此一一世界各有十佛剎微塵數廣大世界周帀圍繞明知合繞前不可說也又以二百一十為所繞者前中間說剎但超間明有二百一十望其文意直上十九佛剎有塵數之剎一一各有衆多佛剎圍繞應有不可說不可說也何者且如最下一剎已有一佛剎微塵數佛剎圍繞向上過一佛剎微塵數世界方至第二層一剎有二佛剎微塵數世界圍繞此第一層向上至第二層中間諸剎何以無繞剎無繞則剎網不成故知直上一佛剎塵數之剎一一皆應有繞不能具說故有超過舉二十重耳既最下層一剎有一佛剎塵數剎繞此上次第二剎更加一剎為能繞第三亦加一剎如是漸上至百加百至千加千至萬加萬至滿佛剎塵數到第二層還加一佛剎微塵數剎為能繞故有二佛剎塵數剎繞如是乃至第二十層亦復如是一一漸增故但直上至一佛剎塵數世界并其能繞已有衆多佛剎塵數箇佛剎微塵數世界不可知數且就一期之數云不可說耳明知所繞定

是主剎若爾云何不與標文相違標文但云一剎種有不可說佛剎微塵數世界故既加兩重能繞多多故答此有二意一言不可說者就主標耳二者其兩重能繞並不出不可說剎塵剎中何者觀其文意但是諸剎互爲主伴爲相繞耳如百人共聚一人爲主則九十九人繞之餘九十九人一一爲王時皆得九十九人繞之若不爾者最下一剎已有一佛剎塵數世界圍繞此能繞剎更有兩重能繞已有不可說不可說剎塵數剎也思之明知互爲主伴則本數不增

各各所依住各各形狀各各體性各各方面各各趣入各各莊嚴各各分齊各各行列各各無差別各各力加持周帀圍繞

二結形類中初三列十門既言周帀圍繞則知旁去而疏言傍去者經中現說下狹上濶如倒立浮圖倒安鴈齒亦合更說上尖下廣如正浮圖仰安鴈齒則上下櫛比皆悉周滿間無空處方爲剎網上下四周皆悉相當經欲揀別諸重不能備舉故且增數說繞剎殊又欲令斜望相當故爲此說所以梵網經云世界不同猶如網孔若但取二百一十以爲所繞殊非得意

所謂十佛剎微塵數迴轉形世界十佛剎微塵數江河形世界十佛剎微塵數旋流形世界十佛剎微塵數輪輞形世界十佛剎微塵數壇墠形世界十佛剎微塵數樹林形世界十佛剎微塵數樓觀形世界十佛剎微塵數尸羅幢形世界十佛剎微塵數普方形世界十佛剎微塵數胎藏形世界十佛剎微塵數蓮華形世界十佛剎微塵數佉勒迦形世界十佛剎微塵數種種衆生形世界十佛剎微塵數佛相形世界十佛剎微塵數圓光形世界十佛剎微塵數雲形世界十佛剎微塵數網形世界十佛剎微塵數門闥形世界

二所謂下廣說十門形狀有十八事望前剎種形中闕須彌山形及嚴具形餘皆全同但此約剎爲異耳

如是等有不可說佛刹微塵數

三如是等下結歸都數

此一一世界各有十佛刹微塵數廣大世界周帀圍繞此諸世界一一復有如上所說微塵數世界而爲眷屬

三結眷屬中然有兩重主伴此一一者指上不可說塵數也若望前文主刹直上繞數漸增今總相說故云一一各有十刹塵也又是欲顯無盡義故一一復有如上所說微塵數者如上之言文含二義一即總指前能繞所繞之數繞一世界不欲繁文故云如上二者如上亦用十佛刹爲能繞也依此則似譯人文繁理隱何不言一一復有十佛刹塵數耶若依前義則譯者之妙依此則似者若言十佛刹但有三字今云如上所說則有四字故爲文繁但云如上所說言不分明即是理隱若依前義者能繞所繞其數既多但云如上則言省畧故云妙耳雖有二釋疏意存第二釋但用十佛刹塵數而爲能繞爲順經宗明無盡故前後體勢類皆然故餘如疏文細尋可見

如是所說一切世界皆在此無邊妙華光香水海及圍繞此海香水河中

四彰所在即最中香海既言及在香水河明知傍去

大方廣佛華嚴經疏鈔會本第八之二

音釋

輪輞輞音罔車輞也　壇墠壇唐干切祭場也墠士演切除地以祭曰墠　佉丘迦切　卍音萬按卍字本非是字武后長壽二年權制此文著於天樞音之爲萬謂吉祥萬德之所集也　分齊分符問切齊才詣切分齊限量也　島嶼島覩老切海中山也嶼象吕切海中洲也　蠭敷容切與蜂同　陿胡夾切與狹同　襵褺襵陟葉切褺達協切　篅重圓切音椽竹囤盛穀者

大方廣佛華嚴經疏鈔會本第九

唐于闐國三藏沙門實叉難陀　譯

唐清涼山大華嚴寺沙門澄觀撰述

爾時普賢菩薩復告大衆言諸佛子此無邊妙華光香水海東

第二明右旋十海即繞處中之海有其十也各有種刹十海即爲十段今初第一離垢燄藏海文二先牒中海以定方即是所繞從東爲首

次有香水海名離垢燄藏出大蓮華名一切香摩尼王妙莊嚴有世界種而住其上名徧照刹旋以菩薩行吼音爲體

二次有下明能繞之海於中二先明海華刹種

此中最下方

後此中最下方下明種所持刹有二十重下九海例然今第一海二十重中各有七事一相去遠近

有世界名宮殿莊嚴幢

二刹名

其形四方

三形狀

依一切寶莊嚴海住

四所依

蓮華光網雲彌覆其上

五上覆

佛刹微塵數世界圍繞純一清淨

六眷屬

佛號眉間光徧照

七佛號或有說體或說淸淨即或八或九

其第一重無去遠近但有最下方言然文並可知有難即釋

此上過佛刹微塵數世界有世界名德華藏其形周圓依一切寶華蘂海住眞珠幢師子座雲彌覆其上二佛刹微塵數世界圍繞佛號一切無邊法海慧

此上過佛刹微塵數世界有世界名善變化妙香輪形如金剛依一切寶莊嚴鈴網海住種種莊嚴圓光雲彌覆其上三佛刹微塵數世界圍繞佛號功德相光明普照

此上過佛刹微塵數世界有世界名妙色光明其狀猶如摩尼寶輪依無邊色寶香水海住普光明眞珠樓閣雲彌覆其上四佛刹微塵數世界圍繞純一清淨佛號善眷屬出興徧照

此上過佛刹微塵數世界有世界名善蓋覆狀如蓮華依金剛香水海住離塵光明香水雲彌覆其上五佛刹微塵數世界圍繞佛號法喜無盡慧

此上過佛刹微塵數世界有世界名尸利華光輪其形三角依一切堅固寶莊嚴海住菩薩摩尼冠光明雲彌覆其上六佛刹微塵數世界圍繞佛號清淨普光明

此上過佛刹微塵數世界有世界名寶蓮華莊嚴形如半月依一切蓮華莊嚴海住一切寶華雲彌覆其上七佛刹微塵數世界圍繞純一清淨佛號功德華清淨眼

此上過佛刹微塵數世界有世界名無垢燄莊嚴其狀猶如寶燈行列依寶燄藏海住常雨香水種種身雲彌覆其上八佛刹微塵數

世界圍繞佛號慧力無能勝

此上過佛刹微塵數世界有世界名妙梵音形如卍字依寶衣幢海住一切華莊嚴帳雲彌覆其上九佛刹微塵數世界圍繞佛號廣大目如空中淨月

此上過佛刹微塵數世界有世界名微塵數音聲其狀猶如因陀羅網依一切寶水海住一切樂音寶蓋雲彌覆其上十佛刹微塵數世界圍繞純一清淨佛號金色須彌燈

此上過佛刹微塵數世界有世界名寶色莊嚴形如卍字依帝釋形寶王海住日光明華雲彌覆其上十一佛刹微塵數世界圍繞佛號迴照法界光明智

此上過佛刹微塵數世界有世界名金色妙光其狀猶如廣大城郭依一切寶莊嚴海住道場寶華雲彌覆其上十二佛刹微塵數世界圍繞佛號寶燈普照幢

此上過佛刹微塵數世界有世界名徧照光明輪狀如華旋依寶衣旋海住佛音聲寶王樓閣雲彌覆其上十三佛刹微塵數世界圍繞純一清淨佛號蓮華燄徧照

此上過佛刹微塵數世界有世界名寶藏莊嚴狀如四洲依寶瓔珞須彌住寶燄摩尼雲彌覆其上十四佛刹微塵數世界圍繞佛號無盡福開敷華

其第十四重中云形如四洲者水中可居曰洲準俱舍東洲如半月南洲如車西洲如滿月北洲畟方四洲形異而云如者則全似此界此中文無標結大數準例可知耳準俱舍云者畧其義耳具足頌云東毗提訶洲其形如半月三邊如贍部南邊

二百半南贍部如車三邊各二千南邊三百半西瞿陁尼洲其相圓無缺逕二千五百周圍此三倍北俱盧旻方面各二千等則北潤南狹餘可知故結云四洲相殊從今云如者上舉論為問今為會釋言似此界者如四洲安布是一佛居今此世界同此四洲之界此中文無標結大數等者例中間海如第八經末

此上過佛刹微塵數世界有世界名如鏡像普現其狀猶如阿脩羅身依金剛蓮華海住寶冠光影雲彌覆其上十五佛刹微塵數世界圍繞佛號甘露音

此上過佛刹微塵數世界有世界名栴檀月其形八隅依金剛栴檀寶海住眞珠華摩尼雲彌覆其上十六佛刹微塵數世界圍繞純一清淨佛號最勝法無等智

此上過佛刹微塵數世界有世界名離垢光明其狀猶如香水旋流依無邊色寶光海住妙香光明雲彌覆其上十七佛刹微塵數世界圍繞佛號徧照虛空光明音

此上過佛刹微塵數世界有世界名妙華莊嚴其狀猶如旋繞之形依一切華海住一切樂音摩尼雲而覆其上十八佛刹微塵數世界圍繞佛號普現勝光明

此上過佛刹微塵數世界有世界名勝音莊嚴其狀猶如師子之座依金師子座海住衆色蓮華藏師子座雲彌覆其上十九佛刹微塵數世界圍繞佛號無邊功德稱普光明

此上過佛刹微塵數世界有世界名高勝燈狀如佛掌依寶衣服香幢海住日輪普照寶王樓閣雲彌覆其上二十佛刹微塵數世界圍繞純一清淨佛號普照虛空燈

諸佛子此離垢燄藏香水海南

第二從諸佛子此離垢焰藏海南下第二

無盡光明輪海此下九海文皆有二先牒前海爲所依後有香水海下明能依之海皆不牒中海爲所繞故云南也第三海去但言右旋又不云南者十海如環繞於中海故不正南也如以十疊繞於一盤方所可見又第二已去或無蓮華者前總釋種中云或有依蓮華住或有依海故或無也

次有香水海名無盡光明輪世界種名佛幢莊嚴以一切佛功德海音聲爲體

後能依之海文亦有二先明海華刹種

此中最下方有世界名愛見華狀如寶輪依摩尼樹藏寶王海住化現菩薩形寶藏雲而覆其上佛刹微塵數世界圍繞純一清淨佛號蓮華光歡喜面

此上過佛刹微塵數世界有世界名妙音佛號須彌寶燈

此上過佛刹微塵數世界有世界名衆寶莊嚴光佛號法界音聲幢

此上過佛刹微塵數世界有世界名香藏金剛佛號光明音

此上過佛刹微塵數世界有世界名淨妙音佛號最勝精進力

此上過佛刹微塵數世界有世界名寶蓮華莊嚴佛號法城雲雷音

此上過佛刹微塵數世界有世界名與安樂佛號大名稱智慧燈

此上過佛刹微塵數世界有世界名無垢網佛號師子光功德海

此上過佛刹微塵數世界有世界名華林幢徧照佛號大智蓮華光

此上過佛刹微塵數世界有世界名無量莊
嚴佛號普眼法界幢
此上過佛刹微塵數世界有世界名普光明
莊嚴佛號勝智大商主
此上過佛刹微塵數世界有世界名華王佛
號月光幢
此上過佛刹微塵數世界有世界名離垢藏
佛號清淨覺
此上過佛刹微塵數世界有世界名寶光明
佛號一切智虛空燈
此上過佛刹微塵數世界有世界名出生寶
瓔珞佛號諸度福海相光明
此上過佛刹微塵數世界有世界名妙輪徧
覆佛號調伏一切染著心令歡喜
此上過佛刹微塵數世界有世界名寶華幢

佛號廣博功德音大名稱
此上過佛刹微塵數世界有世界名無量莊
嚴佛號平等智光明功德海
此上過佛刹微塵數世界有世界名無盡光
莊嚴幢狀如蓮華依一切寶網海住蓮華光
摩尼網而覆其上二十佛刹微塵數世界圍
繞純一清淨佛號法界淨光明
此中最下方下所持之刹二十重中初一
世界文即有七後一文八加純淨故中間
唯三謂相去數量刹名佛號餘八海例然
已辯二海
諸佛子此無盡光明輪香水海右旋
第三金剛寶燄光明海
次有香水海名金剛寶燄光世界種名佛光
莊嚴藏以稱説一切如來名音聲爲體

此中最下方有世界名寶燄蓮華其狀猶如摩尼色眉間毫相依一切寶色水旋海住一切莊嚴樓閣雲彌覆其上佛剎微塵數世界圍繞純一清淨佛號無垢寶光明

此上過佛剎微塵數世界有世界名光燄藏佛號無礙自在智慧光

此上過佛剎微塵數世界有世界名寶輪妙莊嚴佛號一切寶光明

此上過佛剎微塵數世界有世界名栴檀樹華幢佛號清淨智光明

此上過佛剎微塵數世界有世界名佛剎妙莊嚴佛號廣大歡喜音

此上過佛剎微塵數世界有世界名妙光莊嚴佛號法界自在智

此上過佛剎微塵數世界有世界名無邊相佛號無礙智

此上過佛剎微塵數世界有世界名燄雲幢佛號演說不退輪

此上過佛剎微塵數世界有世界名衆寶莊嚴清淨輪佛號離垢華光明

此上過佛剎微塵數世界有世界名廣大出離佛號無礙智日眼

此上過佛剎微塵數世界有世界名妙莊嚴金剛座佛號法界智大光明

此上過佛剎微塵數世界有世界名智慧普莊嚴佛號智炬光明王

此上過佛剎微塵數世界有世界名蓮華池深妙音佛號一切智普照

此上過佛剎微塵數世界有世界名種種色光明佛號普光華王雲

此上過佛刹微塵數世界有世界名妙寶幢佛號功德光
此上過佛刹微塵數世界有世界名摩尼華毫相光佛號普音雲
此上過佛刹微塵數世界有世界名甚深海佛號十方衆生主
此上過佛刹微塵數世界有世界名須彌光佛號法界普智音
此上過佛刹微塵數世界有世界名金蓮華佛號福德藏普光明
此上過佛刹微塵數世界有世界名寳莊嚴藏形如卍字依一切香摩尼莊嚴樹海住清淨光明雲彌覆其上二十佛刹微塵數世界圍繞純一清淨佛號大變化光明網
諸佛子此金剛寶燄香水海右旋

第四帝青寶莊嚴海
次有香水海名帝青寶莊嚴世界種名光照十方依一切妙莊嚴蓮華香雲住以無邊佛音聲爲體
於此最下方有世界名十方無盡色藏輪其狀周迴有無量角依無邊色一切寶藏海住因陀羅網而覆其上佛刹微塵數世界圍繞純一清淨佛號蓮華眼光明遍照
此上過佛刹微塵數世界有世界名淨妙莊嚴藏佛號無上慧大師子
此上過佛刹微塵數世界有世界名出現蓮華座佛號徧照法界光明王
此上過佛刹微塵數世界有世界名寶幢音佛號大功德普名稱
此上過佛刹微塵數世界有世界名金剛寶

莊嚴藏佛號蓮華日光明
此上過佛刹微塵數世界有世界名因陀羅
華月佛號法自在智慧幢
此上過佛刹微塵數世界有世界名妙輪藏
佛號大喜清淨音
此上過佛刹微塵數世界有世界名妙音藏
佛號大力善商主
此上過佛刹微塵數世界有世界名清淨月
佛號須彌光智慧力
此上過佛刹微塵數世界有世界名無邊莊
嚴相佛號方便願淨月光
此上過佛刹微塵數世界有世界名妙華音
佛號法海大願音
此上過佛刹微塵數世界有世界名一切寶
莊嚴佛號功德寶光明相

此上過佛刹微塵數世界有世界名堅固地
佛號美音最勝天
此上過佛刹微塵數世界有世界名普光善
化佛號大精進寂靜慧
此上過佛刹微塵數世界有世界名善守護
莊嚴行佛號見者生歡喜
此上過佛刹微塵數世界有世界名栴檀寶
華藏佛號甚深不可動智慧光徧照
此上過佛刹微塵數世界有世界名現種種
色相海佛號普放不思議勝義王光明
此上過佛刹微塵數世界有世界名化現十
方大光明佛號勝功德威光無與等
此上過佛刹微塵數世界有世界名須彌雲
幢佛號極淨光明眼
此上過佛刹微塵數世界有世界名蓮華徧

照其狀周圓依無邊色衆妙香摩尼海住一切乘莊嚴雲而覆其上二十佛刹微塵數世界圍繞純一清淨佛號解脱精進日

諸佛子此帝青寶莊嚴香水海右旋

第五金剛輪莊嚴底海

次有香水海名金剛輪莊嚴底世界種名妙間錯因陀羅網普賢智所生音聲爲體

此中最下方有世界名蓮華網其狀猶如須彌山形依衆妙華山幢海住佛境界摩尼王帝網雲而覆其上佛刹微塵數世界圍繞純一清淨佛號法身普覺慧

此上過佛刹微塵數世界有世界名無盡日光明佛號最勝大覺慧

此上過佛刹微塵數世界有世界名普放妙光明佛號大福雲無盡力

此上過佛刹微塵數世界有世界名樹華幢佛號無邊智法界音

此上過佛刹微塵數世界有世界名眞珠蓋佛號波羅蜜師子頻申

此上過佛刹微塵數世界有世界名無邊音佛號一切智妙覺慧

此上過佛刹微塵數世界有世界名普見樹峯佛號普現衆生前

此上過佛刹微塵數世界有世界名師子帝網光佛號無垢日金色光燄雲

此上過佛刹微塵數世界有世界名衆寶間錯佛號帝幢最勝慧

此上過佛刹微塵數世界有世界名無垢光明地佛號一切力清淨月

此上過佛刹微塵數世界有世界名恒出歎

佛功德音佛號如虛空普覺慧

此上過佛刹微塵數世界有世界名高燄藏佛號化現十方大雲幢

此上過佛刹微塵數世界有世界名光嚴道場佛號無等智徧照

此上過佛刹微塵數世界有世界名出生一切寶莊嚴佛號廣度衆生神通王

此上過佛刹微塵數世界有世界名光嚴妙宮殿佛號一切義成廣大慧

此上過佛刹微塵數世界有世界名離塵寂靜佛號不唐現

此上過佛刹微塵數世界有世界名摩尼華幢佛號悅意吉祥音

此上過佛刹微塵數世界有世界名普雲藏

其狀猶如樓閣之形依種種宮殿香水海住

一切寶燈雲彌覆其上二十佛刹微塵數世界圍繞純一清淨佛號最勝覺神通王

諸佛子此金剛輪莊嚴底香水海右旋

第六蓮華因陀羅網海

次有香水海名蓮華因陀羅網世界種名普現十方影依一切香摩尼莊嚴蓮華住一切佛智光音聲爲體

此中最下方有世界名衆生海寶光明其狀猶如眞珠之藏依一切摩尼瓔珞海旋住水光明摩尼雲而覆其上佛刹微塵數世界圍繞純一清淨佛號不思議功德徧照月

此上過佛刹微塵數世界有世界名妙香輪佛號無量力幢

此上過佛刹微塵數世界有世界名妙光輪佛號法界光音覺悟慧

此上過佛刹微塵數世界有世界名吼聲摩尼幢佛號蓮華光恒垂妙臂

此上過佛刹微塵數世界有世界名極堅固輪佛號不退轉功德海光明

此上過佛刹微塵數世界有世界名衆行光莊嚴佛號一切智普勝尊

此上過佛刹微塵數世界有世界名師子座徧照佛號師子光無量力覺慧

此上過佛刹微塵數世界有世界名寶燄莊嚴佛號一切法清淨智

此上過佛刹微塵數世界有世界名無量燈佛號無憂相

此上過佛刹微塵數世界有世界名常聞佛音佛號自然勝威光

此上過佛刹微塵數世界有世界名清淨變化佛號金蓮華光明

此上過佛刹微塵數世界有世界名普入十方佛號觀法界頻申慧

此上過佛刹微塵數世界有世界名熾然燄佛號光燄樹緊那羅王

此上過佛刹微塵數世界有世界名香光徧照佛號香燈善化王

此上過佛刹微塵數世界有世界名無量華聚輪佛號普現佛功德

此上過佛刹微塵數世界有世界名衆妙普清淨佛號一切法平等神通王

此上過佛刹微塵數世界有世界名金光海佛號十方自在大變化

此上過佛刹微塵數世界有世界名眞珠華藏佛號法界寶光明不可思議慧

此上過佛刹微塵數世界有世界名帝釋須彌師子座佛號勝力光

此上過佛刹微塵數世界有世界名無邊寶普照其形四方依華林海住普雨無邊色摩尼王帝網而覆其上二十佛刹微塵數世界圍繞純一清淨佛號徧照世間最勝音

諸佛子此蓮華因陀羅網香水海右旋

第七積集寶香藏海

次有香水海名積集寶香藏世界種名一切威德莊嚴以一切佛法輪音聲為體

此中最下方有世界名種種出生形如金剛依種種金剛山幢住金剛寶光雲而覆其上佛刹微塵數世界圍繞純一清淨佛號蓮華眼

此上過佛刹微塵數世界有世界名喜見音佛號生喜樂

此上過佛刹微塵數世界有世界名寶莊嚴幢佛號一切智

此上過佛刹微塵數世界有世界名多羅華普照佛號無垢寂妙音

此上過佛刹微塵數世界有世界名變化光佛號清淨空智慧月

此上過佛刹微塵數世界有世界名衆妙間錯佛號開示福德海密雲相

此上過佛刹微塵數世界有世界名一切莊嚴具妙音聲佛號歡喜雲

此上過佛刹微塵數世界有世界名蓮華池佛號名稱幢

此上過佛刹微塵數世界有世界名一切寶莊嚴佛號頻申觀察眼

此上過佛刹微塵數世界有世界名淨妙華佛號無盡金剛智
此上過佛刹微塵數世界有世界名蓮華莊嚴城佛號日藏眼普光明
此上過佛刹微塵數世界有世界名無量樹峯佛號一切法雷音
此上過佛刹微塵數世界有世界名日光明佛號開示無量智
此上過佛刹微塵數世界有世界名依止蓮華葉佛號一切福德山
此上過佛刹微塵數世界有世界名風普持佛號日曜根
此上過佛刹微塵數世界有世界名光明顯現佛號身光普照
此上過佛刹微塵數世界有世界名香雷音金剛寶普照佛號最勝華開敷相
此上過佛刹微塵數世界有世界名帝網莊嚴形如欄楯依一切莊嚴海住光燄樓閣雲彌覆其上二十佛刹微塵數世界圍繞純一清淨佛號示現無畏雲

諸佛子此積集寶香藏香水海右旋

第八寶莊嚴海

次有香水海名寶莊嚴世界種名普無垢以一切微塵中佛刹神變聲爲體
此中最下方有世界名淨妙平坦形如寶身依一切寶光輪海住種種栴檀摩尼眞珠雲彌覆其上佛刹微塵數世界圍繞純一清淨佛號難摧伏無等幢
此上過佛刹微塵數世界有世界名熾然妙莊嚴佛號蓮華慧神通王

此上過佛刹微塵數世界有世界名微妙相
輪幢佛號十方大名稱無盡光
此上過佛刹微塵數世界有世界名燄藏摩
尼妙莊嚴佛號大智慧見聞皆歡喜
此上過佛刹微塵數世界有世界名妙華莊
嚴佛號無量力最勝智
此上過佛刹微塵數世界有世界名出生淨
微塵佛號超勝梵
此上過佛刹微塵數世界有世界名普光明
變化香佛號香象金剛大力勢
此上過佛刹微塵數世界有世界名光明旋
佛號義成善名稱
此上過佛刹微塵數世界有世界名寶瓔珞
海佛號無比光徧照
此上過佛刹微塵數世界有世界名妙華燈
幢佛號究竟功德無礙慧燈
此上過佛刹微塵數世界有世界名善巧莊
嚴佛號慧日波羅密
此上過佛刹微塵數世界有世界名栴檀華
普光明佛號無邊慧法界音
此上過佛刹微塵數世界有世界名帝網幢
佛號燈光迥照
此上過佛刹微塵數世界有世界名淨華輪
佛號法界日光明
此上過佛刹微塵數世界有世界名大威曜
佛號無邊功德海法輪音
此上過佛刹微塵數世界有世界名同安住
寶蓮華池佛號開示入不可思議智
此上過佛刹微塵數世界有世界名平坦地
佛號功德寶光明王

此上過佛刹微塵數世界有世界名香摩尼聚佛號無盡福德海妙莊嚴
此上過佛刹微塵數世界有世界名微妙光明佛號無等力普徧音
此上過佛刹微塵數世界有世界名十方普堅固莊嚴照耀其形八隅依心王摩尼輪海住一切寶莊嚴帳雲彌覆其上二十佛刹微塵數世界圍繞純一清淨佛號普眼大明燈
諸佛子此寶莊嚴香水海右旋

第九金剛寶聚海

次有香水海名金剛寶聚世界種名法界行以一切菩薩地方便法音聲爲體
此中最下方有世界名淨光照耀形如珠貫依一切寶色珠瓔海住菩薩珠髻光明摩尼雲而覆其上佛刹微塵數世界圍繞純一清淨佛號最勝功德光
此上過佛刹微塵數世界有世界名妙蓋佛號法自在慧
此上過佛刹微塵數世界有世界名寶莊嚴師子座佛號大龍淵
此上過佛刹微塵數世界有世界名出現金剛座佛號升師子座蓮華臺
此上過佛刹微塵數世界有世界名蓮華勝音佛號智光普開悟
此上過佛刹微塵數世界有世界名善慣習佛號持地妙光王
此上過佛刹微塵數世界有世界名喜樂音佛號法燈王
此上過佛刹微塵數世界有世界名摩尼藏因陀羅網佛號不空見

此上過佛刹微塵數世界有世界名衆妙地藏佛號燄身幢

此上過佛刹微塵數世界有世界名金光輪佛號淨治衆生行

此上過佛刹微塵數世界有世界名須彌山莊嚴佛號一切功德雲普照

此上過佛刹微塵數世界有世界名衆樹形佛號寶華相淨月覺

此上過佛刹微塵數世界有世界名無怖畏佛號最勝金光炬

此上過佛刹微塵數世界有世界名大名稱龍王幢佛號觀等一切法

此上過佛刹微塵數世界有世界名示現摩尼色佛號變化日

此上過佛刹微塵數世界有世界名光燄燈莊嚴佛號寶蓋光徧照

此上過佛刹微塵數世界有世界名香光雲佛號思惟慧

此上過佛刹微塵數世界有世界名無怨讎佛號精進勝慧海

此上過佛刹微塵數世界有世界名一切莊嚴具光明幢佛號普現悅意蓮華自在王

此上過佛刹微塵數世界有世界名毫相莊嚴形如半月依須彌山摩尼華海住一切莊嚴熾盛光摩尼王雲而覆其上二十佛刹微塵數世界圍繞純一清淨佛號清淨眼

諸佛子此金剛寶聚香水海右旋

第十天城寶堞海

次有香水海名天城寶堞世界種名燈燄光明以普示一切平等法輪音爲體

此中最下方有世界名寶月光燄輪形如一切莊嚴具依一切寶莊嚴華海住瑠璃色師子座雲而覆其上佛刹微塵數世界圍繞純一清淨佛號日月自在光
此上過佛刹微塵數世界有世界名須彌寶光佛號無盡法寶幢
此上過佛刹微塵數世界有世界名衆妙光明幢佛號大華聚
此上過佛刹微塵數世界有世界名摩尼光明華佛號人中最自在
此上過佛刹微塵數世界有世界名普音佛號一切智徧照
此上過佛刹微塵數世界有世界名大樹緊那羅音佛號無量福德自在龍
此上過佛刹微塵數世界有世界名無邊淨光明佛號功德寶華光
此上過佛刹微塵數世界有世界名最勝音佛號一切智莊嚴
此上過佛刹微塵數世界有世界名衆寶間飾佛號寶燄須彌山
此上過佛刹微塵數世界有世界名清淨須彌音佛號出現一切行光明
此上過佛刹微塵數世界有世界名香水蓋佛號一切波羅密無礙海
此上過佛刹微塵數世界有世界名師子華網佛號寶燄幢
此上過佛刹微塵數世界有世界名金剛妙華燈佛號一切大願光
此上過佛刹微塵數世界有世界名一切法光明地佛號一切法廣大眞實義

此上過佛刹微塵數世界有世界名真珠末平坦莊嚴佛號勝慧光明網
此上過佛刹微塵數世界有世界名瑠璃華佛號寶積幢
此上過佛刹微塵數世界有世界名無量妙光輪佛號大威力智海藏
此上過佛刹微塵數世界有世界名明見十方佛號淨修一切功德幢
此上過佛刹微塵數世界有世界名可愛樂梵音形如佛手依寶光網海住菩薩身一切莊嚴雲而覆其上二十佛刹微塵數世界圍繞純一清淨佛號普照法界無礙光

文並可知有欲解釋刹中佛名足可留思按疏初云各有刹種十海及明二十重云下九海例然及二海中標明世界數量刹名等又云餘八海例然總結又云文並可知故九海科原藏悉畧今遵原藏不欲繁文

大方廣佛華嚴經疏鈔會本第九

音釋

慣習慣古患切亦習也　怨讎怨於袁切讎時流切　寶堞堞音疊城上女墻也　畟初力切音測利器之狀

大方廣佛華嚴經疏鈔會本第十

唐于闐國三藏沙門實叉難陀　譯

唐清涼山大華嚴寺沙門澄觀撰述

爾時普賢菩薩復告大衆言諸佛子彼離垢

燄藏香水海東

第三大叚從第十經去明十海所管之海一海各管不可說佛刹塵數現文但各說十即爲百海亦有刹種及所持刹十海即爲十段但記次前十海之名此文居然易了十段中一一有二謂先標能管之海以定方

次有香水海名變化微妙身此海中有世界種名善布差別方

次有香水海名金剛眼幢世界種名莊嚴法界橋

次有香水海名種種蓮華妙莊嚴世界種名恒出十方變化

次有香水海名無間寶王輪世界種名寶蓮華莖密雲

次有香水海名妙香燄普莊嚴世界種名毗盧遮那變化行

次有香水海名寶末閻浮幢世界種名諸佛護念境界

次有香水海名一切色熾然光世界種名最勝光徧照

次有香水海名一切莊嚴具境界世界種名寶燄燈

後次有下列所管之海次第於所管中各有三節初從能管海邊隣次列九唯第一段九中闕一

如是等不可說佛刹微塵數香水海

二如是等下總結一海所管之大數

其最近輪圍山香水海名玻瓈地世界種名常放光明以世界海清淨劫音聲爲體

三其最近下廣說最近輪圍一海於中文皆有二初舉海種名體

此中最下方有世界名可愛樂淨光幢佛刹微塵數世界圍繞純一清淨佛號最勝三昧精進慧

第二此中最下方下所持之刹亦皆二十重於中超間文有四節一舉下層

此上過十佛刹微塵數世界與金剛幢世界齊等有世界名香莊嚴幢十佛刹微塵數世界圍繞純一清淨佛號無障礙法界燈

二超至第十等金剛幢者即中央香海刹種中第十重刹

此上過三佛刹微塵數世界與娑婆世界齊等有世界名放光藏佛號徧法界無障礙慧明

三更超至第十三者以等此中央娑婆故

此上過七佛刹微塵數世界至此世界種最上方有世界名最勝身香二十佛刹微塵數世界圍繞純一清淨佛號覺分華

四更至第二十重者以最上故言最上者刹種最上若云二十重最上何以得此最上之名設不欲繁文何以不加乃至最上耶然超間者意存略故云齊等者恐失次故又上下橫竪皆相當故又此隨所管海有不可說皆望本能管之海方面一道布列故下但云此海之外不言右旋等

諸佛子彼無盡光明輪香水海外
次有香水海名具足妙光世界種名徧無垢
次有香水海名光耀蓋世界種名無邊普莊
嚴
次有香水海名妙寶莊嚴世界種名香摩尼
軌度形
次有香水海名出佛音聲世界種名善建立
莊嚴
次有香水海名香幢須彌藏世界種名光明
徧滿
次有香水海名栴檀妙光明世界種名華燄
輪
次有香水海名風力持世界種名寶燄雲幢
次有香水海名帝釋身莊嚴世界種名眞珠
藏
次有香水海名平坦嚴淨世界種名毗瑠璃
末種種莊嚴
如是等不可說佛刹微塵數香水海
其最近輪圍山香水海名妙樹華世界種名
出生諸方廣大刹以一切佛摧伏魔音為體
此中最下方有世界名燄炬幢佛號世間功
德海
此上過十佛刹微塵數世界與金剛幢世界
齊等有世界名出生寶佛號師子力寶雲
此上與娑婆世界齊等有世界名衣服幢佛
號一切智海王
於此世界種最上方有世界名寶瓔珞師子
光明佛號善變化蓮華幢
諸佛子彼金剛燄光明香水海外
次有香水海名一切莊嚴具瑩飾幢世界種

名清淨行莊嚴
次有香水海名一切寶華光耀海世界種名
功德相莊嚴
次有香水海名蓮華開敷世界種名菩薩摩
尼冠莊嚴
次有香水海名妙寶衣服世界種名淨珠輪
次有香水海名可愛華徧照世界種名百光
雲照耀
次有香水海名徧虛空大光明世界種名寶
光普照
次有香水海名妙華莊嚴幢世界種名金月
眼瓔珞
次有香水海名眞珠香海藏世界種名佛光
明
次有香水海名寶輪光明世界種名善化現

佛境界光明
如是等不可說佛剎微塵數香水海
其最近輪圍山香水海名無邊輪莊嚴底世
界種名無量方差別以一切國土種種言說
音爲體
此中最下方有世界名金剛華蓋佛號無盡
相光明普門音
此上過十佛剎微塵數世界有世界與金剛
幢世界齊等名出生寶衣幢佛號福德雲大
威勢
此上與娑婆世界齊等有世界名衆寶具妙
莊嚴佛號勝慧海
於此世界種最上方有世界名日光明衣服
幢佛號智日蓮華雲
諸佛子彼帝青寶莊嚴香水海外

次有香水海名阿修羅宫殿世界種名香水
光所持
次有香水海名寶師子莊嚴世界種名徧示
十方一切寶
次有香水海名宫殿色光明雲世界種名寶
輪妙莊嚴
次有香水海名出大蓮華世界種名妙莊嚴
徧照法界
次有香水海名燈燄妙眼世界種名徧觀察
十方變化
次有香水海名不思議莊嚴輪世界種名十
方光明普名稱
次有香水海名寶積莊嚴世界種名燈光照
耀
次有香水海名清淨寶光明世界種名須彌
無能爲礙風
次有香水海名寶衣欄楯世界種名如來身
光明
如是等不可説佛刹微塵數香水海
其最近輪圍山香水海名樹莊嚴幢世界種
名安住帝網以一切菩薩智地音聲爲體
此中最下方有世界名妙金色佛號香燄勝
威光
此上過十佛刹微塵數世界與金剛幢世界
齊等有世界名摩尼樹華佛號無礙普現
此上與娑婆世界齊等有世界名毗瑠璃妙
莊嚴佛號法自在堅固慧
於此世界種最上方有世界名梵音妙莊嚴
佛號蓮華開敷光明王
諸佛子彼金剛輪莊嚴底香水海外

次有香水海名化現蓮華處世界種名國土平正
次有香水海名摩尼光世界種名徧法界無迷惑
次有香水海名衆妙香日摩尼世界種名普現十方
次有香水海名恒納寶流世界種名普行佛言音
次有香水海名無邊深妙音世界種名無邊方差別
次有香水海名堅實積聚世界種名無量處差別
次有香水海名清淨梵音世界種名普清淨莊嚴
次有香水海名栴檀欄楯音聲藏世界種名迥出幢
次有香水海名妙香寶王光莊嚴世界種名普現光明力

第五金剛輪莊嚴底香海所管但列九海而結文及最近輪圍之海九行許經諸梵本中皆同此闕準前後例此必定有第十海所管近輪圍海所持二十重刹内最初文云此中最下方有香水海名因陀羅華藏者從香字至藏字並長由前已說香水海故前諸海中無此例故縱依海無過在文不便前第一海所管中九海闕一今此長者多是梵本脱漏後人注之誤書相似貝葉耳餘並可知十海次第但觀次前疏文不俟重舉

諸佛子彼蓮華因陀羅網香水海外

次有香水海名銀蓮華妙莊嚴世界種名普徧行
次有香水海名毗瑠璃竹密燄雲世界種名普出十方音
次有香水海名十方光燄聚世界種名恒出變化分布十方
次有香水海名出現眞金摩尼幢世界種名金剛幢相
次有香水海名平等大莊嚴世界種名法界勇猛旋
次有香水海名寶華叢無盡光世界種名無邊淨光明
次有香水海名妙金幢世界種名演說微密處
次有香水海名光影徧照世界種名普莊嚴

次有香水海名寂音世界種名現前垂布
如是等不可說佛刹微塵數香水海
其最近輪圍山香水海名密燄雲幢世界種名一切光莊嚴以一切如來道場衆會音爲體
於此最下方有世界名淨眼莊嚴佛號金剛月徧照十方
此上過十佛刹微塵數世界與金剛幢世界齊等有世界名蓮華德佛號大精進善覺慧
此上與娑婆世界齊等有世界名金剛寳莊嚴佛號娑羅王幢
此上過七佛刹微塵數世界有世界名淨海莊嚴佛號威德絕倫無能制伏
諸佛子彼積集寶香藏香水海外
次有香水海名一切寶光明徧照世界種名

無垢稱莊嚴

次有香水海名衆寶華開敷世界種名虛空相

次有香水海名吉祥幄徧照世界種名無礙光普莊嚴

次有香水海名栴檀樹華世界種名普現十方旋

次有香水海名出生妙色寶世界種名勝幢周徧行

次有香水海名普生金剛華世界種名現不思議莊嚴

次有香水海名心王摩尼輪嚴飾世界種名示現無礙佛光明

次有香水海名積集寶瓔珞世界種名淨除疑

次有香水海名眞珠輪普莊嚴世界種名諸佛願所流

如是等不可說佛刹微塵數香水海

其最近輪圍山香水海名閻浮檀寶藏輪世界種名普音幢以入一切智門音聲爲體

此中最下方有世界名華蘂燄佛號精進施

此上過十佛刹微塵數世界與金剛幢世界齊等有世界名蓮華光明幢佛號一切功德最勝心王

此上過三佛刹微塵數世界與娑婆世界齊等有世界名十力莊嚴佛號善出現無量功德王

於此世界種最上方有世界名摩尼香山幢佛號廣大善眼淨除疑

諸佛子彼寶莊嚴香水海外

次有香水海名持須彌光明藏世界種名出
生廣大雲
次有香水海名種種莊嚴大威力境界世界
種名無礙淨莊嚴
次有香水海名密布寶蓮華世界種名最勝
燈莊嚴
次有香水海名依止一切寶莊嚴世界種名
日光明網藏
次有香水海名衆多嚴淨世界種名寶華依
處
次有香水海名極聰慧行世界種名最勝形
莊嚴
次有香水海名持妙摩尼峰世界種名普淨
虛空藏
次有香水海名大光徧照世界種名帝青炬
光明
次有香水海名可愛摩尼珠充滿徧照世界
種名普吼聲
如是等不可說佛刹微塵數香水海
其最近輪圍山香水海名出帝青寶世界種
名周徧無差別以一切菩薩震吼聲爲體
此中最下方有世界名妙勝藏佛號最勝功
德慧
此上過十佛刹微塵數世界與金剛幢世界
齊等有世界名莊嚴相佛號超勝大光明
此上與娑婆世界齊等有世界名瑠璃輪普
莊嚴佛號須彌燈
於此世界種最上方有世界名華幢海佛號
無盡變化妙慧雲
諸佛子彼金剛寶聚香水海外

次有香水海名崇飾寶埤垷世界種名秀出寶幢
次有香水海名寶幢莊嚴世界種名現一切光明
次有香水海名妙寶雲世界種名一切寶莊嚴光明徧照
次有香水海名寶樹華莊嚴世界種名妙華間飾
次有香水海名妙寶衣莊嚴世界種名光明海
次有香水海名寶樹峰世界種名寶燄雲
次有香水海名示現光明世界種名入金剛無所礙
次有香水海名蓮華普莊嚴世界種名無邊岸海淵

次有香水海名妙寶莊嚴世界種名普示現國土藏
如是等不可說佛刹微塵數香水海
其最近輪圍山香水海名不可壞海世界種名妙輪間錯蓮華場以一切佛力所出音爲體
此中最下方有世界名最妙香佛號變化無量塵數光
此上過十佛刹微塵數世界與金剛幢世界齊等有世界名不思議差別莊嚴門佛號無量智
此上與娑婆世界齊等有世界名十方光明妙華藏佛號師子眼光燄雲
於此最上方有世界名海音聲佛號水天光燄門

諸佛子彼天城寶堞香水海外
次有香水海名燄輪赫奕光世界種名不可
說種種莊嚴
次有香水海名寶塵路世界種名普入無量
旋
次有香水海名具一切莊嚴世界種名寶光
徧照
次有香水海名布衆寶網世界種名安布深
密
次有香水海名妙寶莊嚴幢世界種名世界
海明了音
次有香水海名日宮清淨影世界種名徧入
因陀羅網
次有香水海名一切鼓樂美妙音世界種名
圓滿平正

次有香水海名種種妙莊嚴世界種名淨密
光燄雲
次有香水海名周徧寶燄燈世界種名隨佛
本願種種形
如是等不可說佛刹微塵數香水海
其最近輪圍山香水海名積集瓔珞衣世界
種名化現妙衣以三世一切佛音聲爲體
此中最下方有香水海名因陀羅華藏世界
名發生歡喜佛刹微塵數世界圍繞純一清
淨佛號堅悟智
此上過十佛刹微塵數世界與金剛幢世界
齊等有世界名寶網莊嚴十佛刹微塵數世
界圍繞純一清淨佛號無量歡喜光
此上過三佛刹微塵數世界與娑婆世界齊
等有世界名寶蓮華師子座十三佛刹微塵

數世界圍繞佛號最清淨不空聞
此上過七佛刹微塵數世界至此世界種最
上方有世界名寶色龍光明二十佛刹微塵
數世界圍繞純一清淨佛號徧法界普照明
諸佛子如是十不可說佛刹微塵數香水海
中有十不可說佛刹微塵數世界種
第三總略結釋文分爲五一總結都數謂
一海各管一不可說十海即有十不可說
一海一種是以數同
皆依現一切菩薩形摩尼王幢莊嚴蓮華住
二皆依下結海種所依謂即是前能持刹
海本大蓮華彼名種種光明蘂香幢今此
乃云現菩薩形等者是此一華隨義異名
有此用故與前最中海底名同以中間海
底即此大華之體中受總稱故取大華體
名或是譯者之誤
各各莊嚴際無有間斷各各放寶色光明各
各光明雲而覆其上各各莊嚴具各各劫差
別各各佛出現各各演法海各各衆生徧充
滿各各十方普趣入各各一切佛神力所加
持
三各各下結種異門此與前釋刹種章及
世界成就中十相參大同
此一一世界種中一切世界依種種莊嚴住
遞相接連成世界網
四此一一下結種中之刹言成世界網者
一一世界猶如網孔遞相接連如以網持
横豎交絡皆悉相當如天珠網
於華藏莊嚴世界海種種差別周徧建立
五於華藏下結歸華藏即建立之處上來

雙釋二章長行竟
爾時普賢菩薩欲重宣其義承佛威力而說
頌言
華藏世界海法界等無別莊嚴極清淨安住
於虛空
第二重頌總有一百一偈分二初一明華
藏自體初句標名次句不壞分量即同眞
性次句具德莊嚴末句無礙安住
此世界海中剎種難思議一一皆自在各各
無雜亂
餘一百偈頌所持剎網於中二初九頌能
持剎種餘頌所持諸剎初中初一頌參而
不雜
華藏世界海剎種善安布殊形異莊嚴種種
相不同

次一安布行列
諸佛變化音種種爲其體隨其業力見剎種
妙嚴飾須彌山城網水旋輪圓形廣大蓮華
開彼彼互圍繞山幢樓閣形旋轉金剛形如
是不思議廣大諸剎種
次一剎種體嚴次二辨形
大海眞珠燄光網不思議如是諸剎種悉在
蓮華住
次一依住
一一諸剎種光網不可說光中現衆剎普徧
十方海一切諸剎種所有莊嚴具國土悉入
中普見無有盡
次二方所趣入
剎種不思議世界無邊際種種妙嚴好皆由
大仙力

後一佛力加持
一切刹種中世界不思議
第二頌種所持刹九十一偈多頌結文但
一二不同謂體及形餘皆同也大分十段
第一有二十八頌明刹異由因緣即結中
各各衆生徧充滿下云種種衆生居故及
各各佛力所加持至文當見第二有二頌
顯刹微細即結中各各普趣入第三十頌
明世界體性結文即無義見前經第四五
頌明世界各各莊嚴具第五五頌明各各
莊嚴際無間斷此二如結名第六有十頌
明世界形狀義見上文第七二頌明各各
劫差別第八有八偈明各各佛出現此二
亦如結名第九有十頌光明有無即各各
放寶光明及各各光明雲覆第十有十一
頌明音聲善惡即各各演法海今初爲二
初半偈標章種種多端故曰難思
或成或有壞或有已壞滅
譬如林中葉有生亦有落如是刹種中世界
有成壞譬如依樹林種種果差別如是依刹
種種種衆生住譬如種子別生果各殊異業
力差別故衆生刹不同
餘偈廣釋難思之相於中分二前九偈半
喻顯後十八偈法說前中分三初三偈半
明由染因刹有成壞初一偈半明種則長
時刹有成壞次一偈刹種雖一居刹有殊
後偈結歸業種
譬如心王寶隨心見衆色衆生心淨故得見
清淨刹譬如大龍王興雲徧虛空如是佛願
力出生諸國土如幻師呪術能現種種事衆

生業力故國土不思議

次有三偈明由淨因一淨心因二佛願通

因緣後一明淨業因

譬如衆繢像畫師之所作如是一切刹心畫師所成衆生身各異隨心分別起如是刹種種莫不皆由業譬如見導師種種色差別隨衆生心行見諸刹亦然

後三通結染淨因一隨心染淨因二分別起業因即以正喻依亦是以因喻緣心即是因招異熟果果之麤妙蓋由業緣三一偈雙明心業行即業故亦喻衆生同處異見以正喻依者以衆生身喻種種刹故亦是以因喻緣者故下六地云業爲田識爲種謂心即名言種爲親因緣名之爲因業如增上緣名之爲緣餘如疏釋三有一偈者標也行即是業故釋也以心顯故不釋謂隨其心淨則佛土淨是由心異見刹不同若行十善則見命不中天生於大富梵行之國是隨業異見刹不同此即雙舉因緣亦雙明王所亦喻衆生同處異見者佛本無二見銀見金刹本是一見淨見穢故螺髻所見如第六天宮身子所見邱陵坑坎

一切諸刹際周布蓮華網種種相不同莊嚴悉清淨彼諸蓮華網刹網所安住種種莊嚴事種種衆生居

後十八偈法說中分三初六明染淨次四明成壞後八明苦樂今初分二前二顯淨相不同

或有刹土中險惡不平坦由衆生煩惱於彼如是見雜染及清淨無量諸刹種隨衆生心起菩薩力所持或有刹土中雜染及清淨斯由業力起菩薩之所化有刹放光明離垢寶所成種種妙嚴飾諸佛令清淨

後四對因以辯於中初一唯染由煩惱故

次二通染淨心業通善惡故屬於菩薩及

衆生故後一唯淨以屬佛故

一一刹種中劫燒不思議所現雖敗惡其處常堅固由衆生業力出生多刹土依止於風輪及以水輪住世界法如是種種見不同而實無有生亦復無滅壞一一心念中出生無量刹以佛威神力悉見淨無垢

二有四偈顯成壞中初一麤壞細存壞由惡業存由二因一約佛二善業者故法華云我淨土不毀天人常充滿然滅雖不俱而起必同處雖曰同處而恒相無故難思也初一麤壞細存者所現雖敗惡即麤壞也是變化土其處常堅固細存也即自他受用土界屬經文下出所以壞由惡業者法華云是諸罪衆生以惡業因緣過阿僧祇劫不聞三寶名存由二因者標也一約佛者即自受用土二善業者即他受用兼變化淨以業不同同處見異故法華云諸有修功德柔和質直者則皆見我身在此而說法故法華下引證我淨土不毀證自受用成上約佛天人常充滿證他受用等成上善業如次證上故義引經文若具引者經云衆生見劫盡大火所燒時我此土安隱天人常充滿園林諸堂閣種種寶莊嚴寶樹多華果衆生所遊樂諸天擊天鼓常作衆伎樂雨曼陀羅華散佛及大衆我淨土不毀而衆見燒盡憂怖諸苦惱如是悉充滿即云是諸罪衆生等次云諸有修功德等然滅雖不俱下釋成上義結歸難思即叡公意一滅一存故曰不俱不離滅處有存故曰起必同處如人於餓鬼火處見水餓鬼於人水處見火雖曰同處者滅中無存存中無滅亦如羅刹宮殿與人宮殿同在一處互不相見他受用土亦復如是若自受用故是遍周不即三界不離三界故法華云不如三界見於三界若法性土又起滅常如故難思者結釋經文劫燒不思議謂不可作存滅染淨而思矣

次偈業存處立次偈世相不同性無生滅世相不同等者以法性土對他受用及變化土後偈結歸因緣內由心變則染淨萬差外假佛緣于何不淨也

有刹泥土成其體甚堅硬黑暗無光照惡業者所居有刹金剛成雜染大憂怖苦多而樂少薄福之所處或有用鐵成或以赤銅作石

山險可畏罪惡者充滿

三八偈明苦樂中三初三總相約刹論苦樂

刹中有地獄衆生苦無救常在黒暗中燄海所燒然或復有畜生種種醜陋形由其自惡業常受諸苦惱或見閻羅界飢渴所煎逼登上大火山受諸極重苦

次三約一刹中有三惡趣

或有諸刹土七寶所合成種種諸宫殿斯由淨業得汝應觀世間其中人與天淨業果成就隨時受快樂

後二明人天樂

一一毛孔中億刹不思議種種相莊嚴未曾有迫隘衆生各各業世界無量種於中取著生受苦樂不同

第二一一毛下二偈顯刹微細初偈舉果後偈對因以辯

有刹衆寶成常放無邊光金剛妙蓮華莊嚴淨無垢有刹光爲體依止光輪住金色栴檀香燄雲普照明有刹月輪成香衣悉周布於一蓮華内菩薩皆充滿有刹衆寶成色相無諸垢譬如天帝網光明恒照耀有刹香爲體或是金剛華摩尼光影形觀察甚清淨或有難思刹華旋所成就化佛皆充滿菩薩普光明或有清淨刹悉是衆華樹妙枝布道場蔭以摩尼雲有刹淨光照金剛華所成有是佛化音無邊列成網有刹如菩薩摩尼妙寶冠或有如座形從化光明出或是栴檀末或是眉間光或佛光中音而成斯妙刹

第三十偈明體性中亦兼餘義隨釋可知

或見清淨剎以一光莊嚴或見多莊嚴種種皆奇妙或用十國土妙物作嚴飾或以千土中一切爲莊校或以億剎物莊嚴於一土種種相不同皆如影像現不可說土物莊嚴於一剎各各放光明如來願力起或有諸國土願力所淨治一切莊嚴中普見衆剎海

第四五頌明莊嚴

諸修普賢願所得清淨土三世剎莊嚴一切於中現佛子汝應觀剎種威神力未來諸國土如夢悉令見十方諸世界過去國土海咸於一剎中現像猶如化三世一切佛及以其國土於一剎種中一切悉觀見一切佛神力塵中現衆土種種悉明見如影無眞實

第五有五偈明莊嚴際中攝三世嚴故無間斷結歸佛故一塵普見

或有衆多剎其形如大海或如須彌山世界不思議有剎善安住其形如帝網或如樹林形諸佛滿其中或作寶輪形或有蓮華狀八隅備衆飾種種悉清淨或有如座形或復有三隅或如佉勒迦城郭梵王身或如天主髻或有如半月或如摩尼山或如日輪形或有世界形譬如香海旋或作光明輪佛昔所嚴淨或有輪輞形或有壇墠形或如佛毫相肉髻廣長眼或有如佛手或如金剛杵或如燄山形菩薩悉周徧或如師子形或如海蚌形無量諸色相體性各差別於一剎種中剎形無有盡皆由佛願力護念得安住

第六或有衆多剎下十偈明剎形差別

有剎住一劫或住於十劫乃至過百千國土微塵數或於一劫中見剎有成壞或無量無

數乃至不思議
第七二偈明刹住時分
或有刹有佛或有刹無佛或有唯一佛或有無量佛國土若無佛他方世界中有佛變化來爲現諸佛事歿天與降神處胎及出生降魔成正覺轉無上法輪隨衆生心樂示現種種相爲轉妙法輪悉應其根欲一一佛刹中一佛出與世經於億千歲演說無上法衆生非法器不能見諸佛若有心樂者一切處皆見一一刹土中各有佛興世一切刹中佛億數不思議此中一一佛現無量神變悉徧於法界調伏衆生海
第八有八偈明佛出多少文並可知
有刹無光明黒暗多恐懼苦觸如刀劍見者自酸毒或有諸天光或有宮殿光或日月光明刹網難思議有刹自光明或樹放淨光未曾有苦惱衆生福力故或有山光明或有摩尼光或以燈光照悉衆生業力或有佛光明菩薩滿其中有是蓮華光燄色甚嚴好有刹華光照有以香水照塗香燒香照皆由淨願力有以雲光照摩尼蚌光照佛神力光照能宣悅意聲或以寶光照或金剛燄照淨音能遠震所至無衆苦或有摩尼光或是嚴具光或道場光明照耀衆會中佛放大光明化佛滿其中其光普照觸法界悉周徧
第九十偈光明有無初一無後九有
有刹甚可畏嘷叫大苦聲其聲極酸楚聞者生厭怖地獄畜生道及以閻羅處是濁惡世界恒出憂苦聲
第十有十一頌刹中音聲善惡初二惡道

唯惡
或有國土中常出可樂音悅意順其教斯由
淨業得或有國土中恒聞帝釋音或聞梵天
音一切世主音或有諸刹土雲中出妙聲寶
海摩尼樹及樂音徧滿
次三人天通善惡
諸佛圓光內化聲無有盡及菩薩妙音周聞
十方刹不可思議國普轉法輪聲願海所出
聲修行妙音聲三世一切佛出生諸世界名
號皆具足音聲無有盡或有刹中聞一切佛
力音地度及無量如是法皆演普賢誓願力
億刹演妙音其音若雷震住劫亦無盡佛於
清淨國示現自在音十方法界中一切無不
聞
後六佛菩薩善而非惡正顯各各演說法
海也

大方廣佛華嚴經疏鈔會本第十

音釋

軌度 軌居洧切度徒故切　幄 乙角切　埤堄 埤匹詣切堄研計切埤堄城上女墻也　繢像 繢黃外切繢畫也　硬 魚孟切堅也　醜陋 醜齒九切可惡也陋郎豆切鄙惡也　迫隘 迫博陌切隘烏懈切狹也　海蚌 蚌部項切蜃屬海蛤也　歿 音沒終也　嗥叫 嗥乎刀切咆也叫吉弔切直聲呼也

大方廣佛華嚴經疏鈔會本第十一之一

唐于闐國三藏沙門實叉難陀　譯

唐清涼山大華嚴寺沙門澄觀撰述

毗盧遮那品第六

初來意者前明此因之果今辯前果之因答前因問故次來也因是果因故標果稱又不以人取法知是誰因前品初言毗盧遮那曠劫修因之所嚴淨今方顯其事

二釋名者略云光明徧照廣如前釋

三宗趣者明因廣大爲宗證成前果爲趣

爾時普賢菩薩復告大衆言諸佛子乃往古世過世界微塵數劫復倍是數

四釋文一品分三初總明本事之時二有世界下別顯本事之處三彼勝音世界最初劫中下別顯時中本事今初即二佛刹塵數劫也

有世界海名普門淨光明

二辨處中亦三第一總明刹海

此世界海中有世界名勝音依摩尼華網海住須彌山微塵數世界而爲眷屬其形正圓其地具有無量莊嚴三百重衆寶樹輪圍山所共圍繞一切寶雲而覆其上清淨無垢光明照耀城邑宮殿如須彌山衣服飲食隨念而至其劫名曰種種莊嚴

第二此世界海下別明一刹略無刹種刹名勝音者多佛出世說法音故次彰其相後說劫名可知

諸佛子彼勝音世界中有香水海名清淨光明

第三諸佛子彼勝音下的指一方如今娑

娑中別說一四天下也於中亦三初總明感應之處第二諸佛子此林東下別明能感居人第三諸佛子彼大林中下別顯道場嚴事今初有三初明香海者非持種之海即如今四洲之海耳

其海中有大蓮華須彌山出現名華焰普莊嚴幢十寶欄楯周帀圍繞

二其海下海出華山

於其山上有一大林名摩尼華枝輪無量華樓閣無量寶臺觀周迴布列無量妙香幢無量寶山幢迥極莊嚴無量寶芬陀利華處處敷榮無量香摩尼蓮華網周帀垂布樂音和悅香雲照曜數各無量不可紀極有百萬億那由他城周帀圍繞種種衆生於中止住

三於其山下明山頂之林先標舉後顯嚴說此林者佛於中現也說城居人者總舉所化也

諸佛子此林東有一大城名焰光明人王所都百萬億那由他城周帀圍繞

第二別明能感居人中亦三初標主伴二城二釋主城三釋伴城今初雖有天城以佛出故人城爲主

清淨妙寶所共成立縱廣各有七千由旬七寶爲郭樓櫓却敵悉皆崇麗七重寶塹香水盈滿優鉢羅華波頭摩華拘物頭華芬陀利華悉是衆寶處處分布以爲嚴飾寶多羅樹七重圍繞宮殿樓閣悉寶莊嚴種種妙網張施其上塗香散華芬瑩其中有百萬億那由他門悉寶莊嚴一一門前各有四十九寶尸羅幢次第行列復有百萬億園林周帀圍繞

其中皆有種種雜香摩尼樹香周流普熏衆
鳥和鳴聽者歡悦
二清淨下廣釋主城於中先顯處嚴城上
守禦曰櫓繞城別築土臺曰却敵優鉢羅
等即青赤黄白四色蓮華
此大城中所有居人靡不成就業報神足乘
空往來行同諸天心有所欲應念皆至
後此大城下彰其人勝
其城次南有一天城名樹華莊嚴其次右旋
有大龍城名曰究竟次有夜叉城名金剛勝
妙幢次有乾闥婆城名曰妙宫次有阿脩羅
城名曰寶輪次有迦樓羅城名妙寶莊嚴次
有緊那羅城名遊戲快樂次有摩睺羅城名
金剛幢次有梵天王城名種種妙莊嚴如是
等百萬億那有他數

三其城次南下略釋伴城於中二先辨城
名居類
此一一城各有百萬億那由他樓閣所共圍
繞一一皆有無量莊嚴
後此一一下顯圍繞莊嚴世界不同安立
少異不可例此也
諸佛子此寶華枝輪大林之中有一道場名
寶華徧照以衆大寶分布莊嚴摩尼華輪徧
滿開敷然以香燈具衆寶色焰雲彌覆光網
普照諸莊嚴具常出妙寶一切樂中恒奏雅
音摩尼寶王現菩薩身種種妙華周徧十方
第三明道場中先辨場嚴
其道場前有一大海名香摩尼金剛出大蓮
華名華蘂焰輪其華廣大百億由旬莖葉鬚
臺皆是妙寶十不可説百千億那由他蓮華

所共圍繞常放光明恒出妙音周徧十方
二其道場前下明蓮華香海爲佛現故
諸佛子彼勝音世界最初劫中有十須彌山
微塵數如來出興於世
大文第三別顯時中本事文分爲二先總
舉劫中多佛後其第一下一一別顯正彰
本事經來不盡故無總結今初將欲說別
先舉其總言最初劫者即種種莊嚴劫也
既云最初即此後更有大劫於理無違此後
更有大劫者此遮破也謂靜法云準下文
大劫有恒河沙數小劫人壽二小劫初佛
壽五十億歲威光歷事三佛轉報生天今
云最初劫中有十須彌山塵數佛者爲彼
剎中更有多箇大劫此初大耶爲諸小劫
中取小初耶釋曰上引文案定雙開二關
次云若就小劫初不應威光一報但遇三
佛若就大劫一初剎之中寧有多大釋曰
雙釋二關謂人壽二小劫一小劫中有須
彌山塵數佛故不應一報但遇三佛言寧
有多大者如一賢劫則無多大次云故知
此文最初劫之三字應迴云劫最初仍移
此三字於後行出興於世其字之下即無
過也釋曰此立正理具足迴文合云彼勝
音世界中有十須彌山微塵數如來出興
於世其劫最初第一佛號一切功德山須
彌勝雲也此正甚善今不欲繁舉出經之
過强以理通最初劫言耳云更有大者義
當中劫順靜法意言更有大耳如大賢劫
有二十增減爲中劫第十五劫有九百九
十四佛出世則一劫中容多佛矣但彼淨
劫時長故一劫中有十須彌山塵數佛矣
然不欲斥經不急修行故存
畧理通非斥靜法正不當也

其第一佛號一切功德山須彌勝雲

第二正顯本事中歷事四佛即爲四別第
一逢一切功德山須彌勝雲佛第二波羅
蜜善眼莊嚴佛第三最勝功德海佛第四
名稱普聞蓮華眼幢佛各有諸佛子言就
初佛中文分爲六第一總標佛號第二先
瑞熟機第三正顯佛興第四毫光警召第
五當機雲集第六廣演法門今初也一切
功德山者福德崇峻不可仰也復言須彌

者定慧高妙難傾動也言勝雲者慈覆智潤廣無邊也

諸佛子應知彼佛將出現時一百年前

第二諸佛子下先瑞熟機分二初現瑞熟機二其世界中下覩瑞機熟前中三初標現時謂百年前

此摩尼華枝輪大林中一切莊嚴周徧清淨所謂出不思議寶焰雲發歎佛功德音演無數佛音聲舒光布網彌覆十方宮殿樓閣互相照曜寶華光明騰聚成雲復出妙音說一切衆生前世所行廣大善根說三世一切諸佛名號說諸菩薩所修願行究竟之道說諸如來轉妙法輪種種言辭

此摩尼下正顯瑞相有其十種於中說前世所行者示其種子將成熟故說佛名號令憶念故說大行願使修發故說轉法輪使當聽習生法眼故

現如是等莊嚴之相顯示如來當出於世

後現如是下結瑞意也

其世界中一切諸王見此相故善根成熟悉欲見佛而來道場

二機熟可知

爾時一切功德山須彌勝雲佛於其道場大蓮華中忽然出現

第三爾時下正顯佛興於中分二初一處道成二如於下結通廣徧初中先總

其身周普等眞法界一切佛刹皆示出生一切道場悉詣其所無邊妙色具足清淨一切世間無能映奪具衆寶相一一分明一切宮殿悉現其像一切衆生咸得目見無邊化佛

從其身出種種色光充滿法界

後其身下別別顯勝德略有十相一示身相法無不在本自普周智與理冥故等彼真界能令色相隨彼融通法界塵毛重重全徧畧有十相者結云大同經初即教主難思十身相也初一即法身經以身智無礙而為法身便融色相等為一法身以初身為總故法無不在本自普周即釋經其身周普是法性身智與理冥者釋經等真法界此是報身亦如如智也故金光明云唯如如及如如智獨存為法身故能令色相下以真身周故令應用亦周吾今此身即是常身法身故也則以三身圓融為一真法身矣下九別說二悲相不捨因行無所不生二悲相即意生身三成相理行時處為一切道場身智俱游名為普詣三成相即菩提身理行時處為道場並如經初四色相湛然常住稱為妙色色色無邊故云具足並無質累是謂清淨四色相即福德身故上經云三世所行眾福大海悉以清淨是故妙色為福之果上經又云不可思議大劫海供養一切諸如來普以功德施羣生是故端嚴最無比五勝相色容蔽於大眾威德攝於羣魔力無畏圓何能映奪五勝相即威勢身六貴相無邊寶相圓明可貴超過聖帝故曰分明六貴相即相好莊嚴身且順三乘云過聖帝俱舍頌云相不正圓明故與佛非等此釋輪王相今是世尊故云分明實具十蓮華藏微塵數相也七應相不住普現如鏡中像七應相即力持身如為龍留影力持不滅八無礙相有感斯見無隔山河八無礙相即願身上經云毗盧遮那佛願力周法界一切國土中常轉無上輪故感目覩九者化相化從真流源無有異九化相即化身十吉祥相身智光照普稱世間此上大同經初十吉祥相即智身正在智光傍兼身光耳是知此經引昔因緣亦皆圓妙

如於此清淨光明香水海華焰莊嚴幢須彌頂上摩尼華枝輪大林中出現其身而坐於座其勝音世界有六十八千億須彌山頂悉亦於彼現身而坐

二結通中且結同類一界餘皆略也

爾時彼佛即於眉間放大光明

第四爾時下毫光警召文分爲五一放光

處顯中道故

其光名發起一切善根音

二主光名發動宿種生起新善故善根有

三一者生福及不動業以施忍智三而爲

善根二厭苦求滅以信等爲根三求無上

慧以四等不放逸五法爲根

一者生福者業有三種一惡業即三不善根所生今所不明疏列三業即三善根所生三善根者即無貪無瞋無癡今非但不著有境兼能惠施成無貪根非唯於苦無恚兼行忍辱故成無瞋根非唯於境明了增修慧解是無癡根有此三根唯生欲色無色故爲福不動根然其三根依唯識論各別有性善十一攝無貪以於有有具無著爲性無瞋以於苦苦具無恚爲性無癡以於諸理事明解爲性通唯善惠各別有性今依集論第一以惠爲無癡性唯識意會以惠爲無癡之果耳故施忍二亦從果名由無貪瞋故成施忍所以疏云以施忍惠以爲其根二信等根下當廣說三求無上者涅槃經云皆歎慈悲爲菩薩根謂有慈悲心必須喜捨不放逸者即是精進無貪等三於所斷修防非爲性假立爲一故涅槃說不放逸根根深難拔由不放逸策前四等得一切智故爲根也

通說善根以依聖教發心爲性故云音也

四通說善根下即上三類之通性也

十佛剎微塵數光明而爲眷屬

三眷屬數無盡法故

充滿一切十方國土

四照分齊充滿十方通方教故

若有衆生應可調伏其光照觸即自開悟息諸惑熱裂諸蓋網摧諸障山淨諸垢濁發大信解生勝善根永離一切諸難恐怖滅除一切身心苦惱起見佛心趣一切智

五若有下明光勝益文有十句一無明重者自覺智開二煩惱深者息現行惑三勸

修難出裂五蓋網四三障重者摧諸障山五未解脱者淨心垢種六未信大者發起入住七闕資糧者生其勝善八未入地者除五怖畏九色累功用滅身心苦十滯無生者見佛趣果無明下先別釋初四離障五令解脱通益三乘六未信令信七令入三賢八令得初地九令二地已上得於八地十已在八地已證無生諸佛勸起令得九十二地此約差別對治以釋若約横配生善見理可以準思此約差別下二結釋差別結上明是竪釋對治結上非三悉檀若約横配下更結異門横對前竪位位通用此十句故生善見理對上對治生善即是爲人悉檀謂發大信解生勝善根起見佛心皆生善也見理即第一義悉檀如自覺智開趣一切智皆見理也亦應合有隨俗令喜世界悉檀以益近故此中不説横竪無礙是此中意四悉檀義問明當辯

時一切世間主并其眷屬無量百千蒙佛光明所開覺故悉詣佛所頭面禮足

第五當機雲集中文二先通顯諸王雲集致敬諸

諸佛子彼焰光明大城中有王名喜見善慧統領百萬億那由他城

後諸佛子下別障諸王雲集儀式於中分二先廣明喜見後略列諸王今初即正出本事之緣文分爲六第一標名辨統二總辨眷屬三威光得益四偈讃如來五父王宣誥六倶行詣佛初文可知

夫人婇女三萬七千人福吉祥爲上首王子五百人大威光爲上首大威光太子有十千夫人妙見爲上首

第二夫人下總顯眷屬者有德曰夫人有色曰采女王子別本云二萬五千者別梵本也案瓔珞本業經上卷云十住銅輪寶瓔珞百福子爲眷屬生一佛土受佛學行

教化二天下銀輪寶瓔珞五百子金輪一千子初地四天王萬子二地忉利天王二萬子三地已上乃至淨居天王但云眷屬亦如是故知無過二萬子者若三界王即當等覺又以一切菩薩爲眷屬寀喜見所統但以城言又見佛興至第三佛方云去世五百銀輪斯爲正也或約教異理亦可通上首云大威光者有大威德其道光明故

按纓絡等下引經釋成五百爲正二萬五千爲非於中先奪破言上卷即第三賢聖觀品彼中敬首菩薩問云何菩薩學觀名字義相及心所行法復當云何佛先答名字即列三賢十聖等妙之名次答心所行法云佛子汝先言云何心所行法者所謂十心一發心住等廣釋三賢十聖等妙之相次敬首菩薩復問世尊從初地至後一地有果報神變二種法身一法性法身二應化法身爲何色相爲何心相佛答中先答出世間果報者從初地至佛地各有二種法身於第一義諦法流水中從實性生故實智爲法身法名自體集藏爲身等兼說淨土次云佛子世間果報者所謂

十住銅寶瓔珞銅輪王百福子爲眷屬生一佛土受佛學行教化二天下銀寶瓔珞銀輪王五百福子爲眷屬生二佛土受佛教行化三天下金剛寶瓔珞金輪王千福子爲眷屬入十方佛土化一切衆生處四天下歡喜地百寶瓔珞七寶相輪四天王萬子爲眷屬現百法身百佛土教十方天子千寶瓔珞八寶相輪忉利王二萬子爲眷屬萬寶相瓔珞九寶相輪炎摩天王眷屬亦然不可稱數億寶瓔珞十寶相輪兜率陀天王眷屬亦然不可稱數天光寶瓔珞十一寶相輪化樂天王眷屬亦然摩尼寶光瓔珞十二寶相輪他化天王眷屬亦然千色龍寶光慧瓔珞十三寶相輪梵天王眷屬亦然梵師子寶光瓔珞大應寶相輪光光天王眷屬亦然不可思議寶光瓔珞白雲寶相輪淨天王眷屬亦然百萬神通實光瓔珞無畏珠寶相輪淨居天王眷屬亦然千萬天色實光瓔珞覺德寶光相輪三界王一切菩薩爲眷屬無量功德藏寶光瓔珞千福相輪法界王一生補處菩薩爲眷屬佛子是上瓔珞相輪一切佛及菩薩動止俱遊常隨其身亦化一切衆生故有如是果報之數法釋曰已上俱引經文於疏易了明知無過二萬子者按喜見下以二義證唯合五百一所統但統於城不統四天下故非金輪二既遇三佛佛出滅劫輪王出增劫故知非也

爾時大威光太子見佛光明已以昔所修善

根力故即時證得十種法門
第三爾時下威光得益文分爲二先舉因
總標
何謂爲十所謂證得一切諸佛功德輪三昧
後何謂下列益明體皆從勝用標名一佛
德圓滿摧障稱輪定中能知故受斯稱
證得一切佛法普門陀羅尼
二此總持能持諸佛普法
證得廣大方便藏般若波羅蜜
三即空涉有名爲方便斯則權實雙行爲
不共般若稱體用之廣大
證得調伏一切衆生大莊嚴大慈
四以二嚴調伏真實慈也
證得普雲音大悲
五法雲震音能拔苦本

證得生無邊功德最勝心大喜
六稱理法喜故德無邊自他俱慶心爲最
勝
證得如實覺悟一切法大捨
七知離名法法亦應捨如實捨也知離名法即思
益經第一思益梵天問言世尊云何名爲
菩薩遍行佛言能淨身口意業爾時世尊
而說偈云若身淨無惡口淨常實語心淨
常行慈是菩薩遍行行慈不貪著觀不淨
無恚行捨而不癡是菩薩遍行在聚落空
野及與處大衆威儀終不轉是菩薩遍行
知法名爲佛知離名爲法知無名爲僧是
菩薩遍行釋曰此當第四偈因便故來欲
釋此偈令知起盡故以此一偈人多解釋
令觀經意三箇知字皆是觀行之人若能
如是知是菩薩遍行知法名爲佛者即是
真佛法身如來佛即是法法即是佛亦猶
如來者即諸法如義次應問言法即是佛
於義已解何者是法故次句云知離即是
法以一切法本性離故心體離念即是覺
故次應問云法本自離則無所修何等有
僧故次解云知無名爲僧無爲即法法本
自離由知無爲故得成僧故大品云由知
諸法空分別有須菩提等金剛經云一切
聖賢皆以無爲法而有差別謂俱學無爲

有淺有深乃成差別非無爲法而有差別也今疏正取知離名法若不捨法非知離也故云法亦應捨即金剛意法尚應捨可況非法因法得悟如栰渡人若不捨法如住舟内要捨於舟方至彼岸要忘所捨方爲如實覺悟諸法爲真捨也故大般若云般若甚深知一切法本性離故又文殊釋云如佛世尊堪受供養以於一切法覺實性故是故經云如實覺一切法大捨

證得廣大方便平等藏大神通

八善巧起用平等無思通從此生故名爲藏

證得增長信解力大願

九盡衆生界荷負無疲要令信解爲大願也

證得普入一切智光明辯才門

十所有辯才皆入佛智自他俱照是曰光明此上十法初三功德法次四熏修法後三起化法多言大者境界無邊稱性廣大智契貫達並受證名

爾時大威光太子獲得如是法光明已承佛威力普觀大衆而說頌言

第四偈讚如來文分爲二先說偈之由

世尊坐道場清淨大光明譬如千日出普照虛空界無量億千劫導師時乃現佛今出世間一切所瞻奉

後正陳偈讚十偈分三初二示佛出現既滅闇難遇不可失時

汝觀佛光明化佛難思議一切宮殿中寂然而正受汝觀佛神通毛孔出焰雲照耀於世間光明無有盡汝應觀佛身光網極清淨現形等一切徧滿於十方妙音徧世間聞者皆欣樂隨諸衆生語讚歎佛功德世尊光所照衆生悉安樂有苦皆滅除心生大歡喜

次五令觀佛德有德有慈真可歸也
觀諸菩薩衆十方來萃止悉放摩尼雲現前稱讃佛道場出妙音其音極深遠能滅衆生苦此是佛神力一切咸恭敬心生大歡喜共在世尊前瞻仰於法王
後三引例勸歸無遠不歸固宜往見
諸佛子彼大威光太子說此頌時以佛神力其聲普徧勝音世界時喜見善慧王聞此頌已心大歡喜觀諸眷屬而說頌言
第五父王宣誥文分爲二初宣誥所因以聞讃故太子道深親承佛益王機猶淺轉假他聞
汝應速召集一切諸王衆王子及大臣城邑宰官等普告諸城内疾應擊大鼓共集所有人俱行往見佛一切四衢道悉應鳴寶鐸妻子眷屬俱共往觀如來
二正以偈誥偈有十一分之爲三初三集衆勸觀
一切諸城郭宜令悉清淨普建勝妙幢摩尼以嚴飾寶帳羅衆網妓樂如雲布嚴備在虚空處處令充滿道路皆嚴淨普雨妙衣服巾馭汝寶乘與我同觀佛各各隨自力普雨莊嚴具一切如雲布徧滿虚空中香焰蓮華蓋半月寶瓔珞及無數妙衣汝等皆應雨須彌香水海上妙摩尼輪及清淨栴檀悉應雨滿空衆寶華瓔珞莊嚴淨無垢及以摩尼燈皆令在空住
次七勑令辦供鄭注禮云巾猶衣也謂以繒綵衣帶縛於車廣雅云馭駕也餘並可知

一切持向佛心生大歡喜妻子眷屬俱往見
世所尊
後一偈勸賫供佛

大方廣佛華嚴經疏鈔會本第十一之一

音釋

欄楯 欄音闌勾欄也楯食尹切檻也 帀 作合切遍也 迴極 迴戶茗切 寥遠 縱廣 縱將容切南北曰縱廣古曠切東西曰廣 樓櫓 櫓音魯也

塹 七豔切坑也 蘂 如壘切花鬚也 莖 戶耕切幹也 謦 謦舉影切 召

鐸 達各切鈴屬 萃 秦醉切 馭 牛居切御馬也

大方廣佛華嚴經疏鈔會本第十二之二

唐于闐國三藏沙門實叉難陀　譯

唐清涼山大華嚴寺沙門澄觀撰述

爾時喜見善慧王與三萬七千夫人婇女俱福吉祥爲上首五百王子俱大威光爲上首六萬大臣俱慧力爲上首如是等七十七百千億那由他衆前後圍繞從焰光明大城出以王力故一切大衆乘空而徃諸供養具徧滿虛空至於佛所頂禮佛足却坐一面

第六俱行詣佛初導從持供後至而設敬

復有妙華城善化幢天王與十億那由他眷屬俱復有究竟大城淨光龍王與二十五億眷屬俱復有金剛勝幢城猛健夜叉王與七十七億眷屬俱復有無垢城喜見乾闥婆王與九十七億眷屬俱復有妙輪城淨色思惟阿脩羅王與五十八億眷屬俱復有妙莊嚴城十力行迦樓羅王與九十九千眷屬俱復有遊戲快樂城金剛德緊那羅王與十八億眷屬俱復有金剛幢城寶稱幢摩睺羅伽王與三億百千那由他眷屬俱復有淨妙莊嚴城最勝梵王與十八億眷屬俱如是等百萬億那由他大城中所有諸王并其眷屬悉共徃詣一切功德須彌勝雲如來所頂禮佛足却坐一面

第二復有妙華下略列諸王文易可知

時彼如來爲欲調伏諸衆生故於衆會道場海中說普集一切三世佛自在法修多羅世界微塵數修多羅而爲眷屬隨衆生心悉令獲益

第六時彼如來下廣演法門文分爲五一

佛轉法輪二威光獲益三以偈讚述四傳化衆生五佛加讚勵今初也佛解脫用主教宣示刹塵眷屬隨機益殊

是時大威光菩薩聞是法已即獲一切功德須彌勝雲佛宿世所集法海光明

第二是時大威下得益中初總後別總中上說三世佛法即佛昔所集也既見佛得益轉受菩薩之名

所謂得一切法聚平等三昧智光明

所謂下別智即是體光明語用所照境殊故分十一一深定智明一切法聚略有三義一正定等三二善惡等三三總收一切不出有爲無爲二種法聚二位相收一味性現故云平等定中證此名彼三昧智即是體者智體如日用如日光日體雖一能放千光智體不殊能照萬境又日光無二所照物殊智光無差隨境分照一正定等三者謂等取邪定不定聚故善惡等者等取無記三總收爲二四二位下融而爲一

一切法悉入最初菩提心中住智光明

二大心智明謂後後因果皆入初心略有三義一後因初得故言一切悉入若脩塗至在初步學者禄在其中二菩提直心正念真如真如門內攝一切法三者三德開顯前後圓融初發心時便成正覺故謂後後因界等者總釋也六位相望故成後後五位爲因妙覺爲果又位位之中亦有因果如十地中調柔果等若修途者即肇公不遷論也論云是以如來功流萬世而常存道通百劫而彌固成山假就於始簣修途託至於初步者果以功業不可朽故也彼論意云物各性住故無往來今雖引文用意少別此言本出莊子千里之途在於足下其猶滔滔之水本於濫觴合抱之木生自毫末後由初得故曰在初學者禄在其中意亦同上即論語子張學干禄子曰多聞闕疑慎言其餘則寡尤多見闕殆慎行其餘則寡悔言寡尤行寡悔禄在其中矣注曰干求也禄位也雖未得禄得禄之道也

故得祿在後由學而能故居學中此上一
義通諸經論二菩提直心等者即起信論
法性宗中實教之意然菩提心總有三心
今但直心中攝以直心正念真如真如即
起信生滅真如二門之一故云真如門內
然此二門皆各總攝一切法唯取真如謂
一切法及後後諸德皆依真如如無二
通爲諸法之體今菩提心正念真如故能
攝也三者三德開顯下即別教一乘圓融
義也不同餘宗言三德開者即法心功德
品初發心時得如來一身無量身則法身
開顯得究竟智慧得一切智慧光明則般若
若開顯顯不於諸法少有所得即解脫開顯
以心離妄取寂然雙流故此心中無德不
攝因該果海並在初心圓融發心時便成正
覺即梵行品文言初之初後後初以初是即
後之初後是即初之後以緣起者法離初無
後離後無初故舉初攝後若約法性融通收
一切因果不離心性契同心性無德不收
以一切法遍所依性皆於初心頓圓滿故
故梵行品云若諸菩薩皆與如是觀行相
應於諸法中不生二解一切佛法疾得現
前初發心時即得阿耨多羅三藐三菩提
知一切法即心自性成就慧身不由他悟
如玄文已明
下當更說

十方法界普光明藏清淨眼智光明

三大智智明法界者所照之體大也普光
明者即相大也智慧光明徧照法界義故
蘊恒沙性德故名爲藏妄惑本空故云清
淨明見稱眼見性肉眼即同佛眼三大智智明者三大
經中清淨眼是總相此眼何見見心三大
疏中獨經唯配二大略無用大用即智攝
故從智慧光明遍照法界義故者即暗引
起信證普光明爲相大義此即起信釋生
滅門中所顯義大雙明體相之文論云復
次真如自體相者一切凡夫聲聞緣覺菩
薩諸佛無有差別非前際生非後際滅畢
竟常住釋曰上釋體大今不引之以法界
爲體義易知故論云從本已來性自滿足
一切功德所謂自體有大智慧光明義故
遍照法界義故真實識知義故自性清淨
心義故常樂我淨義清涼不變自在義
故釋曰上之六句皆是相大一本覺智明
義二本覺顯照諸法義三照時無倒義四
體離惑染義五性德圓備義六性德無遷
義今不引後四而引前二有智遍照證以
普光明爲相大義恐人以法界爲所照普
光明爲能照故引此文相大本有則皆所
照以淨眼智明爲能照耳從蘊恒沙下釋
經藏字具二藏義蘊恒沙德即不空藏妄
惑本空即是空藏故清淨言向上屬所觀
之藏向下屬能見之眼無障蓋故言見性
肉眼即名佛眼者即涅槃第六經云善男
子聲聞之人雖有天眼故名肉眼學大乘

者雖有肉眼乃名佛眼何以故是大乘經名爲佛乘如此佛乘最上最勝諸佛見性故

觀察一切佛法大願海智光明

四大願智明知諸佛法願爲本故

入無邊功德海清淨行智光明

五大行智明無邊果德此行入故

趣向不退轉大力速疾藏智光明

六速疾智明謂趣入無生功用不退無功大力一行含多受斯稱也無功大力者由八地得無功用如乘船入海故云大力速疾言一行含多者先以一身起行至此八地以無量身起行一一行中起一切行故

法界中無量變化力出離輪智光明

七神通智明三輪幹事出離不能

決定入無量功德圓滿海智光明

八大福智明照福嚴故

了知一切佛決定解莊嚴成就海智光明

九大解智明謂佛勝解力成莊嚴海

了知法界無邊佛現一切衆生前神通海智光明

十佛用智明普周法界

了知一切佛力無所畏法智光明

十一佛德智明降魔制外後三佛境故但了知餘可證知故云得入餘可證知者智論三十一云通徹名入入亦證也得者獲之在已也

爾時大威光菩薩得如是無量智光明已承佛威力而說頌言

第三以偈讚述文分二別先因後偈

我聞佛妙法而得智光明以是見世尊往昔所行事

偈中分三初一標益體用

一切所生處名號身差別及供養於佛如是
我咸見往昔諸佛所一切皆承事無量劫修
行嚴淨諸剎海捨施於自身廣大無涯際修
治最勝行嚴淨諸剎海耳鼻頭手足及以諸
宮殿捨之無有量嚴淨諸剎海能於一切剎
億劫不思議修習菩提行嚴淨諸剎海普賢
大願力一切佛海中修行無量行嚴淨諸剎
海如因日光照還見於日輪我以佛智光見
佛所行道
次八顯用所見於中前七見因
我觀佛剎海清淨大光明寂靜證菩提法界
悉周徧
後一見果
我當如世尊廣淨諸剎海以佛威神力修習
菩提行

三一偈發願思齊即前品初修治大願也
諸佛子時大威光菩薩以見一切功德山須
彌勝雲佛承事供養故於如來所心得悟了
第四傳化衆生文分爲三初明自悟
爲一切世間顯示如來往昔行海顯示往昔
菩薩行方便顯示一切佛功德海顯示普入
一切法界清淨智顯示一切道場中成佛自
在力顯示佛力無畏無差別智顯示普示現
如來身顯示不可思議佛神變顯示莊嚴無
量清淨佛土顯示普賢菩薩所有行願
二爲一切下明轉悟他顯示十法與前自
得十一有同有異文並可知
令如須彌山微塵數衆生發菩提心佛剎微
塵數衆生成就如來清淨國土
三令如須彌山下利他之益

爾時一切功德山須彌勝雲佛爲大威光菩
薩而說頌言
善哉大威光福藏廣名稱爲利衆生故發趣
菩提道汝獲智光明法界悉充徧福慧咸廣
大當得深智海一刹中修行經於刹塵劫如
汝見於我當獲如是智
第五如來讚勵中偈有十一初三讚發心
得法大果當成
非諸劣行者能知此方便獲大精進力乃能
淨刹海一一微塵中無量劫修行彼人乃能
得莊嚴諸佛刹爲一一衆生輪迴經劫海其
心不疲懈當成世導師供養一一佛悉盡未
來際心無暫疲厭當成無上道
次四對劣顯勝進者圓德
三世一切佛當共滿汝願一切佛會中汝身
安住彼一切諸如來誓願無有邊大智通達
者能知此方便
次二外加內智決證無疑
大光供養我故獲大威力令塵數衆生成熟
向菩提諸修普賢行大名稱菩薩莊嚴佛刹
海法界普周徧
後二舉一例餘行者即得初逢一切功德
山佛已竟
諸佛子汝等應知彼大莊嚴劫中有恒河沙
數小劫人壽命二小劫諸佛子彼一切功德
須彌勝雲佛壽命五十億歲
第二遇第二佛文分爲二先結前生後二
正顯佛興今初謂將說後佛故總論劫壽
明多小劫者欲顯多佛現故說人壽佛壽
者由佛壽促而人壽長故得威光一生歷

事三佛

彼佛滅度後有佛出世名波羅蜜善眼莊嚴王亦於彼摩尼華枝輪大林中而成正覺

二彼佛滅下正顯佛興文分爲五一明滅後佛興二覩相獲益三讚德勸請四眷屬同歸五聞經悟入今初也此中佛名謂智導萬行皆到彼岸見性了了故名善眼果由因飾是曰莊嚴

爾時大威光童子見彼如來成等正覺現神通力

二爾時下威光覩相獲益中二先覩相即獲益之由也

即得念佛三昧名無邊海藏門

二即得下正獲益也先列後結列有十種一念佛三昧者菩薩之父故首明之乃至十地不離念佛（菩薩之父者即智論文論云菩薩以般若波羅蜜爲母般舟三昧爲父般舟即念佛此翻爲佛立三昧良以念佛即眞涉事與方便同故得稱父又念佛成佛是親種故言乃至十地不離念佛者十地之中皆云一切所作不離念佛念法念僧等）無邊海藏門者蘊積名藏深廣稱海然略有三義一由此定中見多佛故下文云以佛爲境界專念而不捨是人得見佛其量與心等由念能見所以稱門二一一佛德是無邊海藏由念能知所以稱門云何無邊海劫海所修有行願海成就色身有相好海成就智身有辯才海建立念處有名號海修諸助道有功德海安立衆生有淨剎海如是諸海一一無邊各各出生蘊積名藏三無邊勝德由念佛生故此一門深廣蘊積何者念佛性身則契如理念功德身成無邊德念相好身證無

邊相障無不滅德無不生一言蔽諸總由念佛從此通悟所以稱門即此一門説不可盡障無不滅下結歎故賢護經中廣列諸德以徵其因佛答皆從念而生一言蔽諸者即論語子曰詩三百一言以蔽之曰思無邪謂歸於正也念一佛號亦名一言直取一言只一佛字故自四祖禪要唯稱佛言耳

即得陀羅尼名大智力法淵

二總持大智能達深法

即得大慈名普隨衆生調伏度脱

三無緣普應

即得大悲名徧覆一切境界雲

四等除熱惱

即得大喜名一切佛功德海威力藏

五佛深德海蘊積力用菩薩緣此喜徧身心

即得大捨名法性虛空平等清淨

六悲則心感喜便浮動深契法性則曠若虛空悲喜兩亡爲平等清淨

即得般若波羅蜜名自性離垢法界清淨身

七般若者覺法實性離分別也有可離者非眞離也知自性離不復離也無離之離即眞法界眞法界者本來清淨法界清淨即般若清淨般若清淨則萬法本淨萬法淨者無淨無不淨爲眞淨也實相般若爲萬法之體觀照冥此衆德攸依故云身也覺法實性離分別也者此總釋一門亦當別釋自性離垢之言即大般若曼殊室利分中慈氏菩薩云若諸菩薩聞是甚深般若心不沉没已近無上正等菩提何以故是諸菩薩現覺法性離一切分別如大菩提故今此般若亦覺法自性名自性離離字兩向向上屬自性離向下屬離垢即離分別之垢也從有可離下別釋經文成上總釋有可離者非眞離也反釋初句成上性離知自性離不復離也者順釋初句成上離分別言不知性離謂有可離即是分別今知性離知相即寂故無分別無離之

離者即躡上釋下法界言也正同起信所言覺者謂心體離念離念相者等虛空界無所不遍法界一相即是如來平等法身法身即真法界本來清淨者躡上法界釋清淨言既自性離是真法界則本自淨非觀令淨非去垢淨是故經云法界清淨法界清淨者即以上義成此般若得清淨名此有二意一由體法界方成般若故此般若受法界清淨之名二者性無二故故大般若難信解分云復次善現般若波羅蜜多清淨故色清淨色清淨故一切智智清淨何以故若般若波羅蜜多清淨若色清淨若一切智智清淨無二無二分無別無斷故名無二性從般若清淨者亦有二義一以般若照一切法知本淨故二者亦是性無二故義同上引般若清淨則色清淨遍歷諸法略舉八十餘科謂五蘊十二入十八界四諦十二緣十六波羅蜜乃至菩提涅槃皆如色說故萬法本淨萬法淨者下拂其淨相夫言淨者顯法本無生性寂諸相故名為淨豈待蕩蕩無物方稱淨耶非但事無非為真淨見真本淨事為非淨亦是相待能所未忘安得稱淨故真善知識令看淨門云性本清淨無淨相方見實我心即斯義矣故淨名云垢淨為二見垢實性則無淨相離於見相是為入不二法門也下經云若有見正覺解脫離諸漏不著一切世彼非證道眼若有知如來體相無所有修習得明了是人疾作佛實相般若下釋經身字身有三義謂體依聚義今實相般若則法身之體觀照般若同報身之依化身名聚淺故不說則眷屬般若亦得名身同聚義故

即得神通名無礙光普隨現

八通用智俱故無礙隨現

即得辯才名善入離垢淵

九入法之深離說之垢

即得智光名一切佛法清淨藏

十智照佛法淨所知障含藏眾德

如是等十千法門皆得通達

二如是下結中明歷事增進故云十千通達之言釋前即得

爾時大威光童子承佛威力為諸眷屬而說頌言

不可思議億劫中　導世明師難一遇　此土眾生多善利　而今得見第二佛

第三爾時下讚德勸請文分爲二初説偈後偈益偈中分三初一偈歎希慶遇

佛身普放大光明色相無邊極清淨如雲充滿一切土處處稱揚佛功德

光明所照咸歡喜衆生有苦悉除滅各令恭敬起慈心此是如來自在用

出不思議變化雲放無量色光明網十方國土皆充滿此佛神通之所現

二有七偈歎佛勝德於中三初三身業

一一毛孔現光雲普徧虛空發大音所有幽冥靡不照地獄衆苦咸令滅

如來妙音徧十方一切言音咸具演隨諸衆生宿善力此是大師神變用

無量無邊大衆海佛於其中皆出現普轉無盡妙法輪調伏一切諸衆生

次三語業

佛神通力無有邊一切刹中皆出現善逝如是智無礙爲利衆生成正覺

後一意業

汝等應生歡喜心踊躍愛樂極尊重我當與汝同詣彼若見如來衆苦滅

發心迴向趣菩提慈念一切諸衆生悉住普賢廣大願當如法王得自在

三有二偈勸衆同歸

諸佛子大威光童子説此頌時以佛神力其聲無礙一切世界皆悉得聞無量衆生發菩提心

後諸佛子下偈益可知

時大威光王子與其父母并諸眷屬及無量百千億那由他衆生前後圍繞寶蓋如雲徧

覆虛空共詣波羅蜜善眼莊嚴王如來所
第四時大威光下眷屬同歸
其佛爲說法界體性清淨莊嚴修多羅世界
海微塵等修多羅而爲眷屬
第五其佛下聞經悟入文分爲三初佛爲
說經二當機獲益三如來讚述今初主經
法界體性大方廣也清淨佛也莊嚴即華
嚴也有多眷屬者顯此教圓
彼諸大衆聞此經已得清淨智名入一切淨
方便得於地名離垢光明得波羅蜜輪名示
現一切世間愛樂莊嚴得增廣行輪名普入
一切刹土無邊光明清淨見得趣向行輪名
離垢福德雲光明幢得隨入證輪名一切法
海廣大光明得轉深發趣行名大智莊嚴得
灌頂智慧海名無功用修極妙見得顯了大
光明名如來功德海相光影徧照得出生願
力清淨智名無量願力信解藏
二彼諸下當機獲益亦有十益既云大衆
或一人得一或二三四或具十者威光先
證故略不標大衆之言亦已含矣故下佛
讚然此十事略爲二釋一者如次配於十
地十度或取地義或取度義一者達一切
法本來清淨名清淨智不取淨相是名方
便即初地入證之智也二則二地離破戒
垢是所除障照諸善品即戒光明三即忍
度忍爲上嚴一切愛樂四無刹不入無法
不照無見不淨是爲精進增廣衆行約地
義釋以諸道品燒無盡惑成無邊光五趣
向諸行能入俗也禪度增故性能離垢涉
俗化物成福德雲不迷實理爲光明幢六

般若現前名隨入證照深緣起名法海光七功用已遠將入無功爲深發趣權實無礙爲大莊嚴八見法實性無功而修爲極妙見由此智慧復得灌頂故仁王經云後之三地同遣無明同無功用故非灌頂地是灌頂智九顯了藥病是功德海相辯才徧應若月影流光十智圓離障方於佛願而生信解故曰出生故仁王者即教化品中第八名等觀菩薩偈云等觀菩薩二禪王變化法身無量光等九地云慧光開士三禪王十地云灌頂菩薩四禪王後都頌上三地云等慧灌頂三品七除前餘習無明緣無明習相故煩惱二諦理窮一切盡釋曰既牒三地除無明習是故疏云同遣無明非灌頂地下義釋彼經灌頂地者自當第十故云非灌頂地然十地亦用遣無明習無功用智而得灌頂故云是灌頂智二者此上十門隨一一事以立其名未必全將配於地位或通配諸位或復不次以人無量隨詮不同普賢巧說故文含多義

時彼佛爲大威光菩薩而說頌言

善哉功德智慧海　發心趣向大菩提　汝當得佛不思議　普爲衆生作依處

汝已出生大智海　悉能徧了一切法　當以難思妙方便　入佛無盡所行境

已見諸佛功德雲　已入無盡智慧地　諸波羅蜜方便海　大名稱者當滿足

已得方便總持門　及以無盡辯才門　種種行願皆修習　當成無等大智慧

汝已出生諸願海　汝已入於三昧海　當具種種大神通　不可思議諸佛法

究竟法界不思議　廣大深心已清淨　普見十方一切佛　離垢莊嚴衆剎海

第三時彼下如來讚述十頌分二前六讚

其已具勝德當成極果皆前半已獲後半當證獨第四偈三句是因

汝已入我菩提行昔時本事方便海如我修行所淨治如是妙行汝皆悟

我於無量一一刹種種供養諸佛海如彼修行所得果如是莊嚴汝咸見

廣大劫海無有盡一切刹中修淨行堅固誓願不可思當得如來此神力

諸佛供養盡無餘國土莊嚴悉清淨一切劫中修妙行汝當成佛大功德

後四偈行齊佛因當如佛證皆三句舉佛行後一句齊佛德然此中述讚望前遇光得益及向大衆所得多有相同義必述上可以意消息之

諸佛子波羅蜜善眼莊嚴王如來入涅槃已喜見善慧王尋亦去世大威光童子受轉輪王位

遇第三佛文分爲六一如來出時前佛滅後等時也

彼摩尼華枝輪大林中第三如來出現於世名最勝功德海

二彼摩尼下正明現世立斯號者功德海滿無加過也

時大威光轉輪聖王見彼如來成佛之相與其眷屬及四兵衆城邑聚落一切人民并持七寶俱往佛所以一切香摩尼莊嚴大樓閣奉上於佛

三時大威光下威光往供

時彼如來於其林中說菩薩普眼光明行修多羅世界微塵數修多羅而爲眷屬

四時彼如來下佛爲說經見普法故名爲普眼以慧爲性故曰光明况一眼即十眼融無障礙眼外無法方眞普眼以諸緣發見即緣名爲根因沒果中緣皆號眼故全色爲眼恒見色而無緣全眼爲色恒稱見而非我矣

見普法者此釋經名而有三義一約所見稱普言普法者一具一切一一稱性同時具足等斯即十眼之內一眼之能經云一切智眼見普門法界故二況一眼者約能見稱普如五眼中佛眼四眼入佛眼皆名佛眼如四河入海無復河名而具海味故金剛經云如來有肉眼不如是世尊如來有肉眼乃至云如來有佛眼不如是世尊如來有佛眼今十眼亦耳隨一具十而諸數唯佛眼具五餘四則無令因果之人皆許一眼即具十眼不唯後勝具於前劣若一不具十則非普眼言十眼者離世間品說謂一肉眼二天眼三慧眼四法眼五佛眼六智眼七光明眼八出生死眼九無礙眼十一切智眼其融無礙則有二義一者成上十眼無礙二者成下即能所無礙三眼外無法下約心境互收方稱普眼此上標也諸緣下別釋所以如大乘法師以九緣發識眼根名眼餘不名眼今則例之眼根能發識眼根得名眼空明能發識亦得同名眼餘六例然以緣起之法各有力無力相成立故次云因沒果中緣皆號眼者九緣並是因見色得名眼九緣皆見色沒果同名眼以皆全有力故言全色爲眼恒見色者色是所緣之境眼是能緣之根今即是眼故無緣也全眼爲色者眼是我能見今全爲色正見之時即非我也此即賢首之意下更有言云非我離於情想無緣絕於貪求收萬像於目前全十方於眼際是以緣義無盡隨見見而不窮物性巨思應法法而難準法普即眼普義通乃見通體之自隱隱照之遂重重然後窮十方於眼際鏡空有而皎明收萬像以成身顯事理而通徹也

爾時大威光菩薩聞此法已得三昧名大福德普光明得此三昧故悉能了知一切菩薩一切衆生過現未來福非福海

五爾時下威光得益五度皆福定爲最大寂無不照名普光明得此已下彰其定用福非福言略有二意一福即是善非福是罪二福即是相非福即性雙了性相故經云福德即非福德性此即深也了一切者

廣也故有海言遇於初佛但得十者自力
未勝故次佛十千者道轉深故今唯一者
道已滿故五度皆福者然六波羅蜜攝成
二嚴總有兩意一前五爲福後
一爲智二者前三唯福後一唯智進定通
二成前爲福成後屬智今以經中云得三
昧名大福德故用前門福即是善者即百
論相攝罪福品意故論引金剛福尚應捨
何況非福以善捨惡以無相智捨福則善
惡兩忘今云了者一了其相二了體空三
了無礙二福即是相下即以世諦說福諦
一義中福亦不存故引金剛如來說福德
相隨俗說也即非福德相當體空寂是名
福德相結正義也若福即非福方名眞福
若以福爲福非眞福也有人以
第三句亦約俗諦非得經意

時彼佛爲大威光菩薩而說頌言

善哉福德大威光汝等今來至我所愍念一
切衆生海發勝菩提大願心

汝爲一切苦衆生起大悲心令解脫當作群
迷所依怙是名菩薩方便行

若有菩薩能堅固修諸勝行無猒怠最勝最
上無礙解如是妙智彼當得

福德光者福幢者福德處者福海者普賢菩
薩所有願是汝大光能趣入

第六時彼佛下如來記別十一偈分四初
四顯具菩提心謂初有願次偈有悲四有
智光三兼精進通策三心故菩提心圓當
成妙智

汝能以此廣大願入不思議諸佛海諸佛福
海無有邊汝以妙解皆能見

汝於十方國土中悉見無量無邊佛彼佛往
昔諸行海如是一切汝咸見

若有住此方便海必得入於智地中此是隨
順諸佛學決定當成一切智

汝於一切剎海中微塵劫海修諸行一切如
來諸行海汝皆學已當成佛

次四上入佛境

如汝所見十方中一切刹海極嚴淨汝刹嚴淨亦如是無邊願者所當得

三有一偈示其果相得同諸佛

今此道場衆會海聞汝願已生欣樂皆入普賢廣大乘發心迴向趣菩提

無邊國土一一中悉入修行經劫海以諸願力能圓滿普賢菩薩一切行

四有二偈讚其現能利他住普賢行

諸佛子彼摩尼華枝輪大林中復有佛出號名稱普聞蓮華眼幢

遇第四佛文分爲四一佛出人中二天王就供三如來說法四得益還歸今初約相目類青蓮約德心無所染相德高顯名稱外彰摧邪衆歸故曰幢也

是時大威光於此命終生須彌山上寂靜寶宮天城中爲大天王名離垢福德幢

二是時下天王就供中二先明菩薩行進報處天宮此城即是品初所列之一

共諸天衆俱詣佛所雨寶華雲以爲供養

後知佛可歸持華往供

時彼如來爲說廣大方便普門徧照修多羅世界海微塵數修多羅而爲眷屬

三時彼下說經方便之言略有三種一無實權施曲巧方便也二理本無言假言而言大方便也三權實無滯亦大方便事理皆照方曰普門一無實者如無三乘說有三乘虛指三車出門不獲是也二理本無言者亦法華云諸法寂滅相不可以言宣以方便力故爲五比丘說是也三權實無滯者即涉有未始迷空觀空不遺於事即如來方便知見波羅蜜皆已具足

時天王衆聞此經已得三昧名普門歡喜藏以三昧力能入一切法實相海獲是益已從道場出還歸本處

四時天王下得益還歸中聞上普門正受安住法喜無盡故名曰藏由此證達諸實相海此劫之中十須彌塵數如來今但云四又無結會古今現證得益等者經來未盡故也若結會者應云爾時威光菩薩者毗盧遮那是等　所信因果會竟

大方廣佛華嚴經疏鈔會本第十一之二

音釋

簣 求位切土籠也　幹 古汗切干去聲能事也　劣 力輟切音埒鄙也　慼 七迹切音戚憂也　踊躍 踊尹悚切音勇躍弋灼切音藥跳也　怙 侯古切胡去聲依也

大方廣佛華嚴經疏鈔會本第十二之一

唐于闐國三藏沙門實叉難陀　譯
唐清涼山大華嚴寺沙門澄觀撰述

如來名號品第七

此下第二修因契果生解分第二會初從此第十二經盡第十三經菩薩問明品將釋此品五門分別初來意者先明分來前既舉果令生信樂今明能生因果信解故次來也二會來者生解之中信爲其首故又前舉所信之境今明能信之行故次來也三品來者前品舉因顯果成所信之境今舉果辨因彰能信之行果中三業身爲其總故先來也又遠答前名號海問故

二會來意者於中有二一對後辯來以一分六會今是初故二又前舉下對前辯來又遠答名號海問者自是十海爲總意耳

二釋名亦三初分名

修因契果生解分謂修五位之圓因成十身之滿果令諸菩薩解此相故卽生修因契果之解依主釋也二會名約處名普光明殿會然有三釋一以殿是寶成光普照故二佛於其中放普光故三佛於殿中說普法門慧光照世故立其名依前一義卽依主釋後二有財約法則名信行之會三品名如來現相品已釋名體曰名表德爲號名別號通一切諸佛通具十號名釋迦等則不同故如來卽十之一品中正說隨機就德以立別名旣表德之名則亦名亦號如來之名號依主釋也

三佛於殿中者就此普法自有四義一境智合說眞俗遐周曰普妙智照達名光二單約境說體周曰普用徹爲光三惟約智說準境可知四約融攝說若事若理皆無障礙一塵一行猶如帝網曰普圓明顯煥爲光餘如十玄表德爲號亦有釋云表德爲字響領人天曰號今以卽字

是號猶如十號皆約德故言名別號通者總相說耳品中正說下揀定通局三宗趣亦三初分宗謂以修生修顯因果爲宗令諸菩薩修行契入爲趣二會宗者若就總望信解行德攝位爲宗通成佛果爲趣信能必到如來地故近望唯信爲宗成位爲趣若依長科十分之宗此下三品以爲一分即果用應機周徧法界以爲其宗依此起信爲趣故此亦名正報因果亦是所信信何法門信佛身名等於衆生則知我名如佛名也信佛法門隨宜而立知我妄念苦集亦全法門信佛意業光明徧照則知自心無不知覺故先古諸德亦將上三品舉果分收三品宗者顯佛名號周徧爲宗隨機調化利益爲趣或上二皆宗生信爲趣修生修顯因果爲宗者修生約差別因果修顯約平等因果若就總望等者亦名爲遠望爲成佛果故爲遠具解行德故爲總解即問明行即淨行德即賢首近望者唯望十住故爲近亦台名別將前攝位爲此趣故攝位者十信滿心頓攝諸位今此唯成十住故仁王不開十信攝在十住信爲能成住爲所成若依長科下第二約別科爲宗略有三義一隨品長分科總爲十既今當第四故二故此亦名正報因果者即前後鉤鎖科亦當第二既遮那是因此三品爲果故三亦是所信者賢首向前亦將此三屬所信因果中正報果故如下疏指亦屬四分之中第一分故而言亦者有二意一對今科屬第二分故二對隨其本會科名能信成德會今爲所信故云亦也

第四問答問五周因果差別平等不同何以分名合之爲一答通生差別平等解故離於修生說何修顯故問前會舉果本爲生信今何重舉名號等三答凡約境生信有其二義一標舉境法明有所在二攝以就心令成信行前會約初義此會約後義問前會舉果下此通繁重難先問後答答中二先約義通爲意別故所以重舉又前會果廣因略故名舉果此會因

廣果略故總攝為因先依後正文影略耳又前會果廣下約文以答以少從多故前會果多名舉果分此下因廣分名修因雖舉此會正酬向來約分名難故云因廣然取當會因果皆各三品因果似齊而因文亦廣若約鈎鎖者自屬正報果故不同第七會說所成果此中自辯信所依故若約鈎鎖者此當第三依起因果是所依果故不同第七說所成者所成自屬第四差別因果故問何不入定以未入位性不定故若爾十定豈散善耶然說法之儀通有四句一定後說如諸會二說後定如無量義經等三定中說如第九會無出言故四不入說如此信中及第七會諸文非一以未入位下答此上問文五一者正答猶如輕毛未能得入正定聚故二說後定者即法華經云為諸菩薩說大乘經名無量義教菩薩法佛所護念說是經已結跏趺坐入於無量義處三昧身心不動是也若出其意無量義者是出生義故彼經云無量義者從一法生其一法者所謂無相法華即是收入之義故彼經云究竟至於一切智地世尊法久後要當說真實今欲收入先辯出生若知三乘萬化從實相生究竟還歸一實相故欲為法華序故說無量義便入此定第九表證唯證能說一得永常不礙起用故第七為表常在定故又入為受加彼不須加故不須入說後入者說在行故將起後故第九表證下出四句所以其第一定後說諸會廣說故不釋之但解後三初解第三二第七為表下解第四第四有二會不入定第二不入前已解竟唯解第七說後入下通第二義入即修行上引無量義經乃是別意而有等言等取此諸經通意今顯通意是知動寂唯物聖無常規故下文中辯十信之用一方入正定餘方起出說自在無礙也餘會摩頂後說此會說後摩頂是知此經體勢縱橫不可定準是知動下第五結其深玄故下文中示十信相既所說信定散自在明知能說入出難思餘會摩頂下更示異門令無局執

爾時世尊在摩竭提國阿蘭若法菩提場中

第五釋文若隨義約品科十分之中此下

三品當果用應機普周分若約隨法就會科十分之中此一會當第二能信成德會今就四番問答科從此終第七會卽當第二修因契果生解分若順諸會應直分問答今爲順文一會分三第一序分第二請分第三說分若順諸會者以六會共答此中問故第一序分唯屬此會爲加序分名爲順文今先序分具如經初但加普光以爲小異略分爲三初標主時處二始成下別顯三事三與十佛下輔翼圓滿

始成正覺

二中分三初別顯說時

於普光明殿坐蓮華藏師子之座

二於普光下別顯說處處在菩提場東南可三里許凞連河曲彼河之龍爲佛造此今舉總攝別前標國名以本收末上舉場稱故下不動覺樹而徧十方處在菩提下覺首云相傳說云以龍見如來初成正覺樹下露坐故爲佛造若西域記說菩提樹南門外有大龍池帝釋獻方石在此池東林中有目眞隣陀龍王池其水清黒其味甘美龍池西岸有小精舍中作佛像昔如來初成正覺於此宴坐入定七日時此龍王警衛如來卽以其身繞佛七帀化出多頭俯垂爲蓋故池東岸有其室焉釋曰若取龍造正當於此雖不言造堂龍旣警衛不妨後造當向卽東南又云菩提樹東有精舍高六百七十尺下基面濶二十餘步壘以青塼塗以石灰層龕皆有金像四壁鏤作奇製或連珠形或天像焉上置金銅阿摩勒迦果寶瓶東面接爲重閣簷宇特起三層榱柱棟梁戶扉寫牖金銀雕鏤以飾之珠玉厠錯以塡之奧室邃宇洞戶三重外門左右各有龕室左則觀自在菩薩像右則慈氏菩薩像白銀鑄成高十餘尺精舍故地昔無憂王建小精舍後有婆羅門建大精舍卽雪山見大自在天令置也釋曰此義亦當若取普光堂義卻當樹西西域記云菩提樹西不遠大精舍中有鍮石佛像飾以奇珍東面而立前有青石奇紋異彩是昔如來初成正覺梵王建七寶堂帝釋建七寶座佛於其上七日思惟放異光明照菩提樹去聖逾遠寶變爲石釋曰此爲普光法堂定矣但從古傳云是東耳若東西二三里卽是盲龍之室非是龍造去聖

時遠傳記不同故略出三處異更審之妙悟皆滿二行永絕達無相法住於佛住得佛平等到無障處不可轉法所行無礙立不思議普見三世

三妙悟下別顯主德亦即示成正覺之相也準第八會初及深密經等皆說佛有二十一種功德升兜率品當廣明之今文有初十句亦略釋耳十句之中初總餘別總中妙悟皆滿者妙悟晉經名善覺論經名正覺良以梵音云蘇舍於妙善及正等故譯者隨取悟即覺也雙照真俗故稱妙悟備下諸句異於因人故復稱滿雙照真俗者準下無著不釋總句具下諸別以成總句親光菩薩別釋總句今依親光別釋妙悟取無著意將別釋滿別中一二行永絕者煩惱所知生死涅槃皆名二行俱不現前名爲永絕煩惱所知者準無著名於所知一向無障轉功德但離所知二乘之人於極遠時處不能知見有知不知故名二行今無不知故云永絕若親光云凡夫二乘現行二障世尊無故凡夫現行生死起諸雜染即煩惱障二乘現行涅槃棄利樂事世尊無彼二事故云永絕今具含二釋故雙牒之下諸功德皆是下文廣釋中意如或未曉但尋兜率會疏及論文居然易了二達無相法者清淨真如名無相法達者了也三如來常住大悲任運利樂又常安止聖天梵住故云住於佛住聖天梵住者即智論第三云聖謂三乘聖人天謂六欲天梵即色無色復次三三昧名聖住布施持戒善心三事名天住四無量是梵住釋曰此雖二文義乃是一前舉果住後出因耳或爲四住謂加佛住如來常住首楞嚴諸三昧故雖遍住四住智海已滿大悲深故特言大悲大悲即梵住所攝四所證能證及以化用皆等諸佛五具能治道解脫障故六所說教法外道不能轉故七行諸世間違順魔怨不能礙故八安立教法超言念故九於三世境若事若理了達記別無錯謬

故具此九別成初總句同異成壞準思可知

與十佛刹微塵數諸菩薩俱莫不皆是一生補處悉從他方而共來集

第三輔翼圓滿文分二別一標數揀定二歎其勝德前中菩薩揀非凡小補處明非下位他方而來非舊衆也言一生者釋有二義一約化相謂如彌勒此復有三一人中一生二天上一生三下降一生正取天中二約實報一生謂於四種變易生死中唯有末後一種名無有生死一位所繫此文多約化相耳四種變易者第一疏鈔已引攝論無上依經今更依佛性論第二略示名相一方便生死謂生死緣即無明住地惑能生新無漏業譬如界內無明生行以惑生智非同類故名爲方便二因緣生死謂生死因即上無明所生無漏有分別業譬如無明所生行業但感同類故名因緣三有有生死即由前因緣感得變易異熟有果如三界內以有漏業感六趣身言有有者未來生有更有一生故如上流般阿那含第二生般涅槃故亦云有此有果故名有有四無有生死即改變易脫譬如生爲緣有老死等過患一期報謝更無有有故名無有故今疏云唯有第四無有生死一生者此生之後便成佛故如那含人當涅槃故

普善觀察諸衆生界法界世界涅槃界諸業果報心行次第一切文義世出世間有爲無爲過現未來

二普善下歎德德雖無量略歎一普善觀察者能觀智也普有二義一普衆同有此德二普觀十境善有三義一善知相二善知無相三善知此二無礙衆生界下明其所觀皆具上三義十中初是總句所化衆生次此生何來由迷法界起於世界我當令彼住涅槃界淨諸業果故須識心行之病文義之藥令厭世間欣出世間不盡有

爲不住無爲上辨橫觀十法今竪達三世觀涅槃知已現當證觀諸業已現當造果報已現當受心行已現當發餘可類知亦以六相融之

時諸菩薩作是思惟

第二時諸菩薩下請分中二先舉人標念

若世尊見愍我等願隨所樂

後若世尊下正顯問端然句雖五十問但四十以第二十句是說意故此四十問望第一會有同有異後二十句全同前二十句大同小異又復前後不同初十句即前第三十海前會即總說所觀深廣此則別說如來依正以前會中爲總故此會別顯信所依故故前會皆致海言此中但云剎等第二十句前名菩薩十海此列住等行位前通諸會總顯圓融行布因故此約當分欲顯差別因之相故後二十句雖則全同前總此別又前即所信今辨所成欲顯所信所成體無異故文句全同

若唯約義亦可分三謂初十句問佛德應機無方大用辨因所依果次十句問菩薩行位即果所成因後二十句佛果勝德顯因所成果是則以佛爲緣而起於因還以此因而成於果是此分之大意也故論云多聞熏習無不從此法身流無不還證此法身即其義也若唯約義下科判經文於中初總科有三初就義爲三以所問法今取文義俱便大分爲二初有三類故十句直爾疑問後三十句引例請問義不異前然所依所成文應互有但是影略不欲繁辭故初會直爾興問即此中引例此

中引例卽彼直問又前但明一重所信故合三十句果今爲分二段故間之以因今初十句先總顯請意今取文義俱便下後分二釋文二段皆結故是文便直問引例表人異道同故是義便開示佛刹佛住佛刹莊嚴佛法性佛刹清淨佛所說法佛刹體性佛威德佛刹成就佛大菩提

後開示下別列所疑十句依正間問者正報應機必依刹故亦表依正無障礙故五句依者一刹類二莊嚴三清淨四體性五成就上五卽前二海廣如四五二品其佛住等五句卽正報大用一佛身徧住諸刹佛心常住大悲二所具功德及所證法性三隨機說法四作用威光五修行得證現成菩提然此五卽前會七海一卽佛海二卽解脫海三卽演說海四卽變化海五卽名號及壽量海波羅蜜海其衆生海但是所化故略不舉合諸海中此之十句下有言說及現相答至下當知一刹類者卽形狀長短等言卽前二海廣如四五二品者第四成就品答世界安立海第五華藏世界品答世界海故

如十方一切世界諸佛世尊爲成就一切菩薩故令如來種性不斷故救護一切衆生故令諸衆生永離一切煩惱故了知一切諸行故演說一切諸法故淨除一切雜染故永斷一切疑網故拔除一切希望故滅壞一切愛著處故

第二如十方下引例請問文分爲三初十句標彼說意明其有悲後三十句舉彼所說顯其有智末後一句結以正請彼佛旣

爾此亦宜然初中初句總謂令諸菩薩行願成就故餘九爲別一上繼佛種二云何繼以救衆生故三云何救令離惑故四如何救知彼根行故五以何救說法藥故六成何益一除集諦染二決道諦疑三拔苦希望四證滅愛處故初句總下釋此十句總有三勢皆有總別第一行願俱起釋初總餘別別中展轉相釋文勢可知又成菩薩行具悲智也具此悲智何所爲耶令佛種不斷佛種不斷有何相耶謂成三德救護衆生成就恩德永斷煩惱成於斷德了知諸行成於智德諸行有三一者心行二所行行三所了行謂一切行無常無相卽所了也云何救護演說諸法云何永斷淨諸雜染永斷煩惱種現雙亡除諸雜染謂唯現惑云何成智謂永斷疑網智成何益斷諸

希望惑除何益滅諸愛著一切著者著有著空著行著果不著諸法正智現前悲救衆生佛種不斷是菩薩之要也諸佛之本意也所陳諸問一一皆有斯益三佛種不斷下八句皆釋不斷之相於中四意初三正釋不斷謂成就三德是不斷相智成何益下顯三德益經但二句含於三義初明智德益後惑除何益下以滅愛著處句雙成二益若著諸法正智不生若著於空不能悲救今空有無滯故能滅惑成智起悲不斷佛種又釋一切菩薩是所成就云何成就不斷佛種卽自成就救護衆生成就於他云何救護謂離二障永斷煩惱無煩惱障了知一切無所知障以何方便能斷二障謂說諸法此煩惱障其相云何謂愛與見除諸雜染絕愛煩惱永斷疑網絕見煩惱此所知障其相云何謂於境不了有所希望法執未忘一切生著今相無不了何所希望

達法性空當何所著二障既寂二智現前成菩提涅槃謂不斷佛種則菩薩成就矣二障既寂通後七句即二障除能成二智除煩惱障根本智現除所知障後得智現即此二智亦爲能寂菩提涅槃即是所成煩惱障斷成於涅槃所知障斷成於菩提此結利他意明不斷佛種結歸自利菩薩成矣結歸總句

說諸菩薩十住十行十迴向十藏十地十願十定十通十頂

第二說諸菩薩下舉彼所說文分爲二初十句問因後二十句問果今初文有九句昔云欠第九十忍一句又以十信自不成位是住方便攝在住中故不別問又以十信下二出其所以不開十信則不合問信下有忍品故知脫忍故仁王經教化品云伏忍聖胎三十人十信十止十堅心故信住不分也有義云有四義故信不入位一進退不定故二雜修十心無定階降故三未隨法界修廣大行故四未得法身顯佛種性故由斯不開十信則成此會及第三會俱答十住問也十行第四會答十迴向第五會答十藏第四會中答以藏有二義一收攝義謂收攝諸行以用迴向故答在迴向之前二出生義以出生地上證智故問居迴向之後十地第六會答十願初地中答十定十通第七會答各有自品十頂一種答文不顯古有多釋一云準梵網經說十忍後有心地法門即此十頂理亦可通但彼經說處乃有十初無菩提場會但云方坐千光王座及妙光堂說十世界海其二三四與此三四五會處法全同他化十地次第亦同而化樂天說十禪定初禪說十金剛

心二禪說十願三禪說十忍四禪摩醯首羅宮說我本源蓮華藏世界盧舍那佛所說心地法門不云重會普光及祇園重閣次第又別難可會通又此中問因後更有果問故彼佛心地卽後如來地等非十頂也三但彼經下以文奪破其二三四與此三四五會處法全同者此是第三會在忉利四在夜摩五在兜率彼第二在忉利故彼說十世界海竟卽云次於忉利說十住法次至夜摩說十行法次至兜率說十迴向斯則處法全同次第不同彼二此三彼三此四彼四此五以前加菩提場故言他化十地次第亦同者亦是第六在他化天說十地故由彼不越第五化樂天故說十地亦第十六故彼文云次至化樂天宮說十禪定次至他化自在天宮說十地次至初禪說十金剛心次至二禪說十願次至三禪說十忍次至四禪摩醯首羅宮說我本原蓮華藏世界盧舍那佛所說心地法門故總收之四例不同一菩提普光二會不分則開合不同二次第不同三有無不同此經四禪無說彼皆有說此有重會彼無重會四彼經一處說一法門此則四六華二七兼於三以斯四義故難會通又此中問下縱成一破設汝欲將心地法門例同此者此中說果應爲心地何得用頂上一師義竟有云僧祇品答以準瓔珞等覺別有頂位以因位窮終今僧祇中說十大數數中之極故云十頂彼問雖十答有多數對上定通亦非其類故不可也

有云壽量品答彼中十重佛土皆上爲下頂極至賢首佛刹名爲十頂又佛名第二名此十一世界爲上首故但舉此初後十一卽顯過百萬阿僧祇世界壽量之數此爲標首首卽頂故然復彼無別問似有少理但標此十界將爲問端對十地等甚不相例但舉此下三遮難恐有難云今經百萬阿僧祇重何以證成十界之義故爲此通今謂新舊梵本俱無忍問答中卽有故知彼忍卽此頂也言十頂者因位終極十定十通皆等覺位十忍居後又得頂名

問中約位終極故名爲頂答據法門忍受以智印定故云忍也非位終極不具十忍非有十忍不極因位二文更顯故十忍品末云通達此忍門成就無礙智超過一切衆轉於無上輪等旣言超過卽是頂義亦猶四善根中忍頂法門義相類故不爾忍無別問空答何爲設欲成十應脫十信十信雖未成位亦隨法界修廣大行德用殊勝別一會答應有問故若將十忍已下四品共答頂問於理無失俱是等覺之終極故

設欲已下六釋無十難難云若闕十頂問十句則圓若以忍答頂句則唯九故今答云脫於十信十句成矣十信雖未成下七會通上難難云我先二義不開十信一文證二理證今欲開信雙乖文理故今通之乃有數意一對前立理前明闕於四義不立爲位今明不必成位四義無遺二德用殊勝下上以文證今亦文答上引但明信住不開今明何必要開而不妨有問何者十願十藏非是別位得爲問端信不成位何妨有問又藏願等寄他會答尚有別問十信法門別一會答解行德能三品宏深豈合無問若將下第二會通以四品答於頂問以信住行等皆有多品總將四品共答頂問於理無違若爾古以僧祇壽量而答頂問應不乖理彼以局取又不收忍今總收四與昔全乖頂乃通名一忍等別稱故不同也此解最妙亦能傍通一難難云引四善根忍頂不同今何將忍以酬頂問今爲總釋則以等覺因位之極通稱爲頂頂不全同四故上引云義相類故

及說如來地如來境界如來神力如來所行如來力如來無畏如來三昧如來神通如來自在如來無礙

第二二十句問所成果全同初會於中亦初十句明內德成滿後十句體相顯著初中如來神力前會名佛加持卽神力加持故神通約外用無壅神力約內有幹能離世間品各有十事其相自別言無礙者謂如來所作無能障礙也上文名無能攝取

等義皆同也

如來眼如來耳如來鼻如來舌如來身如來意如來辯才如來智慧如來最勝

後十中辯才是語業智慧是意業最勝是身業準前會中唯欠佛光明之一句餘如前釋其所答文亦如前引出現不思議相海品說但前總會故引此文所引之文正答今問說者宜重引之

願佛世尊亦爲我說

三願佛下結請請同彼說故致亦言請分竟

爾時世尊知諸菩薩心之所念各隨其類爲現神通

第三說分於中通下六會答此所問準問長科亦爲三分此初三品答所依果問二問明巳下答所修因問三從不思議品下答所成果問其平等因果因乃果中之因果乃此果之用故屬果收其平等下通其妨難難云若依問爲三第三段唯合明果今有普賢行爲因出現品爲果自是一段平等因果何得皆將答果問耶故爲此通旣因是得果不捨之因卽果中因亦是果攝故屬第三所成果也又古人以文從義出此因果若疏本意全屬果也至下重明初中分二先如來現相答由其念請故又如來證窮故後文殊言說答伴助主故假言顯故今初分二一佛現神通二衆海雲集今初知其心念者領念請也現神通者示相答也言隨類者有其三義一隨疑者所宜異故謂或示色令見以聲令聞冥資令曉皆是現通以法界身圓明頓現也二隨疑者流類別故三隨疑者所疑異故各隨類者疏文有二先釋三義一隨疑者卽用法不同隨一類人所樂不同隨宜適化故經云彼彼諸病

人良醫隨處方即應病與藥也言或示色令見是現相答以聲令聞是言說答上皆顯應冥資令曉即是冥應總合上三一時頓應二隨疑者上之三義隨一類中即客此三令明萬類謂人天思言音辭差別等然唯疑人約有所表但明菩薩據其實義萬類皆通又菩薩者但語大心衆生不妨本類亦有差別謂天爲菩薩人爲菩薩等三隨疑者此約所疑之法則初是義無礙境二是辭無礙境此是法無礙境然其所疑即十住等其能疑人未必十信疑於十信許互疑故十信亦疑住行等故

謂若疑十信即見如來足輪放光周乎法界等若疑十住則見如來足指放光百刹塵外菩薩集等如放光一事既爾餘相皆然

謂若疑十信下出隨疑現通之相於中初疑十信即是比文及第十三經光明覺品言周乎法界等者等取十方各過十佛刹微塵數世界菩薩雲集故下經云悉以佛神力故十方各有一大菩薩一一各與十佛刹微塵數諸菩薩俱等若疑十住者即第三會十住品初言菩薩雲集等者此一等字等取行向地等謂十行則足上放光十向則膝輪放光十地則眉間放光等十行千刹十向十千等此一等字等於一分放光中事如放光下例於餘相謂動刹雨華香雲等皆隨宜不同也

故知初會現相徧於九會此會現神通通於一分結集隨義編之作次耳故下三會皆有不起覺樹之言

故知初會下第二示通局此會望初則局一分彼通九會謂佛前現華通表一部所詮華嚴眉間勝音通表九會能詮教故結集編次非現前後故下三會下引文爲證即不起前二而昇四天明正當此處現前通四天齊現耳

現神通已東方過十佛刹微塵數世界有世界名金色佛號不動智彼世界中有菩薩名文殊師利與十佛刹微塵數諸菩薩俱來詣佛所到已作禮即於東方化作蓮華藏師子之座結跏趺坐

南方過十佛刹微塵數世界有世界名妙色佛號無礙智彼有菩薩名曰覺首與十佛刹微塵數諸菩薩俱來詣佛所到已作禮即於南方化作蓮華藏師子之座結跏趺坐

西方過十佛刹微塵數世界有世界名蓮華

色佛號滅暗智彼有菩薩名曰財首與十佛剎微塵數諸菩薩俱來詣佛所到已作禮即於西方化作蓮華藏師子之座結跏趺坐

北方過十佛剎微塵數世界有世界名薝蔔華色佛號威儀智彼有菩薩名曰寶首與十佛剎微塵數諸菩薩俱來詣佛所到已作禮即於北方化作蓮華藏師子之座結跏趺坐

東北方過十佛剎微塵數世界有世界名優鉢羅華色佛號明相智彼有菩薩名功德首與十佛剎微塵數諸菩薩俱來詣佛所到已作禮即於東北方化作蓮華藏師子之座結跏趺坐

東南方過十佛剎微塵數世界有世界名金色佛號究竟智彼有菩薩名目首與十佛剎微塵數諸菩薩俱來詣佛所到已作禮即於東南方化作蓮華藏師子之座結跏趺坐

西南方過十佛剎微塵數世界有世界名寶色佛號最勝智彼有菩薩名精進首與十佛剎微塵數諸菩薩俱來詣佛所到已作禮即於西南方化作蓮華藏師子之座結跏趺坐

西北方過十佛剎微塵數世界有世界名金剛色佛號自在智彼有菩薩名法首與十佛剎微塵數諸菩薩俱來詣佛所到已作禮即於西北方化作蓮華藏師子之座結跏趺坐

下方過十佛剎微塵數世界有世界名玻瓈色佛號梵智彼有菩薩名智首與十佛剎微塵數諸菩薩俱來詣佛所到已作禮即於下方化作蓮華藏師子之座結跏趺坐

上方過十佛剎微塵數世界有世界名平等色佛號觀察智彼有菩薩名賢首與十佛剎

微塵數諸菩薩俱來詣佛所到已作禮卽於上方化作蓮華藏師子之座結跏趺坐

第二現神通下衆海雲集卽現相答初十句之問光現佛刹答佛刹問刹有金色等是刹莊嚴旣以金成亦答刹體彼刹菩薩亦刹莊嚴菩薩大寶以爲嚴故亦刹清淨純淨佛刹唯菩薩故淨修梵行是刹成就淨土行故亦刹清淨所修淨故此已上答五句依問兼答五句正報土各有佛及見如來坐蓮華藏是答佛住現通放光是答威德名不動智等是答法性見佛轉法輪是答說法佛成正覺是答菩提文雖在下義皆此具光明覺現卽現此故名不動智等者不動智等等餘九智智雖是一十智不同不同之德卽是法性佛以功德爲法性故文雖在下等者釋通妨難謂有難云適所引文皆光明覺品此中現相言答十問乃引下經豈成此答釋云六會現通尚在一時況光明覺義不在此故光明覺說說此所現是以此中別列十方佛刹菩薩一一各說光明覺品一時總牒明是說此所現相耳十方衆集卽爲十段一一方內文各有八一遠近二土名三佛號四上首五眷屬六詣佛七到已致敬八化座安坐去此遠近皆十刹塵數者前會爲說所信因果深廣故須遠集華藏之外十方刹海今爲說於生解因果漸漸增修故但集娑婆鄰次之刹信行最劣故復云十後後漸增至法界品還集刹海初不云一直云十者表無盡故要刹塵者比餘勝故爲有所表故分階級非初信等不是通方故結及證成十方齊說爲有所表下通難難云華嚴卽是通方之教未有一土不說此經今舉十刹則十外不收今說百刹應百外不攝豈爲通方釋意可知又隨迷名外悟處名來而實佛土本無遠近土皆名

色者表信麤現故亦表顯然可生信故佛號同智者有信無智增無明故信中之智本覺起故

主同名首者梵云室利一名四實一首二勝三吉祥四德是以譯者前後不同今通用之以信爲首攝諸位故次第行中信最勝故甚難得故於生死中創發信心爲吉祥故信能增長智功德等一切德故今通用者以梵語多含三藏各取今以義收故皆通用而暗引下經以成四義初釋首義以信爲首攝諸位故是通意明信該果海故二釋勝義云次第行中信最勝故者經云是故依行說次第信樂最勝甚難得三於生死下釋吉祥義經即通取下經之意四信能增長智功德者釋德義亦全是賢首品經文文云彼諸大士威神力法眼常全無缺減十善妙行等諸道無上勝實皆令現即吉祥義也此十菩薩同表信門故皆名室利各隨一門達一切法故復有差次文當釋亦有傳云梵云室利

此云吉祥室利云首亦是一理亦有傳云者即與善三藏譯余親問三藏有同說今欲會意故前收四說此眷屬皆十剎塵者表一一行攝無盡德故皆詣佛者有歸向故餘如前會又下菩薩名等皆是表法菩薩表所行之行本剎表所證之理佛名表所得之智

今初東方言金色者心性無染與緣成器爲自體故本智如空離覺所覺湛然不動動即是妄非曰智故又縱成佛果不異凡故即本覺智住心真如今初東方下別釋十方八段之中皆釋三事一剎名二佛名三主菩薩名唯初東方案經之次下之九方從後倒釋以十首菩薩表十甚深是助化主故先舉菩薩之餘二因此故在後釋細尋可知妙德者慧達佛境處處文殊由慧揀擇契於本智故分因果處處文殊者下文當釋從由慧揀擇下通難難云佛名不動智文殊表慧二相寧分答中然智慧二字乃有多門今此正用分別名

慧決斷名智以慧爲因以智爲果二覺首者覺心性也無性不礙隨緣隨緣不礙無性無礙智也不染而染染而不染俱難了知爲妙色也不染而染等者此釋妙色語出勝鬘下當廣釋三財首者法財教化即滅闇智了衆生空如蓮不著四寶首者眞俗無違可珍貴故善知業果不犯威儀性相無違唯一乘旨是爲唯齅瞻蔔華矣五德首了達如來應現說法之功德故即是明於法相又了佛德心明白也若有此智如青蓮華最爲第一六月首福田照導如目將身平等福田爲究竟智是最可重故云金色佛爲福田以佛爲境故同上文殊依金色界七精進首正教甚深必在精進能策萬行爲最勝智圓明可貴故復云寶八法首法門雖多必在正行於法能行

方得自在得般若之堅利爲金剛色九智首佛之助道雖無量門智爲上首能淨萬行故云梵智智淨體淨猶若玻瓈明徹無染十賢首前佛後佛一道清淨由自性善故稱曰賢能知此賢是觀察力觀察本性常平等故又釋十段皆攝取十甚深義一云慧達佛境即佛境甚深故二覺首緣起甚深心性是一故三財首教化甚深四寶首業果甚深五德首說法六目首福田七精進首正教八法首正行九智首助道十賢首一道故並可思又十佛相望不動是體餘皆是用十菩薩相望文殊爲總餘皆是別以總導別故九菩薩不離妙德文殊爲總者若以法門爲總文殊主般若統收萬行九首之德皆是般若隨緣別相同明佛德即是同相緣起教化互不相收即是異相統十甚深爲成佛境即是成相各住一甚深即是壞相餘如下說若約人爲總別文殊爲上首故是總餘九爲伴是別同名爲首異即賢等共成十首表信之人壞各住自以前後流例略爲此釋惟虛己而求之不信

此理甚深法門於我何預以前後例下三結釋勸修前如現華表義現衆表教後如十慧說住十林說行十幢說向十藏說地離世間品菩薩萬行寄表甚深斯爲觀心非是臆斷不信此理一向外求如數他寶故非我分

大方廣佛華嚴經疏鈔會本第十二之一

音釋

龕苦含切室也　鏤即豆切雕刻也　榱所追切椽也　奧於到切深也

邃雖遂切深也　鍮他侯切銅屬　鬘莫班切　趺音夫跏趺屈足坐也

薝蔔梵語也此云黃華蔔蒲比切　剏楚亮切

大方廣佛華嚴經疏鈔會本第十二之二

唐于闐國三藏沙門實叉難陀 譯
唐清涼山大華嚴寺沙門澄觀撰述

爾時文殊師利菩薩摩訶薩承佛威力普觀一切菩薩衆會而作是言此諸菩薩甚爲希有

第二爾時文殊下辨言說答就文分四一歎衆希奇二諸佛子下牒問總歎三何以故下徵歎總釋四諸佛子如來下廣顯難思

今初也前衆疑問佛令文殊答者以文殊示居此土生有十徵來自他方體含萬德降魔制外通辨難思化滿塵方用周三際道成先劫已稱龍種尊王現證菩提復曰摩尼寶積實爲三世佛母豈獨釋迦之師

以文殊者釋文殊說意上明是主菩薩山遠公但云文殊師利是遊方大士唯見一經但觀一迹耳今具出之是主是客亦果亦因具難思也言示生此土者即文殊般泥洹經云佛告跋陀婆羅此文殊師利有大慈悲生此國土多羅聚落梵德婆羅門家其生之時家內屋宅化如蓮華從母右脇而生身紫金色墮地能言如天童子有七寶蓋隨覆其上釋曰言此國者即舍衛國佛正在此說故此經復云文殊師利具三十二相八十種好則一相好同佛復有經說生有十徵無非吉瑞一光明滿室二甘露垂庭三地踊七珍四神開伏藏五雞生鳳子六豬誕龍㹠七馬產麒麟八牛生白澤九倉變金粟十象具六牙由是得立妙吉祥號來自他方者即今經文從東方金色世界中來節節皆言所住世界謂金色等既周法界不動而遍各領十佛剎塵數菩薩說佛功德明萬德斯備矣上之二對標其主客下略說勝德降魔制外通辯難思者然此二句有通有別通則通用通辯降伏魔怨制諸外道別明以神通怖之以威故言降用四辯屈之以辯故言制然其事頗多畧舉一二如幻三昧經云時有善住意天子白文殊同見佛文殊現變三十二部交絡重閣有諸菩薩先至佛所身子覩變推問佛佛答是文殊令諸菩薩集會又問何以不見文殊佛答文殊住降毀諸魔三昧正受蔽魔宮殿興大威變諸如來所於是文殊住降毀諸魔三昧應時三

千大千世界百億魔宮一時皆蔽不樂其處各各懷懼時魔波旬自見老耄羸毀少氣拄杖而行所有宮人及彩女等亦復羸老又見宮殿而復崩壞暗暗冥冥不知東西時魔波旬即懷恐懼身毛為豎心自念言比何變怪令吾宮殿萎頓乃爾將死罪至歸命終盡天地遇災劫被燒耶時魔波旬棄除貢高捨惡思想時文殊師利所化百億天子在交絡者住諸魔前謂魔波旬莫懷恐懼汝等之身終無患難有不退轉菩薩大士名文殊師利威德殊絕總攝十方德過須彌智超江海慧越虛空於今已入降毀魔場三昧正受是其威神下取意引時魔恐懼魔宮震動求化善薩願見救濟善薩答言勿懼可詣釋迦如來所有無盡慈悲令無所畏言訖不現魔即來俱詣佛請救我等聞文殊名即懷恐懼不能自安畏亡身命佛讚文殊魔請歸依願脫斯苦佛令且待須臾文殊當來即脫此難後文殊至佛問三昧彼廣說竟令捨諸魔文殊問魔汝識惡此身耶魔答云爾若爾當厭貪欲事不住三界魔敬從命即令諸魔皆復本形五體如故等此即降魔也制外者即文殊般泥洹經佛說文殊初詣諸仙求出家法諸婆羅門九十五種諸論議師無能酬對唯於我所出家學道餘文廣博不可具引至如聖智怖心開聲揚而辯地寂順思覩入隱身而立空故得帝釋欣喜而天華而至膝蔽魔愁憂行拄杖而垂淚劫火燒剎蹈水芝上行霖雨絕供化鉢飯

而無盡示多身以抗迦葉放一鉢而發本源皆是通辯降魔制外也又如度二十億佛現說法者持地猶存化百千諸龍立登正覺者王女是一是以禮妙慧而不忘敬太勸善財而增長發心無言於不二法門悉力於安樂行品教龍吉祥之分衛下位莫知答瑠璃光之光明正覺稱妙歎般若之玄致屢質本師說權實之雙行頻驚小聖皆辯才也化滿塵方者辯德用橫豎深責也謂十方微塵剎土沓是文殊化處故菩薩處胎經云我身如微塵今在他國土三十二相明在在無不現餘如眾海雲集中引又般泥洹經云住首楞嚴三昧以三昧力於十方國或現初生出家滅度入般涅槃分布舍利饒益眾生又寶藏陀羅尼經廣說至下菩薩住處品當更明之即今文中一切處一時說偈即橫周法界道成先劫者此下別明豎窮畧示一二也先劫即過去名龍種上尊王智度論十二具引首楞嚴三昧經說名龍種上尊王經文但名龍種上佛即譯人廣畧耳五十三佛名亦名龍種上尊王其首楞嚴三昧經有三卷即當下卷因文殊廣說首楞嚴三昧境界竟爾時長老摩訶迦葉白佛言世尊我謂文殊法王子曾於先世已作佛事現坐道場轉於法輪示諸眾生入大滅度佛言如是如是如汝所說迦葉過去久遠無量無邊不可思議阿僧祇劫爾時有佛號龍種上如來應供正遍知云云於此世界南方過於千佛國土國名平正無有沙礫瓦

石丘陵塠阜地平如掌生柔輭草如迦陵
伽龍種上佛於彼世界得阿耨多羅三藐
三菩提初轉法輪教化成就七十億數諸
菩薩衆云云佛壽四百四千萬歲下取意
引涅槃後起三十六億塔法住十萬歲記
智明菩薩次當作佛下結會云爾時平等
世界龍種上佛豈異人乎即文殊法王子
是現證菩提者即央掘摩羅經此經有四
卷事出第四初卷中明舍衛城北有村名
薩那有一貧窮婆羅門女名跋陀羅女生
一子名一切世間現少失其父年將十二
聰明辯慧有異村名頗羅訶私有一舊住
婆羅門師名摩尼跋陀羅下取意引世間
現從其受學師受王請留其守舍師婦年
少染心遍之世間現不受其師少婦自懸
毀害師歸言世間現強逼師言汝已爲惡
當殺千人可滅汝罪即殺千人還歸見師
師怖其存又令殺千人各取一指作鬘冠
首唯欠一人母爲送食便欲害母世尊現
前捨母趣佛爲佛所降廣顯深妙第四末
波斯匿王嚴四兵至欲罰央掘來至佛所
佛示央掘後發其跡云大王南方去此過
六十二恒河沙剎有國名一切寶莊嚴佛
名一切世間樂見上大精進下取意引壽
命無量國七嚴淨純說一乘即央掘是由
前文殊廣與對揚後顯文殊之跡云大王
北方去此過四十二恒河沙剎有國名常
喜佛名歡喜藏摩尼寶積純一大乘無餘
乘名即文殊師利是故云現證菩提復云
摩尼寶積蓋言畧耳下顯師及師婦央掘

之母三人皆是如來化現耳上畧舉過現
不說未來成佛者未來成佛現即是因非
殊勝故疏畧不顯若欲說者即大寶積文
殊會中說於未來成佛號普見如來以恒
河沙界莊嚴爲一佛國以安養世界莊嚴
比之析毛滴海不可爲喻其中衆生具三
十二相天眼無礙鏡照十方不聞生老病
死等苦但出佛法僧之聲若人欲見應念
便覩不待解釋疑網皆除名得最上善
利聆記爲面見諸佛等寔爲三世佛母者
結其實德七十九經云文殊師利所有大
願非餘無量百千億那由他菩薩之所能
有善哉文殊師利其行廣大其願無邊出
生一切菩薩功德無有休息善哉文殊爲
利常爲無量百千億那由他諸佛母常爲
無量百千億那由他諸菩薩師教化成就
一切衆生等佛名經說過去無量恒河沙
佛皆是文殊教令發心然猶帶數故今顯
實爲一切佛母不可窮其始末豈獨釋
迦之師者即前所引處胎經云昔爲能仁
師今爲佛弟子二尊不並立故我爲菩薩
即法華九世祖師亦帶方便住首楞嚴三
昧亦是跡中故弛張乎權實之場瑩徹乎
眞如之際住諸佛不思議之境豈可語其
始終無言強言爲
三世之佛母耳爲影響而來一切咸見故
其說也何不待請敬同佛故何不待告承
佛神力佛意許故衆既念請佛方現相非

夫尊極大士安行理契潛通故上以光示
普賢此乃冥加妙德若爾普賢云何定後
更請表說所信甚深細故何不入定以果
從因同於信故餘如上說何故無加以無
定故又承佛神力是冥加故影響而來者結也影響顯
非實因也何不入定者問意云信未入位
許不入定說佛三業何不入定故爲此通
以果從因因即十信十信不入
果亦不入是十信中所說果故歎衆希有
者略有五義感應懸隔難一遇故德行内
充總稱歎故以名表法甚希有故創起信
行未曾有故此一衆會即是等空法界會
故

諸佛子佛國土不可思議佛住佛剎莊嚴佛
法性佛剎清淨佛說法佛出現佛剎成就佛
阿耨多羅三藐三菩提皆不可思議

二牒問中脫於剎體佛出現者即前威德
也阿云無也耨多羅上也三者正也藐者
等也又三徧也菩提覺也謂道不可加曰
無上也無邪委知爲正徧也

何以故諸佛子十方世界一切諸佛知諸衆
生樂欲不同隨其所應說法調伏如是乃至
等法界虛空界

三徵釋中徵上難思言也下釋云能感之
機差別無邊如來普應周于法界廣難思
也下結文具顯結文具顯者即品末云如世尊昔爲菩薩時以種種
談論種種語言種種音聲種種業種種報
種種處種種方便種種根種種信解種種
地位而得成就亦令衆生如是知見而爲說法即其文也又隨宜說法
意趣難思又等法界者舉一說法等餘多
門門不可盡量等法界法門難思又隨宜說法者
上指品末廣故難思今明意趣深故難思
亦如法華方便品說謂稱體大用或隨自
意或隨他意或隨自他意
故又等法界下多門難思

諸佛子如來於此娑婆世界諸四天下種種身種種名種種色相種種脩短種種壽量種種處所種種諸根種種生處種種語業種種觀察令諸衆生各別知見

第四廣顯難思文二先總顯多端二隨門別顯今初也舉娑婆為首略顯十種差別多端準下結通實通法界十句不出三業一身為總相現十法界不同故云種種二名以召實次下廣辨三金銀等色不同三十二相等異三金銀等色者如觀佛三昧海經第三廣說今當義引佛為父王說觀諸相竟佛白父王乃勑阿難吾今為汝悉現具足微妙身相說是語已佛從坐起令衆俱起令觀如來一從一頂順觀至足輪相後從足相逆觀至頂一一身分分明了了如人執鏡自見面像若生垢惡不善心者若有曾毀佛禁戒者見像純黑猶如炭人五百釋子但見炭人有千比丘見赤土色優婆塞十六人見黑象脚色優婆夷二十四人見如聚墨比丘尼見如白銀優婆塞優婆夷有見如藍染青色四衆悲淚釋子拔髮碎身自迸所見父王安慰竟釋子即起白阿難言我宿罪故不見佛身佛為說因過去毗婆尸佛時有長者名日月德有五百子聰慧無雙不信父之正法子臨終時父云汝等邪見不信正法今無常刀割汝身心為何所怙令稱毗婆尸佛名未及法僧而終生天四王天後邪見因故墮地獄鐵叉剌眼憶父所教得生人中六佛出現聞名而不得見以得聞六佛名故與我同生如來今稱佛名禮拜懺悔還見相好即得初果求佛出家得阿羅漢千比丘見赤土色者過去然燈佛時像法中有千弟子疑師師見其臨終令稱念然燈佛名生忉利天以疑師罪墮鐵鬼中洋銅灌咽以稱佛名今得值佛佛示胷前萬字令讀於此字中說八萬四千功德行即便懺悔罪障消滅得記作佛比丘尼見白銀色者過去釋迦佛時五百童女在山澤中忽遇比丘皆脫銀環散上發願願此比丘成佛時願我見之如所散環此後生生作銀山神今見銀色從是已來恒值諸佛優婆塞見黑象脚者此等昔時皆作國王受邪沙門說於邪法其說法人墮阿鼻獄汝等隨惡友教故墮黑暗獄由前聞法善心力故今得過我得受五戒令其懺悔佛放眉間白毫光照便得初果求佛出家成阿羅漢優婆夷見聚墨色者佛說昔時寶蓋燈王佛像法中有一比丘乞行乞食至婬女家其女見之盛滿鉢飯戲弄比丘言汝顏色可惡猶如聚墨身所著衣狀如乞

人比丘擲鉢騰空飛去諸女慚愧懺悔發願願此施食所有功德未來得如比丘自在以施食故千二百劫常不饑渴惡罵因故六十小劫墮黑暗獄由發善心今得值我受其五戒乃是供養阿羅漢故見舍利弗不見我身佛爲勝中出大蓮華化成光臺有百千聲聞身子目連作十八變諸女消二十億劫煩惱之結得須陀洹果後見佛身相好端嚴而猶不得見白毫相佛告大王戲弄惡口乃至得道見佛不明餘廣如經更不會說如藍之緣準例可知下十定品見色多種

四形有長短

三尺丈六乃至無邊

三尺等者三尺之身即瞿師羅長者所見丈六無邊即無邊身菩薩窮上界而有餘準十定品或見如來一由旬量百千由旬乃至不可說不可說佛剎微塵數世界量等畧去中間故云乃至無邊

五壽命限量或無量劫或不滿百年下至朝現暮寂

五壽命者或無量劫如阿彌陀或不滿百年如今世尊故涅槃云我聞諸天壽命極長云何如來是天中天壽命短促不滿百年下至朝現暮寂者如月面佛壽一日夜故佛名經第六云妙聲佛壽六十百千歲智自在佛壽十二千歲威德自在佛壽七十六千歲摩醯首羅佛壽一億歲梵聲佛壽十億歲大衆自在佛壽六十千歲勝聲佛壽百億歲月面佛壽一日夜日面佛壽一千八百歲梵面佛壽二十三千歲又第二云諸佛壽命長短差別有十阿僧祇百千萬億毗盧遮那品云一切功德須彌勝雲佛壽五十億歲下經之中說諸佛壽長短多門

六處謂化處染淨等殊七根謂眼等隨感現異

七根謂眼等者佛眼等六根通相而言三十二相廣長舌等既有八萬四千等異則六根之相隨宜亦殊故高幢普照主山神得觀察一切衆生心所樂嚴淨諸根解脫門雨華妙眼道場神得雨一切難捨衆寶莊嚴具解脫門偈云昔行施行無量劫能捨難捨眼如海如是捨行爲衆生此妙眼神能悟悅謂於一眼有無量行故所得眼無量差別復有諸根美妙執金剛神又上經云佛眼云何無有量等

八生處有剎利等別九依語之用隨方言音施設非一故十觀察者周旋顧聆以應羣機又觀存亡安危可不智照諸境示有多端下結意云令諸衆生各稱巳分而自知見得調伏耳

諸佛子如來於此四天下中或名一切義成或名圓滿月或名師子吼或名釋迦牟尼或

名第七仙或名毗盧遮那或名瞿曇氏或名大沙門或名最勝或名導師如是等其數十千令諸衆生各别知見

第二諸佛子下隨門别顯文分爲三初終此品辨身名差别答上佛住之問近廣種種身等八句以色相等皆屬身故二四諦品辨言教徧周答佛所説法問近廣種種語業三光明覺品明光輪窮照答上威德法性菩提三問近廣種種觀察其五句依報但有現相答廣在前會故

今初廣上名者然聖人無名爲物立稱若就德以立德無邊涯若隨機立名等衆生界雖復多種皆爲隨宜生善滅惡見理而立海印頓現不應生著也然聖人無名下欲顯多名先且立理於中有二先雙標謂本無言相故下經云已出世間言語道其性非有非無故

凡有言象皆是隨俗利衆生耳若就德下二辯名就無名立名不出此二就德通於真應隨機唯約利他雖復多種下二以義統收不出四悉檀義一世界悉檀但令歡喜如來立名少從於此多約後三令言隨宜此爲總句四悉皆是隨物宜故此句亦攝世界悉檀二生善者即是爲人三滅惡者即是對治四見理者即第一義四悉亦名四隨問明品中更當廣説海印頓現者無盡之名皆我本師海印頓現即攝十方三世佛號皆屬一佛隨宜之號非約多佛

文中分四一娑婆之內自有百億二娑婆隣近即百億之外三類通一切謂盡十方四釋差别所由由隨物故初中分三初此四洲二四洲之隣十界三總結娑婆今初亦三初標處次列名後結數他皆倣此舉四洲者昔云意取閻浮言總意别餘三天下佛不出故然雖不出除北俱盧餘容有往下並準之

一切義成即悉達也無事不成就故一切義成者梵名悉達多太子時號果收因名恐人不知故將梵言以釋唐語

圓滿月

者惑斷智圓恩蔭清涼故惑斷等者暗盡明圓清涼益物如三德也師子吼者名決定說釋迦牟尼者釋迦云能能仁種故牟尼云寂默契寂理故第七仙者七佛之末故若取賢劫當第四仙即喻也無欲染故毗盧遮那廣如前釋瞿曇氏者唯約姓也此云地主以從劫初代代相承爲轉輪王故然上云釋迦乃是族望此即姓望故智論第二云釋迦牟尼姓瞿曇故佛名經亦然然上云者姓望如崔盧等族望如博陵等以是能仁之瞿曇故沙門此云息惡無惡不息故復稱大最勝者聖中極故德無加故導師者引導衆生離險難故於生死海示衆寶故然名含多義略釋此十恐文繁博餘但隨難解之

諸佛子此四天下東次有世界名爲善護如來於彼或名金剛或名自在或名有智慧或名難勝或名雲王或名無諍或名能爲主或名心歡喜或名無與等或名斷言論如是等其數十千令諸衆生各別知見

二此四天下東下此洲之隣十界即爲十段其善護等皆四洲之通稱也今初東方斷言論者證離言故無能說過故無能說過者即大薩遮尼乾子所說經第四卷有嚴熾王請薩遮入宮供養因問云大師頗有人於衆生界中聰明大智利根黠慧有罪過不答言有下有十重問答大意皆同一問是誰一云能爾婆羅門聰明大智常多婬欲喜侵他妻二頗羅墮婆羅門多讒三黑王子多嫉妬四勝仙王子多殺生五無畏王子慈心太過六天力王子飲酒太過七婆藪天王子行事太過八大仙王子貪心太過九大天王子輕躁戲笑放逸太過十讒斯匿王王噉食太過第十一問還更有不答云有王亦有過謂太暴惡急卒王聞大怒令殺尼乾尼乾驚怖乞容一言云我亦有過實語太過大王黠慧之人不應於一切時常行實語觀其可不我於暴卒人前出其實語故爲太過王悟悔過更問頗有聽

明大智利根無有過不答言有問誰是答云沙門瞿曇此一無過我四圍陀經中說釋種沙門無有過失所謂生在大家不可譏嫌何以故是轉輪王種故種姓豪貴不可譏嫌以甘蔗種姓家生故福德莊嚴不可譏嫌三十二相八十種好莊嚴身故下廣說如來具大慈悲無礙辯才十力無畏諸不共德廣說三十二相八十種好一切功德云唯此一人無有過失則顯餘皆不免故今疏云無能說過王聞發心

諸佛子此四天下南次有世界名爲難忍如來於彼或名帝釋或名寶稱或名離垢或名實語或名能調伏或名具足喜或名大名稱或名能利益或名無邊或名最勝如是等其數十千令諸衆生各別知見

南云帝釋者爲天人主能稱物心故

諸佛子此四天下西次有世界名爲親慧如來於彼或名水天或名喜見或名最勝王或名調伏天或名眞實慧或名到究竟或名歡喜或名法慧或名所作已辦或名善住如是等其數十千令諸衆生各別知見

西云水天者水善利萬物天光淨故

諸佛子此四天下北次有世界名有師子如來於彼或名大牟尼或名苦行或名世所尊或名最勝田或名一切智或名善意或名清淨或名瑿羅跋那或名最上施或名苦行得如是等其數十千令諸衆生各別知見

北方瑿羅跋那者具云瑿濕弗羅跋那瑿濕弗自在也羅跋那者聲也即圓音自在耳

諸佛子此四天下東北方次有世界名妙觀察如來於彼或名調伏魔或名成就或名息滅或名賢天或名離貪或名勝慧或名心平等或名無能勝或名智慧音或名難出現如是等其數十千令諸衆生各別知見

諸佛子此四天下東南方次有世界名爲喜樂如來於彼或名極威嚴或名光焰聚或名徧知或名祕密或名解脫或名性安住或名如法行或名淨眼王或名大勇健或名精進力如是等其數十千令諸衆生各別知見

諸佛子此四天下西南方次有世界名甚堅牢如來於彼或名安住或名智王或名圓滿或名不動或名妙眼或名頂王或名自在音或名一切施或名持衆仙或名勝須彌如是等其數十千令諸衆生各別知見

諸佛子此四天下西北方次有世界名爲妙地如來於彼或名普徧或名光焰或名摩尼髻或名可憶念或名無上義或名常喜樂或名性清淨或名圓滿光或名修臂或名住本如是等其數十千令諸衆生各別知見

諸佛子此四天下次下方有世界名爲焰慧如來於彼或名集善根或名師子相或名猛利慧或名金色焰或名一切知識或名究竟音或名作利益或名到究竟或名眞實天或名普徧勝如是等其數十千令諸衆生各別知見

諸佛子此四天下次上方有世界名曰持地如來於彼或名有智慧或名清淨面或名覺慧或名上首或名行莊嚴或名發歡喜或名意成滿或名如盛火或名持戒或名一道如是等其數十千令諸衆生各別知見

上云盛火者盛火焚薪不擇材木佛智利物無揀賢愚

問餘聖教說大輪圍內平布百億上即諸天下安地獄如何此說上下皆有四洲答

此教所說事隨理融隨說法處即是當中縱極上際旁至大輪圍山亦有十方互爲主伴以融爲眷屬本數非多十方界融亦準於此因此略說娑婆融通跂非跂相略有其五一約事常定如小乘說二隨心見異若身子梵王三就佛而言本非淨穢四隨法迴轉如上主伴互爲五潛入微塵如前會說因此以下二類顯義理即五教意二通始終三即頓教四五皆圓若通論餘淨土更有五義謂諸剎相入義相即義一具一切義廣陿自在義帝網重疊義並如前後諸文所說若約通論下該通諸剎以上五義但語娑婆令該橫竪一切諸剎此五亦即成就品中十無礙義欲一對上五顯其無盡故復重明又前約五教以法隨機此五約理直語融即一相入義即一多相容不同門二相即義即諸法相即自在門三一具一切即同時具足相應門四即廣即狹是廣狹自在無礙門五即因陀羅網境界門又兼上五潛入微塵即微細義隨法迴轉即主伴義隨心見異即隱顯義就佛而言本非淨穢託事表法十門不同即託事義顯於時中即十世義十玄具矣上之十義直約處明立名如是若小乘中盡三千界唯一釋迦若三乘說亦百億內有百億釋迦餘十方剎自是別佛今約一乘皆是遮那海印頓現餘十方佛例此亦然猶如燈光互入同遍然於一乘不可說體建立多名故今此名一一融攝

諸佛子此娑婆世界有百億四天下如來於中有百億萬種種名號令諸衆生各別知見

三諸佛子此娑婆下總結娑婆

諸佛子此娑婆世界東次有世界名爲容訓如來於彼或名平等或名殊勝或名安慰或名開曉意或名聞慧或名眞實語或名得自在或名最勝身或名大勇猛或名無等智如是等百億萬種種名號令諸衆生各別知見

二諸佛子此下彰娑婆鄰近十方亦爲十段容訓唯九者勘晉經開曉意下闕一閻

慧

諸佛子此娑婆世界南次有世界名曰豐溢如來於彼或名本性或名勤意或名無上尊或名大智炬或名無所依或名光明藏或名智慧藏或名福德藏或名天中天或名大自在如是等百億萬種種名號令諸衆生各別知見

南方唯二舊經則具乃是新本脫漏準前後例不應獨此便略

諸佛子此娑婆世界西次有世界名爲離垢如來於彼或名意成或名知道或名安住本或名能解縛或名通達義或名樂分別或名最勝見或名調伏行或名衆苦行或名具足力如是等百億萬種種名號令諸衆生各別知見

諸佛子此娑婆世界北次有世界名曰豐樂如來於彼或名薝蔔華色或名日藏或名善住或名現神通或名性超邁或名慧日或名無礙或名如月現或名迅疾風或名清淨身如是等百億萬種種名號令諸衆生各別知見

諸佛子此娑婆世界東北方次有世界名爲攝取如來於彼或名永離苦或名普解脫或名大伏藏或名解脫智或名過去藏或名寶光明或名離世間或名無礙地或名淨信藏或名心不動如是等百億萬種種名號令諸衆生各別知見

諸佛子此娑婆世界東南方次有世界名爲饒益如來於彼或名現光明或名盡智或名美音或名勝根或名莊嚴蓋或名精進根或

名到分別彼岸或名勝定或名簡言辭或名智慧海如是等百億萬種種名號令諸衆生各別知見

諸佛子此娑婆世界西南方次有世界名爲鮮少如來於彼或名牟尼主或名具衆寶或名世解脫或名徧知根或名勝言辭或名明了見或名根自在或名大仙師或名開導業或名金剛師子如是等百億萬種種名號令諸衆生各別知見

諸佛子北娑婆世界西北方次有世界名爲歡喜如來於彼或名妙華聚或名栴檀蓋或名蓮華藏或名超越諸法或名法寶或名復出生或名淨妙蓋或名廣大眼或名有善法或名專念法或名網藏如是等百億萬種種名號令諸衆生各別知見

西北方名有十一者獨此有餘不成文體此中專念法應即是前所脫聞慧亦是梵本之漏注者誤安貝葉耳

諸佛子此娑婆世界次下方有世界名爲關鑰如來於彼或名發起焰或名調伏毒或名帝釋弓或名無常所或名覺悟本或名斷增長或名大速疾或名常樂施或名分別道或名摧伏幢如是等百億萬種種名號令諸衆生各別知見

下方云帝釋弓者如來念定之弓以明利箭能射業惑阿修羅故然舊云法命主意取帝釋以法教命爲天主故今云其弓但一事耳若作宮室字以處取人大同晉本

諸佛子此娑婆世界次上方有世界名曰振音如來於彼或名勇猛幢或名無量寶或名

樂大施或名天光或名吉輿或名超境界或名一切主或名不退輪或名離衆惡或名一切智如是等百億萬種種名號令諸衆生各別知見

諸佛子如娑婆世界如是東方百千億無數無量無邊無等不可數不可稱不可思不可量不可説盡法界虛空界諸世界中如來名號種種不同南西北方四維上下亦復如是

第三諸佛子如娑婆下類通一切準四諦品更有舉此例餘十方亦如娑婆互爲主伴

如世尊昔爲菩薩時以種種談論種種語言種種音聲種種業種種報種種處種種方便種種根種種信解種種地位而得成熟亦令衆生如是知見而爲説法

第四如世尊下釋差別所由此有二意一自既由於差別名言等而得成就今還倣古以差別熟他二昔菩薩時隨機調物今時出世稱本立名如昔教衆生令空妄境今成正覺爲立超境界名他皆倣此故而得成熟之言通自他也

大方廣佛華嚴經疏鈔會本第十二之二

音釋

狏徒昆切小猪也　騏驎騏音其驎音鄰騏驎良馬也　白澤下徒洛切神獸也　耄莫報切人年八十九十曰耄　羸倫爲切瘦弱也　擗匹亦切　萎於危切蔫也　聆盧經切聽也　臍前西切肚臍也　眄匹莧切流視也　婆藪梵語也此云天慧藪蘇后切　倣甫兩切效也　鑰音藥　析先擊切

大方廣佛華嚴經疏鈔會本第十二之三

唐于闐國三藏沙門實叉難陀　譯

唐清涼山大華嚴寺沙門澄觀撰述

四聖諦品第八

釋此一品五門分別

初來意者此品廣前種種語業即答前佛說法問亦遠答前會佛演說海之一問故既知佛可歸次知法可仰上名隨物立今法逐機差故次來也

二釋名中言四聖諦者聖者正也無漏正法得在心故諦有二義一者諦實二者審諦言諦實者此約境辨謂如所說相不捨離故真實故決定故謂世出世二種因果必無虛妄不可差失言審諦者此就知明聖智觀彼審不虛故凡夫雖有苦集而不審實不得稱諦無倒聖智審知境故故名聖諦故瑜伽九十五云由二緣故名諦一法性故二勝解故愚夫有初無後聖具二故偏說聖諦四謂苦集滅道總云四聖諦帶數釋也二釋名者疏文有二先正釋名經論廣明今文畧具五地復釋今當畧辯初得名言諦實下雙釋二義諦通二義聖之一字唯屬審諦故瑜伽下三引證二義法性是諦實勝解是審諦性相云何逼迫名苦即有漏色心增長名集即業煩惱寂靜名滅謂即涅槃出離名道謂止觀等此約相說通大小乘智論云小乘三是有相滅是無相大乘四諦皆是無相性相云何下第二辯體相謂正出體性即說行相故名體相於中亦二先辯性相二屬經結示今初通有天台四四諦意四四諦者玄文已具今畧列名一生滅四諦二無生四諦三無量四諦四無作四諦依常所釋但有其二或名有作無作或名有量無量有作有量即是小乘無作無量即是大乘今以義顯故成四四初即生滅四諦文分爲三初正明然句皆二義如逼

迫名苦即釋別名二以當辯相一逼迫身心是苦行相二即有漏色心者正出體也色心即五蘊心是四故五盛陰苦故不攝無爲故增長名集是釋名相積集增長故即業煩惱者出體下二諦例知而道云等者等取八正道等此約相說者二結屬生滅四諦也然四諦有相有性上所辯性是相性也下說無相是真性也智論云下三引證通大小乘亦是結前生後結前是生滅四諦大乘四諦皆無相下生後無生四諦也

涅槃云解苦無苦名苦聖諦謂達四緣生故空則超筌悟旨成大又涅槃云凡夫有苦而無諦二乘有苦有苦諦而無真實菩薩無苦有諦而有真實謂若苦即諦三塗之苦豈即諦也二乘雖審知之而不達法空不見真實

涅槃云下即無生四諦然疏有三初引經正明即十三經畧示一若若具應云解集無和合名集聖諦解滅無滅解道無道等影在次文謂達四下二以義釋經云何言無生四諦從緣無性空故名之爲無非斷無也滅雖無爲因滅惑顯亦曰從緣則起筌悟旨成大者苦集滅道以爲空筌其猶筌罤以求魚兎無相空理即爲魚兎得魚亡筌是悟空旨便成大乘非離四外別有大也如非離筌而得魚矣又涅槃云下三引經證成大小別義雙證生滅及無生也經云善男子以是義故諸凡夫人有苦無諦聲聞緣覺有苦有苦諦而無真實諸菩薩等解苦無苦是故無苦而有真諦諸凡夫人有集無諦聲聞緣覺有集有集諦而無真實諸菩薩等解集無集是故無集而有真諦聲聞緣覺有滅非真菩薩摩訶薩有滅有真諦聲聞緣覺有道非真菩薩摩訶薩有道有真諦故引此經兼釋解苦無苦下之三句言謂若苦即諦下釋經凡夫無諦之言涅槃四諦品云佛復告迦葉所言苦者不名苦聖諦何以故若苦是苦聖諦者一切畜生及地獄衆生應有聖諦亦即思益經文此無諦言約審諦說不約諦實若約諦實三塗實苦二乘雖審知之下釋二乘有諦無實之言有審諦故如實知苦不同凡夫妄計爲樂無實可知

又二乘雖知苦相不知無量相故大經云苦有無量相非諸聲聞緣覺所知瑜伽說苦有一百一十然此經中雖彰名異即表義殊以名必召實故是無量四諦義也約一界一諦即有十千娑婆四諦有四百億十千名義而文義包博言含性相

又二乘下第三無量四諦疏文

有三初牒上立理前不見法空苦性故無眞實此不知無量不見相故亦非見實前即理智故但見生空不及菩薩此即量智故但知麤相不及菩薩故大經下二引文證成迦葉白佛言世尊昔佛一時在恒河岸尸首林中爾時如來取少樹葉告諸比丘我今手中所捉葉多一切因地草木葉多諸比丘言世尊一切因地草木葉多不可稱計如來所捉少不足言諸比丘我所覺了一切諸法如因大地生草木等爲諸衆生所宣說者如手中葉迦葉難言如來所了無量諸法若入四諦則爲已說若不入者應有五諦佛讚迦葉善哉善哉汝今所問則能利益安隱快樂無量衆生善男子如是諸法悉已攝在四諦法中迦葉復白佛言如是等法若在四諦如來何故唱言不說佛言善男子雖復入中猶名不說何以故善男子知聖諦有二種智一者中二者上中者聲聞緣覺上者諸佛菩薩善男子知陰爲苦名爲中智分別諸陰有無量相悉是諸苦非是聲聞緣覺所知是名上智善男子如是等義我於彼經竟不說之次歷入界皆如陰說又別歷色等五陰一一皆言有無量相此是無量四諦意也瑜伽說苦有一百一十即四十四論增數明之初云謂有一苦依無差別流轉之苦一切有情無不皆墮流轉苦故復有二苦一欲爲根本苦謂所可愛事若變若壞所生之苦二癡異熟生苦謂若猛利體受所觸即於自體執我我所愚癡迷悶生極怨

嗟由是因緣受二箭受謂身箭受及心箭受復有三苦一苦苦二行苦三壞苦次云復有四苦五有五苦六有六苦七有七苦八有八苦九有九苦十有十苦故成五十五苦次論云當知復有餘九種苦一一切苦二廣大苦三一切門苦四邪行苦五流轉苦六不隨欲苦七違害苦八隨逐苦九一切種苦其第一一切苦開爲二苦一宿因所生苦二現緣所生苦其第二廣大苦門四苦第三一切門苦亦開四苦第四邪行苦開五五流轉苦開六六不隨欲苦開七七違害苦開八八隨逐苦開九九一切種苦開十復成五十五故兩段合百一十苦然此經中下會今經文正同無量又

究此四非唯但空便爲眞實今了陰入皆如無苦可捨無明塵勞即是菩提無集可斷生死即涅槃無滅可證邊邪皆中正無道可修無苦無集即無世間無滅無道即無出世間不取不捨同一實諦又究下無作四諦亦三初聽明言非唯但空者揀上無生但顯空義便爲眞實正是所宗今了下二別示四相陰入皆如者前云即空今云即如理已別矣又言無苦可捨非是空故無有可捨今體即如如外無苦何所捨耶此句言如如尚似空集言無明塵勞皆即菩提豈

同前空苦菩提體外無別可斷不同無生空無可斷前則空中無華云何可摘今則波即是水不得除波下二諦例然生死即涅槃非是體空無生滅也邊邪皆中正者非離邊外別有中道非離邪外別有正道亦非無邊無邪無可修也細尋可見勿濫無生故涅槃四諦品云若知如來常住名修習苦若知法常名爲修集若修滅者若多修空名爲不善何以故滅壞一切法故壞於如來眞法藏故同於外道若有說言有如來藏雖不可見若滅煩惱乃能得入若發此心一念因緣於證得中而得自在結云以如來祕密藏者即是滅諦道聖諦者所謂佛法僧實及正解脫若能一念發心見如來常住無變法僧解脫亦復如是名修習道上皆無作四諦意也無苦無集下三來歸一諦一實諦義亦是涅槃十三文殊問佛世尊第一義諦中有世諦不世諦之中有第一義不如其有者即是一諦如其無者將非如來虛妄說耶善男子世諦即第一義諦世尊若爾則無二諦善男子有善方便隨順衆生說於二諦等皆一諦義下文殊問言所言實諦其義云何答云實諦名爲眞法若法非眞不名實諦又名無顛倒名無虛妄名曰大乘是佛所說非魔所說又言善男子實諦者一道清淨無有二也善男子有常有樂有我有淨是則名爲實諦之義故斯一品有作無作有量無量皆在其中準下第五地

中復以十重觀察至下當明故斯一品下第二會經結示上第三段中言此經正同無量四諦且從一義今則具結通具四種也故上疏云而文義包博言含性相相即生滅及與無量性即無生及與無作相以廣狹成二四諦性以空實成二四諦經宗必融舉一收四方是經旨以四種四諦義出諸師故疏闡用使合經文不標名目恐驚常聽結歸二對順常經論或名有作無作或名有量無量今之結意有作即生滅有量同無生於有量上說無生耳餘二名同五地十重至文自見今畧示名一善知俗諦二善知第一義諦三相諦四差別諦五成立諦六事諦七生諦八盡無生諦九入道智諦十善知一切菩薩地次第成就諦乃至善知如來成就智諦三宗趣者以無邊諦海隨根隨義立名不同徧空世界以此爲宗務在益物調生爲趣又上二皆宗發生淨信爲趣四解妨難問既彰佛語業答說法問佛所說法多門何以唯陳四諦答以名雖在小義通大小事理具足謂苦集二諦是世間因果所知所斷無改易故滅道二諦出世

間因果所證所修事決定故知斷證修能運衆生到彼岸故世界有異此獨無改況無量無作何義不收是故約此以顯差別答以名雖在小者通此一問有二意一四諦包含故二開權顯實故今初名雖在小者經中多言爲求聲聞者說四諦故義通大小即生滅無生等事理具足者如十二緣但事而無理今滅諦是理十二緣名廣事畧事亦不具但有苦集而無道故六波羅蜜但顯出世無世間故但有道滅無苦集故謂苦集二諦下出具足相世界有異者十方諸佛出世教化皆令捨於世間證涅槃故三世同然故涅槃云我昔與汝等不識四真諦是故久流轉生死大苦海況無量下收後二重但用前二性相具足大小包含況加此二一實之言於是乎在又爲破計引機故謂演彼聲聞四諦局法令亡所執引入一乘無邊諦海故約此辨何以四諦皆帶苦言謂苦滅聖諦等然謂生苦之集故云苦集盡苦之滅名爲苦滅至苦滅之道名苦滅道不得單言苦道以道非生苦不同集故又非滅苦不同滅故能證苦滅故云苦滅道又爲破計下第二開權顯實以諸經中多說四諦爲小今聞此局名周法界亡所執相即入無生引入一乘則會真實況六度等而不周耶

爾時文殊師利菩薩摩訶薩告諸菩薩言

五正釋文一品分二先標告二諸佛子下正顯於中分四初娑婆諦名二鄰次十界三類通一切四主伴無窮然此望前品略於單說四洲就初二中一一方內文各有二一別列諦名二結數辨意然其立名或有因從果稱果藉因名約事約理或總或別如文當知

諸佛子苦聖諦此娑婆世界中或名罪或名逼迫或名變異或名攀緣或名聚或名刺或名依根或名虛誑或名癰瘡處或名愚夫行

初娑婆中列內四諦即爲四別一苦云罪

者摧也謂摧壞色心故二逼迫者不可意境逼迫身心也此二總顯三變異者壞苦也攀緣者追求苦也聚者五盛陰苦也刺者從喻立名如刺未拔依根者由苦能生一切惡也虛誑者於下苦中能生樂想也癰瘡處者此喻二苦有癰瘡處性自是苦此如五陰苦若加手等觸苦上加苦是苦苦也愚夫行者行苦也愚人所行故如以睫毛置掌不覺若置眼內為苦不安愚夫不覺行苦如掌內之毛而復以苦反欲捨苦皆愚夫行也如一睫毛者全是俱舍頌云如以一睫毛置掌人不覺若置眼睛上為苦極不安凡夫如手掌不覺行苦睫智者如眼睛緣極生猒怖而復以苦者即法華經第一云不求大勢佛及與斷苦法深入諸邪見以苦欲捨苦為是衆生故而起大悲心

諸佛子苦集聖諦此娑婆世界中或名繫縛或名滅壞或名愛著義或名妄覺念或名趣入或名決定或名網或名戲論或名隨行或名顛倒根

二集中初二通顯謂有業惑者繫縛三界滅壞善根次二別顯煩惱餘多通業惑有業惑者然三雜染業惑為集別有多門總不出二

諸佛子苦滅聖諦此娑婆世界中或名無諍或名離塵或名寂靜或名無相或名無沒或名無自性或名無障礙或名滅或名體真實或名住自性

三苦滅中無諍者煩惱為諍故煩惱名諍即俱舍論云煩惱名諍觸動善品故今滅煩惱故名無諍體真實者非唯惑滅而已實乃法身常住為滅諦之義故非唯滅惑者如成實等亦說滅者譬如燈滅則膏明俱竭無復別有一實盡處也肇公亦用此言實則滅惑所顯法身常住有實體也故涅槃第四迦葉問言如佛所言如燈

滅已無有方所如來亦爾既滅度已亦無方所佛告迦葉善男子如人然燈之時燈器大小悉滿中油隨其油在其明猶存若油盡已明亦俱盡其明滅者喻煩惱滅明雖滅盡燈器猶存如來亦爾煩惱雖滅法身常存下文又云如燈滅者是羅漢涅槃又四諦品云若言修習空法是名不善滅壞一切如來真法藏故同於外道故知滅體法是真寔故

次云住自性也謂本來滅故

次云住自性者證成上文體真實義則體真實揀非虛妄及非空無住自性言即是法住法正位也本來寂滅即成上文住自性義

諸佛子苦滅道聖諦此娑婆世界中或名一乘或名趣寂或名導引或名究竟無分別或名平等或名捨擔或名無所趣或名隨聖意或名仙人行或名十藏

四苦滅道諦云十藏者謂信聞等如十藏品說

諸佛子此娑婆世界說四聖諦有如是等四百億十千名隨衆生心悉令調伏

二結云四百億十千者准望前名號一四洲有十千今一四天下一諦亦有十千四諦歷於百億故有四百億箇十千隨衆生心下顯差別之意也

諸佛子此娑婆世界所言苦聖諦者彼密訓世界中或名營求根或名不出離或名繫縛本或名作所不應作或名普鬬諍或名分析悉無力或名作所依或名極苦或名躁動或名形狀物

第二辨十方諦名密訓即東方界也苦名分析悉無力者推之於緣無實物也形狀物者有形皆苦也

諸佛子所言苦集聖諦者彼密訓世界中或名順生死或名染著或名燒然或名流轉或名敗壞根或名續諸有或名惡行或名愛著

或名病源或名分數

集中病源者謂有攀緣故病源者即淨名第二云何謂病病本謂有攀緣從有攀緣則爲病本下文云何斷攀緣以無所得若無所得則無攀緣釋曰正引病本無得因便

諸佛子所言苦滅聖諦者彼密訓世界中或名第一義或名出離或名可讚歎或名安隱或名善入趣或名調伏或名一分或名無罪或名離貪或名決定

滅云一分者惑由妄起故分數塵沙理不可分故稱一分惑由妄起者即大般若中般若波羅蜜多清淨若色清淨若一切智智清淨無二無二分無別無斷故故無二分是一分耳是以生公云萬善理同而相兼惡異而域絕善因伏惑成別故有八萬行名行雖參差俱果菩提總由一理以統之故何有二分理不可分如虚空故

諸佛子所言苦滅道聖諦者彼密訓世界中或名猛将或名上行或名超出或名有方便或名平等眼或名離邊或名了悟或名攝取或名最勝眼或名觀方

道言上行者所之在滅所之在滅者滅爲最上之者適也道能證滅故爲上行此言在於周易故謙卦云地道卑而上行噬嗑卦彖辭云柔得中而上行注云上行謂所之在進也言上行所之在貴也今借此文勢凡言觀方者謂觀四諦也更有四方如十定品觀方者即涅槃三十六迦葉品中云如恒河邊有七種衆生一者沉没二者没已還出出已復没三者没已知出出已不没四者出已觀方五者觀方已去六者去至淺處則住七者到彼岸廣有合文今但取第四觀方一義經云是名第四徧觀四方四方者即是四諦釋曰能觀四諦即是道諦故道名觀方更有四方者即第四十二阿耨達池喻中合池四方云佛子何者名爲菩薩四方所謂見一切佛而得開悟一也聞一切法受持不忘二也圓滿一切波羅蜜行三也大悲說法滿足衆生四也釋曰若觀此四爲菩薩道也

諸佛子密訓世界說四聖諦有如是等四百億十千名隨衆生心悉令調伏

諸佛子此娑婆世界所言苦聖諦者彼最勝世界中或名恐怖或名分段或名可厭惡或名須承事或名變異或名招引寃或名能欺奪或名難共事或名妄分別或名有勢力

二最勝世界者即是南方前名豐溢豐溢是正翻最勝乃義譯耳苦名有勢力者生老病死猶四山臨人世雖賢豪力無與競生老病死者涅槃二十九中釋八喻非喻云云何非喻如我昔告波斯匿王云大王有親信人從四方來各作是言大王有四大山從四方來欲害人民王若聞者當設何計王言世尊設有此來無逃避處唯當專心持戒布施我即讃言善哉大王我說四山即是衆生生老病死生老病死常來切人云何大王不修施戒即其事也故賢與不肖豪强羸弱同爲四遷一無脫者梵王帝釋貧窮下賤堯舜桀紂三皇四凶倂歸灰壤皆爲苦依

諸佛子所言苦集聖諦者彼最勝世界中或名敗壞或名癡根或名大寃或名利刃或名滅味或名仇對或名非已物或名惡導引或名增黑暗或名壞善利

集名非已物者已本性淨妄惑何預

諸佛子所言苦滅聖諦者彼最勝世界中或名大義或名饒益或名義中義或名無量或名所應見或名離分別或名最上調伏或名常平等或名可同住或名無爲

滅名義中義者事善有義滅理尤勝義中義也

諸佛子所言苦滅道聖諦者彼最勝世界中或名能燒然或名最上品或名決定或名無能破或名深方便或名出離或名不下劣或名通達或名解脫性或名能度脫

道名燒然以智慧火燒煩惱故

諸佛子最勝世界說四聖諦有如是等四百

億十千名隨衆生心悉令調伏

諸佛子此娑婆世界所言苦聖諦者彼離垢世界中或名悔恨或名資待或名展轉或名住城或名一味或名非法或名居宅或名妄著處或名虛妄見或名無有數

三西方離垢世界苦名有無數者三際無涯故

諸佛子所言苦集聖諦者彼離垢世界中或名無實物或名但有語或名非潔白或名生地或名執取或名鄙賤或名增長或名重擔或名能生或名麤獷

集名增長者從惑生惑業故從惑生惑業者即俱舍頌具云從惑生惑業從業生於事從事事惑生有支理唯此此偈六地當釋今但要此句從惑生惑者謂從愛生取也言從惑生業者即從取生有及無明生行事即是苦今但說集唯舉惑業

諸佛子所言苦滅聖諦者彼離垢世界中或名無等等或名普除盡或名離垢或名最勝根或名稱會或名無資待或名滅惑或名最上或名畢竟或名破印

滅名稱會者以事之滅稱會理滅故破印者世之陰苦若蠟印印泥印壞文成此陰纔滅彼陰續生今云破印永不生也若蠟印印泥者即涅槃二十九下當廣釋次下疏文即彼經文今當畧引經云善男子如日垂没山陵堆阜影現東移理無西逝衆生果報亦復如是此陰滅時彼陰續生如燈生暗滅燈滅暗生善男子如蠟印印泥印與泥合印滅文成而是蠟印不變在泥文非泥出不餘處來以印因緣而生是文現在陰滅中陰陰生是現在陰終不變為中陰五陰中陰五陰亦非自生不從餘來因現陰故生中陰中陰如蠟印印泥印壞文成名雖無差而時節有異釋曰義至下釋今意在破印耳陰即是苦若證滅理現在之陰不為後因後陰不生即破印也

諸佛子所言苦滅道聖諦者彼離垢世界中

或名堅固物或名方便分或名解脫本或名本性實或名不可毁呰或名最清淨或名諸有邊或名受寄全或名作究竟或名淨分别道名諸有邊者照實即生死可盡也故中論云真法及說者聽者難得故是故則生死非有邊無邊謂三事難得故非有邊難得者容有得義得則生死有邊受寄全者業寄於集蹔受還亡業寄於道永不可失

照實等者此正立理故中論下引證先舉偈文即邪見品先有偈云若世間有邊云何無後世若世間無邊云何有後世上反釋次云五陰常相續猶如燈火燄以是於世間不應邊無邊釋曰以緣生性空故不屬邊無邊後次如中百觀說真法及說者等此約相說不過因緣則生死無邊過則有邊此有三事一真法如良藥二說者如良醫三聽者如可治之病若具此三煩惱病愈生死可盡盡即是有邊不具此三煩惱浩然生死無畔斯則無邊故結云非有邊非無邊也謂三事下疏釋上偈即影公意彼疏云難得故非有邊難得故非無邊言猶難見故取意釋夫言難得非全不得若全不得一向無邊今有得者得則有邊以難得故則無邊耳此亦約一人而說若總望一切難有其邊業寄於集者設修善業有漏心修是寄於集因盡報謝故云還六無漏心修是寄於道道符於理直趣菩提

諸佛子離垢世界說四聖諦有如是等四百億十千名隨衆生心悉令調伏

諸佛子此娑婆世界所言苦聖諦者彼豐溢世界中或名愛染處或名險害根或名有海分或名積集成或名差别根或名增長或名生滅或名障礙或名刀劒本或名數所成

四北方豐溢世界者豐溢自南方界名前品此方名爲豐樂梵云微部地田夷切豐樂得旨譯者不審二名相參耳苦名有海分者二十五有各一分也數所成者數體即集集所成故

二十五有者頌云四洲四惡趣梵王六欲天無想五那含四空幷四禪廣如涅槃十四數體即集者有爲之法純名爲數亦心數也今總中取

別云即集也

諸佛子所言苦集聖諦者彼豐溢世界中或名可惡或名名字或名無盡或名分數或名不可愛或名能攫噬或名麤鄙物或名愛著或名器或名動

集名分數者無一理以貫之則惑業萬差矣攫噬者攫搏也噬齧也集之損害猶惡禽獸也無一理者生公云九順理生心名善乖背爲惡萬善理同而相兼惡異而域絕即斯義矣

諸佛子所言苦滅聖諦者彼豐溢世界中或名相續斷或名開顯或名無文字或名無所修或名無所見或名無所作或名寂滅或名已燒盡或名捨重擔或名已除壞

滅名無所修者修已極故

諸佛子所言苦滅道聖諦者彼豐溢世界中或名寂滅行或名出離行或名勤修證或名安隱去或名無量壽或名善了知或名究竟道或名難修習或名至彼岸或名無能勝

道名無量壽者謂證滅永常今因標果稱

諸佛子豐溢世界說四聖諦有如是等四百億十千名隨衆生心悉令調伏

諸佛子此娑婆世界所言苦聖諦者彼攝取世界中或名能劫奪或名非善友或名多恐怖或名種種戲論或名地獄性或名非實義或名貪欲擔或名深重根或名隨心轉或名根本空

五東北方攝取世界苦名地獄性者未入忍來常有墮性未入忍者俱舍云煖必至涅槃頂終不斷善忍不墮惡趣第一入離生四善根中第三方免地獄故知苦依之身地獄性矣根本空者約性以說同淨名五受陰洞達空故

同淨名者即迦旃延章謂不生不滅是無常義五受陰洞達空無所起是苦義諸法畢竟無所有是空義於我無我而不二是無我義法本不生今則無滅是寂滅義今唯要一句至第三會當廣分別耳

諸佛子所言苦集聖諦者彼攝取世界中或名貪著或名惡成辦或名過惡或名速疾或名能執取或名想或名有果或名無可說或名無可取或名流轉

集中由妄惑故愛見羅刹橫相執取妄體本空故無可取故中論云虛誑妄取者是中何所取佛說如是法欲以示空義

愛見等者

愛見羅刹前已釋竟二地經云身見羅刹於中執取將其永入愛欲稠林妄體本空者由二義前名執取後名無所取義似相違故中論下釋無所取即是行品行即是陰謂小乘人爲菩薩立過云若一切法空何以佛說虛誑妄取若有妄取法則不空故偈云如佛經所說虛誑妄取相諸行妄取故是名爲虛誑故論主舉偈以答即如今疏所引偈是此答意云由不了空無所取中而生取著故云妄取若有可取不名妄取明知說於妄取正爲說空如責翳人妄取空華正爲顯華是非有故

諸佛子所言苦滅聖諦者彼攝取世界中或名不退轉或名離言說或名無相狀或名可欣樂或名堅固或名上妙或名離癡或名滅盡或名遠惡或名出離諸佛子所言苦滅道聖諦者彼攝取世界中或名離言或名無諍或名教導或名善迴向或名大善巧或名差別方便或名如虛空或名寂靜行或名勝智或名能了義

滅道俱名離言者滅性離言道令言離故

滅性離言者諸法寂滅相不可以言宣故道令言離者亡心體極離言契滅故

諸佛子攝取世界說四聖諦有如是等四百億十千名隨衆生心悉令調伏

諸佛子此娑婆世界所言苦聖諦者彼鐃益世界中或名重擔或名不堅或名如賊或名

老死或名愛所成或名流轉或名疲勞或名惡相狀或名生長或名利刃

六東南饒益世界苦名如賊者五盛陰苦劫害我故

諸佛子所言苦集聖諦者彼饒益世界中或名敗壞或名渾濁或名退失或名無力或名喪失或名乖違或名不和合或名所作或名取或名意欲

集名無力者於出生死無有力能善法治之不復相拒故

諸佛子所言苦滅聖諦者彼饒益世界中或名出獄或名真實或名離難或名覆護或名離惡或名隨順或名根本或名捨因或名無爲或名無相續

滅名捨因者無爲無因而體是果菩提之道望此亦因獨寂滅涅槃得稱果果故曰捨因

無爲無因者即涅槃師子吼品云涅槃無因而體是果若涅槃有因不得名爲般涅槃也謂涅槃之體畢竟無因如無我我所故亦如俱舍無爲無因果謂六因無五但有能作故名捨因而體是果則離繫果菩提之道望此亦因者要得菩提證涅槃故故此菩提亦名爲因是果中因故滅理涅槃是因家之果又是菩提果家之果故

諸佛子所言苦滅道聖諦者彼饒益世界中或名達無所有或名一切印或名三昧藏或名得光明或名不退法或名能盡有或名廣大路或名能調伏或名有安隱或名不流轉根

道名一切印無不審決故印義後說

諸佛子饒益世界說四聖諦有如是等四百億十千名隨衆生心悉令調伏

諸佛子此娑婆世界所言苦聖諦者彼鮮少

世界中或名險樂欲或名繫縛處或名邪行或名隨受或名無慚恥或名貪欲根或名恒河流或名常破壞或名炬火性或名多憂惱

七西南鮮少世界苦名邪行者體非正道是行性故

諸佛子所言苦集聖諦者彼鮮少世界中或名廣地或名能趣或名遠慧或名留難或名恐怖或名放逸或名攝取或名著處或名宅主或名連縛

集名廣地生大苦樹故宅主即無明也

諸佛子所言苦滅聖諦者彼鮮少世界中或名充滿或名不死或名無我或名無自性或名分別盡或名安樂住或名無限量或名斷流轉或名絕行處或名不二

滅名絕行處者心路絕故

諸佛子所言苦滅道聖諦者彼鮮少世界中或名大光明或名演說海或名簡擇義或名和合法或名離取著或名斷相續或名廣大路或名平等因或名淨方便或名最勝見

道名廣大路者先聖後賢游之而不厭故

諸佛子鮮少世界說四聖諦有如是等四百億十千名隨衆生心悉令調伏

諸佛子此娑婆世界所言苦聖諦者彼歡喜世界中或名流轉或名出生或名失利或名染著或名重擔或名差別或名內險或名集會或名惡舍宅或名苦惱性

八西北歡喜界中苦諦闕一者晋譯少出生唐譯少失利

諸佛子所言苦集聖諦者彼歡喜世界中或名地或名方便或名非時或名非實法或名

無底或名攝取或名離戒或名煩惱法或名狹劣見或名垢聚

集名無底者煩惱深故非習道學浮沉而不已非習道學者亦涅槃三十二師子吼品恒河七人之意習道是法學浮是喻經中因師子吼問若一切衆生乃至一闡提定有佛性即當定得無上菩提何以一切衆生不得涅槃若有佛性力故何須修習八正道等佛便讚歎謂譬此喻佛言善哉善哉善男子如恒河邊有七種人若為洗浴恐怖賊寇或為採華則入河中第一人者入水則沒何以故羸無力故不習浮故第二人者雖沒還出出已復沒何以故身力大故則能還出不習浮故出已還沒第三人者沒已即出出更不沒何以故身重故沒力大故出又習浮故出已即住第四人者入已便沒沒已還出出已即住遍觀四方何以故重故則沒力大還出習浮即住不知出處故觀四方第五人者入已即沒沒已還出出已即住住已觀方觀方已即去何以故為怖畏故第六人者入已即去淺處則住何以故觀賊遠近故第七人者既至彼岸登上大山無復恐怖離諸怨賊受大快樂善男子生死大河亦復如是有七種人畏煩惱賊故發意欲度此下即是義引經文第一人者謂出家披衣隨逐惡友聽受邪法撥無因果即一闡提沒生死河不能得出第二人者欲度生死斷善根故沒親近善友得信心故出又遇惡友復斷善根故復沒也第三人者斷善根故沒近善友得信心故出信如來常住修習淨戒讀誦書寫十二部經堅住施慧故名不沒修戒施慧即是習浮第四人者沒出與住皆同第三但合觀方云觀四方者四沙門果第五人者餘義同前但即去者心無退轉是住無退轉已即便前進前進者謂辟支佛第六人者前喻之中但云入已即去及至合中亦同第五皆有沒出住去去至淺處第七人者發意欲度生死大河斷善根故於中沉沒親近善友獲得信心得信心已是名為出以信心故讀誦書寫解說十二部經為衆生故廣宣流布樂於慧施修習智慧以利根故堅住信慧心無退轉無退轉已即便前進既前進已得到彼岸登大高山離諸恐怖多受安樂善男子彼岸山者喻於如來受安樂者喻佛常住大高山者喻大涅槃善男子是恒河邊如是諸人悉具手足而不能度一切衆生亦復如是實有佛寶法寶僧寶如來常說諸法要義謂八聖道大般涅槃而諸衆生悉不能得此非我咎亦非聖道衆生等過當知悉是煩惱過惡以是義故一切衆生不得涅槃釋曰是知衆生雖有佛性要須修道方至彼岸

諸佛子所言苦滅聖諦者彼歡喜世界中或

名破依止或名不放逸或名真實或名平等或名善淨或名無病或名無曲或名無相或名自在或名無生

滅名破依止身與煩惱互爲依止展轉無窮唯證滅理方能永破身與煩惱下即涅槃四十納衣梵志問言如瞿曇說無量世中作善不善未來還得善不善身是義不然何以故如瞿曇說因煩惱故獲得是身若因煩惱獲是身者身爲在先煩惱在先若煩惱在先誰之所作住在何處若身在先云何說言因煩惱得是故若言煩惱在先是即不可若身在先是亦不可若言一時是亦不可先後一時義俱不可是故我說一切諸法皆有自性不從因緣下經答云善男子汝言身爲在先煩惱在先者是義不然何以故若我當說身在先者汝可難言汝亦同我身不在先何因緣故而作是難善男子一切衆生身及煩惱俱無先後一時而有雖一時有要因煩惱而得有身終不因身有煩惱也釋曰上有三鬪先後一時佛捨前後而用一時恐難一時故自遮云汝意若謂如人二眼一時而得不相因待左不因右右不因左煩惱及身亦如是者是義不然何以故世間眼見炷之與明雖復一時要因炷終不因明而有炷也釋曰此佛一明答一時因緣二義並成故經疏云身與煩惱互爲依止互爲依止之言即俱時義非爲因身有煩惱也謂因煩惱而得有身能生煩惱後依身住亦不應難未得身時煩惱依何故云互依二互因依展轉無際若證滅理因惑不生惑既不生身從何得非唯身滅證於不生展轉之見亦皆寂滅

諸佛子所言苦滅道聖諦者彼歡喜世界中或名入勝界或名斷集或名超等類或名廣大性或名分別盡或名神力道或名衆方便或名正念行或名常寂路或名攝解脫

道名廣大性者無不在故道名廣大性者然道無不在亦是莊子商太宰蕩問莊子曰道何所在答曰道在瓦石曰何下耶莊子曰道在屎尿曰何愈下耶曰道無不在彼以虛無自然爲道無法不是虛無自然故無不在今以類取則眞如寂滅無所不在道符於滅何所不在

諸佛子歡喜世界說四聖諦有如是等四百億十千名隨衆生心悉令調伏

諸佛子此娑婆世界所言苦聖諦者彼關鑰

世界中或名敗壞相或名如坏器或名我所成或名諸趣身或名數流轉或名衆惡門或名性苦或名可棄捨或名無味或名來去

九下方關鑰世界苦名我所成者我見有故

諸佛子所言苦集聖諦者彼關鑰世界中或名行或名憤毒或名和合或名受支或名我心或名雜毒或名虛稱或名乖違或名熱惱或名驚駭

集名我心即我見愛

諸佛子所言苦滅聖諦者彼關鑰世界中或名無積集或名不可得或名妙藥或名不可壞或名無著或名無量或名廣大或名覺分或名離染或名無障礙

滅名覺分者所覺處故

諸佛子所言苦滅道聖諦者彼關鑰世界中或名安隱行或名離欲或名究竟實或名入義或名性究竟或名淨現或名攝念或名趣解脫或名救濟或名勝行

道名入義者能入滅諦第一義故

諸佛子關鑰世界說四聖諦有如是等四百億十千名隨衆生心悉令調伏

諸佛子此娑婆世界所言苦聖諦者彼振音世界中或名匿疵或名世間或名所依或名傲慢或名染著性或名駛流或名不可樂或名覆藏或名速滅或名難調

十上方振音世界苦名匿疵身爲惑病所藏處故傲慢者慢以生苦爲業果取因名染著性者性令染故如樂受壞苦誰謂苦耶駛流者剎那性故即行苦也不可樂者

苦苦也覆藏者藏苦因故樂藏壞苦故不苦不樂藏行苦故速滅者流轉苦也難調者誰不欲捨莫之能出不憚疲苦方能調之

諸佛子所言苦集聖諦者彼振音世界中或名須制伏或名心趣或名能縛或名隨念起或名至後邊或名共和合或名分别或名門或名飄動或名隱覆

集名至後邊者不斷無窮故門者入苦趣故

諸佛子所言苦滅聖諦者彼振音世界中或名無依處或名不可取或名轉還或名離諍或名小或名大或名善淨或名無盡或名廣博或名無等價

滅名不可取取則不滅也小之則無內不容一物也大之則無外法界性也

諸佛子所言苦滅道聖諦者彼振音世界中或名觀察或名能摧敵或名了知印或名能入性或名難敵對或名無限義或名能入智或名和合道或名恒不動或名殊勝義

道名難敵對者有惑必破不爲惑破故猶明能滅闇故無闇而不滅闇不滅明何能相敵

諸佛子振音世界說四聖諦有如是等四百億十千名隨衆生心悉令調伏

諸佛子如此娑婆世界中說四聖諦有四百億十千名如是東方百千億無數無量無邊無等不可數不可稱不可思不可量不可說盡法界虛空界所有世界彼一一世界中說四聖諦亦各有四百億十千名隨衆生心悉

令調伏
第三諸佛子下類通一切初舉娑婆以類
東方
如東方南西北万四維上下亦復如是
後舉東方以類餘九
諸佛子如娑婆世界有如上所說十方世界
第四如娑婆下顯主伴無盡文中初舉此
例彼謂娑婆爲主有容訓等盡空世界皆
爲伴
彼一切世界亦各有如是十方世界一一世
界中說苦聖諦有百億萬種名說集聖諦滅
聖諦道聖諦亦各有百億萬種名皆隨衆生
心之所樂令其調伏
後彼一切下以彼類此則知容訓等盡空
世界爲主攝伴亦爾則無盡無盡耳此猶
約娑婆同類世界而說以結數中同百億
故餘樹形等異類世界彼一一類皆徧空
法界是則重重無盡無盡非此所說也如
是皆爲調伏衆生則知容訓等者此有兩重一即釋迦在此爲主攝容訓等爲伴則在容訓爲主攝娑婆等爲伴亦然方是一佛之諦二如此佛諦名既主伴無盡則容訓等他佛爲主諦名亦然

大方廣佛華嚴經疏鈔會本第十二之三

音釋

癰於容切瘫也　睫即涉切目旁毛　躁則到切　纔牆來切暫也　麤獷麤倉胡切獷居猛切　訾音紫　攫噬攫居縛切噬時制切　坏鋪杯切音丕未燒陶瓦也　狹與狎同　嚙倪結切噬也　[門龠]弋約切　疵才支切病也　慠魚到切倨也　駛疏士切疾也　駭下楷切　屎詩止切　噬嗑噬時智切嗑胡闔切卦名也　彖土玩切湍去聲斷也

大方廣佛華嚴經疏鈔會本第十三之一

唐于闐國三藏沙門實叉難陀　譯

唐清涼山大華嚴寺沙門澄觀撰述

光明覺品第九

解此一品畧以五門初來意中自有其十一爲答前所依果問故然古德對前二品巳答二問此品正答三問謂長行放光答佛威德見成正覺答成菩提文殊說偈正答佛法性問今更一解謂長行但現相答已如前說偈中具答三問謂初五答菩提次一答威德後四答法性二爲廣名號品總標多端故正廣種種觀察是意業故三者即說十信之體性故如下三會將說正位皆有偈讚此其類也四顯實徧故但所說有二一佛二法佛有二一身二名法亦有二一權二實前但佛名徧此顯身徧四諦即實之權徧此品顯即權之實徧故五現驗故上二云徧衆未目覩今光示徧相故六顯總徧故前但名諦別徧今此一會即徧法界一一皆悉同時同處同衆同說同徧故七顯圓徧故謂前顯差別一切方能徧一切今顯無差別一切即圓融徧一切故八與下經爲其則故謂下經結通云徧一切者皆如此辨以如來一乘圓教於須彌山等一類世界施化分齊皆若此故九示前神通相故上云現通如何現耶一會不動徧法界故十爲顯理事俱無障礙令捨執從法故此意雖通在文徧顯有上諸義故此品來也前但名諦別徧等者如名號品如來於此名悉達等在密訓等名則不同十方例然諦名亦耳此是一重別徧二者名徧而非是諦

徧諦即徧而不是名徧故云名諦別徧今此一會即徧法界者經云如於此處見佛世尊坐蓮華藏師子之座彼盡虛空徧法界一切世界閻浮提中亦如是座此是總徧相也對上二別亦有二總一總徧諸處二主伴時處等皆徧也言同時者無前後也言同處者此有二處一者約主同在普光明殿二者約伴同居金色世界等言同衆者亦有二衆一約主佛十剎塵數菩薩圍繞二約伴衆謂文殊等諸來菩薩亦各領十佛剎塵故言同說者一切處文殊同特發聲而說頌故法界皆同說十信故言同徧者結上諸同謂主伴時處皆悉徧也七顯圓徧者問此與第六有何異耶第六亦名諦別徧今亦云差別方能徧第六云一會即徧今此亦云無差別一切徧二相難分答細尋方別前是總別對此是圓別對二處別則大同而圓總則異前言總別者別則此界他界名各不同總則處處皆同此一今圓別者別則要有差別方能徧故若不差別不能徧也圓則不要差別而能周徧周徧之法一一圓融故云無差別一切即圓融徧一切上一切字是主伴處衆是能徧之一切下一切字但是所徧一切處耳而言圓融者一會即是彼一切會亦非此會處處到也即此即彼即一即多故云圓融又第六約所徧處以論總別東名非西名所徧別也此會即彼會所徧處總也七約能徧以論圓別要將差別之法方能普徧是身名別也今是圓融無差別之法即能徧故名爲圓也前別如列宿徧九天此別如一月落百川故前云別則二處大同大同者有小異故前總如一雲之滿宇宙此圓如和香之徧一室故云總圓誠有異也

第二釋名者一開二合　初開者光明體也覺者用也此二各二謂光有身智二光覺有覺知覺悟又光有能照所照覺有能覺所覺初開者下文亦有二初正有三重義含四對一二光二二覺三能所能所中義分之爲二一上二光能所二下二覺能所如來放身光照事法界令菩薩覺知見事無礙文殊演智光雙照事理令衆覺悟法之性相如來放身光下二別示上來四對之相謂分二光各屬文殊及佛二覺別配身智二光而二光中各有兩重能所謂如來放身光身能照也照事法界所照也令菩薩覺知即能覺也見事無礙是所覺也所覺即照所成益上即長行中事二文殊以智光即能照也雙照事理即所照也令衆覺悟即能覺也法之性相知所覺也所覺亦照所成益即偈頌中意二合者良以事理俱融唯一無礙境故得一事即徧無邊而不壞本相二合者下

合上四對義有五重文有六節一合二境即前所照若事理不融餘皆不合故先明之言故得一事下即前所覺見事無礙身智無二唯一無礙光故涅槃經瑠璃光菩薩處云光明者名爲智慧身智無二者二合二光引涅槃證者瑠璃光菩薩放身光明文殊乃云光明者名爲智慧則知二光不別即第二十一經知悟不殊唯一平等覺悟之心知無事非理故知悟不殊下三合二覺謂前身光照文殊等覺知如來光照我剎然文殊等知是無知之知故名悟心之知知事即理二覺合也不同凡小取事理相又此二光不異覺境又此二光下四合能所二種能所一時雙合則能照所照能覺所覺皆性融故舉一全收此三圓融唯無礙之法界此三圓融者五總融上三上雖四對體唯有三謂能覺之光所照之境所成之覺三對六法舉一全收爲一法界此上五重合竟雖平等絕相不壞光明之覺品中辨此故以爲名雖平等下結成品名上關多約相合多約性即雙即合不壞性相故云光明覺也若從開釋光明之覺光明有覺之用通依主有財若從合說光

明即覺可持業也第三宗趣者以身智二光無礙覺悟爲宗令物生信爲趣又釋名並是品宗來意盡爲意趣又釋名並是者立名從所宗故來意辯意趣故故賢首以此釋名爲其品宗以此來意爲其意趣第四解疑妨問此足輪光何時放耶若說名諦竟如何佛剎菩薩衆數並同名號如先已放前何不說答是前名號品放但前二品明文殊此會說法不俟光照今辨百億剎中乃至徧法界說故須光以顯示其所來菩薩即前菩薩故並全同四解疑妨文有三重初一具疑難光何時放滯二途故若說名下躡跡申難答中初指前說決其所疑二爲其解釋謂前二品未要放光故前不明此中始要故此方說此中菩薩即是勝前故前十方一一別說此則併勝次有妨云光照百億百億何不照此釋云此爲主故若彼爲主則說彼照又疑云下光既窮法

界金色更在何許當刹當刹有本會處皆去十刹主伴徧故下光既窮法界下三唯疑不難但疑金色等何所在故是不決耳疑意云此界放光而金色等去於此界各十佛刹今若主佛至東十佛刹處放光則是文殊所從之刹若更至東十刹金色乃在放光之西九方例然故云金色更在何所舉初為例九色例然後當刹下答答意云主刹向東放光餘之十刹一時向東主刹如車轂十方金色等則如輻輞車轂若移輻輞皆移故下經云盡法界虛空界一切世界皆有百億閻浮提一一切如來亦如是坐悉以佛神力故十方各有一大菩薩所從來刹謂金色世界等如向東既爾徧餘九方亦然故主與伴一時俱徧既徧法界總是娑婆亦徧法界皆是金色徧法界皆是妙色十色皆徧且依此會餘會徧等已如玄中

爾時世尊從兩足輪下放百億光明

第五釋文大分為二初如來放光二照此下光至分齊今初足下放者表信四義一自下而上信最初故二最卑微故三為行本故智論第九云足下放光者身得住處皆由於足四顯信該果海已滿足故輪義亦然圓無缺故言百億光者以徧法界所照之刹皆百億故智度論下即第九論釋經從足下千輻輪相中放六百萬億光明表說六度故義有兩意此是初意第二意云復次一身中雖頭貴而足賤佛不自貴光不為利養是故於賤處放光彼約教相故作是釋今文約表故不正用即是第二最卑微故攝之

照此三千大千世界

第二光至分齊者此中光照大數約其現文且有二十六節前九別名後十七同辦即為十段若據實義應有等法界無盡之節節節有偈中上本經必應廣說然非多度放光亦非一度放光次第照於多節唯一放光同時頓照盡空世界但為言不並彰說有前後隨機心現節節各見則如來光明節節而照金色文殊節節而至乃至

法界各見亦爾在佛文殊節節皆徧如月普照百川各見若法界機頓見前來諸類所見信會既爾住行等會同徧亦然隨機心現下次通難難云既一時頓照何以有二十六節等耶釋云隨機見故在佛文殊下三揀濫云何濫耶上釋妨中文有三節一機節節見二光節節照三文殊節節至如第一百億內機則非百世界中機百世界中機則非千世界中機則應第一節中文殊如來非第二節中文殊如來故今釋云唯第一機節節互非下二節節皆徧如第一三千佛光即是第二乃至徧法界光文殊亦爾正徧第一節文殊即徧法界而節節見者但由機感故云百川各見機復有差若未入法界節節不同已入法界皆如文殊諸節頓見十段之中文各有二皆長行佛以身光照現事境令衆目覩偈頌文殊智光讚述事理令衆悟入十段依答文三初五答菩提即分爲五初一總顯菩提超情二通顯菩提因果三顯八相菩提四顯菩提體性五顯菩提之因今初長行中二先照

本界染淨二如此處下現自法會普徧之相前中三初總標分齊二百億閻浮下別顯所照三其中下類結明顯　今初言三千大千者俱舍云四大洲日月蘇迷盧欲天梵世各一千名一小千界此小千千倍說名一中千此千倍大千皆同一成壞梵世謂即初禪故云同一成壞以三度積故曰三千略去小中舉其末後故云大千俱舍論者此文易了總以喻顯一小千界如一千錢一中千界如千貫錢大千世界如千箇千貫而但取於初禪爲數已上不說若舉二禪已上則不同一成壞火災所壞唯初禪故故正理三十一云少光等天非小千攝積小千爲中千積中千爲大千亦不攝彼長阿含十八雜阿含十六正理三十一及瑜伽智論雜集顯揚亦不殊此有云然顯揚第一明三千世界三災所壞故知初禪小千二禪中千三禪大千若金光明直

至非想皆云百億意在徧諸天故此經文中但至色頂約無色無處故今依二經長阿舍下二例同餘文下引二經四論並同俱舍是十一瑜伽第二智論第十一雜集第六顯揚第一有云顯揚者即刋定記意上即論文故彼論釋三千意云如是三千三災所壞謂水火風故知初禪已下即刋定取意解釋謂火災壞初禪水災壞二禪風災壞三禪明知說小千但數初禪若數中千即數二禪以二禪量等中千故若數大千即數三禪三禪量等大千故是知有百億初禪有三百禪三禪有百萬二禪一千三禪唯一四禪然若語量即如向說所引文證義則不成以言三千皆許三災壞故若中下數於二禪二禪即火災不壞等思之正義如前引俱舍正理已釋若金光明者經云是諸人王手擎香爐已供養經時其香徧布於一念頃徧至三千大千世界百億日月乃至百億非非想天今依二經者即金光明及此經文約有所處但至色頂約該地法徧於四空四空無處隨處得果如在欲界得無色定即於欲界而受果報故無別處界攝在二界然皆通於二十八天若爾與諸經論云何會釋意云且如二禪直語其量等千初禪以小千初禪向上取之則有千二禪如是百億初禪向上取之則有百億四禪譬如夏雲普覆九洲若以洲取則有九雲若以郡取則四百餘雲若以縣取千數未多或言一雲普覆萬國或言萬國各有夏雲思之可見

百億閻浮提百億弗婆提百億瞿耶尼百億鬱單越百億大海百億輪圍山

二別顯所照中初現人中二現八相三現諸天初中閻浮提者新云贍部俱舍云阿耨達池岸有樹名贍部因以名洲提者此云洲也東弗婆提者此云勝身身勝餘洲故西衢耶尼此云牛貨以牛貨易故北鬱單越此云勝生以定壽千歲衣食自然故大海者即外鹹海也俱舍云者即第十一論釋無熱池意云於此池側有贍部林其形高大其果甘美依此林故名贍部洲或依此果以立洲號論更不釋有云以此洲南狹北闊樹葉頭大後小似此洲故未見有釋若立世阿毗曇云樹在此洲之南西瞿耶尼亦云瞿陀尼瞿即牛也陀尼貨也北洲新云俱盧餘文可知百億輪圍者一四天下一小鐵圍故中者有千大者唯一皆云百億者此方黃帝

筭法數有三等謂上中下下等數法十十變之中等百百變之上等倍倍變之今此三千若以小數計有萬億今約中數從千已上百百變之則有百億若以小數者小數即下等十十變也謂十小千爲萬百小千爲億千小千爲中千已有十億更千中千爲一大千一千中千即爲千箇十億故爲萬億今約中數者謂從千已上方百百變之謂百小千方爲一萬千箇小千爲中千方是十萬十箇中千始爲百萬方是一億既十中千爲一億今有千箇中千故有百億故唐三藏譯爲百億俱胝測公深密記第六云俱胝相傳釋有三種一者十萬二者百萬三者千萬由此三千以俱胝數或至百數或至千數或至百千唐三藏譯是千萬也故至百數故唐二藏下二引證既譯百億爲百俱胝俱胝存其梵言億是此語故二義同也次引測公三種俱胝證百億爲百俱胝或至百數者即三千有百億是也以千萬爲俱胝故或至千數者以百萬爲俱胝謂小數數之中千有百萬箇小千方是一億今大千有千中千故爲千億或至百千者即以十萬爲一俱胝故中千已有百俱胝千箇中千方爲大千大千則有百千俱胝也故疏云唐三藏譯是千萬爲俱胝故三千有百俱胝俱胝即億又依俱舍譯洛叉爲億此譯俱胝爲億故下光照一億十億等梵本皆云俱胝總由俱胝之數不同故也又依俱舍下三會釋俱胝不同言俱舍譯洛叉爲億者亦是十一論釋水輪云次上水輪深十一億二萬下八洛叉水餘凝結成金初以唐言十一億二萬由旬下句梵語云下八洛叉水則八億由旬爲水三億二萬由旬爲金故知洛叉爲億也阿僧祇品云一百洛叉爲一俱胝則俱胝義當於兆良以俱胝有三等故則俱舍洛叉云億當十萬之億下云一百洛叉爲一俱胝則當千萬之億也

百億菩薩受生百億菩薩出家百億如來成正覺百億如來轉法輪百億如來入涅槃

二現八相中文有五相受生舍三佛成道後始放光明却現初生及後涅槃者約微細門融三世故亦非能照是報所照是化

以放光身在摩竭故此經報化融故大菩薩等化處見報下位之機報處見化二不並故能照所照唯是一佛顯佛自在超思議故約微細門者一中頓具一切諸法炳然齊現名微細門故說一相之中具餘七相如在母胎即具餘七今在成正覺相中具餘七也言融三世亦即十世隔法異成門受生是過去涅槃是未來故亦非能照者揀濫釋也二不並者報處見化見化不見報非謂報化並現故也

百億須彌山王百億四天王衆天百億三十三天百億夜摩天百億兜率天百億化樂天百億他化自在天百億梵衆天百億光音天百億徧淨天百億廣果天百億色究竟天其中所有悉皆明現

三百億須彌下現諸天中舉須彌者二天所依故

如此處見佛世尊坐蓮華藏師子之座十佛剎微塵數菩薩所共圍繞其百億閻浮提中百億如來亦如是坐

二現自法會中二先現本會此是一會徧一切處非是多處各別有會乃至法界亦如是徧此圓融法非思之境非是多處者亦是揀濫恐人誤解若多處有會似如十人爲會十會百人在一室中一燈照了令人頓見十會百人今不爾也一會徧一切處者如於一室懸百面鏡中有十人共爲一會則百鏡中有百會也

悉以佛神力故十方各有一大菩薩一一各與十佛剎微塵數諸菩薩俱來詣佛所其名曰文殊師利菩薩覺首菩薩財首菩薩寶首菩薩功德首菩薩目首菩薩精進首菩薩法首菩薩智首菩薩賢首菩薩是諸菩薩所從來國所謂金色世界妙色世界蓮華色世界薝蔔華色世界優鉢羅華色世界金色世界

實色世界金剛色世界玻瓈色世界平等色世界此諸菩薩各於佛所淨修梵行所謂不動智佛無礙智佛解脱智佛威儀智佛明相智佛究竟智佛最勝智佛自在智佛梵智佛觀察智佛

二悉以佛神力下現新集衆言佛神力者亦即是前各隨其類現神通也文有四段謂總顯列名刹號佛名皆同名號品中但增百億爲異耳

爾時一切處文殊師利菩薩各於佛所同時發聲說此頌言

偈文分二先彰說人後顯偈辭今初言一切處文殊者略申三義一約當節如初節中百億佛前有百億文殊爲一切也各各皆說當節之偈故文皆云各於佛所一切處文殊畧申三義者第一義約文即是以應就機令百川中一時見月各各皆說當節之偈者如百億內同說若有見正覺偈第二節內同說衆生無智慧偈然有四句一一切處文殊同說一偈是一切即一二但一文殊十節說偈是一即一切三各於佛所即一唯是一四諸處文殊各偈不同即是一切中一切二一文殊從一處東來即從一切處東來至一法會即至一切法會故雖東來而即一切處以是法界即體之用身故二一文殊下第二釋約義復語其實德如前溪之月即是後溪及千江百川之月全入前溪所以爾者一切處月不離本月故本月落溪則千處俱落三約表法文殊乃是不動智之妙用觸境斯了六根三業盡是文殊實相體周萬像森羅無非般若何有一處非文殊哉下九節中皆有二段做此可知一約表者文殊主般若門若約觀照般若智了萬境無非般若若白日麗天無物不照若實相般若無法非實相故無非般若猶水徧波無波非水大般若云般若波羅蜜多清淨故色清淨色清淨故一切智智清淨何以故若般若波羅蜜多清淨若色清淨

若一切智智清淨無二無二分無別無斷故通於觀照及實相也

若有見正覺解脱離諸漏不著一切世彼非證道眼

二正顯偈辭然釋此偈有通有別通者此明菩提超情別謂顯前光中所見之事於中又二一約境謂融前所照顯理法故二約觀謂令大衆泯絶諸見於所照事不生執取然觀資理成理由觀顯故通而釋之即明菩提超情大分爲二初一反顯餘九順釋今初反顯違理之失謂菩提體德超絶一切佛地論明佛非漏非無漏亦應於世非著非無著今乃見佛内離諸漏外不著世則有漏可離有世不著取捨未亡此見違理故非道眼證道眼者無分別故

然觀資理成者以賢首有上二意各別科文初約境顯理中十偈爲三初一法超情表次八會事歸理後一事如理融成前一會即一切會等事無障礙也二約心令泯絶諸見依此釋經十偈爲六初之二頌於放光佛令離見次一頌會前光所照處以明離見三有三頌會前所現本法會等以明離見四有二頌別會諸菩薩大衆以明離見五有一頌會前所照衆生六末後一頌明前法會周遍所由今疏意明不爲兩般合成一釋顯理離見二義相成故總出所以云觀資理成若不見理不成觀照理由觀顯者不得觀照安能會理理無廢興弘之由人故觀成契理諸見自亡故合爲一釋皆帶顯理破見之義一一具於通別二意故初偈反顯明違理起見爲過失生後九順明會理則理顯而見息也

若有知如來體相無所有修習得明了此人疾作佛

餘偈順顯見理之益皆上三句觀相下句觀益於中九偈各是一義且分爲四初六觀佛次一趣求次一觀生後一了法初中初偈正顯佛菩提性本來自空稱此而知則無上失體謂眞性相謂德相並性無所

有竟何所離本無有著誰爲無著如是知者名爲正解修習明了斯爲正行下句觀益言疾作佛者約文殊門情盡理現即名作佛約普賢門信終圓收約行布説則不見此理成佛未期他皆做此本無有著者如綸膠粘人則有著不著之者虛空不粘誰爲不著空中膠者情盡理現即名作佛者此順禪宗即事理無礙門也約普賢門正是華嚴即事事無礙門也約行布説此爲千里之初步也

能見此世界其心不搖動於佛身亦然當成勝智者

次一偈依正等觀佛菩提性依正無二故亦顯光所照處以明離見謂上半於前所見世界令離妄動知眞法界不應動故次句例前八相佛身亦同平等不動而了故成勝智亦顯光明等者上約通明今約別説令離妄動即是破見知真法界不應動故即是顯理此句全是大般若曼殊室利分經云若菩薩不動法界知眞法界不應動搖不可思議不可戲論如是能入一切相也不動而了故成勝智者此句觀益諸偈雖同皆是佛果差別之德而皆與觀相相順故躡不動而知以釋當成勝智

若於佛及法其心了平等二念不現前當踐難思位

次偈佛法等觀了同體故二念豈生一亦不存得難思果

若見佛及身平等而安住無住無所入當成難遇者

次偈生佛等觀言身即衆生以梵本中云佛及我故我即行人之身稱理普周云平等住平等則無能所故曰無住我即法性更不證入法性無性復何所入如是知者曠世難逢我即法性下釋上半等即無能所故曰無住然有二意一上二

句明一性不分故無能所猶如一指不能自觸二法性無性下明性空故無能所入亦如虛空不住虛空此亦大般若㝷殊室利分意彼經云佛告文殊汝於佛法豈不趣求文殊言世尊我今不見有法非佛法者何以趣求釋曰此即一性意也次佛問云汝於佛法已成就耶文殊答言我都不見法可名佛法何所成就釋曰即性空意也次佛又言汝豈不得無著性耶文殊答云我即無著豈無著性復得無著釋曰即今疏云我即法性更不證入故般若文殊分云若知我性即知無法若知無法即無境界若無境界即無所依若無所依即無所住也又本會即住無所住新集則入無所入般若下引證前即闡用二意今即顯證無住是彼次後經文問若皆平等云何分別有三寶耶智論答云平等即是三寶謂平等即法寶法寶即是佛以未得法不名佛故得平等法分別有須菩提等智論答云者即八十五論亦是經文須菩提問佛若無差別云何有三寶佛答即今疏文

色受無有數想行識亦然若能如是知當作大牟尼

次偈會通平等謂上來主伴依正不離五蘊五蘊性空即是平等有相差別總名爲數即同無爲故非數法離數超世成寂靜果

世及出世見一切皆超越而能善知法當成大光耀

次偈拂上出世謂眞出世者超越入出不礙照知故成光耀又上第三偈佛即是法第四偈法即是衆第五偈是三寶皆無爲相此偈與虛空等又上第三偈下收上四偈成一不二法門即淨名經寂根菩薩曰佛法衆爲二佛即是法法即是衆是三寶皆無爲相與虛空等一切法亦爾能隨此行者是爲入不二法門

若於一切智發生迴向心見心無所生當獲大名稱

二有一偈趣求者以上雖離見而知猶恐滯寂故上半勸求次句又觀性離謂了迴向心本自不生是離相迴向也離相求佛得名稱果

衆生無有生若得如是智亦復無有壞當成無上道

三次一偈所見衆生亦皆稱眞故無生壞知無衆生是無上道故下經云無上摩訶薩遠離衆生想故下經云無上摩訶薩遠離衆生想者即第十六經無上慧菩薩偈下半云無有能過者故號爲無上令無生可壞即離衆生想

一中解無量無量中解一了彼互生起當成無所畏

末後一偈知法即成前法會周徧所由上半標門即十玄門中一多相容不同門也次一句釋所由即十種所由中緣起相由門也並如義分齊中謂一與多互相生起且一依多起則一是所起而無力也多是能起故有力也以多有力能攝一以一無力入於多是故此一恒在多中多依一起準上知之是則此多恒在一中也以俱有力及俱無力各不並故無彼不相在也以一有力一無力不相違故有此恒相在也緣起法界理數常爾稱斯而見何所畏哉由此緣起成前平等由前平等成此緣起文理昭然不許事事無礙恐未著深思一謂與多下上標舉二門今正將緣起相由所以釋一多相容之門此中大意凡所知所起即無有力若能知能起即是有力廣如玄文由此緣起下結破靜法彼云此偈了一多平等謂解多由一起解一由多生無一不成多無多亦無一了彼一一多相由生起一多之念息一多相平等此會差別歸平等性理事無礙非事事無礙應審思其文勿謬解也釋曰今疏即賢首意此公破師言是謬解故今結示即符昔大義中之

一也此公意云是理事無礙者以例前諸偈多約會事歸理一切平等拂諸見故不合是事事無礙故今先出此偈本意言由此緣起成前平等者上文本會則住無所住新集則入無所入等皆平等義何以得此皆平等耶特由緣起互相由故且如本會與彼十方新集之會共成緣起由因本會有十方故十是所起所起無體即是本會由因十方說本會故本是所起所起無力故入十方故由緣起成前一切皆悉平等言由前平等成此緣起者謂一有定性不由於多多有定性不由於一今由一無定性餃多而起多無定性由一而生故由無性平等之義方成緣起若有一可一此是自性一若有多可多此是定性多多若是定性多多不因於一一若是定性一一不因於多今由多故一此一不自一今由一故多此多不自多多不自多此多則無力此一不自一此一則無力無力隨有力一多互相收故隨一佛會即一切佛會法界一切會即是一法會故此一法會不動而常遍不分而常多前後互相成如何不信故賢首云緣起法界理數常爾應細深思自當見耳觀此疏文似此弟子當聽之時早已不受特令深思故疏結云不信事事無礙恐未著深思也

爾時光明過此世界徧照東方十佛國土南西北方四維上下亦復如是彼一一世界中皆有百億閻浮提乃至百億色究竟天其中所有悉皆明現如此處見佛世尊坐蓮華藏師子之座十佛刹微塵數菩薩所共圍繞彼一一世界中各有百億閻浮提百億如來亦如是坐悉以佛神力故十方各有一大菩薩一一各與十佛刹微塵數諸菩薩俱來詣佛所其大菩薩謂文殊師利等所從來國謂金色世界等本所事佛謂不動智如來等

第二重光照十方各十佛土者是娑婆隣次之十刹也

爾時一切處文殊師利菩薩各於佛所同時發聲說此頌言

衆生無智慧　愛刺所傷毒　爲彼求菩提　諸佛法如是

十偈通顯菩提因果分三初偈菩提之因

次五菩提果用後四令物思齊令初上半所爲謂無明造業愛能潤業故生死無窮如泥中刺不覺其傷如瘡中刺爲其所毒下半能爲即從癡有愛菩薩悲生非大菩提莫之能拔無此悲智非佛法故如泥中者愛欲所覆猶如溺泥不知其傷言如瘡中刺者即是肉刺故涅槃中名爲息肉彼十三經云深觀此愛凡有九種一如債有餘二如羅刹婦女三如妙蓮華莖下有毒蛇四如惡食性所不便而强食之五如婬女六如摩樓迦子七如瘡中息肉八如暴風九如彗星初一即聲聞緣覺餘習二生子便食後食其夫愛食善子後食衆生令入三惡道三五欲華下有愛毒蛇令其命終四經食患下墮三惡道五與愛交通奪其善法故被驅逐墮三惡道六纏繞凡夫善法令死七如人久患瘡中生息肉其人要當勤心療治莫生捨心若生捨心息肉增長蟲疽復生以是因緣即便命終凡夫愚人五陰瘡痍亦復如是愛於其中而爲息肉應當勤心治愛息肉若不治者命終即墮二惡道中唯除菩薩是名瘡中息肉八暴風能偃山夷嶽拔樹深根愛於父母所而生惡心拔菩提根九愛之彗星能斷一切善根令凡夫人孤窮饑饉令正用瘡中息肉

一義耳

普見於諸法二邊皆捨離道成永不退轉此無等輪

次五菩提果用中初偈悲智雙滿智見諸法悲以轉授普見通於性相故離二邊謂眞故無有俗故無無眞故無有則離無而有俗故無無則離有而無離有而無則不累於有離無而有則不滯於無不滯於無則斷滅見息不存於有則常著氷消俱不俱等何由而有諸邊都寂故云皆離普見通於性相者此上總釋一偈此下別解上半上半云普見於諸法二邊皆捨離今應問云普見諸法如何即能離得二邊故今答云通性相故唯見相者即是有邊唯見性者即隨無邊性相無礙故離二邊中論云雖空而不斷雖有而不常即由空有相即離二邊也謂真故下引影公中論序以釋之真即是性俗即是相依二諦融故離二邊然二諦之義玄中已明欲釋此疏畧申四義謂或說妄空真有如涅槃云空者所謂

生死不空者所謂大般涅槃二者妄有真空即是今文三俱空相待無性故四俱有性相不壞故於諦常自二故今此正當第二俗有真空義而有四對初對定有無所在我約真諦上說空是無性空不同無物空也我就俗諦明有此是緣有非一定性之有也二真故無有則雖無而有下對彰有無體相是不壞有之無不礙有之有故成中道三雖有而無則不有下彰有無之德若是定性之無有此有則唯是有不得即無若是定性之無此無則唯是無不得即有今二互相即故不偏滯四不滯於無下一對彰有無離過滯空則斷累有則常既不滯不累故無斷常又釋初對雙離有無故云無有無無此成空觀第二對不壞有無故云雖有而無雖無而有此成倏觀第三對明二諦相即故不偏滯有無故不爲有邊所動無邊所寂成中道觀肇公亦云涉有未始迷虛故常處有而不染此不累有也不厭有而觀空故觀空而不證此不滯於無也第四離過準前有釋初對中初句云真故無有無彼定性之有是真空義下句俗故無無無彼斷滅之無故是妙有義第二對亦有亦無無義第三對非有非無義第四對離過則成具德四句也又初對雙離二過一離有二離無第二對離非有非無第三對離亦有亦無第四對總明離過故起信云真如非有相非無相非非有相非非無相非有無俱相即斯義也是以結云俱不俱等何由而有謂第四對正離斷常第三對不偏滯故離於俱句第二對不壞二故離於雙非故俱寂也又若有二可得名俱今有即無故則有外無無可與有俱今無即有故則無外有可與無俱故亦有亦無即相違不立言不俱不立者若定有有無遮彼有無有俱非句今有即無何有非無今無即有何有非有故雙非亦寂既無有無亦無一異斷常來去靡不皆如故云都寂是以經言二邊皆捨離皆捨離者一切二邊非局有無又言離者性自離故不取著故了真性故非有諸邊可捨離也

不可思議劫精進修諸行爲度諸衆生此是大仙力

次一美往因行

導師降衆魔勇健無能勝光中演妙義慈悲故如是

次一慈力降魔

次一慈力者大乘方便經說波旬圍菩提樹欲作留難菩薩住慈悲智慧以手指地八萬四千八部大衆皆發大菩提心故云慈力降魔經云導師降衆魔慈悲故如是觀佛三昧海經第二說觀白毫功德中說慈悲降魔今取意引波旬召諸八部及曠野鬼神十八地獄閻羅王神其

阿鼻等諸大地獄全至佛所及有無邊諸怖畏事一時逼迫菩薩菩薩爾時徐舉右臂申眉間毫下向用擬阿鼻地獄令諸罪人見白毫中流出衆水猶如車軸火滅苦息心得清涼獄卒見鐵叉頭如白銀山龕室千萬有白師子蟠身爲坐於其座上生白蓮華有妙菩薩入勝意慈心三昧獄主發心衆多罪人諸苦休息稱南無佛皆得解脫無邊惡事無由近佛魔王憔悴懊惱却卧床上有三魔女又懷惑亂菩薩亦以白毫擬之諸女皆見三十六物九孔不淨背負老母抱死小兒皆九孔流溢匍匐而去魔王奮劍向前世尊又以白毫擬之令魔眷屬身心安樂如得三禪餓鬼見白毫端皆有百千萬億諸大菩薩入勝意慈心三昧皆是慈力降魔經云光中演妙義者即眉間光謂時魔波旬既不能壞佛忽然還宮白毫遶從直至六天於其中間無數天子天女見白毫孔筒中皆空圍圓可愛如梵王幢於其空間有百千萬恒河沙微塵數諸寶蓮華一一蓮華無量無邊諸妙白毫以爲其臺臺上有化佛菩薩放於白毫大人相光亦復如是諸菩薩頂有妙蓮華其華金色過去七佛在於華上是諸化佛自說名字與修多羅等無差別即光中演妙義也然是慈心三昧之力是故總云慈力降魔

以彼智慧心破諸煩惱障一念見一切此是佛神力

次一智斷致用次一智斷者初句智次句斷此即精義入神故能一念頓現一切是致用也易繫辭云尺蠖之屈以求信也龍蛇之蟄以存身也精義入神以致用也注云精義物理之微者也神寂然不動感而遂通者也故能乘天下之微會通其用也今借此言以智斷冥契爲精義入神耳

擊于正法鼓覺悟十方刹咸令向菩提自在力能爾

後一法鼓警機文相並顯

不壞無邊境而遊諸億刹於有無所著彼自在如佛

後四令物思齊者斯即佛因能如是行得諸佛道四偈顯四種行一游刹無著謂不壞其相故能普游了刹性空故於有無著

諸佛如虛空究竟常清淨憶念生歡喜彼諸願具足

二念佛生喜上半所念法身顯故如空永常解脱累亡如空清淨下半能念憶持明記故喜生願足

一一地獄中經於無量劫爲度衆生故而能忍是苦

三亡苦濟物

不惜於身命常護諸佛法無我心調柔能得如來道

四護法輕身文並可知

大方廣佛華嚴經疏鈔會本第十三之一

音釋

溺力歷切没也　疽正作蛆七余切蟲也　瘯音族瘯瘡也　肇紹切　澍朱戍切與注同　匍匐匍音蒲匐蒲墨切匍匐以手行也　奮方問切　尺蠖蠖烏郭切尺蠖屈伸蟲也　求信信升人切與伸同　黐抽知切　彗徐醉切妖星也

大方廣佛華嚴經疏鈔會本第十三之二

唐于闐國三藏沙門實叉難陀　譯

唐清涼山大華嚴寺沙門澄觀撰述

爾時光明過十世界徧照東方百世界南西北方四維上下亦復如是彼諸世界中皆有百億閻浮提乃至百億色究竟天其中所有悉皆明現彼一一閻浮提中悉見如來坐蓮華藏師子之座十佛刹微塵數菩薩所共圍繞悉以佛神力故十方各有一大菩薩一一各與十佛刹微塵數諸菩薩俱來詣佛所其大菩薩謂文殊師利等所從來國謂金色世界等本所事佛謂不動智如來等

第三重光照百界

爾時一切處文殊師利菩薩各於佛所同時發聲說此頌言

佛了法如幻通達無障礙心淨離衆著調伏諸群生

偈中顯佛八相菩提十偈分二初偈標德充滿後九別廣調生　今初謂了俗即真故如幻本虛真不礙俗故達諸法相性相無礙是真通達無二礙著則轉依心淨大悲同體故調伏衆生則三德備矣故能攝化性相無礙者疏釋通達無礙有其二義一所達之法性相無礙二能了之智無有二礙二礙即二障了相故無智障了性故無惑障故次句云無二礙著則轉依心淨者謂轉無常雜染之依唯以功德依常法身故云心淨通達是智無礙是斷調生是恩云三德備

或有見初生妙色如金山住是最後身永作人中月

後九中即悲願自在調伏普周雖數越塵沙略論其九皆言或見者然有多義一或

多機異處各感見二或同處各見三或異時別見四或同時異見五或同時異處見六或同處異時見七或異時異處見八或同時同處見九或一人於同異交互時處見多人所見十或一人於同異俱時處見一切人所見以是普眼機故然佛不分身無思普現也皆言或見者此九別中有九或見在義易了而人尚迷今寄清涼五臺求見文殊以況法界見佛差別總有十義一或多機異處各感見者如有五人名為多機各在一臺名為異處一人南臺見菩薩一人西臺見師子一人中臺見萬聖一人東臺見化佛一人北臺見聖僧是各感見也二或同處各見者五人同在中臺故云同處一見菩薩一見師子等故云各見三或異時別見者一人朝見菩薩暮見化佛等四或同時異見者上異時別見不局一人多人今此要是多人謂二人同於晨朝一見化佛一見菩薩五或同時異處見者亦約多人同於晨旦一於東臺見一於北臺見所見之境或同或異或見菩薩亦是同時異處見或則一見菩薩一見化佛亦同時異處六或同處異時見同於中臺朝見暮亦見而能見亦通一人多人所見亦通一境異境但取處同時異耳七或異時異處見時則朝暮不同處則東西臺別而能見亦通一人多人謂或一人朝於中臺見菩薩暮於北臺見菩薩異人可知然多約一人其所見境亦通同異同見吾薩如上已明或一人朝於中臺見菩薩暮於北臺見師子然多分且約一境八或同時同處見亦約多人同在中臺同於中時見菩薩所見亦通同異且約同說九或一人於同異交互時處見多人所見者言同異交互時處者謂同時異處異時同處名交互時處然同時異處即是第五而要是多人異時同處即是第六通一人多人今唯一人頓見前多人所見此機亦是不思議人能於同時異處見故謂有一人於晨朝時在於中臺見中臺多人所見亦在西臺見多人所見又於中臺於朝於暮皆見多人所見也十或一人於同異俱時處見一切人所見者謂一同時同處時異處名同異俱時處既是一人時該多時處遍諸處見通諸境故是普眼機也然佛不分身下不分而遍無思普現頓應前十也一初生時身如夜月皎鏡可觀智猶滿月清涼照物故云·永作

或見經行時具無量功德念慧皆善巧丈夫師子步

二行七步時顯其具德
或見紺青目觀察於十方有時現戲笑爲順衆生欲
三顧眄時觀方現笑
或見師子吼殊勝無比身示現最後生所説無非實
四師子吼時説我獨尊
或有見出家解脱一切縛修治諸佛行常樂觀寂滅
五出家時解縛修寂
或見坐道場覺知一切法到功德彼岸癡暗煩惱盡
六坐道場時障盡德圓
或見勝丈夫具足大悲心轉於妙法輪度無量衆生
七轉法輪時因悲度物
或見師子吼威光最殊特超一切世間神通力無等
八顯神通時調彼難調
或見心寂靜如世燈永滅種種現神通十力能如是
九示入涅槃不妨神用又下二句亦總結前九皆是神通並有深意如第八會如第八會者即五十九經各有十意説者應引
爾時光明過百世界徧照東方千世界南西北方四維上下亦復如是彼一一世界中皆有百億閻浮提乃至百億色究竟天其中所有悉皆明現彼一一閻浮提中悉見如來坐蓮華藏師子之座十佛刹微塵數菩薩所共圍繞悉以佛神力故十方各有一大菩薩一

一各與十佛剎微塵數諸菩薩俱來詣佛所
其大菩薩謂文殊師利等所從來國謂金色
世界等本所事佛謂不動智如來等
第四重光照千界
爾時一切處文殊師利菩薩各於佛所同時
發聲說此頌言
佛於甚深法通達無與等衆生不能了次第
爲開示
頌中顯菩提體性十頌分三初偈雙具悲
智爲菩提體次四三德內圓後五即體悲
用　今初上半智深下半悲濟
我性未曾有我所亦空寂云何諸如來而得
有其身
次四偈中一歎菩提永絕二我德謂二我
之見必因於身今觀於身若我即陰我即
生滅若我異陰以何相知故但妄情曾未
覈有既無有我誰是我所我我所空身從
何有無身之身顯法身德今觀於身者即中論法品中意
論云若我即五陰我即爲生滅若我異五
陰則非五陰相若無有我者何得有我所
內外我我所盡滅無有故諸受即爲滅受
滅則身滅業煩惱滅故名之爲解脫業煩
惱非實入空戲論滅釋曰上中論意正觀
於身五陰之法而如來品五蘊上求如來
亦就於我及我所說則如自觀身實相觀
佛亦然若了二我本自空寂則見法身湛
然常住疏中初二句即論初兩句明即陰
無我陰是有爲生滅之法我即是陰故同
生滅次兩句是論第二兩句異陰無我而
論主但云則非五陰相今云以何相知者
是長行釋語謂凡一切法皆以相知有離
陰有我則不以五陰爲相爲用何相知有
我耶故但妄情結成論意妄情計有我性
實無故云我性未曾有既無有我下以我
破所釋經我所亦空寂即論云若無有我
者何得有我所我我所空下無我遣身釋
經下半云何諸如來而得有其身即論內
外我我所下一偈半文無身之身下結歸
疏意三德內圓法身爲一耳故
經云佛以法爲身淸淨如虛空
解脫明行者無數無等倫世間諸因量求過

不可得

二顯解脫般若德涅槃二十五云貪瞋癡心永斷滅故心善解脫於一切法知無障礙故慧善解脫涅槃略有一百八句以顯深廣

二顯解脫般若者即三德之二也先釋解脫德引於涅槃畧有二種即二十五經高貴德王菩薩品第八功德中一義經云云何菩薩心善解脫貪瞋癡心永斷滅故是名菩薩心善解脫若瑜伽八十五云由三種相當知心善解脫一於諸行遍了知故二於彼相應煩惱斷德作證故三須惱斷已於一切處離愛住故經云云何菩薩慧善解脫菩薩摩訶薩於一切法知無障礙是名菩薩慧善解脫因慧解脫昔所不聞而今得聞昔所不見而今得見昔所不至而今得至釋曰心善解脫即滅定障慧善解脫即脫智障二障既除脩然無繫故名解脫涅槃下經重復問起以顯前義謂心定有貪等則不可脫定無貪等即不須脫欲明相有性無此二無礙方名解脫涅槃畧有一百八句者即第五經廣釋三德解脫之德迦葉問言世尊何等名為涅槃善男子夫涅槃者名為解脫先示其體亦色非色下迦葉重請明解脫相爾時迦葉菩薩復白佛言世尊唯願哀愍重垂廣說大般涅槃解脫之義佛讚迦葉善哉善哉善男子真解脫者名曰遠離一切繫縛若真解脫離諸繫縛則無有生亦無和合譬如父母和合生子真解脫者則不如是是故解脫名曰不生迦葉譬如醍醐其性清淨如來亦爾非因父母和合而生其性清淨所以示現有父母者為欲化度諸衆生故真解脫者即是如來如來解脫無二無別譬如春月下諸種子得暖潤氣尋便出生真解脫者則不如是此是一句餘如彼經然依遠公云以義相從有九十四句贖別細分有一百九句第二十二無遍切中別有七句第二十三無動義中有四句第二十四希有義中有其二句第二十五虛寂義中亦有兩句第四十甚深義中有其二句第五十一平等義中亦有兩句第六十七無窄狹中有其三句餘各有一是故分為一百九句今言一百八者即於二十二無遍切中但有六句以遠公不見七喻故分為七而第三句云云何遍切不遍切耶譬如凡夫我慢自高而捉蛇虎毒蟲是名遍切不遍切者如轉輪王所有神珠能伏毒蟲名不遍切六句皆是無遍切義唯此一句兼明遍切以顯無遍看似兩句實是一句表除百八煩惱亦同楞伽百八句問

言明行者即般若德若作明行足釋即禪慧德瑜伽三十八云明謂三明行謂止觀二品涅槃十六又云明者三明一菩

薩明二佛明三無明明菩薩明者即是般若波羅蜜佛明者即是佛眼無明明者即畢竟空然皆般若因果理智異耳足有二義一脚足義約因二圓足義約果此文略無

言明行者即般若德朗照萬法故稱明行者即如來具三德人若作明行足釋者重釋明行二字即十號之一先引瑜伽由有止觀云禪慧德彼後更有釋極善圓滿以釋足義得滿足義無脚足義故疏不引涅槃十六下此經十八先釋明後釋行前中先引經彼有四釋今當第四就行修證入釋明即證入之體後然皆下是疏釋經菩薩明者因中證智佛明者果中證智上二皆智無明明者是所證理智即觀照理即實相智度論云說智及智處俱名為般若即斯義也足有二義者即釋行字此中畧無足字行字所攝然經四釋不出二義第一釋云明者名得無量善果行名脚足善果者名無上菩提脚足者名為戒慧乘戒慧足得大菩提名明行足釋曰此則據果尋因釋以明為果以行為足行即足脚足義也行足不分是今經意二者經云又復明者名呪行者名吉足者名果善男子是名世間義呪者名為解脫吉者名無上菩提果者名大涅槃釋曰此偏就果德釋然以世間呪於出世此以涅槃為足是滿足義亦智斷總別耳三者經云又復明者名光行者名業足者名果善男子是名世間義光者名不放逸業者名六波羅蜜果者名無上菩提釋曰此即從因趣果釋謂明行皆因以足為果前釋三皆是果此獨菩提是果今疏所引即當第四但引釋明彼釋行足云行者於無量劫為衆生故修諸善業足者明見佛性釋曰此亦滿足釋足以足為果以行為因行足義開今經無足故取初釋行足合義不引此文

無數下顯其離過非有爲故無數超下位故無等豈是因明能求其過因明立量依世俗分別定有定無故曰世間今體絕有無故彼莫能過也如說佛聲非定有故不同外道立常從法性生離造作故不同菩薩所立無常三科皆爾豈將佛德判屬無常諸因量者謂諸因諸量及自他共等三種比量比量雖有三支五分因是量主故曰因量

無數下顯其離過即下三句於中有四一總明二因明立量下釋世間義三如說佛聲下指事以明求過不得定有則常今非定有不同外常因緣造作即是

無常今從法性故離造作不同無常何可求過四諸因量下隨難牒釋言諸因者謂生因了因言諸量者謂現量比量及聖言量所言因者所由所以順益待籍之義相也為由有此所由所以順益待籍宗果方明故說此等名為因也此即要是宗之所由亦是宗之所以等由此即顯與所立宗一向一味能建立宗故名因也又因有三相一遍是宗法性二同品定有性三異品遍無性如立聲是無常餅等為同品虛空等為異品於同品定有異品遍無是無常等因同喻異喻皆名喻也及自他共下因明第二疏中廣說今畧示之如薩婆多立無表色自立量云我無表色定是實色許色性故如許色聲等此即自比量謂自立義令他解了二他比量者於他立中出宗因過如大乘破薩婆多云汝無表色非定實色許無對故如心心所三共比量者於他立中出比量過因為量主者此即彼中三支有闕妨問夫論立量三支圓滿果明不舉獨唱因明答有二解一云對敵申量即能立三支具足敵者起智所由並得稱因所生敵智即號為明理智合舉故說因明二云就比量中有許未許為成未許必有能成即能成是因所成是宗宗由因顯義得分明此即因果雙彰理無違妨上之二義正以後義因為量主又經中云世間諸因量者亦可世間相違求過不得也

佛非世間蘊界處生死法數法不能成故號人師子

三一偈歎佛超絕三科德蘊者聚義謂是有為生死果相界者種族義謂是愛著生死因相處者生門義謂諸識內外緣相然不離色心俱舍論云愚根樂三故說蘊處界三蘊等有二一者有漏是世數法佛非此成二是無漏則佛非無因滅無常色等獲常色等故如來妙色常安隱故蘊者聚義等者

俱舍界品云彼論問云蘊處界等別義云何頌曰聚生門種族是蘊處界義釋曰初句釋義次句結成聚謂積聚即是蘊義諸有為色若過去若未來若現在若內若外若麤若細若劣若勝若近若遠如是一切畧為一聚說名色蘊言麤細者可見有對為麤餘二為細又不可見有對望上為細望不可見無對為麤三唯是細染汙名劣不染汙名勝現在名近過未名遠餘蘊例然但麤細一門有異謂意識相應四蘊為細五識相應五蘊為麤依五根故或約九地下地為麤上地為細言生門者處義謂六根六境是心心所生長門處言種族者界義論有兩釋一一族者謂種族也是生本

義謂十八界為同類因各生自類等流果故是法生本二族類義十八種法種類自性各別不同也俱舍論下此之半偈論明教起不同謂愚有三一愚心所為我二愚色三雙愚心色如次配三言根有三者謂上根聞畧得悟故說五蘊中根聞中說十二處下根聞廣方了說十八界言樂三者謂樂畧說蘊樂中說處樂廣說界因滅無常色即涅槃三十八如下當引如來妙色常安隱故但要此句具有一偈云妙色湛然常安隱不為時節劫數遷大聖曠劫行慈悲獲得金剛不壞體

其性本空寂內外俱解脫離一切妄念無等法如是

四歎佛超離根境德境智雙寂契彼性空根塵兩亡內外解脫亦常照內外脫於無知空尚不存妄從何起四歎佛者即是初句其性本空寂何法不寂獨歎如來故疏答云境智雙寂契彼性空故為佛德所以無心於物境則未亡攝境歸心心又未寂今佛寂照方契性空此以第二句成上第一句次言根塵兩亡內外解脫即上句釋下句由契性空故亡根塵心所知法一切皆空故亡塵也能知之心亦不可得故亡根也由內亡故根不能繫由外亡故境豈能牽真解脫也斯乃解脫惑障次云亦常照者此智障解脫上寂此照寂照無二真佛心也空上不存者舉況釋第三句空為所契尚不當心妄念空華豈當佛意又上四偈初一法身故常二無過故樂三數不能成故自在稱我四解脫故淨

體性常不動無我無來去而能悟世間無邊悉調伏

後五即體悲用中初偈不動普應德上半不動下半普應二我永亡稱性不動智周法界何有去來

常樂觀寂滅一相無有二其心不增減現無量神力

次偈動寂無二德三句入寂一句起用一相是表所謂無相無二是遮體不可分又無二者非對有說無也觀無始終故心不增減三輪之化云無量神力

不作諸衆生業報因緣行而能了無礙善逝法如是
次偈無染了機
種種諸衆生流轉於十方如來不分別度脱無邊類
次偈度心平等
諸佛真金色非有徧諸有隨衆生心樂爲説寂滅法
後偈無生現生智契非有悲心徧生隨機引之令歸常寂
爾時光明過千世界徧照東方十千世界南西北方四維上下亦復如是彼一一世界中皆有百億閻浮提乃至百億色究竟天其中所有悉皆明現彼一一閻浮提中悉見如來坐蓮華藏師子之座十佛刹微塵數菩薩所共圍繞悉以佛神力故十方各有一大菩薩一一各與十佛刹微塵數諸菩薩俱來詣佛所其大菩薩謂文殊師利等所從來國謂金色世界等本所事佛謂不動智如來等
第五重光照十千界
爾時一切處文殊師利菩薩各於佛所同時發聲説此頌言
發起大悲心救護諸衆生永出人天衆如是業應作
頌中明等菩提因行文有十行皆三句辨相一句勸修雖皆作業而展轉深細略分爲五初一大悲下救業不求自利故云永出人天
意常信樂佛其心不退轉親近諸如來如是業應作

次四修智上攀業一信二樂三念四學又初一長時修常信不轉故次四修智下疏有二意前意各別一行後意通修諸行文雖局一義乃兼通如長時修謂長時信長時樂長時念長時學下三亦然若約所信念等皆佛功德

志樂佛功德其心永不退住於清涼慧如是

業應作

次一殷重修志樂不退故清涼慧者無惑熱故

一切威儀中常念佛功德晝夜無暫斷如是

業應作

次偈無間修不暫斷故

觀無邊三世學彼佛功德常無厭倦心如是

業應作

後偈無餘修常徧學故

觀身如實相一切皆寂滅離我無我著如是

業應作

三有一偈內照業觀身實相者如淨名觀佛前際不來等又如法華不顛倒等如淨名者即見阿閦佛品佛問維摩詰汝欲見如來為以何等觀如來乎維摩詰言如自觀身實相觀佛亦然我觀如來前際不來後際不去今則不住不觀色不觀色如不觀色性不觀受想行識不觀受想行識如不觀受想行識性非四大起同於虛空六入無積眼耳鼻舌身心已過不在三界三垢已離順三脫門三明與無明等不一相不異相不自相不他相非無相非取相不此岸不彼岸不中流而化衆生觀於寂滅而不永滅等彼以觀身實相用觀如來今但自觀為小異耳真實觀同又如法華者即安樂行品第二親近處經云文殊師利又菩薩摩訶薩觀一切法空如實相不顛倒不動不退不轉如虛空無所有性一切語言道斷不生不出不起無名無相實無所有無量無邊無礙無障但以因緣有從顛倒生故說常樂觀如是法相是名菩薩摩訶薩第二親近處釋曰上經皆觀實相即理實相也云皆寂滅中論法品云諸法實相者心行言語斷無生亦無滅寂滅如涅槃即上半也又云諸佛或說我

或說於無我諸法實相中無我無非我即下半也中論法品下引論全釋一偈然順今經引論乃倒今先具引論文然後釋義論云諸佛或說我或說於無我諸法實相中無我無非我諸法實相者心行言語斷無生亦無滅寂滅如涅槃一切實非實亦實亦非實非實非非實是名諸佛法自知不隨他寂滅無戲論無異無分別是則名實相若法從緣生不即不異因是故名實相不斷亦不常不一亦不異不常亦不斷是名諸世尊教化甘露味釋曰此有六偈大分為四初三明實相之體次一智契實相三有一偈明實相由四有一一偈明實相之教初三中初一明實相雙非次一明其深寂後一語其體圓又三是橫廣二是豎深初一非深非廣又初一對我說實相二約性顯實相三該通性相明實相以實是性非實是相故畧知大旨今之所用但用二偈初以豎深釋經上半以心絶動搖言七四句故云心行言語斷理圓言偏理與言絶故云言語道斷以欲言其有無狀無形欲言其無聖以之靈故口欲辯而辭喪心以取相為行實相無相故絶心行之處是則心將緣而慮息以起心動念不會理故故體無生既法本不生今何有滅無生無滅即是寂滅言如涅槃者舉喻以顯然實相之體即性淨涅槃而人知涅槃寂滅不生不知實相寂滅故以涅槃為喻若了實相即是涅槃涅槃之相亦叵

得也次以雙非實相釋經下半離我無我著實相無我不可著我亦無無我亦不著無我若著二無我理未免於著又離我者超凡夫離無我者超二乘故能悲濟又離我者下上來直就體明此下對人以顯不著無我則不趣證故能悲濟然我無我通有四句一唯有我二唯無我三者雙辯即生死無我涅槃有我四雙非上二互形奪故然我無我下復以四句會融釋此四句畧有三意一對人以顯成前對人謂唯我即凡夫無我即二乘雙辯對小說大涅槃云無我者所謂生死我者謂大涅槃二乘之人但見無我不見於我雙非即泯絶大小二者直就大乘性相說亦有此四初句唯一真我迥然獨立次句對病顯實我法皆空雙辯句真妄雙觀不壞性相雙非句性相融即故互奪兩亡三者但約觀照第一句知諸衆生妄執有我二稱理而觀離於二我三亦雙照性相四即真妄形奪與第二釋異者此初句有我此是妄我第二初我乃無我法中有真我耳

等觀衆生心不起諸分別入於真實境如是業應作

四一偈等觀業大悲同體所以等觀見真息妄不起分別妄盡契如名入真實

悉舉無邊界普飲一切海神通大智力如是業應作思惟諸國土色與非色相一切悉能知如是業應作十方國土塵一塵爲一佛悉能知其數如是業應作

五後三偈大用業初偈神足通後二法智通於中初一知土法性土爲非色餘皆爲色此二融即皆悉委知後一知佛又十展轉者初悲欲救生當云何救信樂近佛樂其何法樂佛功德佛以功德成其身故空樂何益當念念修學學他不如自觀自觀不及物我齊致入真滯寂當起大用用何所爲當擬窮十方界入諸佛海

爾時光明過十千世界徧照東方百千世界南西北方四維上下亦復如是彼一一世界中皆有百億閻浮提乃至百億色究竟天其中所有悉皆明現彼一一閻浮提中悉見如來坐蓮華藏師子之座十佛刹微塵數菩薩所共圍繞悉以佛神力故十方各有一大菩薩一一各與十佛刹微塵數諸菩薩俱來詣佛所其大菩薩謂文殊師利等所從來國謂金色世界等本所事佛謂不動智如來等

第六重照百千界即第二答佛威德問威德約身故

爾時一切處文殊師利菩薩各於佛所同時發聲說此頌言

若以威德色種族而見人中調御師是爲病眼顛倒見彼不能知最勝法

前五法身後五智身前中分二初一揀迷

謂以威德則自在熾盛色相則端嚴吉祥種族則名稱尊貴雖是薄伽而見從外來取相乖於最勝故爲倒見猶眼有病故見外空華執內爲外謂空爲有初一揀迷以為三節攝佛地論數佛偈云自在熾盛與端嚴名稱吉祥及尊貴如是六種義差別應知總名薄伽梵今文具用翻此六義以顯真佛最勝之法初以自在熾盛二德釋其威德論云自在者永不繫屬諸煩惱故熾盛者猛燄智光所燒煉故此內威德由內具此智斷二德外攝羣魔制諸外道二以端嚴吉祥釋於色字色即色相論云端嚴者三十二相所莊嚴故吉祥者一切世間親近供養咸稱歎故三以名稱尊貴釋種族字論云名稱者一切殊勝功德圓滿無不知故尊貴者具一切德常起方便利益世間安樂一切無懈廢故此上二德前是功德後是大悲悲智功德為佛種族謂佛以功德為種性故佛以大悲為根本故為出生故即內種族故能悲現剎帝利種雖是薄伽下釋後半躡上而釋謂上六義號為薄伽依此而取未免顛倒見從外來即不了唯心是起信文云見從外來取色分齊取相二字向上成心外取相若就當句說取心佛亦為取相不了真佛無相相故言顛倒者顛者頂也頂合在上向下即倒如是合無為有合內為外皆名顛倒故舉空華喻通二義

如來色形諸相等一切世間莫能測億那由劫共思量色相威德轉無邊

後四示悟顯最勝法初偈明如來色相無邊故超情莫測無邊有二一深故隨一一相稱真無邊二廣故謂具十蓮華藏塵數之相

如來非以相爲體但是無相寂滅法身相威儀悉具足世間隨樂皆得見

次偈釋上二義前半釋深相即無相故後半釋廣無相之相故廣復有二一無限因成二應機普現謂色無定色若金剛之合朱紫形無定形猶光影之任修短相無定相似明鏡之對妍媸故隨樂皆見一無限因成者此中無文含在隨樂見中上普興雲幢主水神偈云清淨慈門剎塵數共生如來一

妙相一一諸相莫不然是故見者無厭足此一慧門已無量矣況於諸門出現寶光主海神云不可思議大劫海供養一切諸如來普以功德施羣生是故端嚴最無比即施門無量也普發迅流主河神云如來往昔為衆生修治法海無邊行即無限因也如是等或一切因共成一相或一切因成一切相等故云無限二應機普現者下舉三喻別喻色形諸相三法

佛法微妙難可量一切言說莫能及非是和合非不合體性寂滅無諸相

三一偈明所證超情以成前義前半正顯謂欲言其有體相寂滅欲言其無色相無邊故止言顯妙唯智方契故心慮亘量理圓言偏故言說莫及後半重釋謂應緣非不合住體非和合又緣起修成非不合契真相盡非和合又緣即非緣故非和合非緣即緣故非不合合相離故無諸相非合亦離體寂滅也後半重釋者前半云難可量則心行處滅言說莫及則言語道斷今重釋者何以寂滅諸相心言罔及耶釋意云寂滅是不和合義隨樂皆見是和合義今亦不可作合與不合而知而說故重釋之於中寄三身說初約法身住體遍應釋則前無相寂滅即是住體隨樂皆見即是遍應故今以二義相奪故非合不合其住體遍應猶如虛空隨其竅隙方圓大小又緣起修成下約報身修成契實說如鑄金成像像全同金亦互奪亘託又緣即非緣下約化身應緣說猶如影像有而即虛亦二相奪不可得說已釋上句從合相離故下釋下句

佛身無生超戲論非是蘊聚差別法得自在力決定見所行無畏離言道

四有一偈明能證超絕結歸佛身上來體性寂滅遣有身相具足遣無非合不合遣俱有無而復謂佛是非有非無還成戲論中論云戲論破慧眼是皆不見佛故次遣之謂妄惑不生故非蘊聚起心則生便成戲論中論云者即如來品此前更有一偈云如是性空中思惟不可得如來滅度後分別於有無青目釋云諸法實相性空故不應於如來滅後思惟若有若無若

有無俱如來從本已來畢竟空何況滅後釋曰此偈總遣三句次偈云如來過戲論而人生戲論戲論破慧眼是皆不見佛此偈二意一者仍前破第三此破第四非有非無戲論謗句即今疏文二者總遣四句百非謂起心動念皆成戲論非局第四故次疏云妄惑不生故非蘊聚起心則生便成戲論彼青目釋云戲論名憶念取相分別此彼言佛滅不滅等是人為戲論覆慧眼故不能見如來法身

決定見者不隨境相名自在力有無不能累其神故無畏也非言行處爲絕言道

決定見下釋下半謂決定見者則見法身如來法身其相云何論云如來所有性即是世間性如來無有性世間亦無性真妄無性即佛法身如是見者不隨相轉若隨相轉則不自在不隨相轉即決定見見同無性能所雙寂何有有無能累其神則不畏有無等也

身心悉平等內外皆解脫永劫住正念無著無所繫

後五智身中初知解脫智謂外身非業繫內心無取著爲皆解脫常契等理故云正念又內脫二障外用無羇此明自在初一知解

脫智此偈第四句結歎疏總不別釋四句交絡相合而釋謂初句身字合次句外字初句心字合次句內字云外身內心平等二字是身心理解脫二字通上身心內外而解脫不同外身脫業繫苦相即以解脫上取外身下取第四句中無所繫字內心脫執取等相即以解脫字上取內心下取第四句中無著二字心無取著即為能證契上平等名為正念是第三句四句圓矣又內脫二障更為異解上解脫字別配身心皆離障解脫今釋內解脫者離障解脫外解脫者作用解脫如淨名有解脫名不可思議等

意淨光明者所行無染著智眼靡不周廣大利衆生一身爲無量無量復爲一了知諸世間現形徧一切此身無所從亦無所積聚衆生分別故見佛種種身心分別世間是心無所有如來知此法如是見佛身

下四大用自在展轉相釋初一以寂照智利生意淨寂也光明照也淨故無著明故智周故能大作佛事次一云何利生謂變

化智自在上半一多無礙下半隨器普現
次偈明一多所從以無生智隨物而感謂
一身多身但由衆生分別心起故無積無
從其猶並安千器數步而千月不同一道
澄江萬里而一月孤眹情隅則法身成異
心通而玄旨必均云云自他於佛何預後
偈復拂前迹謂即前分別之器亦無所有
妄見之身豈當可得此法是佛所知當依
此理見佛此後二句兼通結上謂即前等者上云月之一多由器有異佛之一多由感不同今云心分別世間是心無所有則分別之器亦忘也其猶夢中見器中之月豈唯月之不實實亦器本自無能現之器即無所現之月安有約法可思此法是佛下釋下半依此見佛則如佛見

大方廣佛華嚴經疏鈔會本第十三之二

音釋

紺青 紺古暗切青赤色也
眄 彌箭切邪視也
翛 思邀切翛然飛羽貌
窄 側格切狹隘也
姸媸 姸倪堅切好也媸充之切醜也
羈 居宜切縶也
阿閦 梵語也此云無動閦初六切
隙 豈逆切

大方廣佛華嚴經疏鈔會本第十三之三

唐于闐國三藏沙門實叉難陀　譯

唐清涼山大華嚴寺沙門澄觀撰述

爾時光明過百千世界徧照東方百萬世界南西北方四維上下亦復如是彼一一世界中皆有百億閻浮提乃至百億色究竟天其中所有悉皆明現彼一一閻浮提中悉見如來坐蓮華藏師子之座十佛剎微塵數菩薩所共圍繞悉以佛神力故十方各有一大菩薩一一各與十佛剎微塵數諸菩薩俱來詣佛所其大菩薩謂文殊師利等所從來國謂金色世界等本所事佛謂不動智如來等

第七重光照十方百萬世界此下四段答法性問佛以功德爲法性故即分爲四初一總顯內外包攝德二方便幹能德三大悲救攝德四因果圓徧德今初段

爾時一切處文殊師利菩薩各於佛所同時發聲說此頌言

如來最自在超世無所依具一切功德度脫於諸有無染無所著無想無依止體性不可量見者咸稱歎光明徧清淨塵累悉蠲滌不動離二邊此是如來智

偈中分二前五歎佛法難思後五示入方便今初分三初三直就佛明次一對機以辨後一約法以明今初初一句所緣及一切種智清淨於所緣所知中無礙智自在轉故次句所依清淨煩惱習氣永無餘故三一切種心清淨一切善根皆積集故四具大悲故初句所緣者契經諸論皆說如來一百四十不共功德今依瑜伽四十九說論云依如來住及依如來到究竟地諸佛世尊有百四十不共佛法謂

諸如來三十二大人相八十種隨形好四一切種清淨十力四無所畏三念住三不護大悲無忘失法永害習氣及一切種妙智今經畧具初三句中具四一切種清淨言四種者一一切種所依清淨謂煩惱麤重并諸習氣於自所依無餘永滅故又於自體如自所欲取住捨中自在而轉二一切種所緣清淨謂於種種若化若變若所顯現一切所緣皆自在轉故三一切種心清淨謂如前說一切心麤重永滅離故又於心中一切種善根皆積集故四一切種智清淨謂如前所說一切無明品麤重永滅離故又遍一切所知境中知無障礙智自在轉故上四中除第二皆有二釋今疏之中皆具四淨而文少畧取順經耳初如來最自在句有二清淨所緣是第二一切種智是第四於所緣中無礙轉釋第二所緣清淨於所知中無礙智自在轉即是第四一切智清淨彼論二釋今取後釋此二皆是最自在義次句所依清淨者即經超世無所依是第一淨可知三一切種心清淨者即經具一切功德是第三心清淨亦二釋中後對論易知

五無憂喜之離染安住捨故故無所著六惡想都絕不依止名聞利養故七八二句體雖巨量具相好故稱歎五無憂喜者即無染無所著是三念住謂一者一心聽法不憂二者一心聽法不喜三者常住捨心謂有憂喜即染不住捨即著今無染無著故具三念住六惡想下即經無想無依止是三不護一惡想都絕二不依止名聞三不依止利養今無想成初一無依止成後二

九智光徧覺離倒名淨身光可知十永害習氣故十一住正念故離邊常明記故不動亦是成上智光所觀故結云佛智又此一偈即四無所畏光明即正覺清淨即出苦滌累漏盡及與障道無畏不動即無畏之義外難不能傾故不墮勝負二邊故是無畏智九智光遍覺即一切種妙智十可知十一即無忘失法故常明記又此一偈者謂光明遍清淨屬無畏無畏有四一一切智無畏二漏盡無畏三出障道無畏四出苦道無畏至十藏品當釋唯十力智在第三約法以顯中則百四十功德具矣

若有見如來身心離分別則於一切法永出諸疑滯

二一偈對機以辨中身心離分別者含於

二意一約佛以三業隨智慧行等故二約機即知上功德而能身心無分別者得無疑益

一切世間中處處轉法輪無性無所轉導師方便說

三有一偈約法以顯雖法界徧轉無性寂滅故無所轉假以言宣云方便說其能轉智即十力智

於法無疑惑永絕諸戲論不生分別心是念佛菩提

後五示入方便者上來說佛不離功德菩提上所說法不離教義次第令入初偈令念菩提初句善決性相次二句契理絕想以生分別想即戲論故具斯二義爲念菩提故大般若云覺法自性離諸分別同菩提故又心絕動搖言亡戲論又瑜伽九十五有六種戲論故名爲諸故大般若下即文殊分中如前已引又心絕動搖亦是此經次後那伽室利分那伽云龍即龍吉祥菩薩妙吉祥菩薩欲入城乞食龍吉祥問云我欲入城為有情故巡行乞食妙吉祥云隨汝意往然於行時勿得舉足勿得下足勿屈勿伸勿起於心勿興戲論勿生路想城邑想大小男女想所以者何菩提遠離諸所有想無高無下無卷無舒心絕動搖言忘戲論無有數量今此唯用後一對耳又瑜伽者一顛倒戲論二唐捐戲論三諍競戲論四於他分別勝劣戲論五分別工巧養命戲論六耽著世間財食戲論動搖尚無斯六豈有

了知差別法不著於言說無有一與多是名隨佛教

次偈隨教上二句了法亡言次句得旨方名隨順

多中無一性一亦無有多如是二俱捨普入佛功德

次偈入佛功德上二句雙存一多相別故次句雙泯相形奪故一因於多有多中應有一多因於一有一中應有多今多中無一一無從矣一中無多多無從矣故二俱捨也而性相融通入一即是入多名普入也次偈入佛等者文有三段初畧釋經文然一多相依互爲本末通有四義一相成義則一多俱立以互相持有力俱存也即初二句二相害義形奪兩亡以相依故各無性也即二俱捨是三互存義以此持彼不壞彼而在此彼持此亦爾故上文云一中解無量等是四互泯義以此持彼彼相盡而唯此以彼持此此相盡而唯彼故下文云知一即多多復即一是也諸文各據一義故不相違矣二然一多下束成四義以順經文復總收之以爲十義一

孤標獨立二雙現同時三兩相俱亡四自在無礙五去來不動六無力相持七彼此無知八力用交徹九自性非有十究竟離言三復總收下融成十門一孤標獨立者即前多中無一性一亦無有多二法互無故得獨立亦一即多而唯多多即一而唯一麼已同他故云獨立二雙現同時者即下經云知以一故衆知以衆故一無一即無多無多即無一故二雙現更無前後如牛二角三兩相俱忘者兩即前二俱捨也四自在無礙者欲一即一不壞相故欲多即多一即多故一既如此多亦準之常一常多常即不即故云自在五去來不動者一入多而一在多入一而多存若兩錢相入而不動本相相即亦然六無力相持者因一有多多無力而持一因多有一一無力而持多七彼此無知者二互相依皆無體用故不相知故覺首云諸法無作用亦無有體性是故彼一切各各不相知八力用交徹者即前一中解無量無量中解一九自性無有者互為因起舉體性空十究竟離言者不可言一不可言非一不可言亦一亦非一不可言非一非非一不可言相即以相入故不可言相入以相即故不可言即入不壞相故不可言不即不入互交徹故口欲辯而辭喪心將緣而慮亡唯證方知同果海故一多既爾染淨等法

無不皆然

眾生及國土一切皆寂滅無依無分別能入佛菩提

次偈入佛菩提依正皆寂故無所依智契於斯故無分別

眾生及國土一異不可得如是善觀察名知佛法義

後偈知法義上明生土皆寂不可言異依正兩殊不可云一

爾時光明過百萬世界徧照東方一億世界南西北方四維上下亦復如是彼一一世界中皆有百億閻浮提乃至百億色究竟天其中所有悉皆明現彼一一閻浮提中各見如來坐蓮華藏師子之座十佛剎微塵數菩薩所共圍繞悉以佛神力故十方各有一大菩薩一一各與十佛剎微塵數諸菩薩俱來詣佛所其大菩薩謂文殊師利等所從來國謂金色世界等本所事佛謂不動智如來等

第八重光照一億界前云百萬今十倍於前即千萬爲一億也

爾時一切處文殊師利菩薩各於佛所同時發聲說此頌言

十偈歎佛權實雙行方便幹能然方便之言略有三意一以因中十種加行方便之力修成佛果自在之德二但是差別之用皆名方便其無礙慧無若干故三即實之權起用自在故名方便今文具三皆三句辨相一句結名今文具三者具上三方便也然其十偈皆具此三取其相顯入九兩偈但有第二故下疏云上之二偈但了差別即是方便餘之八偈皆是即實之權約其因修總是加行方便之力如第四偈善巧通達一切法差別用也

正念勤修涅槃道加行方便也上二皆權樂於解脫離不平即是稱實對上故為即實之權也餘可意得

智慧無等法無邊超諸有海到彼岸壽量光明悉無比此功德者方便力

初偈即體起用為方便然有六義一智超下位二證法無邊三解脫有海四具上三義到涅槃岸五壽兼真應六身光無涯皆佛功德

所有佛法皆明了常觀三世無厭倦雖緣境界不分別此難思者方便力

二歎寂照方便初句橫照次句豎窮次句即寂照而無思故難思也

樂觀眾生無生想普見諸趣無趣想恒住禪寂不繫心此無礙慧方便力

三歎佛事理無礙方便初二句有無無礙次一句定散無礙初二句者無即是理有即是事次句定散無礙者恒住禪寂定也由契心性理也禪不繫心不礙散也即涉事也

善巧通達一切法正念勤修涅槃道樂於解脫離不平此寂滅人方便力

四歎佛修無修方便初句善窮性相次句無念勤修樂於解脫釋修涅槃離不平者釋前正念以不見生死為雜染涅槃為清淨此二無差為真寂滅

有能勸向佛菩提趣如法界一切智善化眾生入於諦此住佛心方便力

五歎迴向方便初二句趣如法界是迴向實際餘皆迴向菩提次句迴向眾生住如化物故為方便初二句者二句之中唯取四字是向實際初句及一切智皆迴向菩提

佛所說法皆隨入廣大智慧無所礙一切處

行悉已臻此自在修方便力六證知方便初句隨順證入次句知而無障次句知徧趣行即利生法即知即證爲自在修也

恒住涅槃如虛空隨心化現靡不周此依無相而爲相到難到者方便力七寂用方便初句寂次句用次句寂用無礙爲無住涅槃凡小難到

晝夜日月及年劫世界始終成壞相如是憶念悉了知此時數智方便力八時數方便可知

一切衆生有生滅色與非色想非想所有名字悉了知此住難思方便力九難思方便初句了生滅刹那一期皆悉了知次十一字了相即衆生體不出三界九地下二界是色無色界非色二界八地皆名爲想無想天爲非想有頂非想非非想悉了知者能了兼了其性即是無生此是無邊之境故難思也上二偈但了差別即是方便二界八地者以欲色二界有五地皆全有想其無想天在第四禪不攝一地全故八地有想其有頂天是第九地不屬於想及與無想故今無色一界四地不全屬有無故云二界其無色界下之三地由是有想故舉八地而以攝之

過去現在未來世所有言說皆能了而知三世悉平等此無比解方便力十無比方便初二句知相上句豎窮下句横攝次句知性此二不二故無比即爲方便也

爾時光明過一億世界徧照東方十億世界南西北方四維上下亦復如是彼一一世界中皆有百億閻浮提乃至百億色究竟天其

中所有悉皆明現彼一一閻浮提中悉見如來坐蓮華藏師子之座十佛刹微塵數菩薩所共圍繞悉以佛神力故十方各有一大菩薩一一各與十佛刹微塵數諸菩薩俱來詣佛所其大菩薩謂文殊師利等所從來國謂金色世界等本所事佛謂不動智如來等

第九重光照十億界歎佛大悲救生德

爾時一切處文殊師利菩薩各於佛所同時發聲說此頌言

廣大苦行皆修習日夜精勤無厭怠已度難度師子吼普化衆生是其行

十偈多以第四句爲結於中分三初偈總標行海已圓而能普化次八別顯化類不同後一總結悲智周徧初中初句無餘修廣謂徧受大謂極苦次句長時無間次句功行已圓極惡難度已能度故云何能度謂師子吼師子吼者名決定說定說一切衆生皆有佛性度一闡提定說無我度諸外道定說欲苦不淨以度波旬定說如來常樂我淨度諸聲聞定說大悲以度緣覺定說如來無礙大智以度菩薩故云普化衆生初句無餘修者此有四修一無餘修以皆修故次句有二修一長時修二無間修日夜不息即是長時精勤無怠故無有間難度能度勇猛修也此偈是總示度相謂師子吼者名決定說即涅槃二十七師子吼品下說法度類畧有六亦攝下偈文有四節初偈即說佛性度一闡提佛性無明所覆迷真起妄如墮大河二有一偈無我化外三有六偈皆說欲苦度於波旬波旬為主諸類皆攝故四有一偈濟度三乘聲聞法執不了性空緣覺無悲不隨六道故悲智雙流普教羣生即化菩薩

衆生流轉愛欲海無明網覆大憂迫至仁勇猛悉斷除誓亦當然是其行

次八別中云何普化初化癡愛衆生前半所救如人墮海五事難出一水深二波迅三迷闇四蟲執五憂迫失力衆生欲海流轉亦爾此中愛有二義一已得無厭深廣如海二於未得處無足如流癡亦二義一迷不見過二妄見有德結網自纏五由前癡愛招大憂苦次句擧古佛已行亡身爲物故曰至人後句立誓當作五事難出一水深即愛欲海二即流轉三即無明四即網覆義兼蟲執羅不得出五即大憂迫次衆生下約法釋五而四釋蟲執云妄見有德結網自纏

世間放逸著五欲不實分別受衆苦奉行佛教常攝心誓度於斯是其行

二度著欲衆生上半所救放逸者著欲緣也著五欲欲事也不實分別欲因也受衆苦欲果也未得已失皆受大苦正得亦苦横生樂想況當受三塗故云衆苦次句受教自修後句立誓轉化

衆生著我入生死求其邊際不可得普事如來獲妙法爲彼宣説是其行

三救著我衆生前半所救著我爲因受生死果未證無我浩無邊際次句救方説二無我唯佛有之

衆生無怙病所纏常淪惡趣起三毒大火猛燄恒燒熱淨心度彼是其行

四救惡趣衆生三句所救謂無善可恃顯唯惡業及惑病因招三惡趣展轉復起三毒之過因果俱燒末句救方但淨其心因亡果喪

衆生迷惑失正道常行邪徑入暗宅爲彼大然正法燈永作照明是其行

五救邪見衆生前半所救上句明因迷四真諦惑現境故次句起見邪見翳理即爲闇宅後半能救之方

衆生漂溺諸有海憂難無涯不可處爲彼興造大法船皆令得度是其行

六救著有衆生前半所救三有深廣總喻於海漂至人天還溺惡趣未遇如來多成難處希求不已故名爲憂未有對治故無涯畔具上諸失故不可處後半能救可知

衆生無知不見本迷惑癡狂險難中佛哀愍彼建法橋正念令昇是其行

七救無明衆生前半所救由本住無明故不見無住之本迷理惑事狂走於生死之中後半能救佛既授法正念即升也

見諸衆生在險道老病死苦常逼迫修諸方便無限量誓當悉度是其行

八救險道衆生前半所救人天報危臨墮惡趣名爲險道能救可知

聞法信解無疑惑了性空寂不驚怖隨形六道徧十方普救羣迷是其行

後一偈總結者前半結有教證之智能導無緣之悲次句結有同體之悲能徧十方六道後句結於所救不越羣迷

爾時光明過十億世界徧照東方百億世界千億世界百千億世界那由他億世界百那由他億世界千那由他億世界百千那由他億世界如是無數無量無邊無等不可數不可稱不可思不可量不可説盡法界虚空界所有世界南西北方四維上下亦復如是彼一一世界中皆有百億閻浮提乃至百億色

究竟天
第十重光照十方總結無盡長行分二先
明世界數量略有十七漸窮法界
其中所有悉皆明現彼一一閻浮提中悉見
如來坐蓮華藏師子之座十佛刹微塵數菩
薩所共圍繞悉以佛神力故十方各有一大
菩薩一一各與十佛刹微塵數諸菩薩俱來
詣佛所其大菩薩謂文殊師利等所從來國
謂金色世界等本所事佛謂不動智如來等
後明彼諸世界所有皆現
爾時一切處文殊師利菩薩各於佛所同時
發聲說此頌言
一念普觀無量劫無去無來亦無住如是了
知三世事超諸方便成十力
十頌明因果圓徧德於中分二前四示佛
因果徧說後六勸物順行今初初一偈因
圓果滿彰有說因初三句三達因圓後句
十力果滿初三句者三達即達三世於中初句了相無量劫言通過及未次句了性過去心不可得故云無去未來心不可得故云無來現在心不可得故云無住淨名云若過去過去心已滅若未來未來心未至若現在現在心無住現在是住亦生即滅故云無住第三句結知佛如是知云何如是非唯知無去等亦知其相又性相無礙又一念能知為如是了
十方無比善名稱永離諸難常歡喜普詣一
切國土中廣為宣揚如是法
次一偈大用外彰正明說法周徧可知
為利眾生供養佛如其意獲相似果於一切
法悉順知徧十方中現神力
從初供佛意柔忍入深禪定觀法性普勸眾
生發道心以此速成無上果
後二對因辨果初一偈徧因初句為因三

句皆果法供養佛故於法順知普爲衆生故能徧用斯即等流名相似果晉經云正心供養明是法供養也後一偈深因故能速證初二句六度自利謂供佛是檀意柔兼戒從初至末是進策也次句利他兼方便等二行既圓則佛果朝夕故云速成兼方便者勸物涉有故是方便勸生發心即是大願衆生無邊誓願度佛道無上誓願成故即修智力爲智決斷佛果朝夕者此有二意一明果速匪朝即夕故一念相應功圓曠劫此爲正意結云速成二朝夕是海文選云挹朝夕之池者無以測其淺深謂此是佛果大海以深廣故與此相應亦得速成

十方求法情無異爲修功德令滿足有無二相悉滅除此人於佛爲真見

後六偈勸物順行佛昔如是行今得說法果令物行之亦得斯果初一偈求法行二說法行三聽法行四有三偈破相行今初初句離過勝他名利名爲異情次二句顯德一句滿福一句圓智又無異者於一切法都無所求若此之求則見真法身於一切者即淨名經身子念座因有此示

普往十方諸國土廣說妙法與義利住於實際不動搖此人功德同於佛

二說法行前半說法益物義利若令衆生得離惡攝善故此世他世益故世出世益故福德智慧益故上四對皆先義後利後半若無說無示同佛說也上四對者即佛地論若無說下亦淨名目連章經云夫說法者無說無示其聽法者無聞無得說約教道示約證道無聞則不如言取故爲真聞無得則心無所得方真證得無聞無得即後偈聽法行中今此說法但無說示亦同實積歎佛偈云善能分別諸法相於第一義而不動故言同佛

如來所轉妙法輪一切皆是菩提分若能聞

已悟法性如是之人常見佛

三聽法行兼顯法輪之體初句教法次句即教成行無有一文一法非菩提因豈止三十七品次句悟理揀去隨文後句理無廢興故常見佛果也（次句悟理者不隨文故無閒悟理故無得）

不見十力空如幻雖見非見如盲覩分別取相不見佛畢竟離著乃能見

衆生隨業種種別十方內外難盡見佛身無礙徧十方不可盡見亦如是

譬如空中無量剎無來無去徧十方生成滅壞無所依佛徧虛空亦如是

後三破相行初一正明後二轉釋今初初三句反顯金容煥目而非形安可以相取後句正顯法性超乎視聽唯可虛已而求後二轉釋云何不見前偈以妄喻眞衆生妄惑尚不可窮諸佛契眞如何見盡後偈復轉釋云雖徧十方不可定取如剎徧空有其四義一多剎滿空二體無來去三不妨成壞四無別所依佛身徧空亦具四義一頓徧多剎二恒不去來三應有出沒四體用無依是故佛身亦不可以徧空而取耳上來三品答初十句所依果問竟

大方廣佛華嚴經疏鈔會本第十三之三

音釋

蠲滌（蠲古玄切潔也滌音狄淨也）滯（直例切凝滯也）臻（側詵切至也）

一闡提（闡齒善切梵語一闡提此云信不具）漂溺（漂音飄浮也溺奴歷切沒也）

大方廣佛華嚴經疏鈔會本第十三之四

唐于闐國三藏沙門實叉難陀　譯

唐清涼山大華嚴寺沙門澄觀撰述

菩薩問明品第十

釋此一品亦有四門初來意中有通有別通謂上來三品已答十句生解所依此下正答生解因果故次來也生解因中先答十住住攬信成將答所成先辨能成又正答十信故下三品來也後別者三品明信有解行德解爲二本此品先來通謂下明盡一分來

意直盡第七會來生解因中下唯明下三品來意初依古德信住合明又正答下疏意別明答信以第二會初十問中脫十信問故今三品答之不答住也然賢首意始教別開信位如梁論云如須陀洹見道前四位謂煗頂忍世第一菩薩道前四位亦爾謂十信十住十行十迴向又彼論及佛性論皆云地前修四種行謂十信修信樂大乘行十解修般若行十行修三昧行十迴向修大悲行如其次第即是四位故又爲除四類障正使故即此四住謂初除闡提不信障二除外道我執障三除聲聞畏苦障四除獨覺捨大悲障又信成淨德因種解成我德因種行成樂德因種迴向成常德因種又仁王經寄四輪王謂鐵銅銀金以上教義故知十信亦成位也若終教十信但是十住方便自無別位謂仁王釋三賢云十信十止十堅心十信即住故今疏不論成位不成位皆以三品別答信問別一會答合有問故已如前說

二釋名者菩薩是人問明是法遮果表因故云菩薩問即是難明即是答然問有二種一汎爾相問梵云必理車二者難問謂以理徵詰梵云鉢羅室囊即今品意也答亦有二一但依問訓答報曰答二若俱爲解釋旁兼異義美言讚述令理顯煥曰明即今品意也明亦破闇能除問者之疑闇故今文殊九首互爲明難遞作磋榷研覈教理以悟羣生故以名也又長行明起於問偈須明解於問故曰問明不云答者欲以明

兼於問故問有二義故得稱明一問中徵責詰難理盡使答者亡言此至明之問也二以問中進退詰理令現使答者易釋故以爲明又明即法明以十菩薩問出十種法明故曰問明雖諸義不同皆菩薩之問明依主釋也然問有二下約論通問即是難明即是答令對彼難問故答稱明此明局在答者而有二義一顯理爲明此明屬自明亦已下二破闇爲明此約答他令他明故又長行下二約賔主問唯屬問明通問答使答者亡言者如緣起甚深中問云心性是一何以種種若云緣令種種何以復不相知逆遮其教使其亡言使答者易釋者謂問意言既是一性何以種種欲言種種復不相知故答云由不相知能成種種種種無性即不相知故不乖一性即答者易釋也又明即法下三約理法釋亦是約教義說謂問即是教釋有往復故明即法明是義所攝謂十甚深爲十種法明就此法明又約心境法即是境明即是心以智慧明照二諦法故云法明

三宗趣者亦先通後別通復二義一通分宗二通會宗並如會初二別明此品有其二義一望當品以十甚深爲宗依成觀解爲趣二望後二品則以甚深觀解爲宗成後行德爲趣

四釋文此下至菩薩住處明生解之因配十句問如前問中依文次第且分爲六初此下三品明未信令信二第三會已信令解三第四會已解令行四第五會已行令起願五第六會已起願令證入六十定品至住處品已證入令等佛令初三品即爲三別此品明正解理觀次品明隨緣願行賢首品明德用該收就初分二先問答顯理後示相結通前中以十菩薩各主一門顯十甚深即爲十段一緣起甚深二教化甚深三業果甚深四說法甚深五福田甚深六正教甚深七正行甚深八正助甚深

九一道甚深十佛境甚深此十甚深次第云何緣起深理總該諸法觀解之要故首明之衆生迷此故須教化違化順化有善惡業欲知此業由說法成然說法成善唯佛福田旣說順田須持聖教教在勤行行須助道助必有正殊塗同歸得一道者當趣佛境故爲此次又此十種亦可配於十信但不次耳文殊佛境即當信心文殊主信故佛境即所信故約發心次第信居其初約所信終極最居其後亦明十心不必次故勤首即進心財首爲念心明四念故德首定心心性無念爲上定故智首則慧心慧爲上首兼已莊嚴故有十度法首即不退心如說修行得不退故寶首即戒心三聚無缺如寶珠故業果甚深戒所招故覺首即護法心緣起甚深是所護故目首即願心福田等一由願異故目能將身如願導行故賢首即迴向心以歸一道即迴向眞如一身一智等即是佛果文云如本趣菩提所有迴向心等以是圓融十法故各兼多義又亦攝十信之十德恐繁不敘

前中以十菩薩下先列十名然十甚深即遷禪師所立今古同遵緣起深理者若染若淨染淨交徹無不攝故攝論云菩薩初學應先觀諸法如實因緣以成正信及正解故又此十種下先正配釋然十信心謂一信二進三念四定五慧六不退七戒八護法九願十迴向配文可知以是圓融下後通妨難謂有難云信進等相釋處易知今十甚深文義兼廣何得而是十信等耶故爲此答又亦攝者信有十德一親近善友二供養諸佛三修習善根四志求勝法五心常柔和六遭苦能忍七慈悲深厚八身心平等九愛樂大乘十求佛智慧配十甚深者一即正教甚深近佛善友聞教法故二即福田甚深三即業果四即緣起五即正行六即助道七即教化八即一道九即說法十即佛境通說佛智爲所信故旣有多含故文義兼廣

爾時文殊師利菩薩問覺首菩薩言

且爲十甚深解然有二義一約行二約法言約行者文殊發問九菩薩答明妙慧通於衆行九菩薩問文殊爲答明衆行成於妙慧言約法者初九顯差別義後一顯差別同歸佛境此二不二成信中之觀解妙慧通於衆行者文殊爲妙慧九首爲衆行各主一門故而問爲能成答爲所成故妙慧衆行互爲能所此二不二者融上二也謂行與法不二了法成行行契法故又行法師云一人問多表一中解無量故多人問一表無量中解一故又文殊是主餘九是伴故文殊是總餘九是別不是全要故略不出文中十段皆先問後答又先起明問後解問明今初緣起中二初問分二初爾時下彰問答之主問覺首者彼得此門故緣起深義不覺則流轉故二正顯問端畧啟五門初問所爲者有二義故最初問之一拂異見二顯深理拂見有三一令諸菩薩知法從緣異外道見二知從心現捨二乘見三但心性起不同權教二顯深理者令諸菩薩於此實義發深信解起行證眞始終皆實故問斯義起信論云有法能起摩訶衍信根是故應說所言法者謂衆生心依一心法有眞如門及生滅門彼論依此生淨信故二顯深理者疏文分二先正明令始涉者便悟心性超平大方故云始終皆實起信論云下第二引證於中有四初至應說是論初標文二所言法者謂衆生心即立義分論云次說立義分摩訶衍者總說有二種一者法二者義所言法者謂衆生心是心即攝一切世間出世間法依於此心顯示摩訶衍義何以故是心眞如相即示摩訶衍體故是心生滅因緣相能示摩訶衍自體相用故釋曰法通軌持亦能顯下義故稱爲法該於染淨大位在因故言謂衆生心爲染淨依故攝世出世何以故下出攝所以以有三大故三大即義大位在果今取通爲緣起之本故但引法以證眞心隨緣三從依一心法有眞如門及生滅門即義引解釋分顯示正義中文以釋前法論云顯示正義者依

一心法有二種門一者心真如門二者心生滅門是二種門皆各總攝一切法盡是義云何以是二門不相離故心真如門者即是一法界大總相法門體所謂心性不生不滅等次下釋心生滅云心生滅者依如來藏有生滅心所謂不生不滅與生滅和合非一非異名阿賴耶識等廣如彼釋今以真如普心性一隨緣生滅而成種種爲此深理故四從彼論依此生淨信故即結示爲實馬鳴依此造論令物生信何不信耶二述問意者謂明心性是一云何見有報類種種若性隨事異則失真諦若事隨性一則壞俗諦設彼救言報類差別自由業等熏識變現不關心性故無相違者爲遮此救故重難云業不知心等謂心業互依各無自性自性尚無何能相知而生諸法既離真性各無自立明此皆依心性而起心性既一事應不多事法既多性應非一此是本末相違難亦是理事相違亦一異相違亦真妄相違各無自立者起信論云若得無念者則知心相生住異滅以無念等故而實無有始覺之異以四相俱時而有皆無自立本來平等同一覺故心性既一下二正結先以本難末事法既多下後以末難本故初結云本末相違此結有四一本末約能所生二事理直語體性三一異唯語其相然一有事一有理一今是理一四真妄唯語其體然真亦通事如佛真智等今亦約理爲真以含義不同故有四結大同小異三揀定所問者準此問意離如來藏不許八識能所熏等別有自體能生諸法唯如來藏是所依生亦不可言八識無二類故名心性一以能生種種非相違故亦非第八而爲性一熏成種種非相違故心性之言非第八故答中既言法性本無生示現而有生法性即是真如異名正與報事相違故成難耳文殊欲顯實教之理故以心性而爲難本欲令覺首以法性示生決定而答海會同證楞伽密嚴皆廣說故三揀定所問者意云此非假名法相師問欲顯法性義非

是法性師問顯成法相義故云揀定亦不可言下二遮救也卽法相師救云此法性師難法相義心性是一者八識心王同是心故名爲性一破云生於種種卽眼耳鼻舌等故非相違亦非第八下遮轉救云若八識非一第八賴耶此是一義故今破云第八正是所熏心體含多種子熏成種種亦非相違心性之言下以理正析第八但是心相生滅非唯識性答中旣云法性示生不言第八無生示生明是眞如隨緣義耳四會相違者問若爾瑜伽等中異熟賴耶從業惑種辦體而生非如來藏隨緣所成如何會釋答瑜伽等中對於凡小約就權教隨相假說楞伽密嚴對大菩薩依於實教盡理而說旣機有大小法有淺深教有權實故不相違故密嚴云佛說如來藏以爲阿賴耶惡慧不能知藏卽賴耶識此明守權拒實訶爲惡慧又彼經云如來清淨藏世間阿賴耶如金與指環展轉無差別楞伽中眞識現識如泥團與微塵非異非不異金莊嚴具亦復如是皆此義也又彼經云如來藏爲無始惡習所熏名爲藏識又入楞伽云如來藏名阿賴耶識而與無明七識共俱又起信論云不生不滅與生滅和合非一非異名阿賴耶識又如達磨經頌云無始時來界爲諸法等依攝論等就初教釋云界者因義卽種子識寶性論翻此頌云此性無始時等彼論就實教釋云性者謂如來藏性如聖者勝鬘經說依如來藏故有生死依如來藏故有涅槃以此等文故知兩宗不同淺深可見又唯識等亦說眞如是識實性但後釋者定言不變失於隨緣過歸後輩耳四會相違者此門躡前而起謂若依上如來藏隨緣成立則違瑜伽等文故會之先敘所違玄談已釋後答下會通先相宗意後楞伽下申性宗意故密嚴下引證初引密嚴自有二文俱是第三

卷微蜜品兩頌相續中間有釋故著又言此前更有一偈云如來清淨藏亦名無垢智常住無始終離四句言說次即云佛說如來藏等彼疏釋云上半定賴耶體謂是如來藏與妄染合名賴耶更無別體此是教說故引佛說下半明會權教謂守權者不能了如來藏作賴耶者當知惡慧之言訶守權者令歸實說次頌即如來清淨藏等彼疏釋云此頌釋成前義上半法說牒舉下約喻釋成謂如金作指環環相虛無金體露現故云無差別如來藏作賴耶賴耶相虛藏性理現亦可迷成賴耶悟成如來藏體無有二故云無差楞伽中真識現識如泥團等者若具彼文亦爾下云大慧若泥團微塵異者非彼所成而實彼成是故不異若不異者泥團微塵應無差別如是轉識藏識真相若異者藏識非因若不異者轉識滅藏識應滅而自真相實不可滅是故非自真相滅賢首解云此中真相是如來藏轉識是七識藏識是梨耶此解甚當但喻有二而合有三意少難見此即第一經初先明識三相次明三識初云諸識有三種相謂轉相業相真相釋曰此三種相通於八識謂起心名轉八俱起故皆有生滅故名轉相動則是業如三細初業相八識皆動盡名業相八之真性盡名真相經云諸識有三種相則知三相通八識次經辨三識云大慧略說有三種識廣說有八種相何等爲三謂真識現識分別事識釋曰約不與妄合如來藏心爲真現即

第八下經云譬如明鏡現衆色像現識處現亦復如是明是第八餘七皆名分別事識是則三識別爲三類現唯第八分別唯前七真相約佛是八出纏約凡在第八中亦兼餘七然泥團經文含前二段意明三識而參三相之名轉識即轉相之名意是分別事識故唯識中名七轉藏藏識即現識此則可知真相即真識上二取識類別故牒識名真相但取通八之真故牒相名經文言若異者藏識非因者謂三若異藏識則應不同真相及轉識爲因既以轉識熏故真識隨緣而成藏識則知不異非以藏識爲二識因故下重索定云非自真相滅但業相滅斯則三事備矣謂喻中有三一塵二水三泥以水和塵泥團方立以業熏真相藏識便生業以合水但水滅而塵在故業亡而真存若自真相滅者藏識即滅者反顯藏識以真妄和合而成但其妄滅而真體不無故下以水喻如來藏波喻七識合成動海即爲藏識但波相滅濕性不壞即斯義也不異之義易知言皆此義者皆是如來藏隨緣成識義也然云自真相者十卷但云自相曉公釋云本覺之心不藉妄緣性自神解名自真相約不一義說又隨無明風作生滅時神解之性與本不異亦名真相是依不異義說又彼經云等者上辨與七和合爲藏識今明無始無明爲因故論下文中無明爲因生三細境界爲緣生六麤此中正取無明爲因生於三細三細既屬賴耶已成識藏即第四

經文具云大慧如來藏是善不善因能徧興造一切趣生譬如伎兒變現諸趣離我我所不覺彼故三緣和合方便而生外道不覺計著作者爲無始虛偽惡習所熏名爲識藏生無明住地與七識俱如海浪生常生不斷離無常生過離於我論等又入楞伽下前引楞伽與七識俱次引楞伽爲惡習熏今則雙具故復引之大意無異言而與無明七識共俱者與無明俱卽前第二意與七識俱卽第一意又起信下引於三論初正引起信卽二門之中生滅門初具云心生滅者依如來藏故有生滅心所謂不生不滅與生滅和合非一非異名阿賴耶識釋曰初二句標所謂不生不滅下辯相不生不滅者是上如來藏自性清淨心因無明風動舉體隨緣作生滅心不相捨離故云和合非謂別有生滅來與眞合此心所以生滅者因無明生此生滅心原從本覺而起故有二義而無二體故下論云如大海水因風波動水相風相不相捨離乃至廣說此中名動爲風水之動是風相動之濕是水相以水舉體動故水不離於風相無動而非濕故動不離於水相心亦如是不生滅心舉體動故心不離生滅相生滅之相無非眞故生滅不離於心相如是名爲和合此是不生滅與生滅合以是隨緣門故非是生滅與不生滅台以此不是向本眞如門故言非一非異者眞如全體動故心與生滅非異而恒不變眞性故與生滅不一此約三細以爲生滅則

第八中已含動靜若楞伽經云七識染法爲生滅以如來藏淨法爲不生滅以此二和合爲阿賴耶識以和合故非一非異非一異者就麤顯說然非一非異廣義如十忍品如幻忍明又如來藏名初品已釋言不生滅等者且公云性該始終體非起盡體徧迷悟性非解惑故云不生不滅若不覺知能令生死不斷名生始覺能滅生死故名爲滅又如達磨經頌下先舉經偈而云達磨經頌者攝論第二釋所知依中云此中最初且說所知依卽阿賴耶也世尊何處說阿賴耶識名阿賴耶謂薄伽梵於阿毗達磨大乘經中說釋曰此乃通指大乘經爲對法經耳文中但舉上半下半云由此有諸趣及涅槃證得攝論等下初卽法相宗等者取瑜伽雜集彼釋云無始者初際無故界者因義卽種子也是識因種謂一切法此唯雜染非是清淨彼一切法等所依者能任持故非因性義所依能依性各異故若不爾者界非聲已了無假依言故第三論云此中聞熏習爲是阿賴耶識自性爲非阿賴耶自性下論答云此聞熏習隨在一種所依轉處寄在異熟識中與彼和合俱轉猶如水乳然非阿賴耶自性是彼賴耶對治無分別智種子性故下二句易了明知賴耶但是生滅非眞性成實性論翻下卽法性宗疏中一句但是義引彼論具云無始時來性作諸法依止依性有諸道及證涅槃界卽第四論彼論釋云此偈明何義無始時來性者如經訖言

諸佛如來依如來藏說諸眾生無始本際不可得知故依所言性者是如聖者勝鬘經言世尊如來說如來藏者是法界藏出世間法身藏出世間上上藏自性清淨法身藏自性清淨如來藏故作諸法依止者如聖者勝鬘經言是故如來藏是依是持是住持是建立等次論云依性有諸道者如聖者勝鬘經言世尊生死者依如來藏世尊有如來藏故說生死是名善說故及證涅槃果者如聖者勝鬘經言世尊依如來藏故有生死依如來藏故證涅槃世尊若無如來藏者不得猒苦樂求涅槃不欲涅槃不願涅槃故此明何義明如來藏究竟如來法身不差別眞如體相畢竟云佛性體於一切時一切眾生身中皆無餘盡應知以此等文下先正結以上諸教皆如來藏而爲識體故知心性即如來藏此外無法故爲深也又唯識下引唯識文結同法性故論云此諸法勝義亦即是眞如常如其性故即唯識實性釋曰既用眞如爲識實性明知天親亦用如來藏而成識體但後釋論之人唯立不變故云過歸後輩況世親造佛性論廣用勝鬘

佛子心性是一

五釋文分三初佛子下立宗案定謂心之性故是如來藏也又心即性故是自性清淨心也又妄心之性無性之性空如來藏也眞心之性實性之性不空如來藏也皆平等無二故云一也又妄心之性等者此下一對成上二義然有二意一如次成上謂妄心之性成心之性以性相不同故眞心之性成上即性眞心即性故二者通成謂此之二性別名二藏前之二性皆具二藏但爲妄覆名如來藏直語藏體即自性心故此自性清淨眞心不與妄合名爲空藏具恒沙德名不空藏前明即離此明空有故重出也皆平等無二者上二即離不同由心之性故不即由心即性故不離不即不離爲心之性後二即空之實爲不空即實之空爲空藏空有不二爲心之性然空有無二之性即是不即不離之性故但云一

云何見有種種差別

二設難相違難分二初云何下總顯相違謂心性既一云何而有五趣諸根總別殊報故云種種五趣等者如持五戒招得人身是總報業由於因中有瞋忍等於人總報而有姸醜名別報業唯識亦名爲引滿業能招第八引異熟果故名引業能招第六滿異熟果名爲滿業俱舍亦云一業引一生多業能圓滿猶如繢像

先圖形狀後塡衆彩等然其引業能造之思要是第六意識所起若其滿業能造之思從五識起

所謂往善趣惡趣諸根滿缺受生同異端正醜陋苦樂不同

二所謂下別示相違十事五對約總報明趣有善惡善謂人天惡謂三塗下四對皆約別報諸根下於前善惡趣中各根有滿缺謂眼等內根受生下於前滿缺中各生有同異謂四生不同勝劣處異端正下於上同異生處各貌有妍媸苦樂下於上妍媸各受有苦樂上之五對前前皆具後後後後必帶前前展轉異同成多差別故云種種不同心性是一其義安在展轉異同等者都有六十二句謂初對是善惡爲二第二對開二成四兼前二成六第三對開四成八配前六成十四第四對開八成十六兼前十四成三十第五對開十六成三十二配前三十成六十二此約以後添前故成六十二句實而言但有二十二以後開前前更無體故如開善惡趣各成滿缺但有四耳謂一善趣根滿二善趣根缺三惡趣根滿四惡趣根缺此四之外更無有別善惡趣故又若二二開之唯成三十二若更展其四生則復成多句謂第三對先以四生來上四句四四成十六句更有勝劣乘十六已有三十二配六已成三十八後後開之句數更多第四對開感六十四第五對開成一百二十八若從初善惡開爲六趣則句數更多並可思準故云後後必帶前前展轉異同成多差別

業不知心心不知業受不知報報不知受心不知受受不知心因不知緣緣不知因智不知境境不知智

第三結成前難此文意稍難見略爲二解一依古德作遮救重難如前第二問意中辨二直結成前難且依此釋文自有三意由前難意亦有三故一直問所以故今結云非但本性是一我細推現事各不相知

既有種種何緣不相知既不相知誰教種種若謂業令種種業不知心若謂心令種種心不知業一一觀察未知種種之所由也二懷疑重難故結云既不相知爲是一性爲是種種三作相違難結云一性隨於種種即失眞諦種種隨於一性即失俗諦今見種種又不相知此二互乖云何並立二正釋本文亦有十事五對畧爲二解一通二別初通謂總觀前來總別二報業不下就先業因約能所依以難然有二意一約本識謂業是能依心是所依離所無能故云業不知心離能無所故云心不知業以各無體用不能相成既各不相知誰生種種下並準之二約第六識業是所造心是能造並皆速滅起時不言我起滅時不言我滅何能有體而得相生成種種耶一約本識者業是心所故依於心心是第八爲根本依離所無能下釋不相知義以相待門釋言離所無能者既無所依心王亦無能依之業令依心有業業從緣生故無自性不能知心離能無所者雖能依業則心非所依今由業成所依所依無性故不能知業以各下結謂各從緣成性空無體相依無力故云無用覺首亦云無體用故故不相知二約第六識者即以第六識名心從於積集通相說故謂第六識人執無明迷眞實義異熟理故以善不善相應思造罪等三行熏阿賴耶能感互趣愛非愛善種種報相但云六者謂五識無執不能發潤故非迷理無推度故不能造業雖造滿業亦非自能但由意引方能作故並皆速滅者明不相知通相而言皆約無體用故別相而言用門不同此用二門一無常門故言並皆速滅淨名弟子品云優波離一切法如幻如電諸法不相待乃至一念不住諸法皆妄見故心業皆空下經云衆報隨業生如夢不眞實念念無滅壞如前後亦爾故由無常不能相知起時不言我起下即無我門約法無我明不相知故淨名問疾品云又此病起皆由著我是故於我不應生著既知病本即除我想及衆生想當起法想應作是念但以衆法合成此身起唯法起滅唯法滅釋曰上以法還我次經云又此法者各不相知起時不言我起

滅時不言我滅釋曰此總顯我空明不相知次經又云彼有疾菩薩爲滅法想當作是念此法想者亦是顛倒顛倒者即是大患我應離之云何爲離謂離我我所云何離我我所謂離二法云何離二法謂不念內外諸法行於平等云何平等謂我等涅槃等所以者何我及涅槃此二皆空以何爲空但以名字故空如此二法無決定性釋曰此破法顯空今但取我法不相知義故畧用二句次下經云得是平等無有餘病唯有空病空病亦空釋曰此以空空破空非今所要因便引來成一段義畢耳

受不下約得報果時難能所受謂受是報因即名言種爲業所引受所受報離報無受故云受不知報離受無報故云報不知受以並無體故準前應知第二對者此釋受不知報報不知受受是能受之因報是所受之報此上總明謂受是報因下別釋即名言種者唯識第八云復次生死相續由諸習氣然諸習氣總有二種一名言習氣二我執習氣三有支習氣名言習氣者謂有爲法各別親種名言有二一表義名言即能詮義音聲差別二顯境名言即能了境心心所法隨二名言所熏成種作有爲法各別因緣釋曰言各別親種者三性種異故能詮義聲者揀無詮聲彼非名故名是聲上屈曲唯無記性不能熏成色心等種然因名起種名名言種顯境名言即七識見分等心非相分心相分心者不能顯境故此見分等實非名言如言說名顯所詮義此心心所法能顯所了境如似彼名能詮義故隨二名言皆熏成種二我執習氣三有支習氣並如六地有支即是今文爲業所引能引之業故唯識云三有支習氣謂招三界異熟業種有支有二一有漏善即能招可愛果業二諸不善即能招非愛果業隨三有支所熏成種令異熟果善惡趣別故論頌云由諸業習氣二取習氣俱前異熟既盡復生餘異熟此能引業即諸業習氣此名言種即二取習氣言爲業所引者即彼俱義親辦果體即由名言若無業種不招苦樂如種無田終不生芽故此名言由業引起方受當來異熟之果苦樂之報故六地云業爲田識爲種離報無受下釋不相知亦約相待空故

心不下約名言因就能所依難謂前能受報因依心無體故無相知餘義同前三約名言等者標也即將第二對中能受名言之因對第一對中所依本識前以業依識難今以種依現行難謂前能受報因下釋不相知但釋受不知心不解心不知受故結云餘義同前若具應云所依心體若離能依亦無所依無所依故不能相知

因不下約因緣親疎相假難謂所引

名言爲因能引業爲緣相待相奪各無自性如不自生等準之四約因緣等者取前第二對中所引名言及能引業相對以明此即標也謂所引下出體相待相奪下釋不相知言相待者引業無識種不親辦體識無業種不招苦樂旣互相待即各無自性言相奪者以業奪因唯由業招故因如虛空以因奪緣即唯心爲體故業如虛空互奪獨立亦不能相知互奪兩亡無可相知如不自生等者引例以釋以緣奪因故不自生以因奪緣故不他生因緣合辦相待無性故不共生互奪雙亡無因豈生以此不生類於不知居然易了即以因爲自以緣爲他合此爲共離此爲無因互有尚不相知互無豈能相知

智不下約境智相對相見虛無難謂境是心變境不知心心託境生心不知境以無境外心能取心外境是故心境虛妄不相知也五約境智等者相即相分見即見分諸心心所略有二分廣說有四如下當辨謂境是心變下明不相知義先約唯識能所變釋後以無境外下約當經互融以說故下經云無有智外如爲智所入亦無如外智能證於如無有少法與法同住以舉心攝境則無心外之境舉境攝心則無境外之心以性無二相即性故相隨性融隨一皆攝上約眞心後心境虛妄下約其妄心眞即互融妄俱無體故下答中云能緣所緣力種種法出生速滅不蹔停念念悉如是即顯妄無性故不相知也然上五對初及第四唯約因中第二一對因果對辨第三一對心含因果第五一對義通因果修因二取即名言等故唯識論釋二取二中總有四義一者相見二者名色三者王所四者本末末即六識異熟本即第八異熟四種二取皆能熏發親能生彼本識上功能名二取習氣所變心境即通果也又能變之心是因所變之境是果心託境生俱通因果

二別觀者以初二對結趣善惡趣

善惡者正由業熏受總報故第二別觀者上云通觀五對之中一一通前善惡趣等五對本難今即以斯五對別對前五而前後鉤鎖但有四重細尋可見以初二對結趣善惡者標也趣善惡者正由業熏是第一對業不知心心不知業此對爲因次云受總報故即第二對受不知報報不知受初對爲因受第二對報總報即是趣善惡故

二復以第二及第三對結受生同異初對以名言種對所生處次對以名言種對能依本識二復以第二等者鉤取前二對中第二對即重明受不知報報不知受受即名言種故云初對以名言種對所生處謂亦

由識種往所生處故初地云於三界田中復生苦芽次對以名言等者卽心不知受受不知心受卽名言種心卽能依本識者依名言種招現行識故識爲能依則此心言通因及果上約因中本識故爲所依今約果中故爲能依三復以第三及第四對結苦樂不同及端正醜陋初對觀現受時次對觀苦樂因及彼妍媸皆由緣令異謂損益因成苦樂果以瞋忍因成妍媸果三復以第三等者卽通以此二對雙結前二對初對觀現受時者卽心不知受受不知心謂亦由受因受苦樂體及妍媸故若無識種本識此二緣亦無所依次對觀苦樂因等者卽因不知緣緣不知因謂損益下別示二對之相由損他業感於苦報由益他業感於樂報以瞋恚業感於醜陋由忍辱業感於端正此中言因名緣爲因此中言果是別報果四復以第四及第五對結諸根滿缺亦由滿業因緣有損他益他之異故成內六處滿缺之果又由內根有滿缺故於分別位了境不同並皆無性各不相知既不相知誰令種種四復以第四等者此上總明亦由滿業下別說其相滿業卽第四對因不知緣緣不知因緣卽是業唯取滿業由損他眼耳成盲聾等由益他六根等成六處滿足又由內根等者卽第五對智不知境境不知智謂智於境有信進念定慧之滿足則受果中亦具五根明利勝上若智於境信等隨闕或非深厚則得果時五根隨缺或成下品並皆無性下上別釋中但出能對所對二種法體今則總明不相知義在文易了意云並各相依從緣無性何有能所熏等而能相知既不相知者此但約第一直問意結亦應帶疑云爲是種種爲是一性結成難云一性隨於種種則失眞諦種種隨於一性則失俗諦一性卽不相知亦應結云種種隨於不相知則失俗諦不相知隨於種種則失眞諦

大方廣佛華嚴經疏鈔會本第十三之四

音釋

遞大計切更易也　碪椎碪知林切椎傳追切　研覈研倪堅切究也覈下華切考也　環胡關切　鬘莫班切　配滂佩切匹也　軌古委切法也

繢胡對切畫也　塡亭年切

大方廣佛華嚴經疏鈔會本第十三之五

唐于闐國三藏沙門實叉難陀　譯

唐清涼山大華嚴寺沙門澄觀撰述

時覺首菩薩以頌答曰

仁今問是義爲曉悟羣蒙我如其性答惟仁應諦聽

二答中分二初時覺首下讚問許說上半讚問謂文殊自究深旨一向爲他仁心弘益也次句許說分齊稱性說故也後句勸聽言同意别也故令諦受

諸法無作用亦無有體性是故彼一切各各不相知

二正答答勢縱横具答前來三重問意分爲二前五答前結成之中以何因緣而不相知用此釋成答前難故首而明之後五正答前難今初分二先一法識後四喻況今初意云特由從緣種種故不相知也即此偈上半出因下半結歸本宗後四即爲同喻量云眼等是有法定不相知故是宗法因云從緣無體用故同喻云如河中水河水無體用河水不相知眼等無體用眼等不相知若以緣起相由門釋者初句因緣相假互皆無力次句果法含虛故無體性至下喻中别當釋之是故虛妄緣起略有三義一由互相依各無體用故不相知二由依此無知無性方有緣起三由此妄法各無所有故令無性眞理恒常顯現現文但有初後二意初因明立量懸指後四以爲同喻則此偈中但有宗因二緣起相由具力無力及有體無體今顯不相知理但明無力無體又因中亦有無體義今取義便因緣相假但明無力謂因假緣故因無力

緣假因故緣無力果上亦有無力義今取義顯但明無體謂全攬因成緣成無性故云舍虛無體下四喻中皆有無體用義故指下明三結示緣起深旨然此正結緣起相由門兼結上因明立量以立量中亦說不相知爲宗故卽三義中初義現文但有初後二意者全取一偈卽是初意唯取不相知言卽是後意其第二意至後五偈答本難中方用斷義

言諸法者非唯舉前十事五對亦該一切有爲法也果從因生果無體性因由果立因無體性因無體性何有感果之用果無體性豈有酬因之能又互相待故無力也以他爲自故無體也下半結中是故者是前體用俱無故故彼一切法各各不相知也

果從因生等者上取義使但因無力說果無體今欲盡理故具舉之則上句諸法通於因果先以因緣門明因果俱無體因無體性下以上無體釋成因果無用體尚不立用安得存又互相待下以相待門明無體用先明因果無用故云無力以他爲自下明因果無體既全攬他故無自體

譬如河中水湍流競奔逝各各不相知諸法亦如是

第二喻況略有二意一以此四喻通釋諸法不相知言二別對前文諸不相知兼通前設難今初以四大爲喻然各上三句喻況下句法合然此四喻各顯一義一依水有流注二依火焰起滅三依風有動作四依地有任持法中四者一依真妄相續二依真妄起滅三妄用依真起四妄爲真所持然此法喻一一各有三義一唯就能依二依所依三唯所依今初喻中唯就能依者流也然此流注有十義不相知而成流注一前流不自流由後流排故流則前流無自性故不知後二後流雖排前而不到於前流故亦不相知三後流不自流由前流引故流則後流無自性故不能知前四

前流雖引後而不至後故亦不相知五能排與所引無二故不相知六能引與所排無二故不相知七能排與所排亦無二故不相知八能引與所引亦無二故不相知九能排與能引不得俱故不相知十所排與所引亦不得俱故不相知是則前後互不相至各無自性只由如此無知無性方有流注則不流而流也肇公云江河競注而不流即其義也然上云前後者通於二義一生滅前後謂前滅後生互相引排二此彼前後即前波後波小乘亦說當處生滅無容從此轉至餘方而不知無性緣起之義耳

然此流注下二別示不相知謂欲顯不相知理故寄前後流異成其十門若不說前後之流將何不相知耶一河之水不出前後則千里九曲皆悉無性不相知矣然雖十義本唯二流成兩重能所前流望引爲能望排爲所後流望排爲能望引爲所所以斯四義相集成十初及第三以爲所故無性無知二四兩門約不相到五六二門約無二體以後流是能排即所引故前流所排即能引故七八約緣成故無二謂七中能排是後所排是前亦無二者要有所排方有能排此二相成故亦無二八約能引亦然九十約不俱故無知者然其能排是後能引是前不得俱者後爲能排前須爲所排不得即此名爲能引義門別故名爲不俱第十例此前流爲所排時後流須爲能排不得爲所引故云不俱肇公下四引他證成即物不遷論然其相連總有四句論云既無往返之微眹有何物而可動乎然則旋嵐偃岳而常靜江河競注而不流野馬飄鼓而不動日月歷天而不周復何怪哉今四喩中但用水風彼無火地然上云下五別釋前後二字一生滅前後者此即竪說如壯與老謂此流水剎那生滅前剎那滅後剎那生二此彼前後者猶如二人同行挾徑後人排前前人引後此即橫說分分之水皆有前後乃至毫滴亦有前毫後毫故聚衆多皆成流注則無性矣小乘亦說下六揀定不相知理先舉小乘而不知下舉大異小小乘即俱舍論業品中釋身表許別形非行動爲體以諸有爲法有剎那盡故論文初句論主標有宗義下三句破正量部以正量部謂以動身爲身表體故論破之然正量部心心所法則有剎那此之動色無有剎那今論主明有爲法皆有剎那何以知有後

有盡故既後有盡知前有滅故論云若此處生即此處滅無容從此轉至餘方釋曰此生此滅不至餘方同不遷義而有法體是生是滅故非大乘大乘之法緣生無性生即不生滅即不滅故遷則不遷則其理懸隔然肇公論則含二意顯文所明多同前義故云傷夫人情之惑久矣目對真而莫覺既知往物之不來而謂今物而可往往物既不來今物何可往何則求向物於向於向未嘗無責向物於今於今未嘗有於今未嘗有以明物不來於向未嘗無亦明物不去覆而求今今亦不往是謂昔物自在昔不從今以至昔今物自在今不從昔以至今故仲尼曰回也見新交臂非故如此則物不相往來明矣既無往返之微朕有何物而可動乎即云然則旋嵐等下文又云若古不至今今亦不至古事各性住何物而可去來釋曰觀肇公意既以物各性住而爲不遷則濫小乘無容從此轉至餘方下論云故談真有不遷之稱導物有流動之說則以真諦爲不遷而不顯真諦之相若但用於物各性住爲真諦相寧非性空無可遷也不真空義方顯性空義約俗諦爲不遷耳 二依所依者謂前流後流各皆依水悉無自體不能相知然不壞流相故說水流 三唯所依者流既總無但唯是水前水後水無二性故無可相知是則本無有流而說流也

二法中三義者一流喻能依妄法二妄依真立三妄盡唯真 初中妄緣起法似互相藉各不能相到悉無自性故無相知是則有而非有也 二依所依者謂此妄法各各自虛含真方立何有體用能相知相成即由此無知無成含真故有是則非有而爲有也 三唯所依者謂能依妄法迴無體用唯有真心挺然顯現既無彼此何有相知 正由此義妄法有即非有以非有爲有復說真性隱即非隱以非隱爲隱妄法有即非有是初義隱即非隱是第二義以正爲事隱之時而有所依故以非隱爲隱即第三義理常現故 此上三意即三種答答上三種問思之思之者以易見故若具說者第一妄法有而非有答前直問既有種種何緣不相知

謂種種是妄有體卽非有故不相知二答懷疑爲是種種爲不相知故今答云能依妄法依所依眞妄常種種眞常無知故三答結成難者卽妄卽眞故種種不乖不相知也何故以水喩眞心者以水有十義同眞性故一水體澄清喩自性清淨心二得泥成濁喩淨心不染而染三雖濁不失淨性喩淨心染而不染四若澄泥淨現喩眞心惑盡性現五遇冷成冰而有硬用喩如來藏與無明合成本識用六雖成硬用而不失輭性喩卽事恒眞七煖融成輭喩本識還淨八隨風波動不改靜性喩如來藏隨無明風波浪起滅而不變自不生滅性九隨地高下排引流注而不動自性喩眞心隨緣流注而性常湛然十隨器方圓而不失自性喩眞如性普徧諸有爲法而不失自性略辨十義少分似眞故多以水爲喩

此義見文雖似不具而大通衆經

亦如大火聚　猛燄同時發　各各不相知　諸法亦如是

第二依火焰起滅喩中三義同前初唯焰者謂焰起滅有其二義一前焰謝滅引起後焰後焰無體而不能知前焰前焰已滅復無所知是故各各皆不相知二前焰若未滅亦依前引無體故無能知後焰未生故無所知是故彼亦各不相知妄法亦爾剎那生滅不能自立謂已滅未生無物可知生已則滅無體可知是故皆無所有也斯則流金爍石而不熱也第二依火燄者下之三喩文勢稍略隨其三義便以法合今初唯燄喩中二義一明後不知前二明前不知後二合先總詞已滅下別然法喩俱用生滅門釋而有小異喩中用前念滅後念生釋今法合中亦用前滅後生正合前燄後燄兼三特門今初已滅者前念也未生者後念也

故此二念一向無物生已即滅者前後二念皆即生即滅並皆緣生故言無體體無實故言乘三時門者謂一念之上即有三時已滅爲已生未生爲未生生已即滅是生時故淨名云若過去生過去生已滅若未來生未來生未至若現在生現在生無住經云比丘汝今即時亦生亦老亦滅故三時無體無可相知也斯則流金者即莊子意說於至人大水稽天而不溺大旱金石流火山燋而不熱然其本意非是水不能溺火不能燒意云乘時處順不以水火而爲患也亦不横爲所燒溺也正同今意燒而不燒但彼約順時此約無性理懸隔矣

二依所依者謂彼火焰即由於此無體無用不相知故而有起滅虛妄之相是則攬非有而爲有也妄法亦爾依此無所依之眞理方是妄法是亦非有爲有也二依所依者亦先喻後合然與水喻釋有影略水喻以水爲所依今以燄無體用而爲所依若例前流依於水者應以火爲所依火是熱性身所觸故燄是色動有形顯故若依此釋應云前燄後燄皆依於火以無自性故無相知是則依水依火明二空所顯不空眞理以爲所依若無體用爲所依者則顯依他無性即是圓成二空眞理以爲所依顯義無方故有影略下唯所依亦準斯釋

又若例後風喻風依物動則火依薪有薪爲可然火是能然故以然因可然則然無體可然因然則可然無體則以無性可然而爲所依三唯所依者推起滅之焰體用俱無無焰之理挺然顯現是則無妄法之有有妄法之無湛然顯現遂令緣起之相相無不盡無性之理理無不現是則無妄下二結上三義也然有有二一定性有無二眞空妙有今無妄法之有則無定性之有非斷無矣有妄法之無是眞空之無便爲妙有是故若舉妄取眞則妄有眞空如三論說若眞妄對辨則妄空眞有如涅槃明遂令緣起下覆成上義上句成無妄法之有下句成有妄法之無相無不盡是初門理無不現是第三門合上二句爲第二門上三義中亦如次喻答前三問也下二喻準知上三義中下對問會通唯燄無性故不相知答直問也能依種種所依無二答懷疑也即事同眞故不相違答設難也在義易了故云準知若賢首意問者擬其初義答者用其後二亦是一理是則初義兩家共用下當重明

又如長風起遇物咸鼓扇各各不相知諸法

亦如是

第三依風有動作喻妄用依眞起三義同前三依風有動作喻有摽釋結而無對問卽以水樹等而爲所依餘大同前一唯動者離所動之物風之動相了不可得無可相知妄法亦爾離所依眞體不可得故無相知斯則旋嵐偃岳而常靜也斯則旋嵐偃岳而常靜者卽肇公言亦云隨嵐卽興雲之風北方風也亦是劫壞時風二依所依者謂風不能自動要依物現動動無自體可以知物物不自動隨風無體不能知風法中能依妄法要依眞立無體知眞眞隨妄隱無相知妄

三唯所依者謂風鼓於物動唯物動風相皆盡無可相知妄法作用自本性空唯所依眞挺然顯現

是故妄法全盡而不滅眞性全隱而恒露能所熏等法本自爾思之可見是故妄法下結文有兩對具上三門妄法全盡而不滅者單取妄法全盡是初門將上而不滅對下眞性全隱爲第二門以不滅爲能依全隱爲所依故下句中而恒露卽第三門

又如衆地界展轉因依住各各不相知諸法亦如是

第四依地有任持者喻妄爲眞所持三義同前

初地界因依有二種義一約自類二約異類前中從金剛際上至地面皆上依下下持上展轉因依而得安住然上能依皆離所無體而能知下然下能持皆亦離所無體可令知上又上上能依徹至於下無下可相知下下能持徹至於上無上可相知是故若依若持相無不盡所現妄法當知亦爾必麤依細謂苦報依於業業依無明

造無明依所造展轉無體無物可相知斯則厚載萬物而不仁也肇公亦曰乾坤倒覆無謂不靜也初唯能依此中立名與前小異前云一唯流唯餘唯動今初云地界因依則喻勢小異一約自類者猶如累壂餘並可知斯則厚載者不恃仁德也老子云天地不仁以萬物爲芻狗經云譬如大地荷四重任而無疲猒也次肇公下亦不遷論末總結云然則乾坤倒覆無謂不靜洪水滔天無謂其動苟能契神於卽物斯不遠而可知矣坤卽是地故得引之二約異類者如下文地輪依水輪水輪依風輪風輪依虛空虛空無所依準此妄境依妄心妄心依本識本識依如來藏如來藏無所依是故若離如來藏餘諸妄法各互相依無體能相知是則妄法無不皆盡二約異類者卽出現品四輪相依喻然其合文與此不同今但借其四輪用耳二依所依者地界正由各無自性而得存立向若有體則不相依不相依故不得有法是故攬此無性

以成彼法法合可知

三唯所依者謂攬無性成彼法者是則彼法無不皆盡而未曾不滅唯無性理而獨現前

餘義同前上通答釋成前難竟餘義同前者第三總結然餘義有二一者結前三門應云一一妄無不盡是初門理無不現是第三合二爲第二全在第三唯所依中故云餘義二者對上三門以爲餘義第二別對諸不相知及通前難者初水流轉喻前二對不相知答趣善惡難以善惡趣流轉體故第二別對等者上之四喻通喻五對不相知義今則別對言及通前難者卽性善趣等五對難也初水流轉者卽業不知心心不知業受不知報報不知受答趣善惡者上云心性是一云何見往善趣惡趣答云善趣惡趣卽是總報由業熏心受所受報如水漂流言流轉體者體卽賴耶故唯識云恆轉如瀑流釋論云如瀑流水非斷非常相續長時有所漂溺此識亦爾從無始來剎那剎那果生因滅果生故非斷因滅故非常漂溺有情令不出離亦如起信云如大海水因風波動楞伽云藏識海

常住境界風所動等二地經云一切衆生爲大瀑水波浪所沒二大火喻第二三對不相知答前諸根受生如火依薪有生滅故二大火喻者此亦鉤鎖第二對前已用竟今復喻之謂受不知報報不知受及心不知受受不知心答前諸根受生者答前二難由前問云心性是一何以見有諸根滿缺及受生同異故今答云諸根滿缺受生同異皆由識種受所受報亦依心如火依薪故於次以長風喻前因緣答前好醜遇物鼓扇現諸相故此以長風者唯喻一對謂因不知緣緣不知因答前好醜者謂前問云心性是一云何見有端正醜陋故今答云今所受報有妍媸者由業緣異令報好醜如風東西令物偃仰相各不同次以地界亦喻因緣答前苦樂展轉因依似輕重故又喻前境智答前諸根隨種所生根等異故答前苦樂者喻不相知則同於風答前苦樂則不同風謂上問言心性是一云何見有受苦受樂故今答云善因樂果惡業苦報苦樂多種如地輕重又喻前境智者前以風地二喻同喻因緣一不相知今一地喻二不相知答前諸根者以諸根有二義一約眼等諸根一則火喻已答二信等今地喻以答地雖是一

隨種生芽心性雖一隨根成異故信進等各各不同上來總別並答釋成中以何因緣各不相知竟

第二五偈答前設難文分爲三初三偈正答前難次一偈釋成前義第三一偈拂迹入立今初先明大意次正釋文今初前問有三重今此三偈一一具答上之三問謂第一直耳問云既有種種何緣得不相知前五偈答竟既不相知何緣種種答有四因一妄分別故二諸識熏習故三由無性不相知故四眞如隨緣故初偈具二三餘二各一義然此四因但是一致謂由妄分別爲緣令眞如不守自性隨緣成有諸識熏習展轉無窮若達妄源成淨緣起諸宗各取並不離象受一非餘斯爲偏見第二五偈答前設難今初前問有三下卽先明大意於中有二第一總彰偈文之意二初正明

然此四因下二融會言諸宗者上四因中初一通性相二宗二即法相宗三即無相宗四即法性宗攬其實義四因不缺方成緣起甚深之趣隨情執見則乖聖旨如一盲摸象不全見象然不離象盲不識乳則一同奪之今盲摸象則是分奪取其不離並順聖教此喻即涅槃第三十二南經三十答師子吼衆生若有佛性不須修道自得菩提答意云衆生有者定當得故後舉此喻云善男子譬如有王告一大臣汝牽一象以示盲者爾時大臣受王勅已多集衆盲以象示之時彼衆盲各以手觸大臣即還而白王言臣已示竟爾時大王即呼衆盲各各問言汝見象耶衆盲各言我已得見王言象爲何類其觸牙者即言象形如蘆菔根其觸耳者言象如箕其觸頭者言象如石其觸鼻者言象如杵其觸脚者言象如木臼其觸脊者言象如牀其觸腹者言象如甕其觸尾者言象如蛇善男子彼衆盲者不說象體亦非不說若是衆相悉非象者離是之外更無有象善男子王喻如來應正徧知臣喻方等大涅槃經象喻佛性盲喻一切無明衆生是諸衆生聞佛說已或作是言色是佛性等釋曰彼經喻意明一切衆生雖有佛性見不明了互執不同然非全離所執之法皆佛性故而非全見今借此喻以聖教深旨總喻於象諸宗異見如盲所觸並合聖理故云不離然非圓了故云非是說象故勝尊者云依之修行無不獲益言受一非餘斯爲偏見者

言象如箕不信如臼斯爲大迷但信諸識不信無性眞如隨緣故爲偏見離世間品云受一非餘魔所攝持

上第二疑云爲是種種爲是一性今答云常種種常一性第三難云一性隨於種種則失眞諦種種隨於一性則壞俗諦今答云此二互相成立豈當相乖性非事外曾何乖乎種種種種性空曾何乖乎一性由無方有一性能成種種緣生故空種種能成一性由無方有下上辯不相乖今明相成然事理相望略有三義一相違義二不相礙義三相作義今用後二其第一義是問家所用

是以緣起之法總有四義一緣生故有即妄心分別有及諸識熏習是也二緣生故空即上云諸法無作用亦無有體性是故彼一切各各不相知是也三無性故有論云以有空義故一切法得成經云從無住本立一切法即上隨緣是也四無性故

空即一切空無性是也 是以緣起之法下就四義中二義是空有之義謂緣生故有是有義無性故空是空義二義是空有所以謂無性故有是有所以緣生故空是空所以所以即是因緣謂何以無性得成空義釋云由從緣生所以無性是故緣生是無性空之所以也何以緣生得爲有義釋云特由無定性故方始從緣而成幻有是故無性是有所以故中論四諦品云若人不知空不知空因緣及不知空義是故自生惱如不善呪術不善捉毒蛇若將四句總望空有則皆名所以故云緣生故名有緣生故名空無性故名有無性故名空良以諸法起必從緣從緣有故必無自性由無性故所以從緣緣有性無更無二法而約幻有萬類差殊故名俗諦無性一味故名真諦又所以四句唯第三句引證成者無性故有理難顯故若具證者一緣生故有者法華云但以因緣有從顛倒生故說淨名云以因緣故諸法生中論云未曾有一法不從因緣生等皆因緣故有義也二緣生故空者經云因緣所生無有生論云若法從緣生是則無自性若無自性者云何有是法三中言以有空義故一切法得成者亦四諦品由前諸品以空遣有小乘便爲菩薩立過云若一切法空無生無滅者如是則無有四聖諦之法菩薩反答云若一切不空無生無滅者如是則無有四聖諦之法謂小乘以空故無四諦菩薩以不空故則無四諦若有空義四諦方成故有偈云以有空義故一切法得成若無空義者一切則不成即無性故有也經云從無住本立一切法者前已引竟今當重引即淨名第二推善不善之本故經云善不善孰爲本答曰身爲本又問身孰爲本答曰欲貪爲本又問欲貪孰爲本答曰虛妄分別爲本又問虛妄分別孰爲本答曰顛倒想爲本又問顛倒想孰爲本答曰無住爲本又問無住孰爲本答曰無住則無本文殊師利從無住本立一切法敘公釋公無住即實相異名實相即性空異名故從無性有一切法餘如別說四中應引淨名云以何爲空但以名字故空如是二法無決定性經云法性本空寂無取亦無見又云一切法無性是則佛真體八地云無性爲性中論始末皆明無性以顯真空

是以無性緣生故空則非無見斷見之空爲真空也無性緣生故有則非常見有見之有是幻有也幻有即是不有有真空即是不空空不空空故名不真空不有有故名非實有非空非有是中道義

是以無性緣生故空下第二會中道意明此中空有皆是中道文中有三初揀非顯是無性緣生故空者雙牒前四句中兩種空也此二種空並離斷見謂定有則著常

定無則著斷今緣生故空非是定無無性故空亦非定無定無者一向無物如龜毛兔角今但從緣無性故非定無此上揀非爲真空也二顯是言無性緣生故有者亦雙牒前之二有並非常見之有常見之有是定性有今從緣有非定性有況由無性有豈定有耶亦是上揀非是幻有也顯是幻有者從緣無性如幻化人非無幻化人幻化非真故云幻有亦名妙有以非有爲有故名妙有然斷常見既由有無則有無見即斷常見疏何重牒此有深意斷常二見多是邪宗即五利使邊見所攝其有無見通涉正法但取空有相未有契理爲有無見此有無見究竟遠離唯大菩薩故淨名云說法不有亦不無以因緣故諸法生有無二邊無復餘習下經善友歷事諸佛已證法門尚云猶於諸法中無而計爲有等幻有即是不有有下第二立中道義此中有三中道一幻有上自爲中道謂有與不有此二無礙故爲中道故云有是不有有言不有者舉體全空無所有故重言有者亦名非不有謂不待破差別相故故大品云諸法無所有如是有故非有非不有名爲中道是幻有義二言真空是不空空者即真空上以明中道謂不空與空無障礙故言不空者以空無空相故重言空者亦名非不空謂餘一切相無不盡故是故非空非不空名爲中道是真空義經云空不空不可說名爲真空中論云無性法亦無一切法空故重言不空空故名不真空

不有有故名非實有者傍會異義意不殊前即通會肇公不真空論衆公云萬法不真故空不得肇意遠公云不還當俗俗則不生不真爲真真但名說卻得肇意此中真空非是前文對妙有之真空此中真空是所破病人謂真諦一向無物爲真空義是故肇公以不不之云不一向是無形故云不真空謂即萬有之無性名爲真諦何曾一向是空故云不真空也此不真空即前真空不有有故名非實有者對上不真空故爲此揀真空實有並是二邊不真非實即爲正理非空非有下三結成中道然其正意合前真空二義總名非空合前幻有二義皆名非有空有不二故爲中道又以幻有爲非空以真空爲非有皆中道義實則上空有之上有二中道兼此爲三下融合中更當廣說

又開此空有各有二義一真空必盡幻有以若不盡幻有非真空故二真空必成幻有以若礙幻有非真空故又開此空有下二開義有二先正明一真空必盡幻有是相害義亦法界觀中真理奪事門以事攬理成遂令事相無不皆盡唯一真理平等顯現以離真理外無有少事可得故如水奪波波無不盡般若中云是故空中無色無受想行識等二真空必成幻有者是相作義及無礙義亦法界觀中依理成事門謂事無別體要因真理而得成立以

諸緣起皆無自性由無性理事方成故如波攪水而成立故亦是依如來藏得有諸法故大品云若諸法不空則無道無果 二又中論云以有空義故一切法得成

幻有二義者一幻有必覆眞空以空隱有現故二幻有必不礙眞空以幻有必自盡令眞空徹現故

一幻有必覆眞空者即相違義亦法界觀中事能隱理門謂眞理隨緣能成事法然此事法既違於理遂令事顯理不現也以離事外無有理故如波奪水水無不隱是則色中無空相也二幻有必不礙眞空是不相礙義亦相作義亦法界觀中事能顯理門謂由事攬理故則事虛而理實以事虛故全事之理挺然露現如由波相虛令水露現故論云若法從緣生是則無自性然上眞空二義第二義中以相作攝無礙義令幻有第二義中乃以不相礙攝於相作其故何耶理實空有第二義中皆含相作及無礙義而影略者事依理成故前有相作理非事造故今無相作而上三義中言空有相作者但約事法能顯理故名作理耳然此四義亦即是前緣生故空等四義也一眞空必盡幻有是無性故空義二必成幻有是無性故有義三幻有必覆眞空是緣生故有義四必不礙眞空是緣生故空義前四總明空有所以今

文殊各以初義致難

四正說空有之相

覺首各以後義而答以初二義空有異故以後二義空有相成故然此二不二謂有非有無二爲一幻有空非空無二爲一眞空又非空與有無二爲一幻有空與非有無二爲一眞空又幻有與眞空無二爲一味法界即中道義離相離性無障無礙無分別法門思以準之

然此二不二下三融合於中二先正明即合前四義須知四義兩處名異上眞空必盡幻有是眞空上空義二必成幻有是眞空上不空義三幻有必覆眞空是幻有上有義四必不礙眞空是幻有上非有義又須知一有非有空非空各有二義一有上二義者一是不壞有相義二是遠斷滅義則名有爲非不有二非有上二義者一離有相義二即是空義三空上二義者一不壞性義二遮定有義故名空爲非不空四非空上二義者一離空相義二即是有義已知名義今疏融合乃有五重爲五種中道一云謂有非有無二爲一幻有者此是有上二義自合然取有上不壞相義非有上離有相義故合爲一幻有是俗諦中道空非空無二爲一眞空者即空上二義自合然取空上不壞性義非空上離空相義故

合爲一眞空爲眞諦中道前一爲卽相無相之中道此一爲卽性無性之中道亦存泯無二義又非空與有無二爲一幻有者上一對空有自合此下一對空有四義交絡而合今此第三卽取眞空上非空義及幻有上有義二義相順明其不二然是非空上取卽是有義有上取遮斷滅義故得共成幻有爲非空非不有存泯無礙之中道空與非有無二爲一眞空者卽第四取眞空上空義幻有上非有義二義相順明其不二然是空上遮定有義非有上卽是空義故二相順得成眞空爲非有非不空存泯無礙之中道三是存俗泯眞此是存眞泯俗又三是空徹於有今是有徹於空皆二諦交徹又幻有與眞空無二爲一味法界者卽第五總合前四令其不二然上各合交徹並不出於眞空幻有故今合之爲一味法界爲二諦俱融之中道然三四雖融二諦而空有別融今此卽空有無礙卽是非空非有無礙舉一全收若以眞同俗唯一幻有融俗同眞唯一眞空空有無二爲雙照之中道非空非有無二爲雙遮之中道遮照一時存泯無礙故第二結歎云離相離性無障無礙無分別法門以幻有爲相眞空爲性又空有皆相非空非有爲性又別顯爲相總融爲性今互奪雙融並皆離也無分別法但約智說唯無分別智方究其源矣無障無礙通於境智謂上之五重多約境說心智契合卽爲五觀五境既融五觀亦融以俱融之智契無礙之境則心境無礙心中有無盡之境境上有無礙之心故要亡言方合斯理總爲緣起甚深之相餘義如玄中已明

復次性有二義一者有義二者空義復有二義一者不變二者隨緣以有義故說二空所顯卽法性本無生也以空義故說依他無性卽是圓成卽各不相知以有義故說於不變以空義故說於隨緣此二不二隨緣卽是不變不變故能隨緣

復次性有二義下第四別釋性義於中有四一順釋二反成三結歸中道四結勸修學今初文有四節一雙標二門二以有義故說二空所顯下釋空有義三以有義故說於不變下卽將初門釋變不變四此二不二下雙融不變隨緣二門說第三釋變不變中云何有義說於不變既以二空所顯眞如則湛然常存體無變易云何以空義故說於隨緣由依他無性卽是空義要在緣中方顯空理故知隨緣四中上來且隨一義以收二宗以法相宗唯不變故無相宗中唯性空故故須第四雙融二門具足無礙方順圓融法性宗意二義既卽空有亦卽隨緣卽是不變故空性卽是有性不變故能隨緣則有性卽是空性若非實有將何隨緣而成諸法如本無

水將何隨風而成波浪若唯不變性何預於法若但隨緣豈稱眞性故隨其流處有種種異而其本味停留雪山又若性離於法則成斷滅法離於性則本無今有又法若即性性常應常性若即法法滅應滅

若唯不變下第二反成唯不變性何預法者則性如虛空法如星象虛空不爲星象之性眞如何得爲諸法性則性與法異何相干耶芳但隨緣豈稱眞性者緣有生滅則非眞故隨其流處下借涅槃經以成二義隨流有異是隨緣義本味停留是不變義即第七經南經第八如來性品答迦葉問顯性是常經云復次善男子譬如雪山有一味藥名曰樂味其味極甜在深叢下人無能見有人聞香即知其地當有是藥過去世中有轉輪王於彼雪山爲此藥故在在處處造作木筩以接是藥是藥熟時從地流出集木筩中其味眞正王既沒已其後是藥或酢或醎或甜或苦或辛或淡如是一味隨其流處有種種異是藥眞味停留在山猶如滿月凡人薄福雖以掘鑿加功若至而不能得復有聖王出現於世以福因緣即得是藥眞正之味善男子如來秘藏其味亦爾爲諸煩惱叢林所覆無明衆生不能得見一味藥者譬如佛性以煩惱故出種種味所謂地獄畜生餓鬼天人男女非男非女刹利婆羅門毗舍首陀佛性雄猛難可毀壞是故無有能殺害者若有殺者則斷佛性如是佛性終不可斷若可斷者無有是處如我性者即是如來秘密之藏如是秘藏一切無能毀壞燒滅雖不可壞然不可見若得成就阿耨多羅三藐三菩提爾乃證知以是因緣無能殺者釋曰以法對喻文亦易見然彼如來秘藏佛性以合一味即是此中如來藏性不變隨緣二義分明但雪山喻經其過去王喻過去佛復有聖王即是合中若得菩提餘並可知又若性離於法下覆成上義上云性何預法即是離義即成斷滅者性離於法非即法空故性成斷言法離於性本無今有者性出自古此爲本有法既離性故本無今有本無今有有何過耶則虛空中本無衆生常出衆生若爾法即於性應非本無今有何以論云從無之有曰生自有還無稱滅釋曰緣會事顯則是本無今有無始衆生不可得言本無今有況涅槃云本有今無本無今有三世有法無有是處上半約相下半約性既相與性不得相離則本無之法非全本無今有之法非全新有是故下云三世有法無有是處此偈廣義已見初品又法若即性等者然常無常非即非離此以不即難其全即性若即法者謂水若即波波滅水滅今但波滅而水不滅則法若滅時而性不滅則非全即也故大品中佛問須菩提心若生時爲即性不答言即性此心滅不

答云生法必滅佛言真性滅不答云不滅佛言此處可思議不答云不可思議即斯義矣故二相成非常非斷此二相奪故說非有非空爲中道義故二相成下三結歸中道略有三重上非即非離爲中道由此故成非斷非常非有非無亦應言非變非不變也苟得其會不惑百家異說顧諸學者虛已求宗苟得其會下四結勸修學使無偏執上已明大意

大方廣佛華嚴經疏鈔會本第十三之五

音釋

競具映切爭也　墼訖逆切磚坏　瀑蒲報切疾流　摸末各切捫也　湍他端切急瀨也　肇直紹切　歔千苟切　挺徒鼎切超拔也　詺眉病切辯別物名也　絡歷各切聯絡也　酢倉故切酸也　掘其月切穿也

大方廣佛華嚴經疏鈔會本第十三之六

唐于闐國三藏沙門實叉難陀　譯

唐清涼山大華嚴寺沙門澄觀　撰述

眼耳鼻舌身心意諸情根以此常流轉而無能轉者

次正釋文且第一偈答三問者初答何因種種此具二意先答何因下標也謂此一偈具四因中第二八識熏習第三由無定性一以八識熏習而成故初句五識次句心是本識集起義故意通六七七謂審思量故六謂意之識故了別義故偈文窄故不立識言亦諸情攝此從別義通則八識皆得心意識名諸情根者通於八種類非一故五依色根六依第七七八互依又第七識爲染汙根第八又爲諸識通依云諸情根言以此者以上八識爲能所

重展轉爲因而常流轉無別我人故云無能轉者又識外無法亦爲無者次句心是本識者成唯識第五云云何應知此第七八識離眼等識別有體耶述曰以小乘謂此但是第六入過去故故爲此問論云聖教正理爲定量故謂薄伽梵處處經中說心意識三種別集起名心思量名意了別名識是三別義述曰此上總解謂小乘謂未來名心過去名意現在是識種種分別然無別體今顯經證論如是三義雖通八識而隨勝顯第八名心集諸法種起諸法故第七名意緣藏識等恒審思量爲我等故餘六名識於六別境麤動間斷了別轉故釋曰謂爲一切現行所熏是集諸法種現法爲依種子爲因能生一切故云起諸法言緣藏識等者因中有漏唯緣我境因中無漏緣於第八及緣眞如果上許緣一切法故論云等也言麤動者易了名麤轉易名動不續名間各有所緣故得別名論如入楞伽第九伽陀中說藏識說名心思量性名意能了諸境相是說名爲識此從別義下顯通別之義瑜伽六十三亦但有別名大同唯識已下更無別釋通則八識下通出八識皆得三名之相說者應云若以集起以解心第八獨名心若積集以解心八識皆名心若思量以解意第七獨名意若以等無間以解意八識皆名意若以了別別境以解識前六獨名識謂了差別六塵境故

若以了別以解識八識皆名識即別識之義唯識第一疏云了別別境及麤顯境唯前六故對此六塵說六識故即斯義也通別之名居然易了諸情根者通於八識皆有根義已成非一況就八中復有二類前五依色後三依心三依心中復有單雙互依之異若具說者復有多少不同故唯識第四云諸心心所皆有三依一因緣依謂自種子諸有爲法皆託此依離自因緣必不生故二增上依謂內六處諸心心所皆託此依離俱有根必不轉故三等無間依謂緣前滅意諸心心所皆託此依離開導根必不起故釋曰根識同時名俱有也前滅識等猶能開避導引後生名開導也然此三依言生轉起別相云何生約種辦體而生轉約隨順與力令轉起約由前開路令後得起然其八識說俱有依四師不同令用第四護法護法廣破前義結云由此五識俱有所依定有四種謂五色根六七八識隨闕一種必不轉故同境分別染淨根本所依別故釋曰同境即五色根根識共同緣一境故分別是第六分別差別故染淨是第七依此能起染污識等故根本是第八若離第八餘不立故論曰聖教唯說依五根者以不共故又必同境近相順故釋曰此會違也謂對法第一但言眼識依色根會云不共者眼根但爲眼識依故非餘識依餘四亦然六七八識通餘識依又必同境者根與識必同緣境故又近相順者六七等識即是遠故是故五識定

有四依論曰第六意識俱有所依唯有二種謂七八識隨闕一種必不轉故雖五識俱取境明了而不定有故非所依聖教唯說依第七者染淨依故同轉識攝近相順故釋曰論中有三初正明次雖五識下通外問謂有問云意識得五緣境明了何不亦用五識爲依故答云不定有故意識不得五識之時能獨緣故第七下會通餘教亦是對法通亦有三初明是彼染淨根故二者六七同是轉識故二多引意識起染汙執故名相順論第七意識俱有所依但有一種謂第八識藏識若無定不轉故如伽陀說阿賴耶爲依故有末那轉依止心及意餘轉識得生阿賴耶識俱有所依亦唯一種謂第七識彼識若無定不轉故論說藏識恒與末那俱時轉又說藏識恒依染汙此即末那釋曰上引伽陀即楞伽經上引論即瑜伽論然上所引唯識說識差別不同故今疏云種類非一而順諸聖敎從多而說故於五中取不共依六取染汙故各舉其一餘義含在類非一中及次疏文重明七八二識中攝既七爲染汙根即與前六爲染淨依八爲通依即與前七爲根本依矣言染汙根者第四論云此意任運恒緣藏識與四根本煩惱相應其四者何謂我癡我見與我慢我愛是名四種癡者謂即無明愚於我相迷無我理故名我我癡我見者謂我執於非我法妄計爲我故名我見我慢者謂踞傲恃所執我令心高舉故名我慢我愛者謂我貪於所執我

深生躭著故名我愛并表慢愛有見慢俱遮餘部師不相應義彼䟽釋云餘部即薩婆多見慢愛三不得俱起故論云此四常起擾濁內心令外轉識恒成雜染有情由此生死輪廻不能出離故名煩惱釋曰由此四惑常俱等故名染汙根下論文中往往皆名爲染汙意第八又諸識通依者即根本依也言諸識者不唯第七識心所等法皆依此故直就第七名染汙根若爲六依則通染淨故名爲染淨依以上八識等者釋第三句前七爲能熏第八爲所熏故通云八識爲能所熏七熏八種七是八因八含七種八是七因故云展轉又依種起現現復熏種故展轉無窮然此能熏所熏迴性相宗先依法相宗説唯識第二廣顯其義論六依何等義立熏習名問也所熏能熏各有四義令種生長故名熏習此總答也何等名爲所熏四義別徵一堅住性若法始終一類相續能持習氣乃是所熏此遮轉識及風聲等性不堅住故非所熏釋曰轉識謂七轉識兼含心所若許七識能持種者初地已破四惑應失一切有漏種子已轉七識成平等性猶有有漏種者明是八識能持言風聲等者此揀根塵以間斷相顯故偏語之理實等字等取根塵及法處所攝色等一切皆揀至無色界即無色故入滅定等心亦無故名不堅住論云二無記性若法平等無所違逆能容習氣乃是所熏此遮善染勢力強盛無所容納故非所熏由此如來第八淨識唯帶舊種非新受

熏釋曰善染如沉麝韮蒜等故不受熏無記如素帛故能受熏佛第八識以極善故亦非所熏唯於因中曾所熏故帶彼舊種論曰三可熏性若法自在性非堅密能受習氣乃是所熏此遮心所及無爲法依他堅密故非所熏釋曰第八心王得自在故可是所熏第八同時五種心所體非自在故非所熏無爲之法體又堅密如金石等故非所熏論曰四與能熏共和合性若與能熏同時同處不即不離乃是所熏此遮他身剎那前後無和合義故非所熏釋曰他身即上同處無有以他身識爲我所熏故剎那前後即上同時揀於經部前念之識熏後念故論曰唯異熟識具斯四義可是所熏非心所等釋曰此總結也非心所者即第八同時心所等取所餘如上所揀論曰何等名爲能熏四義釋曰徵也論曰一有生滅若法非常能有作用生長習氣乃是能熏此遮無爲前後不變無生長用故非能熏二有勝用若有生滅勢力增盛能引習氣乃是能熏此遮異熟心心所等勢力羸劣故非能熏釋曰勝用有二一能緣勝用即揀諸色爲相分熏非能緣熏二強盛勝用謂不任運起即揀別類異熟心等有緣處用無強盛用爲相分熏非能緣熏由斯色等有強盛用無能緣用異熟心等有能緣用無強盛用諸不相應法二用俱無皆非能熏論曰三有增減若有勝用可增可減攝植習氣乃是能熏此遮佛果圓滿善法無增無減故非能熏彼若能熏

便非圓滿前後佛果應有勝劣釋曰有增減者第七末那至無漏位亦有增減唯除佛果言有勝劣者前佛應勝以熏無漏種子多故論曰四與所熏和合而轉若與所熏同時同處不即不離乃是能熏此遮他身刹那前後無和合義故非能熏釋曰此第四義大同所熏上二皆云共和合者和合即是相應異名論曰唯七轉識及彼心所有勝勢用而有增減者具此四義可是能熏釋曰上結能熏論云如是能熏與所熏識俱生俱滅熏習義成令所熏中種子生長如熏苣藤容名熏習上來皆是法相宗意下經數數有熏習義莫䏍文繁第二法性宗者上法相宗所熏第三能熏第一正揀眞如受熏之義今法性宗亦七識等而爲能熏八爲所熏其第八中以如來藏隨緣成立含有生滅不生滅義故熏第八即熏眞如故起信云復次有四種法熏習義故染法淨法起不斷絶云何爲四一者淨法名爲眞如二者一切染因名爲無明三者妄心名爲業識四者妄境界所謂六塵熏習義者如世衣服實無於香若人以香而熏習故則有香氣此亦如是眞如淨法實無於染但以無明而熏習故則有染相無明染法實無淨業但以眞如而熏習故則有淨用云何熏習起染法不斷所謂以依眞如法故有於無明以有無明染法因故即熏習眞如以熏習故則有妄心以有妄心故則熏習無明不了眞如法故不覺念起現妄境界以有妄境界染法緣故即熏習妄心令其念著造種種業受於一切身心等苦廣如彼論是則眞如亦爲能熏亦能受熏故楞伽云不思議熏不思議變是現識因謂不可熏而熏故名不思議熏眞如不變而隨緣成立名不思議變亦即不染而染也賢首云妄心通業識及事識今揀其本言業識耳言熏習故有染相者眞如亦無相隨熏現相又順妄法無體故但云相此釋經中如來藏爲惡習所熏等上即生滅門中眞如言有淨用者此是生滅門中本覺眞如故有熏義眞如門中則無此義由此本覺内熏不覺令成厭求反流順眞故云用也此釋經中由如來藏故能厭生死苦樂求涅槃也涅槃經云闡提之人佛性力故還生善根彼言佛性力者即此本覺内熏之力良以一識含此二義更互相熏徧生染淨此中佛者是覺性者是本故名本覺餘如彼說無別我下釋第四句然有二意一破我執者即人也二又識外下破於法執即此言者通一切法

二明由不相知方成種種上半出種種以此者以前不相知故舉體性空方成流轉即此八識各無體性故無實我法而爲其主向若有性不可熏變安得流轉二明不相知方成種種者即第二段明前四因中第三因也但由偈中以此二字取義不同故一偈

文通於二義取文全別前熏習義則以此二字全指上半爲流轉因今顯無性即上半偈爲流轉果上半出種種即以此二字指前五偈法喻所明不相知義爲流轉因即此八識下釋第四句既所流無性何有能轉者耶其主者通於人法向若有性下上來順釋此下反釋山如金石各有堅性不可令易令此無性猶如於水遇冷成氷逢火便焬故中論云集若有定性先來所不斷於今云何斷道若有定性先來所不修於今云何修等故知若有定性一切諸法皆悉不成若無定性一切皆成故中論云以有空義故一切法得成若無　空義者一切即不成無性即空義也

次遣疑者以虛妄中有二義故一虛轉二無轉故常種種常一性也次遣疑下釋第二番懷疑問也由前問云爲是一性爲是種種故今答云常一常多一虛轉者無性故有也二無轉者無性故空也虛轉故常種種無轉故常一性勿滯二途也

次答難者虛轉故俗不異真而俗相立無轉故真不異俗而真體存故互不相違也後答難下即答第三番設難也謂前難云一性隨於種種則失真諦種種隨於一性則失俗諦故今意明不相違也種種虛轉等者轉故是俗虛故不異真既言虛轉則俗相立無轉等者無轉即真也以即轉言無故不異俗即轉是空故真體存俗法雖真而無別體故云相立真不可見但云體存上句俗不違真下句真不違俗故疏結云互不相違

法性本無生示現而有生是中無能現亦無所現物

第二偈亦答三問初明真如隨緣故成種種者答所以也初句印上心性是一是不變義次句答上云何見有種種是隨緣義唯心變現全攬真性生非實生故云示現下二句印上業不知心等者以是隨緣不失自性義故是以諸趣種種了不可得生即無生無能現者性不動故無所現者妄法虛故唯心變現者正釋真如隨緣之義謂即依前諸識熏習之緣所熏真如隨緣成法故云全攬真以喻如來藏無有實體爲能所熏故云全攬真成正揀法相真如之外有能所熏真性即如來藏性如來藏性即生滅門中真如生非實生正釋示現字亦仍上起謂既攬真生生相即虛故云示現以是隨緣者如水遇風緣

而成波浪濕性不失如來藏性雖成種種而不失於自清淨性此中隨緣即是前經見有種種此中不失自性即前業不知心等對上問中故云諸趣種種了不可得對今經文故云生即無生生即諸趣無生即不相知躡上示生之句經云此中即下八字是不失自性無能現者眞如隨緣成一切法如即能現不失自性名性不動何有能現妄攬眞成故自麼無體次遣疑者常生常無生上半即無生之生業果宛然故勝鬘云不染而染難可了知下半生即無生眞性湛然故勝鬘云染而不染難可了知又法性本無生不空如來藏也此中無能現空如來藏也上半即無生之生者由上疑云爲是種種爲是一性故今答云無生之生即常種種生即無生故云一性本末染淨旣相交徹安可凡情而了知耶又法性本無生者上約不變隨緣今約二空即以能隨緣者爲不空藏故有種種即上半也隨緣不失自性名爲空藏以妄法不染故即是下半又約二藏體即是一性不礙隨緣故有種種不空即是一性空藏即不相知答第三難者此中無能現性非性也亦無所現物相非相也又示現而有生性不違相亦無所現物相不違性無二爲二二即無二無礙圓融豈有乖耶答第三難者謂上難云一性隨於種種則失眞諦種種隨於一性則失俗諦亦性相相違今答意明性相無違然跡有二意一明性相雙絶故無可相違即下半意又示現下第二明性相相成故不相違即是上半即無生之性不違示生之相言亦無所現物者雖牒第四句遠取第一句正示現生即無所現故不違性無二爲二者結也一體而分能現所現云無二而二性相無違爲二即無二等云圓融豈得種種乖於一心心性乖於種種言法性者法謂差別依正等法性謂彼法所依體性即法之性故名爲法性又性以不變爲義即此可軌亦名爲法此則性即法故名爲法性此二義並約不變釋也又即一切法各無性故名爲法性即隨緣之性法即性也言法性下隨難別釋先解法性後解本字今初有三前之二義雖有依主持業不同然皆與法不得相即以不變之性非妄法故第三隨緣與法不離不即不離方爲眞性本有二義

一約不變本謂源本本來不生隨緣故生二約隨緣有此法來本不自生非待滅無即示現生時本不生故故下云無能現也本有二義者釋本無生由於法性有共不變隨緣義故今本亦二本即是性末即是相前不變本與末不即後隨緣本與末不離不即不離融無障礙為真本也

眼耳鼻舌身心意諸情根一切空無性妄心分別有

第三偈答三問者初答所以者上三句種種即一心性亦印前文殊不相知等下句出因由妄分別故有種種正答前問此復二意一上二句依他起也次句圓成實也後句徧計性也由徧計故能起依他依他無性即圓成實故唯識云依他起自性分別緣所生圓成實於彼常遠離前性故此與依他非異非不異此復二意下上來總明此下別釋會性相

宗初三性釋通於二宗疏文有三初直屬經文是法性意依他無性爲圓成三故由徧計下二正釋偈意由妄分別有上眼等既從緣生故體即空空即圓成故唯識下三引文證成二宗三性已見玄文今此略引依圓二性初之二句是依他性故彼釋云妄分別緣即是徧計然妄分別是能徧計眼等依他是所徧計計爲實故成徧計性由此能生染分依他故此徧計能起依他是彼依故圓成實下釋圓成性一偈分二上半正釋下半明與依他起性非一異義彼論釋云謂圓滿成就諸法實性顯此常徧體非虛謬揀自共相虛空我等此即於彼依他起上常遠離前徧計所執二空所顯眞如爲性說於彼言顯圓成實與依他起不即不離常遠離言顯妄所執能所取性理恒非有前言爲顯不空依他性顯二空非圓成實眞如離有離無義故釋曰玄文已釋但釋論意分前性字二義不同遠離前言已空徧計故是離有而言性者自屬眞如故能離無是以結云眞如離有離無相故若依此釋則空無性妄分別有皆是徧計前偈法性方是圓成今順法性依他無性即是圓成故一偈中三性具足設順彼宗離有離無遠離前性離徧計有又此偈云此諸法勝義亦即是眞如常如其性故即唯識實性此則離無未失彼宗何須傷巧離前性字若會二宗依他起上無徧計性即是圓成此無性理是眞如故已離有無故八地云無性爲性故此與依他

下釋非一異謂由圓成於依他起遠前性故成非一異故云故此彼論釋云由前理故此圓成實與彼依他非異不異異應眞如非彼所依不異此性應是無常彼此俱應淨非淨境則本後智用應無別釋曰圓成唯淨智境依他通淨非淨豈得全同

二者上二句因緣所生法也次句我說即是空也後句亦爲是假名此二不二是中道義

二者上二句下別會法性宗三觀欲顯包含取文小異中論偈云因緣所生法我說即是空亦爲是假名亦是中道義配經可知然中道言經文所無但舍下半空有爲中若取別顯亦在前偈法性無生即前偈中亦具三觀初句中道次句假名下半即空由前已配眞如隨緣故不顯耳又眞如隨緣亦不殊三觀上別出二宗取文小異若以義會二宗無違因緣所生法即總舉三性所依之法我說即是空徧計性也亦爲是假名依他起也亦是中道義圓成實也但三性迢然即法相宗令皆言即是法性宗但即不即小有不同便成天隔然法相宗亦非即離多成不即法性宗中亦非即離多成非異法相由不即空徧計是空但是空無法性則明由無徧計令依他空便成天隔後人隨計二互相乖虛已而求大旨無別顯經包攝備舉二文又經旨無差二宗隨取

又妄心分別有者情計謂有然有即不有故云一切空無性常有常空是即萬物之自虛豈待宰割以求通哉

又妄心下二答懷疑問謂上問言爲是一性爲是種種故今答云常空故常一性常有故常種種也是即萬物下肇公不眞空論意也意云萬物自虛即常一常多矣故彼論云尋夫不有不無者豈曰滌除萬物杜塞視聽寂寥虛豁然後爲眞諦者乎誠以即物順通故物莫之逆即僞而眞故性莫之易性莫之易故雖無而有物莫之逆故雖有而無雖有而無所謂非有雖無而有所謂非無如此則非無物也物非眞也物非眞故於何而物故經云色性自空非色敗空以明聖人之於物也即萬物之自虛豈待宰割以求通哉釋曰此明體法即空非析法明空也

又前偈從本起末末不異本此偈攝末歸本本不礙末豈相乖耶

又前偈下釋第三重結成難謂前偈法性爲本示生爲末此偈以空無性爲本眼等爲末攝末歸本種種不乖一性非本無末一性豈乖種種欲顯起末攝末逆順具足故引前偈非獨此偈不能答難若獨此偈答者謂眼耳等即無性故種種不乖一性無性要依眼等故一性不乖種種又從本起末即不動眞際建立諸法攝末歸本即不壞假名而說實相義理無妨

如理而觀察一切皆無性法眼不思議此見非顛倒

第二一偈釋成前義然有二義一者云何得知無性以法眼觀稱性非倒成淨緣起當知此理甚爲決定二者前偈訶其見有種種是妄分別此不應依此偈印前觀察無性各不相知斯爲法眼固應依止即依智不依識也

若實若不實若妄若非妄世間出世間但有假言說

第三一偈拂迹入玄者謂前法性無生一切皆空實也示現有生眼等差別非實也妄心分別有妄也如理觀察非妄也以妄爲緣生世間流轉以如理觀成出世間非倒法眼皆是名言而無真實何者如言取故第三一偈拂迹入玄先正釋偈文然實不實約事理說妄非妄者約情智說上即如如及相下即妄想正智並屬於名五法具矣而其疏文雙牒前二偈文細尋可知初略標亦約智說故曉公云如言而取所說皆非得意而談所說皆是一地論云如言取義有五過失若不取著實非實等並皆契理故中論云一切法真實一切法非實亦實亦非實非實非非實是名諸佛法則真妄等一一例然無非當也又欲言其實而復示生欲言不實體性即空欲言是妄妄不可得欲言非妄能令流轉欲言世間即涅槃相欲言出世無世可出則染淨兩亡是以物不即名以就實名不即物而履真然則實理獨靜於言教之外豈文言之能辨哉故但假說是以什公云唯忘言者可與道合虛懷者可與理通冥心者可與真一遺智者可與聖同耳又欲言其實下二別釋亦約理釋以理圓言偏言不及故以實非實等相即相奪一一因顯理致包含故是以物下三結成於中二初正結即肇公不真空論意也然此言因破汰

公本無論後結成言也彼論具云本無者情尚於無多觸言而實無故非有有即無也非無無即無也尋夫立言之本旨直以非有非真有非無非真無何必非有無此有非無無彼無此直好無之說豈謂順通事實即物之情哉夫以物物於物則所物而可物以物物非物故雖物而非物是以物不即名以就實名不即物而覆真然則真諦獨靜於敎名之外豈文言之能辯哉今但引其結文兩對耳言物不即名以就實者物體虛無無當名之實也名不即物而嚴真者名但假立無得物之功也若名即物召火即應燒口若物即名見物即應知名今不爾者明俱非實故不相得也是以什公下第二引證即悟玄序其前文云夫玄道不可以設功得聖智不可以有心知真諦不可以存我會至功不可以營事為今疏即次下之言此上二對反顯難思疏文所引即順明難思忘言者捨筌蹄也虛壞者離取著也寘心者不已見也遺智者泯能證也道理真聖大同小異然上三即法後一約人道者虛通即前玄道理揀於事即前至功所契真揀於俗即前真諦聖揀於凡即前聖智故有心不契遺智方知若有契合復應拂迹故彼次云雖云道合無心於合合者合焉雖云聖同不求於同同者同焉無心於合即無合無散不求於同即無同無異超非於百非之外非所不能非焉忘是於萬是之內是所不能是焉非所不能非則無非矣是所不能是則無是矣無異無同故怨親無二無是無非則毀譽常一夫然則幾於道矣今略引二對足令得意

又後三偈亦如次明三無性觀

又後三偈下第二攝疊重釋上之十偈從後漸收於中有二先收中自有三重第一收後三偈為三無性觀者唯識論云即依此三性立彼三無性初則相無性次無自然性後由遠離前所執我法性釋曰謂依徧計所執性說相無自性性由彼體相畢竟非有猶如虛空花繩上蛇故故今偈云一切空無性妄心分別有次依依他起性立生無自性性此如幻事託眾緣生無始妄執自然性故故令偈云如理而觀察一切皆無性後依圓成實性立勝義無自性性謂即勝義由遠離前徧計所執我法性故故今偈云若實若非實若妄若非妄皆是假說實即圓成非妄即契圓成之智成於出世並是假名實尚不實何況非實擧況總結故云非實妄及世間一時總遺

又此五偈合前四喻初以流轉合水漂流次頌合火火本無生隨緣生故次頌合風風即空無因見物動妄謂有故次頌合地法眼見理無分別故後一總顯令亡言故

又此五偈下二合前四喻由依此義十偈正答亦可分四初諸法無體性一偈法說宗因

次四偈舉四同喻三有四偈別合前喻四者末偈結成前義則五分具矣　又前五偈是印成答次四出所以答後一奪令亡言

文殊一問以舍多意覺首縱答體勢無方逆順研窮以顯深致幸諸學者不咎文繁

文殊一問下第二結歎以緣起深理幽玄該博故問答包含今釋竭愚發揚玄旨勿以經少責疏繁文

大方廣佛華嚴經疏鈔會本第十三之六

音釋

麝　神夜切獸名　蒜　蘇貫切葷菜也　豁　呼括切疏通也

大方廣佛華嚴經疏鈔會本第十三之七

唐于闐國三藏沙門實叉難陀　譯

唐清涼山大華嚴寺沙門澄觀撰述

爾時文殊師利菩薩問財首菩薩言

第二教化甚深先問中二初標告告財首者彼得此法財益生門故

佛子一切衆生非衆生

二正問中二初立宗衆生即非衆生彼此同許亦可躡前覺首八識皆空

云何如來隨其時隨其命隨其身隨其行隨其解隨其言論隨其心樂隨其方便隨其思惟隨其觀察

二云何下設難謂衆生既空佛云何化若佛不見生空則無大智便成謗佛若見空而化豈不違空空有相違進退何據於中先明十隨辨所化差別後明三輪顯能化不同今初一隨根生熟時如是時中堪如是化又此句爲總謂隨何壽命時等下九爲別各有二義謂隨其壽命脩短而化又以無命者法而教化之身二義者謂隨其所受何等類身而受化故又宜以觀身空寂等而得度者以彼化故餘準此知故下答中多說後意行謂三業善惡解謂識解差別言論者國俗教誨此六多約未發心前餘準此知者上三各顯二義下七不欲繁文故令例知若具說者行二義者一隨修何行時二以何行化之其能化行與所行行未必全同如行施行時或以施行化或以禪慧行化故解二義者一隨有深淺之解二說諸佛菩薩之解化故言論二者一隨何國俗言說二宜用何等言辭化故後四多約發趣已去心樂者有所欣求方便者隨所進趣思惟者依法求義觀察者如說修學心樂二者一隨

希求何法二稱根爲說諸願樂故方便二者一隨何進趣時二隨用何善巧等化故思惟二者一隨思求何義二說云何思化故觀察二者一如修學時二稱宜爲說觀察相故

於如是諸衆生中爲現其身教化調伏

二於如是下能化差別先牒十隨後現三業教化調伏通於語意爲以十隨化故衆生非空耶爲以衆生空故十隨虛設耶

時財首菩薩以頌答曰

第二財首答中準諸深經及此偈文略有四意一佛見衆生本來自空非斷空故不礙隨化偈云諸法空無我衆報隨業生故二佛知衆生不能自知真空故悲以隨化偈云隨解取衆相顛倒不如實故三隨化即空不異衆生空故二不相乖偈云寂滅多聞之境故四融上諸義良以攬空爲衆生生與非生唯一味故不增不減經云即此法身流轉五道名曰衆生法身即衆生衆生即法身法身衆生義一名異以斯義故佛見衆生舉體自盡本是法身不須更化大智現前見於法身隨緣即衆生故大悲攝化今以寂滅非無之衆生恒不異真而成立故是不動真際無化而化以隨緣非有之法身恒不異事而顯現故不壞假名化即無化所化既空有不二能化亦悲智不殊一佛見下初一空不礙化答二佛知下智不礙悲答三隨化下化不違空答四融上等者即總攝上三共爲一致也然前三中初後即性相交徹中一乃悲智雙運故今融成悲智性相皆無障礙就文更三初明所化性相無礙即前第一意以斯義下二躡前初意以辯能化即前第二意悲智無礙悲對前事智對前理今以寂滅下三更融前能所兼具前第三意方成一味初融所化性相無礙以成能化無化而化即前第一意以隨緣下二融具能化成前第三化不失空所化既空下對

於所化成前第二能化悲智無礙之義不礙有而觀空方能入理不動眞而隨化方能究竟化他衆生不知此理故流轉無窮今令衆生悟如斯法是則眞實隨化非直十隨不違空理亦由此十方契眞空故淨名云當爲衆生說如斯法是即眞實慈也不礙有而觀空下第二結釋於中有五一既云不礙有而觀空方能入理結成問意則前以空難隨化非得意也二既云不動眞而隨化結成答意三衆生下結成化意四非直下正結無違非但無違兼能相成五故淨名下引證但證爲衆生說如斯法即觀衆生品維摩詰問文殊師利云云何觀於衆生文殊答言我觀衆生如第五大如第六陰如第七情如十三入等意明畢竟空故次淨名問云若爾云何行慈答曰當爲衆生說如斯法是即名爲眞實慈也然上云寂滅非無之衆生者體雖寂滅不無衆生之相由寂滅故恒不異眞由非無故而恒成立是故不動眞際等者即智論意謂不動眞際而建立諸法不壞假名而說實相

此是樂寂滅多聞者境界我爲仁宣說仁今應諦受

十頌分二初一舉法勸聽上半以人顯法已含答意上句體深下句用廣即聞之寂則聞無所聞故無衆生大經亦云若知如來常不說法是名具足多聞即寂多聞則善解藥病不礙隨化下二句許說勸聽大經亦云下即二十六經教體中已辯

分別觀內身此中誰是我若能如是解彼達我有無

分別後九頌別答前問文勢多含略爲二釋一者一一別答謂初三答隨身次一隨命三一頌答隨觀察四一頌答隨行及方便五一頌答隨心樂及解六一頌答隨言論七一頌答隨思惟時通此九二謂依前五隨答後四隨亦時通於九今依此消文

文分爲六初三頌教依隨何身時隨其心樂修其方便思惟觀察此四徧於五段二有一頌依命時三二頌依行時四一頌依解時五一頌依言論時六一頌教離二取通結上文今初三頌若著我時作界分別觀分別觀身皆無我故若愛染身時作念處觀觀於內身及心法故總相而言即二空觀初一我空次一法空後一類通一切總相而言者謂界分別及四念處皆明二空故便以二空科判經文我空下即界分別觀謂十八界等今初上半即尋思觀觀中求我不得故於內身四大五蘊若即若離尋求主者不可得故下半觀益如實知於假我則有計實我無上半尋思觀者斯爲方便即顯下半是如實觀

此身假安立住處無方所諦了是身者於中無所著

次偈觀身實相法無我觀上半諦了身空謂攬緣假立來無所從故本無住處緣盡謝滅去無所至無停積處虛假似立實無所住下半觀益謂攬緣假立者此釋初句來無所從下釋次句虛假似立下雙結二句

於身善觀察一切皆明見知法皆虛妄不起心分別

後偈類通以身觀身既明見自身二我皆空則知萬法皆是虛妄此觀亦寂故不起心以身觀身者即借老子之言彼云以身觀身以家觀家以國觀國以天下觀天下此觀亦寂者此釋不起心分別言此句有二意一既物我皆虛故不分別物我皆異此意則淺故畧不出今明知空之心即是此觀二我既寂觀何由生若觀不忘非是空矣則空病亦空能所雙寂矣若作念處釋者內身揀於外器及他身故念處有二一通二別通則身等皆無我等別則觀法無我今是通

也復有二種一小二大此中是大觀身性相同虛空故空無二我誰是我言已兼二我次偈觀受不在內外中間故無方所後偈觀心及法不得善法及不善法故云知法虛妄心如幻故不起分別

內身下然四地中有於三身智論瑜伽各有解釋今即瑜伽意一以自身爲內身二以外器餅衣車乘等爲外身三以外有情妻子男女等爲內外身故今揀於後二念處有一下釋此中誰是我句謂有問言準念處觀觀身不淨觀受是苦觀心無常觀法無我今何觀身爲無我耶故故今答云有通有別上以別難今約通說故於觀身得作無我及苦無常不淨之觀今但舉無我耳復有二種下通釋一偈以爲通妨謂有問言下既別觀受及心法法應無我何無不淨苦等觀耶故今答云約大說故然大乘中具有二觀謂約世諦則觀身等爲不淨等約第一義則觀身等同虛空等今約大小對辯則不淨等唯屬小乘觀身性相同虛空等唯屬於大誰是我下上約界分別觀釋誰是我但遣人我次第二偈方遣法我今約大乘念處故兼二我謂於四大五蘊求其主宰了不可得但蘊等合則人無我觀蘊等相緣成故空則法無我

又別則身受不同通則受等皆身是故三偈皆致身言

又別則身受不同下此亦通妨謂有問言大小二觀皆觀身受心法今何三偈皆有身言故此通以身受心法但合五蘊五蘊皆身亦猶淨名方便品云是身如聚沫不可撮摩是身如泡不得久立是身如燄從渴愛生是身如芭蕉中無有堅是身如幻從顛倒起此則如次喻於五蘊皆名爲身若別說者應言色知聚沫受如水上泡想如熱時燄諸行如芭蕉諸識猶如幻今皆言身明知四處皆得稱身故云通則受等皆身

前問意云衆生既空云何如來隨其身化今釋意云以彼不知身本空寂教如是觀故說如來隨衆生身而教化也下皆準之

壽命因誰起復因誰退滅猶如旋火輪初後不可知

二一頌令於壽命思惟觀察命謂命根能令色心連持故名爲命壽謂壽限即命根體實謂由業種力引一期報衆同分體住時分限假立壽命

命謂下先釋壽命二字先依小乘即俱舍根品

偈云命根體即壽能持煖及識論引對法云云何命根謂三界壽謂有別法能持煖識說名命根此有三法壽爲能持故名爲體疏云色心色即是煖煖必依色實謂由下約大乘釋即唯識第一廣破小乘離色心外別有命根竟示正義云然依親生此識種子由業所引功能差別住時決定假立命根而疏云引衆同分體者通大小乘大乘是假小乘是實故俱舍云依同分及命令心等相續又云同分有情等同謂身形等同互相似故分者因義謂由此分能令有情身形等同言有情者同分所依揀非情也寄者揀於不等正顯能依同分義也論云別有實物名爲同分彼言衆同分者衆多同分故唯識廣破竟示正義云然依有情身心相似分位差別假立同分即大乘義具如疏文

從業緣起起即無起業盡便滅滅無所滅本無主者況刹那生滅實無自性從業緣起下二通顯上半先以因緣門釋後況刹那下以生滅門釋喻以火輪謂旋火速轉不見始終生滅遄流寧知本際又薪火不續識鈍謂輪命實還流妄謂相續又輪資火有命假心明待他而成固無自體喻以火輪下釋偈下半疏有三意初二皆喻上生滅門而

初就所知二就能知第三意喻上因緣門然上法說因果對明今合喻中能所對說命爲能依心爲所依依心假立故是因緣故生公云如杖薪之火旋之成輪輪必資火而成照有情亦如之必資心而成用也以彼情依於心類此命依於心

智者能觀察一切有無常諸法空無我永離一切相

三二偈令依行時思惟觀察成四種觀一無常觀二空觀三無我觀四無相觀於中初偈略標其四一切有者二有也亦一切有爲然無常等經論異說今且依辨中邊論以三性釋之初約徧計名無性無常以性常無故約依他起名生滅無常有起盡故約圓成實名垢淨無常位轉變故空亦有三一無性空性非有故二異性空與妄所執自性異故三自性空二空所顯爲自性故無我亦三一無相無我我相無故二

異相無我與妄所執我相異故三自相無我無我所顯爲自相故無相亦三一相都無故二相無實故三無妄相故然無常者淨名諸經皆說下第三住當廣示之今依中邊蓋是一義即第二論彼論具有無常苦空無我論云無常三者一無性無常謂徧計所執此常無故二生滅無常謂依他起有起盡故三垢淨無常謂圓成實位轉變故苦三種者一一所取苦謂徧計所執是補特伽羅我執所取故二事相苦謂依他起三苦相故三和合苦謂圓成實苦相合故空有三者一無性空謂徧計所執此無理趣可說爲有由此非有說爲空故二異性空謂依他起以妄所執不如實有非一切種性全無故三自性空謂圓成實二空所顯爲自性故無我三者一無相無我謂徧計所執此相本無故名無相即此無相說爲無我二異相無我謂依他起此相雖有而不如彼徧計所執故名異相即此異相說爲無我三自相無我謂圓成實無我所顯以爲自相即此自相說爲無我彼論結云如是所說無常苦空無我四種如其次第依根本眞實各分三種釋曰根本眞實者上論云謂三自性所以名眞實者偈云許於三自性唯一常非有一有而非眞一有無眞實釋曰彼論具釋如其次第一常非有即是徧計一有非眞即是依他一有無眞實即是圓成釋此句云唯圓成實亦有非有唯有非有於此性中許爲眞實釋曰論意云具有具無有此非有故爲眞實其無字屬上非是無眞實也意明二性皆依於此眞實上立今經無苦而有無相疏依三無我開三無相故彼論釋無我之中皆有無相又亦依此三種無相對於三苦以論對疏廣略可知然皆融攝則此宗意而偈正意多約前二性辨

衆報隨業生　如夢不眞實　念念常滅壞　如前後亦爾

後一偈略顯二觀上半明空觀報從業生如夢從思起不實故空下半明無常觀由上不實故念念無常前即過去已滅事顯例後現未當滅不殊

世間所見法　但以心爲主　隨解取衆相　顚倒不如實

四一偈依解今入唯識量觀境即心變故心爲主然此唯識略有二分一相二見今

隨其見分之解取其相分之相心外取故爲顚倒也然此唯識者以唯識第二四師不同謂安慧唯立一自證分難陀立二謂相見二分陳那立三加自證分護法立四於前三上加證自證分依彼論宗即以四分而爲正義故今疏云畧有二分以諸經論及彼論文多說二故謂離取等而論文有三初明立二二明立三三明立四而安慧一分於二分中破之傍出

初立二分論云然有漏識自體生時皆似所緣能緣相現彼相應法應知亦爾似所緣相說名相分似能緣相說名見分釋曰謂依他二分似徧計所執二分又以小乘相分名行相能取所緣故見分名事是心心所自體相故今似心外之境名似所緣是心外法此中無故所變相分爲所緣耳若明相分未是顚倒向心外取方爲倒耳又言見者是能緣境義通心心所非推求義推求義者唯慧能故次破安慧唯立自證分論云若心心所無所緣相應不能緣自所緣境釋曰謂緣色之心應不能緣色論云或應一一能緣一切釋曰謂隨一識等能緣一切境以眼識無所緣而能緣於色餘識無色緣亦應能緣色既餘不能緣一切明知無所緣者是義不然此中正義緣自境時心上必有帶境之相如鏡上面似面相生次破無能緣論云若心心所無能緣相應不能緣如虛空等釋曰同於虛空不能緣故論云或虛空等亦是能緣釋

曰此反難也謂心心所法無能緣而能緣所緣此虛空等無能緣亦應緣所緣論云故心心所必有二相如契經說一切唯有覺所覺義皆無能覺所覺分各自然而轉釋曰此即厚嚴經上半明無外境下半明有見相二分各各自從因緣所生名自然而轉下結正義論云達無離識所緣境者則所變相分是所緣見分名自行相相見所依自體名事即自證分釋曰此中雖是立二分家義已有三故次論云若無此者應不自憶心心所法如不曾更境必不能憶故釋曰此明有自證分意云相離於見無別自體但二功能故應別有一所依體若無自證應不自憶心心所法如不曾更境必不能憶謂如見分不更相分之境則不能憶要曾更之方能憶之若無自證已滅心所則不能憶以曾不爲自證緣故則如見分不曾更境今能憶之明先有自證已曾緣故如於見分憶曾更境故次下立三分論云然心心所一一生時以理推徵各有三分所量能量量果別故相見必有所依體故釋曰所量是相分能量是見分量果是自證分自證分與相見爲所依故如集量論伽陀中說以境相所量一能取相二自證三即能量及果此三體無別釋曰所量如絹能量如尺量果如解數智果是何義成滿因義言無別體者同一識故則離心無境次立四分論云又心心所若細分別應有四分三分如前第四證自證分若無此者誰證第三心分既同應皆證

故釋曰見分是心分須有自證分自證是心分應有第四證論云又自證分應無有果諸能量者皆有果故釋曰見分是能量須有自證果自證量見分須有第四果恐彼救云却用見分爲第三果故次論云不應見分是第三果見分或時非量攝故由此見分不證第三證自體者必現量故釋曰意明見分通於三量三量者謂現量比量非量即明見緣相時或量非量不可非量法爲現量果或見緣相是於比量及緣自證復是現量故自證是心體得與比量非量而爲果見分非心體不得與自證而爲其量果故不得見分證於第三證自體者必現量故第三四分既是現量故得相證無窮失矣意云若以見分爲能量但用三分亦得足矣若以見分爲所量必須第四爲其量果若通作喻者絹如所量尺如能量智爲量果即自證分若尺爲所使智爲能使何物用智即是於人如證自證分人能用智智能使人故能更證亦如明鏡鏡像爲相鏡明爲見鏡面如自證鏡背如證自證面依於背背復依面故得互證亦可以銅爲證自證鏡依於銅銅依於鏡此上四分即蔓法之後方有此義論如是四分或攝爲三第四攝入自證分故果體一故論或攝爲二後三俱是能緣性故攝論爲二論亦或攝入見故或攝爲一體無別故如入楞伽伽陀中說由自心執著心似外境轉彼所見非有是故說唯心如是處處說唯一心此一心言亦攝心所故識行相即是了別了別即是識之見分釋曰此上論文釋偈了字雖開合不同今但畧舉相見二分故彼論初便立二分處處多說相及見故若了相分唯心所變此非顛倒謂相爲外心外取故是名顛倒故上釋云依他二分似於徧計相見二分今約徧計故成顛倒上之四分文則似橫法相之要故畧引耳

世間所言論一切是分別未曾有一法得入於法性

五一偈依言論時令尋伺名等入如實觀謂了名等唯意言分別無別名等意即意識分別言即名言名言既唯意之分別名下之義亦無別體故所言論以兼名義令尋伺名等者此借唯識加行位中四尋伺觀四如實觀以解經文四尋伺者一名二義三自性四差別今云名等等取下三謂了名等下即以意言釋尋伺觀於中有三今初總釋意即意識下即引攝論第七釋意之相論云意言謂意識覺觀思惟但緣名言分別無別有義可緣又必依名分別諸法故云意言分別三名言下會論釋經顯四尋伺相名詮自性句詮差別名句皆名自性差別皆義故但云名義既隨分

別則妄計意流尚未了唯心安入法性

既隨分別下二釋下半未曾有一法得入於法性此句牒上攝論及經一切是分別言故云既隨分別妄計意流者即引楞伽釋成彼經第三因說破外道所說皆是世論未後婆羅門問言癡愛業因故有三有耶為無因耶我時報言此二亦是是世論彼復問言一切法皆入自相共相耶我復報言此二亦是世論婆羅門乃至意流妄計外塵皆是世論故云妄計意流尚未了唯心者上躡前分別之義為不入法性之由此下舉況釋不入義然其要觀畧有二種一唯心識觀二真如實觀唯心觀淺尚未能了真如觀妙彼安能入法性即是真如異名

若能如是自覺通達是入唯識之方便也即復此心無相可得妄想不生便入法性

若能如是下上來順釋經文不入之義今此反顯能入之義即如實觀於中先入唯心識觀言自覺者對上楞伽楞伽云彼婆羅門又問頗有非世論不佛答云有外道不能知以於外性不實妄想虛偽計著故謂妄想不生覺了有無自心現量妄想不生不受外塵妄想永息是名非世論此是我法非汝有也今言自覺畧其大意令覺自心耳其通達之言即攝論意通達唯是意言分別無有實法即為入唯識方便不取外相即入唯心即復此心下引起信論成真如實觀故彼論云心若馳散即當攝來令住正念其正念者當知唯心無外境界釋曰此即唯心識觀次云即復此心亦無自相念念不可得釋曰此即真如實觀妄想不生亦楞伽經已如前引便入法性結成上義

上約心乖體非不即又不入者妄想體虛無可入故

上約心乖等者通難重釋謂有難言如淨名等一切皆如文字性離即是解脫下經亦云一切法皆如諸佛境亦然三毒四倒皆亦清淨如何言說不入法性今通有二一約修人心不入理非約法體不即法性二約所觀亦無可入故下文云如來深境界其量等虛空一切眾生入而實無所入

能緣所緣力種種法出生速滅不暫停念念悉如是

六一偈通結亦近結次前二偈能緣所緣即見相也又觀一切法唯是意言未能除遣此境亦為能所也以此為方便得入唯心種種法出生者此相見二分由無始數習有種種法相似生謂能緣心生則種種

境生所緣境起則種種心起起法必滅安得暫停六有一偈通結五段令離能所亦可近結前二偈者能所相顯初明前偈又觀一切下明結後偈以意言觀縱成如實亦有能所云未除遣加行偈云現前立少物謂是唯識性以有所得故非實住唯識故但爲方便得通達位方入唯心此相見二分等者即唯識意而言似者顯其無真但似二相若執有實便成徧計起法必滅下釋下半然躡上半起上既心境相藉則皆從緣生生法必滅一向絕故刹那不住故云安得暫停若了相無相生無有生名了種種則了唯心若了無性心境兩亡則住無分別自覺智境不動法界名入法性若了相下正顯偈意上順釋偈文明二取之失令令了之則令離二取是經之意是則反釋經文而順經意則了唯心成唯心識觀若了無性下成真如實觀心境兩亡則住無分別如上所引通達位偈云若時於所緣智都無所得爾時住唯識離二取相故自覺智境即楞伽意不動法界即大般若意文殊室利分云繫緣法界一念法界不動法界知真法界不應動搖謂若言我入法界已動法界能所兩亡入相斯寂故不動法界是入法性故末後偈結上諸觀令亡觀相

也故末後下總出此偈意通明結前佛如是化應如是知幻人化幻皆無化化也佛如是化下總顯答意

大方廣佛華嚴經疏鈔會本第十三之七

音釋

詰欺吉切　蹔昨濫切不久也　懦乃管切　遄純圓切歂平聲

大方廣佛華嚴經疏鈔會本第十三之八

唐于闐國三藏沙門實叉難陀　譯

唐清涼山大華嚴寺沙門澄觀撰述

爾時文殊師利菩薩問寶首菩薩言

第三業果甚深問中亦二初標能所問人以事中顯理是可貴故問寶首也

佛子一切衆生等有四大無我無我所

二佛子一切下正顯問端中三初舉法按定謂諸衆生身但四大假名四大無主身亦無我安有我所彼此同許以爲按定四大無主等者即淨名第二云四大合故假名爲身四大無主身亦無我又此病起皆由著我是故於我不應生著今取彼文以釋今經

云何而有受苦受樂端正醜陋内好外好少受多受或受現報或受後報

二云何下正設疑難能造能受是謂爲我所造所受即是我所以無我故無能造受誰令苦樂無我所故無所造受能造能受者我在因中即爲能造業爲所造我在果中即爲能受報爲所受此中且順我我所言故淨名云無我無造無受者若僧伽師能造但是冥性我是受者而非造者若衛世師我爲能造亦爲能受何以現見而有苦等十事五對一苦樂者約麤相說三塗爲苦人天爲樂二就苦中各有妍媸三於其樂中有内身外境四通於苦樂受中若時若事皆有多少此上皆約生報前生作故五現作現受名現報隔一生去受名爲後報

然法界中無美無惡

三然法界下結難謂二無我理即眞法界中定無善惡未知苦樂從何而生此問所以也爲無我故無我所耶爲有所受亦有我耶此致疑也以聖言量及正理量違於

現量如何可通結成難也此問所以者此中取前緣起甚深三重問意以釋今文第二答意云達體業亡迷眞業起報因業起何須我耶業報攬緣虛無自體故無我所業報攬緣下上以業遣我此下以緣遣於我所由法無我非斷滅故業果不亡斯乃正理聖教所明不違現事由法無我下上明二我俱空此下明不壞業果之相空有無礙二諦雙存是正理量聖教所明即聖言量故淨名云說法不有亦不無以因緣故諸法生無我無造無受者善惡之業亦不亡中論云雖空而不斷雖有而不常罪福亦不失是名佛所說言不違現事者即是現量以現見苦樂等報舉體即空不壞事也法若定有不可造受便違正理法若定有下反以釋成故中論云若無空義者一切則不成

時實首菩薩以頌答曰

隨其所行業　如是果報生　作者無所有　諸佛之所說

在文分二初一法說餘九喩況今初上半約俗諦緣生即業報相屬答前現見次句勝義即空印其按定此二不二故不相違無所有言該上業果則亦無我所後句是聖教量智論第二云有業亦有果無作業果者此第一甚深是諸佛所說無所有者案文但云作者無所有以偈文窄故實乃作者所作皆無所有

譬如淨明鏡　隨其所對質　現像各不同　業性亦如是

下九喩顯通相而明喩於業果從緣無性不壞事相別彰喩意喩各不同初三頌喩業報無性不壞虛相次一偈喩無造受者三一偈喩性一相殊後四喩體無來處初中初偈雙喩業果皆眞心現雖無實體而相不同次偈喩能生因緣相虛後偈喩所生業果無實

今初若法相宗唯以本識爲鏡今依法性宗亦以如來藏性而爲明鏡亦以藏性爲鏡者初辨定鏡體言亦以者非揀本識識亦喻鏡故楞伽云譬如明鏡現衆色像現識處現亦復如是但法相宗不用如來藏爲鏡今雙用二義故致亦言言如來藏爲鏡者起信論釋本覺內體相合明中云復次覺體相者有四種大義與虛空等猶如淨鏡云何爲四一者如實空鏡遠離一切心境界相無法可現非覺照義故二者因熏習鏡謂如實不空一切世間境界悉於中現不出不入不失不壞常住一心以一切法卽眞實性又一切染法所不能染智體不動具足無漏熏衆生故三者法出離鏡謂不空法出煩惱礙智礙離和合相淳淨明故四者緣熏習鏡謂依法出離故徧照衆生之心令修善根隨念示現故釋曰四鏡之名者一空鏡謂離一切外物之體二不空鏡謂體不無能現萬像故三淨鏡謂已磨治離塵垢故四受用鏡置之高臺須者受用四中前二自性淨後二離垢淨又初二就因隱時說後二就果顯時說又前二約空不空爲二後二約體用爲二又前二體後二相故云覺體相者今約衆生卽前二鏡合而用之以第二爲能現以第一顯本淨故後之二鏡旣在果位約佛爲鏡故於福田甚深中用然有二義一隨境界質現業緣影故

合云業性亦如是二隨業緣質現果影像故前偈云隨其所行業如是果報生二文影畧共顯業果似有無體然有二義下第二顯喻相喻有三事一鏡二本質三影像以喻就法鏡則無二質影各二謂一是因影境界爲質故合云業性二是果影業緣爲質故法說云果報生也淨名云是身如影從業緣現是故結云二文影畧下引中論重化之義正顯因果俱從緣空合云業者謂善惡等三性者通性及相謂此業體以無性之法而爲其性不失業果之相而爲其性合云業者下第三出業體等取無記及等不動各成三類言不失業果者上是理性此卽事性如火熱性等由無性故能成業果由不壞相方顯眞空故中論云雖空亦不斷雖有而不常業果亦不失是名佛所說不失業果方顯中道又如鏡現穢像非直不汙鏡淨亦乃由此顯鏡喻淨如來藏現生死業果亦然非直不損眞性平等亦乃由

此知如來藏自性恒淨也此有四位一能現位復有二義一由眞淨故現染二由眞淨故不爲汙二所現位亦有二義一由相虛故不能汙二由虛故虛相現三相對位亦有二義一由分明現染方顯性淨二由性本恒淨令染妄現四眞淨虛染鎔融一味無礙圓融思之此約染淨門以但有所現即爲染故由無性故下第二顯義於中有二先顯中道即融上理事二性交徹無礙以成中道又如鏡現穢像由下第二約染淨初畧明上及此段俱證由不壞相方顯眞空此段亦中道義此有四位下演釋亦二先正顯染淨然但知以鏡喻如來藏影喻生死業果則法喻昭然一由眞淨故能現者即四鏡中第二鏡義二由眞淨故不爲汙即第一鏡義亦前即不染而染二即染而不染又前即能隨縁二即體不變然二皆是能現之德如玉之性雖染不汙若第三相對方顯正在泥中染而不染二所現二義者一依他無性義二無性縁成義三相對二義者一即眞如隨縁能成萬法方是眞如二即眞不變如方能現染若變性淨不能現染若不現染無隨縁德四眞淨等者以如來藏舉體成生死如來藏外無生死故生死即空是如來藏離生死外無如來藏如波與水一味無差此約染淨下結成上義謂眞如現他時說有淨分亦名爲染如鏡現像不揀淨穢皆非鏡體故唯能現得名爲淨所現皆染

更約喻中以一異門釋謂一鏡是定一門二所現染淨妍媸等殊是定異門染淨雖虛不能相攝故是異也鏡現染處不異現淨故是一也三像不異鏡是非異義鏡外無像故鏡不異像是非一義正現像時去像亦失鏡故上二即非一非異門四像雖即鏡而不壞像鏡雖即像而不礙鏡是亦一亦異門也更約喻中下二約一異門釋言鏡是定一者謂如來藏唯一味故所現定異者生死縁差故染淨雖虛下通難釋成先通異難謂有問言染淨皆虛豈非一耶此約喻難生死涅槃二俱虛寂豈非一耶此約法難故此釋云不相攝故此通法喻如所現像男不攝女故生死不能攝涅槃以相就性故說生死及與涅槃二俱空寂一際無差以性就相有染有淨以有諍故說於生死以無諍故說於

涅槃有煩惱時非無煩惱故就虛相而說異耳欲令一者要如來藏而以統之是第三義鏡現染處下二通一難謂有問言鏡中既能現染現淨豈非異耶如來藏能成生死能成涅槃豈非異耶故今答云現染淨處無異體故生死涅槃一性現故三像不異鏡者謂像本是異鏡本是一今像同鏡故非異也故次釋云鏡外無像故同鏡一異相便無生死本異如來藏一今生死卽如來藏故生死非異以如來藏外無生死鏡不異像者鏡本是一像本非一今鏡同像故非一也正現像時去像亦失鏡者釋成上義謂去像失鏡明鏡同像言同像者同像非一非約鏡與像一也如來藏性本來是一生死非一今如來藏全體爲生死故同生死之萬差正成生死時若去生死卽無如來藏此明如來藏同生死之差非約與生死一故是非一義也四亦一亦異門者但約不壞性相則一異歷然四門一揆則一異無礙染淨相融方爲事事無礙之鏡像也

亦如田種子各各不相知自然能出生業性

亦如是

二田種生芽喻能生者田喻業緣也種子喻於識種因也此二相待無性故不相知由不相知方能生於後有苦芽故云自然能出生也亦本識爲田名言爲種田喻業緣者卽六地經云業爲田識爲種無明所覆愛水爲潤見網增長我慢溉灌生名色芽謂若不造業識不成種如穀不入田終不生故亦本識爲田者上約因緣合辨故以業爲田今約本識含於種子能起現行故以本識爲田若初地中亦云於三界田中復生苦芽則約當果生處亦得名田顯義無方也成不相知類前可解

又如巧幻師在彼四衢道示現衆色相業性

亦如是

三幻師現幻喻喻所生者若幻色喻報則幻師喻業若幻色喻業則幻師喻業因以業亦緣生同報無體而幻相不亡故中論內以化復現化喻業果俱空若幻唯喻報業則不空四衢以喻四識住造業處故幻師現幻者所生通因果若幻色喻報下別釋先明果爲所生後若幻色喻業下辨業爲所生業亦緣生者如受五戒爲人業必假戒師言教三業之具方成業故業亦緣生

故中論下義引論文證業果俱空彼論偈云譬如幻化人復作幻化人如初幻化人是則名爲業幻化人所作則名爲業果既業果皆幻故知並空若幻喻報下反成上義四衛喻四識住者瑜伽八十四云謂色受想行此之四蘊是識蘊所住

如機關木人能出種種聲彼無我非我業性亦如是

二機關出聲喻無造受者機關緣造體虛無人喻業從緣故無造者從機出聲尤更非實喻報因業起安有受人夫無我者因對我無既無有我何有非我著無我者亦是倒故

亦如衆鳥類從𣪊而得出音聲各不同業性亦如是

三出𣪊音别喻性一相殊者如鳥在𣪊含聲未吐喻業同一性出𣪊聲别猶感報無差然鷄子之中終無鳳響業雖無性善惡冥熏如鳥在𣪊者𣪊爲鳥卵爲母所附者含聲未吐者庾信云團團竹上禽白玉裹黄金裹有思服鳥含聲未吐音借其言用

譬如胎藏中諸根悉成就體相無來處業性亦如是

四有四偈喻體無來處皆從緣來即無來故然亦不同初一喻因含於果故無來處

又如在地獄種種諸苦事彼悉無所從業性亦如是

次偈果酬於因故無所從此二喻內異熟業果也

譬如轉輪王成就勝七寶來處不可得業性亦如是

次偈轉輪王七寶喻外增上業果也輪王七寶者非在身內故言無來處者輪王登位從空忽來言七寶者一輪寶大如一由旬或云四俱盧舍三輪各減一俱盧舍二珠寶其狀八楞大如人脛三象寶即金脇山八

千象中之最下者四馬寶即帝釋廐中者五兵寶即是夜叉六主藏臣寶即是地神七女寶上者帝釋賜下者人間或乾闥婆女輪即北方天王令四夜叉持之歸則在門之上一由旬住帝釋所賜若依此說則有來處多是約數有殊故小乘中說輪王殁後收在鐵圍山間又有相似七寶謂一劒寶二皮寶三殿寶四牀寶五林寶六衣寶七嚴寶如智論及薩遮尼乾經第三說

又如諸世界大火所燒然此火無來處業性亦如是

後偈喻無漏業果無漏智火焚蕩有漏智因漏發故亦無來業果寂然方依幻住

爾時文殊師利菩薩問德首菩薩言

第四說法甚深亦可名應現甚深問及答中通三業故以說法化勝故從此立名先問中初總標告問德首者顯佛德故

佛子如來所悟唯是一法

二正顯問端中三初舉法按定謂佛證一味法界彼此共許

云何乃說無量諸法現無量刹化無量衆演無量音示無量身知無量心現無量神通普能震動無量世界示現無量殊勝莊嚴顯示無邊種種境界

二云何下正設疑難謂證旣一說現乃多爲一耶多耶爲定一耶下有三重問意此上亦直問所以偏取互妨二云偏取互妨者是第二滯疑問由滯一多二途不知何據並立相違就法即體用相違約佛是證教相違三云並立相違者即第三成難問也證一乖於說多說多違於證一下辨十種相違前九是別後一總結

而法性中此差別相皆不可得

三而法性下釋成前難謂非唯佛悟於一我觀法界亦不有多能證所證旣並不殊以何因緣而現多種將無如來乖法界耶

能證所證等者能證即前案定所證即釋成中法性答有二意一云所證雖一隨機現多多在物情佛常無念二者所悟一法即無礙法界即事之理全在多中所現乃即理之事全居一內以即多之一是所悟即一之多是所說既無障礙何有相違二者所悟等者上之一意以法就機許其有一有多出多所以是答直耳問意也此下唯就法體常一常多遣其第二懷疑及第三難上疑意云為是一耶為是多耶今云亦一亦多上第三難云並立相違今云相即故不相違又不壞相故有一多豈唯不違亦由得一方能廣現豈唯不違下重成第三答難之意尚能相由多現故方今悟一成豈相違耶

時德首菩薩以頌答曰

佛子所問義甚深難可了智者能知此常樂佛功德

偈中分二初一歎問利益上半歎深但言一理深而非甚今即多是一故曰甚深即一之多尤更難了不可但以一多知故下半知益知此甚深方知愛樂

後九喻答皆三句喻況下句法合喻中皆上二句即體之用二三兩句即用之寂又初二句以一成多次句不礙常一故不相違然此九喻別答九種無量總顯境界無量然此九喻等下上總顯偈意此下別釋偈文古但直釋今將配問總答境界者下之九事皆佛分齊之境故境界為總句故

譬如地性一眾生各別住地無一異念諸佛法如是

初地一持多喻答現無量剎依住勝劣地無異故

亦如火性一能燒一切物火燄無分別諸佛法如是

二火一燒多答化無量衆物從火化不擇薪故

亦如大海一波濤千萬異水無種種殊諸佛法如是

三海一波異答說無量法義海波濤無窮盡故

亦如風性一能吹一切物風無一異念諸佛法如是

四風一吹異答震無量界隨物輕重動有異故

亦如大雲雷普雨一切地雨滴無差别諸佛法如是

五雲雷普雨答無量音圓音普震法雨無差故

亦如地界一能生種種芽非地有殊異諸佛法如是

六地一芽異答無量莊嚴芽莖華實爲藻飾故

如日無雲曀普照於十方光明無異性諸佛法如是

七廓日普照答知無量心無私普照窮皂白故

亦如空中月世間靡不見非月往其處諸佛法如是

八淨月徧見答無量神通不往而至隨器現故

譬如大梵王應現滿三千其身無别異諸佛法如是

九梵王普應答現無量身不分而徧彌法界故不分而徧等者即出現品意彼身業中云譬如梵王住自宫普現三千諸

梵處一切天人咸得見實不分身向於彼諸佛現身亦如是一切十方無不徧其身無數不可稱亦不分身不分別畧引一文餘可例取故將頌文別對前問文理分明

爾時文殊師利菩薩問目首菩薩言

第五福田甚深問中初標告以福田是照導引生又施爲諸度之前導故問目首也

佛子如來福田等一無異

二顯問端分三初舉法按定佛爲生福之田名爲福田田德無二名爲等一此理共許

云何而見衆生布施果報不同所謂種種色種種形種種家種種根種種財種種主種種眷屬種種官位種種功德種種智慧

云何下正顯疑難謂田既是一植福應齊施報有差由何而起前等此異即緣果相違別顯十事文並可知

而佛於彼其心平等無異思惟

三釋成前難云田雖齊等心有高下容可有殊既心無異思報云何異

答有數意一約衆生由器有大小心有輕重故得報有差非如來咎一約衆生等者然俱含等說由主財田異故施果差別前難約田今荅約財主然第一意正約主異含於財異謂多財重心少財輕心等故然器約觀解淺深心之輕重復通深淺二約佛徧稱差別之機方稱平等即一之多差不乖等即多之一等不礙差由心平等無私方能隨現多果終令解脫一味曾何異哉約佛可知

時目首菩薩以頌答曰

譬如大地一隨種各生芽於彼無怨親佛福田亦然

十頌舉十喻喻上諸義初一總喻印成後

九別顯所以前中初句等是緣等彼此共許次句異乃因異答別之由次句無異思惟誠如所見下句總合

又如水一味因器有差別佛福田亦然衆生心故異

後九別中皆上半喻下半合一水喻器有大小方圓任器故

亦如巧幻師能令衆歡喜佛福田如是令衆生敬悅

二幻喻體外方便貴且悅心體外方便者無而假設如無三說三等

如有才智王能令大衆喜佛福田如是令衆悉安樂

三王喻體內方便終得實樂上二喻佛巧稱物機體內方便者即佛權智鑒事差別即體上大用爲體內方便

譬如淨明鏡隨色而現像佛福田如是隨心獲衆報

四鏡喻約衆生謂隨妍媸而影殊心高下而報別與前鏡喻因緣不同餘義無異後五皆約佛明與前鏡喻者前業果中喻如來藏約其自心故是因也今將喻佛是喻緣故起信論云具如力熏爲因善友外熏爲緣約四鏡中即後二鏡已出纏故正取緣熏習鏡義無法出離鏡以法出離是緣熏習鏡之體故義如前引餘義無別者亦有一異染淨等義則以佛爲淨以生爲染自他相望而論一異謂心佛衆生三無差別

如阿揭陀藥能療一切毒佛福田如是滅諸煩惱患

五藥喻即多之一具百味故普去一切煩惱毒故普去一切者阿伽陀此云普去故

亦如日出時照耀於世間佛福田如是滅除諸黑暗

六日喻即一之多無幽不燭大小之闇並除

亦如淨滿月普照於大地佛福田亦然一切處平等

七月光普照喻佛平等拂上諸迹雖隨機現要且無私

譬如毘藍風普震於大地佛福田如是動三有衆生

八大風普震喻徧動羣機

譬如大火起能燒一切物佛福田如是燒一切有爲

九大火普燒喻終歸寂滅又此五喻喻滅惑智二障至平等智地普動諸有皆證無爲前四即善巧隨機此五則終令造極豈不等耶又此五喻下覆躡重釋於中有二先正釋五偈阿伽陀喻喻滅惑障日破闇喻喻滅智障月光普照喻喻至平等智地平等智地即法華意故彼經云究竟至於一切智地風喻普動諸有火喻皆證無爲至於智地即是菩提是滅智障果證無爲是證涅槃是滅惑障果二因無礙二果亦融普動諸有者即所化生普令衆生滅二障之病證菩提涅槃之果是此意也前四巳下總彰答意

爾時文殊師利菩薩問勤首菩薩言

第六正教甚深問中初標問人以破懈怠故問勤首

佛子佛教是一

二正顯問端中四初佛教是一者舉法按定一有二義一謂斷煩惱集證出離滅此義不殊彼此共許二謂多人同見所見不異

衆生得見云何不即悉斷一切諸煩惱縛而得出離

二衆生下正設疑難難亦有二一對初義

見教之後何以久而不脫故云云何不即斷惑出離（一對初義者謂約一人竪論教能斷惑亦見卽合斷惑何以久而不斷）二對後義多人同見何以有脫不脫故言云何不悉斷惑而出（二對後義約多人橫說同見斷惑之教何以一斷一不斷耶悉者俱合斷故）

然其色蘊受蘊想蘊行蘊識蘊欲界色界無色界無明貪愛無有差別

三然其下釋成前難正釋後義多人苦集皆不殊故五蘊是正三界通依此苦果也癡愛發潤爲集因也兼顯初義前後苦集亦不殊故

是則佛教於諸衆生或有利益或無利益

四是則下結成相違出者有益不出無益佛教是一其義安在　○答意云修有勤惰障有深淺機有生熟緣有具闕智有明昧功有厚薄故成有遲速答初難也修與不修故見同益答後難也上之別義不出勤惰二門故（修有勤惰等者先答初意總有六對略收下喻勤惰是總意障有淺深是樵濕喻機有生熟亦是上喻及鑽火喻未熱數息是機生故緣有具闕卽闕緣求火下三喻功有厚薄卽毛滴下三喻修與不修下對後難意雖多人同見不修不益修則有益）

時勤首菩薩以頌答曰

佛子善諦聽我今如實答或有速解脫或有難出離

十頌分二初一開章許說謂上半許稱實而說下半開二章門

若欲求除滅無量諸過惡當於佛法中勇猛常精進

餘九別釋初一釋速解脫後八釋難出離

今初上半牒疑下半爲釋勤則通策萬行

離身心相故能速出然有五相一有勢力由被甲精進故謂於佛法中發大誓願二勇捍謂於廣大法中無怯劣精進故三堅猛由寒熱蚊䖟等所不能動精進故四常不捨善軛由於無下劣無喜足精進故五精進由加行精進故由斯五相發勤精進速證通慧滅障解脫下八以喻釋難出障總相翻前皆名懈怠然有五相等者即瑜伽論八十五說彼云又有五相發精精進速證通慧謂有勢力者由被甲精進故有精進者由加行精進故有勇捍者由廣大法中無怯劣精進故有堅猛者由寒熱蚊䖟等所不能動精進故有不捨善軛者由於無下劣無喜足精進故今但次不同耳

譬如微少火燋濕速令滅於佛教法中懈怠者亦然

一火微燋濕喻喻善根生及三障重蹔聞教纔少修行而業惑內侵令所聞速失所行速廢故成懈怠難出離也

如鑽燧求火未出而數息火勢隨止滅懈怠者亦然

二鑽火數息喻喻修有懈退然此下喻多通三慧以辨懈怠此喻約聞即聽習數息明解不生約思即決擇數息眞智不生約修即定慧數息聖道不生聖道如火能燒惑薪煖頂已前皆名未熱已熱而息火尚不生未熱數息雖經年劫終無得理故遺教對此明小水長流則能穿石聖道如火者二約修消經即俱舍論文謂聖道如火能燒惑薪道火前相故名爲煖煖頂已前者謂七方便中前三方便即五停心觀別相念觀總相念觀也以煖法爲熱故煖頂忍世第一法此四方便爲四善根是加行位然大小乘釋小有不同大乘之義至初地廣釋言已熱而息者謂煖必至涅槃頂終不斷善忍不墮惡趣第一入離生至於煖位猶尚斷善故云已熱而息未入見道爲火向不生未熱數息即三方便更加懈怠何由造

證故遺教等者即是彼經八大人覺中釋精進相經云汝等比丘若勤精進則事無難者是故汝等當勤精進譬如小水常流即能穿石若行者之心數數懈廢譬如鑽火未熱而息雖欲得火火難可得是名精進釋曰彼以鑽火數息以況懈怠小水長流以比精進故云對此名小水長流

禪宗六祖共傳斯諭願諸學者銘心書紳

禪宗六祖下三結勸初引內教結勸自達磨教可即用此諭展轉相承但云六者後分南北多紛競故願諸學者引外典結勸言銘心者猶如刻銘長記不滅言書紳者即論語第十七子張問行子曰言忠信行篤敬雖蠻貊之邦行矣言不忠信行不篤敬雖州里行乎哉立則見其參於前也在輿則見其倚於衡也夫然後行子張書諸紳注曰紳大帶也

若直就修行以釋當以智慧鑽注於一境以方便繩善巧迴轉心智無住四儀無間則聖道可生瞥爾起心暫時亡照皆名息也

若直就下四示不息相以智慧鑽注於一境等者心一境性名之為一定一境之言通於事理故遺教經云制之一處無事不辦下經云禪定持心常一緣等如了法無生名為般若無生即境此理一境了即智慧無住住故名注一境則能入理言方便繩者帶空涉有照事照理諭之以繩有動用故善巧迴轉者若了無生而入理者或觀生法求生不得或忘能了入無念門或起大悲方便入理如是種種若事若理名巧迴轉言心智無住者亦通事理且約理者若以心知如是心住境若以智了心是智住心若內若外皆名為住若任無住亦名為住故經云若心有住則為非住應無所住而生其心謂生無所住心則非住有無住可生不生於心則無住心生即此契理亦名方便故大品云以無所得而為方便若不住事理生死涅槃則事理無礙之方便也四儀無間者設爾有斷亦須知斷若不斷時亦知無斷常無念知則無間矣瞥然起心即失止也又違北宗覺時忘照即失觀也亦違南宗寂照雙流即無斯過

如人持日珠不以物承影火終不可得懈怠者亦然

三關緣求火喻物者艾等也教詮聖道等彼火珠要持向智日以行承之則聖道火生空持文字不能決擇心行乖越道何由生

譬如赫日照孩稚閉其目怪言何不覩懈怠

者亦然
四閉目求見喻智微識劣喻彼孩稚約聞
慧者雖對明師不肯諮決約思修者雖對
教日心眼不開責聖道之不生何其惑矣
如人無手足欲以芒草箭徧射破大地懈怠
者亦然
五闕緣心廣喻喻愚人無淨信手以持定
弓復無戒足以拒惑地以劣聞慧箭欲徧
射破業惑厚地空欲難遂
如以一毛端而取大海水欲令盡乾竭懈怠
者亦然
六毛滴大海喻謂以少聞思欲測法海妄
生希欲懈怠尤深
又如劫火起欲以少水滅於佛教法中懈怠
者亦然

七少水滅火喻劫火徧燬喻觸境惑增少
分三慧安能都滅
如有見虛空端居不搖動而言普騰躡懈怠
者亦然
八不動徧空喻喻雖知性空智未游履而
言徧證亦增上慢人也
爾時文殊師利菩薩問法首菩薩言
第七正行甚深問法首者以行法故
佛子如佛所說若有衆生受持正法悉能除
斷一切煩惱
二顯問端中三初出聖教受謂心領義理
持謂憶而不忘
何故復有受持正法而不斷者隨貪瞋癡隨
慢隨覆隨忿隨恨隨嫉隨慳隨誑隨諂勢力
所轉無有離心

二何故下申其所疑佛言能斷今有不斷即教行相違先標相違隨貪已下出所不斷勢力已下結成不斷謂有持法非唯不滅舊惑亦乃隨解新增十一種惑勢力所轉前四根本後七隨惑皆言隨者雜集第七說諸煩惱皆隨煩惱有隨煩惱而非煩惱由此即顯根本煩惱亦得名隨隨他生故通釋貪等如九地中今約依法新起者說即貪求名利瞋所不解迷其自行恃法自高覆藏已短論難生忿結恨擬酬疾彼勝已慳自所知不解言解廢法逐情雜集第七等者解妨既分根本隨惑何皆名隨故爲此通故彼論云隨煩惱者謂所有諸煩惱皆是隨煩惱有隨煩惱非是煩惱釋曰非煩惱者所謂忿等但隨大惑名隨煩惱而非根本名非煩惱而貪瞋癡名隨煩惱者心法由此隨煩惱故隨惱於心令不離染令不解脫令不斷障故名隨煩惱如世尊說汝等長夜爲貪瞋癡隨所惱亂心恒染汙釋曰論意云一切煩惱根本隨惑隨逐衆生令心心所隨順染汙故皆名隨是以疏云隨他生故他即衆生由惑隨生故生隨惑正是經意謂諸行人心隨貪等通釋貪者指廣在餘然九地中釋其別相若隨名釋如唯識第六云云何爲貪於有有具染著爲性能障無貪生苦爲業謂由愛力取蘊生故釋曰有謂後有三有異熟之果有具謂彼惑業中有及器世間論云云何爲瞋於苦苦具憎恚爲性能障無瞋不安隱行所依爲業謂瞋必令身心熱惱起諸惡業不善性故釋曰苦謂三苦苦具謂一切有漏無漏但能生苦者謂邪見等謗無漏故亦能生苦論云云何爲癡於諸理事迷暗爲性能障無癡一切雜染所依爲業謂由無明起疑邪定貪等煩惱隨煩惱業能招後生雜染法故釋曰獨頭無明多迷諦理相應無明亦迷事相謂於諦等生猶豫故論云云何爲慢恃已於他高舉爲性能障不慢生苦爲業謂若有慢於彼有德心不謙下由此生死輪轉無窮受諸苦故然根本有六疑及惡見此中不說者以解教人多無於疑及惡見故後七隨惑中然唯識隨惑總有二十頌云隨煩惱謂忿恨覆惱嫉慳誑諂與害憍無慙及無愧掉舉與昏沉不信并懈怠放逸及失念散亂不正知此二十中有其三品謂初忿等十各別起故名爲小隨煩惱無慙等二徧不善故名爲中隨煩惱掉舉等八徧染心故名大隨煩惱今唯小隨爲成十故但舉其七

略無惱害及憍三事亦憍屬慢攝惱害嗔
收故而言覆者謂於自作罪恐失利譽隱
藏爲性能障不覆悔惱爲業謂覆罪者後
必悔惱不安隱故忿謂依對現前不饒益
境憤發爲性能障不忿執取爲業謂懷忿
者多發暴惡身表業故恨謂由忿爲先懷
惡不捨結怨爲性能障不恨熱惱爲業謂
結恨者不能含忍恒熱惱故嫉謂徇自名
利不耐他榮妬忌爲性能障不嫉憂慼爲
業謂嫉妬者聞見他榮深懷憂慼不安隱
故慳謂耽著財法不能惠捨祕悋爲性能
障不慳鄙畜爲業謂慳悋者心多鄙澀畜
積財法不能捨故誑謂爲獲利譽矯現有
德詭詐爲性能障不誑邪命爲業謂矯誑
者心懷異謀多現不實邪命事故諂謂爲
網冒他故矯設異儀險曲爲性能障不諂
教誨爲業謂諂曲者爲網冒他曲順時宜
矯設方便爲取他意或藏已失不任師友
正教誨故然諂誑並以貪癡一分爲體慳
唯貪一分嫉恨忿三以嗔一分覆以貪癡
一分爲體恐失利譽是貪
不懼當苦是癡餘可例知

能受持法何故復於心行之内起諸煩惱

三能受持下結成難也佛言受法能斷煩
惱今受還起其故何耶答意云法是法藥
要在服行服與不服有斷不斷非醫咎也

故十行品云如說能行如行能說智論云
能行說爲正不行何所說若說不能行不
名爲智者故如說行方得佛法不以口言
而可清淨 法是法藥等者淨名云應病與
遺教經八大人覺後云汝等比丘於諸功
德常當一心捨諸放逸如離怨賊大悲世
尊所說利益皆已究竟汝等但當勤而行
之若於山間若空澤中若在樹下閑處靜
室念所受法勿令忘失常當自勉精進修
之無爲空死後致有悔我如良醫知病說
藥服與不服非醫咎也又如善導導人善
道聞之不行非導過也此皆勸行智論云
能行說爲正等者卽第六論文
故如說修行等者卽第三地經

時法首菩薩以頌答曰

佛子善諦聽所問如實義非但以多聞能入
如來法

十頌分二初一勸讚畧說初句勸聽遠離
貢高輕慢怯弱三種雜染方名善聽求悟
解故專一趣心聆音屬耳掃滌其心攝一

切心方名諦聽次句讚問顯行稱理故名如實下半略說遠離貢高等者卽瑜伽論三十八云聽法由六種相遠離貢高雜染由四種相遠離輕慢雜染由一相遠離怯弱雜染言六相者一應時聽二殷重聽三恭敬聽四不爲損害五不爲隨順六不求過失言四相者一恭敬正法二恭敬說人三不輕正法四不輕說人言一相者不自輕蔑具上諸義方名善聽求悟解者論云由五相故無散亂心一求悟解心二專一趣心三聆音屬耳四掃滌其心五攝一切心疏文具足具此五心得名審諦言非但者要兼修行獨用多聞不能證入故下諸偈皆云於法不修行多聞亦如是此名不行之失非毀多聞若無多聞行無依故是以不行爲失如調達善星行之爲得如阿難身子故自利利他之行並須明達誓窮法海爲種智因但應善義勿著言說言非但等下此下牒經廣釋一句顯一章大意此明不行等下以人多言此章毀於多聞令人守愚不習教理故爲此揀初正揀非毀多聞但責聞而不行令行而不聞次若無多聞者返立無

開無解依何而行後是以不行爲失下三結成上義多聞不行調達等是經所訶多聞而行身子等是經所不責善星是佛之子調達是佛之弟並解十二部經不依修行生身陷入阿鼻地獄阿難身子多聞行故親得授記故自利下結要多聞但應下通伏難謂有難言一切經詩皆說無言商主天子經云無有不毀語言而得道者涅槃二十六云若知如來常不說法是名具足多聞者又涅槃二十六云寧願少聞多解義理不願多聞於義不了故爲此通涅槃但令解義不毀多聞商主等經但令莫著豈當不許衆生聞教婆沙四十二云多聞能知法多聞能離罪多聞捨無義多聞得涅槃淨名云多聞增智慧以爲自覺音下經推度生之方便乃至不離善巧多聞婆沙四十二下第二引證總引二論三經先引一論二經證須多聞淨名卽第二答普現色身菩薩之偈下經卽第三地經前文已引上單顯聞涅槃四事爲近因緣卽雙美聞行故智論云多聞廣智美言語巧說諸法轉人心行法心正無所依如大雲雷霆洪雨如是教理無量無邊恐

繁且止上單題聞下二雙引聞行先引涅槃即第二十五高貴德王菩薩品第七功德云善男子菩薩摩訶薩修大涅槃微妙經典作是思惟何法能爲大般涅槃而作近因菩薩即知有四種法爲大涅槃而作近因若言勤修一切苦行是大涅槃近因緣者是義不然所以者何若離四法得涅槃者無有是處何等爲四一者親近善友二者專心聽法三者繫念思惟四者如法修行善男子譬如有人身遇衆病若冷若熱虛勞下瘧衆邪鬼毒到良醫所良醫即爲隨病說藥是人至心善受醫教隨教合藥如法服之服已病愈身得安樂有病之人喻諸菩薩大良醫者喻善知識良醫所說喻方等經善受醫教喻善思惟方等經義隨教合藥喻如法修行三十七助道之法病除愈者喻滅煩惱得安樂者喻得涅槃常樂我淨故云涅槃四事雙美聞行故智論者然彼論第六總有四偈此第一偈次偈云多聞辯慧巧言語美說諸法轉人心自不如法行不正譬如雲雷而不雨博學多聞有智慧訥口拙言無巧便不能顯發法寶藏譬如有雲無雷雨不廣學問無智慧不能說法無好行是弊法師無慚愧譬如不雲無雷雨此上以行爲雨以辯爲雷以聞智爲雲合是以辯爲雷初偈總具故今引之次一闕行次偈闕辯行後偈三俱闕故云弊法師恐繁且止者即智論次前云有智無多聞是不知實相譬如暗夜中有目無所見多聞無智慧亦不知實相譬如大明中有燈而無目多聞利智慧是所說應受無聞無智慧是名人中牛及餘諸經其文甚廣

如人水所漂懼溺而渴死於法不修行多聞亦如是

九頌喻明皆上半喻況下半法合初懼溺渴死喻喻貪隨文義失謂義門波濤漂蕩其心慮溺溺他無暇修行自絕慧命故名渴死

如人設美饍自餓而不食於法不修行多聞亦如是

二設食自餓喻喻隨說廢思失說法施人多求名利不思法味損減法身

如人善方藥自疾不能救於法不修行多聞亦如是

三醫不自救喻喻善知識對治而不自治

如人數他寶自無半錢分於法不修行多聞
亦如是
四貧數他寶喻喻說佛菩薩功德不能求諸身心故無分也
如有生王宮而受餒與寒於法不修行多聞
亦如是
五王子饑寒喻謂王子違王法教於內起過故受饑寒學人亦爾生在法王教法宮中行違佛教起惡惑業故無慚愧忍辱之衣寧餐法喜禪悅之味故饑寒也
如聾奏音樂悅彼不自聞於法不修行多聞
亦如是
六聾樂悅彼喻喻不解自說失謂夫真說聞者必忘說聞逐語而說爲自不聞
如盲續衆像示彼不自見於法不修行多聞
亦如是
七盲畫示彼喻喻不見自義失
譬如海船師而於海中死於法不修行多聞
亦如是
八船師溺海喻謂將導衆人游佛法海倚自所解不愼身行爲法所淪
如在四衢道廣說衆好事內自無實德不行
亦如是
九巧言無德喻謂亦說修行或談已德內無實德但有虛言獨此一偈三句是喻合文但云不行亦如是彌顯不毀多聞又此九偈亦可別對隨貪等義如理應思又此九偈者一溺水喻隨貪愛水故二喻隨慳不自食故三喻隨嫉是內病故四喻隨諂數他德故五喻隨嗔及忿違王之法受飢寒故六喻隨覆若掩耳喻鈴欲人不聞故七喻隨癡盲無見故八喻隨慢恃已慣故九喻隨誑無德說德故

大方廣佛華嚴經疏鈔會本第十三之八

音釋

㲉 苦角切鳥卵也　曀 於計切陰翳也　懈怠 懈古隘切懶也怠徒耐切情也　鑽燧 鑽祖官切燧徐醉切鑽燧謂鑽木取火也　孩稚 孩戶來切稚始生小兒也稚直利切幼小也　躡 尼輒切蹈也　數 所舉切計也　餧 奴罪切飢也　繢 胡對切畫也　鎔 以中切銷也　漑 居大切洗也　殼 乞約切皮甲也　廄 居又切馬舍　軶 乙革切　貊 莫白切北方國豸種

大方廣佛華嚴經疏鈔會本第十三之九

唐于闐國三藏沙門實叉難陀　譯

唐清涼山大華嚴寺沙門澄觀撰述

爾時文殊師利菩薩問智首菩薩言

第八助道甚深問智首者以顯智爲正道之體統其助故

佛子於佛法中智爲上首

二正顯問端中三初舉法按定謂斷惑證理導行得果唯是大智彼此同許謂斷惑等者謂以智慧劍殺煩惱賊故無分別智方證如故言導行者智論云五度如盲人般若爲有目故能明見夷途開導萬行御心中道至一切智城故餘行得智皆成彼岸般若究竟成菩提果

如來何故或爲衆生讚歎布施或讚持戒或讚堪忍或讚精進或讚禪定或讚智慧或復讚歎慈悲喜捨

二如來下正設疑難謂既智爲上首應唯讚智那亦讚餘此是正助相違難

而終無有唯以一法而得出離成阿耨多羅三藐三菩提者

三而終下結成前難前難云智爲上首已應不合讚餘況非以一法成佛固當不合偏讚結成前難者此下亦有三重問意初言前難云智爲上首及今非唯一法成佛不合偏讚今有偏讚其故何耶此直問所以也爲要假多爲唯用智爲隨一行皆得佛耶三爲要假多下帶疑問也若隨一得成亦違智爲上首進退皆妨三若隨一得成者結成相違難也

下答意中印其初後釋其中間謂智爲上首誠如所言智如明王衆之御故大品云般若如目五度如盲故印後義云終無唯以一法實如來歎三世諸佛皆具說故以餘萬行資於智故釋其中間

別讚乃有多意謂隨心令喜故隨時生善故所治蔽殊故入門不同故衆生不能盡受故下當屬文又智論云般若必具一切行是故讚一即是讚餘讚餘即是讚智釋其中間下釋中間總有五意前四即四隨後一統攝今初隨心令喜即下隨樂亦世界悉檀二隨時生善即下隨宜亦爲人悉檀三所治蔽殊故即下隨治亦名對治悉檀四入門不同即下隨義亦名第一義悉檀悉檀此云義宗即智論中意諸佛說法不離此四故又智論下即第五意般若統攝諸行今讚一般若即是讚餘餘是般若中餘故但讚餘已讚般若

時智首菩薩以頌答曰

佛子甚希有能知衆生心　如仁所問義諦聽我今說

十頌分二初一歎問許說

過去未來世現在諸導師無有說一法而得於道者

餘九正答所難畧分爲二先二頌開二章門後七雙釋二章今初初偈標衆行成果章謂正助相假必萬行齊修故諸佛同說言無有說一者必具說也

佛知衆生心性分各不同隨其所應受如是而說法

後偈標隨機別讚章文具禪經四隨謂初句即隨樂也將護彼意稱悅其心故性不同者即隨宜也附先世習令易受行習以成性故分不同者即隨治也觀病輕重設藥多少謂貪分多者教不淨等隨其所應度者即隨義也道機時熟聞即悟故稱悅其心者謂前人樂行布施即勸布施樂行持戒即勸持戒等隨順世界順意樂故附先世習者心未必樂但夙世曾作勸則易成如昔曾坐禪今勸坐禪則易得定樂約現欲宜約有根亦猶鍛金之子宜令數息等隨治可知隨義謂隨以何法得入第一義故

有人因禪悟道有人因慧悟道六度萬行皆爲入理之門戶故

慳者爲讚施毀禁者讚戒多瞋爲讚忍好懈讚精進亂意讚禪定愚癡讚智慧不仁讚慈愍怒害讚大悲憂慼爲讚喜曲心讚歎捨

下別釋中二初三釋隨器別讚章後四釋衆行成果章前中二初兩偈半別釋隨治後兩句結前生後今初然六度成其行四等曠其心四等多約利他六度多明自利六度如初會四等如下說然並通四隨畧舉一治耳涅槃云慳者之前不讚布施者即隨樂意也 然並通四隨者會經文也摽章具四釋但有一者蓋是畧耳故引涅槃以證有四之義謂如一布施有樂施者勸之即隨樂也昔曾修行能生度善即隨宜也因施見理解財如夢心事俱捨即隨義也涅槃云慳者等即三十四經迦葉菩薩品佛告迦葉我於餘經中說五種衆生不應還爲說五種法爲不信者不讚正信爲毀禁者不讚持戒爲慳貪者不讚布施爲懈怠者不讚多聞爲愚癡者不讚智慧何以故智者若爲是五種人說是五事當知說者不得名爲具足知諸根力不得名爲憐愍衆生何以故是五種人聞是事已生不信心惡心瞋心以是因緣於無量劫受苦果報今疏引之以成今文應具四義言是隨樂者彼不樂故亦是不宜讚故

如是次第修漸具諸佛法

二結前生後中上句結前下句生後後四偈釋衆行成果中各上半喻下半合然有二意一仍前漸具之義便得釋成智爲上首二正明所用不同故須兼具然攝論第九明立六度通有三意一爲除惑故二爲生起佛法故三爲成熟衆生故前段具初意此段通具三謂二二合者對治別故先基後室等即漸具故皆爲利他即成熟故 一仍前等者即前如是次第修漸具諸佛法由仍此言顯智得爲上首二具正明等者行本防護與樂別故故須兼具前意釋印初義此意釋印後義然攝論下

引論成經通於前後如先立基堵而後造宮室施戒亦復然菩薩衆行本

文中初偈二度爲治不發行因故合云行本謂著財不發施著家不發戒故基堵有二義一基即是堵即施爲進善之首戒爲防惡之初並稱基也二堵爲環牆即檀爲萬行首基也戒防未非堵也宮室者解脫

譬如建城郭爲護諸人衆忍進亦如是防護諸菩薩

次偈二度已發修行心爲治退弱心因故謂不能忍生死苦事長時修助善品有疲怠故今忍城防外惱之敵進郭長內行之衆通說則此二皆能防外養內通說則此二皆能防外養內者諦察法理養內德也進防懈怠衆魔不入防外敵也

譬如大力王率土咸戴仰定慧亦如是菩薩所依賴

次偈二度治壞失心因故謂散亂壞靜慮邪智壞正解故今菩薩定靜惑亂慧鑑萬法動寂自在故菩薩依之以發通慧賴之以證理果其由有力之王澄清四海明鑑萬機故率土戴恩天下仰則澄清四海喻上定也明鑒萬機喻上慧也戴恩仰則喻依賴也

亦如轉輪王能與一切樂四等亦如是與諸菩薩樂

後一偈四等爲因自他安樂招果無盡故招果無盡如慈一定得十五果三地當明

爾時文殊師利菩薩問賢首菩薩言

第九一道甚深亦名一乘問中標問賢首者至道柔順故又賢猶直善佛佛皆同一

直道故

佛子諸佛世尊唯以一道而得出離

二正顯問端中三初標宗按定謂佛佛所乘同觀心性萬行齊修自始至終更無異徑故云一道此理共許同觀心性者即正道之一是唯一之一法性不並真故萬行齊修者義兼正助千佛同轍今古不易之一道也則明流類相同爲一非一二三四數之一也

云何今見一切佛土所有衆事種種不同

二云何下正設疑難先總後別前中謂因道既一果應不別云何現見佛刹等殊爲果異故因非一耶爲因一故無異果耶若雙存者即因果相違謂因道既一等者疏中有二先釋文初釋總句亦有三重問意一直問所以故云云何現見二爲果故下帶疑三若雙存下辯相違

所謂世界衆生界說法調伏壽量光明神通衆會教儀法住各有差別

下別辨十事所謂下經文在文易見今當畧示異相一界有染淨等殊一染淨等者畧有十義等字等於餘九二大小三所依四形狀五體性六莊嚴七清淨八佛出九劫住十劫轉變此即世界成就品十門中八不取起具因緣以將因同難果異故不等無差別門今難差別門也爲欲滿十故加染淨及與大小大小即分量故亦形狀開出染淨即對清淨開出通餘八門如娑婆爲染安樂爲淨等小如娑婆一三千界大如法華富樓那國如一恒河沙三千界量等下之九門多如世界成就品二居人善惡等異二居人者等取或唯地上或唯地前或通此二或三乘一乘等也三諸乘等別廣畧等殊三諸乘等別或有國土說一乘或二或三或四五如是乃至無有量或廣畧者如釋迦如來廣制戒學迦葉即畧乃至有佛夢中說法四或三學調伏或强輭折伏四或三學調攝即用前乘教等調攝衆生或戒調練或定以柔伏或慧以攝御言强軟者即勝覺意已如上引淨名亦云此土衆生剛强難化故佛爲說剛强之語以調伏之言是地獄是畜生是餓鬼是愚人行是身邪行是身邪行報等譬如象馬犍戾不調加諸楚毒乃至徹骨然後調伏五壽

有修短五或壽有修短者如佛名經第七說梵聲佛壽十億歲月面佛壽一日一夜智度論說須扇多佛朝見暮寂阿彌陀佛壽命無量無邊阿僧祇劫釋迦壽命不滿百年等六光明或色相不同或常放具闕或照有遠近六光明或色相不同者如十定品或見如來放黃金色光或見如來放白銀色光等言或常放具闕者釋迦則具謂常光一尋放眉間光照萬八千等若普明佛常放光明無別常光故七隨染淨土居人異故現通亦殊七隨染淨等者謂隨見勝劣多少不同故如普現如來國土其中眾生皆悉成就自然神足等則佛為彼現必異此方八眾會異者此有三種一多少二會數三凡聖大小一多少者或菩薩多聲聞少或反此或俱多俱少故世界成就品明佛出云或化多眾生或調伏少眾生等佛名經說彌留勝玉佛初會聲聞八十億百千那由他等斯即多也二會數者如佛名一經第七云彌留勝王佛佛四會說法華勝佛一會說法聲德佛三會說法放燄佛十會說法或一經多會說如華嚴般若或一會說多經如無量義法華彌勒世尊龍華三會七佛說法會數不同三凡聖大小或集聲聞等或唯菩薩或三乘同會等九教儀者如此土以音聲為教

香積以眾香教化等九教儀如教體中而言等者有二一曆視等二化儀前後或先小後大先大後小或顯密不同頓漸等異並如教攝中說十法住者有久近故各有差別者通上十位十法住久近者如法華說華光佛正法住世三十二小劫像法住世亦三十二小劫若光明佛正像各二十小劫山海慧自在通王佛壽無量千萬億阿僧祇劫正法住世亦倍壽命像法住世復倍正法則正法二無量千萬億阿僧祇劫像法亦爾然若約一佛十事各不同者德首已明今問諸佛十事互望不同耳然若約一佛下二揀濫也恐人誤謂一佛一門西有多果故為此揀明此是多佛同修一因何以見果種種差別一佛證一而果異者如前已明謂文殊問德首云如來所悟唯是一法云何乃說無量諸法現無量剎化無量眾等故云德首已明無有不具一切佛法而成阿耨多羅三藐三菩提者

第三無有下結成前難謂若諸佛於因行法有具不具可有剎等不同今皆同具剎

等那別同具即是一道
第二答中意云非唯因同果德亦同而見
異者隨機感耳非佛自位而有差別何者
諸佛因果具同異故謂同滿行海是同因
也將此同因隨所調伏種種迴向應機之
果是異因也由此異因感差別果由上同
因同感眞應身土等果第二答中下疏文有二先畧敘答意印其因同釋其果異異自在物同是佛同何者諸佛下二廣徵釋於中有二初徵文殊向以因同難於果異今明果亦有同何以不知因亦有異故互爲不說故云俱有同異是則以佛就機因果俱異廢機說佛因果俱同然果同因異相隱因同果異相顯故文殊以顯難其所隱使物齊明成乎一道謂同滿行海下二釋有四初通釋四義一同滿行海者二利行也二將此同因下辨異因相亦用上來二利行也然法相宗自受用身及受用土自利行成若他受用變化身土利他行招然則利他亦能隨機而取異果諸佛皆爾亦得言同若法性宗二利皆成同因異因利他不圓安得眞報自利不足豈能利他故隨二行並成自果俱能利他但隨所宜化類差別故取異果
是則約佛即同能隨異約機同處而見
異以生就佛雖異而常同以佛就生雖同
而見異以佛望佛能異之必同其猶錦窠
常同常異是則約佛下第二結成同異上直指因果同異之相今此融通會釋然有五句此句唯約佛既將同因迴成異因故即同果能爲異果二約機者唯約生說心自異故三以生就佛者猶如四心同觀一境一境不差成本同義四以佛就生者如雖一境今四心見殊成能異義五以佛望佛者佛佛皆能隨機見異即是同義結云猶如錦窠常同常異者融上五句不離同異無礙
瑜伽三十
八諸佛平等唯除四法一壽量二名號三
族姓四身相意明隨機故除此四事餘皆
等也瑜伽三十八下三引證同異除意明隨機故一句是疏釋論餘皆論文
就果同中自性身土一向體同自受用者
平等無二相似名同餘二身土亦相似名
同而隨機見異故成唯識云自性身土一
切如來同所證故體無差別自受用身及

所依土雖一切佛各變不同而皆無邊不相障礙餘二身土隨諸如來所化有情有共不共所化共者同處同時諸佛各變爲身爲土形狀相似不相障礙展轉相雜爲增上緣令所化生自識變現謂於一土有一佛身爲現神通說法饒益於不共者唯一佛變諸有情類屬佛異故故成唯識下引證即第十論於中四種身土分之爲三初釋自性身土既同所證明是體同如一室之空二自受用如千燈光同照室內三餘二身土即他受用及變化者正證於前亦相似名同而隨機見異有共不共共者共爲異故名共非是同義不共隨化別故上二皆異然共不共亦相似名同今其各見共不共差即隨機見異所化共者下第二釋也於中三初釋共義佛各變者如今釋迦化身若一類衆生昔與阿閦彌陀藥師寶集皆悉有緣應受其化所化之者身不可分在賢劫時閻浮之處則阿閦如來化一佛身爲釋迦文阿彌陀佛亦化一身爲釋迦文藥師瑠璃光亦化一身爲釋迦文寶集如來亦化一身爲釋迦文同在迦毗菩提樹下一時成佛令諸衆生但謂是一釋迦文佛如五盞燈同照一物共發一影實有多光各發一影而相雜故謂之爲一如其一人屬於五佛如上所明若百千人同屬五佛亦如是見五佛爲一於不共者二釋不共設見十方百千化佛亦是一佛化現諸身耳諸有情類者第三雙結釋成就上來共不共義上來皆是論文唯屬佛異故一句是義引彼論具云諸有情類無始時來種性法爾更相繫屬或多屬一或一屬多故所化生有共不共不爾多佛久住世間各事劬勞實爲無益一佛能益一切生故釋曰不爾已下即彼論文彈餘師義然應更有或多屬多或一屬一文無者略又彼論云無始時來種性法爾令雖取彼共不共義但約結緣不必法爾然攝論中有三師義一云共一一皆度一切等故二云不共以類本來相屬別故如慈氏釋迦同事底沙佛佛見釋迦所化先熟爲之入定令其七日忘下一足一偈讚佛超於彌勒九劫先成豈非別耶三云有共不共若一向共何用多佛若一向不共不應歷事多佛願度一切不應以己所化衆生付囑後佛令唯識論即第三正義略彈共家不彈不共

時賢首菩薩以頌答曰

文殊法常爾　法王唯一法　一切無礙人　一道出生死　一切諸佛身　唯是一法身　一心一智

慧力無畏亦然

偈中義理多含故文勢非一且分爲二初二偈印其立宗明眞身無二餘偈答其疑難辨應有異同今初初句總印先標文殊者警其聽受法常爾者明因果無異法爾常規餘顯一相畧明四一初句法一以法常故諸佛亦常次句人一次句因一後偈果一畧舉其五一者身一此有二義謂若約所證法界爲身則體同爲一若兼能證無垩礙智爲身即相似名一下既別明心智則正當初意然體同義異二心一八識心王俱不可知故三智慧一四智三智二智一智皆無別故四十力一五無畏一此五亦畧攝諸德畧明四一者上以因一難於果異今此且明因果一初相然體同義異者通妨恐有難云既取初義體同爲一則一佛證時一切皆證若約出現實如所難佛見衆生皆以證竟今約現事故爲此通以體就能有證未證千燈一空所照同空以燈就空空體無二以空就燈有照未照隨燈各取各屬本燈佛義亦爾八識心王等者以非佛無心但深妙玄與難知相耳故出現品云如來心意識俱不可得但以智無量故知如來一心既知如來心則非無心矣彼有十相一一皆云是爲如來心第一相等諸菩薩摩訶薩應如是知今取佛佛之心皆不可知故名一耳

如本趣菩提所有迴向心得如是刹土衆會及說法

二答疑難中分二初二偈總明隨機見異於中前偈約佛後偈約機前中即隨本異因爲物迴向各得差別故云如是如是即差別之義也畧舉十中三事耳即隨所化衆生而取佛土即隨本等者如衆生宜以直心土化菩薩即將直心因取直心土等即隨諸衆生應以何國起菩薩根而取佛土等故云得如是佛土謂染淨等土相不一故

一切諸佛刹莊嚴悉圓滿隨衆生行異如是見不同

後偈約機者約佛則刹等皆圓約機隨行見別如直心爲行則見不諂之國故衆生之類是菩薩佛土

佛刹與佛身衆會及言說如是諸佛法衆生莫能見

餘六偈展轉釋疑分四初一偈有疑云若皆圓滿何以不見答意云衆生不見豈得云無然有三義一約他受用則地前凡小衆生不見二約自受用則等覺衆生亦皆不見若約即應同眞權教菩薩不見答意云衆生不見者即同淨名經云爾時舍利弗承佛威神作是念若菩薩心淨則佛土淨者我世尊本行菩薩道時意豈不淨而是佛土不淨若是佛知其意即告舍利弗曰月豈不淨耶而盲者不見對曰不也世尊是盲者過非日月咎舍利弗衆生罪故不見如來佛國嚴淨非如來咎舍利弗我此土淨而汝不見即其義也

其心已清淨諸願皆具足如是明達人於此乃能覩

次偈有疑云若皆不見何以知有釋云有見者故亦有三義初則淨意樂地已去由願自在力故見他受用二淨無塵習普賢願滿方見自受用三圓解之人則名心淨即應見眞意在初後義兼中間亦有三義初則淨意樂地者此中三義對前三義由初他受用身地前不見此辨登地則見下二例知

隨衆生心樂及以業果力如是見差別此佛威神故

三有一偈疑云若應由物見何名佛土釋云佛威神故則知生佛共成既攬同成異亦稱體成益將既攬同成異等者既是如來其同因以取異果故今圓機即應見眞故云稱體成益

佛剎無分別無憎無有愛但隨衆生心如是
見有殊
四有三偈釋疑云上云衆生不見淨剎又
云佛神力令異爲剎體處別佛有分別耶
故釋云剎實同處佛亦無心物自見異耳
於中初半顯實云剎無分別佛無憎愛分
別即差別義故晉經云佛剎無異相如來
無憎愛若順今經亦可此二通佛及剎次
半偈明異自在物若順今經者上取晉經意無分別是無差別故但屬剎無憎愛約心故但屬佛今直案文佛具無分別無憎愛以無分別智心平等故剎亦無分別無憎愛以境但無心即無分別何有憎愛是則佛字兩用佛無分別佛剎無分別等
以是於世界所見各差別非一切如來大仙
之過咎
次半偈明正見剎異次半偈彰非佛咎次半

偈等者此明見異之因因心及業故下半正明見異
一切諸世界所應受化者常見人中雄諸佛
法如是
次三句釋佛無憎愛有感便現非佛有愛
無感不見非佛有憎末後一句總結一切
諸佛法皆如是隨機隱顯眞體常存亦通
結一段
爾時諸菩薩謂文殊師利菩薩言
第十佛境界甚深十信觀圓便造佛境於
中亦先問後答問中分二初標能所問人
大衆同問者攝別歸總故總別無礙六相
圓融問文殊者佛境甚深除般若妙德無
能達故始信終智皆託佛境故無按定結
難者表尊敬故若人若法難致詰故十信觀圓等者此明來意亦辨在後之義始信終智等者文殊主二法門一主信故善財初見

便發信心二主智故善財後見普賢始入之信亦信佛境能度之智亦證佛境故文殊說

佛子我等所解各自說已唯願仁者以妙辯
才演暢如來所有境界

二佛子我等下正申請問又分為二初結
前標後如讚妙辯者敬上首故

何等是佛境界何等是佛境界因何等是佛
境界度何等是佛境界入何等是佛境界智
何等是佛境界法何等是佛境界說何等是
佛境界知何等是佛境界證何等是佛境界
現何等是佛境界廣

二何等下別顯問端句有十一初總餘別
初境界有二一分齊境界謂從十地因後
果位之法是佛所有二所緣境界謂佛所
知之境並非餘測總為佛境二請問佛境
以何為因三請佛境度生儀式四應機普
入世間五能知之智六所知之法七圓音
起說八明知體相九內證平等十顯現何
法十一量之大小並非因位作用所及亦
非下位能知故云佛境若約能知能度等
即是分齊約所知等名曰所緣能所雙融
異即非異言思道斷是佛境也並非因位等者結也
此結分齊境亦非下位所知者通結二境

時文殊師利菩薩以頌答曰

答中十頌次第而答唯廣一義獨在於初
與總合辨欲顯分量偏於總故即深而廣
故

如來深境界其量等虛空一切衆生入而實
無所入

初句總標體深次句分量廣大故佛地論

引經釋云諸佛境界唯除虛空無能爲喻次句釋上廣後句釋上深然有三義一約一切衆生即如來藏更何所入翻迷之悟故云證入二約理非即非異故云入無所入三約心境心冥眞境故說爲入若有所入境智未亡豈得稱入實無所入方名眞入即廣之深本超言念即深之廣安測其涯然有三義者五釋第四句而實無所入言仍取第三句釋之故皆有證入之言此三別者初一以理對悟說二以理對事說謂生是事與理非即故有入言與理非異故無所入三正約心境契合說謂正冥境時不作入解故即廣之深下總結一偈意

如來深境界　所有勝妙因　億劫常宣說　亦復不能盡

二答因問謂此因無限畧示三義一殊勝以行超絕無等等故二微妙以證理深玄盡法源故三廣大以多劫說少亦不盡故一殊勝等者三義並在偈中

隨其心智慧　誘進咸令益　如是度衆生　諸佛之境界

三答度問謂隨其心器意樂不同隨其智力解悟差別誘引進修令各獲益以徧法界委悉無謬差別難知故云佛境界

世間諸國土　一切皆隨入　智身無有色　非彼所能見

四答入問謂世間即是衆生世間國土即器世間一切者徧法界故入有二義一以智身潛入密益衆生故二以色身現入顯益衆生智身難知文中偏顯

諸佛智自在　三世無所礙　如是慧境界　平等如虛空

五答智問上半權智橫無不知故云自在竪達三際故無所礙下半實智故云慧境平等如空無若干也虛空之言亦兼喻上無罣礙也權實無礙方為佛境無若干者即淨名第三其無礙慧無若干也

法界衆生界究竟無差別一切悉了知此是如來境

六答法問法界是理生界是事攬理成事理徹事表故云無別是故事則不待壞而恒眞理則不待隱而恒俗非直廣大無限亦乃甚深無際究盡了知故稱佛境答法問疏有二釋前釋但融二境後釋境智雙融前中攬理成事者是依理成事門理徹事表者是眞理即事門但用此二即顯無別此影畧明耳亦應云理依事顯即事能顯理門事徹理源即事法即理門是故事則不待壞者成上二句此成前句以事全攬理非色滅空色性自空故下句成下理徹事表故不待隱而恒俗也非直廣大下結謂生生稱眞則一一廣大理非事外是謂甚深又理徧於生故云廣大即生即理故曰甚深此則結歸初總偈中深廣義也又法界是所證生界是所化了知是能證能化究尋其本亦無差別是難知之佛境也又法界下第二釋融境智也則究竟無差別有其兩向向上融二界通向下融能所了故云究尋其本亦無差別即能所契合同法界也

一切世界中所有諸音聲佛智皆隨了亦無有分別

七答說問一切言音隨性隨相皆悉了知未曾起念故無分別以一切差別言音即是如來法輪聲攝故以斯答說音聲實相即法輪故以一切下通妨謂有問云上問說法今答智了豈得同耶故今答云所了之聲是佛法輪聲攝故隨其類音為說法故出現品云音聲實相即法輪故賢首品亦云能令三界所有聲聞者皆是如來音故上疏云隨性隨相皆悉了知了相差別隨宜之用了性體融一攝一切

非識所能識亦非心境界其性本清淨開示諸羣生

八答知即心體知即心體者此句標示上智即對所證之法明能證之智今直語靈知真心異乎木石者通能所證也了別即非真知故非識所識了別下雙會南北宗禪以通經意此句即遣南宗病也謂識以了別為義了見心性亦非真知淨名云依智不依識謂分別名識無分別名智今有了別之識故非真知真知唯無念方見瞥起亦非真知故非心境界瞥起亦非者此釋第二句遣北宗之病北宗以不起心為玄妙故以集起名心起心看心是即妄想故非真知是以真知必忘心照言思道斷故勝天王般若問云云何菩薩修學甚深般若通達法界佛告勝天王言大王即是如實世尊云何如實大王即不變異世尊云何不變異大王所謂如如世尊云何如如大王此可智知非言能說離相無相遠離思量過覺觀境是謂菩薩修行甚深般若了達甚深法界釋曰但以無念心稱此而知即同佛知見經云如實即無念是用無念心見聞覺知一切事法心常寂靜即如來藏心體離念即非有念可無故云性本清淨心體離念者雙會二宗釋第三句以北宗宗於離念南宗破云離念則有念可離無念則本自無之離念如拂鏡無念如本淨今為會之起信既云心體離念亦本自離非有念可離亦同無念可無即性淨也非看竟方淨若無看之看亦猶無念念者則念真如眾生等有惑翳不知故佛開示皆令悟入眾生等有下釋第四句即用法華開示悟入佛知見意謂開除惑障顯示真理令悟體空證入心體也大意然矣此有多釋已如前引今更畧舉禪門釋之北宗云智用是知慧用是見見心不起名智智能知五根不動名慧慧能見是佛知見心不動是開開者開方便門色不動是示示者示真實相悟即妄念不生入即萬境常寂南宗云眾生佛智妄隔不見但得無念即本來自性寂靜為開寂靜體上自有本智以本智能見本來自性寂靜名示既得指示即本性佛與眾生本來無異為悟悟後於一切有為無為有佛無佛常見本性自知妄想無性自覺聖智故是菩薩前聖所知轉相傳授即是入義上二各是一理前之畧釋是疏本意餘如別說即體之用故問之以知即用之體故答以性淨知之一字眾妙之門若能虛已而會便契佛境即體之用下會違謂前問問知今答性淨都無知言何以會通故為此會故水南知識云即體之用名知

即用之體為寂如即燈之時即是光即光之時即是燈燈為體光為用無二而二也知之一字衆妙之門亦是水南之言若能虛巳下勸修即可以神會矣難以事求也能如是會非唯空識而巳於我有分也

非業非煩惱無物無住處無照無所行平等行世間

九答證問即證大涅槃三德圓也非業繫故解脫也非煩惱者轉煩惱即菩提是般若也無物者虛相盡故法身顯也非業繫下釋相於中有三初經中七字示三德體無住處者成上法身無所在也無照者成上般若能證相寂也無所行者成上解脫無業行之用也二無住處下八字辨三德相三以第四句辯三德功能由無用故用彌法界由無照故無所不知由無在故無所不在故結句云平等行世間也由無用下釋第四句合上體相不二故功用普周也是謂三德祕藏佛之境也是謂三德下結三德廣義已見玄中下出現品復重解釋此但撮畧對文耳

一切衆生心普在三世中如來於一念一切悉明達

十答現分上半所現初句橫盡十方次句豎窮三際下半能現並於如來圓鏡智中無念頓現故出現品云菩薩普現諸心行即斯義也上來辨十甚深即問答竟

爾時此娑婆世界中一切衆生所有法差別業差別世間差別身差別根差別受生差別持戒果差別犯戒果差別國土果差別以佛神力悉皆明現

自下第二現事結通於中二先現事後結通今初因何而現上來十首法光開曉衆生身心故佛力暫現示相而答令其自驗而欣厭故因何而現下疏文有三初來意可知二所現有十下釋文所

現有十第一法即所行之法謂三學等殊二業謂正行漏無漏等三集因苦果四身類不同五根機差別六四生非一七持戒則人天勝劣八犯戒則三塗重輕九國土則依處染淨十說法則近報淨居聽明利智速具佛法此經文闕晉本具之七持戒者如第二地中說法者皆智論文論第十三引青王經云育王常供養衆僧有一比丘口內馨香育王懷疑試而驗之方知本有問其所因比丘答云迦葉佛時說法之果復聞說法果唯爾耶答此是華報問云果報云何因說偈云大名聞端正得樂及恭敬威光如日月為一切所愛辯才有大名能盡一切結苦滅得涅槃如是名為十又此亦可配十甚深以是示相答故一法首正教甚深二寶首業果三勤首懈怠難出四財首觀內身等五德首佛法一味隨根異說等六覺首往善惡趣七智首六度順行通爲持戒之果八目首佛田平等但犯戒布施得果差別九賢首隨心世界有差別等十晉經既有說法即是說佛境界法也又此亦可者重會前文不為此釋則現事無由理必合耳但文影畧故致亦可之言

如是東方百千億那由他無數無量無邊無等不可數不可稱不可思不可量不可說盡法界虛空界一切世界中所有衆生法差別乃至國土果差別悉以佛神力故分明顯現

第二如是下結通廣徧於中二初結東方

南西北方四維上下亦復如是

後南西下類餘九方亦現十事以此處說法則現事通於十方餘處說法亦應類此總爲一法界大會思之問明品辨信中解竟

大方廣佛華嚴經疏鈔會本第十三之九

音釋

儱戾 儱力董切音隴戾力霽切音例儱戾不調也 瞪 除庚切直視貌 窠 苦禾切 諂 丑剡切諛也 瞥 匹蔑切過目暫見也

大方廣佛華嚴經疏鈔會本第十四之一

唐于闐國三藏沙門實叉難陀　譯

唐清涼山大華嚴寺沙門澄觀撰述

淨行品第十一

釋此一品五門分別初來意者夫欲階妙位必資勝行有解無行虛費多聞故前品明解此品辨行又前明入理觀行今辨隨事所行又前行此願並義次第故次來也（來意有三初通對前後辨來謂欲成妙位是後十住故前品明解即是對前二又前明入理下此及第三俱是對前二即以行對行但理事不同三即以願對行則二品全別故前品具解行二義此品具行願二義）二次釋名者梵云具折囉此云所行波利此云皆也徧也戍輪律提云清淨也謂三業隨事緣歷名爲所行巧願防非離過成德名爲清淨又悲智雙運名爲所行行越凡小故稱清淨以二乘無漏不能兼利非眞淨故得斯意者舉足下足盡文殊心見聞覺知皆普賢行文殊心故心無濁亂是曰清淨普賢行故是佛住修諸佛菩薩同所行也所行即淨持業釋也（文殊心下覆成上二然即賢首品初生起之意尋文可知）三宗趣者以隨事巧願防心不散增長菩薩悲智大行爲宗成就普賢實德爲趣

四解妨者問文中但辨一百餘願何有行耶答文中辨行略有數重謂就所歷事中始自出家終於臥覺皆是行也觸境不迷善達事理智行也以願導智不滯自利大悲行也上二不二悲智無礙行也遇違順境心不馳散止行也智不沉沒觀行也即止觀雙運行也又對於事境善了邪正當願衆生皆假觀也知身空寂心無染著空

觀也見如實理中觀也或先空後中或先假後空或一或二或一念頓具斯爲妙達三諦觀之行也又所造成行皆施衆生不起二乘之心安忍强輭兩境或增善品心不異緣妙達性空善巧迴轉皆願利物同趣菩提二乘天魔所不能動善知藥病決斷無差即十度齊修之行也又皆願利生皆成佛德見惡必令其斷見善必令其具即四弘誓願之行也故智首總標諸德以求其因文殊令善用心頓獲衆果但言惟願豈不惑哉答文中下初列六中前三谷有三義如初事理三者一事行二理行三事理無礙行以願導智下第二對中含於三行一大悲行二觸境不迷善達事理是一行三雙達事理爲事理無礙行遇違順下三對悲行總爲智行故一智二悲三悲智雙運又對於事下四中有五別明空假中爲三四三觀次第爲一行五三觀一心爲一行並文處可知三觀如前後說復有問言夫妙行者統唯無念今見善見惡願離願成疲役身心豈當爲道答若斯見者離念求於無念尚未得於眞無念也況念無念之無礙耶又無念但是行之一也豈成一念頓圓如上所明也行學之者願善留心

爾時智首菩薩問文殊師利菩薩言

第五釋文中二先智首問舉德徵因後文殊答標德顯因今初亦先標問答之人後陳所疑之問今初此二菩薩爲顯圓修歷事巧願必智爲導故事近旨遠唯圓行故文殊則般若觀空智首則漚和涉事涉事不迷於理故雖願而無取觀空不遺於事故雖空而不證是爲權實雙游假兹問答漚和涉事者梵語俱舍羅此云方便善巧即肇公宗本論文論云漚和般若者大慧之稱也諸法實相謂之般若能不形證漚和功也適化衆生謂之漚和不染塵累般

若力也然則般若之門觀空漚和之門涉有涉有未始迷虛故常處有而不染不猒有而觀空故觀空而不證是爲一念之力權慧具矣一念之力權慧具矣好思歷然可解

二陳所問中有二十云何總十一段段各十句成一百一十種德第一段明三業離過成德二得堪傳法器三成就衆慧四具道因緣五於法善巧六修涅槃因七滿菩薩行八得十力智九十王敬護十能爲饒益十一超勝尊貴意業此十一中若就相顯二四與六此三唯因八及十一此二唯果餘通因果或攝爲四對因果初二十句問福因福果先因後果次二十句問慧因慧果先果後因三二十句問巧解因觀行果四有五段問修行因成德果初一爲因餘四爲果或分爲二初十云何問淨行體是問因義後十云何問行所成是問果

義以善修七覺等亦是淨行之能故皆言云何得者爲修何行而得之耶初十望後故說爲因望歷緣巧願成淨行體即是於果未是圓果而是分果故上總云舉果徵因

以善修七覺下解妨謂有問云其初意中二四與六此三明因如何今十皆得名果故爲此通以約相顯望菩提涅槃此二爲因是初十成故得稱果皆言下釋云何得言從初十望後下重通復難問初十既因何以前科云智首舉德徵因答意可知則智首總問因果之德文殊總舉歷緣巧願則皆成矣

佛子菩薩云何得無過失身語意業云何得不害身語意業云何得不可毀身語意業云何得不可壞身語意業云何得不退轉身語意業云何得不可動身語意業云何得殊勝身語意業云何得清淨身語意業云何得無染身語意業云何得智爲先導身語意業

今分爲二初之一段總問其果後十別明

今初十句得此十種三業成下十果由無過三業故超勝尊貴由不恚害故常爲饒益由無餘惑不可譏毀故十王敬護由惡緣不可壞得佛十力由修行不退轉滿菩薩行由遠離諸相如如不動成涅槃因由德行殊勝故於法善巧由體清淨如虛空故成具道緣由涉境無染故德堪傳法器由智先導故成就衆慧總問其果疏文分三初依總別科釋則十一段皆是所成之果兼含料揀中第三意初十爲能成下十爲所成從後倒牒十果案次釋文謂第一無過失三業得第十一超勝尊貴果第二不害三業得第十能爲饒益果三成第九四成第八五成第七六成第六七成第五八成第四九成第二十成第三唯後二前却耳亦可如次猶涉境無染故成衆慧智爲先導成就法器其中加字已當釋文如云無恚害以恚釋害以涉境釋於無染約體釋於清淨等細尋歷然又由後十能成就此十以十三業永無失等唯佛不共分分無失亦通於因又

此十句初一總顯無過次八別顯無過後一總出其因若以智慧爲先導身語意業常無失故又於中八前二離過後六成德又由後十下二先果後因釋以初十句爲果後之十段百句爲因故云永無失等唯佛不共永無失等者等下九句不害業等言不共者即十八不共法謂一身業無悞失二無卒暴音三無種種想四無不定心五無忘失念六無不擇捨七欲無退八念無退九精進無退十定無減十一智慧無減十二解脫無減十三身業智爲先導隨智而轉十四語業智爲先導隨智而轉十五意業智爲先導隨智而轉十六知過去無著無礙十七知未來無著無礙十八知現在無著無礙廣如別章今以十句通攝十八謂初二即初三一由三業無過害故次二即次三由有念定慧故不可毀壞故三皆云無五六即七八九七即定慧解脫三種無減故稱殊勝八九即後三三世無著無礙故云清淨無染十即十三十四十五智爲先導隨智而轉故疏云永無失等唯佛不共今約分分故爲後因又後九中不隨於瞋故不害不隨於慢故不可毀不隨惡見故不壞敗不隨於疑故不退動恒修勝行不隨於

貪故清淨無染不隨於癡故智爲先導所作稱眞如是等業云何而得三當句對惑釋以破六根本惑成斯十句疑攝二句貪攝於二餘四各一故六攝九云何得生處具足種族具足家具足色具足相具足念具足慧具足行具足無畏具足覺悟具足

後十段別明中初一異熟果次四士用果次二離繫果次一增上果後二等流果今初即修道之器以善薩起修行時要具此十方成二利之行初一異熟果者俱舍顯相頌云異熟無記法有情有記生等流似自因離繫由慧盡若因彼力生是果名士用除前有爲法有爲增上果釋曰初二句異熟果相但是無覆無記不通非情從善惡感名有記生次句等流果相似於同類徧行自因次句離繫果相由慧盡者慧即擇也盡即滅也謂此擇滅離繫所顯故將擇滅釋離繫果次二句士用果相若法因彼勢力所生如因下地加行心力上地有漏無漏定生及因清淨靜慮心力生得變化無記心等離繫名爲不生士用爲因道力證得亦得士用果名後二句增上果相有爲法生餘法不障是增上果故唯有爲除前已生有爲之法謂果望因或俱或後必無前果後因故云除也除此前外餘諸有爲爲之增上果論云增上之果問士用增上二果何殊答士用果名唯對作者增上果稱通對所餘如匠所成對能成匠俱得士用增上果名對餘非匠唯增上果非匠不造故非士用瑜伽三十八云習不善故樂住不善等爲等疏果或似先業後果隨轉釋曰此有二義釋於等流後義果似於因即俱舍意如殺生因等得短壽果前義即於後果之上行因似因如前世殺生今亦好殺等瑜伽又云以道滅惑名離繫果四人工等事由此成辦稼穡財利等果爲士用果若眼識等是眼根等增上果身分不壞是命根增上果二十二根各起自增上果當知一切名增上果餘例可知然上所引俱舍即是根品彼論以六種因成斯五果非今所要

瑜伽具釋一常生中國有佛法處二種族尊貴非下賤等三生信向三寶修善之家非外道等家四形色端嚴非醜陋等五具丈天相諸根不缺六正念不忘亦宿念現前七慧悟高明善解世法八柔和調善離過

修行九志力堅强故無怯弱十性自開覺不染世法瑜伽第六回向初當廣釋之即有八種異熟今開成十句今生處具足總明義常財位果二即種族果三亦財位四即大色果五人種性果非不男等六信言果意由念具故七名譽果八義當壽命離過修行無夭逝故九大力果十亦大力智力覺悟故又無畏者依智度論菩薩有四種無畏一總持無畏於法記持不懼忘失二知根無畏知根受法不懼差失三決疑無畏隨問能答不懼不堪四答難無畏有難皆通不懼疑滯今並皆得故云具足無畏下隨難重釋又此十事若約法者生在佛家是生處具足等思之又具足者唯佛一人云云又此十事下約法生在佛家者菩提心家故等於餘句謂二種族即具佛種性謂自性住性習所成等三明家即真如爲家亦四家故四家如七地四明見佛性如見色故涅槃云佛性有二一色二非色如來所見爲色故五相謂有悲智等爲菩薩相故餘之五句經自約法可知又具足下重釋具足之言上約橫具爲具足今約竪

說之云何得勝慧第一慧最上慧最勝慧無量慧無數慧不思議慧無與等慧不可量慧不可說慧

第二十慧下四段明士用果中一慧爲揀擇二力謂修習三善巧謂智四道品助修悉以三業而得成就今初言慧者即道之體十中一勝世間故二過二乘故三揀權教故四佛果超因故上四揀劣餘六當體一無分量二無若干三超言念四無等匹五難比校六唯證相應欲言其有無相無形欲言其無聖以之靈欲言俱者慧無二體欲言雙非非無詮顯故不可說

云何得因力欲力方便力緣力所緣力根力觀察力奢摩他力毗鉢舍那力思惟力

第三力者即具道因緣皆言力者此十各有資道之能故一因力者即是種性謂已有習種無倒聞熏與性種合故名爲因梁攝論云多聞熏習與阿賴耶識中解性和合一切聖人以此爲因無性攝論云此聞熏習雖是有漏而是出世心種子性即是種性者謂種性位由於習種合於性種方名種性也性種即自性住性爲正因性即是涅槃第一義空性也習即新熏修成之性決爲佛因稱爲種性引證可知言無性攝論者即第八論釋因緣云諸菩薩因緣即有言聞熏習是無分別智及如理作意釋論中云因即能作因緣義有言者大乘言音聞謂聽聞由此引功能差別說名熏習以此爲因所生意言順理清淨名如理作意二欲力者有勝欲樂希大菩提及起行故三方便者謂造修力依六方便成悲智故一慈悲顧戀二了知諸行三欣佛妙智四不捨生死五輪迴不染六熾然精進攝論廣說攝論廣說即第七論瑜伽四十五明內外各有六方便此即內六四緣力謂善友勸發五所緣力即所觀察悲智之境六根謂信等七觀察者謂於自他事理藥病善揀擇故八奢摩他此云止也九毗鉢舍那此云觀也瑜伽起信等論深密涅槃等經廣辨其相具如別章今略顯其相以爲十門一心行稱理攝散名止二止不滯寂不礙觀事三由理事交徹而必俱遂使止觀無礙而雙運四理事形奪而俱盡故止觀兩亡而絕寄五絕理事無礙之境與泯止觀無礙之心二而不二故不礙心境而一味不二而二故不壞一味而心境兩殊六由即理之事收一切法故即止之觀亦見一切七由此事即是彼事故令止觀見此心即是彼心八由前中六則一多相入而非一七

則一多相是而非異此二不二同一法界
止觀無二之智頓見即入二門同一法界
而無散動九由事則重重無盡止觀亦普
眼齊照十即此普門之智爲主故頓照普
門法界時必攝一切爲伴無盡無盡是此
華嚴所求止觀瑜伽等者前第一經疏中
已引起信令畧引瑜伽即
菩薩地品中彼論亦引深密慈氏問世尊
如來說四種所緣境事一有分別影像所
緣境事二無分別影像所緣境事三事邊
際所緣境事四所作成辦所緣境事幾奢
摩他所緣境事幾毗鉢舍那所緣境事世
尊答云初一毗鉢舍那所緣境事次一奢
摩他所緣境事後二是俱所緣境事釋曰
初一即事二即是理故無分別智緣三四
通事理故用二爲能緣則是以事對觀義
也故前第一經疏中出意但不順無分別
智證如中義耳廣如彼說令取一義故不
言是非以明十重從麤至細自淺暨深故
初二止觀別行一即瑜伽奢摩他品二即
毗鉢舍那品下八皆雙運品而三正是雙
運對第四雙遮此爲雙照若取別義雙照
皆觀雙遮皆止上四以理事爲能成止觀
爲所成五融於心境即合前三四二門以
初二事理即三四所融故絕事理即第四
門中境無礙即第三門中境泯止觀即第
四門止觀無礙止觀即第三門止觀合上
二重止觀與二重之境明非一異不壞二
相故二體無與故不二雖融心境方是事
理無礙之門但言相融不說何者是止是
觀者此通三意一但融上二重止觀即是
此門止觀二者照斯二而不二不二而二
即是於觀不取諸相即名爲止三者不礙
心境而一味成即觀之止不壞一味而心
境成即止之觀後五即事事無礙門中止
觀六是一多相容不同門七是諸法相即
自在門八即合前即入義當同時具足門
九即因陀羅網境界門十即主伴圓明具
德門欲顯後後深於前前故合即入耳餘
可思準此亦一處明示
止觀兼廣演玄言耳
十思惟者籌量應
作不應作故
云何得蘊善巧界善巧處善巧緣起善巧欲
界善巧色界善巧無色界善巧過去善巧未
來善巧現在善巧
第四於法善巧皆約流轉以明前四流轉
之體三界流轉之處三世流轉之時三科
之義略如前釋廣如別章緣起六地廣明

三界三世如前後釋皆言善巧者一善知彼法空無所有二善知不壞假名分别法相三加能攝無盡彌善巧也皆約流轉者由善巧義通還滅故總釋善巧乃有三義一知理二知事三加能攝無盡正是事事無礙兼於事理無礙故大品云一切法趣色色尚不可得云何當得有趣非趣一切同歸於空諸法之空不異色空故即事理無礙意今取一攝一切即事事無礙善巧開此爲二便有四義瑜伽五十六七廣說三科善巧多約相說即第二義

云何善修習念覺分擇法覺分精進覺分喜覺分猗覺分定覺分捨覺分空無相無願

第五修涅槃因七覺三空十地品廣說

云何得圓滿檀波羅蜜尸波羅蜜羼提波羅蜜毗黎耶波羅蜜禪那波羅蜜般若波羅蜜及以圓滿慈悲喜捨

第六滿菩薩行此下二種明離繫果初六度四等修即士用滿即離繫治諸蔽故

云何得處非處智力過未現在業報智力根勝劣智力種種界智力種種解智力一切至處道智力禪解脫三昧染淨智力宿住念智力無障礙天眼智力斷諸習智力

第七具足十力並見上文

云何常得天王龍王夜叉王乾闥婆王阿修羅王迦樓羅王緊那羅王摩睺羅伽王人王梵王之所守護恭敬供養

第八十王敬護是增上果十王敬護等者即有力增上由已具德令彼護故

云何得與一切衆生爲依爲救爲歸爲趣爲炬爲明爲照爲導爲勝導爲普導

第九云何得與一切衆生爲依下二段明等流果由本願力爲依救等由本行力爲第一等今初能爲饒益依等十句如迴向

初由本願下即瑜伽前意行以昔修故由本行力爲第一等者即第二意果似昔因既爲第一故是行果
云何於一切衆生中爲第一爲大爲勝爲最
勝爲妙爲極妙爲上爲無上爲無等爲無等
等
第十爲第一下超勝尊貴十地論釋今就
佛果略釋其相謂如來功德海滿更無所
少故稱第一此亦總句大者體包法界故
勝者自利圓滿故最勝者利他究竟故妙
者煩惱障盡故極妙者所知障盡故上者
望下無及故無上者望上更無故無等者
望下無儔故無等等者望儔皆是無等者
故所以廣舉諸德者欲顯行之勝故上來
問竟
爾時文殊師利菩薩告智首菩薩言善哉佛
子汝今爲欲多所饒益多所安隱哀愍世間
利樂天人問如是義
第二文殊答中文分爲二第一歎問成益
饒益者利益也安隱者安樂也利樂者即
上二也佛地論第七有五重釋利樂之義
已見光明覺品佛地論第七有五重者一修善因得樂果故二離惡攝善故三此世他世益故四世出世益故五福德智慧益故上之五重各先義後利
佛子若諸菩薩善用其心
第二佛子下正酬其問於中二先標因成
德酬其舉德後指事顯因酬其徵因今初
先標其因謂善用其心心者神明之奥心
正則萬德攸歸言善用者即後歷緣巧願
觸境入玄如上所辨
則獲一切勝妙功德
二則獲下顯所成德初總後別總謂一切

勝妙功德皆因用心一百一十門德何足難就可謂一言蔽諸勝謂獨尊妙謂離相又德無不備云勝障無不盡名妙此之總句亦即酬上十種三業之總句也可謂一言蔽諸者即論語云詩三百一言以蔽諸曰思無邪包曰蔽猶當也謂歸於止

於諸佛法心無所礙住去來今諸佛之道隨衆生住恒不捨離如諸法相悉能通達斷一切惡具足衆善當如普賢色像第一一切行願皆得具足於一切法無不自在而爲衆生第二導師

餘九别顯句雖有九義亦有十如次酬上十段之德一於諸佛法心無所礙者即初第一堪傳法器德念慧覺悟皆具足故二住去來今諸佛之道即上成就衆慧三世諸佛唯以佛慧爲所乘故三隨衆生住恒不捨離即上具道因緣成就種性欲樂方便常以衆生爲所緣故四如諸法相悉能通達即十善巧義無惑也五斷一切惡即七覺二空揀擇棄惡無越此故六具足衆善即六度四等七當如普賢色像第一由此故得十王敬護八一切行願皆得具足即是前文成就十力得佛果位方具足故故晉經無此一句而有成就如來一切種智斯爲十種智力定無惑也唯此一段望前不次以内具種智外具色相此二同在果圓前後無在或譯者不迴九於一切法無不自在故能與物爲依爲救爲炬爲明十而爲衆生第二導師即是上文於衆超勝上求第一唯佛一人今纔發心則道亞至尊故云第二然舊經中亦云而爲衆生

第一尊導故知第二譯者意也

佛子云何用心能獲一切勝妙功德

第二佛子云何不指事顯因於中三初總徵次別顯後總結成益

二別顯中五門分別一總明大意文中總有一百四十一願菩薩大願深廣如海應如迴向非止爾也此蓋示於體式餘皆倣此又非無表一百者十信圓融一一具十也四十一者即四十一位也明此諸位所有惑障由此能淨所有勝行由此能行故即四十一位者此約行修有障等四十二即妙覺位是所求故無障非行故通顯文旨然此諸願句雖有四事但有三義開爲六言三事者謂初句願所依事次句願所爲境後二句是願境成益開爲六者初事有二一者内謂菩薩自身根識等經云菩薩等故二者外謂他身或依正資具等經云在家等故次事亦二種一能發願者二所願衆生經云當願衆生故後事亦二一者自益由此諸願成前諸德故二者益他由此發願願衆生故此後二句或前句是因後句是果如云所行無逆成一切智等或二俱是因如云巧事師長習行善法等或二俱佛果如云永離煩惱究竟寂滅等或俱通因果如云以法自娛了妓非實等或三四二句共成一句如云演說種種無乖諍法等亦可後二句中初句所入法如云知家性空等後句所成益免逼迫等以不必具故合爲一

三別開義類然上三事中願所依事雖有多類不出善惡依正内外隨義準之二願

所爲境其一一願盡該法界一切有情不同權小談有藏無故又願即是行成迴向故一一皆成所行清淨善業行故如云知家性空則菩薩之心必詣空矣二願所爲境成利益中由願於他成種種德自獲如前所說功德然有二義一通二别通則隨一一願成上諸德斯爲正意二别顯者如願於他得堅固身心無所屈則自必成十種三業離過成德之德也二願於他具足成滿一切善法則自成就堪傳法器三願於他深入經藏智慧如海則自成衆慧四願於他具諸方便得最勝法則自成就具道因緣五願於他語業滿足巧能演說則自成就十善巧德六願於他得善意欲洗除惑垢則自成七覺三空七願於他所作

皆辦具諸佛法則自成滿菩薩行德八願於他捨衆聚法成一切智則自成就如來十種智力九願於他皆如普賢端正嚴好則自成就十王敬護十願於他統理大衆一切無礙則自成饒益爲依救德十一願他得第一位入不動法則自成就超勝第一德以斯十一配上答中總别十一段文並可知通别交絡應成四句謂一切願成一德一切願成一切德等以因願一多相即故成德亦一多鎔融不同權小等者小乘謂唯佛一人有大覺性權即五性談其有者藏其無者在有佛性中故又云通别類異通即皆有别則有有佛性有無佛性四對辨成例謂若以初後二事相對辨例略有十例一會事同理例如菩薩在家事也性空理也二處染翻染例如若得五欲染也拔除欲箭翻染也三相

似類同例如若有施令一切能捨等四世同出世例如上升樓閣願升正法樓等五以因同果例如正出家時願同佛出家等六捨僞歸真例如著瓔珞願到真實處等七以人同法例如見病人願離乖諍等八以境成行例如見涌泉願善根無盡等九以妄歸真例如見婆羅門願離惡等十以近同遠例如受和尚教願到無依處等

五正釋經文長分爲十初有十一願明在家時願二有十五願出家受戒時願三有七願就坐禪觀時願四有六願明將行披挂時願五有七願澡漱盥洗時願六有五十五願明乞食道行時願七有二十二願明到城乞食時願八有五願明還歸洗浴時願九有十願明習誦旋禮時願十有三願明寤寐安息時願

大方廣佛華嚴經疏鈔會本第十四之一

音釋

徛覺 徛於宜切 覺訖岳切 **羼提** 梵語也此云忍辱 羼初眼切 **澡漱** 澡子皓切洗滌也 漱先奏切盪口也 **寤寐** 寤五故切寐覺也 寐明祕切睡也 **盥** 古玩切澡手也

大方廣佛華嚴經疏鈔會本第十四之二

唐于闐國三藏沙門實叉難陀　譯

唐清涼山大華嚴寺沙門澄觀撰述

佛子

菩薩在家　當願衆生　知家性空　免其逼迫

孝事父母　當願衆生　善事於佛　護養一切

妻子集會　當願衆生　寃親平等　永離貪著

若得五欲　當願衆生　拔除欲箭　究竟安隱

妓樂聚會　當願衆生　以法自娛　了妓非實

若在宮室　當願衆生　入於聖地　永除穢欲

著瓔珞時　當願衆生　捨諸僞飾　到真實處

上昇樓閣　當願衆生　昇正法樓　徹見一切

若有所施　當願衆生　一切能捨　心無愛著

衆會聚集　當願衆生　捨衆聚法　成一切智

若在厄難　當願衆生　隨意自在　所行無礙

今初在家有十一願初一總舉在家以家是貪愛繫縛所故若了性空則雖處居家家不能迫次一在家行孝願以是至德行本故首而明之大集經云世若無佛善事父母事父母者即是事佛父母於我爲先覺故今翻令事佛者生長法身故護養一切者一切衆生皆我子故護之一切男女皆我父母故養之生生無不從之受身故平等敬之法身佛故以是至德等者即外典意故孝經夫子語曾子曰先王有至德要道民用和睦上下無怨汝知之乎注云至德者孝悌也要道者禮樂也故上至天子下至庶人皆當行孝無始終也言行本者俗典以孝爲百行之本下引佛教證菩薩戒亦云孝養師僧父母孝名爲戒亦名制止次四受家室等願然五欲射心猶如箭中王侯有宮餘皆名室次五在家所作事業等願在頸曰瓔在身曰珞珞以持衣瓔以繫冠一

切悉捨亦捨心也了聚無性成佛智也

捨居家時　當願衆生　出家無礙　心得解脫
入僧伽藍　當願衆生　演說種種　無乖諍法
詣大小師　當願衆生　巧事師長　習行善法
求請出家　當願衆生　得不退法　心無障礙
脫去俗服　當願衆生　勤修善根　捨諸罪軛
剃除鬚髮　當願衆生　永離煩惱　究竟寂滅
著袈裟衣　當願衆生　心無所染　具大仙道
正出家時　當願衆生　同佛出家　救護一切
自歸於佛　當願衆生　紹隆佛種　發無上意
自歸於法　當願衆生　深入經藏　智慧如海
自歸於僧　當願衆生　統理大衆　一切無礙
受學戒時　當願衆生　善學於戒　不作衆惡
受闍黎教　當願衆生　具足威儀　所行真實
受和尚教　當願衆生　入無生智　到無依處
受具足戒　當願衆生　具諸方便　得最勝法

第二捨居家下出家受戒時有十五願初一正捨俗家次三出家方便僧伽藍者此云衆園衆有六和法則事理一味故無諍也大師謂佛衆所宗故小謂和尚親所教故若約末世三師爲大七證爲小靡不有初鮮克有終故希不退次四正落髮出家袈裟者不正色依也亦云染色表心染於法要無所染方曰染也然二乘之染亦非真染必心染大乘故云具大仙道爲於正法除其結使方爲究竟寂滅落髮披衣之後爲正出家 然二乘等者即涅槃第二南經哀歎品佛訶三修比丘云汝諸比丘勿以下心而生知足汝等今者雖得出家於此大乘不生貪慕汝諸比丘身雖得服袈裟染衣心猶未染大乘淨法汝諸比丘雖行乞食經歷多處初未曾求大乘法食汝諸比丘雖除鬚髮未爲正法除諸結使汝諸比丘今當真實教勑汝等

我今現在大衆和合如來法性真實不倒是故汝等應當精進攝心勇猛摧諸結使釋曰此以小乘方大尚未能除所知無明染法空法常住妙法故云爾也餘七受學戒時初三自歸佛在之日則五受之一佛滅之後受五八戒必依三歸歸要三者翻彼外道邪師邪教及邪衆故猶如良醫良藥及看病人煩惱病愈故爲與衆生爲縁念故三寶之義至下當釋受學戒者即十戒也亦通五戒優婆塞戒經云欲受菩薩戒先應徧受五戒十戒二百五十戒若尼則受六事及五百戒受謂受戒學即隨戒願中即止作二持闍棃者此云正行軌範教授故云具足威儀和尚此云親教亦云力生道力自彼生故故翻云入無生智依之得戒故翻無依具足戒言義含二種一則大比丘戒二則菩薩戒亦制意地方爲具足則五受之一者一善來二上法三三歸四八敬五羯磨多釋不同多依此五歸要三者前歸敬序中已廣說竟言至下當釋者即明法品前是抄廣故此指下和尚等者此是昔時梵語即龜茲以來梵言正云鄔波陀耶此云親教具足戒等者依比丘戒則五八十皆爲方便五衆之最爲最勝法若菩薩戒爲具足則比丘戒亦爲方便超二乘上爲最勝法願所成者明是佛果

若入堂宇　當願衆生　昇無上堂　安住不動

若敷牀座　當願衆生　開敷善法　見真實相

正身端坐　當願衆生　坐菩提座　心無所著

結跏趺坐　當願衆生　善根堅固　得不動地

修行於定　當願衆生　以定伏心　究竟無餘

若修於觀　當願衆生　見如實理　永無乖諍

捨跏趺坐　當願衆生　觀諸行法　悉歸散滅

第三若入堂下七願明就坐禪觀時願初四爲修方便次二正修止觀後一修行事訖

下足住時　當願衆生　心得解脱　安住不動
若舉於足　當願衆生　出生死海　具衆善法
著下裙時　當願衆生　服諸善根　具足慚愧
整衣束帶　當願衆生　檢束善根　不令散失
若著上衣　當願衆生　獲勝善根　至法彼岸
著僧伽梨　當願衆生　入第一位　得不動法

第四下足住時下明將行披挂時六願下衣蓋醜故願得慚愧上衣即衫襖之輩前巳辨袈裟故此直云僧伽梨僧伽梨者義云和合新者二重故者四重要以重成故云和合即是三衣中第一衣故

手執楊枝　當願衆生　皆得妙法　究竟清淨
嚼楊枝時　當願衆生　其心調淨　噬諸煩惱
大小便時　當願衆生　棄貪瞋癡　蠲除罪法
事訖就水　當願衆生　出世法中　速疾而往
洗滌形穢　當願衆生　清淨調柔　畢竟無垢
以水盥掌　當願衆生　得清淨手　受持佛法
以水洗面　當願衆生　得淨法門　永無垢染

第五手執楊枝下澡漱盥洗時有七願楊枝五利是曰妙法去穢爲淨西域皆朝中嚼楊枝淨穢不相雜此爲常規凡欲習誦別須用之盥者澡也楊枝五利者一明目二除痰三除口氣四辨味五消食新經有十義朝中嚼楊枝淨穢不相雜此兩句語全是無行禪師於西域寄歸之書南海寄歸傳亦廣説之

手執錫杖　當願衆生　設大施會　示如實道
執持應器　當願衆生　成就法器　受天人供
發趾向道　當願衆生　趣佛所行　入無依處
若在於道　當願衆生　能行佛道　向無餘法
涉路而去　當願衆生　履淨法界　心無障礙
見昇高路　當願衆生　永出三界　心無怯弱

見趣下路　當願衆生　其心謙下　長佛善根

見斜曲路　當願衆生　捨不正道　永除惡見

若見直路　當願衆生　其心正直　無諂無誑

見路多塵　當願衆生　遠離塵坌　獲清淨法

見路無塵　當願衆生　常行大悲　其心潤澤

若見險道　當願衆生　住正法界　離諸罪難

第六手執錫杖下乞食道行時總有五十五願更分爲三初十二願遊涉道路次見衆會下十九願所覩事境後見嚴飾下二十四願所遇人物今初錫者輕也明也執此杖者輕煩惱故明佛法故更有多義具如經辨今略明二用一執爲行道之儀二振以乞食故發相似之願無依之道是真道也向無餘法真涅槃也真淨法界心所履也險道有二一多賊鬼毒獸二陿徑阻絕初惑業罪苦凡夫之險道也後自調滯寂二乘之險道也皆爲難處不斷生死而入涅槃正法界也

若見衆會　當願衆生　說甚深法　一切和合

二覩事境願初覩衆會謂衆聚多談無義故願說深法衆心易乖故令和合

若見大柱　當願衆生　離我諍心　無有忿恨

二大柱者舊經云大樹梵云薩擔婆（去聲輕呼）此云樹也薩擔婆（入聲重呼）此云柱也由茲二物呼聲相濫古今譯殊柱有荷重之能一舍由之而立翻此願離我能之諍忿恨何由而生

若見叢林　當願衆生　諸天及人　所應敬禮

三德猶叢林森聳可敬

若見高山　當願衆生　善根超出　無能至頂

見棘刺樹　當願衆生　疾得翦除　三毒之刺
見樹葉茂　當願衆生　以定解脫　而爲蔭映
若見華開　當願衆生　神通等法　如華開敷
若見樹華　當願衆生　衆相如華　具三十二
若見果實　當願衆生　獲最勝法　證菩提道
若見大河　當願衆生　得預法流　入佛智海
若見陂澤　當願衆生　疾悟諸佛　一味之法
十一陂澤者畜水曰陂不集諸流故願一味
若見池沼　當願衆生　語業滿足　巧能演說
十二說文曰穿地通水曰池沼即池也取其盈滿引法流故亦可巧思穿鑿能有說故
若見汲井　當願衆生　具足辯才　演一切法
十三汲者取也辯才演法猶綆汲水
若見涌泉　當願衆生　方便增長　善根無盡
若見橋道　當願衆生　廣度一切　猶如橋梁
若見流水　當願衆生　得善意欲　洗除惑垢
見修園圃　當願衆生　五欲圃中　耘除愛草
見無憂林　當願衆生　永離貪愛　不生憂怖
若見園苑　當願衆生　勤修諸行　趣佛菩提
無憂林者處之忘憂故
見嚴飾人　當願衆生　三十二相　以爲嚴好
三見嚴飾下二十四願所遇人物
見無嚴飾　當願衆生　捨諸飾好　具頭陀行
見樂著人　當願衆生　以法自娛　歡愛不捨
見無樂著　當願衆生　有爲事中　心無所樂
見歡樂人　當願衆生　常得安樂　樂供養佛
見苦惱人　當願衆生　獲根本智　滅除衆苦
六二云獲根本智滅衆苦者若得見道無分

別根本智則斷惡道業無明故三塗苦滅則三苦八苦亦皆隨滅死及取蘊直至金剛後根本智則能永斷三苦八苦等者由三塗苦滅故生老病苦亦滅由斷此惑不造十惡業故無怨憎會苦由斷分別欲貪故無求不得苦及愛別離苦從此唯有死及取蘊至金剛無間道根本智斷彼二苦雖有漏善法此時猶在行苦所隨由彼勝智照同法性於解脫道不待擇滅任運棄捨功歸無間上約法相說取正體無分別智名爲根本以望加行得名雖通諸位而見道金剛二處最顯故畧舉之又有約法性以本覺爲根本智以與始覺爲根本故此唯約解脫道證理時與根本實合乃名獲得本覺根本從此求無死及取蘊雖斷惑證理立二道名然同一剎那獲智亦爾是故無間道斷見修二障種時即是解脫道時斷也

見無病人　當願衆生　入眞實慧　永無病惱

七願入眞實慧求無病惱者此有二種一約入眞見道之慧斷身病之苦惱及煩惱病謂一切惡趣諸煩惱品所有麤重是分別起亦爲身病遠因至歡喜地眞見道中一剎那斷頓證三界四諦眞如身病及惑永不復有二約金剛心慧頓斷一切諸煩惱病及習氣隨眠證極圓滿眞實勝義諸惑永亡依上解者眞實慧者即根本智但約所滅惑苦不同耳一約入眞見道者亦有二義例同斷苦斷身病之苦牒前所斷及煩惱病是此所斷謂一切下出所斷體麤重即是種子分別揀於俱生亦爲身病遠因者非近因故如虜色過度是身病近因由貪故爾即爲遠因一剎那斷者至初地中廣釋頓證三界四諦眞如至十迴向中釋二約金剛心等者即俱生也此上所轉捨依上解下結成前二也

見疾病人　當願衆生　知身空寂　離乖諍法

八四大乖違成病知空則永無所乖

見端正人　當願衆生　於佛菩薩　常生淨信

見醜陋人　當願衆生　於不善事　不生樂著

見報恩人　當願衆生　於佛菩薩　能知恩德

見背恩人　當願衆生　於有惡人　不加其報

於佛菩薩能知恩德者諸佛菩薩始自發心普緣衆生難行苦行不顧自身垂形六道隨逐衆生見其造惡如割支體迄成正覺隱其勝德以貧所樂法誘攝拯救見其憍恣示迹涅槃留餘福教以濟危苦故自頂至足從生至死皆佛之蔭斯之恩德何可報耶得人小恩常懷大報不知恩者多遭橫死故經云假使頂戴經塵劫身爲牀座徧三千若不傳法利衆生畢竟無能報恩者故唯自利利人如說修行爲報佛恩耳

諸佛菩薩下文中有三初列十恩一發心普被恩二難行苦行恩猶如慈母憐苦吐甘捨頭目髓腦國城妻子剜身千燈投形餓虎香城粉骨雪嶺七軀如是等事皆為衆生三不顧自身者一向為他恩曾無一念自為於已猶如慈母但令子樂自救不辭經云菩薩所修功德行不為自已及他人但以最上智慧心利益衆生故迴向四垂形六道恩謂已證滅道應受無為寂滅之樂而垂形六道徧入三塗長劫救物入於地獄以身救贖一切衆生五隨逐衆生恩上辯橫徧六道今約長劫不捨如子見父視父而已無出離心如來隨之如犢逐母備將萬行隨逐救攝如須彌音徧淨天王得隨諸衆生永流轉生死海解脫門六見其造惡如割支體即大悲深重恩故善財童子謂無憂德神云聖者譬如有人唯有一子愛念情至忽見被人割截支體其心痛切不能自安菩薩摩訶薩亦復如是見諸衆生造煩惱業墮三惡趣受種種苦心大憂惱若見衆生起身語意三種善業生人天趣受身心樂菩薩爾時生大歡喜今畧舉悲深喜亦深故七迄成正覺隱其勝德者即隱勝彰劣恩十蓮華藏塵數相海滴難稱無盡之德並隱不彰但云百劫修成三十二相三十四心斷見修惑五分法身覺樹初圓如老比丘同五羅漢故法華中脫珍御服著弊垢衣執除糞器往到子所八以貧所樂法誘攝拯救即隱實施權恩圓頓一乘隱而不說乃以三乘人天小法教化衆生此上二句即淨名經第三香積品中彼諸菩薩問維摩詰今世尊釋迦牟尼以何說法維摩詰言此土衆生剛強難化故佛為說剛強之語以調伏之言是地獄是畜生是餓鬼是諸難處是愚人行是身邪行是身邪行報等乃云如是剛強難化衆生故以一切苦切之言乃可入律彼諸菩薩聞說是已皆曰未曾有也如世尊釋迦牟尼佛隱其無量自在之力乃以貧所樂法度脫衆生斯諸菩薩亦

能勞讚以無量大悲生是佛土九見其憍
恣示跡涅槃者示滅生善恩故法華經云
若佛久住於世薄福之人不種善根貧窮
下賤貪著五欲入於憶想妄見網中若見
如來常住不滅便起憍恣而懷猒怠不能
生難遭之想恭敬之心是故如來以方便
說比丘當知諸佛出世難可值遇乃至云
斯衆生等聞如是語必當生於難遭之想
心懷戀慕渴仰於佛便種善根四十七經
有涅槃佛事與此大同十留餘福教以濟
危苦者即悲念無盡恩謂世尊同人中壽
應壽百年留二十年福以庇末法弟子大
集月藏分第十卷云悲愍衆生故捨壽第
三分令我法海滿洗浴諸天人假使毀禁
戒悉住不退地若有撾打彼即爲打我身
若有罵辱者則爲毀辱我又云留白毫之
福以覆弟子言留教者即三藏八藏廣益
衆生依之修行皆得成佛形像塔廟乃至
舍利一興供養千返生天等故自頂至足
下結成恩重得人下引經證成共引三經
初即涅槃第二十八二不知恩者即此經
四十八隨好品故經云下三引他經先一
偈具足經文唯自利下取意引彼亦一偈
云唯有傳持正法藏宣揚教理施羣生修
習一念契真如即是真
報如來者會意可知

若見沙門　當願衆生　調柔寂靜　畢竟第一

沙門此云止息畢竟止息唯大涅槃

見婆羅門　當願衆生　永持梵行　離一切惡

見苦行人　當願衆生　依於苦行　至究竟處

見操行人　當願衆生　堅持志行　不捨佛道

見著甲冑　當願衆生　常服善鎧　趣無師法

世之甲冑隨於師旅進忍甲冑趣於無師

見無鎧仗　當願衆生　永離一切　不善之業

見論議人　當願衆生　於諸異論　悉能摧伏

見正命人　當願衆生　得清淨命　不矯威儀

能離五邪方爲正命謂一詐現奇特二自
說功德三占相吉凶四高聲現威令他敬
畏五爲他說法行此五事若爲利養皆邪
命也第三句通願離五第四句但離初一
能離五邪者即智論二十二其第五名
稱說所得供養以動人心前四全同

若見於王　當願衆生　得爲法王　恒轉正法

若見王子　當願衆生　從法化生　而爲佛子

若見長者 當願衆生 善能明斷 不行惡法

若見大臣 當願衆生 恒守正念 習行衆善

明斷方稱長者守王正法始曰大臣

若見城郭 當願衆生 得堅固身 心無所屈

若見王都 當願衆生 功德共聚 心恒喜樂

見處林藪 當願衆生 應爲天人 之所歎仰

第七若見城郭下二十二願到城乞食時願初三總處王都則賢達輻輳林藪則衆德攸歸

入里乞食 當願衆生 入深法界 心無障礙

到人門户 當願衆生 入於一切 佛法之門

入其家已 當願衆生 得入佛乘 三世平等

次三入家未入則諸家差別入已唯一無多如入佛乘無二三也

見不捨人 當願衆生 常不捨離 勝功德法

見能捨人 當願衆生 永得捨離 三惡道苦

若見空鉢 當願衆生 其心清淨 空無煩惱

若見滿鉢 當願衆生 具足成滿 一切善法

若得恭敬 當願衆生 恭敬修行 一切佛法

不得恭敬 當願衆生 不行一切 不善之法

見慙耻人 當願衆生 具慙耻行 藏護諸根

見無慙耻 當願衆生 捨離無慙 住大慈道

次八乞食得不

若得美食 當願衆生 滿足其願 心無羨欲

得不美食 當願衆生 莫不獲得 諸三昧味

得柔軟食 當願衆生 大悲所熏 心意柔軟

得麤澀食 當願衆生 心無染著 絶世貪愛

若飯食時 當願衆生 禪悦爲食 法喜充滿

若受味時 當願衆生 得佛上味 甘露滿足

飯食已訖 當願衆生 所作皆辦 具諸佛法

次七得食正食

若說法時　當願衆生　得無盡辯　廣宣法要

後一食訖說法亦爲報施主之恩也其中云藏獲諸根者瑜伽名善守根門淨名云所見色與盲等乃至云知諸法如幻相是也瑜伽名善守根門者即第二十三論云云何根律儀謂如有一能善安住密護根門防守正念乃至廣說云何名爲密護根門謂防守正念常委正念乃至防護意根及正修行意根律儀等淨名云所見色等者即迦葉章令迦葉以空聚想入於聚落所見色於盲等所聞聲於響等所嗅香與風等所食味不分別受諸觸如智證知諸法如幻相無自性無他性本自不然今則無滅等是故藏護諸根則不犯塵境成六自在王豈爲六賊所劫奪耶

從舍出時　當願衆生　深入佛智　永出三界

若入水時　當願衆生　入一切智　知三世等

洗浴身體　當願衆生　身心無垢　內外光潔

盛暑炎毒　當願衆生　捨離衆惱　一切皆盡

暑退涼初　當願衆生　證無上法　究竟清涼

第八從舍出下還歸洗浴時節炎涼五願可知

諷誦經時　當願衆生　順佛所說　總持不忘

若得見佛　當願衆生　得無礙眼　見一切佛

諦觀佛時　當願衆生　皆如普賢　端正嚴好

見佛塔時　當願衆生　尊重如塔　受天人供

敬心觀塔　當願衆生　諸天及人　所共瞻仰

頂禮於塔　當願衆生　一切天人　無能見頂

右繞於塔　當願衆生　所行無逆　成一切佛

繞塔三帀　當願衆生　勤求佛道　心無懈歇

讚佛功德　當願衆生　衆德悉具　稱歎無盡

讚佛相好　當願衆生　成就佛身　證無相法

第九諷誦下習誦旋禮時有十願右者順義故普耀經第二亦云菩薩降神趣右脇

者所行無逆故佛功德者謂如來十力等

若洗足時　當願衆生　具神足力　所行無礙

以時寢息　當願衆生　身得安隱　心無動亂

睡眠始寤　當願衆生　一切智覺　周顧十方

第十若洗足下寤寐安息時三願一切智覺者非唯三世齊明抑亦十方洞曉一日始終既爾餘時類然

佛子若諸菩薩如是用心則獲一切勝妙功德一切世間諸天魔梵沙門婆羅門乾闥婆阿修羅等及以一切聲聞緣覺所不能動

第三佛子若諸菩薩下結歎因所成益若能如上爲善用心若此用心則内德齊圓外不能動心遊大智故人天不能動心冠大悲故二乘不能動不動有二一修行時此等不能惑亂故二不希彼故

大方廣佛華嚴經疏鈔會本第十四之三

音釋

盥古玩切澡手也　坌蒲悶切塵坌也　陂彼爲切澤也　藪音叟　鎧苦改切甲也　矯居夭切詐也　澀色立切　寢七稔切臥也　寤五故切寐覺也　綆古杏切井索也　輻輳輻方六切輳千候切　槩此宰切槩髻也

大方廣佛華嚴經疏鈔會本第十四之三

唐于闐國三藏沙門實叉難陀 譯
唐清涼山大華嚴寺沙門澄觀撰述

賢首品第十二

初來意者夫行不虛設必有其德既解行圓妙必勝德難思收前行願成信德用故次來也又前智首舉果徵因文殊廣顯其因略標其果云獲一切勝妙功德故問賢首今廣斯言是以偈初躡前起後夫行不虛設者此有二來意初對前行以成今德後又前智首下廣前所成之德故次來也二釋名者謂體性至順調善曰賢吉祥勝德超絕名首即以此名菩薩演說此法賢即是首賢首之品以當賢位之初攝諸德故偏舉賢名

三宗趣者於信門中成普賢行德而自在莊嚴無方大用建立眾生通貫始終該攝諸位以爲其宗令起圓融信行成位德用而爲意趣令起圓融等者天台智者依此一品立圓頓止觀止觀第一云此菩薩聞圓法起圓信立圓行住圓位以圓功德而自莊嚴以圓力用建立眾生今宗即圓法意趣有五一信即起圓信二行三位四德五用皆以上圓融貫之彼釋聞法云謂聞生死即法身煩惱即般若結業即解脫雖有三名而無三體雖是一體而立三名是三即一相其實無有異法身究竟般若解脫亦究竟般若清淨餘亦清淨解脫自在餘亦自在聞一切法亦復如是是名聞圓法云何起圓信信一切法即空即假即中無一二三而一二三無一二三是遮一二三而一二三是照一二三無遮無照直入中道皆究竟清淨自在聞深不怖聞廣不疑聞非深非廣意而有勇是名圓信云何行圓行一向專求無上菩提不餘趣向三諦圓修不爲無邊所寂不爲有邊所動不動不寂直入中道是名圓行其位德用之圖全引今經若自取當經聞圓即聞上同時具足等十種玄門及依正無礙等依此起信即是圓信其圓行等並廣如前說今此一品多廣圓德用耳

爾時文殊師利菩薩說無濁亂清淨行大功

德已欲顯示菩提心功德故以偈問賢首菩
薩曰
四釋文者文有三分初文殊發起次賢首
廣說三十方現證今初分二初經家敘述
二正明發起二段各有結前生後今初先
結前已說順違皆順客塵不能濁其心悲
智雙游萬境不能亂其慮是曰清淨行矣
大功德者即前所成之果後欲顯示下生
後文含始終約終則顯示信滿菩提心殊
勝功德廣具五位因行盡故約始但於生
死誓證菩提萬德攸依故今顯示
我今已爲諸菩薩說佛往修清淨行仁亦當
於此會中演暢修行勝功德
二偈正發起中前半結前偈文窄故略無
所成之德後半勸說令說修行之德則與
長行文有影略則與長行等者長行起後但起發心偈中起後但起修行故二處起後互爲影略就結前中長行有大功德無佛徃修偈有徃修後闕功德亦是影略
爾時賢首菩薩以偈答曰
第二時賢首下賢首廣說於中先總標舉
以偈答者此略有二一少言攝多義故二
美詞讚說令淨信故以始德該終散說難
盡故顯此勝妙之功德故
善哉仁者應諦聽彼諸功德不可量我今隨
力說少分猶如大海一滴水
第二正顯偈詞有三百五十九頌半大爲
三分初四頌謙讚許說分次三百四十六
偈半正說勝德分三九偈校量勸持分初
中分二初偈總明前半讚問勸聽後半謙
已少說海喻次下當明

若有菩薩初發心誓求當證佛菩提彼之功
德無邊際不可稱量無與等
何況無量無邊劫具修地度諸功德十方一
切諸如來悉共稱揚不能盡
如是無邊大功德我今於中說少分譬如鳥
足所履空亦如大地一微塵
後三開章以發心之德況出修行巧顯深
廣於中初偈舉發心章次偈況出修行章
初心祈於當證德已巨量況長時入位徧
修故多佛不能盡說後偈許說分齊前半
法說如是者雙指發心修行下文具顯故
前文雙問故後半喻明然有二意一顯喻
少分謂發心行德如太空大地所說者陋
如足履一塵二寄喻不異謂鳥足之空不
異太空微細之塵不殊大地故此略說義
無不周若廣若略皆無邊故出現品云如
鳥飛虛空經於百年已經過處未經過處
皆不可量何以故虛空無邊際故等彼就
果行此就因德然普賢行德似同佛果是
故皆以虛空爲量上下文中皆同此說後三
開章下此段有二先正釋經文此初發心與下文十住初
發心住及發心功德品各何別耶此中發
心該於初後取其成德乃是信終取其爲
本乃在初發雖如輕毛功歸初簣故十住
初發即是此終成彼初發此終能爲發彼
是所發此正是發起之發義兼開發彼是
開發之發義兼發起其發心品正顯十住
初心之功德耳以斯甄別非無有異故瓔
珞云發心住者是人始從具縛未識三寶
乃至值佛菩薩教法中起一念信便發菩

提心既云始從凡夫最初發心明知此中發心該於初後以斯甄別者此中異下二處之文故纓絡云下證成發心通始義也彼經第二初釋經義云佛子發心住者是人始從具縛凡夫未識三寶聖人未識好惡因之與果一切不識不解不知佛子從不知始於凡夫地值佛菩薩教法之中起一念信便發菩提心是人爾時住前名信相菩薩亦名假名名字菩薩其人略行十心所謂信心進心念心定心慧心戒心迴向心護法心捨心願心又云佛子發心住是上進分善根人若一劫二劫乃至一恒二恒佛所行十信心信三寶常住等明知此中發心該於初後者具縛未識初發爲始而一劫二劫修行方得初住住前但名信相菩薩居然通始終也問此既是初何得乃具後諸行位及普賢德耶古德釋此略有二門一行布次第門謂從微至著從淺至深次第相乘以階彼岸如瓔珞仁王起信瑜伽等說二圓融通攝門謂一位即具一切位等如此經所說亦如大品等中一行具一切行此中有二門一緣起相由門二法界融攝門前中普攬一切始終諸位無邊行海同一緣起爲普賢行德良以諸緣相望略有二義一約用由相待故有有力無力義是故得相收及相入也二約體由相作故有有體無體義是故得相即及相入是也此經之中依斯義故行位相收總有四說一或始具終如此門中具一切行位普賢德海者是也二或終具始並在十地位後如下文十定十通等說三或諸位齊收並在十住等一一位中各收一切悉至究竟如下文十住十行等說四或諸位皆泯行德顯然如離世間品說二法界融攝門者謂此諸位及所修行皆不離普賢無盡法界然此法界圓融無限隨在一位即具一切今在信門收無不盡下諸位中

皆具一切者並準此釋如下文十定十通等說者定通二品義該始終故等者等取十忍下經十忍之中有音聲順忍等謂約五忍明義七八九地得於無生已過信順況於等覺今明等覺有音聲等故是攝初十住十行等說者謂位位滿處皆成佛故一住若不攝諸住云何說得位滿成佛故十住後有灌頂住海幢灌頂之後便說佛故如離世間品說者雖世間品具二千行法如次配於住行而不存其位名但有與位相應之行故問下發心功德品亦說初心具無邊德與此何別答此據行首信門所具彼約行本菩提心具問約法相收是則可爾約人修行豈十千劫修信纔滿即得如此無邊德海答以法是圓融具德法故若諸菩薩行此法行是彼所收或無量劫或無定限十千劫言非此所說如下善財童子及兜率天子等所行所得並是其人不同行布次第教中之所說也又十千劫乃是一經瓔珞但言一劫二劫此

經縱有行布亦皆圓融又十千劫乃是一經是即仁王經此經縱有行布下三通伏難謂有難言如上所說既有行布此與諸經復云何異故今答云行布乃是圓融之行布耳亦有引此下文證成此信乃是捨異生性成就聖性出無明地生如來家以有則獲灌頂而升位等非是信故若爾初地豈得灌頂升位等耶若云展轉進入佛地何以不得始自於信展轉入耶若許從信展轉入者何以要判此乃捨凡入聖下文自有十地之會此中尚隔住行向等判爲入地乃孟浪之談下發心品亦判爲初地發心義同此會亦有引此下第二傍序異說即要國法師於中有三初正立意明此中發心是初地證發心非信成就發心以其作用殊勝非地前故以有則獲灌頂而昇位等下引文證成而言等者彼有十義以證此中非信成就謂一以說斷除疑網出愛流便得堅固不壞心故以若未入聖何以度疑若是凡夫何能不壞入見諦者乃能度疑信不壞故二若未入地不應得有常

持戒故三不應云生如來家故四凡夫不得身語意業常無失故五不應則獲功德法性身故六不應云則獲十地十自在故七不應則獲灌頂而昇位故八不應云則身充徧於虛空故九何以菩薩具智慧故十信大乘者猶爲易能信此法倍更難故豈有凡法難於聖法故知此品正教捨凡展轉乃至進入佛地今疏文中略引彼證故致等言是其一意若爾已下辨非文有五段初正以其所引難其所立但難其一餘九例知謂既十地中方得灌頂縱是初地豈得灌頂若云展轉下二順設彼救反以成立若許從信下三假縱彼救結破彼立下文自有下四廣引文證顯彼立非孟浪者出莊子已見華藏品下發心品下五例破後文所立非理以彼下文亦判彼品爲初地發心故此既不立彼居然非

問下云無量億劫勤修學得是無上菩提智斯則非一生也亦非十千以爲無量通斯難者應有二義一此約行布展轉義故二約圓融展促無礙故如上所辨故善財見仙人執手一一佛所經無量劫故脩短難思特由於此故賢首菩薩云信大乘者猶爲易能信此法倍更難以初心即具一切功德故難信也

問下云下第三引妨會宗於中有二先問即此品文安國堅執屬證發心經多劫故非是初心一生故也亦非十千以爲無量遮救自義況有救云無量即十千故

菩薩發意求菩提非是無因無有緣於佛法僧生淨信以是而生廣大心

第二菩薩發意下正明發心修行勝德文分爲五初五頌發心行相二信爲道元下略示勝能三若常信奉下所具行位四或有剎土下無方大用五一切如來下諭況玄旨然此五段初一顯正發心後四發心之德第三亦兼修行此及後二皆修行之德

第三亦兼修行者以所具行位行即修行故位即亦是修行之德故云此及後二皆修行之德

今初發心行相中初偈總標餘文別顯瑜伽菩薩地明發心有五種相一自性二行相三所緣四功德五最勝今文五

偈具之謂發意即是正願爲發心自性也希求菩提及下作有情義利即行相也菩提三寶有情皆有所緣能攝一切菩提分法爲其功德不求五欲等反顯菩薩所求最勝瑜伽等者疏文有二先釋科文行相之言便引瑜伽明具五義而行相爲總故爲科目言因緣者謂親能發起求大菩提曰因假之助發爲緣因即自性住性内熏之力緣即習所成性又上二皆因善友及境外熏爲緣瑜伽云由有四因四緣四力菩薩發心四因者一種性具足二賴佛菩薩善友攝受三多起悲心四長時猛利難行苦行無所怯畏四緣者一見聞佛神變威力二聞法微妙三見法欲滅四見生受惑業苦四力者一自力二他力三因力以宿習故四加行力謂於現法親善聞法修

善加行故若具上因緣及初三二力當知不退若因二四力心不堅固今經即初及三也又起信論智印經有七因緣如彼應知下別顯中以三因四緣攝上諸義三因者謂信悲智四緣者三寶衆生初中因緣之外更加四力緣謂見聞境界因謂内心發起力謂有所幹能然即前四因正望發心以明力用自力即從種性因發他力即是善友所攝因力即是多起悲心加行力即長時苦行又四力成就即名爲因親能發故今經即初及三者文中無人勸故不言因加行故文起信下論云信成就發心者依何等人修何等行得信成就堪能發心所謂依不定聚衆生有熏習善根力故信業果報能起十善猒生死苦欲求無上菩提得値諸佛親承供養修行信心經一萬劫信心成就故諸佛菩薩教令發心或大悲故能自發心或因正法欲滅以護法因緣故能自發心如是信心成就得發心者入正定聚畢竟不退名住如來種中正因相應若有衆生善根微少等未經萬劫於中遇緣亦有發心所謂或見佛色相而發其心一或因供養衆僧而發其心二或因二乘之人教令發心三或學他發心四如是等發心者悉皆不定遇惡因緣或便退失墮二

乘地智印經中亦同此今文中後半總以信智因緣三寶境信謂於實德能深忍樂欲心淨爲性故云淨信然實謂一切事理德謂三寶淨德能謂世出世善有其力能令法實中已攝初後亦三寶中皆具此三體實具德大用救生故大者智心求大菩提廣者悲心廣濟含識翻彼二乘小陿心也

信謂於實德等者唯識第六云云何爲信於實德能深忍樂欲心淨爲性對治不信樂善爲業此總明業然信差別略有三種一信有實謂於諸法實事理中深信忍故二信有德謂於三寶真淨德中深信樂故三信有能謂於一切世出世善深信有力能得能成起希望故釋曰實德能三即信依處忍樂欲三如次配之言能得能成者信已及他令得後成又無爲得有爲成故論云由斯對治彼不信心愛樂證修世出世善釋曰上釋信業下欲揀別故又問答論云忍謂勝解此即信因樂欲謂欲即是信果確陳此信自相是何問也豈不違言心淨爲性此猶未了彼心淨言若淨即心應非心所若令心淨慚等何別心俱淨法爲難亦然釋曰此中三難初持業釋次依主釋後鄰近釋言爲難亦然者同前慚等何別亦是心王俱時法故論曰此性澄清能淨心等以心勝故立心淨名如水清珠能清濁水慚等雖善非淨爲相此淨爲相無濫彼失又諸染法各別有相唯有不信自相渾濁復能混濁餘心心所如極穢物自穢穢他信正翻彼故淨爲相也上雜論也有說信者愛樂爲相應通三性體應即欲又應苦集非信所緣此破小乘有執信者隨順爲相應通三性即勝解欲若印順者即勝解故若樂順者即是欲故離彼二體無順相故此破大乘異師由此應知心淨是信然今疏文略引標釋一義已周備今法寶下以論配經復有二意一者別配謂法有事理即是初實也法有理行即出世善等故是後能故云今法寶中已攝初後亦三寶中皆具此三者義以前一通於三寶如文可知次大者下釋下句也

不求五欲及王位富饒自樂大名稱

別中初半偈揀去偏偽謂攝眷屬過所不能染故文中不求五事求即過故一若求人天五欲此能長貪多是鬼因二求王位長瞋多地獄因三求富饒長癡是畜生因實通三塗各從多說四求自樂是二乘因

五求大名稱若勝負心是脩羅因若我慢心是外道因又以理求樂是人天因爲王攝屬是魔羅因有二乘心目之爲偏有餘心者名之爲僞

初半偈揀去偏僞者卽天台止觀中意然有二文一當第五卷明十法成乘中有眞正發菩提心故云揀去偏僞故下疏云有二乘心者目之爲偏等二者第一卷中明有五略謂發大心修大行感大果裂大網歸大處今卽第一發大心中文然彼復分爲三初方言次揀非後顯是方言易了今將不求一行當彼揀非也餘文卽當顯是今初彼文云道亦有通有別今攝之略爲其十若心念念專貪嗔癡攝之不還拔之不出日增月甚起上品十惡如五扇提羅者此發地獄心行火途道一若其心念念欲多眷屬如海吞流如火焚薪起中品十惡如調達誘衆者此發畜生心行血塗道二若其心念念欲得名聞四遠八方稱揚歎詠内無實德虛比賢聖起下品十惡如摩揵提者此發鬼心行刀塗道三若其心念念欲勝於彼不耐下人輕他珍已如鵄高飛下視人物而外揚仁義禮智信起下品善心行阿修羅道四若其心念念欣世間樂安其臭身悅其癡心此起中品善心行於人道五若其心念念知三惡苦多人間苦樂相間天上純樂爲天上樂閉六根不出六塵不入此起上品善心行於天道六若其心念念欲大威勢身口意業繞有所作一切弭從此發欲界主心行魔羅道七若其心念念欲得利智辯聰高才勇哲鑒達六合十方顒顒此發勝智心行尼揵道八若其心念念五塵六欲外樂盖微三禪之樂由如石泉其樂内熏此發梵心行色無色道九若其心念念知善惡輪環凡夫耽涸賢聖所訶破惡由淨慧淨慧由淨禪淨禪由淨戒尚此三法如飢如渴此發無漏心行二乘道十若心若道其非甚多略舉十耳結今疏欲具此十非故於經文委曲而取耳疏文中分二先總明卽瑜伽意後文中不求五事下正釋經文配成十非然不必全爾故致多言以隨一煩惱有三塗因故又但取意略明但尋上引疏文居然易了但八天因含其三界一人二欲天三上二界餘文可知有二乘下結成卽前九爲僞後一爲偏也

但爲永滅衆生苦利益世間而發心常欲利樂諸衆生莊嚴國土供養佛受持正法修諸智證菩提故而發心深心信解常清淨恭敬尊重一切佛於法及僧亦如是至誠供養而發心

深信於佛及佛法亦信佛子所行道及信無上大菩提菩薩以是初發心

後三偈半直顯眞正別釋因緣於中初偈悲因下救嚴土供佛亦爲調生故滅苦是悲利樂是慈次一偈半大智上供上二不二爲真正發心後偈總結成信兼信因行其中對上四因四緣可以意得其中對上等者深心信解及深信諸佛及佛法即第一種性具足因恭敬尊重一切佛即第二賴佛菩薩攝受因以恭敬故但爲永滅衆生苦即第三多起悲心也常欲利樂諸衆生莊嚴國土供養佛即第四長時猛利難行苦行也四因具矣言四緣者恭敬尊重一切佛者以見聞神變威力故即第一緣受持正法修諸智者以聞法微妙故即第二緣又受持正法者見法欲滅故即第三緣但爲永滅衆生苦者即見生受惑業苦是第四緣見苦即緣長悲即因故雖一文因緣具足此中四力不具故不會之又上從不求五欲下即顯信心之德故瓔珞經云修十信心須具十德今文並具但不次耳

一遭苦能忍即前反顯二正顯中初二句即慈悲深厚三次句及莊嚴國土即修習善根謂利他善及淨土因故四有三字即供養諸佛五受持一句志求勝法六證菩提故即求佛智慧七一句即深心平等八次二句即親近善友九次二句即心常柔和謂至誠供養柔和善順於佛法故十有二句即愛樂大乘十德備矣又上從不求五欲下重解經文以上來所釋叅古德意此下一向新意不干舊解文自有五一約信德經文五偈應分爲二初一偈摽信發心後四偈彰信之德今文並具等者彼經次云一親近善友二供養諸佛三修習善根四者志求勝法五心常柔和六遭苦能忍七慈悲深厚八深心平等九愛樂大乘十求佛智慧四有三字者以供養佛字全同故又此十德即求菩提之意下經休舍云欲教化調伏一切衆生盡無餘故發菩提心等又此十德下二明菩提意而云發菩提心等者彼廣有文略舉十四廣結無邊今但

舉一以寺十三謂二欲承事供養一切諸佛悉無餘故發菩提心其悉無餘下八字一一皆有三欲嚴淨一切諸佛國土四欲護持一切諸佛正教五欲成滿一切如來誓願六欲往一切諸佛國土七欲入一切諸佛衆會八欲知一切諸佛世界中諸劫次第九欲知一切衆生心海十欲知一切衆生根海十一欲知一切衆生業海十二欲知一切衆生行海十三欲滅一切衆生煩惱海十四欲拔一切衆生煩惱習氣海悉無餘故發菩提心善男子以要言之菩薩以如是等百萬阿僧祇方便行故發菩提心善男子菩薩行普入一切法皆證得故普入一切刹悉嚴淨故是故善男子嚴淨一切世界盡我願乃盡拔一切衆生煩惱習氣盡我願乃滿釋曰上皆菩提心所爲也對今經文可以意得又末後偈初句即自性住佛性以信心佛衆生無差別故方是真法可謂深信次句即引出佛性後句即至得果性又末後下三約佛性卽隨難重顯種性具足三佛性義卽佛性論第二卷第三顯體分三因品論云復次佛性體有三種三性所攝義應知三種者所謂三因三種佛性三因者一應得因二加行因三圓滿因初卽二空所顯眞如由此應得菩提心乃至道後法身故二加行因者謂菩提心由此心故得三十七品十度十地乃至道

後法身三圓滿因者卽加行因由此故得一切圓滿三種佛性者應得因中具有三性一住自性性二引出性三至得果性釋曰住自性者謂道前凡夫位引出性者從發心已上窮有學聖位至得果性者無學聖位又文有四弘可以意得又文有四弘等者四約四弘也文中不求五欲等卽顯煩惱無邊誓願斷但爲永滅衆生苦卽衆生無邊誓願度受持正法修諸智卽法門無盡誓願學證菩提故卽佛道無上誓願成又上云深心信解常清淨者與理相應方曰深心若昔染今淨則有始始即必終非常淨也信煩惱即菩提方爲常淨由稱本性而發心故本來是佛更無所進如在虛空退至何所慨衆生之迷此起同體大悲悼昔不知誓期當證有悲故不爲無邊所寂有智故不爲有邊所動不動不寂直入中道是謂真正發菩提心又上云等下五結歸眞正先顯眞正菩提心體有其三意初約三心菩提二約三觀三約四弘今初明大智心次慨衆生迷此下大悲心後悼昔不知下大願心卽菩提

心燈大悲爲油大願爲炷大智爲光光照法界故上如次卽直心大悲心深心也二約三觀者悲願爲假觀前大智心中直明本性清淨卽是空觀煩惱卽菩提本來是佛卽中道觀三約四弘者初通立理以是圓教四弘故稱性明之次信煩惱卽菩提下別顯四弘初卽煩惱無邊誓願斷二由稱本性而發心故下卽佛道無上誓願成三慨衆生迷此下衆生無邊誓願度四悼昔不知下法門無盡誓願學此明四弘卽指上四弘上但指文今將深心之言會通此四令圓妙耳有悲故下二正結歸謂上雖多義不出悲智故今結之卽結上疏文及經耳故止觀第五明十法成乘中第二眞正發菩提心云旣深識不思議境一苦一切苦自悲昔苦起惑耽湎乃至云思惟彼我鯁痛自他卽起大悲與兩誓願衆生無邊誓願度煩惱無邊誓願斷衆生雖如虛空誓度如空之衆生雖知煩惱無所有誓斷無所由之煩惱空觀雖知衆生甚多而度多多之衆生雖知煩惱無邊底而斷無邊底之煩惱假觀雖知衆生如佛而度如佛之衆生雖知煩惱如實相而斷如實相之煩惱中觀何者若但拔苦因拔苦果此誓雜毒故須觀空若偏觀空則不見衆生可度是名著空者諸佛所不化若偏見衆生可度卽墮愛見大悲非解脫道今則非毒非僞故名爲眞非空邊非有邊故名爲正如鳥飛空終不住空雖不住空跡不可尋雖空而度雖度而空是故誓與虛空共鬭故名眞正發菩提心釋曰此上釋須三觀所以又云又識不思議心一樂心一切樂心我及衆生昔雖求樂不知樂因如執瓦礫謂如意珠妄指螢光呼爲日月今方始解故起大悲興兩誓願謂法門無盡誓願知無上佛道誓願成雖知法門永寂如空誓願修行永寂雖知菩提無所有無所有中吾故求之空觀雖知法門如空無所有而有誓願畫繪莊嚴虛空雖知佛道非成所成如空中種樹使得華果假觀雖知法門及佛果非修非不修非證得非不證得以無所證而證而得中觀是名非僞非毒名之爲眞非空非愛見名之爲正如是慈悲誓願與不思議境智非前非後同時俱起慈悲卽智慧智慧卽慈悲無緣無念普覆一切任運拔苦自然與樂不同毒害不同但空不同愛見是名眞正發菩提心釋曰但觀上所引之文是疏文居然易了卽撮其大意而爲此疏顯經深玄然此經上下菩提心義文理淵博見其撮略故取而用之引而證之

信爲道元功德毋長養一切諸善法斷除疑網出愛流開示涅槃無上道

第二信爲道元下七頌略示勝能於中初一頌總標次五頌別釋後一頌總結今初

初句又標道有二義一果所謂菩提涅槃
二因謂三賢十聖乘一直道元亦二義一
本義菩提本故其猶滔滔之水始於濫觴
二首義元者善之長也即一因之初功德
二義通因及果毋有二義生長養育下三
句共釋初句長養即毋二義亦道元義一
切善法及第二句即因功德第三一句即
果功德無上道者即大菩提由信長善得
此菩提由信斷疑出愛成涅槃證不信身
心如來知見豈能開示菩提涅槃等一本義者意
以本義爲果德元者義爲因德元耳言元
者善之長也即周易乾卦文言釋乾元亨
利貞四德云元者善之長也亨者嘉之會
也利者義之和也貞者事之幹也君子體
仁足以長仁嘉會足以合禮利物足以和
義貞固足以幹事君子行此四德者故曰
乾元亨利貞今但用其一字義耳不信身
心下反成上義知見相爲菩提知見性爲
涅槃故法華論釋開佛知見
爲無上義謂雙開菩提涅槃

信無垢濁心清淨滅除憍慢恭敬本亦爲法
藏第一財爲清淨手受衆行
信能惠施心無悋信能歡喜入佛法信能增
長智功德信能必到如來地
信令諸根淨明利信力堅固無能壞信能永
滅煩惱本信能專向佛功德
信於境界無所著遠離諸難得無難信能超
出衆魔路示現無上解脫道
信爲功德不壞種信能生長菩提樹信能增
益最勝智信能示現一切佛
次信無垢濁下別顯中有二十句一句辨
一勝能一心淨爲性故能翻不信濁二信
理普敬故翻憍慢三十藏之内信即是藏
七聖財中信爲第一四信手受取奉行五
信財如夢故無所悋六智論云佛法大海

信爲能入七增福智因八到二嚴果九十五根五力各在初故十一信本無惑方斷惑根十二若向餘德不名淨信十三信境本空故無所著十四正信之人不生八難十五非不正信十六正信解脫十七成不壞本十八爲菩提根十九增佛勝智二十究竟見佛謂信自已心自佛出現信外諸佛諸佛現前故下經云一切諸佛從信心起

是故依行說次第信樂最勝甚難得譬如一切世間中而有隨意妙寶珠

三是故下一偈總結勝能前法後喻信樂者信三寶性已於方便諸度求欲修行信樂二字是菩薩正意由此二故於諸行有能故名最勝非佛不信故云難得喻如意珠略有五義一勝義法寶中王故二希義非佛輪王餘無有故三淨義能清不信濁故四貴義出位行寶等不可盡故五蘊義蘊衆德物無障礙故喻如意珠等者取與信相應義耳若準寶性論寶有六義頌云眞實一世希有二明淨三及勢力四能莊嚴世間五最上不變等六今此勝義攝眞實最上二義餘四則同四即勢力五即莊嚴或無莊嚴加此蘊義然疏五義皆言含法喻思之可知

若常信奉於諸佛則能持戒修學處若常持戒修學處則能具足諸功德

戒能開發菩提本學是勤修功德地於戒及學常順行一切如來所稱美

若常信奉於諸佛則能與集大供養若能與集大供養彼人信佛不思議

第三若常信奉下五十頌半廣明信中所具行位然有二意一行布二圓融古約圓

融故名信中所具於中三初明所具行次辨所具位三結歎功德今初八頌半分二先五頌明信三寶以成諸行後三頌半明信展轉以成諸行前中初三頌信佛成行初二句標章持戒惡止也修學處善行也瑜伽云既發心已應於七處修學故名學處謂一自利處二利他處三真實義處四威力處五成熟有情處六成熟自佛法處七無上正等菩提處次一偈半雙顯二德若不持戒尚不能得疥癩野干之身況於菩提戒止妄非則性淨菩提開發因果功德皆依學處而生故云地也尚不能得等者卽薩遮尼揵子經第四後一偈別明成供養行謂財法供養故云大也

若常信奉於尊法則聞佛法無厭足若聞佛法無厭足彼人信法不思議

次一信法

若常信奉清淨僧則得信心不退轉若得信心不退轉彼人信力無能動

後一偈信僧文並可知

若得信力無能動則得諸根淨明利若得諸根淨明利則能遠離惡知識

若能遠離惡知識則得親近善知識若得親近善知識則能修習廣大善

若能修習廣大善彼人成就大因力若人成就大因力則得殊勝決定解若得殊勝決定解則爲諸佛所護念

二有三頌半成展轉行展轉依前功歸於信

若爲諸佛所護念則能發起菩提心若能發

起菩提心則能勤修佛功德
若能勤修佛功德則得生在如來家若得生
在如來家則善修行巧方便
若善修行巧方便則得信樂心清淨若得信
樂心清淨則得增上最勝心
二若爲諸佛下三十九頌明所具諸位於
中成後四位即爲四段初三頌明十住位
有六句初句發心住次句治地修行二住
次句生貴住次句方便具足住次句正心
住後句增上是不退住最勝心是後三住
準下釋之初明十住者下明諸位皆含義理並如本品後句增上等者由前正心但聞讚毀不動今聞無有利害更深而心不退故爲增上餘當下文尋之然皆隱位名存其中行或合或開或略或廣不全次第者意明圓融信門卽頓具故亦猶離世間品六位頓成爲二千行位位頓修故若一向次第但得行布一分義耳
若得增上最勝心則常修習波羅蜜

若常修習波羅蜜則能具足摩訶衍若能具
足摩訶衍則能如法供養佛若能如法供養
佛則能念佛心不動若能念佛心不動則常
覩見無量佛
二若得增上下二頌半明十行位波羅蜜
是十行總名摩訶衍是異二乘行初二行
收如法供養是順理行次二行攝念佛心
不動及常見佛並是定慧行故屬後六行
釋相可知
若常覩見無量佛則見如來體常住若見如
來體常住則能知法永不滅
若能知法永不滅則得辯才無障礙若得辯
才無障礙則能開演無邊法
若能開演無邊法則能慈愍度衆生若能慈
愍度衆生則得堅固大悲心

三若常覩見下三頌明十迴向位通顯三種迴向佛體常住是向菩提法求不滅是向實際餘向衆生

若得堅固大悲心則能愛樂甚深法

四若得堅固下三十頌半明十地位初半頌是初地謂深法是所證真如愛樂是極喜異名

若能愛樂甚深法則能捨離有爲過

二半頌是離垢地以離犯戒有爲過故

若能捨離有爲過則離憍慢及放逸若離憍慢及放逸則能兼利一切衆

三一頌離慢等是三四二地以三地於禪不著故無慢又以求法不懈亦名離慢第四地得出世間道品故云無放逸然不捨攝生故云兼利

若能兼利一切衆則處生死無疲厭若處生死無疲厭則能勇健無能勝

四有一頌明五地謂雖得出世而還處生死故無厭真俗互違難合能合餘地不過故云勇健無能勝此是難勝之名也

若能勇健無能勝則能發起大神通若能發起大神通則知一切衆生行

五有一頌明第六地悲智不住般若現前謂神通攝物是大悲行知衆生行是十二緣生是大智行

若知一切衆生行則能成就諸群生若能成就諸群生則得善攝衆生智

若得善攝衆生智則能成就四攝法若能成就四攝法則與衆生無限利若與衆生無限利則具最勝智方便

六二頌半明七地謂初一明有中殊勝行

後一頌半明空中方便智準釋可知

大方廣佛華嚴經疏鈔會本第十四之三

音釋

簣求位切土籠也　甄稽延切明也　兜率兜當侯切梵語兜率此云知足　慨口溉切感慨也　悼大號切傷也　濫盧瞰切濫觴泛觴也　疥癩疥居拜切癩落蓋切　憍慢憍舉喬切恣也慢莫安切倨也　鵄抽知切鳶屬　鯁古杏切咽也

大方廣佛華嚴經疏鈔會本第十四之四

唐于闐國三藏沙門實叉難陀　譯

唐清涼山大華嚴寺沙門澄觀撰述

若具最勝智方便則住勇猛無上道若住勇猛無上道則能摧殄諸魔力

若能摧殄諸魔力則能超出四魔境若能超出四魔境則得至於不退地

若得至於不退地則得無生深法忍若得無生深法忍則爲諸佛所授記

七若具最勝下三頌明第八地略辨六義一道勝謂無功用道故云勇猛無上二力勝謂智力摧魔三用勝謂超四魔境捨分段故無蘊魔無捨命故無死魔惑不現行故超煩惱魔覺佛十力故超天魔四位勝不動地故云不退也五行勝謂得無生忍六因勝謂此位中當大授記位也

若爲諸佛所授記則一切佛現其前若一切佛現其前則了神通深密用

若了神通深密用則爲諸佛所憶念若爲諸佛所憶念則以佛德自莊嚴

八二頌明第九地作大法師略辨四義一諸佛加持名佛現前二解了諸佛深密之法三佛憶念增其慧力四佛德自嚴爲衆說法

若以佛德自莊嚴則獲妙福端嚴身若獲妙福端嚴身則身晃耀如金山

若身晃耀如金山則相莊嚴三十二若相莊嚴三十二則具隨好爲嚴飾

若具隨好爲嚴飾則身光明無限量若身光明無限量則不思議光莊嚴

九若以佛德下十九頌明第十地位分五
初八頌三業殊勝德初五身業於中前三
頌明身體德殊勝

若不思議光莊嚴其光則出諸蓮華其光若
出諸蓮華則無量佛坐華上
示現十方靡不徧悉能調伏諸衆生若能如
是調衆生則現無量神通力

後二頌明身業大用

若現無量神通力則住不可思議土演說不
可思議法令不思議衆歡喜

次演說一頌語業勝說法益生

若說不可思議法令不思議衆歡喜則以智
慧辯才力隨衆生心而化誘
若以智慧辯才力隨衆生心而化誘則以智
慧爲先導身語意業恒無失

後二頌意業勝智先導故

若以智慧爲先導身語意業恒無失則其願
力得自在普隨諸趣而現身
若其願力得自在普隨諸趣而現身則能爲
衆說法時音聲隨類難思議
若能爲衆說法時音聲隨類難思議則於一
切衆生心一念悉知無有餘
若於一切衆生心一念悉知無有餘則知煩
惱無所起永不没溺於生死

二若以智慧爲先下四頌明三業廣大功
三輪攝生德初一頌身業次一語業後二
意業

若知煩惱無所起永不没溺於生死則獲功
德法性身以法威力現世間
若獲功德法性身以法威力現世間則獲十

地十自在修行諸度勝解脱
三若知煩惱下二頌辨得法結位
若得十地十自在修行諸度勝解脱則獲灌
頂大神通住於最勝諸三昧
若獲灌頂大神通住於最勝諸三昧則於十
方諸佛所應受灌頂而昇位
若於十方諸佛所應受灌頂而昇位則蒙十
方一切佛手以甘露灌其頂
四若得十地下三頌明三昧分大盡分受
位分並顯可知
若蒙十方一切佛手以甘露灌其頂則身充
徧如虚空安住不動滿十方
若身充徧如虚空安住不動滿十方則彼所
行無與等諸天世人莫能知
五若蒙下二頌明大用難測亦是釋名分

事也謂以法智雲含衆德水能蔽如空麤
重故又若蒙下二頌亦是進入佛地也
菩薩勤修大悲行願度一切無不果見聞聽
受若供養靡不皆令獲安樂
彼諸大士威神力法眼常全無缺減十善妙
行等諸道無上勝寶皆令現
第三菩薩勤修下三頌結歎其德初二法
説後一喻況前中賢首云初二句悲願内
滿謂菩薩勤修等者結前若字下義無不
果者結前則字下義以若有彼則有此非
是前後鈎鎖相因唯是本位信中有此則
有彼同時具有而説有前後是故信門具
足一切行位之相然行雖無量皆以悲願
爲首故就此結之次二句明此悲願益物
不空次一頌結前所具行位初句舉人標

法威神即信爲能具之由次句結能證智眼證如如永常故次句結所證道十善舉二地行等取餘地及餘位餘道謂教證等勝寶皆現以若有彼等者揀濫明此是圓融義纔得一位即得諸位如十味香纔燒一丸如小芥子十氣齊發若有聞香十味齊聞若得沉氣時則得檀氣若得酥合則得龍腦等十味九藥服者齊得亦準此知非如鉤鎖由得於前方能得後非如涉路若行一里則得二里若行二里則進三里故此位中不存位名或開或合正在於此思之思之

譬如大海金剛聚　以彼威力生衆寶
無減無增亦無盡　菩薩功德聚亦然

後一頌喻況唯喻後偈初句及威力喻前初句信體堅固以喻金剛並居智海之內以信威力能生所生衆寶即喻前第三句行位第三句喻前法眼常全

或有刹土無有佛　於彼示現成正覺
或有國土不知法　於彼爲說妙法藏
無有分別無功用　於一念頃徧十方
如月光影靡不周　無量方便化群生
於彼十方世界中　念念示現成佛道
轉正法輪入寂滅　乃至舍利廣分布

第四或有刹土下二百三頌明無方大用分彼能無邊大用者由普賢德徧一切時處法界無限故略辨十門三昧業用一圓明海印三昧門二華嚴妙行三昧門三因陁羅網三昧門四手出廣供三昧門五現諸法門三昧門六四攝攝生三昧門七俯同世間三昧門八毛光照益三昧門九主伴嚴麗三昧門十寂用無涯三昧門以無不定心故皆云三昧作用不同略辨十種又初門依體起用末後明用不異體中間

並顯妙用自在又十三昧皆具此三畧辨十門等者然還源觀立一體二用三徧四德五止六觀亦不出此言一體者即自性清淨圓明體即通為十定之一體言二用者一海印森羅常住用即此第一三昧二法界圓明自在用即華嚴三昧言三徧者一一塵普周法界徧二一一塵出生無盡徧三一一塵含容空有徧此三並是因陀羅網三昧門言四德者一隨緣妙用無方德二威儀住持有則德三柔和質直攝生德四普代衆生受苦德即次下第六三昧門言五止者一照法清虛離緣止二觀人寂怕絶欲止三性起繁興法爾止四鋌光顯現無念止五事理玄通非相止言六觀者一攝境歸心真空觀二從心現境妙有觀三心境祕容圓融觀四智身影現衆緣觀五多身入一鏡像觀六主伴互現帝網觀上之止觀並是寂用無涯三昧門故此十門無不收矣廣釋一體六觀等具如還源觀辨今初六頌明海印三昧文分爲二前五別明業用周徧後一總結大用所依前中三初三佛事次一三乘後一類餘總顯十法界之化也前中初一總明現佛說法次一體用自在初句揀非二義一念無分別二動

無功用下三句顯正二義謂無念之念一念徧於十方無功之功多門攝於羣品月喻四義準法可知

或現聲聞獨覺道　或現成佛普莊嚴　如是開闡三乘教　廣度衆生無量劫

二一頌辯三乘

或現童男童女形　天龍及以阿脩羅　乃至摩睺羅伽等　隨其所樂悉令見

三有一頌類餘

衆生形相各不同　行業音聲亦無量　如是一切皆能現　海印三昧威神力

後一結用所依海印之義昔雖略解未盡其源今以十義釋之以表無盡之用下經云如淨水中四兵像乃至莫不皆於水中現又云海有希奇殊特法能爲一切平等

印衆生寶物及川流普悉包容無所拒故大集十四云如閻浮提一切衆生身及餘外色如是等色海中皆有印像以是故名大海爲印菩薩亦爾得大海印三昧已能分別見一切衆生心行於一切法門皆得慧明是爲菩薩得海印三昧見一切衆生心行所趣然此經文多同出現但出現現於四天下像又約佛菩提大集唯閻浮約菩薩所得然皆見心所趣等了根器也此文所現形類應根器也二文互舉皆是所現菩薩定心以爲能現下經云下第二總明即引當經及於他經以示能現所現海印之相言乃至莫不皆於水中現者其中間云各各別異無交雜鈒戟弧矢類甚多鎧胄車輿非一種隨其所有相差別莫不皆於水中現而水本自無分別菩薩三昧亦如是即第十五經又云海有希奇等者即此卷中下合云無盡禪定解脫者為平等印亦如是福德智慧諸妙行一切普修無猒足大集十四

下疏文分二先正引後解釋前中即虛空藏菩薩品頭有一善男子言此中亦爾彼云亦復如是餘皆全同然此經文下解釋此即此上大集也出現四天下像等者文云佛子譬如大海普能印現四天下中一切衆生色相形像是故共說以為大海諸佛菩提亦復如是普現一切衆生心念根性欲樂而無所現是故說名諸佛菩提下偈文云如海印現衆生心以此說名為大海菩提普印諸心行是故說名為正覺

言十義者一無心能現義經云無有功用無分別故二現無所現義經云如光影故出現品云普現一切衆生心念根性欲樂而無所現故三能現與所現非一義四非異義經云大海能現能所異故非一水外求像不可得故非異顯此定心與所現法即性之相能所宛然即相之性物我無二五無去來義水不上取物不下就而能顯現三昧之心亦爾現萬法於自心彼亦不來羅身雲於法界未曾暫去上之五義與

鏡喻大同六廣大義經云徧十方故普悉
包容無所拒故明三昧心周於法界則衆
生色心皆定心中物用周法界亦不離此
心七普現義經云一切皆能現故出現云
菩提普印諸心行故此與廣大異者此約
所現不揀巨細彼約能現其量普周又此
約所現無類不現彼約能現無行不修八
頓現義經云一念現故謂無前後如印頓
成九常現義非如明鏡有現不現時十非
現現義非如明鏡對至方現經云現於四
天下像故四兵羅空對而可現四天之像
不對而現故云非現現也以不待對是故
常現該三際也具上十義故稱海印諸佛
窮究菩薩相似經云徧十方者即是今經於一念頃徧十方也普悉
包含無所拒者即指上引十義所引皆上總中所引之經及出現品文多易了但第

十云以不待對是故常現者此以第十釋成第九即為揀異由十成九故云釋成而九豎論十是橫說故為揀也問仁王三賢都無八相之
文初地方云方生百三千一時成正覺此
之八相豈在信門答即上所引大集亦云
灌頂住菩薩得佛神力若菩薩成就如是
等法能於無佛世界示現八相乃至廣說
彼說住終若占察經漸次作佛略有四種
何等謂四一者信滿法故作佛所謂依種
性地決定信諸法不生不滅清淨平等無
可願求故二解滿作佛三證滿作佛謂淨
心地四一切功德行滿作佛依究竟菩薩
地起信依此說信成就發心能八相作佛
文據昭然況圓融門中不依位次寄終教
說信滿即能因果無礙以因門取常是菩
薩以果門取即恒是佛或雙存俱泯自在

難思又此化現非唯一位依一類界而能
具攝一切地位徧於時處故云念念徧十
方也問仁王三賢下問也即上卷菩薩教
化品仁經云若菩薩住百佛國土中作
閻浮提王王四天下修百法明門二諦平
等心化一切衆生下偈云善覺菩薩四天
下雙照二諦平等道權化衆生遊百國始
登一乘無相道釋曰此前更無成佛之文
答即上所引下第二答中有三初揹前引
答謂上引大集灌頂即第十住故云住終
則初賢已得八相何得徧引仁王三賢無
文若占察經下次引別文答謂占察經作
佛有四初是信滿正與今文相當餘三因
便故來耳二解滿作佛即同前大集灌頂
受位三證滿者初證名證滿故云淨心地
即初地故四究竟菩薩地即第十地後故
起信云菩薩地盡覺心初起心無初相以
遠離微細念故得見心性心即常住名究
竟覺是也起信依此下上正引經此方引
論用信成就發心即第一信滿位論云菩
薩發是心故則得少分見於法身以見法
身故隨其願力能現八種利益衆生所謂
從兜率天退入胎住胎出胎出家成道轉
法輪入涅槃即八相之文也況圓融門等
者三況出圓義也則上所引尚是行布以
四位成佛深淺不同故今初即具後故是
圓融今約信滿猶寄終教說耳因果無礙
下通伏難謂有難云若初即後應壞因果

故故爲此通明其無礙正在因時即有果
果中有因隨門不同名因名果體無前後
故得圓融雙存則亦因亦果俱泯則果海
離言又此化現非唯等者重揀前文以圓
融非唯一位則顯具一切地位
非依一類界則顯徧於時處也

第一海印三昧竟

嚴淨不可思議剎供養一切諸如來放大光
明無有邊度脫衆生亦無限
智慧自在不思議說法言辭無有礙施戒忍
進及禪定智慧方便神通等
如是一切皆自在以佛華嚴三昧力
第二嚴淨下華嚴三昧文有十句略辨七
行前六句各一行七八是十度行九結上
自在十總結所依萬行如華嚴法身故餘
如別說萬行等者遺忘集說畧有十觀一
攝相歸真觀二相盡證實觀三相
實無礙觀四隨相攝生觀五緣起相收觀
六微細容攝觀七一多相即觀八帝網重
重觀九主伴圓融觀十果海平等觀然此
十觀融四法界初二理法界始終不異三

即事理無礙法界四即事法界次五即事事無礙法界五即一多相容不同門六即微細相容安立門七即諸法相即自在門八即因陀羅網境界門九即主伴圓融具德門其第十觀果海絕言通為前四之極則四法界十種玄門皆約因分然此十觀畧攝萬類不異玄中故指在餘又釋題中廣顯華嚴義竟又還源觀釋云廣修萬行稱實成德普周法界而證菩提如華有結實之用行有感果之能今則託事表彰所以舉華為喻嚴者行成尅果契理稱真性相兩亡能所俱絕顯煥炳著故名嚴也良以非真流之行無以契真何有飾真之行不從真起斯則真該妄末行無不修妄徹真源相無不寂故曰法界自在圓明無礙用為華嚴三昧也若更總釋總以萬行嚴於法界成於法身為華嚴也行有行布圓融成佛亦有十身總別別如普眼長者以十波羅蜜嚴成十身融如八地一念之中十度圓修成佛之時十身無礙故曰華嚴

餘如題中第二華嚴三昧竟

一微塵中入三昧　成就一切微塵定
而彼微塵亦不增　於一普現難思剎
彼一塵內衆多剎　或有有佛或無佛
或有雜染或清淨　或有廣大或狹小
或復有成或有壞　或有正住或傍住
或如曠野熱時燄　或如天上因陀網
如一塵中所示現　一切微塵悉亦然
此大名稱諸聖人　三昧解脫神通力

第三一微塵中下四頌明因陁羅網三昧門於中初二句標定心境然有二意一由一多相即故入一定能成多定由成多定令一塵內有一切塵一一塵中現一切剎二但令一塵現剎一切亦爾故云成就一切微塵定次二句明不壞相而普現故云不增次二頌明一塵中所現剎相無礙如焰重現如帝網次半頌舉一例餘亦有二意一例上一塵之內所具之塵二例如一塵入定示現餘塵入定示現亦然次半頌者前意對前第一意既一塵之中有多塵向來方說一塵攝剎今方說塵內所具餘塵攝剎

後意對前第二意此所例塵非前塵內是前塵外徧法界中塵也後二句結用所因略辨三門一三昧力此同標中二不思議解脫力如不思議品云於一塵中現三世佛剎等三神通力謂幻通自在並如下說　三因陀羅網三昧門竟

若欲供養一切佛　入於三昧起神變
能以一手徧三千　普供一切諸如來
十方所有勝妙華　塗香末香無價寶
如是皆從手中出　供養道樹諸最勝
無價寶衣雜妙香　寶幢旛蓋皆嚴好
真金爲華寶爲帳　莫不皆從掌中雨
十方所有諸妙物　應可奉獻無上尊
掌中悉雨無不備　菩提樹前持供佛
十方一切諸妓樂　鐘鼓琴瑟非一類
悉奏和雅妙音聲　靡不從於掌中出
十方所有諸讚頌　稱歎如來實功德
如是種種妙言辭　皆從掌內而開演
菩薩右手放淨光　光中香水從空雨
普灑十方諸佛土　供養一切照世燈
又放光明妙莊嚴　出生無量寶蓮華
其華色相皆殊妙　以此供養於諸佛
又放光明華莊嚴　種種妙華集爲帳
普散十方諸國土　供養一切大德尊
又放光明香莊嚴　種種妙香集爲帳
普散十方諸國土　供養一切大德尊
又放光明末香嚴　種種末香聚爲帳
普散十方諸國土　供養一切大德尊
又放光明衣莊嚴　種種名衣集爲帳
普散十方諸國土　供養一切大德尊
又放光明寶莊嚴　種種妙寶集爲帳
普散十

方諸國土供養一切大德尊
又放光明蓮莊嚴種種蓮華集爲帳普散十
方諸國土供養一切大德尊
又放光明瓔莊嚴種種妙瓔集爲帳普散十
方諸國土供養一切大德尊
又放光明幢莊嚴其幢絢煥備衆色種種無
量皆殊好以此莊嚴諸佛土
種種雜寶莊嚴蓋衆妙繒旛共垂飾摩尼寶
鐸演佛音執持供養諸如來
手出供具難思議如是供養一導師一切佛
所皆如是大七三昧神通力
第四若欲下十八頌明手出廣供三昧門
初一總標後一通結中間別顯欲顯勝妙
略舉一手爲供所依由於昔時以手持供
供佛施人稱周法界故令真流供具等諸
佛之難思由於昔時等者此出因也供佛施人約其施行稱周法界約其施心入深觀故故令真流等者顯今果也真流供具顯出供時心以稱法界手出供具故等諸佛之難思者稱因境也因雖尊勝心不稱境非真供養由稱真之因感稱真之果能供真佛之境
四手出廣供三昧門竟
菩薩住在三昧中種種自在攝衆生悉以所
行功德法無量方便而開誘
第五菩薩住下八頌明現諸法門三昧門
分四初一總標多門
或以供養如來門或以難思布施門或以頭
陀持戒門或以不動堪忍門
或以苦行精進門或以寂靜禪定門或以決
了智慧門或以所行方便門
或以梵住神通門或以四攝利益門或以福
智莊嚴門或以因緣解脫門
或以根力正道門或以聲聞解脫門或以獨

覺清淨門或以大乘自在門
或以無常衆苦門或以無我壽者門或以不
淨離欲門或以滅盡三昧門
二有五頌別顯二十種門供等即門通入
佛果故
隨諸衆生病不同悉以法藥而對治隨諸衆
生心所樂悉以方便而滿足
隨諸衆生行差別悉以善巧而成就
三一頌半結多所因由四悉檀故初半對
治次半世界隨行差別即當爲人而成就
言謂第一義初半對治者對治文顯隨心所樂為世界者順心令喜故隨行差別即當為人者心行不同生善異故如云心寂靜應教禪定若心明利為說智慧悉以善巧而成就文則連上屬於為人謂第一義者謂要見理見理方得名成就耳又成就言通於上三前三悉檀皆為見理故
如是三昧神通相一切天人莫能測

四半頌結用難測　五現諸法門三昧門
竟
有妙三昧名隨樂菩薩住此普觀察隨宜示
現度衆生悉使歡心從法化
第六有妙下十七頌明四攝攝生三昧門
文分爲二初一偈總標名用
劫中饑饉災難時悉與世間諸樂具隨其所
欲皆令滿普爲衆生作饒益
或以飲食上好味寶衣嚴具衆妙物乃至王
位皆能捨令好施者悉從化
或以相好莊嚴身上妙衣服寶瓔珞華鬘爲
飾香塗體威儀具足度衆生
一切世間所好尚色相顏容及衣服隨應普
現愜其心俾樂色者皆從道
餘頌別顯於中分四初四頌布施攝初一

偈半求受用者恣其所須次半偈求自在者施以王位又此施位即難行施以是可愛著故次偈身行法施後偈妙色悅心是無畏施又後二偈初身行法儀後服世妙飾貴悅物心隨求即與布施攝中前二偈有兩重釋先約財施所須王位皆屬外財故王位兼於身命亦屬內財又此施位下第二重釋次半偈可愛著物即三種難行之一次法及無畏兼前財三為一切施又將後二屬於自性然準瑜伽六度四攝各有九門頌云自性一切難一切門善士一切種遂求二世樂清淨自性皆一門一切或二或三難行皆三一切門皆四善士皆五一切種皆六遂求皆七皆八二世樂皆九清淨皆十四攝即當三十三卷至十行品更說其相今疏言即難行者以難行有三一物少自在施二可愛著物施三極大艱難獲財施今當第二難也又後二偈者是遂求施遂求有八一匱乏飲食而求乞者施以飲食二匱乏車乘而求乞者施以車乘三乏衣服四嚴具五資生什物六種種塗飾香鬘七舍宅八光明皆如初二句會文可知

迦陵頻伽美妙音俱枳羅等妙音聲種種梵音皆具足隨其心樂為說法

八萬四千諸法門諸佛以此度眾生彼亦如其差別法隨世所宜而化度

次二頌愛語攝一切愛語謂慰喻慶悅勝益之言一切愛語等者下所列即三愛語一慰喻愛語二慶悅愛語三勝益愛語言種種梵音者即八種梵音一最好聲其音清雅如迦陵鳥二易了聲言辭辨了三和調四柔軟五不誤六不女七尊慧八深遠言俱枳羅者亦云都吒迦此云眾音合和微妙最勝皆愛語之具隨心說法應在後偈隨世所宜應在前偈以瑜伽一切愛語略有二種一隨世儀軌語二順正法教語今開示佛說八萬法門即順正教也言種種梵音者文中具列初二疏釋後六但標若釋應云三調和謂大小得中四柔軟者言無麤獷五不誤者言無錯謬六不女者其聲雄朗七尊慧者言無戰懼八深

遠者膊輪發聲隨心等者以後偈說八萬法門是順正法教語故應合云隨心爲說前偈種種梵音故是隨世儀軌合言隨世所宜而化誘

衆生苦樂利衰等一切世間所作法悉能應
現同其事以此普度諸衆生
一切世間衆苦患深廣無涯如大海與彼同
事悉能忍令其利益得安樂

三有二頌明同事攝物見菩薩俯同其事知有義利而修行故於中初頌一切同事八風等事皆悉同故後偈難行同事忍於諸苦而同事故初頌一切同事者瑜伽同事不舉別相但同上利行即名同事故利行居先則示同利良等爲一切也等取毀譽稱譏苦樂忍於諸苦等者難行有三亦無別相即同三利行爲三難行同事謂一諸未行勝善根因諸有情所行利行二現在耽著廣大財位衆具圓滿諸有情所行利行三餘外道本異邪見邪行所行利行同事例耳今於上三同事皆須忍苦

若有不識出離法不求解脫離諠憒菩薩爲
現捨國財常樂出家心寂靜
家是貪愛繫縛所欲使衆生悉免離故示出
家得解脫於諸欲樂無所愛

四有八頌明利行攝謂說趣義利之行以益有情於中初二偈一切利行此有三種一於現法利勸導利行謂令以德業招守財位以益近故經文略無二於後法利行謂勸捨財位清淨出家即當初偈三於現法後法利行謂勸離欲即後偈也又初一偈即難行利行此自有三一不識出離即外道異執二不求解脫即未種善因三現捨國財誘耽財位於此利行是謂難行

菩薩示行十種行亦行一切大人法諸仙行
等悉無餘爲欲利益衆生故

次一偈初句即攝二利行一即十種清淨

利行也二令離十惡即此世他世樂利行
次三句即善士利行慈心勸導等故一即十種等者謂一依外清淨有五二依內清淨有五依外五者一無罪利行二不轉利行二漸次四徧行五如應論廣釋其相依內五者一謂諸菩薩於諸有情起廣大悲意樂現前而行利行二諸菩薩於諸有情所作義利雖受一切大苦劬勞而心無倦深心歡喜為諸有情而行利行三安處最勝第一財位而自謙下如子如僕及離憍慢而行利行四心無愛染無有虛偽真實哀愍而行利行五起畢竟無復退轉慈愍之心而行利行次三句即善士利行者善士有五一於真實義勸導有情二於應時勸導三於能行攝勝妙義勸導四於有情柔軟勸導五於有情慈心勸導此之五相皆是大人之法慈心勸導舉後等初

若有眾生壽無量煩惱微細樂具足菩薩於
中得自在示受老病死眾患
或有貪欲瞋恚癡煩惱猛火常熾然菩薩為
現老病死令彼眾生悉調伏
次二偈即遂求利行謂眾生為八纏所繞

開解令離故名遂求初偈即化無愧纏以
恃壽長不知進修不知此身但婬欲生終
竟敗壞具諸煩惱故後偈開解無慚纏眾
生餘畧不具初為八纏者論云此畧有八處為無慚纏之所纏繞方便開解令離彼纏如無慚纏二無愧三惛沉四睡眠五掉舉六惡作七嫉八慳皆如無慚纏說

如來十力無所畏及以十八不共法所有無
量諸功德悉以示現度眾生
記心教誡及神足悉是如來自在用彼諸大
士皆示現能使眾生盡調伏
次二偈即一切種利行初偈即應攝受者
而攝受之後偈即應調伏者而調伏等一即切種利行者彼說或六或七總有十三六者一應攝受者正攝受之二應調伏者正調伏之三憎背聖教者除其恚惱四處中住者令入聖教五於三乘中令其成熟六已成熟者令得解脫云何七種謂諸菩薩安處一分所化有情於善資糧守護長養

所謂一依下乘出離二依大乘出離三於遠離四於心一境性五於清淨諸障六於二乘而正安處七於無上正等菩提而得安處

菩薩種種方便門隨順世法度衆生譬如蓮
華不著水如是在世令深信

後一偈即一切門利行謂不信令信故亦
總結諸利行也後一偈即一切門等者此畧有四一不信令信二犯戒有情令戒圓滿三惡慧有情令慧圓滿四慳悋有情於捨圓滿今疏文中畧舉其一瑜伽廣說利行居先略明同事居後此
則先略明同事者以利行中若以行勸修
與愛語相近若自示行即同事相近同事
即是利行利行未必同事此二相近廣略
互影耳又次下三昧亦同事故影六四攝
攝生三昧門竟

雅思淵才文中王歌舞談說衆所欣一切世
間衆技術譬如幻師無不現

或爲長者邑中主或爲賈客商人導或爲國
王及大臣或作良醫善衆論

或於曠野作大樹或爲良藥衆寶藏或作寶
珠隨所求或以正道示衆生

若見世界始成立衆生未有資身具是時菩
薩爲工匠爲之示現種種業

不作逼惱衆生物但說利益世間事呪術藥
草等衆論如是所有皆能說

一切仙人殊勝行人天等類同信仰如是難
行苦行法菩薩隨應悉能作

第七雅思下十七頌俯同世間三昧門於
中三初六身同世間利益衆生若依若正
無不示爲

或作外道出家人或在山林自勤苦或露形
體無衣服而於彼衆作師長

或現邪命種種行習行非法以爲勝或現梵
志諸威儀於彼衆中爲上首
或受五熱隨日轉或持牛狗及鹿戒或著壞
衣奉事火爲化是等作導師
或有示謁諸天廟或復示入恒河水食根果
等悉示行於彼常思已勝法
或現蹲踞或翹足或卧草棘及灰上或復卧
杵求出離而於彼衆作師首
如是等類諸外道觀其意解與同事所示苦
行世靡堪令彼見已皆調伏
次六示同外道救彼邪黨初五別辨後一
總結義如別說
衆生迷惑稟邪教住於惡見受衆苦爲其方
便說妙法悉令得解眞實諦
三衆生迷惑下五頌明語業大用初一總

明次三別顯後一總結
或邊咒語說四諦或善密語說四諦或人直
語說四諦或天密語說四諦
分別文字說四諦決定義理說四諦善破於
他說四諦非外所動說四諦
或八部語說四諦或一切語說四諦隨彼所
解語言音爲說四諦令解脫
次別中云或邊咒語者梵云達邏鼻荼曼
達邏鉢底鞞言達邏鼻荼者是南印度中
邊國名也此云消融曼達邏者咒也鉢底
鞞者句也謂其國人稟性純質凡所出言
皆成神咒若隣國侵害不用兵仗但以言
破之彼自喪滅故曰消融咒句也或云唯
童男童女方得言成咒句餘不得也又天
密語等者婆沙七十九說世尊有時爲四

天王以聖語說四諦二王領解二不能解世尊憐愍故以南印度邊國俗語說四諦二天王中一解一不解世尊憐愍故復以一種篾戾車語說四聖諦時四天王皆得領解婆沙七十九者彼云毗奈耶說世尊有時為四天王以南印度邊國俗語說四聖諦謂毉泥迷泥瑜部達喋刺篾戾車語說四聖諦謂摩奢都奢僧攝摩薩縛但囉毗剌達論引淨名圓音為難下釋有七一云有作是說佛以聖語說四聖諦能令一切所化有情皆得領解何以作此等語說答為滿彼意故彼天欲聞故下並取、意引之二復次世尊欲顯於諸言音皆能善解故謂有疑佛不能餘語等三復次有所化者依佛不變形言而得受化有所化者依佛轉變形言而化者四復有說者佛以一音說四聖諦不能令一切所化有情皆得領解世尊雖有自在神力而於境界不能改越如不能令耳見諸色等通圓音云答不須通非三藏故諸讚佛頌言名過實如常在定不睡眠等皆過實也五復次如來言音徧諸聲境隨所欲語皆能作之故復伽陀作如是說六復次佛語輕利速疾轉故故云佛以一音演說法衆生各各隨所解七復次如來言音雖有多種而同有益故說一音釋曰然上七解前三可通後四淺近即彼小乘三藏說故篾戾車者三藏云惡中惡亦云奴中奴皆義翻耳

善破於他者以因明比量等真能破故非外所動者真能立故不爲他破

所有一切諸佛法皆如是說無不盡知語境界不思議是名說法三昧力

後一偈類結非唯說四諦六度萬行等皆然一心說法得語實性能起隨類之用名三昧力　七俯同世間三昧門竟

大方廣佛華嚴經疏鈔會本第十四之四

音釋

掉 杜弔切音迯去聲

摧殄 殄徒典切絶也

絢煥 絢許遠切煥音喚絢煥文彩光明貌

繒 疾陵切帛也

饑饉 饑居依切穀不熟也饉渠遴切菜不熟也

鬘 莫班切

愜 苦協切快也

諠憒 諠兄袁切憒古對切諠憒謂諠譁憒亂也

蹲踞 蹲音存踞音據

翹足 翹渠遙切舉足也

吒 陟嫁切

邏郎果切鞞駢迷切篾戾車篾莫結切梵語篾戾車此云邊地

犍渠焉切鎧可亥切甲也喋文甲切

大方廣佛華嚴經疏鈔會本第十五之一

唐于闐國三藏沙門實叉難陀　譯

唐清涼山大華嚴寺沙門澄觀撰述

有勝三昧名安樂能普救度諸群生放大光明不思議令其見者悉調伏

第八有勝三昧下八十九頌半明毛光照益三昧門智契解脫之門慈熏身語意業故得身同法界大用無涯毛光觸物爲益萬品徧於時處緣者會之是謂菩薩圓建立衆生也文分爲五初一頌標門總辨二所放光明下別明一毛光明業用三如一毛下類顯一切毛光業用四如其本行下釋成分齊五若有聞下聞信光益今初就所益說故名安樂智契等者總出光明之因具悲智故先此上一句約智亦約表釋謂毛孔表解脫門光明表智慧故二正明智慧故云智契解脫之門慈熏等者約悲智釋以菩薩曠劫慈悲熏修三業故

所放光明名善現若有衆生遇此光必令獲益不唐捐因是得成無上智

彼先示現於諸佛示法示僧示正道亦示佛塔及形像是故得成此光明

就第二段中二初略辨四十四門光用後如是等下結略顯廣就四十四光中皆有四義一標光名二辨光用三出光因四結光果類例相從分爲十段五對初有二光顯示三寶二有四光令發大心上二即三寶四弘對三有二光總圓福智四有二光入理持法上即二嚴二持對五有六光六度行圓六有七光四等救攝即六度四等對七有一光總彰三學八有八光雜彰萬行供養爲先爲三學萬行對九有六光令

六根內淨動與理會十有六光明六塵外淨觸境皆道即根清境淨對今初二光中前一顯現於中初句標名以近初標但云所放不言又放次三句辨用後偈辨因中示三寶令其正歸示正道令其正向上通一體及別相三寶亦示佛塔令其正信義兼住持

又放光明名照曜映蔽一切諸天光所有暗障靡不除普為衆生作饒益

此光覺悟一切衆令執燈明供養佛以燈供養諸佛故得成世中無上燈

然諸油燈及酥燈亦然種種諸明炬衆香妙藥上寶燭以是供佛獲此光

後一光照耀用有七句一偈辨因並顯可知

又放光明名濟度此光能覺一切衆令其普發大誓心度脫欲海諸群生

若能普發大誓心度脫欲海諸群生則能越度四瀑流示導無憂解脫城

於諸行路大水處造立橋梁及船筏毀呰有為讚寂靜是故得成此光明

第二四光令發大心中即四弘願也初一令衆生無邊誓願度因中與有為而毀有為

又放光明名滅愛此光能覺一切衆令其捨離於五欲專思解脫妙法味

若能捨離於五欲專思解脫妙法味則能以佛甘露雨普滅世間諸渴愛

惠施池井及泉流專求無上菩提道毀呰五欲讚禪定是故得成此光明

二一光令煩惱無邊誓願斷因中興有爲
而讃禪定上二皆事理兼修
又放光明名歡喜此光能覺一切衆令其愛
慕佛菩提發心願證無師道
造立如來大悲像衆相莊嚴坐華座恒歎最
勝諸功德是故得成此光明
三上欣佛果
又放光明名愛樂此光能覺一切衆令其心
樂於諸佛及以樂法樂衆僧
若常心樂於諸佛及以樂法樂衆僧則在如
來衆會中逮成無上深法忍
開悟衆生無有量普使念佛法僧寶及示發
心功德行是故得成此光明
四愛樂三寶窮盡法門因中四弘之終故
總云及示發心功德

又放光明名福聚此光能覺一切衆令行種
種無量施以此願求無上道
設大施會無遮限有來求者皆滿足不令其
心有所乏是故得成此光明
又放光明名具智此光能覺一切衆令於一
法一念中悉解無量諸法門
爲諸衆生分別法及以決了眞實義善説法
義無虧減是故得成此光明
第三有二光總圓福智智因中分別法相
決了眞理無虧理事不滅佛法故得一念
悉解多門
又放光明名慧燈此光能覺一切衆令知衆
生性空寂一切諸法無所有
演説諸法空無主如幻如焰水中月乃至猶
如夢影像是故得成此光明

又放光名法自在此光能覺一切衆令得無盡陀羅尼悉持一切諸佛法
恭敬供養持法者給侍守護諸賢聖以種種法施衆生是故得成此光明
第四二光入理持法初一慧入二空即義持也後一具四總持於法自在後一具四總持者一法持二義持三呪持四無生忍持七地廣說四持並具何不自在
又放光明名能捨此光覺悟慳衆生令知財寶悉非常恒樂惠施心無著
慳心難調而能調解財如夢如浮雲增長惠施清淨心是故得成此光明
又放光明名除熱此光能覺毀禁者普使受持清淨戒發心願證無師道
勸引衆生受持戒十善業道悉清淨又令發向菩提心是故得成此光明
又放光明名忍嚴此光覺悟瞋恚者令彼除瞋離我慢常樂忍辱柔和法
衆生暴惡難可忍爲菩提故心不動常樂稱揚忍功德是故得成此光明
又放光明名勇猛此光覺悟懶惰者令彼常於三寶中恭敬供養無疲厭
若彼常於三寶中恭敬供養無疲厭則能超出四魔境速成無上佛菩提
勸化衆生令進策常勤供養於三寶法欲滅時專守護是故得成此光明
又放光明名寂靜此光能覺亂意者令其遠離貪恚癡心不動摇而正定
捨離一切惡知識無義談說雜染行讚歎禪定阿蘭若是故得成此光明
又放光明名慧嚴此光覺悟愚迷者令其證

諦解緣起諸根智慧悉通達
若能證諦解緣起諸根智慧悉通達則得日
燈三昧法智慧光明成佛果
國財及已皆能捨爲菩提故求正法聞已專
勤爲衆說是故得成此光明
第五六度光中戒因中云發大心者謂若
發二乘心則破淨戒大心尊善不在人天
勤策萬行慧爲上首各加一偈餘可思之
又放光明名佛慧此光覺悟諸含識令見無
量無邊佛各各坐寶蓮華上
讃佛威德及解脱說佛自在無有量顯示佛
力及神通是故得成此光明
第六有七光四等救攝中初一慈光與佛
慧眞樂見無量佛此有二義一見事佛眞
樂因故二見心佛一一心華有覺性故

又放光明名無畏此光照觸恐怖者非人所
持諸毒害一切皆令疾除滅
能於衆生施無畏遇有惱害皆勸止拯濟厄
難孤窮者以是得成此光明
次三悲光拔苦初一厄難苦
又放光明名安隱此光能照疾病者令除一
切諸苦痛悉得正定三昧樂
施以良藥救衆患妙寶延命香塗體酥油乳
蜜充飲食以是得成此光明
次一疾病苦
又放光明名見佛此光覺悟將歿者令隨憶
念見如來命終得生其淨國
見有臨終勸念佛又示尊像令瞻敬俾於佛
所深歸仰是故得成此光明
後一死苦令見佛者一捨命不恐二惡道

不畏又要臨終勸者智論二十八云臨終少時能勝終身行力以猛利故如火如毒依西域法有欲捨命者令面向西於前安一立像亦面向西以旛頭挂像手指令病人手捉旛脚口稱佛名作隨佛往生淨土之意兼與燒香鳴磬助稱佛名若能行此非直亡者得生佛前抑亦終成見佛光也若神遊大方去留無礙者置之言外不爾勉旃斯行

又放光明名樂法此光能覺一切衆令於正法常欣樂聽聞演說及書寫法欲盡時能演說令求法者意充滿於法愛樂勤修行是故得成此光明

又放光明名妙音此光開悟諸菩薩能令三界所有聲聞者皆是如來音

以大音聲稱讚佛及施鈴鐸諸音樂普使世間聞佛音是故得成此光明

次二光令生法喜初則欣法聽說法喜已充終則觸境無非佛法成喜之極

又放光名施甘露此光開悟一切衆令捨一切放逸行具足修習諸功德

說有爲法非安隱無量苦惱悉充徧恒樂稱揚寂滅樂是故得成此光明

後一令成大捨捨除放逸衆惑之根

又放光明名最勝此光開悟一切衆令於佛所普聽聞戒定智慧增上法

常樂稱揚一切佛勝戒勝定殊勝慧如是爲求無上道是故得成此光明

第七一光總彰萬行三學攝盡故曰普聞

又放光明名寶嚴此光能覺一切衆令得寶

藏無窮盡以此供養諸如來
以諸種種上妙寶奉施於佛及佛塔亦令惠
施諸貧乏是故得成此光明
又放光明名香嚴此光能覺一切衆令其聞
者悅可意決定當成佛功德
人天妙香以塗地供養一切最勝王亦以造
塔及佛像是故得成此光明
又放光名雜莊嚴寶幢旛蓋無央數焚香散
華奏衆樂城邑內外皆充滿
本以微妙妓樂音衆香妙華幢蓋等種種莊
嚴供養佛是故得成此光明
又放光明名嚴潔令地平坦猶如掌莊嚴佛
塔及其處是故得成此光明
又放光明名大雲能起香雲雨香水以水灑
塔及庭院是故得成此光雲

第八八光雜明諸行供養爲先前五供敬
田
又放光明名嚴具令躶形者得上服嚴身妙
物而爲施是故得成此光明
又放光明名上味能令飢者獲美食種種珍
饌而爲施是故得成此光明
又放光明名大財令貧乏者獲寶藏以無盡
物施三寶是故得成此光明
後三施悲田
又放光名眼清淨能令盲者見衆色以燈施
佛及佛塔是故得成此光明
又放光名耳清淨能令聾者悉善聽鼓樂娛
佛及佛塔是故得成此光明
又放光名鼻清淨昔未聞香皆得聞以香施
佛及佛塔是故得成此光明

又放光名舌清淨能以美音稱讚佛永除麤惡不善語是故得成此光明
又放光名身清淨諸根缺者令具足以身禮佛及佛塔是故得成此光明
又放光名意清淨令失心者得正念修行三昧悉自在是故得成此光明
第九六光內淨六根
又放光名色清淨令見難思諸佛色以衆妙色莊嚴塔是故得成此光明
又放光名聲清淨令知聲性本空寂觀聲緣起如谷響是故得成此光明
又放光名香清淨令諸臭穢悉香潔香水洗塔菩提樹是故得成此光明
又放光名味清淨能除一切味中毒恒供佛僧及父母是故得成此光明

又放光名觸清淨能令惡觸皆柔輭戈鋋劍戟從空雨皆令變作妙華鬘以昔曾於道路中塗香散華布衣服迎送如來令蹈上是故今獲光如是
又放光名法清淨能令一切諸毛孔悉演妙法不思議衆生聽者咸欣悟因緣所生無有生諸佛法身非是身法性常住如虛空以說其義光如是
第十六光外清六境文並可知戈者平頭戟也鋋者小矛也
如是等比光明門如恒河沙無限數悉從大仙毛孔出一一作業各差別
第二如是等比下結略顯廣一毛之用光有塵沙
如一毛孔所放光無量無數如恒沙一切毛

孔悉亦然此是大仙三昧力
第三如一毛下類顯一切毛光業用及結
用所依謂三昧力
如其本行所得光隨彼宿緣同行者今放光
明故如是此是大仙智自在
第四如其下釋成分齊如是等光今何不
見謂有緣者見如目覩光無緣不覺盲瞽
常鬧於中分二初偈總明如其本行牒前
往因所得光者牒前果用若有宿緣及曾
同行者則隨其所見如是差別
往昔同修於福業及有愛樂能隨喜見其所
作亦復然彼於此光咸得見
若有自修衆福業供養諸佛無央數於佛功
德常願求是此光明所開覺
後六偈別顯於中初二法說後四喻說前
中初偈宿緣宿有四緣一昔同業二愛其
行三能隨喜四但見所作後偈現因不必
有緣但功行內著光明爰燭有三種因一
修廣福二供多佛三求佛果即福智二嚴
也上之七類皆蒙光照
譬如生盲不見日非爲無日出世間諸有目
者悉明見各隨所務修其業
大士光明亦如是有智慧者皆悉見凡夫邪
信劣解人於此光明莫能覩
二喻說中雙明見與不見二喻皆有法合
初日喻喻光爲益因合中謂法日常昞有
智慧者心不住法如人有目則能得見有
三類人則不能見一者凡愚二邪信外道
三劣解二乘皆無因緣如人無目
摩尼宮殿及輦乘妙寶靈香以塗瑩有福德

者自然偝非無德者所能處
大士光明亦如是有深智者咸照觸邪信劣
解凡愚人無有能見此光明
後寶嚴喻喻光正益明法寶常存由福無
福有處不處
若有聞此光差別能生清淨深信解永斷一
切諸疑網速成無上功德幢
第五若有下一頌明聞信光益謂信仰解
了不生疑惑則成佛果不以不見疑菩薩
之無光不以極苦莫救謂光明之無益亦
不高推果用謂菩薩不能故云永斷諸疑
不以不見等者此下別釋絕疑之義絕於三疑一以不見疑無光明二不救劇苦謂光明無益經文以如盲不見日等雙釋二疑三亦不高推果用下又遣一疑謂此作用是佛果用非十信故
八毛光照益三昧門竟
有勝三昧能出現眷屬莊嚴皆自在一切十
方諸國土佛子衆會無倫匹
第九有勝三昧下六頌主伴嚴麗三昧門
亦是出現三昧文分三別初一標門顯意
有妙蓮華光莊嚴量等三千大千界其身端
坐悉充滿是此三昧神通力
復有十剎微塵數妙好蓮華所圍繞諸佛子
衆於中坐住此三昧威神力
宿世成就善因緣具足修行佛功德此等衆
生繞菩薩悉共合掌觀無厭
譬如明月在星中菩薩處衆亦復然大士所
行法如是入此三昧威神力
次四明一方業用於中前三法說後一喻
合既言量等三千則不壞次第劣於十地
及等覺也既言量等者此亦遮其不信十信八相成道謂十地方能故云不壞次第謂十地菩薩受職有大蓮華量等百萬三千大千世界十定品辨等覺菩

薩有一蓮華量周法界周法界唯大百萬億中但言三千故为後一

如於一方所示現諸佛子衆共圍繞一切方
中悉如是住此三昧威神力

三一頌類顯十方　九主伴嚴麗三昧門
竟

有勝三昧名方網菩薩住此廣開示一切方
中普現身或現入定或從出

第十有勝三昧下三十四頌半明寂用無
涯三昧門約處名爲方網約相是謂寂用
亦總顯上來動寂無二故文分爲三初一
標名總辨十方交絡出入縱横故名爲網

或於東方入正定而於西方從定出或於西
方入正定而於東方從定出
或於餘方入正定而於餘方從定出如是入
出徧十方是名菩薩三昧力

盡於東方諸國土所有如來無數量悉現其
前普親近住於三昧寂不動
而於西方諸世界一切諸佛如來所皆現從
於三昧起廣修無量諸供養
盡於西方諸國土所有如來無數量悉現其
前普親近住於三昧寂不動
而於東方諸世界一切諸佛如來所皆現從
於三昧起廣修無量諸供養
如是十方諸世界菩薩悉入無有餘或現三
昧寂不動或現恭敬供養佛

二或於下三十二頌半正顯業用三是名
下一頌總結難思就業用中分三初二頌
於十方處交絡出入明於器世間自在二
有五頌十方佛所入出無礙明於智正覺
世間自在三於眼根下二十五頌半通顯

三世間自在菩薩於三世間自在略有二義一以自身作三世間故得自在二菩薩於三世間處示現自在今此三段初二約後義後一通二義文或綺互理實皆具初二世間略有四重無礙一約處謂東處即是西處是故菩薩常在東恒在西也二約佛謂東佛即西佛是故在東佛恒在西佛三約菩薩身不分謂在東之身即是西身四約定謂入定即是出定所以爾者略顯二因一以所觀之法事隨理融相即在故

唐捐捐以專切唐捐徒棄也　瀑蒲報切急也　筏音伐簰也　木拯濟拯之庱切拯濟救濟也　酥音蘇　躶郎果切赤體也　珍饌饌雛戀切具食也　鋋音延短矛也　戟訖逆切枝兵也　蹈音導踐也　輦力展切車輦也　鎣烏定切飾也　矛迷浮切　瞽果五切目但有眹也　劇竭戰切甚也

大方廣佛華嚴經疏鈔會本第十五之三

唐于闐國三藏沙門實义難陀　譯

唐清涼山大華嚴寺沙門澄觀撰述

於眼根中入正定於色塵中從定出示現色性不思議一切天人莫能知

於色塵中入正定於眼起定心不亂說眼無生無有起性空寂滅無所作

於耳根中入正定於聲塵中從定出分別一切語言音諸天世人莫能知

於聲塵中入正定於耳起定心不亂說耳無生無有起性空寂滅無所作

於鼻根中入正定於香塵中從定出普得一切上妙香諸天世人莫能知

於香塵中入正定於鼻起定心不亂說鼻無生無有起性空寂滅無所作

於舌根中入正定於味塵中從定出普得一切諸上味諸天世人莫能知

於味塵中入正定於舌起定心不亂說舌無生無有起性空寂滅無所作

於身根中入正定於觸塵中從定出善能分別一切觸諸天世人莫能知

於觸塵中入正定於身起定心不亂說身無生無有起性空寂滅無所作

於意根中入正定於法塵中從定出分別一切諸法相諸天世人莫能知

於法塵中入正定從意起定心不亂說意無生無有起性空寂滅無所作

二於眼下通顯於三世間自在文分爲四一明根境相對以辨自在二童子下明於他身自在三鬼神下微細自在四一切塵

下器界事中以辨自在今初十二頌六對一一對中有十義五對無礙之相欲辨無礙先須明識定慧此中云三昧起者觀也入正受者定也定慧雖多不出二種一事二理制之一處無事不辦事定門也能觀心性契理不動理定門也明達法相事觀也善了無生理觀也諸經論中或單說事定或但明理定二觀亦然或敵體事理止觀相對或以事觀對於理定如起信論止一切相乃至心不可得爲止而觀因緣生滅爲觀或以理觀對於事定下經云一心不動入諸禪了境無生名般若是也或俱通二如下云禪定持心常一緣智慧了境同三昧是也或二俱泯非定非散或即觀之定但名爲定如觀心性名上定是也或即定之觀但名爲觀如以無分別智觀名般若是也或說雙運謂即寂之照是也所以局見之者隨矚一文互相非撥偏修之者隨入一門皆有剋證然非圓暢今此經文巧顯無礙

制之一處者即遺教經文然亦可通以其先後類例多爲事故即是彼經入大人覺中第二明精進初云汝等比丘已能住戒當制五根勿令放逸乃至云此五根者心爲其主是故汝等當好制心心之可畏甚於毒蛇惡獸怨賊大火越逸未足喻也喻如有人手執蜜器動轉輕躁但觀於蜜不見深坑譬如狂象無鉤猿猴得樹騰躍跳擲難可禁制當急挫之無令放逸縱此心者喪人善事制之一處無事不辦是故比丘當勤精進折伏汝心能觀心性等者上句即涅槃經意彼第二十七師子吼品云以彼立三品定故經云善男子一切衆生具三種定謂上中下上者謂佛性也以是故言一切衆生悉有佛性中者一切衆生具足初禪等下者十大地中心數定也今但義引耳從契理不動即義說也觀其心性即是觀門而云定者心性是理觀即契理與理相應泯然不動故名爲定明達法相事觀者如起信等善了無生者即七地經云了法無生名般若是也如起信者論云云何修行止

觀門所言止者謂止一切境界之相隨順奢摩他觀義也所言觀者謂分別因緣生滅之相隨順毗鉢舍那觀義故云何隨順以此二義漸漸修習不相捨離雙現前故次論云若行若住若卧若起皆應止觀俱行所謂雖念諸法自性不生而復即念因緣和合善惡之業苦樂等報不失不壞雖念因緣善惡業報而亦即念性不可得釋曰此中先止不礙觀後觀不礙止皆止約入理觀約觀事第一經中已廣引文無辯大意以疏對論文相可知或以理觀者即七地偈文然今經云於道不動即修禪忍受無生名般若蓋其義引小有不同禪定持心者即第三十三經彼具明十度云如其迴向行布施亦復堅持於禁戒精進長時無退怯忍辱柔和心不動禪定下同今此但取定慧文耳

言五對者第一對根境無礙謂觀根入定應從根出而從境出者爲顯根境唯是一心緣起無二理性融通是故根入境出耳境入根出亦然

言五對者即爲五別然其五對皆約經文取文不同第一對取根境如初偈將上於眼根中對下於色塵中作義於中有三初明根入境出爲顯下二出所以所以無礙者畧有三義一唯心現故二緣起相由故三法性融通故廣如玄中以是最初故具出所以下多總畧二境入下即例釋後偈

第二對理事二定無礙謂分別事相應入事定而入理定欲觀性空應入理定而入事定以契即事之理而不動故入理即是入事制心即理之事而一緣故入事即是入理而經文但云入正定不言理事及乎出觀境中即云分別色相斯事觀也根中即云性空寂者即理觀也亦合將根事對於境理以辨無礙

第二對者即於入正定中作義於中文四一正明分別事相等者緣從色塵中出明知眼根中入是其理定欲觀性空等者緣於眼起等是理起明知於色塵中入是事入以契即事之理下一明所以唯約事理無礙明所以於中又二先成上分別事相應入事定而入理定後制心即理之事下二成上欲觀性空應入理定而入事定而經文下三出二定得名所以顯上入正定所對之文由對觀故亦合將根事者四結例謂合有偈云於眼根中入正定於色起定心不亂了色無生無有起性空寂滅無所作於色塵中入正定於眼根中三眛起分別眼性不思議諸天世人其能知

第三對事理二觀無

礙謂欲分別事相應從事觀起而反從理觀起者以所觀之境旣眞俗雙融法界不二故分別事智即是無生之智二觀唯是一心故亦應將境事理對根事理以辨無礙

第三對者即約經文從定起對於後半以作義疏文有三初正明中疏文但作初偈不作後偈若具應云欲了真理應從理觀起而及從事觀起謂前偈示現色性是事則色塵中三昧起義當理觀也後偈說眼無生無有起是理性則前眼根起定心不亂義當事觀也亦應將境者三及例此意稍隱先應問言上辨二定但云亦合將根事對於境理令何雙言將境事理對根理事故應答言以上二定不能自別要因起觀方知事理如眼入定未知何定以鼻塵上了色差別是其事觀欲令無礙故說根定是其理定境入根起既了根性空故說境中入於事定則經文中已辨根理對於境事故但合例以將根事定對於境理令此二觀不應定別根上境上各有二觀謂根入定即於境上從理觀起而分別事於色入定即於根上從事觀起分別於理經文已有此二未於境上從事觀起分別於理及與根上從理觀起分別於事若作偈者應云於眼根中入正定於色塵中事觀起說色無生無有起性空寂滅無所作及於色塵中入正定於眼根中理觀起分別一切上妙眼諸天世人莫能知斯則境上事起觀理以對根上理起觀事故云亦應以境事理對根理事以辨無礙也

第四對出入無礙以起定即是入定故起定而心不亂若以事理相望應成四句謂事入事起事入理起等若以根境相望又成四句謂根事入境事起等一一思之皆有所由

第四對者即於經入正定對從定起言及起定不亂作義若以事理相望下句數料揀事理四句但出其二等取餘二謂三理入事起四理入理起上且單說有其四句若單複相望應成九句於前四上更加五句謂事入事理起理入事理起事理入事起事理入理起事理入事理起故爲九句又成四句者即根境出入成四但舉其一若具應云二境事入根事起三根理入境理起四境理入根理起若更交絡乃成十句謂根事入境理起境事入根理起根理入境事起境理入根事起根事理入境事理起境事理入根事理起以其事理相望屬前事理四句故但云四耳

第五對二利體用無礙謂於眼根起定心不亂是體也自利也而不礙現於廣境

是用也人天不能知利他也良以體用無二故自利即是利他第五對者此有兩重無礙一體用無礙二二利無礙下雙牒釋言心不亂是體者全用根起三句以對境起中後二句作義則根起三句爲體亦爲自利謂於眼起定心不亂說眼無生無有起性空寂滅無所作而言不礙現於廣境者即取前示現色性不思議諸天世人莫能知爲廣境亦全用此二句爲利他良以下以體用無礙釋二利無礙然上跡但約眼色根境以爲體例後五根境可知此上十義同爲一聚法界緣起相即自在菩薩善達作用無礙思之思之又經且約根境相對亦應境境相對謂色塵入正受聲香三昧起等此如下童子身中入正定等中明復應根根相對謂眼根入正受耳根三昧起等一塵入正受多根三昧起等並略不說又經且約根境下例顯若境境相對即下於自他身自在中攝故此不明根根相對等但畧無耳例亦合有若具說者應云於眼根中入正定於耳根中從定起示現耳性不思議諸天世人莫能知於耳根中入正定從眼起定心不亂說眼無生無有起性空寂滅無所作等成六根互用一塵入正受等者亦畧無耳若具應云於色塵中入正定於六根中從定起示現六根不思議諸天世人莫能知於六根中入正定於色起定心不亂說色無生無有起性空寂滅無所作等復應有一根入多塵起故云等也等字等於兩重一等多根入一塵起二等一根入多塵起若具應云於眼根中入正定於六塵中三昧起分別六境不思議諸天世人莫能知於六境中入正定於眼根起心不亂說眼無生無有起性空寂滅無所作餘根對塵亦然故云並畧不說上來無礙深妙難思始學之流如何趣入今當總結但能知事理無礙根境一如念慮不生自當趣入上來無礙下第四總示入門先問後今當下正示知事理無礙根境亦如總觀也念慮不生總正也即禪門大意又向云色性難思等即色等總持是色陀羅尼自在佛等亦應云分別眼性難思有眼陀羅尼自在佛等又眼中云性空寂滅即眼之度門眼等本淨亦應云色等度門色等本淨不唯取相爲染無心

爲淨而已也又有智論三觀束之分別色相等是假名觀也性空寂滅是空觀也此二不二色性難思中道觀也三無前後皆是一心對此三觀應辨三止謂方便隨緣止體眞止離二邊分別止旣止觀雙運亦名一心三止也即一而三即三而一雙照三一雙遮三一是無礙也一一釋文準思可見

又向云下第五彰其含攝於中又二件收總持等會佛名經然十二入約其含攝並稱總持約其性空究竟並稱波羅蜜約其性本清淨皆解脫門約其覺性圓明並得稱佛故佛名經云眼陀羅尼自在佛乃至意陀羅尼自在佛色陀羅尼自在佛乃至法陀羅尼自在佛等不唯取相爲染等者結彈北宗禪門但得一分之義謂彼云眼見色意同知染法界意不同知淨法界不同知即眼陀羅尼自在佛眼總持度門等今謂亦是一義但得不起心之一義耳不同上來十重五對無礙自在等又有智論下第二以三觀會智論於中有三初明三觀先明次第三觀後三無前後即一心三觀言此二不二色性難思中道觀也此有二種中道一但合上二以爲中道此之中道大乘初門二色性難思即佛性中道斯爲圓妙欲辨包含故雙出耳對此三觀下辨三止一方便隨緣止即假觀家止謂方便涉有隨一一緣住一境故二體眞止即空觀家止體達眞理與理冥故三離二邊分別止即中道家止不取有無等二相也以上對經文之次故以假觀爲初今對上觀亦以方便居首若準智論先空次假後中中義如前辨旣止觀雙運下結上二於中又二先結止觀諸處多明一心三觀旣有雙運則亦合言一心三止若具亦可言一心三止觀也即一而三下二結三三一通於止觀即一而三體相用故即三而一相用即體故三一體隨相用顯然雙遮三一互奪雙泯謂即體同用故非一即用同體故非三一一釋者今將三觀以對經文二止遮照等亦然謂色相難思是假觀眼定即是隨緣止性空寂滅是空觀色定即是體眞止色性難思是中道觀根即是離二邊分別止以色性有二義若以雙礙爲性即假觀攝若以眞實難思爲性即中道攝二觀皆用雙運即是根境對辨二俱宛然即是雙照二俱無礙互奪雙亡即是雙遮

此是菩薩圓融功德而自莊嚴觸目對境常所行用希心玄趣幸願留神

童子身中入正定壯年身中從定出壯年身

中入正定老年身中從定出
老年身中入正定善女身中從定出善女身
中入正定善男身中從定出
善男身中入正定比丘尼身從定出比丘尼
身入正定比丘身中從定出
比丘身中入正定學無學身從定出學無學
身入正定辟支佛身從定出
辟支佛身入正定現如來身從定出於如來
身入正定諸天身中從定出
諸天身中入正定大龍身中從定出大龍身
中入正定夜叉身中從定出夜叉身中入正
定鬼神身中從定出
二童子下六頌半於他身得自在此有三
義一如前眼根入等但約見境爲出入耳
二菩薩化現彼身作此轉變速疾也三菩
薩以衆生身作自身如下十身相作等是
故於彼身入此身出而彼不覺知唯應度
者知得度也
鬼神身中入正定一毛孔中從定出一毛孔
中入正定一切毛孔從定出
一切毛孔入正定一毛端頭從定出一毛端
頭入正定一微塵中從定出一微塵中入正
定一切塵中從定出
三鬼神下二頌半微細自在謂毛孔約正
報即佛及衆生毛頭約空處微塵是色相
多約器界並身在中入定出定爲顯三昧
純熟隱顯自在故亦通觀彼入出定等即
於境無礙也若唯約身在彼下十定中亦
云無生法中入起安有處耶
一切塵中入正定金剛地中從定出金剛地

中入正定摩尼樹上從定出
摩尼樹上入正定佛光明中從定出佛光明
中入正定於河海中從定出
於河海中入正定於火大中從定出於火大
中入正定於風起定心不亂
於風大中入正定於地大中從定出於地大
中入正定於天宮殿從定出於天宮殿入正
定於空起定心不亂
四一切塵下四頌半器界事中周徧入出
然菩薩身普徧略有四位一普徧一切十
方刹海二徧彼刹内樹等物中三徧一切
塵毛等中皆圓徧非分徧是故皆全身顯
現四以是法界身故不異不分恒在此常
在彼無有前後
是名無量功德者三昧自在難思議十方一

切諸如來於無量劫說不盡
第三是名下一頌總結初句以德命人次
句依人顯德後半明說不盡近結第十定
用無盡遠結前十定用無盡以是無盡之
法門故　十寂用無涯三昧門竟
一切如來咸共說衆生業報難思議諸龍變
化佛自在菩薩神力亦難思
欲以譬諭而顯示終無有諭能諭此
第五一切下諭況玄旨分亦名舉劣顯勝
分以上所說普賢行德窮于佛境蓋是信
滿之位既越常規乖於視聽滯情封教取
信無由故舉斯近事以鏡玄趣令開悟也
七十九頌分爲三段初二總標諭意二七
十六頌別顯諭相三一頌結說顯德今初
先一偈半明非諭能諭後半偈借諭通玄

今初舉四難思意在菩薩神力瑜伽決擇分有六種不可思議謂一者我二有情三世間四有情業果五諸修靜慮者靜慮境界六諸佛世尊諸佛境界今衆生舍其前三加龍變化所以有四菩薩神力即靜慮者境界舊經梵本皆云禪定力用故然衆生業報四因難思謂處所差別故事差別故因差別故異熟果差別故諸龍變化不起心念六天四洲雲雨不同等故難思也佛自在者有五難思謂真如甚深故自在轉故無漏界證得故無障礙故成立有情所作事故菩薩神力由三種相除佛後二以今經文分同佛五以皆超言念故無可同喻今衆生等者以業報二字是第四故則初一含四菩薩神力等者以無障礙約二障盡故成立有情未周徧故

然諸智慧聰達人因於譬故解其義後半中然取分喻以小喻大令聞喻者忘象領意故褒以智者然取分喻者由上云無可同喻今何喻耶故云分喻無可喻者下經云三界有無一切法不能與佛爲譬喻言分喻者喻有八種一順二逆三現四非五先六後七者先後八者徧喻如涅槃說前文已引則有徧喻今對徧喻但取少分如言佛面猶如滿月但取圓滿無缺義故今喻亦然以小喻大者若易中射隼于高墉以況天下等其事甚多今聞喻等者易畧例云夫象者出意者也言者明象者也盡意莫若象盡象莫若言言生於象故可尋言以觀象象生於意故可尋象以觀意意以象盡象以言著故言者所以明象得象而忘言象者所以存意得意而忘象猶蹄者所以在兔得兔而忘蹄筌者所以在魚得魚而忘筌也然則言者象之蹄也象者意之筌也是故存言者非得象者也存象者非得意者也象生於意而存象焉則所存者乃非其象也言生於象而存言焉則所存者乃非其言也然則忘象者乃得意者也忘言者乃得象者也得意在忘象得象在忘言故立象以盡意而象可忘也重畫以盡情而畫可忘也是故觸類可爲其象合義可爲其徵今疏用此文故令忘象領意謂如水現四兵是喻是象但知菩薩無心頓現則水印

可忘矣諸喻皆然若能忘象得意斯爲智者執象失意乃成愚滯故法華云諸有智者以譬喻得解

聲聞心住八解脱所有變現皆自在能以一身現多身復以多身爲一身

於虛空中入火定行住坐卧悉在空身上出水身下火身上出火身下水

如是皆於一念中種種自在無邊量彼不具足大慈悲不爲衆生求佛道尚能現此難思事況大饒益自在力

二聲聞下別辨中略顯二十種大喻以況菩薩之德初有三頌半明聲聞現通喻況菩薩自在益生德先明喻末偈舉劣顯勝不爲衆生無大悲也不求菩提無大智也大饒益者具悲智也

譬如日月遊虛空影像普徧於十方泉池陂澤器中水衆寶河海靡不現

菩薩色像亦復然十方普現不思議此皆三昧自在法唯有如來能證了

二有二偈日月現影喻況菩薩普應羣機德

如淨水中四兵像各各別異無交雜劒戟弧矢類甚多鎧冑車輿非一種

隨其所有相差別莫不皆於水中現而水本自無分別菩薩三昧亦如是

三有二頌水現四兵喻喻菩薩海印現像德

海中有神名善音其音普順海衆生所有語言皆辯了令彼一切悉歡悦

彼神具有貪恚癡猶能善解一切音況復總持自在力而不能令衆歡喜

四有二頌善音巧辨揄揄菩薩總持巧說
德
有一婦人名辯才父母求天而得生若有離
惡樂眞實入彼身中生妙辯
彼有貪欲瞋恚癡猶能隨行與辯才何況菩
薩具智慧而不能與衆生益
五二頌女授辯才揄揄授法益生德
譬如幻師知幻法能現種種無量事須臾示
作日月歲城邑豐饒大安樂
幻師具有貪恚癡猶能幻力悅世間況復禪
定解脫力而不能令衆歡喜
六譬如幻師下二頌幻師巧術揄揄不思
議解脫德
天阿修羅鬬戰時修羅敗衂而退走兵仗車
輿及徒旅一時竄匿莫得見

彼有貪欲瞋恚癡尚能變化不思議況住神
通無畏法云何不能現自在
七二頌修羅隱形揄揄勝通隱顯德
釋提桓因有象王彼知天主欲行時自化作
頭三十二一一六牙皆具足
一一牙上七池水清淨香潔湛然滿一一清
淨池水中各七蓮華妙嚴飾
彼諸嚴飾蓮華上各各有七天玉女悉善技
藝奏衆樂而與帝釋相娛樂
彼象或復捨本形自化其身同諸天威儀進
止悉齊等有此變現神通力
彼有貪欲瞋恚癡尚能現此諸神通何況具
足方便智而於諸定不自在
八五頌象王隨變揄揄定用自在德
如阿修羅變化身蹈金剛際海中立海水至

深僅其半首共須彌正齊等
彼有貪欲瞋恚癡尚能現此大神通況伏魔
怨照世燈而無自在威神力
九二頌修羅大身踰踰法界身雲德同於
上文主伴嚴麗
天阿修羅共戰時帝釋神力難思議隨阿修
羅軍衆數現身等彼而與敵
諸阿修羅發是念釋提桓因來向我必取我
身五種縛由是彼衆悉憂悴
帝釋現身有千眼手持金剛出火焰被甲持
伏極威嚴修羅望見咸退伏
彼以微小福德力猶能摧破大怨敵何況救
度一切者具足功德不自在
十有四頌帝釋破怨踰踰降伏衆魔德
忉利天中有天鼓從天業報而生得知諸天
衆放逸時空中自然出此音
一切五欲悉無常如水聚沫性虛僞諸有如
夢如陽焰亦如浮雲水中月
放逸爲怨爲苦惱非甘露道生死徑若有作
諸放逸行入於死滅大魚口
世間所有衆苦本一切聖人皆厭患五欲功
德滅壞性汝應愛樂眞實法
三十三天聞此音悉共來升善法堂帝釋爲
說微妙法咸令順寂除貪愛
彼音無形不可見猶能利益諸天衆況隨心
樂現色身而不濟度諸羣生
十一忉利天下六頌天鼓說法踰況菩薩
以無功用現身說法德
天阿修羅共鬪時諸天福德殊勝力天鼓出
音告其衆汝等宜應勿憂怖

諸天聞此所告音悉除憂畏增益力時阿修羅心震懼所將兵衆咸退走
甘露妙定如天鼓恒出降魔寂靜音大悲哀愍救一切普使衆生滅煩惱
十二有三頌天鼓安慰喻況菩薩慈音除惱德
帝釋普應諸天女九十有二那由他令彼各各心自謂天王獨與我娛樂
如天女中身普應善法堂內亦如是能於一念現神通悉至其前為說法
帝釋具有貪恚癡能令眷屬悉歡喜況大方便神通力而不能令一切悅
十三有三頌天王普應喻喻普應悅機德
他化自在六天王於欲界中得自在以業惑苦為罥網繫縛一切諸凡夫
彼有貪欲瞋恚癡猶於衆生得自在況具十種自在力而不能令衆同行
十四二頌魔繫愚夫喻喻攝生同行德
三千世界大梵王一切梵天所住處悉能現身於彼坐演暢微妙梵音聲
彼住世間梵道中禪定神通尚如意況出世間無有上於禪解脫不自在
十五二頌梵王殊現喻況菩薩解脫自在德
摩醯首羅智自在大海龍王降雨時悉能分別數其滴於一念中皆辯了
無量億劫勤修學得是無上菩提智云何不於一念中普知一切衆生心
十六魔醯下二頌自在數滴喻況菩薩一念普知德

衆生業報不思議以大風力起世間巨海諸
山天宫殿衆寶光明萬物種
亦能興雲降大雨亦能散滅諸雲氣亦能成
熟一切穀亦能安樂諸羣生
風不能學波羅蜜亦不學佛諸功德猶成不
可思議事何況具足諸願者
十七三頌大風成事喻大願宿成德
男子女人種種聲一切鳥獸諸音聲大海川
流雷震聲皆能稱悦衆生意
況復知聲性如響逮得無礙妙辯才普應衆
生而説法而不能令世間喜
十八二頌衆聲悦意喻四辯悦機德
海有希奇殊特法能爲一切平等印衆生寶
物及川流普悉包容無所拒
無盡禪定解脱者爲平等印亦如是福德智
慧諸妙行一切普修無厭足
十九二頌大海包含喻禪慧普修德
大海龍王遊戲時普於諸處得自在
二十大海龍王下二十四頌半龍王遊戲
喻菩薩游戲神變德文分爲二初二十
二頌半明龍王大用不同後二頌正明舉
劣顯勝前中初半偈總標
興雲充徧四天下其雲種種莊嚴色
第六他化自在天於彼雲色如真金化樂天
上赤珠色兜率陀天霜雪色
夜摩天上瑠璃色三十三天碼碯色四王天
上玻瓈色大海水上金剛色
緊那羅中妙香色諸龍住處蓮華色夜叉住
處白鵝色阿修羅中山石色
鬱單越處金焰色閻浮提中青寶色餘二天

下雜莊嚴隨衆所樂而應之
餘頌別顯於中四初四偈半雲色不同喻
菩薩身雲各異
又復他化自在天雲中電曜如日光化樂天
上如月光兜率天上閻浮金
夜摩天上珂雪色三十三天金焰色四王天
上衆寳色大海之中赤珠色
緊那羅界瑠璃色龍王住處寳藏色夜叉所
住玻瓈色阿修羅中碼碯色
鬱單越境火珠色閻浮提中帝青色餘二天
下雜莊嚴如雲色相電亦然
次有四頌電光差別喻菩薩光明等殊第
三偈云寳藏色者梵云室利揭娑此云勝
藏勝藏即寳名也閻浮提中帝青色者梵
云天帝火焰摩尼色亦珠寳名也

他化雷震如梵音化樂天中大鼓音兜率天
上歌唱音夜摩天上天女音
於彼三十三天上如緊那羅種種音護世四
王諸天所如乾闥婆所出音
海中兩山相擊聲緊那羅中簫笛聲諸龍城
中頻伽聲夜叉住處龍女聲
阿修羅中天鼓聲於人道中海潮聲
三有三頌半雷聲不等喻菩薩三昧多種
他化自在雨妙香種種雜華爲莊嚴化樂天
雨多羅華曼陀羅華及澤香
兜率天上雨摩尼具足種種寳莊嚴髻中寳
珠如月光上妙衣服眞金色
夜摩中雨幢旛蓋華鬘塗香妙嚴具赤眞珠
色上妙衣及以種種衆妓樂
三十三天如意珠堅黑沉水栴檀香鬱金雞

羅多摩等妙華香水相雜雨
護世城中雨美饍色香味具增長力亦雨難
思衆妙寶悉是龍王之所作
又復於彼大海中霔雨不斷如車軸復雨無
盡大寶藏亦雨種種莊嚴寶
緊那羅界雨瓔珞衆色蓮華衣及寶婆利師
迦末利香種種樂音皆具足
諸龍城中雨赤珠夜叉城内光摩尼阿修羅
中雨兵仗摧伏一切諸怨敵
欝單越中雨瓔珞亦雨無量上妙華弗婆瞿
耶二天下悉雨種種莊嚴具
閻浮提雨清淨水微細悅澤常應時長養衆
華及果藥成熟一切諸苗稼
四有十頌所雨不一喻菩薩說法多門言
曼陀羅者此云悅意澤香即塗香也雜羅
多摩者雜羅此云華藥多摩此云天上華
謂此香是天華藥所作故也婆利師迦者
此云雨時生華末利香即華名其色猶黃
金
如是無量妙莊嚴種種雲電及雷雨龍王自
在悉能作而身不動無分別
彼於世界海中住尚能現此難思力況入法
海具功德而不能爲大神變
第二如是無量下二頌正舉劣顯勝謂娑
竭羅龍於六欲天等總十五處現斯作用
而身不動捏心無分別但由業報之力現
斯自在菩薩亦爾住無功用不動不思於
十方界應現多種亦以菩薩功德之力隨
機現殊此就喻意顯勝可知
彼諸菩薩解脫門一切譬喻無能顯我今以

此諸譬喻略說於其自在力

第三彼諸一頌結說難思前半非喻能喻後半結上略說引諸喻者略有二意一顯菩薩自在不同二貴令衆生起信且江南之人不信千人氈帳河北之者多疑萬斛之舟皆耳目不曁故耳所以或舉目擊或據具縛之人自在若斯菩薩之用固當無惑今猶疑者豈不傷哉且江南之人者即顏之推家訓歸心篇中之語也

第一智慧廣大慧眞實智慧無邊慧勝慧及以殊勝慧如是法門今已說

大文第三第一智慧下九頌校量勸持分此廣大用人皆有分見而不習誠爲自欺故中人可勸而進也於中分二初一頌結前所說略就六慧結之第一者上無加故二廣大者語其分量超二乘故三眞實者明其體性内證無虛故四無邊者有二義一量智普知故二離種種二邊故即中道慧也五勝者超地位故六殊勝者同普賢故

此法希有甚奇特若人聞已能忍可能信能受能讚說如是所作甚爲難

二此法下八頌明信受難得於中初一總顯餘七別明前中希有者佛出懸遠已難可遇唯初成頓說故希有也奇謂初能具後特謂迥出諸乘此句讚也下文勸耳聞謂遇經忍可謂信因信則心淨受謂領文領義讚乃通言通筆說唯約言上皆所作總說皆難

世間一切諸凡夫信是法者甚難得若有勤

修清淨福以昔因力乃能信
後別明中三初二偈半明難信次半偈況出餘行後四偈舉事校量前中初一偈明人天之器信爲甚難若爾今或能信何耶由二力故一現修淨福稱所求故二昔因聞熏今發種故今不信者願少聽聞爲毒塗鼓終成堅種爲毒塗鼓者即涅槃第九如來性品云復次善男子譬如有人以雜毒藥用塗大鼓於衆人中擊之發聲雖無心欲聞聞之皆死唯除一人不横死者鼓合涅槃死喻滅惑不横死者喻一闡提終成堅種者即出現品如上頻引
一切世界諸羣生少有欲求聲聞乘求獨覺者轉復少趣大乘者甚難遇
趣大乘者猶爲易能信此法倍更難
後一偈半舉三乘之信展轉難得況於一乘明文昭然權實有據

況復持誦爲人説如法修行眞實解
第二半偈況出餘行中信忍尚難況具餘行難中之難也眞實解者亦有説行而不信圓融之旨非眞實解也願諸學者善擇知見
有以三千大千界頂戴一劫身不動彼之所作未爲難信是法者乃爲難
有以手擎十佛刹盡於一劫空中住彼之所作未爲難能信此法乃爲難
十刹塵數衆生所悉施樂具經一劫彼之福德未爲勝信此法者爲最勝
第三四頌舉事校量初三校量難信初二舉二難以況信難後一舉福勝以彰信勝
十刹塵數如來所悉皆承事盡一劫若於此品能誦持其福最勝過於彼

後一校量餘行之難唯明誦持餘略不說亦顯修行真解非可校量也此之四事後後過於前前巧辯深勝

時賢首菩薩說此偈已十方世界六反震動魔宮隱蔽惡道休息十方諸佛普現其前各以右手而摩其頂同聲讚言善哉善哉快說此法我等一切悉皆隨喜

大段第三時賢首下顯實證成分於中有四一動世界大機發故二蔽魔宮唯佛境故三息惡道利樂深故四佛現證契佛心故於中摩頂讚善隨喜即三業皆證勸物信行第二會竟

大方廣佛華嚴經疏鈔會本第十五之二

音釋

囑朱欲切視之甚也　弧音胡弓也　衄女六切敗北也　竄匿竄也亂切匿昵力切竄匿謂藏竄隱匿也　僅渠遴切繞也　悴秦醉切憔悴也　罥古縣切網也　霔之戍切霖霔也　躁則到切輕疾也　挫祖卧切摧也　褒博毛切揚美也　氈諸延切撚毛席也　暨巨至切及也　隼聳允切辛上聲鷄屬　墉以中切音容城也

大方廣佛華嚴經疏鈔會本第十六之一

唐于闐國三藏沙門實叉難陀　譯

唐清涼山大華嚴寺沙門澄觀撰述

升須彌山頂品第十三

初來意者先辨會來前信此解義次第故又答十住問總有二段前信是住之方便此明正位故次來也二品來前品說信究竟此品趣後說住故次來也前信此解者即疏本意以信會答第二會初所脫信問故次住有二段即古德意二釋名亦先辨會名約處名忉利天會約人名法慧菩薩會約法名十住會皆依主釋二品名須彌正云蘇迷盧此云妙高如來以自在力不起覺樹應機現彼故云升也表位漸增不處人間顯位清淨故居天也若天表淨何獨妙高妙有十義如於法故一者體妙謂四寶所成二者相妙謂八方四級三者色妙謂四正色北金東銀南吠瑠璃西頗胝迦一切草木鳥獸等物隨所至處則同其色自常不變四者德妙謂八方猛風不能令動五眷屬妙謂七金山七重圍繞及七香海海印旋流六依持妙唯天依住得通者居七作業妙不離本處而鎮四洲映蔽日月而成晝夜八生果妙謂波利質多能益天衆九爲首妙於四洲地最在先成十堅固妙於輪圍中最在後壞高者高八萬四千由旬入水亦爾下據金剛上隣空界頂上縱廣量亦如之獨出九山故稱高也謂七金山者俱舍世間品偈云蘇迷盧處中蘇即妙也迷盧高也次踰健達羅此云持雙以山頂有二道眘山能持此故以爲名也伊沙馱羅山此云持軸山峯上聳猶如車軸山頂持故竭地洛迦山俱舍疏云此即西方樹名

大疏但依狀翻不出其名頌疏云此方亦有名檐木山山上寶樹形似彼故蘇達梨舍那此云善見山見者稱善頞濕縛羯拏此云馬耳山形似彼故毗那怛迦山此云象鼻山形似故尼民達羅山俱舍疏云此魚名其魚觜尖山形似故華嚴音義釋云此云持邊山於大洲等外有鐵輪圍山前七金所成蘇迷盧四寶入水皆八萬妙高出亦然餘八半半減廣皆等高量釋曰上來所引正證七金餘因便來下疏方要及七香海者俱舍頌云山間有八海前七名爲內最初廣八萬四邊各三倍餘六半半狹第八名爲外三洛叉二萬二千踰蹮那釋曰前七名內七金內故第八名外七金外故外在鐵圍之內亦名山間最初八萬即持雙之內海也七金內海皆八功德水故云香水旋流外海鐵圍因便故來唯天依住者俱舍頌云妙高層有四相去各十千傍出十六千八四二千量堅手及持鬘恒憍天王衆如次居四級亦住餘七山釋曰謂始從水際盡第一層相去十千傍出十六千上三層級向上相去數同傍出漸減一半第二層八千三即四千四即二千向上漸狹此四層級直上方盡妙高下半四萬踰蹮那第一級有藥叉神名爲堅首乃至第四是四天王餘皆四王管故云唯天依住妙高頂八方復三十三天居故皆天住謂波利者波利此云徧也亦曰周帀質多羅此云間錯莊嚴謂此樹衆雜色華周帀莊嚴或云圓妙莊嚴即俱舍園生樹也故

俱舍云東北園生樹西南善法堂論釋云其園生樹槃根深廣五十踰蹮那聳幹上升枝條傍布高廣量等百踰蹮那挺葉開華妙香芬馥順風熏滿百踰蹮那若逆風熏猶徧五十是諸天衆遊樂之所餘文可知

十住之行亦復如是聞思修解而爲妙體四德八聖以爲妙相四辯爲色令物解同雖同衆音自智不變八法不動而爲妙德七支奉戒金山圍繞七識流轉而爲海印第一義天依持而住可以神會非情能升不離本處徧應十方映蔽佛日及菩薩月而成涅槃生死晝夜生教行果而爲妙樹世界初成菩薩先出爲衆生現種種資具世界將壞菩薩後沒爲說上定令免三災高者具成八萬四千諸度法門自在障外爲衆生故入生死海亦具八萬四千諸度法門據金剛性隣勝義空又智入佛慧必窮其底德超方便

迴出羣峰
爲顯十住功德妙高是故須升妙高山頂
四王處半旁而非正表住不退異信輕毛
故越彼天居妙高頂善財童子於妙峰山
頂見德雲者亦表斯位彌顯有由四王處半下通伏難謂有難言若以妙高爲表曰三不處妙高後爲次第何不處此故爲此通然
上所釋皆圓教意故下發心品云應知此
人即與三世諸佛同等與三世佛功德平
等得如來一身無量身纔發心時即爲十
方一切諸佛共所稱歎不可同於方便教
說若約觀心妙高者謂三昧須彌寂然不
動無思無心不收不攝任性而定稱本心
地入佛智海湛然不遷是妙法樂觸境自
在合本性淨是四德寶而自莊嚴斯則本
覺如來升法須彌之頂

三宗趣者先約會以十住行德爲宗攝位
德果爲趣二品以嚴處請佛赴感爲宗根
緣契合說法爲趣
爾時如來威神力故十方一切世界一一四
天下閻浮提中悉見如來坐於樹下各有菩
薩承佛神力而演說法靡不自謂恒對於佛
四釋文者此會六品分爲二分初二品方
便發起後四品當會正說前中初之一品
唯是由致偈讚一品義有兩兼一是方便
謂前品化主赴機後品助化讚佛主伴圓
備方演法故二是所依謂三天說法各有
偈讚欲顯三賢皆依佛智有差別故離如
來智無自體故獨爲方便甚抑讚詞行向
二會同此科判偈讚一品者前是古意後是新意可知今初
一品長分十段一本會齊現二不離齊升

三各見佛來四各嚴殿座五皆來請佛六俱時入殿七樂音並止八各念昔因九同讚如來十殿皆廣博嚴淨也十段科中皆有皆俱齊等言者以約結通周法界故言爾時者即前二會時主伴齊徧演前二會之法也今此明徧即十重說處中第一重也何須舉此欲明前會不散成後會故後必帶前合成法界無礙會故一一諸會無休息故後後諸會皆同時故若散前會即無後故所以唯約覺樹會者此為本故得佛處故理實第二亦同此徧若同時徧何有九會前後若有前後何名同時應云即用之體同時頓徧即體之用不壞前後猶如印文今此明徧者即第一疏說經緣中初此閻浮是也所以唯約覺樹下通妨難此通二難一有難云既不散前應舉二會何以唯言不起覺樹故此通云初會為本又第二會近初會故二若同時下復通一妨文中先難後應云下通釋可知

爾時世尊不離一切菩提樹下而上升須彌向帝釋殿

第二爾時下明不離覺樹各升釋天問動靜相違去住懸隔旣云不離何得言升古有多釋一云本釋迦身不起道樹別起應化以升天上一云不起是報升天是化一云不起是化身升天是化用並非文意以此文中俱是毗盧遮那十身雲故古有多釋下次序昔順違昔有五義而文三節初併序三師二序第四三序第五以初三師並約三身義類大同欲併破故先序於昔並非文意下二辨違通有二違一違現文去住皆是遮那佛故二違經宗十身非三身故彼即是後二會此即今文也一云以去即非去故名不起非去即去是以升天如不來相而來等若爾但是升相離故非是樹下別有不起之身故不可也一云以去者二

序第四師以不分三身但就一身論性相故即是事理無礙宗中之意不違本體不順今文如不來相下即是古人引例證成此是淨名經問疾品中淨名之言經云時維摩詰謂文殊師利言善來文殊師利不來相而來不見相而見文殊師利言如是居士若來已更不來若去已更不去所以者何來者無所從來去者無所至所可見者更不可見今但引淨名之言餘畧不引叡公釋云文殊心棲實相形貫法身內外

冥寂都無來相都無來相能以之來此明心冥至理體絕去來應物隨緣不壞來去而下文殊答者即得意相領印成其言則以三時門領其不來相而來以合不合門成其不見相而見前中三時畧舉其一以相顯故言三時者即中論去來品偈云已去無有去未去亦無去去時亦無去翻此則云已來無有來未來亦無來來時亦無來謂已來已滅不可言來未來未有何得言來來時不住已未分之故亦無來無去

亦然故下經云若過去生過去生已滅若未來生未來生未至若現在生現在生無住而淨名所見文殊自菴園而來菴園衆會謂文殊爲去故文殊言非唯居士見我不來而來從菴園見我爲去我亦不去而去也所以者何下文殊自徵釋上義謂若先有法從彼而來既非先有緣會而來故於三時無有來矣無去亦然來必有從去必有至故三句釋別又有來去不出三時今三時無來故無所從三時無去故無所

至言所可見者更不可見者即以合不合門成上不見相而見謂見必有三謂能見所見及以見者方成於見所見因於二成故無所見所見無故餘二寧有故中論云見及所見者是三各異方如是三法異終無有合時異法不可合非異無可合又論云見不能有見非見亦不見若已破於見則無破見者故正見時即無見矣若爾但其下二辨違但是升即非升似去即非去何有樹下不動之身若菴園有文殊毗耶更見妙德可以證此彼此義異何得援引

有云此佛神通同體業用即住是去去即是住住是體徧去是用應應是體應雖升後而不離前體是應體雖不離前而升後若爾何殊第三師不起是法又以住釋於不起而言住是體徧何得獨住菩提樹耶升天何得非體徧耶菩提樹下寧非用耶

有云此佛神通者三別序第五師即刊定記主以體徧爲不動以用應而爲升若爾何殊等者第二辨違也此有二破一指同前義破前義不立此義自破二又以住下直就所立破唯住覺樹非有體徧徧於去處何得去非體徧然覺樹亦用獨言是體升天有體但言是用故有所違非責本立

同體業用故下正義亦是即體業用今顯正義然佛得菩提智無不周體無不在無依無住無去無來然以自在即體之應應隨體徧緣感前後有住有升閻浮有感見在道樹天宮有感見升天上非移覺樹之佛而升天宮故云不離覺樹而升釋殿法慧偈云佛子汝應觀如來自在力一切閻浮提皆言佛在中此不離也我等今見佛住於須彌頂此而升也文理有據更以喻顯譬猶朗月流影徧應且登江一月三舟共觀一舟停住二舟南北南者見月千里隨南北者見月千里隨北停舟之者見月不移是爲此月不離中流而往南北設百千共觀八方各去則百千月各隨其去諸有識者曉斯旨焉古德釋此略有十義一約處相入門以一處中有一切處故是故此天宮等本在樹下故不須起然是用彼故說升也二亦約相入門以一處入一切處故樹徧天中亦不須起欲用天宮表法升進故云升也三由一切即一故天在樹下四由一即一切樹在天上不起等準前五約佛身謂此樹下身即滿法界徧一切處則本來在彼不待起也機熟今見故云升也是故如來以法界身常在此即是在彼六約佛自在不思議解脱謂坐即是行住等在此即在彼皆非下位測量故也七約緣起相由門八約法性融通門九約表示顯法門十約成法界大會門然此十解前五玄門次四所以後一總意欲成十義相參而立雖似雜亂不違經宗並可用也然此十解下文含二意初即總明

然此中相望有四對法相即無礙一此處彼處二此身彼身三若去若住四若一若多約處此處彼處相即無礙應如十中前四約身相即無礙應如五六及前正顯又十中後四通於身處約處唯有此彼約身更加去住謂此身即是彼身去身即是住身若身若處俱通一多上來諸法同在一時無前後也一多相望應成四句一不離一切樹下升一天宮即如今文二不離一樹升一切天三不離一切樹而升一切天經云十方世界悉如是故四不離一樹而升一天經中欲顯一多相即故舉初句升釋天既爾升餘天亦然如後二會升天既爾徃餘處亦然復應樹樹相望而成二句謂不離一樹下常在一切樹不離一切樹而常在一樹復應以不起餘處類不起樹下展轉相望皆悉周徧不壞前後自在難思又既一處有一切處亦有微細義所用不同有隱顯義若加前時後時有十世義唯見說住及於餘法有純雜義後後帶於前前有帝網義此天望餘成主伴義十玄具矣

然此中下正明義類經中欲顯等者顯經中不盡之由若云不離一樹而升一天難思之相不顯若言不起一樹而升一切忉利天者則不能顯本會周徧若言不離一切樹而升一切天則無一多無礙之相故唯出初句下法慧例云十方悉亦然方有升一切句即俱多句又既一處下例釋十玄以古德玄文與意相叅但有四玄前五但二九爲託事十爲同時故今加六十玄具矣

問帶前起後事理應齊何故三賢獨有斯旨答顯異義故謂初二會相隣接故不假帶前此三人天隔越故須連帶又此三會同詮賢位六已入證不假帶前第七即位中普賢居然

不假第八頓彰五位體用已融第九唯明證入體用一味故並皆不假

時天帝釋在妙勝殿前遥見佛來

第三時天帝下明各見佛來約佛則用從體起約機則境從心現隣而未即故云遥見

即以神力莊嚴此殿置普光明藏師子之座其座悉以妙寶所成十千層級逈極莊嚴十千金網彌覆其上十千種帳十千種蓋周迴間列十千繒綺以爲垂帶十千珠瓔周徧交絡十千衣服敷布座上十千天子十千梵王前後圍繞十千光明而爲照曜

第四即以下各嚴殿座表嚴根欲之殿爲法器故置師子座表十住之法門故文有十句初總餘別總云普光明藏者此是解位智照法空含衆德故從信始入故有置言別中初句約體餘並顯嚴皆云十千者萬行因感故言層級者萬行熏成故金網防護慈悲帳蓋以育以覆四攝繒綺以爲周垂圓融行願交絡萬善柔忍慚愧以覆法空第一義天清淨梵行繞斯法體一一智照故日光明於生死中遣長夜闇舉斯果德令物行因下行向中約位漸增表法無異

爾時帝釋奉爲如來敷置座已曲躬合掌恭敬向佛而作是言善來世尊善來善逝善來如來應正等覺唯願哀愍處此宮殿

第五爾時帝釋下請佛居殿於中三業崇敬以爲請儀言善來者應機來故不來相而來故帶法界會來故三稱善者喜之至

故舉三號者略歎德故願哀處者希仗勝田生大福故

爾時世尊即受其請入妙勝殿十方一切諸世界中悉亦如是

第六爾時下俱時入殿謂根緣契合成益不虛十方如是通上六段入殿事訖故一結通下四段文殿中之事

爾時帝釋以佛神力諸宮殿中所有樂音自然止息

第七爾時下樂音止息謂攝散歸靜得定益故

即自憶念過去佛所種諸善根而說頌言

第八即自下各念昔因獲智益也散緣既止勝德現前寂然無思發宿住智種善根者即下十佛曾入此殿聞法供養故亦表見自心性同昔佛故

迦葉如來具大悲諸吉祥中最無上彼佛曾來入此殿是故此處最吉祥

第九迦葉下同讚如來然三世諸佛皆於此處說十住法獨讚十者表說十住及無盡故所以讚者義乃有四一十佛曾處則殿勝可居二互舉一德例讚本師三叙昔善根慶遇堪受四昔佛同說表法常恒文中先明此界後辨結通今初十頌各上半標名讚德上句別下句通下半以人結處唯初一句諸佛不同然佛別名多因德立讚者取德以釋上名初迦葉者此云飲光若從姓立示生彼族若就佛德一者身光蔽餘光故二者悲光飲蔽邪光故九同讚如來者此中疏以別德釋其別名於中數佛當若疏家以文就義觀下二會義更昭然

拘那牟尼見無礙諸吉祥中最無上彼佛曾
來入此殿是故此處最吉祥
拘那牟尼舊曰金仙亦云金寂寂故無礙
金故明見
迦羅鳩馱如金山諸吉祥中最無上彼佛曾
來入此殿是故此處最吉祥
迦羅鳩馱者具云迦羅鳩村馱此云所應
斷已斷如金已淨如山不動亦可見無礙
者是此佛德如金山者是前佛德
毗舍浮佛無三垢諸吉祥中最無上彼佛曾
來入此殿是故此處最吉祥
毗舍浮者亦云毗溼婆部毗溼婆者此云
徧一切也部者自在也亦云徧勝無三垢
故無不自在而超勝也三垢者現種及習
尸棄如來離分別諸吉祥中最無上彼佛曾
來入此殿是故此處最吉祥
尸棄亦云式棄那此云持髻亦云有髻無
分別智最爲尊上處心頂也又髻中明珠
即無分別也
毗婆尸佛如滿月諸吉祥中最無上彼佛曾
來入此殿是故此處最吉祥
毗婆尸者此翻有四謂淨觀勝觀勝見徧
見如月圓智滿是徧見也魄盡惑亡是淨
觀也既圓且淨是勝觀勝見也
弗沙明達第一義諸吉祥中最無上彼佛曾
來入此殿是故此處最吉祥
弗沙亦云勃沙此云增盛明達勝義是增
盛也
提舍如來辯無礙諸吉祥中最無上彼佛曾
來入此殿是故此處最吉祥

提舍亦云底沙西域訓字底邏那此云度也沙是䁆沙此云説也謂説法度人或但云説辯才無礙者即能説也

波頭摩佛淨無垢諸吉祥中最無上彼佛曾來入此殿是故此處最吉祥

波頭摩者此云赤蓮華身心如蓮華淨無塵垢

然燈如來大光明諸吉祥中最無上彼佛曾來入此殿是故此處最吉祥

然燈者智論云此佛從初現生乃至成佛舉身常光如然燈故身智光明普周稱大然十中後七乃過去劫佛如何賢劫曾入殿耶古釋有二一約時劫相即入故二約其處有麤細故麤隨劫壞細者常存如法華天人見燒我土不毁又梵王見淨身子見穢今此天帝是大菩薩同梵王見亦沸加故

如此世界中忉利天王以如來神力故偈讚十佛所有功德十方世界諸釋天王悉亦如是讚佛功德

二如此下結通十方

爾時世尊入妙勝殿結跏趺坐此殿忽然廣博寬容如其天衆諸所住處十方世界悉亦如是

第十爾時世尊下殿皆廣博即示如意相廣殿同處以遣局情亦表廓大慈悲等衆生界又如來入殿即覺智現前忽然廣博則身心無際十方已下結遍無盡唯結後四前已結故

大方廣佛華嚴經疏鈔會本第十六之一

音釋

頗胝迦頗滂禾切胝旨而切梵語頗胝迦此云氷玉 溼失入切 拏女加切

大方廣佛華嚴經疏鈔會本第十六之二

唐于闐國三藏沙門實叉難陀　譯

唐清涼山大華嚴寺沙門澄觀撰述

須彌頂上偈讚品第十四

初來意者旣明化主赴感今辨助化讚揚將演住門先陳體性性卽佛智先讚如來故品來也（先陳體性者卽第二來意如前品明）

二釋名者須彌約處讚稱佛德依處有讚故立此名亦頂上之讚揀餘處也

三宗趣者以集衆放光偈讚爲宗爲成正說爲趣又顯佛德爲宗令知住體爲趣

爾時佛神力故

第四釋文總爲三分第一集衆分第二放光分第三偈讚分今初文有十同義兼三異謂五六七一集因同皆佛力故亦同前會時

十方各有一大菩薩

二十方下主首同

一各與佛剎微塵數菩薩俱

三一一各下眷屬數同

從百佛剎微塵數國土外諸世界中而來集會

四從百佛下來處量同前十此百位已增故

其名曰法慧菩薩一切慧菩薩勝慧菩薩功德慧菩薩精進慧菩薩善慧菩薩智慧菩薩眞實慧菩薩無上慧菩薩堅固慧菩薩

五其名下表法名同慧即十解能見法故菩薩名異至偈釋之

所從來土所謂因陀羅華世界波頭摩華世

界寶華世界優鉢羅華世界金剛華世界妙香華世界悦意華世界阿盧那華世界那羅陀華世界盧空華世界

六所從來下世界名同同名華者位相創開無著感果故別即次第配於十住一發心主導世間故二淨治心地如蓮開故三修行圓淨故四水生之貴故五方便堅誓故六正心無相如香氣故七不退意悦故八阿盧那者此云日出時紅赤之相童真明淨故九那羅陀者此云人持以華香妙人皆佩故王子佩持法王軌度故十智徧如空故亦可別明十住勝進十法思之可知別即次第者下之所釋闇引經文如以主導世間釋因陀羅者因陀羅此云帝也主也即下發心住勸學十法中云所謂勤供養佛樂住生死主導世間令除惡業乃至爲苦衆生作歸依處皆爲主義從二已下但取名上之義不引經文亦可別明者初之一住已引經文餘九思者二以治地勝進云習誦多聞虛閑寂靜近善知識了達於義等皆如蓮華開敷義故三謂觀察衆生法界等等謂智寶故四爲了知三世佛法等爲最勝故五知衆生無邊無量無數不思議等等爲大乘如金剛誓願心故六學一切法無相無體不可修等如香氣故七說一即多說多即一文隨於義義隨文等可悅意故八知剎持剎觀剎詣剎領受佛法爲明淨故九善學法王善巧軌度等爲可持故十學十種智如空徧故

各於佛所淨修梵行所謂殊特月佛無盡月佛不動月佛風月佛水月佛解脫月佛無上月佛星宿月佛清淨月佛明了月佛

七各於下所事佛同同名月者表位中佛果智明闇息恩益清涼應器周故別名即十住自分十法之果智明闇息等者月有四德合佛三法明是智德闇息斷德清涼恩德應器周故亦是恩德又具上三德故能徧應別名即十住者前剎配勝進故此配自分具如下文一以十難得法可謂殊特二發十大心不可窮盡三觀於空等

不可傾動四了知業行生死涅槃如風不住五饒益安樂一切衆生如水普潤六聞十種法心定不動故得解脱七聞十不退可謂無上八三業無失如星明淨隨意受生燦然滿空神足自在若依空運轉九善知煩惱現起習氣故得清淨十觀察無數衆生根欲智慧心境餘不能知唯自明了以此十因成茲十佛上且隨要相屬以為此釋委明其相如十住文

是諸菩薩至佛所已頂禮佛足

八是諸已下申禮敬同

隨所來方各化作毗盧遮那藏師子之座於其座上結跏趺坐

九隨所來下威儀住同

如此世界中須彌頂上菩薩來集一切世界悉亦如是彼諸菩薩所有名字世界佛號悉等無别

十如此下結十方同又上十方從東次第如名號品問準此結通即於十方盡空世界皆有菩薩而來集會者且如東方過百剎塵土外亦有衆集未知彼因陀羅華世界為在何處餘界亦爾答如名號品（如名號品者不欲繁文故令尋彼但遠近小異義理全同若剎若人皆徧法界重重無盡）

爾時世尊從兩足指放百千億妙色光明普照十方一切世界須彌頂上帝釋宮中佛及大衆靡不皆現

第二爾時下如來放光分文義有六一時二主三處四數五相六業處謂兩足指足指拒地得住有力成位不退而行有恒數位過前加於千也相表解顯故云妙色普

照十方顯佛衆會一光照於一切則一切亦爾重疊無礙無不互見爲一法界圓明大會

爾時法慧菩薩承佛威神普觀十方而說頌曰

佛放淨光明普見世導師須彌山王頂妙勝殿中住

第三爾時法慧下偈讚分中十菩薩說即爲十段初一是總餘九爲別以法慧是說法主故總敘此會本末事義總顯佛德餘九歎佛差別之德總別共顯如來無礙之會此十菩薩名亦表十住其所說法表位勝進勝進有二一趣後位二趣佛果今約佛果今初東方法慧總了佛法故勝進中云欲令菩薩於佛法中心轉增廣文中觀佛現用及與往修皆周徧故十頌分三初五敘因佛光見多盛事初一敘此品放光

一切釋天王請佛入宮殿悉以十妙頌稱讚諸如來

次一敘前品請讚

彼諸大會中所有菩薩衆皆從十方至化座而安坐彼會諸菩薩皆同我等名所從諸世界名字亦如是本國諸世尊名號悉亦同各於其佛所淨修無上行

餘三重敘此品

佛子汝應觀如來自在力一切閻浮提皆言佛在中我等今見佛住於須彌頂十方悉亦然如來自在力

次二勸觀佛力更發勝心即前品不起而升二頌勸觀下前品成於四句亦從此生謂前一偈半即指上文是不起一切處

而升一處後十方悉亦然單取十方須彌頂亦然卽是不離一切處而升一切處取上一閻浮提對此則是不離一處而升一切處取上一閻浮對我等今見佛住於須彌頂卽不離一處而升一處如來自在力通於四句

一一世界中發心求佛道依於如是願修習
菩提行佛以種種身遊行徧世間法界無所
礙無能測量者慧光恒普照世暗悉除滅一
切無等倫云何可測知

後三舉因結果初一舉因後二結果由因
中行願刹刹齊修故果位身智徧應徧斷

爾時一切慧菩薩承佛威力普觀十方而說
頌言

假使百千劫常見於如來不依眞實義而觀
救世者是人取諸相增長癡惑網繫縛生死
獄盲冥不見佛

第二南方一切慧者了一切法眞實之性
淨心地故須意爲顯於諸衆生增長大悲
以稱實而觀救世者故了一切法者約偈文釋言淨心地者約表治地住釋頌意等者約彼位中勝進行釋以稱實等者約當偈釋十頌
分六初二違理觀佛非見佛次四了法眞
性眞見佛三有一偈迷性取法不見佛四
一偈佛卽同法爲眞佛五一偈引已了法
爲見佛六一偈推功有本了眞佛初中前
偈出其妄觀假設長時以況蹔見後偈明
其有損由上不依眞實則取相乖眞但見
集網繫於苦獄盲無慧眼冥然不見佛之
法身然此遮取相故假設長時無有多劫
全不了義以見如來增智慧故

觀察於諸法自性無所有如其生滅相但是
假名說一切法無生一切法無滅若能如是
解諸佛常現前法性本空寂無取亦無見性

空卽是佛不可得思量若知一切法體性皆如是斯人則不爲煩惱所染著

第二四偈了法眞性眞見佛於中二前二眞觀後二眞止前中初二句空觀緣生無性故次二句假觀隨俗假名故次二句中觀由前生滅一切諸法卽無性故相體卽是不生滅也後二句觀益諸法如卽是佛如無生滅佛體本常觀稱於如則佛常現況三觀一心則佛之體用無不現矣初二句空觀等者約三觀釋皆初牒經標觀後句取經意釋成中觀疏釋成中有二義釋一云由觀前生滅一切諸法卽無性故者一切法故非無卽無性故非有由前但觀無性是空但觀假名是假今二相卽故非空非假是中道義此約卽緣生法以明中道二云相體卽是不生滅也者約三性義以辨中道然無生多義略有二種一事無生緣生之相卽無生故二理無生圓成實體本不生故今旣經言該一切法不揀相性則相體皆無生矣則徧計無生是空觀緣生假有是假觀緣生無生及圓成無生皆中道觀則性相二宗三觀皆具然此二偈亦可但爲性空觀則初二句正辨性空故言自性無所有次假觀二句通妨謂有難言現見生滅那言無生故釋云隨世假說次二句中觀正示不生之理依此釋者極順常解三論中意而未得於龍樹玄旨故疏取論三觀釋之後二眞止中以觀觀法能所紛動故須寂之初句牒前法性次句泯其能所法性本空非觀之使空故無所取何有能見次二句心冥性佛故止絕思求法性本空者此以性空門顯無所取次云何有能見者卽以相待門遣其能見此中語略合云若有所取則有能取既無所取故無能取能因於所取而得立故亦曰相因門然取與見皆通能所今所取中則存於取略無能取於能見中略無所見所見卽所取故又上來空以遣有假以遣空如則雙遣空假形奪兩亡又上來者此別爲一釋不分止觀四偈相躡總爲遣病則四偈中初二句以空遣有次二句以假遣空次二句以如不生滅雙遣空假次二句且結觀益第三偈卽遣雙非若謂雙非還成戲論故辨起心皆妄絕念方眞念本自無斯絕亦滅故

中論云如來寂滅相分別有亦非如是性空中思惟亦不可用斯文也若謂雙非下正釋第三偈以上來疏重舉前文生此偈故故此正釋於中初舉所破次故辨起心皆安下以偈正破起心皆安絕念方真釋其上半念本自無斯絕亦滅釋其下半以性空無念亦不可思故故中論云下引證即如來品初廣破有如來竟末後結云若於一異中如來不可得五種求亦無云何受中有又所受五陰不從自性有若無有自性云何有他性以如是義故受空受者空云何當以空而說空如來次破於空四句皆拂頌云空則不可說非空不可說共不共叵說但以假名說何以故寂滅相中無常無常等四寂滅相中無邊無邊等四次問云若如是破應無如來次偈答云邪見深厚者則說無如來如來寂滅相分別有亦非如是性空中思惟亦不可如來滅度後分別於有無次總拂偈云如來過戲論而人生戲論戲論破慧眼是皆不見佛長行釋云戲論名憶念分別有此彼又云此如來品初中後思惟如來定性不可得故偈說如來所有性即是世間性如來無有性世間亦無性此上諸偈文義相連疏家但引同今經偈用此文者明是龍樹取此經意而為論偈後一顯觀益心冥體性惑何由生亦含三止意也亦含三止者上云心冥性佛即停止止心安正理故止絕思求即止息止今偈疏文即心冥體性停止止也惑何由生止息止也直就經文體性皆如即是對不止止也謂法性非止非不止而銘性為止故云對不止止又亦通結止觀稱上而觀見惑性空即同佛性何能染哉又亦通結者即以第四偈結上三偈而止已先明故此疏文但結上

凡夫見諸法但隨於相轉不了法無相以是不見佛

第三一偈迷性中上半取法次句迷性末句結過

牟尼離三世諸相悉具足住於無所住普徧而不動

第四一偈佛即同法如謂同空法故離三世同假法故相具足同雙遣故無住無著同如體故徧不動搖

我觀一切法皆悉得明了今見於如來決定

無有疑
第五一偈引已中此親自證希衆無惑
法慧先已說如來真實性我從彼了知菩提
難思議
第六一偈推功有本者非師心也亦謙已
推人異乎凡情令法鈎鎖殊塗同致下八
準之第六偈推功下此有四意一明義意相承有本二亦謙已下揀異凡情三令法下辨法相承四殊途下彰法體連合次八菩薩例有此四
爾時勝慧菩薩承佛威力普觀十方而說頌
言
如來大智慧希有無等倫一切諸世間思惟
莫能及
第三西方勝慧以解佛勝智隨空心淨故
以爲名頌意爲顯欲令菩薩智慧明了即
大智了如及佛性故十頌分四初一讚智
爲迷悟本次四正顯迷悟次四喻前得失
後一推功有在今初由難思故迷難則容
有思者故有悟約此偈明隨空心淨即表位中義故彼文云所謂觀一切法無常一切法苦一切法空等故云隨空心靜下七菩薩初釋名中皆有二意細尋準此
凡夫妄觀察取相不如理佛離一切相非彼
所能見迷惑無知者妄取五蘊相不了彼真
性是人不見佛
次四迷悟中初二迷後二悟迷中初一心
外取境生想違理故不能見無相之佛後
偈取內蘊相不了蘊性故不見心佛亦是
愚法小乘故名無知者
了知一切法自性無所有如是解法性則見
盧舍那因前五蘊故後蘊相續起於此性了
知見佛難思議

後二悟中前明倒想內外俱妄今有了因內外皆悟初偈翻前外取謂了一切法即心自性性亦非性情破理現則見舍那稱於法性無內外也謂了一切法等者即心自性此是表詮由一切法無性故即我心之實性言性亦非性者此是遮詮即上真性以無性為性也即心自性如圓成性性亦非性如勝義無自性性以偈但云一切法自性無所有故復遺性後偈翻前內取了蘊性相則見自心之佛與盧舍那非一非異故難思議然此一偈文含多意一但是蘊縛無有我人則破前凡夫取我相也二前後因依相續無性則破凡小取法相也一但是蘊縛等者即涅槃二十九師子吼難云如佛所說一切法有二種因一者正因二者緣因以是二因應無縛解是五陰者念念生滅如其生滅誰縛誰解世尊因此五陰生後五陰此陰自滅不至彼陰雖不至彼能生彼陰如子生芽子不至芽而能生芽衆生亦爾云何縛解下佛牒以為答引蠟印印泥印壞文成喻意云生時諸根有具不具具者見色則

生於貪生於貪故則名為愛狂故生貪是名無明貪愛無明二因緣故所見境界皆悉顛倒無常見常無我見我無樂見樂無淨見淨以四倒故作善惡行煩惱作業業作煩惱是名繫縛以是義故名五陰生此中意云雖復生滅不妨繫縛故今用云但是蘊縛無有我人此性即第一義空第一義空即是佛性此性即是下會通佛性然業顯文但辨二空理已玄矣觀其法喻包涅槃經佛性深義故復顯之此中文勢連環先總示佛性即師子品初如前玄中已廣引竟又上性無所有正因性也前解此了皆了因性又上性下別示諸因先指經以明性無所有者即前偈自性無所有內外雖異皆是第一義空故指前偈亦即此偈於此性也既以第一義空為正因佛性故性無所有即正因也前解此了者前偈云如是解法性故云前解此偈云於此性了知故云此了並是了因明知一切衆生雖有第一義空智慧之性若無般若等為了因者終不成佛上通二偈以出正了此蘊相續即是正因亦名生因言正因者是中道義中道即是佛性謂現在陰滅中陰陰生是現在陰終不變為中陰五陰故現陰非常如種生

牙種不至牙雖不至牙而能生牙此現在陰雖不至後而能生後則現陰非斷而中陰五陰亦非自生不從餘來因現五陰生中陰陰斯則後陰非無因故後陰非常旣能續前故後陰非斷非斷非常是中道義

正因性也能生佛果故曰生因衆生佛性有二種因一者正因二者緣因正因者謂諸衆生是故五陰卽正因也緣因者謂六波羅蜜非蘊相生名緣因也今以了因了彼正因故曰於此性了知了卽般若亦緣因也

言正因下卽雙釋也然欲解諸因先須知彼經文二十八云善男子因有二種一者生因二者了因能生法者是名生因燈能照物名爲了因煩惱諸結是名生因衆生父母名爲了因穀子名生水土名了大度阿耨多羅三藐三菩提名爲生因佛性阿耨多羅三藐三菩提名爲了因復有了因謂六波羅蜜佛性復有生因謂首楞嚴三昧阿耨多羅三藐三菩提復有了因謂八正阿耨多羅三藐三菩提復有生因謂信心六度又云善男子因有二種一者正因二者緣因正因者如乳生酪緣因者如酵暖等又云正因者名爲佛性緣因者發菩提心又云正因者謂諸衆生善男子僧名和合和合者名十二因緣十二因緣中亦有佛性十二因緣常佛性亦常是故我說僧有佛性故下疏云然復生必對了正必對緣已引經文次當釋疏言正因者是中道義中道卽是佛性者總示其體故二十七云佛性卽是無上菩提中道種子謂現在陰滅下出中道相卽今因前五陰故偈是中道義其下所用涅槃經文卽前二十九答師子吼陰縛難文上引難文則具引答則略今當具引佛答之文經云善男子諦聽諦聽我當爲汝分別解說善男子如人捨命受大苦時宗親圍繞號哭懊惱其人惶怖莫知依救雖有五情無所知覺肢節戰動不能自持身體虛冷暖氣欲盡見先所修善惡報相善男子如日垂沒山陵塠阜影現東移理無西逝衆生業報亦復如是此陰滅時彼陰續生如燈生闇滅燈滅闇生善男子如蠟印印埿印與埿合印滅文成而是蠟印不變在埿文非埿出不餘處來以印因緣而生是文現在陰滅中陰陰生是現在陰終不變爲中陰五陰中陰五陰亦非自生不從餘來因現陰故生中陰中如印印埿印壞文成名雖無差而時節各異是故我說中陰五陰非肉眼見天眼所見釋曰此上具引今疏用經便以義間但觀經文自分主客叅百

論唯識皆說因緣相生續故不斷滅故不常不斷約果續不常約因滅今疏以中論中義於因果中各有斷常現陰爲因先明滅故不常後雖不至芽而能生芽此現在下以有功能照現陰不斷而中陰下約後陰明非斷常先明非無因常以中論明無因則墮常過如外道立時方微塵等故既能續前下明續故不斷能生佛果者上釋正因今釋生因前有六對生了二因前二對以因爲生因緣爲了因皆就能生後二對以因望果以論生了今是前意如乳是生因酵等爲了因故乳等即喻衆生詺於佛果而爲因也

譬如暗中寶無燈不可見佛法無人說雖慧莫能了亦如目有翳不見淨妙色如是不淨心不見諸佛法又如明淨日瞽者莫能見無有智慧心終不見諸佛若能除眼翳捨離於色想不見於諸法則得見如來

第三四偈喻前得失者前三喻失後一喻得前中二初二喻內取失於中初一顯無緣了不見正因闇中寶者正因性也圓滿可貴所以稱寶居於無明五陰室內如在闇中燈喻緣了之因下半法合無人說者闕於緣因雖慧莫了義含二意一慧即正因合上寶也闕於緣因故不能了二佛法即寶以闕緣因雖內有慧不成了因不見眞性初上釋本文中下半法合下釋合然有二解解雖慧莫能了前義但有二法成見謂寶與燈以成正因緣因後義則三法成見應須加眼以喻於慧此中法喻應各四句謂一有眼無燈不見二無眼有燈不見三無眼無燈不見四有眼有燈則見則眼爲因燈爲緣因緣合故方得見寶因緣隨缺則不成見以喻善友爲緣如燈有慧爲因如眼因緣具故方見亦有四句一者有慧無友不見二無慧遇友不見三無慧無友不見四有慧有友則見其第四句則是異人因緣和合方成了因今喻前失故無此句三句失中唯合初一其無眼有燈影在後喻瞽者不見明淨日中則明因緣互缺不見況全缺耶故不明於無眼無燈然則緣因即是了因了因未必是於緣因有親踈故善友是於緣因而必是了佛性名爲了因未必是

緣此約智慧性故若以第一義空爲佛性者唯是正因而非了因但爲了因所了而非生因所生若以智慧爲佛性者即是了因若以五蘊爲佛性者名爲正因亦名生因然復生必對了正必對緣

然即緣因下第二揀定二因於中有二先標二別因有親踈者總示別義踈者是了亦是緣因親者是了非是緣因善友是於下出其二相善友是踈亦緣亦了如醇暖等是略了因亦是緣因佛性名爲下顯上了因未必是緣以是親明故言智慧性故者亦是了相以無漏智性本自具足本有真實識知徧照法界義故當體名了又約行性居然是了又上所引生了二因中云六度阿耨多羅三藐三菩提是名生因佛性阿耨多羅三藐三菩提是名了因大度能生菩提故爲菩提生因佛性非了菩提明知佛性之體即是了因若以第一義空等者揀異智慧性也然涅槃云佛性者名第一義空第一義空名爲智慧此二不二以爲佛性然第一義空足佛性性名爲智慧即佛性相第一義空不在智慧但名法性由在智慧故名佛性以性從相則雖衆生得有佛性有智慧故墻壁瓦礫無有智慧故無佛性若以相從性第一義空無所不在則墻壁等皆是第一義空云何非性故下經云知一切法即心自性論云以色性即智性故色體無形說名智身以智性即色性故說名法身徧一切處明體本均今分性相故分二義若以智慧者結成上義生下五蘊是正是生不得名了五蘊名生者能生諸法故名生因今因五蘊能得菩提豈非生因如乳生酪如穀生芽皆生因故然復生必對了者以疏參用爲順今經依涅槃明義有二對並如上引

今燈一喻雙喻緣了闇中之寶雙喻正了義意包含具如涅槃二十六七所辨又上燈喻既是正義何以涅槃師子吼立佛不許耶故師子吼言一切衆生有佛性性如乳中酪以有性故要須緣因何以故欲明見故緣因者即是了因譬如闇中先有諸物爲欲見故以燈照了若本無者燈何所照故佛難言若使乳中定有酪性即是了因若是了因復何須了又善男子一切衆生有佛性者何須修習無量功德若言修習是了因者已

同酪壞結正義云乳有酪者以定得故佛性亦爾衆生有者以當見故

今燈一喻下第三結示喻旨兼指理源涅槃二十六七者此是南經北經即當二十八九又上燈喻下初師子吼立然疏引文隨要略引若經具云師子吼菩薩言世尊一切衆生有佛性性如乳中酪性若乳無酪性云何佛說有二種因一者正因二者緣因緣因者一酵二暖虛空無性故無緣因佛言善男子若使乳中定有性者何須緣因師子吼菩薩言世尊以有性故故須緣因何以故欲明見故緣因者即是了因世尊譬如暗中先有諸物為欲見故以燈照了若本無者燈何所照如土中有餅故須人工水輪繩杖等而為了因如尼拘陀子須地水糞而作了因乳中酵暖亦復如是須作了因是故雖先有性要假了因然後得見以是義故定知乳中先有酪性善男子若使乳中定有酪性者即是了因若是了因復何須了善男子若是了因性自了者常應自了若自不了何能了他若言了因有二種性一者自了二者了他是義不然何以故了因一法云何有二若有二者乳亦應二若使乳中無有二相者云何了因而獨有二師子吼言世尊如世人言我共八人了因亦爾自了了他佛言善男子了因若爾則非了因何以故數者能數自色他色故得言八而此色性自無了相無了相故要須智性乃數

自他是故了因不能自了亦不了他又善男子一切衆生有佛性者何故修習無量功德若言修習是了因者已同酪壞若言因中定有果者戒定智慧則無增長我見世人本無禁戒禪定智慧從師受已漸漸增益若言師教是了因者當師教時受者未有戒定智慧若是了因應了未有云何乃了戒定智慧令得增長師子吼言世尊若了因無善云何得名有乳有酪善男子世間答難凡有三種一者轉答如先所說何故名戒以不悔故乃至為得大涅槃故二者嘿然答如有梵志來問我言我是常耶我時嘿然三者疑答如此經中若了因有二乳中何故不得有二善男子我今轉答如世人言乳有酪性佛性亦爾有衆生有佛性以當見故釋曰此上所引對今疏文則知廣略但要須了義然澤州釋云自下第五師子以其緣正二因澄性本有如來對破佛破有三一就喻二就法三雙就法喻初就喻中云若使乳中有酪性即是了因若乳中既得有其酪皆皆由了有明知乳中即有性了破性了中文別有四一若是了因復何須了者以內欲外二乳中先自有其了因何須乳外酵暖為了因此即以外破內今疏云又善男子一切衆生有佛性者下即彼就法破言已同酪壞者難破須了師子吼立意性體雖有須修了因了之令現故舉破之前破喻中若有酪性應有性了若有性了何須外緣以為了因破此同彼名同酪壞喻既已破法全同

喻何得不破疏結正義云下指彼最後結文並如上引但觀上來所引經疏則此中疏居然可了

然上諸義總有二意一燈了於寶爲正義者約因性故師子吼立佛不許者約果性故二者燈喻正者約其體性與有不異佛不許者約其現惑與無不殊故知若言定有名爲執著若言定無是則妄語應言衆生佛性亦有亦無然衆生智慧是佛性因菩提涅槃是佛性果然則佛性非因非果

然上諸義者第二決擇經意然有二意前義即澤州意後意即疏正意所以更加後意者若但用前意猶招來難次下當明約其體者如鑛有金性波有濕性約其現惑與無不殊者不得其用如水成氷氷無水之輭若言定有名爲執著者暗引經證即涅槃三十五云善男子是故如來於是經中說如是言一切衆生定有佛性是名執著若無佛性是名虛妄智者應說衆生佛性亦有亦無三十六又云善男子若有說言一切衆生定有佛性常樂我淨不作不生煩惱因緣故不可見當知是人謗佛法僧若有說言一切衆生都無佛性猶如兔角從方便生本無今有已有還無當知是人謗佛法僧若有說言衆生佛性非有如虛空非無如兔角何以故虛空常故兔角無故是故得言亦有亦無有破兔角無破虛空如是說者不謗三寶善男子夫佛性者不名一法不名十法不名百法不名千法不名萬法未得阿耨多羅三藐三菩提一切善不善無記盡名佛性如來或時因中說果果中說因是名如來隨自意語隨自意語故名爲如來隨自意語名阿羅訶隨自意語名三藐三佛陀然衆生者此下第二遮於外救即前意家救然疏雖雙存二義以後意爲正故假以前恐設難救前救云汝意加後者豈不以前義爲未造玄因果二性皆有明文如何不許故經云佛性有因有因因有果有果果因者即十二因緣因因者名爲智慧果者謂大菩提果果者謂大涅槃既有四種前二本有後二當有文理昭然如何不信因果二性更別說理故爲此通欲通此義先應反難前師云向引四性是一處文謂有處說是因非果名爲佛性是果非因如大涅槃是因是果如十二因緣所生之法非因非果名爲佛性此復云何設爾通云是因非果是初性是果非因是第四性是因是果爲第三者理亦可通非因非果名爲佛性如何可通明知直語佛性之體體非因果因中取之名爲因性果中取之名爲果性非是佛性分成因果如餅取空是餅中空世界取空是界中空空豈有異故言衆生智性是佛性因菩提涅槃是佛性果

非是佛性分成因果故結示云然則佛性非因非果今此經宗宗於
法性故以法性而爲佛性則非內非外隨
物迷悟强說升沉佛性要義不可不知廣
如別章及涅槃師子吼品等說今此經宗下結示正
宗於中有二先結正義宗於法性者以無障礙法界爲宗則法性即佛性知一切法
即心自性若以心性爲佛性者無法非心性則不隔內外而體非內外內外屬相性
不同相何有內外然迷一性而變成外外既唯心何有非佛所變無實故說墻壁言
無佛性以性該相無非性矣如煙因火煙即是火而煙爵火依性起相相翳於性而
相即性如水成波波即是水境因心變境不異心心若有性境寧非有況心與境皆
即真性真性不二心境豈乖若以性從相不妨內外若以外境而例於心令有覺知
修行作佛即是邪見外道之法故須常照不即不離不一不異無所惑矣故云即非
內非外隨物迷悟强說升沉後偈目有翳者此喻了因
與惑俱故見不清淨以不淨故不見佛法
佛法即是佛性故涅槃云佛性二種一者
是色二者非色色者諸佛菩薩非色者一

切衆生色者名爲眼見非色者名爲聞見
佛性者非內非外雖非內外然非失壞故
名衆生悉有佛性此喻了因者翳喻於惑眼了因但見有垢非
全不見然見空華無而謂有不見於無即不見法故涅槃下引證即二十八經但初
云善男子佛性復有二種一者是色下跳全是經直至然非失壞一段經畢然有二
意一以非內非外然不失壞證强說升沉二證可見謂佛菩薩見之了了如眼見色
言非色者以未證如聞他說故故云聞見若二十七經云善男子佛性亦色非色非
色非色非色及歷相非相常非常等下釋云色者金剛身故非色者十八不共等故非
色非非色者無定相故釋曰此約佛性之體名色非色以如來身智等皆果性故非
今所用二一偈喻上外取之失瞽謂全無於
目如鼓皮故則全不見佛無垢障爲明淨
目取相是識非智慧眼故不見也
三一偈喻前悟中抉去取相之翳捨於空
華之像絕見契如則見如佛
切慧先說諸佛菩提法我從於彼聞得見

盧舍那

第四一偈推功有在準上可知

大方廣佛華嚴經疏鈔會本第十六之二

音釋

級居立切階級也　綺去倚切文繒也　瞖於計切目病也　瞽音古目有眹而無明　涅音泥塗也　酵古孝切

大方廣佛華嚴經疏鈔會本第十六之三

唐于闐國三藏沙門實叉難陀　譯

唐清涼山大華嚴寺沙門澄觀撰述

爾時功德慧菩薩承佛威力普觀十方而說頌言

諸法無眞實妄取眞實相是故諸凡夫輪迴生死獄

第四北方功德慧者生在佛家善解佛德故此頌意顯於三世中心得平等了知自心窮法空故十頌分四初四明凡小妄覺次四示其眞覺三有一偈佛覺雙圓後一偈推功有本今初分二初一偈說凡迷緣起之無性執著相而輪迴

言詞所說法小智妄分別是故生障礙不了於自心不能了自心云何知正道彼由顛倒慧增長一切惡不見諸法空恒受生死苦斯人未能有清淨法眼故

後三頌通凡小初一辨迷執隨言作解可謂小智心外取法爲妄分別餘二偈明過失初二句曲徑趣寂迷一直道次半有常等倒長世間惡有無常等長無明惡次半不見二空受二死苦後半無實諦觀何有法眼三乘縱有亦不名諦初二句等者迷一直道凡小俱迷曲徑趣寂唯是小乘若超卓大方不歷二乘速成正覺名爲直道若先證二乘後方入大名爲曲徑曲徑謂其迂迴趣寂明其沉滯入無餘依權教不迴若實教中終竟發意但動經八萬取二昧酒故次半有常等者以上言通凡小故此說凡惡下說小乘之惡三乘縱有者二乘不見法空居然不淨權教大乘謂事理不融亦未爲淨

我昔受衆苦由我不見佛故當淨法眼觀其所應見若得見於佛其心無所取此人則能見如佛所知法若見佛眞法則名大智者斯

人有淨眼能觀察世間無見即是見能見一切法於法若有見此則無所見

次四示其真覺中初偈引已之損勸物成益次偈教其眞見謂見佛無取即是見如如即佛所知也次偈教其了俗上半躡前證眞下半方能了俗後偈拂前二見以成眞見謂上半取眞俗之見忘方見眞俗之正理下半反釋謂有眞俗之可見不能見眞俗之眞源

故智論云若人見般若是則爲被縛下半意也若不見般若是則得解脫上半意也

故智論云下引論通釋即第二十論彼論偈云若人見般若是則爲被縛若不見般若是亦爲被縛若人見般若是則得解脫若不見般若是亦得解脫脫之與縛俱通見不見今疏隨經之次便以論偈隨義解釋初言下半意者謂下半真谷之見不忘此是取著之見故被縛也言上半意者是論第三句是忘見之見同無分別智故得解脫

若人見般若是則爲解脫即第六七偈意也若不見般若是則爲被縛即第四偈意也唯忘言者可究斯旨

即第六七等者以第六偈見佛無取即無取而見是見般若得解脫義第七偈證真了俗亦真見般若故得解脫即第四偈者第四不見諸法空是無真見故不見般若豈不縛耶唯忘言等者見與不見俱通縛解豈得隨於見不見言須領見等下意若言見而被縛即知是取著之見若言見得解脫即須知是無分別見故什公云唯忘言者可與道合虛懷者可與理遊冥心者可與真一遺智者可與聖同矣

一切諸法性無生亦無滅奇哉大導師自覺能覺他

第三一偈顯佛二覺雙圓不可覺中而自覺故是曰奇哉知無衆生而能覺他大導師也

勝慧先已說如來所悟法我等從彼聞能知佛眞性

第四可知

爾時精進慧菩薩承佛威力觀察十方而說頌言

若住於分別則壞清淨眼愚癡邪見增永不見諸佛

第五東北方精進慧以勤觀眞理集無量善俱無住故頌意爲顯欲令其心轉復精進無所染著文中由離分別如實見故十頌分二前九觀法後一推功前中三初三所執無相觀於中初一舉分別過初三所執無相

觀者然此中明於三性上修三無性觀言三性者一徧計所執性二依他起性三圓成實性者三無性者一相無自性性二生無自性性三勝義無自性性三性之義已見上文今疏科文名中一一含二今言所執無相觀者所執即徧計所執無相即相無自性性觀次三緣起無生者緣起即依他起性古經論中亦名緣起性今疏文從簡故云緣起言無生者即生無自性性觀後三圓成無性者圓成即圓成實性言無性者即勝義無自性性偏言無性者向眞性上說無性故亦是古名並從簡耳又皆雙明者以其三性即三無性故故唯識云即依此三性說彼二無性初則相無性次無自然性後由遠離前所執我法性故二種三性不相去離然法相宗三性即有性三無性則無性有無義殊故彼偈云故佛密意說一切法無性意云既言密意說三無性則不礙於三有性也若法性宗此二三性有無無礙互奪雙亡皆悉自在初舉分別過者分別即徧計所執也古謂爲分別性今疏從簡亦欲辨起心動念皆成分別故並成過故云以心分別一切法邪不以心分別一切法正故信心銘云大道無難唯嫌揀擇但不憎愛洞然明白

若能了邪法如實不顚倒知妄本自眞見佛則淸淨

有見則爲垢此則未爲見遠離於諸見如是乃見佛

後二顯無相觀一離所取上半知於情有下半知於理無如迷木見鬼知鬼是迷有名如實知鬼知鬼本無舉體是木名爲見木二顯無相觀者正修三無性中初無性也一離所取者謂一偈中初二偈所取

即徧計所執也上半知於情有者即徧計中二義謂情有理無今知情有即是理無則知此性即無相也如迷木者舉喻以明如人夜行雲月朦朧見一杌木以無月光情懷怖畏而生鬼想衆生亦爾行生死夜妄想浮雲蔽於慧月覩緣生法不了性空謂有定性如生鬼想鬼喻徧計木喻依圓若了知鬼是因迷有則知所執定性之法皆由妄情是人名為妄識所執故名悟人如實知鬼此釋上半知鬼本無者釋下半也約法云知妄所執理本是無但是依圓為舉體是木則見依圓故名見木故知妄本自真則鬼是木見木佛則清淨名為見木

二離能取以所取空故上半舉失如若見鬼即不見木下半顯得離於鬼見方為見木

如若見鬼者有妄執之見如若見鬼故則為垢不見依圓名不見木執有定性不見依圓之實名未為見下半離於鬼見者謂離於定性執見則見圓成之實方名為見木

世間言語法衆生妄分別知世皆無生乃是見世間

次三明緣起無生觀一遣所緣然依他二義一者幻有從分別生即是上半二者無性即是下半

然依他二義者三性各二義依他二者一幻有二無性從分別生釋依他義依他因緣而得有故分別即他故唯識云依他起自性分別緣所生今言世間語言法即所起之法衆生妄分別即是能生凡順三性義釋亦可諸世間法各無定性生衆生妄心分別謂有實畢二者無性者但是知世皆無生即無性也

若見見世間見則世間相如實等無異此名眞見者

二泯能緣上半牒前生過有無生見同世非實下半見等無生名眞見者

有無生見者由上云知世皆無生今牒此言云若見見世間謂見世無生既有此見見即是生故同世間非真實也故古人云無生終不住萬象徒流布若作無生解還被無生顧即其義也下半見等者以經文言若見等無異謂見等所見同無生故能所兩忘名眞見者

若見等無異於物不分別是見離諸惑無漏得自在

三辨觀益

諸佛所開示一切分別法是悉不可得彼性清淨故

後三明圓成無性觀一牒前二無謂能所分別皆不可得者即圓成性淨故

法性本清淨如空無有相一切無能說智者如是觀

一正顯眞性初句體有次句相無此二融即故無能說初句體有者圓成有二義一體有二相無法性本清淨故是體有如空無相故是相無體有即是相無相無即是體有本自相融何能說之欲言其有即相無故欲言其無即性有故

遠離於法想不樂一切法此亦無所修能見大牟尼

三觀成利益

如德慧所說此名見佛者所有一切行體性皆寂滅

第二推功文並可知

爾時善慧菩薩承佛威力普觀十方而說頌言

希有大勇健無量諸如來離垢心解脫自度能度彼我見世間燈如實不顚倒如於無量劫積智者所見

第六東南方善慧菩薩成就般若慧鑑不動可謂善矣此頌爲顯欲令其心轉復增進得不退轉無生法忍文中離垢解脫無體性故十頌分四初二見佛次三見法次三觀成利益後二推見有依今初前偈讚所見上半標讚下半釋成智離所知心脫煩惱兼二利故二障難除衆生難度自强不息爲希有勇健智離所知者下半初句明離二障言離垢者離所知障是慧解脫故言智離所知言心解脫者是離煩惱障是心解脫故云心脫煩

惱解脫之義通二解脫言兼二利者即第
四句自度能度彼以自度二障亦令他人
脫二障故則俱度苦海也二障難除下總
舉下半釋成初句一障難除則難斷能斷
今難度能度為自強不息是希有勇健義
也然自強不息即周易乾卦大象象曰天
行健君子以自強不息謂乾者剛健之象
君子當法天剛健故自強進德而不休息
今借用之明佛勇猛自勵策修
練磨其心得成正覺為勇健耳

後偈中能
見謂我如實見如大菩薩見如大菩薩見者大菩薩即於無量劫積智之者
一切凡夫行莫不速歸盡其性如虛空故說
無有盡智者說無盡此亦無所說自性無盡
故得有難思盡所說無盡中無衆生可得知
衆生性爾則見大名稱

次三見法中約衆生說初偈正顯盡即有
為諸行無常速起滅故有為之性湛若虛
空便是無為體常徧故盡即有為者淨名第三香積世界諸菩薩欲還本土以求少法當念如來佛告諸菩薩有盡無盡法門汝等當學何謂有
盡謂有為法何謂無盡謂無為法如菩薩
者不盡有為不住無為何謂不盡有為謂
不離大慈不捨大悲等何謂不住無為謂
修學空不以空為證修學無相無作不以
無相無作為證等諸行無常者釋成盡先
有為之義故涅槃云諸行無常是生滅法
速起滅者剎那不住故有為之性者釋其
性如虛空故說無有盡其性即上有為性
故其性之言畧有二義一但約無性之性
以有為法緣生性空緣生性空即同無為
豎窮三際曰常橫無不周曰徧故是無為
則上淨名但明不盡有為不住無為二相
猶別未能顯為即無為矣今明即性之相
是名有為即相之性便是無為故是玄矣
二者其性如虛空即如來藏性體離斷常
故如虛空故勝鬘云邊見者凡夫於五受
陰我見妄想計著生二見是名邊見所謂
常見斷見見諸行無常是斷見非正見見
涅槃常是常見非正見妄想見故作如是
見於身諸根分別思惟現法見壞於有相
續不見起於斷見妄想見故於心相續愚
暗不解不知剎那間意識境界起於常見
妄想見故又云死者諸根壞生者諸根起
非如來藏有生有死如來藏離有為相如
來藏常住不變是故如來藏是依是持是
建立釋曰據上經文以盡即無盡是故雙
非常無常見故次文云智
者說無盡此亦無所說

次二偈拂迹入
玄上半拂前無為謂既如虛空何有無為

之相次四句拂前有爲謂既約自性論無盡則不壞於盡故曰難思盡即無盡故無衆生也後二句觀成利益見法身也謂既如虛空者體無可盡故如虛空非謂有於一物若高山之出雲用之無盡也故云智者說無盡此亦無所說由盡即無盡即非盡非無常矣無無盡既如虛空則非無盡非是常矣是爲雙非常無常雙離盡不盡亦雙非爲無爲故中論云若有有爲法則有無爲法既無有爲法何得有無爲則不壞於盡者此有二意一者拂上有爲二者上來雙遣今則雙存自性無盡則有無盡有難思盡則有盡矣以泯不礙存故存亡無二方曰難思而向言拂上有爲者謂盡則無盡故非盡矣上來盡即無盡意雖暗拂而以其性如空別示無爲故今方說拂有爲耳

無見說爲見無生說衆生若見若衆生了知無體性能見及所見見者悉除遣不壞於眞法此人了知佛若人了知佛及佛所說法則能照世間如佛盧舍那

次三觀成中初偈顯法空由下半了能所見緣成無性故上半能所之見自亡次二句顯我空能所之法尚空誰爲能見之者後二句顯實但除上病不除眞法二空之體及所顯圓成即眞佛也但除上病者即則用淨名第二但除其病而不除法二空之體者以法性宗一空即眞如及所顯圓成者以法相宗二空非眞如二空所顯爲眞如故眞如即是圓成然空有無礙故雙存兩宗

一偈雙結知佛法益文顯可知　二

正覺善開示一法清淨道精進慧大士演說無量法若有若無有彼想皆除滅如是能見佛安住於實際

四有二偈推見有依者謂佛說一道清淨故能遣有進慧演無量門復能遣無想滅理現方知如來乃住無有無之際也又智論云法性爲實證實爲際凡夫有實未能證也

爾時智慧菩薩承佛威力普觀十方而説頌
言
我聞最勝教即生智慧光普照十方界悉見
一切佛
第七西南方智慧者決斷不動所以名智
頌意爲顯於一切法皆能出離文中生死
涅槃皆善離故十頌分二初一引已勵衆
此中無少物但有假名字若計有我人則爲
入險道
餘偈希衆同已於中亦二前六示迷後三
啓悟前中亦二初一人執理實無人横計
成險
諸取著凡夫計身爲實有如來非所取彼終
不得見此人無慧眼不能得見佛於無量劫
中流轉生死海
餘皆法執於中初二執世法後三雙執世
出世今初初二句明執謂計蘊爲實不能
觀身實相餘皆明過初二句執實乖理不
見佛次二句無慧不見佛後二句但益流
轉
有諍説生死無諍即涅槃生死及涅槃二俱
不可得若逐假名字取著此二法此人不如
實不知聖妙道
後三雙執中亦分爲二初二執法後一執
佛前中亦二一立理二起執初中上半假
立謂待前流轉生死以立涅槃煩惱名諍
觸動善品損害自他故名爲諍此有漏法
諍隨增故名爲有諍有彼諍故故生死者
有漏爲體無彼煩惱故稱涅槃下半雙非
謂生死涅槃俱因煩惱假立其名何有眞

實又二互相待故俱空二互相奪故皆寂

煩惱名諍者即俱舍界品頌云有漏名取蘊亦說為有諍及苦集世間見處三有等今用第二句從煩惱名諍下至有彼諍故全是彼文從故生死者有漏為體即是前段後義彼疏後云猶如前說有彼漏故名為有漏釋曰此證成有彼諍故下文結云如是等類是有漏法差別衆名故今結云故生死者有漏爲體所以論初名有漏無漏法也又二互相等者謂上約因緣因他立稱故無真實不融二體今明雙融此有三意一相待二相即三相奪今初相待俱空即相待門謂因涅槃方說生死要因生死方說涅槃若高下相形若無有高則無有下若離涅槃則生死不存若離生死則涅槃不立故俱空也次言二互相奪故皆寂者此有二意一者相即門生死實性即是涅槃則涅槃之相假說生死如波與水舉一全收故生死即涅槃涅槃即生死二由相即故便互相奪生死即涅槃即無生死涅槃即生死則無涅槃故涅槃非寂靜生死亦無喧故皆寂也

後偈起執上半執下半損

若生如是想此佛此最勝顛倒非實義不能見正覺

後一執佛中亦上半執下半損執有三義

一佛佛相望二三身等相望三心佛相望

一佛佛相望者如云阿彌陀佛有四十八願能攝衆生餘則不能禮於此佛滅罪則多禮於餘佛滅罪即少不知諸佛行願功德無不平等隨根隨緣說有優劣故為顛倒二三身等相望者謂念化身功德則少乃至法身功德則勝等而言三身等者等取四身五身十身無量身故以不知三身體融十身無礙謂有優劣故為顛倒三心佛相望者謂佛已成道功德難思我心妄惑則名為劣雖無叨濫不了真源心佛衆生三無差別故為顛倒

能知此實體寂滅眞如相則見正覺尊超出語言道言語說諸法不能顯實相平等乃能見如法佛亦然

後三啓悟中亦二初二順理之得後一舉佛釋成前中亦二半偈明順理而知餘顯順知之益益中亦二半偈標一偈釋云何超言若取知能知寂未免於言有所緣故知自知知亦非無緣故須能所平等等不

失照故無知之知不同木石故云能見若取知能知寂皆此即用於禪宗知識之偈中具云若以知知寂此非無緣知如手執如意非無如意手若以自知知亦非無緣知如手自作拳非是不拳手亦不知知寂亦不自知知不可謂無知自性了然故不同於木石手不執如意亦不自作拳不可謂無手以手安然故不同於木石斯爲禪宗之妙故今用之而復小異以彼但顯無緣真智以爲高遺若覽之者但顯本心不隨妄心未有智慧照了心源故云故須能所平等等不失照爲無知之知此知知於空寂無生如來藏性方爲妙耳

正覺過去世永斷分別根未來及現在是故說名佛

後偈舉佛釋者上云佛然佛云何然釋云覺於三世離分別故種習斯亡爲斷根也又亦無心捨於分別名爲斷根

爾時眞實慧菩薩承佛威力普觀十方而說頌言

寧受地獄苦得聞諸佛名不受無量樂而不聞佛名所以於往昔無數劫受苦流轉生死中不聞佛名故

第八西北方眞實慧菩薩心不顛倒是眞實慧頌意爲顯欲令增進於一切法皆得善巧文言於法不顛倒如實覺了是善巧義十頌分二前二明依實立名名能益物後八顯名下之實辨益所由今初前頌明損益受苦聞名速解脫故受樂不聞反沉淪故後頌敘昔以成今說後頌敘昔等者偈中但是敘昔偈意乃成今說既執我受苦明昔說無我爲正說也

於法不顛倒如實而現證離諸和合相是名無上覺現在非和合去來亦復然一切法無相是則佛眞體若能如是觀諸法甚深義則見一切佛法身眞實相

後八中分三初三覺妄證實是覺察義次

一雙覺二諦是覺照義後四非覺而覺是妙覺義初覺妄等者顯其三覺一覺察者如睡夢覺亦如人覺賊賊無能為妄即賊也二覺照者即照理事也亦如蓮華開照見自心一真法界恒沙性德如共勝義覺諸法故三妙覺者即上二覺離覺所覺故為妙耳非更別覺故楞伽云一切無涅槃無有涅槃佛無有佛涅槃遠離覺所覺若有若無有無故為妙覺故起信云又心起者無有初相可知而言知初相者即謂無念此明非覺而覺也今初也

初偈證實立名初句揀似比量無常計常常計無常等是顛倒法名似比量次句證眞現量如眼見故次句揀似現量顯眞現量謂男女天地等見一合相名似現量一合相相不可得故故名為離非唯所覺離合亦無如外之智與如合也下句結名初句揀似比量者然準因明總有八義今此有四故論云能立與能破及似唯悟他現量與比量及似唯自悟謂能立能破現量比量比之四義各有真似故成八耳言八義者一對敵申量三分圓明開曉於賓故名能立二斥量非圓彈支有謬示悟於主故名能破三對敵申量三支缺謬非曉於敵故名似立四妄斥非圓彈支有謬不悟於主故名似破五於色等義有正智生自相處轉故名現量六謂籍衆相而觀於義相應智起故名比量七有分別智於義異轉了餅衣等名似現量八以似因智於似所比相違解起名似比量廣如彼說今疏云無常計常即是第八如色是無常知從緣生剎那滅故故是無常此籍因緣相應智起是眞比量今以相續覆故即以因智起計之為常即相違解起名似比量故為顛倒計今云於法不顛倒故是揀似比量謂男女天地此即第七一合相者衆緣和合故如攬衆微以成於色合五陰等以成於人名一合相如是見者是有分別智於義異轉故名似現一合相下顯眞現量不可得者即金剛經云如來說一合相即非一合相以從緣合即無性故無性之性是所證理如是知者是正智生是自相處轉名眞現量上來離於所覺和合之相已為現量非唯已下又拂能所證跡為真現量謂若有如外之智與如合者猶有所得非真實證能所兩亡方為真現故唯識云若時於所緣智都無所得爾時住唯識離二取相故故下經云無有智外如為智所入亦無如外智能證於如如是方為真現量也是故經云離諸和合相

次偈例去來

後偈成現觀後偈成現觀者即前真現量也現觀有六十地當釋今通

前三

於實見眞實非實見不實如是究竟解是故
名爲佛

次一覺照者眞諦名實無和合故俗諦非實假和合故互融無雜名究竟解夫實見者尚不見實何況非實見非實者知其即實故中論云一切法眞實一切法非實亦實亦非實非實非非實是名諸佛法夫實見者即淨名經入不二法門品樂實菩薩曰實不實爲二見實者尚不見實何況非實所以者何非肉眼所見慧眼乃能見而此慧眼無見無不見是爲入不二法門此明實者眞實之理非實者緣生假合今尚不得所證之如豈況如外假有之法見非實者即諸經意云若見非實即眞名見非實下引中論即是法品前光明覺品已廣引竟然實有二意且就一相理實爲實事相非實即眞俗二諦俗則一切皆俗佛亦隨俗立名眞則一切皆眞知妄本自眞故雙照爲俱存互奪即雙寂

佛法不可覺了此名覺法諸佛如是修一法
不可得

後四非覺而覺者初偈正顯如智相離名不可覺寂無遺照故名了此要不可得方是眞修

知以一故衆知以衆故一諸法無所依但從
和合起無能作所作唯從業想生云何知如
是異此無有故

次二偈展轉釋成初偈釋無一之義上半相待而有通同異體下半緣生故空則一多相盡矣後偈上半釋前偈下半無能所作故無所依從業想生故是和合下半釋成上半云何知無能所異業想外無我所故

一切法無住定處不可得諸佛住於此究竟
不動搖

後有一偈結成妙義上半所住下半能住由無住故無所不住謂不住有以即空故故能住有契有實故亦不住無無即有故不住俱有無無二體故不住雙非不壞二相故由無住者即般若中意彼前更反釋云若有所住則有所不住謂不住有下疏釋上文由無住故無不住義能住例知既以無住爲住則心絕動搖方契本覺湛然常住能住例知者上辨四句唯住有句具住不住義下三皆畧若具住無無應云亦不住無無即有故故能住無契無實故俱句云故能住有無契二實故俱非句云故能住非有無契非有無實故既以無住下釋第四畢竟不動搖句即大般若曼殊室利分亦前已引從方契以下是疏釋義結歸諸佛住於此義

爾時無上慧菩薩承佛威力普觀十方而說頌言

無上摩訶薩遠離衆生想無有能過者故號爲無上

第九下方無上慧名如初頌又從法王教生當紹佛位故名無上頌意爲顯欲令增進心無障礙文云無著無念不住法故十頌分三初一釋已名義次八顯佛勝德後一推功結益

諸佛所得處無作無分別麤者無所有微細亦復然

次八中分二前六內證德後二外化德前中亦二前偈正明證入後五照境顯理今初即菩提涅槃以無所得得菩提故處即涅槃本覺自然故非造作悟亦冥符則智無分別三細已盡六麤居然又不可以識識故無麤者不可以智知故無細者又有能所證名之爲麤無能所證目之爲細皆言語道斷故並無之菩提涅槃絕心行故

本覺自然者即將第二句無作字釋初句覺字悟亦實符下將第二句無分別字釋初句所得字三細已下釋三四二句即起信論然由無明為因生三細境界為緣生六麤故彼論云復次依不覺故生三種相與彼本覺相應不離云何為三一者無明業相以依不覺故心動說名為業覺則不動動則有苦果不離因故二能見相以依動故能見不動則無見三者境界相以依能見故境界妄現離見則無境界以有境界緣故復生六種麤相云何為六一者智相依於境界心起分別愛與不愛故二者相續相依於智故生其苦樂覺心起念相續不斷故三者執取相依於相續緣念境界住持苦樂心起著故四者計名字相依於妄執分別假名言相故五者起業相依依於名字尋名取著造種種業故六者業繫苦相依業受果不自在故當知無明能生一切染法以一切染法皆是不覺相故釋曰據此則六麤遠亦從無明住既顯著說境界耳故楞伽云境界風所動起信亦云因無明風動又不可以識識等者即取淨名見阿閦佛品釋此麤細又有能所下此中三重釋此麤細此當第三初約迷真起妄說後二約反本還源說而二約識智對論三者理智對辨

諸佛所行境於中無有數正覺遠離數此是佛眞法

後五中初偈正明照境境即俗境有能所故即俗而眞故云無數心同無爲故云遠離是佛眞法雙結能所

如來光普照滅除衆暗冥是光非有照亦復非無照

後四遣相顯理皆蹑迹遣滯初偈雙非顯中照理滅障菩提涅槃離有無故

於法無所著無念亦無染無住無處所不壞於法性此中無有二亦復無有一大智善見者如理巧安住

次二偈釋前雙非一偈半釋非照義初句是總次句能照無著故云無念亦不染此無念次句所照無著以無處所爲所住故次句不壞能所次二句雙遣性相次二句釋非無照稱理照故次二句雙遣性相者二即是相相差別故

一即是性性不壞真故今云無二即遣相也亦復無一即遣性也
無中無有二無二亦復無三界一切空是則
諸佛見
後偈拂前無二之迹言無二者但言無有
二非謂有無二若存無二之見則還成二
以無二必對二故遣之又遣之以至於無
遣故云三界一切空空謂第一義空諸佛
同見正拂前無二者即無中無有二偈初句牒前無二之跡次句遣之言無二者牒初句也非謂有無二下正釋第二句而是反釋若謂有無二即執藥成病若存無二下出謂有無二之過遣之又遣之下拂跡若不得竟于重遣之未免於二何者謂有人聞無二亦復無謂無無無二為是亦有所著故中論云諸佛說空法為離諸有見若復見有空諸佛所不化以楔出楔以賊逐賊無有已時心無所著當法即絕故故王於無遣若以無遣為是亦有著矣此亦借老子損之又損之以至於無為之言
凡夫無覺解佛令住正法諸法無所住悟此
見自身非身而說身非起而現起無身亦無
見是佛無上身
後二外化德中前偈正顯令住無住之覺
後偈釋成身即非身故無可悟悟身見起
此見如身身見兩亡眞法身也觀身實相
觀佛亦然故就佛結悟身見起者前釋非身而說身此釋非起而現起由悟非身又生非身之見此見若有執復隨生身既非身見亦非見故云此見如身身見兩亡下釋下半身見兩亡則法界一相為真法身也觀身實相下通妨妨云向來觀身是菩薩觀那言是佛無一身耶通意可知即是淨名阿閦佛品
如是實慧說諸佛妙法性若聞此法者當得
清淨眼
推功可知
爾時堅固慧菩薩承佛威力普觀十方而說
頌言
偉哉大光明勇健無上士為利群迷故而興
於世間

第十上方堅固慧者智力成就不可壞故須意爲顯欲今增長一切種智文云得淨慧眼了佛境故十頌分四初偈總歎爲物興世智光徧照大悲勇健第十菩薩智力成就者智力成就即十住中第十住智慧增故得佛十種智故不可壞即成今文堅固之名頌意已下即彼勝進經文文云已下即今偈意

佛以大悲心普觀諸衆生見在三有中輪迴受衆苦唯除正等覺具德遵導師一切諸天人無能救護者若佛菩薩等不出於世間無有一衆生而能得安樂如來等正覺及諸賢聖衆出現於世間能與衆生樂

次四別示悲相初偈觀機次二反以釋成後一正明兼顯僧寶

若見如來者爲得大善利聞佛名生信則是世間塔我等見世尊爲得大利益聞如是妙法悉當成佛道諸菩薩過去以佛威神力得清淨慧眼了諸佛境界今見盧舍那重增清淨信

次三頌半見聞利益

佛智無邊際演說不可盡勝慧等菩薩及我堅固慧無數億劫中說亦不能盡

後一頌半結德無盡此爲終極故總舉前十

大方廣佛華嚴經疏鈔會本第十六之三

音釋

名稱稱昌孕切　遠離離去聲　偉哉偉羽鬼切大也

大方廣佛華嚴經疏鈔會本第十六之四

唐于闐國三藏沙門實叉難陀　譯

唐清涼山大華嚴寺沙門澄觀撰述

十住品第十五

初來意者上由致既彰正宗宜顯故次來也又前辨所依佛德今辨能依十住故次來也又前辨所依下上即通明此下別顯上是古意此下是今意如前已明

二釋名者慧住於理得位不退故名爲住本業下卷云始入空界住空性位故名爲住然住義多種寄圓說十總言十住帶數釋也下諸品有十準此可知二釋名然住有二義一約能所合釋故言慧住於理則理是所住慧是能住二唯約慧釋信未終極慧未安住得入正位位不動搖故云得位不退然住不退入復有二義一約三乘至第七住位方不退二約終教入初住位即云不退異輕毛故今依後義則通十住位皆不退從初受名本業云始入空界即證初義住空性位即證後義

三宗趣者以十住行法爲宗攝位得果爲趣

四釋文者四品分二前三當位行德後一勝進趣後前會無勝進者但是趣位方便未成位故迴向是位無進趣者三賢位滿總爲趣地之方便故亦顯趣無分別離趣相故前會無勝進下上正科經文此下對前辨異迴向是位下通其外難先牒難也三賢位滿下通通有二意一明有勝進總攝前三故不別立二亦顯下明無勝進則後無方便欲證無分別智故

爾時法慧菩薩承佛威力入菩薩無量方便三昧

今初分三初品辨位次品辨行後品明德初亦名解文分七分一三昧分二加分三起分四本分五說分六證成分七重頌分

今初何故入定略辨六意一此三昧是法體故二非證不說故三顯此法非思量境

故四觀機審法故五爲受佛加故六成軌
儀故餘如玄說畧辨六意者前三取下論勢然其三意大同小異異
相云何一是所證法體欲說此法要須心
冥此體二非證不說者揀異未證之人亦
許心合法故三非思量境者絕思方說亦
通未證故四觀機則識病所宜審法則知
藥功力不觀人根不應說法不審而說理
事或乖應病與藥令得服行矣五散心不
堪諸佛加故六菩薩常定但爲物
軌菩薩將說尚須入定況凡夫耶文有三
別一入定人法慧入者是衆首故餘入則
亂不調伏故顯十住法慧能說故二入定
依謂承佛力推功化主表無慢故三入定
名爲揀果定故云菩薩任性能知觀解善
巧故名方便十住各攝多門善巧故云無
量心詣於法故云入也又一切三昧皆有
三相謂入住出五識對境意從門出遠境
護根意識却入此通權小令即照之寂故
名爲入即寂之照故名爲出入已未起故

名爲住餘三昧等並如前釋是衆首者此有二意一約
教相云是衆首言餘入則亂者此即論意
謂有問言豈此海會無如法慧故應答云
衆雖德齊衆人爭入衆則亂故次應問言
何不亂入答云衆調伏故故今疏云亂起
則不調伏顯十住下二約表法說任性能
知下釋方便言此有二意一以絕分別心
名爲方便如下文云以無所得而爲方便
初地經中無分別智名大方便二約善巧
事理無礙故如常所明

以三昧力

二以三昧下加分於中三初總辨因緣二
明加所爲三別顯加相今初又三一標加
所因二加緣顯現三讚說因緣今初謂以
三昧力故論云所以偏加金剛藏者得此
定故前由佛力能入今由定力佛現互爲
增上力相云何謂無作三昧顯自覺智寂
不失照冥同佛心故感佛現三業加也互爲
增上者前則佛力爲入定緣今則入定爲佛現緣

十方各千佛刹微塵數世界之外有千佛刹微塵數諸佛皆同一號名曰法慧普現其前二十方下加緣顯現來處佛數皆云千者望行猶劣故多佛加者顯於法及法師增敬心故又顯諸佛同說故加佛同名法慧者得法不異故論云此菩薩聞同已名增踊躍故但諸佛於此住門中現皆名法慧以法力故法應爾故普現其前者不來而至故言望行猶劣者行一萬故行向有前望前辨過令前未有故望後言劣餘義多同十地雖賢聖位殊儀範相似又圓教十住似十地故

告法慧菩薩言善哉善哉善男子汝能入是菩薩無量方便三昧善男子十方各千佛刹微塵數諸佛悉以神力共加於汝又是毗盧遮那如來往昔願力威神之力及汝所修善根力故入此三昧令汝說法

三告法慧下讚說因緣於中二一讚有加因能入定故言汝能者希越之辭此定難得汝今乃能入故舉定名者向來默入衆未知名故舉歎之令衆仰故二善男子十方下雙說加定因緣於中先別顯四因一伴佛神力諸佛自說者令衆敬仰故二主佛宿願三主佛現威四法慧善根略無大衆機感後入此三昧令汝說法二句結因所屬謂由上四事前三爲緣第四是因因緣合故入此三昧故前四定因令汝說法即是加因故論云何故加爲說此法故故十行十向之中皆云令汝入是三昧而演說法故又此令汝說法亦是後文之總令汝說法者意明加因亦有其四故下正釋後三復爲加因更添說法即是四因然爲說法即是入定故下引諸會合說法與定爲一入定本爲說法入定旣爲加因則說法

即是加因故初標云一讚有加因諸佛遮那皆由願力故二願皆爲加因然十地論釋諸佛遮那皆由先願故加則此四段俱是加因以彼經中諸佛但云加汝威神遮那則云本願力故加古人便將諸佛之加爲得定因下之三緣轉爲加因便令得定無後三因則又字何用既結云令汝入是三昧何得後三不爲定因非唯違經文理亦乃乖論所釋言四段者即上四因謂諸佛爲一遮那爲二威神爲三自善爲四而論但有二因今以遮那之願是加因例於後二亦是加因以彼經下初出昔解之源然具論經云諸佛皆同一號加汝威神此是盧舍那佛本願力故加古人下二正申昔解昔人見上諸佛威神加而得定下云此是盧舍那佛本願力故加加因分明故分二因亦例此經後二皆加因而言轉爲加因者不連上因是得定因故云轉爲亦展轉義得定由諸佛加諸佛加由主佛本願力故云展轉便令下二辨有違違相云何正由得定無三因故無之何過違文理故何名違文舉其二文一違又字夫言又者復重之義下之所列同是定因則得言又又是此因故

既上是定因下是加因何用又字二違結文既列二因竟云入此三昧令汝說法明知此三皆定因也然此經文令汝二字在三昧下今既疏乃安三昧上者有二義故一以義迴既云善根力故入此三昧則知令汝義合在上二以行向二品爲例十行亦先列四因竟即云令汝入是三昧而演說法十迴向亦是列四緣後即云令汝入是三昧以此故知理必後三通定因也非唯違經下結破言違理者自無善根主佛不加何能入定亦乖論者論釋同號佛加云何故同號金剛藏加如來願力故何故如來作是願顯示多佛故又此三昧是法體故汝今既以願屬遮那彼顯顯因云此三昧是法體明知爲三昧故發願而加則顯願爲三昧因矣下疏正釋更出其相如實義者此之四因通於二義一由此四爲得定因如上所辨二由後三復是加因諸佛即以願力而爲加因論主爲顯斯旨故云彼佛先作是願今復自加如實義下三申今正義則初一唯得定因後三通二諸佛即以下通妨難也謂有問云前言此四皆是加因今何加因但取後三故今釋云初因有二一約現文此是十方諸佛共加於汝即是加相只得以加爲得定因不應以加自爲加因若依論云諸佛昔願故加則諸佛亦爲

加因是故前云四皆加因下引論文證成願爲加因之義蓋通論意而其疏意加因亦四自以入定爲其一耳如上所明問加之與定何先後耶若先定後加則不應云汝能入此三昧此是十方諸佛共加於汝乃至云及汝善根力故入此三昧若先加後定則不應在三昧分後方說加分又十地論云何故加爲說此法故不言爲入三昧故又云唯加金剛藏不加餘者以是菩薩得此定故旣俱文證如何會通古人荅云加定同時謂若未定而加則散心不能勝受若未加而定則自力不堪入此深定是故同時此解亦違教理現言入三昧竟諸佛方現身稱讚得定及說加所爲竟方與三業之加而云同時豈不違文若言同時爲因不成斯則違理亦不應引俱有因證以此二事容相離故若正釋者加有二種若約內外善根威神願力冥資令其得定則在定前若約與智讚述摩頂勸說三業顯加則居定後二文昭著何其惑哉後亦不應下遮救恐彼救云俱舍論云俱有互爲果如大相所相心於心隨轉釋曰俱有者俱時而有也互爲果者釋俱有因義論云若法更互爲士用果彼法更互爲俱有因下二句指法體此有三類一如大者謂四大種互相假藉生所造色故互相望爲俱有因二相相所相者即生等四大相也此四大相與所相法更互爲果謂此能相相所相故復由所相能相轉故故互爲果三心於心隨轉者謂心王心所隨轉法亦更互爲果釋曰謂彼救云俱有因果旣得互爲云何不可故今遮云彼三類法皆不相離如相所相所相無相不成有爲能相無所無有依止今或有加而不入定或時入定不必須加二許相離云何成例爲增長佛智故深入法界故善了衆生界故所入無礙故所行無障故得無等方便故入一切智性故覺一切法故知一切根故能持說一切法故所謂發起諸菩薩十種住

第二爲增長下辨加所爲且對加因名加所爲然加所爲正在說法此十亦即說法所爲展轉相成言展轉相成者舉佛願等爲得加故所以加者爲說法故若更進釋則有四重一諸佛願等爲入三昧故二入三昧者爲得加故三所以加者爲說法故四說法爲何爲令菩薩增長佛智等故文分二別初十句別明後一結說前中文含二意望加所爲即是別說望於說法即說法之意謂加爲說法說法爲何爲增佛智等然說法所爲即加所爲於十句中初總餘別總謂說十住法令信解諸菩薩修行增長性習二性生菩提智故又此因智即同佛智亦得言增增智何用深入法界等故九句五對初二證眞了俗對謂入無入相故云深入了相了性故云善了次二無障無礙對由入法界離煩惱礙由了衆生離所知障

次二圓因趣果對謂巧安眞俗無等故因圓入薩婆若故云果滿次二識法知根對後一句雖非文對而是義對謂内持諸法外說利他所謂下總結所說謂若說十住則前所爲皆得成就

善男子汝當承佛威神之力而演此法

第三善男子下正辨加相分三先口加勸說以增辨二意加冥被以益智三身加摩頂以增威令初可知初口加者此中有三一口加標名二勸說是加相三增辨是加意亦加益下二業例此

是時諸佛即與法慧菩薩無礙智無著智無斷智無癡智無異智無失智無量智無勝智無懈智無奪智何以故此三昧力法如是故

二是時下意加中先加後釋前中與十種智初總謂四無礙解智是說法所依故餘

皆樂說無礙一無著者論名不著辨才於所說法無住著故即七辨中捷辨須言即言故無著也二無斷智即無斷辨謂相續連環終無竭故三無癡者即是迅辨明於事理心無癡閡言則迅疾如懸河故四無異者即應辨也應時應根無差異故五無失者即無錯謬辨凡說契理無差失故六無量者即豐義味辨名數事理皆無量故七無勝者即一切世間最上妙辨此有五德一甚深如雷二清徹遠聞三其聲哀雅如迦陵頻伽四能令衆生入心敬愛五其有聞者歡喜無猒具斯五義故云無勝上即七辨八無懈者通策前七無疲倦故九無奪者具前總別無能制伏令退屈故論名不著者所爲小異與辨等大同故得引論以釋今經廣有義相如十地疏何以故下徵釋先徵意云諸佛有力能與有慈能普何故十智唯與法慧下釋云法慧得此三昧法爾如是得諸佛加

是時諸佛各伸右手摩法慧菩薩頂

三是時下身加一令增威二令起故然三加同時隨義爲次承前說便故先語加爲令起定身最居後準地論經有諸佛不離本處則去住無礙手又不延則延促無礙同時觸頂一多無礙故是奇特要摩頂者楞伽云若有不爲如來二種神力之所建立而能說法無有是處一者身面言說神力即前語加二者灌頂神力即智灌心頂手摩身頂頂受摩者上稟尊力故右手者法慧所說順理機故諸佛隨順法慧說故然三加同時下上釋文此下辨次楞伽云下引證彼經第二云復次大慧如來以二

種神力建立菩薩摩訶薩頂禮諸佛聽受問義云何二種神力建立謂三昧正受爲現一切身面言說神力及手摩頂神力大慧菩薩摩訶薩初地菩薩住佛神力所謂入菩薩大乘照明三昧入是三昧十方世界一切諸佛以神通力爲現一切身面言說如金剛藏菩薩摩訶薩摩頂及餘如是相功德成就菩薩摩訶薩下又云大慧若菩薩摩訶薩離佛神力能辯說者一切凡夫亦應能說釋曰今疏義引正引後反釋之文兼取前列二相

法慧菩薩即從定起

第三法慧菩薩下起分略由四意一三昧事訖故二已得勝力故三說時至故四定無言說故此四後後以釋前前此四後後者亦展轉通難謂有難云云何事訖入定爲受佛加今已得勝力故爲事訖復應問曰雖得勝力何不且定答云說法時至故次又問云何不定中說答云定無言說故

告諸菩薩言佛子菩薩住處廣大與法界虛空等佛子菩薩住三世諸佛家

第四告諸下本分文分爲三初總顯體相次標以許說後別陳其名今初然十住體略有三種一約所依即前三昧依此說於十住法故論云三昧即法體故二者約本即下所辨三尅性體若約所緣即眞俗二境若約能緣即悲智二行二境既融悲智不別境智冥契同一法界也然十住體者若立章門十住畧以五門分別一釋名二出體三辨相四定位五諸門分別今經疏皆具一名中有總有別總如品初別名如本分出體即今文辨相即經文定位次下當說諸門分別含在前後文中今此出體畧有三重今約本體若直觀經文則住處二字總示其體廣大已下略顯其相住三世佛家結示住處今依地論類例以解則住處爲總餘皆是別總即示體此云住處十行名行業十向名願十地名願善決定皆當位體也而得名不同者何耶然三賢十聖皆以菩提心而爲其體菩

提心有三一者直心正念眞如法故二者深心樂修一切諸善行故三者大悲心救護一切苦衆生故所念眞如亦即本智本覺智故後二顯是恒沙性德然此三心有一心兼餘二而二賢互有增微十住直心增故名爲解解爲行願本故首而明之十行深心增故名爲行依於前解以起行故十向大悲增故名爲願迴前解行願諸衆生離苦得樂故十地三心等證故名決定而大悲爲首故擧其願是以論云願善決定者如初地中發菩提心即此本分中願十信通信此三等覺此三等佛故知菩提心是諸位通依今此住位名住處者若從增勝則以深般若住於眞如即復由此而爲行願之所住處若從通說俱住上三

菩提心家故住處梵本名爲俱羅此云家也家即家族是以舊譯名爲種性即四種性中習種性也良以此家菩薩所居故翻名住處下文還就佛家以結直心增名解者正念眞如是智解故三心等證名善決定者證理無差故而大悲爲首下通妨妨云若總三心何以地體名願善決定通意可知大悲爲首即下經文別中句乃有二義乃有三一廣大與法界等是勝住處然地經總句是於決定不應學彼此中廣大即是勝義其法界言含於四義一正念眞如同理法界深無際限勝諸凡夫亦勝二乘偏眞理故二普該菩薩無邊行相大悲深心同事法界無有邊量勝二乘故三者三心無礙同無礙法界事理融故四同圓融法界一一塵中無不具故此與第三勝權菩薩別中句乃有二下第二釋別句於初句中分成二義謂與法界

等與虛空等是勝住處者下論釋云大勝高廣一體異名故彼經云廣大如法界然地經下彈古古人亦取下論立其三義而云一勝善決定二因善決定三不怯弱善決定故今破云彼中總句是決定故別句爲六決定今經總句是住處即合別句爲三住處但取類例如何一向學彼則好學太過也此三義理應尋下十地經

二虛空等者是因住處因有二種一無常愛果因是因如虛空依是生色色不盡故二常果因今是地前故闕此也古德又云一位中如空包含無邊行海又如空周徧非至非不至又如空無礙故今是地前者且依行布未證真如故無常果因盡未來際如空包含者此三義中一事次理三即無障礙法界然類六決定而但有三者餘三證如方得有故謂一觀相善云無雜二真實善云不可見三大善云普能救護一切衆生皆未證如故無此三矣

三住三世諸佛家準論此名不怯弱住處謂菩薩所住即佛所住故名佛家進住佛家是不怯弱若直釋經文即結示也謂向言住處何所住耶謂住佛家佛家即是大菩提心諸佛住此生菩薩故真如悲願究竟唯佛方能住故言三世者是讚勝也

彼菩薩住我今當說

二彼菩薩下牒以許說可知

諸佛子菩薩住有十種過去未來現在諸佛已說當說今說

三諸佛子菩薩住有十種下別陳其名文有三別初標數引證二依數列名三總結顯勝今初謂三世佛果無不由此十住因成如大王路法爾常規故同說也

何者爲十所謂初發心住治地住修行住生貴住具足方便住正心住不退住童真住法王子住灌頂住

一何者下依數列名初發心住者瓔珞云

是上進分善根人若一劫二劫一恒二恒佛所行十信心信三寶常住八萬四千般若波羅蜜修一切行一切法門乃至始入空界住空性位故名爲住依仁王起信即十千劫來修信行滿入位不退創起大心發心即住名發心住三種發心中即信成就發心也二治地者謂常隨空心淨八萬四千法門清淨潔白故爲練治心地使悲智增明名治地住三巧觀空有增修正行故四生佛法家種姓尊貴故五帶眞隨俗習無量善巧化無住故六成就般若故聞讃毀眞正其心念不動故七入於無生畢竟空性心心常行空無相願止觀雙運緣不能壞故八心不生倒不起邪魔破菩提心故九從法王教生解當紹佛位故十從

上九住觀空得無生心最爲上故諸佛法水灌心頂故乃至始入者乃至二字中間則有所越皆信受行常起信心不生邪見十重五逆四倒八倒不生難處常值佛法廣多聞慧多求方便始入空界住空性位故名爲住此後復云空理智心習故佛法一切功德不自造心生一切功德故不名爲地但名爲住釋曰學他非自有故名住不名地餘可知十皆彼經二中謂練治下疏釋三中經但云長一切行四中云生在佛家種性清淨五中云多習無量善六中成就第六般若七中止觀下疏意八九全同十中諸佛下疏取經意

然此十住得名有三謂四八九十從喻爲名第七離過受稱餘約功德從其所喻皆持業釋若從能喻或依士釋然此十住下謂於釋名門中有總名別名各有得名釋名今皆具足從其所喻下即是釋名會六釋故謂發心即住爲持業釋若從能喻等者喻劣法故此一即依主釋中開出然六釋義上下多有今當畧出謂西方釋名有其六種一依主二持業三有財四相違五帶數六鄰近以此六種一一具二若單一字名即非六釋以不得成離合相故初依主者謂所依爲主如說眼識識依眼起即眼之識故名眼識舉眼之主以表於識亦名依士釋此

即分取他名如名色識如子取父名名爲依主父取子名即名依士所依劣故言離合相者離謂眼者是根識者了別合謂此二合名眼識餘五離合準此應知言持業者如說藏識識者是體藏是業用用能顯體體能持業藏即識故名爲藏識故言持業亦名同依釋藏取含藏用識取了別用此二同一所依故云同依也言有財者謂從所有以得其名一如佛陀此云覺者即有覺之者名爲覺者此即分取他名二如

俱舍對法藏對法藏者是本論名爲依根本對法藏造故此亦名對法藏論此全取他名亦名有財釋言相違者如說眼及耳等各別所詮皆自爲主不相隨順故曰相違爲有及與二言非前二釋義通帶數有財言帶數者以數顯義通於三釋如五蘊二諦等五即是蘊二即是諦此用自爲名即持業帶數如眼等六識取自他爲名即依主帶數如說五逆爲五無間無間是果即因談果此全取他名即有財帶數言鄰

近者從近爲名如四念住以慧爲體以慧近念故名念住既是鄰近不同自爲名無持業義通餘二釋一依主鄰近如有人近長安住有人問言爲何處住答云長安住此人非長安以近長安故云長安住以分取他名復是依主鄰近故有財鄰近如問何處人答云長安以全取他處以標人名即是有財以近長安復名鄰近頌曰用自及用他自他用俱非通二通三種如是六種釋然下諸品多用本名但云依主持業

是名菩薩十住去來現在諸佛所說（等可以意得）

三是名下總結可知

若定位者略有十義一依唯識等五位之中即當初位言五位者一資糧位即是三賢從初發心積習福智爲道資糧爲衆生故修解脫分善二加行位順解脫分既圓滿已爲入見道復修加行亦名順決擇分三通達位即是見道謂初入地二種見道四修習位始從初地第二住心乃至金剛無間心位名爲修道五究竟位金剛心後解脫道中盡未來際皆此位攝（若定位者一依唯識）

五位即論第九第十總有五頌位各一頌一資糧二加行三通達四修習五究竟位初資糧偈云乃至未起識求住唯識性於二取隨眠猶未能伏滅論曰從發深因大菩提心乃至未起順決擇識未住唯識真勝義性齊此皆是資糧位攝爲趣無上正

等菩提修習種種福智資糧故爲諸有情
勤求解脫由此亦名順解脫分釋曰謂修
福智二事資糧益己身之糧用故涅槃名
爲解脫行行行不違故名爲順分者因義
支義是解脫因之一分故二加行頌云現
前立少物謂是唯識性以有所得故非實
住唯識論曰菩薩先於初無數劫善備福
德智慧資糧順解脫分旣圓滿已爲入見
道住唯識性復起加行伏除二取三通達
位頌云若時於所緣智都無所得爾時住
唯識離二取相故下論文云加行無間此
智生時體會真如名通達位初照理故立
見道名四修習位頌曰無得不思議是出
世間智捨二麤重故便證得轉依釋曰從
初入地二見道後住心已去名修習位轉
曰菩薩從前見道起已爲斷餘障證得轉
依復數修習無分別智五究竟位頌曰此
即無漏界不思議善常安樂解脫身大牟
尼名法此從四位至十地品當廣分別今
是三賢之初即初位之初名初位攝則知
第四五會亦初位攝十地即是二三四攝
第七一會是修習餘乃第五攝具等妙覺
故下之九義雖但釋住則以
例釋差別因果準思可知
二依攝論第
六說有四位即當初位之初言四位者一
勝解行位始從十信終於地前餘三見修
究竟同五中後三
二依攝論等者即彼論
入所知相分中論云何

處能入謂即於彼有見似法似義意者大
乘法相等所生處勝解行地見道修道究
竟道中於一切法唯有識性隨聞勝解故
如理通達故治一切障故離一切障故無
生釋云何處能入者間所入境及能入位
謂即於彼有見等者謂於大乘法相等是
所生決定行相似法似義意言能入於此
境界能入是用所入境界是入是持於此
意言或能入在勝解行地於一切法唯識
性中但隨聽聞生勝解故或有能入在見
道中如理通達此意言故或能入在修道
中由此修習對治煩惱所知障故或有能
入在究竟道中最極清淨離諸障故如是
四種是能入位釋前本論中有四節一明
所入二意言爲能入三勝解行地下明能
入位四位能入四於一切法唯有識下出
四入之相上釋論
中已摘破配竟一
三依瑜伽四十七說十
二住當其第二之初言十二者一種性住
謂彼菩薩性自仁賢性自成就菩薩功德
任持一切佛法種子性離麤垢不能現起
上煩惱纏二勝解行住謂從初發心乃至
未得清淨意樂所有一切菩薩行是三極
喜住四增上戒住五增上心住六七八三

名增上慧分成三種謂六覺分相應增上慧住七諸諦相應增上慧住八緣起流轉止息相應增上慧住九無相有功用住十無相無功用住十一無礙解住十二最上菩薩住十三最上如來住言十二住就菩薩說加後如來為十三住第二即是三賢第三已去如次十地

三依瑜伽等者論云云何十二住等嗢陀南云種性勝解行極喜增上戒增上心三慧無相有功用無相無功用及以無礙解最上菩薩住最極如來住長行釋云謂菩薩種性等具列其名而無次第今疏依下釋釋加於次第便引釋文已畧釋竟然彼廣釋中皆先問後答今初先有問云云何菩薩種性住性此問仁體云何菩薩住種性位此問能住人今疏引答具答二問文有三段初答後能住人問謂由性仁賢性能成菩薩行德不由思擇制約有所防護故即善行人任持等者二答前位體問也此言猶畧具足論云若諸菩薩種性任持一切佛法種子於自體中於所依中具足有一切佛法一切種子釋曰阿賴耶識名為自體相續之身名為所依未發心前彼自體中佛法種子為此性體種性即住持業釋也以其宗中立有五性此即菩薩種性人也性離麤垢下三約煩惱輕微重釋能住人也此言亦畧具足論云又諸菩薩種性住性離麤垢不能現起上煩惱纏由此故無造無業或斷善根二勝解行住者釋文具足論也彼疏釋云即以此住有漏種現及無漏種諸善為體而猶未證真寂之理但印持決定而起諸行故名勝解行三極喜住者即以所得無為有為無漏善等而為其體下諸位體皆同此體但約初得以受別名廣如地品三即初地從四至十二配二地至十地易故不釋

四亦依瑜伽及顯揚第七於十三住建立七地一種性地二勝解行地三淨勝意樂地即前三住四行正行地謂從第四乃至第九住五決定地即第十住六決定行地即第十一住七以後二住為到究竟地前六唯菩薩第七菩薩如來雜立為地

四亦瑜伽下即四十九論復以類例大同東為七地一約種性二約賢位三初入聖故三住即為三地四從二地至七聖道修功用行滿故東為一名行正行地五以八地無功任運增進故名決定六以九地依無功用起利他行故名決定行七因圓果滿名到究竟地也

五依仁

王下卷說十三法師各住一位即當第一言十三者一習種性二性種性三道種性四善覺摩訶衍五德慧六明慧七爾焰八勝達九常現眞實十玄達十一等覺即八地十二慧光神變即當九地十三觀佛菩薩義當十地及等覺而佛非十三之數

五依仁王等者即奉持品若新經如次牒十住行向十地之名今依舊經名異義同經云大牟尼言有修行十三觀門諸善男子爲大法王從習忍至金剛頂皆爲法師依持建立汝等大衆應如佛供養而供養之應持百億天華天香而以奉上下經便牒便釋其文繁廣一亦不列次今畧列其名加以次第今初言一習種性者此即十住經云善男子其法師者是習種性菩薩若在家婆差優婆差若出家比丘比丘尼修行十善自觀已身地水火風空識分分不淨復觀十四根所謂五情五受男女意命等有無量罪過故即發無上菩提心常修三界一切念念皆不淨故得不淨忍觀門住在佛家修六和敬所謂三業同戒同見同學行八萬四千波羅蜜道等下皆廣釋今但釋難言善覺者即歡喜地初證眞如得無分別智故二地求德淸淨入修慧故三地聞持發慧光故故舊爲明地四地是發慧故亦云爾燄亦云所知燒於所知慧發增故五地入眞達俗爲難勝故六地般若寔智常現前故七地依空涉有爲玄達故八地得一切法如寔覺故九地善慧具四十辯善應多會使情非情皆說法故十三菩薩地盡能入佛境故言義當十地等覺者仁王不立等覺故云義當

六依仁王上卷五忍之中此當伏忍之下言五忍者謂伏忍信忍順忍無生忍寂滅忍各有上中下如次配三賢十地等覺妙覺

六依仁王等者即教化品新經即菩薩行品十忍品廣明今當畧示言如次配三賢者伏忍下品當十住中品當十行上品當十迴向故彼經云佛言大王五忍是菩薩法謂伏忍上中下信忍上中下初二三地順忍上中下四五六地無生忍上中下七八九地寂滅忍上中下名爲諸菩薩修般若波羅蜜今以瓔珞亦有五忍寂滅亦分三品中品即當等覺

七亦依仁王五十二位當其第二

七亦仁王等者亦即上品五忍以文云善男子初發相心信恒河沙衆生修行伏忍於三寶中生習種性十心信心精進心念心慧心定心施心戒心護心願心迴向心是爲菩薩能少分化衆生已超過二乘一切善地一切諸佛菩薩長養十心爲聖胎釋曰此之十心是習

種性中爲十住因開因異果故加此十勉
實唯五十一開等覺故亦通諸經有五十
二八依瓔珞四十二賢聖位當於下賢十
住以不立十信十信攝在十住中故八依瓔珞
等者但除十信信未成位故故彼經云佛
告敬首菩薩汝言義相云何者所謂十住
十行十迴向十地無垢
地妙覺地我今當說九依瓔珞六種性
亦當第一言六性者一習種性二性種性
三道種性四聖種性五等覺性六妙覺性
若依楞伽等無復地位九依瓔珞等者即
總收大位爲四後
二因圓果滿爲二並如十忍品釋依楞伽
等者此非立位不別爲門而欲成五教故
此附出以十門中前四是始教次五終教
此楞伽當頓教十即圓教小非大位故畧
不十依此經說四十二位無別資糧加行
論
等名然所說位依法性立行布圓融二俱
無礙如玄文辨十信開合已見賢首品十依
此經者雖言四十二以具圓融行布則融
前九一經通明若取差別即第二會終第
七會十信開合者指前開成五十二合唯
四十二開合無礙此經必具故十門收之

佛子云何爲菩薩發心住
第五佛子云何爲下說分即是行相釋此
十住即爲十段一一段中皆先徵復釋釋
中皆先明自分後明勝進又前是住位後
是起行今初發心住先徵可知
此菩薩見佛世尊形貌端嚴色相圓滿人所
樂見難可值遇有大威力或見神足或聞記
別或聽教誡或見衆生受諸劇苦或聞如來
廣大佛法發菩提心求一切智
釋自分中二先明發心之緣後正明緣境
發心今初文列十緣義含四因謂信悲智
及種性也見佛世尊是初總相發菩提下
結前生後中間十句別顯不同一形貌容
儀二顯色大相三具隨好故人所樂見上
三觀外相也四時乃一出出便利益故爲

難遇此通內外五十力無畏降魔制外此明內德六神變難思即神足輪此唯外用於上六中隨見一事發生淨信欣心上求此若可修我定當取七聞授記舍於二義一聞授記作佛希預其數二聞記當事希得此知皆記心輪八聽教誡知惡可斷善可進修即教誡輪上皆信智爲因九見受苦起悲未必聞教以種性內具法爾慈恕即悲因也十聞廣大法謂佛功德義兼法滅或傳或護因通悲智種性之因義通前十此之十緣與賢首品所引瑜伽四緣但開合之異耳謂前六見佛緣次二聞法緣次一見生受苦緣後即見法滅也後結前生後者唯證菩提方成前事結前也求一切智生後緣難得法而發心也

此菩薩緣十種難得法而發於心何者爲十所謂是處非處智善惡業報智諸根勝劣智種種解差別智種種界差別智一切至處道智諸禪解脫三昧智宿命無礙智天眼無礙智三世漏普盡智是爲十

第二此菩薩下正明緣境發心前言求一切智十種智力即一切智文有標徵列名結數而義見初品大同初地爲得十力故等又此十力於一實智而開爲十化生事足義含悲智故略舉之非不緣佛餘之功德大同初地者即彼住分中當爲何義彼有十句總云爲得佛智故爲得十力故爲得大無畏故等十力乃是別中一句雖廣畧有異然皆求佛果故云大同又此十力下通妨妨云若言大同那唯一別句耶答意云既言大同何妨多異顯於初賢劣初地故又以十力攝義寬長故畧舉此一如十力章故非不緣餘蓋文畧是以下偈廣斯十力及餘諸義皆發初心

佛子此菩薩應勸學十法何者爲十所謂勤供養佛樂住生死主導世間令除惡業以勝妙法常行教誨歎無上法學佛功德生諸佛前恒蒙攝受方便演說寂靜三昧讚歎遠離生死輪迴爲苦衆生作歸依處

第二勝進文分爲三初總標次徵列後徵釋今初謂欲求勝位應自勸勵亦勸他學列中有十不出悲智供佛爲總通財及法下九爲別行下九事眞供養故一樂住生死大悲爲首故智了其空無所懼故二住爲主道除惡三即能導理教之法四示果令欣即教之所至五學佛德行以爲能至六成德依緣故生佛前七寂前上求下化之紛動入寂必遠離生死輪迴九不失悲故常爲物依亦是總結前義諸所施爲皆爲衆生大悲增上故

問八遠離生死初令樂住此云何通略有三意一勸物遠離自處無猒二要自無縛方能攝物三即智之悲故樂住生死即悲之智遠離輪迴故瑜伽云菩薩猒離生死過於二乘百千萬倍非不猒也斯則不斷生死而入涅槃不動眞際常隨流轉成不住道畧有三意初約二利說二約利他三約悲智悲明利他智約自利如實義者自他皆具如悲濟九類智了無生而可度者即一向利他有悲無智即墮愛見有智無悲即滯二乘無智不能觀空無悲不能起行多約自利故與初別然前釋樂住生死具悲智二意今爲對遠離義故但舉悲故瑜伽下引文證顯引瑜伽證猒離義恐有悞解謂唯二乘有猒離故閒引二經雙證二義一即淨名舍利弗章已如前引二不動眞際即大品意及智論文成不住道者上釋是俱住義由俱不住故能雙住由不住生死故能住涅槃由不住涅槃故能住生死等前已廣說又初既樂住生死六復云何生諸佛前亦有三義

一爲誘物故二求攝物之方故三悲智無礙故又十藏約實智契捨聞諸佛土不願往生此約權不壞事故生諸佛土又初下更有一問答亦具三意一自不要生爲引衆生令修淨土因故二如人不善於水見子墮水若便入者自他俱沒應求船筏而濟度之三悲故樂住智故往生下通十藏難約權實智說

何以故欲令菩薩於佛法中心轉增廣有所聞法即自開解不由他教故

三何以下徵釋何須學此令得通別二種益故別謂增勝廣大此之別益皆希後位準下頌文亦令不退有所聞下諸位通益以解從內法故不由他他有三種一他人二者心外三者性外自解亦三一者熏習成性故能自解二了唯心三了唯性故下云知一切法即心自性若爾云何復言有所聞耶謂汎爾聞故或自披尋聞乃約法開悟約義必不假人委曲指授故不由他究竟則是佛無師智下諸位中並同此釋有云從自種生云不由他但是初意何足可尚又引下文雖知諸法悟不由師然求善知識無有猒足亦非此意彼據雙行此約自悟故自解亦三者次第對上謂一由內性成故不隨他人二了唯心故不心外取法三由了性故如性外一法亦無

佛子云何爲菩薩治地住

第二治地住中亦二先徵可知

此菩薩於諸衆生發十種心何者爲十所謂利益心大悲心安樂心安住心憐愍心攝受心守護心同己心師心導師心是爲十

二釋中自分內文有四別一標二徵三列四結下諸自分皆做此知列中十心有其

二義一於一一衆生各起十心二爲辯差
別對八種衆生一於怨衆生非直不念加
報亦乃授與利益二於貧苦衆生欲令遠
離故起悲心三於危懼無樂衆生令得樂
具不盡四於惡行衆生令安住善行五於
得樂衆生以矜愍心不令放逸六於外道
未發心者攝令正信發心七已發心同行
者守令不退八於一切攝菩提願衆生取
如己身於此開二謂於乘大道集進趣者
推之如師集具足功德者敬之如佛此十
大同第二地集義中釋以斯十心治自心
地

佛子此菩薩應勸學十法何者爲十所謂誦
習多聞虛閑寂靜近善知識發言和悅語必
知時心無怯怖了達於義如法修行遠離愚
迷安住不動

二勝進亦三列中十法有通有別通相可
知別依展轉一總求多聞爲二利行依二
聞已閑靜思修三聞必依友四於友求請
言必和悅五問不非時六不怖深法而不
能受不怯行法而不能行七以思慧力解
達深義非但多聞於義不了八如說修行
涅槃經說親近善知識聽聞正法繫念思
惟如說修行是大涅槃近因緣故今展爲
十九成行伏惑故離愚迷十觀智照理決
定究竟故安住不動（非但多聞者即涅槃經高貴德王品云寧願少聞多解義理不願多聞於義不了）

何以故欲令菩薩於諸衆生增長大悲有所
聞法即自開解不由他教故

三徵釋所以修者上十多約智以智導悲

令轉增也通益可知

大方廣佛華嚴經疏鈔會本第十六之四

音釋

髻吉詣切　燦倉晏切明也　錯謬錯七各切謬靡幼切錯謬舛誤也

劇竭吉切甚也

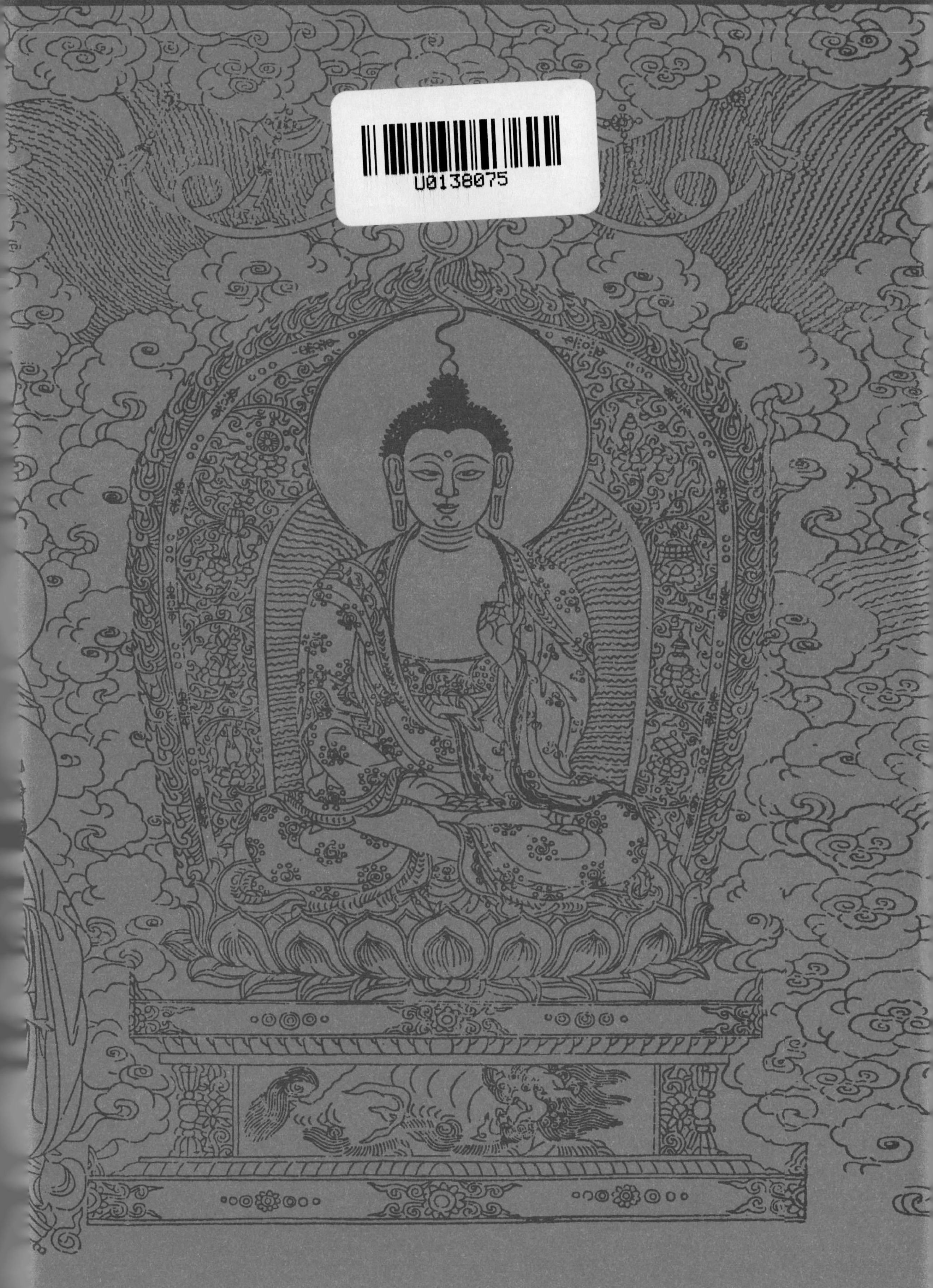

U0138075